야야 시스터즈의
신성한 비밀

DIVINE SECRETS OF THE YA-YA SISTERHOOD
Copyright ⓒ 1996 by Rebecca Wells
All rights reserved.
Korean translation copyright ⓒ 2005 by Achimnara Publishing Co., Ltd.
Korean translation rights arranged with Witherspoon Associates
through Eric Yang Agency, Seoul, Korea.

이 책의 한국어판 저작권은 에릭양 에이전시를 통해 Witherspoon Associates와
독점 계약한 (주)아침나라에 있습니다. 신저작권법에 의해 한국 내에서 보호를 받는
저작물이므로 무단 전재와 무단 복제를 금합니다.

# 야야 시스터즈의
# 신성한 비밀

레베카 웰즈 저
임지현·박미영 역

아침
나라

지은이

　레베카 웰즈 루이지애나 토박이인 레베카 웰즈는 배우이자 극작가이며 베스트셀러 《세상 모든 곳이 성스러운 제단(Little Altars Everywhere)》의 저자이다. 직접 쓴 희곡작품 《시시콜콜한 애기(Splittin' Hairs)》와 《글로리아 듀플렉스(Gloria Duplex)》에서는 주연을 맡기도 했다. 《세상 모든 곳이 성스러운 제단》으로 'Western States Book Awrad(서부지역도서상)'에서 최우수상을, 《야야 시스터즈의 신성한 비밀》로 'ABBY상(서적상 선정 우수도서상)'을 수상했다.

옮긴이

　임지현 이화여자대학교를 나와 뉴욕대학 대학원을 졸업했다. 현재 전문 번역가로 왕성한 활동을 펼치고 있다. 번역서로는 《브리짓 존스의 일기》, 《베컴 나의 축구 나의 인생》, 《트레인스포팅》, 《작은 실천이 세상을 바꾼다》, 《마스터의 지혜》 등 다수가 있다.

　박미영 고려대학교 불어불문학과를 졸업하고 방송작가로 일했으며 현재 전문 번역가로 활동하고 있다. 옮긴책으로는 《섹스&시티》, 《매들린 올브라이트 – 마담 세크러터리》, 《리더쉽: 줄리아니 – 위기를 경영한다》, 《캘빈 클라인 – 브랜드, 디자인, 광고의 유혹》 등 다수가 있다.


## 야야 시스터즈의 신성한 비밀

2004년 01월 25일 1판 1쇄 인쇄
2005년 01월 31일 1판 1쇄 발행

지은이 레베카 웰즈　＿옮긴이 임지현, 박미영
펴낸이 황근식　＿펴낸곳　|㈜**아침나라**

기획·편집 현진희, 김수연　＿디자인 이원구, 김성수
마케팅 정명교, 김종헌　＿총무 김미정

출판등록 1999년 5월 13일 제16-1888호
주소 121-876 서울시 마포구 용강동 494-85 다산빌딩 201호
http://www.achimnara.com　E-mail : book@achimnara.com
전화 (02)924-4114　＿팩스 (02)929-7337

ⓒ 2005 아침나라
ISBN 89-5587-149-X 03840

＊ 잘못된 책은 바꾸어 드립니다.

우리는 한번에 완전하게 이 세상에 태어나는 게 아니라 조금씩 조금씩 태어나는 것이다. 먼저 육체가 태어나고 그 다음에 영혼이 태어난다… 어머니들은 우리를 낳으면서 심한 산고를 겪게 되고 우리 자신은 영혼의 성장으로 인한 길고 긴 고통을 겪게 된다.

— 매리 앤틴(Mary Antin)

용서는 사랑에 서툰 사람들이 사랑의 이름으로 행하는 행위이다. 잔인한 사실은 우리 모두 사랑에 서툴다는 것이다. 우리는 날마다 끊임없이 용서하고 용서받아야 한다. 그것이야말로 약자들의 모임인 인간가족 안에서 펼쳐지는 사랑의 위대한 섭리이다.

— 헨리 누웬(Henri Nouwen)

많은 비밀을 통과하면서 우리는 알 수 없는 것은 믿지 않게 된다. 하지만 그럼에도 불구하고 그 알 수 없는 것은 조용히 앉아 자기 먹이를 훑고 있다.

— H. L. 멘켄(H.L. Mencken)

## 서장

늪지대로 덮인 무더운 루이지애나, 그 중심부에 살던 소녀로 시다는 다시 돌아갔다. 1959년 노동절, 피칸그로브 농장. 그날은 시다의 아버지가 연례 비둘기 사냥을 하는 날이었다. 남자들이 땀투성이가 되어 총을 쏘는 동안 시다의 아름다운 어머니 비비와 그 여자친구들의 모임인 야야 시스터즈는 에어컨이 켜진 집 안에서 부레*를 하고 있었다. 부엌에 걸린 칠판에는 블루스 가수 빌리 할리데이의 가사에서 따온, '담배를 피워라. 술을 마셔라. 하지만 절대로 생각은 하지 마라.'라는 글이 휘갈겨져 있었다. 그녀들은 종종 바에 있는 냉장고에서 속이 뒤집힐 정도로 달디단 마라스키노 체리를 꺼내 작은 야야들(야야 시스터즈의 자녀들을 이렇게 불렀다)에게 먹였다.

그날 저녁, 비둘기 검보*(하빌랜드 도자기 그릇에 작은 새 뼈가 둥둥 떠 있는)를 먹은 후, 시다는 침대에 들었다. 몇 시간 후, 악몽을 꾸다 숨을

---
부레 루이지애나식 포커 게임 — 옮긴이

가쁘게 몰아쉬며 눈을 떴다. 시다는 어머니의 침대까지 살금살금 걸어갔지만 버번 위스키에 푹 절은 어머니는 일어나지 않았다.

시다는 맨발로 후텁지근한 밤 공기 속으로 걸어 들어갔다. 주근깨로 덮인 어깨 위에 달빛이 어른거렸다. 아버지의 목화밭 가에 심어져 있는 커다란 떡갈나무 옆에서 시다는 하늘을 쳐다보았다. 초승달의 움푹 들어간 면에는 탄탄한 근육과 자비로운 마음을 가진 여신이 앉아 있다. 하늘을 앞마당 삼아 달이 마치 그네라도 되는 듯 여신은 미끈한 다리를 힘껏 뻗는다. 오랜 친구를 만난 것처럼 여신은 시다에게 다정하게 손을 흔들었다.

시다는 달빛 속에 서서 성스러운 여인이 여섯 살배기의 머리에 난 머리칼 하나하나를 어루만지게 했다. 달로부터 그리고 대지로부터 한없는 부드러움이 넘쳐흘렀다. 빛으로 가득한 찰나, 시다 워커는 자신이 단 한순간도 사랑을 받지 않은 적이 없다는 것을 깨달았다.

---

**검보** 채소와 고기를 넣고 스튜처럼 끓인 스프. 캐나다에 살던 프랑스인들이 미국 루이지애나주로 강제 이주되어 살면서 만든 케이준 음식의 대표적인 일종 — 주

1

'탭댄스를 추는 아동 학대자'

1993년 3월 8일자《뉴욕타임스》일요판은 비비를 이렇게 불렀다. 일주일 묵은 레저와 예술면 페이지가 바닥에 흩어져 있었다. 그 옆에서 시다는 침대 커버로 몸을 꼭 감싸고 침대에 웅크리고 있었다. 머리 옆 베개 위에는 휴대폰이 뒹굴었다.

그 연극 비평가가 희생물을 찾고 있으리라는 기미는 보이지 않았었다. 로버타 리델이 인터뷰를 하는 동안 어찌나 사근사근하고 친자매처럼 살갑게 구는지 시다는 마치 새 친구를 사귄 기분이었다. 더구나 지난번 연극 비평에서 로버타는 시다의 링컨센터 차기 감독 작품인《벼랑 끝에 선 여자》를 '미국 연극계의 기적이 될 연극'이라고 잔뜩 추켜세웠었다. 이 저널리스트는 아주 교묘하고 능숙한 솜씨로 시다에게 접근하여 사적인 정보를 빼냈던 것이다.

시다가 침대에 누워있는데 코커스패니얼 종, 휴일린이 무릎 옆으로 파고들었다. 지난 한 주일 동안 시다가 함께 있고 싶어했던 유일한 생명체였다. 약혼자인 코너 맥길도 피했다. 친구도 동료도 모두 피해다녔다. 단지 휴이 롱* 주지사의 이름을 딴 애견만 옆에 두었다.

전화를 노려봤다. 어머니와의 관계가 원만했던 적은 결코 없었지만 그렇다 하더라도 이번 사건은 재난이었다. 지난 한 주일 동안 시다는 수도 없이 피칸그로브에 있는 부모님 집의 전화번호를 두들겼다. 그리고 처음으로 시다는 끊지 않고 전화벨이 끝까지 울리도록 내버려두었다.

"여보세요." 하고 말하는 비비의 목소리를 듣자 속이 울렁거리기 시작했다.

"엄마, 저예요."

한 치의 망설임도 없이 비비는 전화를 끊었다.

시다는 얼른 재발신 단추를 눌렀다. 다시 전화를 받은 비비는 아무런 말도 하지 않았다.

"엄마, 전화받고 있는 거 다 알아요. 제발 끊지 말아요. 이번에 일어난 모든 일, 정말 미안해요. 진짜, 진짜 죄송해요, 전…."

"네가 무슨 말을 해도, 무슨 짓을 해도 내게 용서받지 못할 거다." 비비가 말했다. "넌 이제 죽은 자식으로 볼 거다. 넌 날 죽여버렸다. 이제 내가 널 죽일…."

시다는 침대에서 몸을 일으키고 숨을 가다듬으려 했다.

"엄마, 이런 일이 일어나게 할 생각은 없었어요. 날 인터뷰한 여자가…."

"유언장에서 네 이름을 지우겠다. 명예훼손으로 널 고소해도 놀라지 마라. 벽에 걸린 네 사진도 모조리 떼어 버렸다. 그러니…."

---

\* 휴이 롱 루이지애나 주지사와 상원의원을 역임한 30년대 개혁주의 정치가 — 옮긴이

시다는 노여움으로 벌게진 어머니의 얼굴이 눈앞에 보이는 것 같았다. 새하얀 피부 밑으로 도드라진 연보랏빛 정맥이 눈앞에 선했다.

"엄마, 제발 내 말 좀 들어봐요. 난《뉴욕타임스》를 말릴 수 없어요. 기사를 전부 다 읽어 봤어요? 난 분명히 '제 어머니, 비비 애벗 워커는 이 세상에서 가장 매력적인 사람 중 하나예요.' 라고 말했다고요."

"넌 '상처받았지만 매력적인' 이라고 말했어. '제 어머니는 상처받았지만 이 세상에서 가장 매력적인 사람 중 하나예요. 그리고 가장 위험한 사람이기도 하지요.' 여기 분명히 이렇게 적혀있다, 시댈리."

"제 창조성이 어머니 덕분이라고 말한 부분도 읽어봤어요? 제 창조성은 어머니로부터 직접 받은 거예요. 맛을 낸다고 저희 우유에 타바스코 소스를 넣기도 했죠. 엄마, 우리가 아기 의자에 앉아 밥을 먹는 동안 탭댄스 슈즈를 신고 우리 앞에서 춤을 췄다는 이야기를 할 때 얼마나 좋아했는지 몰라요."

"이 거짓말쟁이 계집애 같으니. 그 사람들이 좋아한 건 네가, '우리 어머니는 옛날 남부식 양육법을 신봉해서 아이의 맨살을 가죽벨트로 때려야 말을 알아듣는다고 생각하지요.' 라고 말한 대목이겠지."

시다는 숨을 들이쉬었다.

"그들이 좋아한 것은, '크게 성공한《벼랑 끝에 선 여자》를 연출한, 뛰어난 재능과 조리 있는 말솜씨를 지닌 시다 감독은 가정 폭력의 희생자였다. 탭댄스를 추는 아동학대자인 어머니 밑에서 학대받은 어린 시절을 보냈던 그녀의 연출은 연극계의 거장답게 사적인 개입과 직업적인 거리 사이에서 보기 드물고 감동적인 균형을 유지한다' 라고 썼을 때였겠지. 학대받은 어린 시절? 이런 개소리가 어디 있어! 이건 인간이 상상할 수 있는 가장 추악한 아이의 입에서 나온 인격모독 발언에 지나지 않아!" 비비가 말했다.

시다는 숨을 쉴 수 없었다. 저도 모르게 엄지손가락을 입가로 가져가 손톱 옆의 살을 잘근잘근 물었다. 10살 이후로 한 번도 하지 않은 짓이었다. 진정제를 도대체 어디에 뒀더라. 시다는 불안정했다.

"엄마, 난 엄마에게 상처를 줄 생각은 절대로 없었어요. 기사내용 대부분은 그 망할 기자들에게 말하지도 않은 거라고요. 정말이에요, 난…."

"이 빌어먹을 거짓말쟁이, 이기적인 계집애! 네가 이제껏 사귄 남자들과 왜 모두 파탄을 맞았는지 알겠다. 넌 사랑에 대해선 아무것도 몰라. 넌 잔인한 영혼을 가졌어. 주여, 코너 맥길을 도와주소서. 너랑 결혼하겠다는 걸 보니 그 사람도 어지간한 바보인 게 뻔하다."

시다는 침대에서 나왔다. 온몸이 떨려왔다. 시다의 아파트는 맨해튼 플라자에 있는 22층 건물이었다. 시다는 창가로 갔다. 창 밖으로 허드슨 강이 보였다. 문득 붉은 흙탕물이 흐르던 루이지애나 중부의 가넷 강이 떠올랐다.

'엄마는 너무해….' 시다는 생각했다. '아귀 같은 신파조의 왕비병 환자 같으니라고.' 입을 연 시다의 목소리는 싸늘하게 가라앉아 있었다.

"내가 말한 건 엄밀히 말해 거짓말이 아니에요, 어머니. 손에 느껴지던 벨트의 촉감을 잊으셨나요?"

전화기 저쪽에서 숨을 헉, 하고 몰아쉬는 소리가 들렸다. 다시 입을 열자, 비비의 목소리는 낮게 깔렸다.

"넌 네게 특권으로 주어진 사랑을 모욕했어. 이제 그 특권을 거둬들이겠다. 이제 넌 내 마음에서 떠나버린 존재야. 내 손이 닿지 않는 먼 곳으로 사라져버렸다. 네가 언제까지고 죄책감에 몸부림치길 바랄 뿐이다."

신호음이 들렸다. 비비가 전화를 끊어버린 것을 알았지만 수화기를 귀에서 떼어놓을 수 없었다. 시다는 꼼짝하지 않고 그 자리에 얼어붙어 저 밑에서 들리는 맨해튼 중심가의 소음에 귀를 기울였다. 차가운 3월, 도시의 불빛이 점차 희미해져갔다.

여러 해 동안, 알래스카에서 플로리다까지 지방 극장에서 연출을 하고 몇몇 개의 오프-오프 브로드웨이 작품을 무대에 올려놓은 뒤, 시다는 《벼랑 끝에 선 여자》로 성공을 맛볼 준비가 되어 있었다. 지난 2월, 마침내 연극이 링컨센터에서 막을 올리자 평단은 너나 할 것 없이 극찬 일색이었다. 40세가 된 시다는 세인들에게 인정받기를 갈망했다. 극작가 메이 소렌슨과 시다의 극단인 시애틀 렙에서 초연할 때부터 함께 작업해온 작품이기도 했다. 시애틀 초연뿐 아니라 샌프란시스코와 워싱턴 D.C. 공연도 시다가 감독했다. 코너는 세트를 디자인했고 시다의 가장 친한 친구 중 하나인 웨이드 코넌은 의상을 맡았다. 이들 네 사람은 오랫동안 한 팀으로 일해 왔으며 시다는 이제 친구들과 함께 모처럼 얻은 영광을 느긋하게 즐길 수 있게 되어 가슴 설레던 참이었다.

로버타 리델이 시다의 작품에 대해 한 첫 번째 비평은 거의 아부 수준이었다.

시다 워커는 어머니와 딸의 이야기를 다룬 메이 소렌슨의 역작을 대담하고 정열적인 작품으로 연출했다. 감상적이고 마냥 우스꽝스러워졌을지도 모르는 연극이 워커 감독의 손에 의해 감동적이고 유머가 넘치는 경이적인 작품으로 변했다. 워커는 소렌슨의 복합적이고 발랄하고 슬픔까지 담고 있는 재치 있는 극본의 가장 순수한 톤을 잡아냈고 그것을 연극무대라기보다는 자연적인 상태라고 보는 게 더 나을 것 같은 작품으로 만들어냈다. 한 가족의 비밀과 살인사건을 다룬 연극의 놀라운 경쾌함은 링컨센터 무대 위에 그대로 살아있다. 미국 연극계는 메이 소렌슨과 시다 두 사람에게 경의를 표해야 할 것이다.

그 후 한 달 뒤 로버타 리델이 시다의 마음속으로 살그머니 들어와 시다가 가장 친한 친구나 심리상담사한테만 털어놓을 만한 정보를 빼내리라고 상상이라도 했을까?

모욕적인 프로필이 새어나간 뒤, 시다의 어머니 비비와 아버지 셉, 다른 가족들이 모두 연극 예약을 취소해 버렸다. 뉴욕에 찾아올 가족들을 위해 고심해서 이것저것 계획을 세워놓았지만 모두 허사가 됐다. 가끔 시다는 어머니가 우는 꿈을 꾸곤 했다. 그런 꿈을 꾸고 나서는 항상 눈물범벅이 되어 잠에서 깨어났다. 남동생 리틀 셉이나 여동생 룰루에게서도 아무런 소식이 없었다. 아버지도 마찬가지였다.

연락을 해오는 유일한 가족은 막내인 베일러뿐이었다. "간단한 거야. 엄마는 《뉴욕타임스》 지면을 한번 타보는 게 꿈이었는데 이런 형태로는 아니었다, 이 말이지. 누나 피를 다 빼준다 해도 엄마는 이제 누나를 용서하지 않을 거야. 더구나 스타는 누나이지 엄마가 아니잖아. 그것만으로도 엄마는 미칠 지경일 걸." 베일러가 말했다.

"그리고 아빠는?" 시다가 물었다. "아버지는 왜 아무 연락도 없는 거야?"

"누나, 몰라서 물어?" 베일러가 말했다. "엄마 말이라면 아빤 꼼짝도 못하시잖아. 내가 '누나한테 연락 좀 하시지 그래요?' 하고 물었더니 아빠가 뭐라고 하셨는지 알아? '비비 워커와 함께 살아야 하는 건

바로 나다.' 이러셨어."

시다는 그 말을 들은 뒤에 도저히 전화를 끊을 수 없었다. 누군가 이런 고아가 된 것 같은 기분을 없애줄 수 있다면 얼마나 좋을까. 시다는 어머니에게 편지를 썼다.

1993년 4월 18일

엄마,

제발 절 용서해주세요. 엄마를 괴롭게 만들 생각은 결코 없었어요. 하지만 이런 것들을 말해야 하는 게 제 생활이란 말이에요.

엄마, 보고 싶어요. 엄마 목소리도, 그 황당한 유머 감각도 그리워요. 무엇보다도 엄마의 사랑이 그리워요. 엄마에게 버림을 받아 가슴이 찢어지도록 괴로워요. 다른 사람이 뭐라고 기사를 써도 거기에 대해 제가 통제하기 힘들어요. 제발 이해를 좀 해주세요. 제가 엄마를 사랑한다는 것을 알아주세요. 화를 푸시라는 말이 아녜요. 단지 엄마의 마음에서 절 몰아내지 말라고 부탁하는 거예요.

— 시다

시다에 관한 프로필은 홍보효과를 일으켜 티켓은 날개돋친 듯 팔렸다. 《벼랑 끝에 선 여자》는 더욱 크게 히트했다. 연극계에서 활동하는 여성들에 관한 《더 타임》지의 특집기사에서는 시다가 중점적으로 다루어졌다. 《아메리칸 플레이하우스》에 방영될 텔레비전 판의 감독도 맡았다. 그리고 CBS 방송에서는 시다의 에이전트에게 전화를 걸어 시리즈 물을 맡기고 싶다고 의뢰하기도 했다. 그동안 시다를 퇴짜놓던 전국의 극장들이 이제 자기네 작품을 연출해 달라고 애원하고 있었다.

그 위에 클래어 부스 루스*가 쓴《여인들》의 공연권을 손에 넣은 메이는 뮤지컬로 각색하는 중이었다. 시애틀 렙은 메이, 시다, 코너, 그리고 웨이드를 고용해 워크숍을 할 수 있도록 상당한 금액의 보조금을 지원받았다.

잠시 시애틀로 떠나있어야 하는 날짜가 다가오자 시다의 목은 끊임없는 경련에 시달렸다. 자신이 마치 걸어다니는 말초 신경인 것처럼 느껴졌다. 목의 경련이 더 괴로운지 아니면 코너가 시다의 목을 마사지해줄 때 분출되는 슬픔이 더 괴로운지 모를 지경이었다. 이제 언제나 꿈꿔오던 삶을 살게 됐다 — 잘 나가는 감독이 되고 사랑하는 남자와 결혼까지 약속했다. 하지만 시다가 원하는 건 단지 침대에 누워 마카로니와 치즈를 먹고 악어 떼 같은 기자들로부터 몸을 숨기는 것뿐이었다.

시애틀로 떠나기 직전, 시다는 비비에게 다른 접근방법을 시도해봤다. 편지내용은 다음과 같았다.

엄마에게,

여전히 저에게 화내고 계신 상태라는 거 잘 알아요. 하지만 엄마의 도움이 필요해요. 시애틀에서 클래어 부스 루스의《여인들》을 뮤지컬로 만들게 됐는데 어디서부터 시작해야 할지 모르겠어요. 여자들의 우정에 관해서 엄마는 모르는 게 없잖아요. 캐로 아줌마, 네시 아줌마, 그리고 틴지 아줌마와 50년도 넘게 단짝친구로 계시잖아요. 엄마는 그 방면에선 전문가예요. 그리고 엄마의 천부적인 드라마 감각은

---

클래어 부스 루스 1903-1987 : 미국의 국회의원, 외교관, 극작가, 그리고《타임·라이프·포춘》지의 사장인 헨리 R. 루스의 부인 — 옮긴이

전혀 흠 잡을 데 없고요. 야야 시스터즈와 함께한 어머니의 지난 세월 중에 아무거나, 그러니까 아이디어라든지 추억이라든지 뭐든 저에게 이야기해 준다면 저에게 정말 큰 도움이 될 거예요. 만약 저를 위해 아무것도 하고 싶지 않다면 미국 연극계를 위한 거라고 생각하고 도와주세요. 부탁이에요.

사랑해요.

— 시다

시다와 코너는 7월 중순께 시애틀로 출발했다. 비행기에 오르며 시다는 자신에게 말했다. '넌 지금 신나는 인생을 살고 있어. 12월 18일에는 사랑하는 남자와 결혼하고, 일도 궤도에 오르고 있어. 난 성공했어. 성공을 같이 축하해 줄 친구들도 있고. 모든 게 잘 되고 있어. 정말이야.'

**\*\***

1993년 8월의 어느 날, 한밤중에 일어난 일이었다. 창 밖의 달이 유리 같은 워싱턴 호수 위에 빛을 드리우고 있을 때, 시다는 가쁜 숨을 몰아쉬며 땀에 흠뻑 젖어서 잠을 깼다. 눈물은 흐르는데 피부는 온통 가렵고 입안이 모래처럼 바싹 말라 있었다. 사랑하는 코너가 옆에서 잠을 자는 동안 죽어버린 게 틀림없다는 생각이 퍼뜩 들었다.

'그럴 줄 알았어. 그이는 날 떠난 거야. 가버린 거야. 영원히.'

시다의 뻣뻣한 몸 안에 있는 모든 원자가 코너가 아직 숨을 쉬는지 감지하기 위해 바싹 긴장했다. 뜨거운 눈물이 소리 없이 흘렀고 미친 듯이 뛰는 심장 소리가 주변의 모든 소리를 삼켜버렸다.

코너의 얼굴에 자신의 얼굴을 대어보았다. 시다의 눈에서 떨어진 눈물이 코너의 턱에 떨어지자, 그는 눈을 떴다. 코너는 제일 먼저 시다에게 키스를 했다.

"사랑해, 시다." 잠이 아직 덜 깬 채 그가 웅얼거렸다. "사랑해, 자기."

너무나 갑작스런 연인의 소생에 시다는 소스라쳤다.

"시다, 뭐가 잘못됐어?" 코너는 이렇게 속삭이고는 일어나 앉아 시다를 가슴께로 끌어당기며 두 팔로 감싸 안았다. "괜찮아, 시다. 아무 일도 없어."

시다는 그가 껴안도록 가만히 두었지만 아무 일도 없다는 말은 믿지 않았다. 잠시 후 그의 곁에 다시 누워 잠이 든 척했다. 그렇게 3시간 동안 뜬눈으로 지새우며 시다는 기도했다. 성모 마리아님, 고통받는 마음을 어루만져주시는 분이여, 절 위해 기도해주세요. 제발 도와주세요.

캐스케이드 산맥 위로 태양이 떠오르고 성난 까마귀 떼가 전나무 숲속에서 시끄럽게 싸우고 있을 때 시다는 휴일린과 함께 테라스로 나왔다. 시애틀의 서늘한 8월 아침이었다.

다시 집 안으로 들어온 시다는 무릎을 꿇고 앉아 코커스패니얼의 배를 쓰다듬어줬다. 시다에게 '어쩌면 난 개만 사랑해야 하는 운명을 타고난 여자일지도 모른다' 는 생각이 문득 들었다.

시다는 침실로 들어가 코너의 이마에 입을 맞췄다.

그는 눈을 뜨며 미소를 지었다. 시다는 그의 파란 눈을 들여다보며, 잠에서 막 깨어났을 때는 평소보다 그의 눈동자 색이 더 진해진다고 생각했다.

"코너, 아무래도 결혼식은 연기해야 하겠어." 그의 얼굴에 떠오른 표정에 괴로워진 시다가 말을 이었다. "코너, 부탁이야. 도저히 참을 수 없을 것 같아."

"뭘 참을 수 없을 것 같은데?"

"코너가 날 남겨두고 죽어버린다는 사실 말이야."

"내가?" 그가 물었다.

"그래. 언젠가 그렇게 될 거잖아. 언제 어떻게 그런 일이 벌어질지 알 수 없어. 하지만 그렇게 될 거잖아. 그럼 과연 내가 견딜 수 있을지 도저히 모르겠어. 어젯밤 코너는 갑자기 숨을 멈췄어. 아니 적어도 그렇게 보였어."

코너는 시다를 노려봤다. 시다 워커는 예민한 여자였다. 그 사실을 알고 있었고 그는 그런 시다를 사랑했다.

"맙소사, 시다. 내 몸은 전혀 이상이 없어. 난 어젯밤 숨을 멈춘 게 아니라 자고 있었을 뿐이야. 내가 얼마나 깊이 잠드는지 잘 알잖아."

시다가 몸을 돌려 그를 바라보았다. "어젯밤 잠에서 깼을 때 자기가 죽어버렸다고 나는 확신했어."

코너는 시다의 뺨에 손을 갖다댔다. 시다는 외면하고 무릎 위에 꼭 움켜쥔 자기 손만 뚫어지게 쳐다봤다.

"어젯밤의 느낌을 다시 느끼는 걸 견딜 수 없어. 난 홀로 남고 싶지 않아."

"대체 무슨 소리야, 시다?"

코너가 커버를 밀치며 침대에서 일어섰다. 아직 잠의 흔적이 남아 있는 그의 헌칠하고 마른 몸에서는 무명솜과 꿈의 냄새를 맡을 수 있었다. 코너는 45살이었지만 육체는 잘 다듬어지고 날렵했다.

휴일린이 탁탁 소리를 내며 마룻바닥을 꼬리로 쳤다. 코너는 몸을 굽혀 개를 쓰다듬었다. 그러고 나서 시다 앞에 무릎을 꿇고 앉아 시다의 손을 잡았다.

"시다, 내가 언젠가 죽게 된다는 것은 전혀 새로운 게 아냐. 당신도 마찬가지야. 전혀 새삼스러운 사실이 아냐, 달링."

시다가 한숨을 쉬며 말했다. "나에겐 새삼스러워."

"무서워?"

시다는 고개를 끄덕였다.

"엄마 일 때문이야?"

"아니, 엄마와는 아무 상관없어." 시다가 말했다.

"나 역시 당신이 장차 세상을 떠나게 된다는 사실을 견뎌야 해, 시다. 당신이 나보다 먼저 죽을 수도 있어. 남는 사람은 내가 될지도 모르는 일이야."

"아냐, 그런 식으로 되지는 않아."

코너는 몸을 일으켰다. 옷걸이에서 초록색 면 목욕가운을 꺼내 걸쳤다. 시다는 코너의 모든 움직임을 눈으로 쫓고 있었다.

"모두 연기하고 싶다고? 아니면 이제 끝이라는 루이지애나식 표현인가?" 코너가 부드러운 어조로 물었다.

시다는 침대에서 일어나 그의 허리에 팔을 감고 그의 가슴에 머리를 기댔다. 시다의 머리는 코너의 턱 밑으로 쏙 들어갔다.

"아냐, 우리 사이를 끝내고 싶은 게 아냐, 코너. 당신을 사랑해. 언제나 당신을 사랑할 거야. 이렇게 되어서 정말 미안해." 시다가 속삭였다.

코너가 시다의 머리 쪽으로 고개를 숙였다. 그의 심장이 뛰는 것을 느낄 수 있었다.

"얼마나 연기할 건데, 시다?"

"몰라. 오래는 아닐 거야. 모르겠어."

포옹을 풀고 코너가 창가로 걸어갔다.

그를 너무 몰아붙인 게 아닌지 겁에 질린 시다는 그의 말을 기다렸다.

"난 언제까지나 연옥에서 기다리는 걸 원치 않아." 창 너머로 캐스케이드 산맥을 바라보며 그가 말했다. "날 우습게 보지 마. 난 매저키스트가 아냐."

'하느님, 제발, 코너를 잃어버리지 않게 해주세요.'

"좋아." 마침내 시다 쪽으로 몸을 돌린 그가 말했다. "기분이 좋진 않지만. 그렇게 해."

그들은 다시 침대로 기어 들어갔다. 시다는 코너의 몸에 기대어 웅크리고 누웠다. 두 사람은 한마디도 하지 않고 오랫동안 그렇게 누워 있었다. 4년 동안 우정을 쌓고, 4년 동안 함께 극장에서 일한 뒤에야 시다는 코너와 만났던 첫날부터 그를 사랑했다는 사실을 인정했다. 시다는 시카고에 있는 굿맨 극장에서 연극을 연출하고 있었고 코너는 그 연극의 세트 디자이너였다. 그를 처음 봤을 때 시다는 키스하고 싶었다. 천천히 번지는 그의 미소나 그의 턱 모양, 헌칠하고 야윈 몸, 그의 상상력. 그리고 몸짓에서 은연중에 느껴지는 편안함과 전체적인 태도에서 풍겨져 나오는 느긋함에는 뭔가 특별한 게 있었다.

휴일린이 귀여운 머리를 침대 위에 얹고 서로 품에 꼭 안겨있는 두 사람을 쳐다보았다. 시다가 한숨을 쉬었다.

"어쩌면 잠시 떠나 있을지도 몰라. 시애틀에 왔을 때 메이가 올림픽 반도에 있는 퀴놀트 호숫가에, 가족 별장으로 쓰고 있는 통나무집을 써도 된다고 했어."

"시애틀에서 얼마나 떨어진 곳인데?"

"차로 한 세 시간쯤."

코너가 시다의 얼굴을 뚫어지게 쳐다보았다.

"좋아." 휴일린의 귀를 쓰다듬으며 그가 물었다. "휴이 롱 주지사는 데려갈 거야, 아니면 나한테 맡길 거야?"

"데려갈 생각이야." 시다가 말했다.

코너는 시다의 입술에 입을 맞추고 천천히 오랫동안 키스했다. 따뜻한 물속으로 잠겨드는 듯한 느낌이었다. '섹스는 치유한다.' 시다가 자기 자신에게 말했다. '불안은 사람을 죽인다.' 그런 아늑함과 쾌락에 몸을 맡기는 것은 시다에게 힘든 일이었다.

코너와 결혼하기 4개월 전, 시다는 가슴 안에 있는 무거운 검은 돌이 빛을 가로막는 것을 느꼈다. 철야할 때처럼 팔 다리는 긴장으로 뻣뻣해졌다. 마치 끝없는 사순절* 기간에 갇힌 것처럼 시다는 동굴 입구를 가로막은 바위가 굴러가기를 기다렸다.

---

**사순절** 예수의 사후에서 부활까지의 기간으로 그동안 단식을 하거나 금기를 정해 지킨다 ─ 옮긴이

2

서재의 창가 자리에 누워 소설책을 읽으며 바브라 스트라이젠드의 노래를 듣고 있는데 우편물 트럭이 모퉁이를 도는 소리가 들렸다. 비비 워커는 우편물을 가지러 피칸그로브의 가로수 길을 걸어 내려갔다.

67세의 비비는 일주일에 2번씩 테니스를 치는 덕분에 여전히 건강을 유지하고 있었다. 담배를 끊으려고 노력하면서 2.5킬로 정도 살이 붙긴 했지만 여전히 나이보다 훨씬 젊어 보였다. 비비의 다리는 햇볕을 쬐지 못해 하얗긴 했지만 탄탄한 근육질이었다. 프랑스식 단발로 자른, 살짝 물들인 잿빛 금발 머리에는 35년 전에 산, 섬세하게 짠 값비싼 검은 밀짚모자를 쓰고 있었다. 비비는 새하얀 블라우스에 리넨 반바지, 테니스 신발을 신고 있었다. 몸에 걸친 귀금속으로는 순금 팔찌 하나와 결혼 반지, 그리고 조그만 다이아몬드 귀걸이 정도였다. 센라에 있는 사람들이 기억하는 한 이것이 비비의 여름 유니폼이었다.

우편함을 보니 미국 전역에 있는 야외 레저복 카탈로그는 죄다 온 것 같았다. 남편, 셉 워커는 우편주문이라면 환장하는 시골 소년 같은 버릇을 버리지 못했다. 비비가 얼마 전 주문한 하얀 실크 바지 정장의 요금 청구서도 있었다.

그리고 시애틀 소인이 찍힌 고급 종이로 된 회색 봉투가 있었다. 맏딸의 필체를 보자마자 비비는 배가 당겨오는 것을 느꼈다. 만약 시다가 다시 야야 시스터즈에 관해 묻는 편지라면 대답은 '노'다. 그런 식으로 상처받은 뒤로는 딸에게 아무것도 해주지 않을 작정이었다. 진입로에 서서 비비는 엄지손톱으로 봉투를 열고 숨을 깊이 들이마신 뒤 편지를 읽기 시작했다.

1993년 8월 10일

엄마, 아빠

코너와의 결혼을 연기하기로 결심했어요. 다른 사람에게 듣기 전에 제가 먼저 말씀드리고 싶었어요. 손튼에선 소문이 얼마나 잘 퍼지는지 잘 아니까요.

제 문제는 내가 무엇을 하는지 잘 모르겠다는 거예요. 난 사랑하는 법을 몰라요. 알려드리고 싶은 소식은 이게 다예요.

— 사랑해요, 시다

'젠장.' 비비는 생각했다. '젠장, 젠장, 젠장.'

다시 부엌으로 돌아온 비비는 의자 위에 올라서서 담뱃갑을 숨긴 찬장 속을 더듬었다. 그러다 간신히 자신을 억누르고 조심스레 의자에서 내려왔다. 요리 책을 놓는 선반에서 수프가 여기저기 튄《리버

로즈 레시피》를 꺼내들고 103쪽을 펼쳤다. 핸슨 스코비 부인의 가재찜 레시피 옆에 시다가 약혼했다는 소식을 알릴 때 보냈던 두 사람의 사진이 붙어 있었다. 비비가 없애지 않은 유일한 시다의 사진이었다. 비비는 잠시 사진을 들여다보다 입 안에 니코틴 껌을 넣고 전화를 집어들었다.

30분 뒤 바브라 스트라이젠드 시디(CD)를 오디오에서 꺼낸 뒤 핸드백을 들고 군청색 체류키 지프에 올라탄 비비는 피칸그로브에서 더 넓은 세상으로 난 길을 달리고 있었다.

비비가 차를 주차했을 때 네시와 캐로는 벌써 틴지의 집에 와 있었다. 틴지의 가정부인 셜리는 샌드위치를 만들고 보온병 두 개에 블러디메리*를 채워놓았다. 여자들은 틴지의 빨간 컨버터블* 사브에 올랐다. 틴지가 운전석에 앉고 비비는 조수석, 네시는 운전석 뒤, 그리고 캐로는 비비의 뒷자리. 1941년이래 틴지네 컨버터블에 탈 때 이들 네 명의 야야 시스터즈 멤버는 언제나 그렇게 자리에 앉았다. 그러나 옛 날과는 달리 캐로는 앞좌석에 발을 올려놓지 않았다. 에티켓에 신경 쓰게 되어서 그런 게 아니라 휴대용 산소탱크를 갖고 다녀야 하기 때문이었다. 언제나 사용해야 할 필요는 없었지만 만약을 위해 늘 손이 닿는 곳에 둬야 했다.

틴지가 에어컨을 강하게 틀었고, 야야 시스터즈는 시다의 편지를 돌려가며 읽었다. 편지 읽기가 끝나자 틴지는 지붕을 내리고 비비는 시디플레이어에 바브라 스트라이젠드 시디를 밀어 넣었다. 모두 모자

블러디메리 보드카에 토마토 주스를 타서 만든 칵테일 ─ 주
컨버터블 지붕을 접었다 폈다 할 수 있는 자동차 ─ 옮긴이

와 스카프, 그리고 선글라스를 끼고 있었다. 그리고 그들은 스프링 크릭 방향으로 달렸다.

"그래, 난 우편함 앞에 서서 최후통첩용 기도문을 짓고 있었어. 난 말했지. '내 말 들어봐요, 하느님.' '들어주세요' 가 아니라 그냥 '들어봐요' 였어."

"난 네가 자비로운 성모에게만 기도하는 줄 알았는데. 그 늙은 할아범은 옛날에 버리지 않았어?" 틴지가 말했다.

"틴지, 제발 그만해. 그런 불경스런 말을 하다니. 그냥 날 쇼크 먹이려고 이러는 거지?" 네시가 말했다.

"맞아. 늙은 아버지 하느님을 버린 건 사실이야. 하지만 만약을 위해 기댈 수 있는 모든 것에 기대야 했거든." 비비가 말했다.

"굿 아이디어!" 캐로가 말했다.

"너희가 자기 편한 대로 가톨릭교를 뜯어고치기는 했지만 삼위일체*는 아직도 존재해." 네시가 말했다. 교황이 노망이 아니라고 믿는 유일한 멤버였다.

"네시. 설교는 그만둬. 아직도 우리 모두 마음속 깊은 곳에서는 가톨릭 신자니까 걱정 말라고." 틴지가 말했다.

"난 그저 전능하신 주님을 '늙은 할아범' 이라고 부르는 게 좀 삐딱한 게 아닌가 생각한 것뿐이야." 네시가 말했다.

"좋아, 좋아. 너무 오버하지 마, 네시 성녀님." 틴지가 말했다.

비비는 보온병 뚜껑을 열어 플라스틱 컵에 블러디메리를 따랐다. "캐로 달링, 여기." 비비가 뒷좌석에 있는 캐로에게 컵을 내밀었다. "틴지, 고속도로로 가지말고 옛날 길로 가지 않을래? 어떻게 생각해?"

---

삼위일체 하느님은 성부(聖父)·성자(聖子)·성령(聖靈)의 세 위격(位格)을 가진다는 가톨릭 교리 — 주

비비가 말했다.

"좋아, 자기." 틴지가 말했다.

옛날 길이란 농경지를 관통해 오벨리에 호수 주위를 도는 1차선 주도로였다. 고속도로보다 조용한데다 시원하기까지 했다. 게다가 길가에 가로수까지 심어져 있었다.

"하느님이 시다의 쌍둥이 형제를 데려가서 그런지 시다에게 후하게 은혜를 베푸는 것 같아." 비비가 말했다. "그러니까 난 할인을 받을 자격이 있는 셈이지."

"맞아." 네시가 말했다. "시다는 쌍둥이 동생이 살아있었다면 받았을 행운까지 갖게 된 거지."

"잘 들었지? 네시 수녀님이 모두 설명해주잖아." 캐로가 말했다.

"틴지, 너 운전하니까 술 안 마실 거지?" 비비가 물었다.

"설마, 말도 안 돼." 틴지가 말했다.

비비가 틴지에게 술잔을 조심스레 건네주며 말했다. "이것 때문에 사람들이 우릴 '베티' 에 처넣겠다."

"우릴 '베티' 에 처넣을 이유는 수도 없이 많지." 틴지가 운전대를 잡으며 말했다. 틴지가 예전에 알코올과 약물중독 치료기관인 '베티 포드 센터' 에 붙인 베티라는 별명은 이제 야야 시스터즈의 일상어 중 하나가 되었다.

"네시?" 비비가 컵을 들고 말했다. "한 잔 할래?"

"한 모금만."

"바브라 스트라이젠드 좀 조용히 시켜. 저렇게 소리를 질러대니 너희 말을 통 들을 수가 없잖아." 캐로가 말했다.

틴지가 시디플레이어의 소리를 낮추며 백미러에 비친 캐로의 눈을 힐끗 쳐다봤다.

"캐로, 요즘엔 눈에 보이지 않게 만든다며?"

"틴지, 내가 몇 번이나 말해야 알겠냐? 난 보청기 같은 건 필요 없다고."

비비가 캐로를 쳐다보며 입만 벙긋거렸다. 네시도 얼른 합세했다.

"관둬, 이 바보들아! 그만하지 못해!" 캐로가 웃으며 말했다.

"난 여전히 '시댈리 워커'에게 머리끝까지 화가 나 있어." 블러디 메리를 한 모금 들이켠 후 비비가 입을 열었다. "이 나라에서 가장 큰 신문을 통해 내 이름을 모독하다니. 화를 내지 않을 사람이 누가 있니? 하지만 내 엄마-레이더에 도움을 요청하는 신호가 잡혀서 말이야."

"언제나 엄마들은 자식들의 신호에 귀를 기울여야 하지." 네시가 참견했다.

"이 사진 때문이야." 비비가 말했다. "약혼한 걸 알린다고 찍은 사진이었어." 비비는 핸드백에서 사진을 꺼내 뒷자리로 건넸다.

"약혼 사진치고는 좀 캐주얼하긴 하지만 시다 정말 근사하게 나왔네." 네시가 말했다.

"사진을 더 자세히 봐." 친구들에게 비비가 말했다.

캐로와 네시는 사진을 한참 동안 들여다보다 빨리 달라고 손가락을 퉁기는 틴지에게 건네줬다.

캐로가 바흐의 브란덴부르크 협주곡 6번을 휘파람으로 부르다가 갑자기 멈추더니 "그 애 웃고 있군." 하고 말했다.

"정답!" 비비가 몸을 돌리며 말했다. "시댈리 워커는 10살 이후로 사진 찍을 때 그런 식으로 활짝 웃은 적이 없어."

틴지가 손짓을 하고 속도를 줄였다. 처마가 내려앉은 오래된 식품점이 나타났다. 건물은 녹슨 펌프로부터 메두사의 머리처럼 자라난 덩굴과 칡넝쿨로 덮여 있었다.

틴지는 왼쪽으로 꺾어서 좁은 길로 들어섰다. 길 양쪽에 심어진 떡갈나무가 한가운데서 가지를 맞대는 곳이 많아서 마치 마법의 터널에 들어선 느낌이었다. 나무들은 이들이 아직 어린아이였던 60년 전에도 이미 고목이었다. 그들은 말을 멈추고 고목들이 자신들을 둘러싸도록 내버려두었다.

스프링 크릭으로 가는 도중에 이 나무들 밑을 얼마나 많이 지나갔는지 말할 수 있는 사람은 없었다. 처음에는 부모님들과 함께 왔었다. 그러고 나서 데이트 상대나 친구들과 함께 오면서 성스러운 호수에 다다르기 위해 석유배급 스탬프까지 훔치곤 했다. 그리고 애들을 키울 때는 여름 내내 두세 달씩 머무르며 주말에 남편이 올 때만 화장을 했었다.

"이건 여자애들이 가슴이 커지기 전에 웃는 웃음이야." 틴지가 말했다.

"자기 자신을 위해 웃는 웃음이지. 빌어먹을 카메라를 들고 있는 남자를 위한 게 아니라." 캐로가 말했다.

"나도 그렇게 웃던 때가 있었어." 비비가 말했다. "주근깨 때문에 걱정하고, 배를 집어넣고 다니기 전에는 그렇게 웃었지."

"그러니까 망할 놈의 빌어먹을 요점이란 시다가 포즈를 취하고 있는 게 아니다, 이 말이야. 약혼하는 여자 흉내를 내고 있는 게 아니라고." 캐로가 말했다.

"캐로, 너 너무 거칠게 말하는 것 같아." 네시가 말했다.

캐로가 손을 뻗어 네시의 손을 꼭 잡았다.

"이봐 친구, 난 67살이야. 내가 말하고 싶은 대로 얼마든지 거칠게 말해도 돼."

"맬리사가 그러는데 걔네 심리치료사 말이 난 거친 것을 두려워하고 달콤한 것에 중독되어 있대. 단지 분홍, 파랑 예쁜 생각만 하려고 애쓸 뿐인데 왜 중독이라고 부르는지 이해가 안 돼." 네시가 말했다.

그 말에 캐로는 네시의 손을 들어 살짝 입을 맞췄다. "자기 딸년 심리 치료사 말은 절대 듣지 마."

"그 애들도 나중에 자기 자식의 심리치료사한테 당하게 되겠지. 정말 달콤한 복수가 될 거야." 비비가 말했다.

네시는 미소를 지으며 캐로를 쳐다봤다. 캐로는 이제 눈을 감고 있었다.

비비는 자신의 어머니인 버기가 이런 식으로 웃었던 적이 있나 생각하고 있었다. 어머니가 세상을 떠난 뒤 발견한, 다른 물건들과 함께 있던 사진 한 장이 기억났다. 1916년쯤에 찍은 오래된 사진이었다. 비비의 어머니는 머리에 커다란 리본을 달고 엄숙한 표정으로 카메라를 노려보고 있었다. 사진 뒤에는 직접 손으로 이름을 써놓았는데 비비가 알고 있는 어머니의 두 이름인 '버기'나 '테일러 C. 애벗 부인'이 아니라 '메어리 캐서린 보우먼'이라고 적혀 있었다. 어머니의 진짜 이름이었다.

"우리 엄마는 예전에 저기 있는 시다처럼 웃곤 했어." 틴지가 비비의 무릎 위에 놓인 사진을 가리키며 말했다.

'내 웃는 얼굴은 이제 어떻게 보일까?' 비비는 생각했다. '소녀 시절의 함박웃음은 다시 찾을 수 있는 걸까? 아니면 처녀성처럼 한 번

잃으면 그걸로 끝인 걸까?

호수에 도착하자 네 여자는 차에서 내렸다. 네시가 음식이 담긴 바구니를 들고 틴지가 트렁크에서 새 블러디메리 보온병을 꺼냈다. 도와준다는 말도 없이 비비는 캐로의 산소탱크를 같이 들어줬고 캐로는 고맙다는 말도 없이 그녀의 도움을 받아들였다. 그리고 네 명의 야야 시스터즈는 샛길을 걸어 내려가 천천히, 조심해서, 비비가 깔아놓은 낡은 분홍 체크무늬 담요가 있는 호수 기슭으로 갔다.

"날씨가 서늘해져서 천만다행이다. 안 그랬다면 벌써 바비큐가 돼버렸을 걸." 캐로가 말했다.

버드나무들이 가지를 호수 위로 드리우고 있었고 그 뒤로는 소나무들이 들어차 있었다. 태양은 이미 중턱을 넘어갔지만 여전히 뜨거웠다.

네시가 셜리의 신선한 바게뜨 위에 얹은 굴 무팔레토*를 나눠주었다. 틴지는 각자의 잔에 블러디메리를 다시 채웠다.

"우리가 시다의 부탁대로 클래어 부스의 연극을 연출하는 데 도움을 주려면 무얼 해야 할까?" 비비가 물었다. "우리 야야 시스터즈의 추억을 이야기해 달라는 그 못된 계집애의 뻔뻔함이라니. 농담이겠지. 자기가 나에게 그런 짓을 해놓고서? 튜나-누들 캐서롤*의 요리법도 보내줄 수 없다고."

"난 정말 기쁜데!" 네시가 말했다. "하지만 그건 내 의견일 뿐이야. 우리 딸들은 돈 달라는 부탁밖에 안 하니까."

"좋은 연극을 만들기 위해 돕는다는 명분이야." 틴지가 말했다.

---

무팔레토 셀러리, 양파, 당근 등을 잘게 썰어 레몬즙과 식초에 절인 루이지애나 요리 — 옮긴이
튜나누들 캐서롤 참치에 국수를 곁들인 찜요리

"그 앤 좋은 소재를 볼 줄 안다니까." 캐로가 말했다.

"우린《여인들》*에 나오는 여자들과는 하나도 닮은 구석이 없어." 비비가 말했다. "그 여자들은 서로 미워하지. 그리고 그 영화가 나왔을 때 우린 아직 어린애였잖아."

"아기들이었지." 틴지가 말했다.

"하지만 우린 시대적인 감각을 갖고 있잖아." 네시가 말했다. "영화에서 노마 시어러 정말 근사하지 않았어? 이제 그런 여배우는 더 이상 나오지 않아."

"야야 시스터즈의 추억을 위하여." 캐로가 잔을 들며 말했다.

"뭐?" 비비가 말했다.

"이봐 친구, 인생은 짧은 거야." 캐로가 말했다. "어서 우리 스크랩북을 부쳐 줘."

"그 애가 결혼에 겁먹고 발을 빼는 게 내 잘못은 아냐." 비비가 말했다. "스크랩북은 못 부쳐 줘."

"난 그 애의 대모야." 캐로가 말했다. "'신성한 비밀'을 부쳐 줘."

"그렇게 하는 게 좋은 매너야." 네시가 말했다.

"'신성한 비밀'을 그 애에게 부쳐 줘, 달링. 빨리." 틴지가 말했다.

비비는 친구들의 표정을 살폈다. 결국 그녀는 잔을 높이 들고 말했다.

"야야 시스터즈의 추억을 위하여."

그들은 잔을 부딪칠 때마다 상대방의 눈을 쳐다봤다. 야야 시스터즈의 가장 중요한 규칙이었다. 건배하며 잔을 부딪칠 때 반드시 상대

---

*《여인들》 1939년 작. 조지 쿠커 감독, 노마 시어러 주연. 클래어 부스의 히트 브로드웨이 연극을 각색한 영화 — 주

방의 눈을 쳐다볼 것. 그렇지 않으면 건배 따위는 아무런 의미도 없고 단지 형식적일 뿐이다. 야야 시스터즈는 겉치레와는 거리가 멀었다.

3

그날 밤, 다시 피칸그로브로 돌아온 비비는 침실에 앉아 있었다. 에어컨은 켜져 있고 천장에 달린 선풍기가 윙윙거리며 돌아가고 창문은 호수로부터 들려오는 밤의 소리에 활짝 열려 있었다. 침대 옆에 놓인 독서용 램프를 끄고 성모상 앞에 있는 초에 불을 붙였다.

비비는 기도했다. '성모여, 자비로운 성모여, 제 기도를 들으소서. 당신은 달과 별들의 여왕이십니다. 전 제가 무엇의 여왕인지 더 이상 알 수 없나이다.'

내 인생의 그 시기에 대해서는 아무런 변명도 할 수 없다. 요즈음 같으면 바구니를 떨어뜨리기 시작하면 누군가 눈치를 챈다. 그렇게 되면 상황이 너무 나빠지기 전에 베티처럼 근사한 곳에 보내진다. 그 당시, 음…. 그 당시 나는 망할 놈의 덱사밀*을 복용하고 일주일에 3번

---

**덱사밀** 암페타민과 바비투레이트를 혼합한 항정신성의약품, 한때 우울증 치료약으로 사용되기도 했다 — 옮긴이

고해성사를 했다. 그때는 오프라 윈프리 쇼 같은 건 없었다.

일요일 오후면 남편의 벨트를 손에 들었다. 셉이 직접 가죽에 루비를 박은 순은 버클을 달고 다른 끝에 역시 순은을 댄 벨트였다. 아이들을 때릴 때 가장 심하게 상처를 남기는 부분이 바로 순은을 댄 그 끝부분이었다.

지금도 아이들의 아름다운 몸뚱이들이 생생하게 눈앞에 보인다. 내가 한 짓이 무엇인지 알고 있다. 아기의 몸은 무방비의 쉬운 표적이었다.

시다의 몸에 난 흉터가 지금도 있을까? 코너 맥길은 그 애와 사랑을 할 때 그 흔적을 볼까?

그 사춘절 기간으로, 아니 그 애의 어린 시절로 돌아가 내 딸의 등뒤로 팔을 뻗어 모든 걸 지워버릴 수 있다면. 하지만 그런 신과 같은 일은 아무리 원해도 할 수가 없다. 아마 그것이 내 일생을 통해 유일하게 얻은 교훈일 것이다.

시다는 날 말렸어야 했어. 하지만 그 애는 가만히 서서 맞고 있었어. 마치 아버지에게 맞았던 내가 그러했듯이.

그 애는 허벅지 그리고 어깨에 있는 점에 와 닿는 가죽 벨트의 꿈을 꿀까?

그리고 나는 떠났다. 아무도 병원이라고 부르지 않았던 병원에서 돌아오니 모두 내가 너무 지쳐서 쉴 필요가 있다는 이야기만 했다. 아무런 설명도 없었다. 그 일로 의논을 해본 적도 없었다.

내가 아이들을 때린 건 그때 한 번만이 아니었다. 하지만 너무 심하게 때려 피가 났던 적은 그때밖에 없다. 시다가 겁에 질려 오줌을 지린 것도 그때뿐이다.

캐로를 설득해 내가 한 일을 그녀에게 고백하게 했다. 나는 가장 친한 친구에게 내가 무슨 짓을 했는지 고백하게 만드는 지독한 일을 시켰다.

시다는 아직도 담요를 턱 바로 밑까지 덮고 한 팔로 또다른 베개를 안고 다른 팔은 어깨 위로 올린 채 잠을 잘까? 아직도 옛날 악몽을 꾸다 거친 숨을 몰아쉬며 잠에서 깨어날까? 내가 그 애를 그렇게 만든 걸까? 내 죄는 사해지지 않는 걸까? 나는 시다에게 시다가 어렸을 때 죽은 쌍둥이 남동생이 그 애의 수호천사로 있다고 말해 준 적이 있다. 아직도 그 말을 믿을까?

내 큰딸이 사랑으로부터 등을 돌리는 것을 지켜봐야 하는 게 내게 주어진 벌일까?

성모 마리아여, 당신은 어머니이시며 밭과 초원의 여신입니다. 어떤 것이라도 좋으니 내게 신호를 보여주세요. 위안을 주세요. 그리고 기왕이면 제 죄도 사하여 주세요. 평생 내 딸을 내 안에 품고 살아가야 합니까? 죽을 때까지 그 애를 책임져야만 합니까? 난 이런 죄책감을 원하지 않습니다. 이 무게도 원치 않습니다.

어머니 없는 자들의 어머니이신 마리아여, 저 대신 그 애의 일을 중재해주옵소서. 당신만이 할 수 있는 방법으로 하느님이 제 기도에 귀를 기울이게 해주옵소서. 제 말을 아드님께 전해주옵소서.

주 예수 그리스도여, 구원자이신 주님, 제 대신 호소하시는 성모의 말씀에 귀를 기울이소서. 방정맞은 딸년 때문에 여전히 화가 머리끝까지 나 있는 상태이지만 전 기꺼이 협상할 태세가 되어 있습니다. 제 조건은 다음과 같습니다 — 시다가 사랑으로부터 도망가지 않게 해주세요. 그렇게 된다면 전 술을 끊겠나이다. 그 애와 코너가 "예"라고 대답하는 날까지. 야야 스크랩북도 내놓겠습니다. 어디선가 당신의 웃음소리가 들리는군요. 그만. 이번엔 정말 심각하단 말이에요.

시다가 돌아서서 불길 속을 걸어갈 수 있도록 해주세요. 만약 그 애가 '난 사랑하는 방법을 몰라요' 하고 헛소리를 지껄여도 넘어가지 마세요.

주의할 점은 두 사람이 10월 31일까지 결혼해야 한다는 겁니다. 알았죠? 핼러윈 이후로는 금주를 할 수 없으니까. 지금은 8월 달이니까 시간은 충분합니다.

내 큰딸이 진짜 웃음을 웃을 수 있게 해주세요.

유성의 여신이기도 한 성모의 중재를 통해 기도 드렸나이다. 아멘.

성호를 긋고 난 뒤 비비는 담배에 불을 붙였다. 집 안에서 뿐 아니라 아예 담배를 피우면 안 되지만 모처럼 셉도 집에 없었다. 그러나 다시 생각을 고쳐먹고 어둠 속에서 담배 끝이 빨갛게 타 들어가는 것을 보기만 했다. 침실은 깜깜했다. 이번에는 담배로 성호를 그어보았다. 갑자기 좋은 생각이 떠올랐다. 복도를 지나 부엌으로 가서 1월 1일에서 7월 4일 독립기념일까지 모아두었던 폭죽이 들어 있는 서랍을 열었다. 비공식적인 경축일을 위해 비축해 둔 것이었다. 폭죽 2개를 꺼내 비비는 밖으로 나갔다.

피칸그로브에는 비비 외의 다른 사람은 없었다. 비비는 호숫가로 걸어가 폭죽에 불을 붙였다. 밤하늘로 뿜어 올라가는 은빛 불꽃을 바라보았다. 그리고 폭죽을 빙빙 돌리기 시작하다 왜냐고 생각하지도 않고 호숫가를 달리기 시작했다. 머리 위로 폭죽이 불꽃을 뿜어대고 있었다.

　만약 누군가 내 모습을 봤다면 올 게 왔다고 생각할 거야. 비비 애 벗 워커가 드디어 미쳐버렸군. 아무도 모르는 내 비밀은 내가 오래 전에 이미 미쳐버렸다는 사실이야. 난 그 이야기를 전하기 위해 살아왔던 게지. 비록 많은 사람에게 말하지는 못했지만.
　숨을 쉴 수 없을 때까지 달린 뒤 폭죽을 쥔 채 팔을 앞으로 쭉 뻗었다. 내가 가진 건 이게 다야. 폭죽을 바라보며 비비는 생각했다. 암초를 헤치고 안전하게 항구로 들어올 수 있게 해주는 튼튼한 등대의 커다란 등불이 아닌 반짝이며 한순간 타오르다 꺼져버리는 수밖에 없어. 내 어머니는 나를 보지 못했지만 나는 내 딸을 봐야 한다. 그리고 내 딸도 나를 봐야 한다.

　방으로 돌아온 비비는 촛불을 하나 더 켜서 폭죽 밑동과 함께 성모상 앞에 놓았다. 그러고 나서 발을 닦고 침대로 들어갔다.

　내가 잠을 자는 동안 내 딸을 위해 밤새 촛불을 켜두자. 화재의 위험이 있다고 소방서에서 떠드는 소리는 무시하자. 예전에도 불 속을 뚫고 살아난 적이 있으니까.

4

　베인브리지 섬 페리의 2층 갑판에서 시다는 멀어져가는 시애틀의 스카이라인을 바라보고 있었다. 캐스케이드 산맥의 눈 덮인 봉우리들이 동쪽으로 펼쳐졌다. 남쪽으로는 래이니어 산이 거대한 수호신처럼 도시를 굽어보고 있었다. 시다가 서쪽을 보려고 몸을 돌리자 올림픽 반도에서 하늘을 찌를 듯 솟아오른 올림픽 산맥의 뾰족뾰족한 봉우리와 반짝이는 빙하가 눈에 들어왔다.
　갑판에 서서 바다 너머를 바라보는 동안 그녀 옆을 지나치는 미소 짓는 다른 관광객들은 거의 의식하지 못했다. 그녀는 지난 2월에 있었던 일을 떠올리고 있었다. 그때는 지금과 사뭇 다른 풍경을 눈앞에 두고 있었다.

　춥고 맑은 겨울날, 주중이었다. 《벼랑 끝에 선 여자》에 관한 유력한 비평가들의 호평이 막 나온 참이었고 재난과 같은 개인 프로필 기사는 아직 써지기 전이었다. 시다와 코너는 성공을 축하하기 위해 둘이

서 몰래 빠져 나와 휴일린을 데리고 센트럴파크로 긴 산책을 나갔다 시다의 아파트로 돌아온 뒤 아직 한낮인데도 샴페인을 터뜨렸다.

해가 지기 시작하며 냉기가 내려앉는 2월의 오후에 두 사람은 사랑을 했다. 시다는 코너에게 몸을 기대고 누워 마사 그래엄*이 말했듯이 날개가 달렸던 곳일지도 모르는 어깻죽지의 냄새를 맡았다. 코너가 그녀의 머리칼 냄새를 맡을 수 있도록 그녀는 조금 더 위로 올라갔다. 관자놀이 부근에 흰머리가 좀 섞이긴 했지만, 옛날 버기 할머니가 감겨준 방식대로 빗물에 감은 것처럼 부드럽고 풍성한 검은 머리칼이었다. 코너의 날씬한 근육질 몸은 21살짜리의 몸보다도 더 섹시했다.

그동안 세기 귀찮을 정도로 많은 연인을 거쳤다. 여러 해 동안의 무의미한 짝짓기로 그녀는 상처를 입고 방황했고 눈을 떴을 때 느꼈던 달콤한 기분을 상실해 버렸다. 오랫동안 관계를 유지한 건 두 번이었다. 하지만 코너 이전까지 제대로 된 소중한 만남을 가졌다고 느낀 적은 없었다.

그날 사랑을 한 뒤, 그들은 서로 곁에 알몸으로 누워 있었다. 두 사람의 살갗은 따듯하고 상기되어 있었다. 시다는 육체의 포근한 포옹에 푹 젖은 뒤 쉬던 중이었다. 잠시 동안이나마 그녀는 작은 죽음을 겪었고 두 사람은 함께 죽었다. 그런데 갑자기 눈에 눈물이 가득 고였다. 시다는 흐느꼈다. 우연히 발견한 아름다움에 감동했고 자신이 조심하지 않아서 뭔가 끔찍한 일이 벌어질 것 같은 두려움 때문이었다. 이렇게 좋은 것을 누릴 수 있을 정도로 자신이 용감하지 못하다는 두려움으로 인한 눈물이었다.

시다가 울음을 멈추자 그는 그녀의 눈꺼풀에 입을 맞췄다. 그리고

그래엄 모던댄스의 선구자 — 옮긴이

결혼해 달라고 말했다.

그녀는 예스, 라고 대답했다.

훨씬 오래 전부터 시다는 절대로 결혼은 안 한다고 결심했다. 누구하고도. 절대로. 자신의 부모님의 결혼생활에서 목격했던 그런 것을 위해 절대로 서명 같은 건 안 할 거라고 맹세했다.

하지만 코너에게는 예스, 라고 대답했다.

그는 시다의 배에 있는 작고 둥근 언덕에 손을 갖다댔다. 그녀가 숨을 들이마실 때마다 올라가는 배의 움직임이 손바닥에 전해졌다. 원래 숨을 들이마실 때 본능적으로 배를 집어넣었지만 그럴 기운이 없었다. 사랑은 그녀를 완전히 기진맥진하게 했다.

나중에 두 사람은 스웨터와 두꺼운 양말을 걸친 뒤 시다의 낡은 카메라를 가지고 22층에 있는 그녀의 아파트 베란다로 나갔다.

삼각대에 카메라를 올려놓고 자동셔터로 이미지를 포착했다. 활짝 웃는 얼굴, 바람에 흩날리는 머리칼. 재난으로 끝나기 쉬운 서로 기댄 자세가 아니라 상대의 옆에 똑바로 서서 옛날 사진 속의 연인들처럼 손을 꼭 잡고 있었다.

※※

시다는 페리에서 차를 몰고 나와 올림픽 반도가 있는 서쪽으로 향했다. 한 시간 정도 차를 몰고 가던 그녀는 회사들이 '관리하는 숲'을 지나치게 되었다. 임야는 벌목과 화재로 심하게 훼손이 된 후 다시 나무가 심어져 있었다. 작은 마을에 드문드문한 집들이 처량해 보였다. 모두 창문마다 오렌지색 야광 페인트로 '이 집은 숲에서 나오는 수익금의 후원을 받고 있습니다' 라고 써진 표지판이 붙어 있었다. 인간의 뼈처럼 보이는 하얀 절단면을 가진 나무 밑동과 말라비틀어진 가지가 흩어져 있는 넓은 지대를 지났다.

주유소를 지나가다 창문에 붙여진, 튼튼해 보이는 나무꾼 삼대의 모습이 있는 포스터를 봤다. '멸종 위기 생물을 지원해주자'라고 써 있었다. 오래된 고목을 가득 싣고 가는 트럭을 보다 시다는 하마터면 길을 벗어날 뻔했다. 차 앞 유리창에 너덜너덜해진 부엉이 인형이 대롱거리고 있었다.

오후 늦게, 메이의 통나무집으로 통하는 흙길로 들어섰다. 퀴놀트 호숫가의 원시림이 끝나는 부근에, 30년대에 세워진 고풍스런 하얀 집이었다. 앞뜰에서 바라보니 호수 전체가 다 보였다. 오른쪽으로는 퀴놀트 강이 눈에 덮인 올림픽 산의 거친 봉우리들 속으로 점차 사라지고 있었다. 잿빛 하늘은 너무 고요해 호수 표면으로 떠오르는 물오리 소리가 똑똑히 들렸다.

통나무집 안은 어둡고 아늑했다. 소나무로 패널을 댄 벽은 북서부의 가장 어두운 저녁에도 희미한 금빛을 발산하고 있었다. 부엌, 꽤 널찍한 침실 하나, 그리고 또 하나의 넓은 방에는 앞뜰로 통하는 커다란 창문들과 유리문이 달려 있었다. 넓은 방의 한쪽 벽에는 메이 소렌슨과 그녀의 가족 사진이 걸려 있었다. 책들과 쿠션이 빵빵하게 들어 있는 의자들, 그리고 아직도 구석의 작은 테이블 위에 놓여 있는 베니스의 직소퍼즐 같은 물건들은 그녀에게 환영받고 있는 듯한 느낌을 주었다.

차에서 짐을 내려놓은 뒤, 시다는 홍차를 끓여 마셨다. 이곳으로 도망쳐오기로 결정한 게 벌써 후회되기 시작했다. 에이전트에게 전화해 체크인을 부탁하고 싶어서 근질거렸다. 휴대전화를 가지고 오지 않은 자신이 원망스러웠다. 늘 연결되어 있는 삶에 너무나 익숙해진 탓인가.

전화를 찾으러 가고 싶은 충동을 억누른 뒤 시다는 차로 가서 코너가 마지막 순간에 실은 낯선 상자를 갖고 들어왔다. 넓은 방에 깔린 낡은 분홍과 초록 양탄자 위에 그리고 호수가 보이는 앞마당으로 나가는 유리로 된 미닫이문 앞에 상자를 내려놓았다. 마당으로 향하는 문은 열려 있었다. 호수로부터 실바람이 불어왔다.

휴일린은 상자 주위를 빙빙 돌면서 궁금해서 어쩔 줄 모르겠다는 듯이 킁킁거리며 냄새를 맡았다. 상자에는 비비의 필체로 수신자 주소에 피칸그로브라고 쓰여 있었다. 휴일린의 뒤를 따라 시다도 상자 주위를 빙빙 돌기 시작했다. 자신의 애견처럼 엎드려서 냄새를 맡아볼까 생각했지만 참았다. '이 물건은 엄마의 광선을 내뿜고 있군.' 시다는 생각했다. 상자에는 페드럴 익스프레스의 스티커가 덕지덕지 붙어있고 비비의 필체로 커다랗게 쓰인 '취급주의' 라는 글자가 보였다.

시다는 기대앉아 상자를 들어 귀에 대봤다. 시계소리가 들리지 않는 걸 보니 폭탄은 아니었다. 무게는 약 5킬로 정도고 아무런 냄새도 나지 않았다. 상자를 테이블 위에 올려놓고 부엌으로 들어가 천천히 물을 한잔 마셨다. 그리고 넓은 방으로 되돌아가 다시 상자를 노려봤다.

휴일린이 문 앞에 가서 귀를 쫑긋 세우고 꼬리를 흔들며 밖에 나가기를 기다렸다.

시다는 수영복으로 갈아입고 휴일린을 따라 호수로 연결된 가파른 계단을 내려갔다. 물속에 발을 담그자마자 다시 뺐다. 아직 그렇게 차가운 물속으로 뛰어들 준비가 되어 있지 않았다. 남부인이라면 당장에 심장마비가 걸릴 것이다. 그래서 그저 호수 근처에 앉아 신이 난 개가 이리저리 뛰어다니는 모습을 바라봤다. 한참을 놀고 난 코커스패니얼이 지쳤는지 시다 옆으로 와 앉았다.

통나무집으로 돌아온 시다는 가져온 책을 끄집어냈다. 체호프, 시를로의 《상징에 관한 사전》, 그리고 클래어 부스 루스의 자서전, 《결혼으로 가는 길, 애정관계의 변화》라는 책까지 다양했다. 옷도 꺼냈다. 카키색 바지, 반바지, 리넨 셔츠 두어벌, 트레이닝 바지 하나, 그리고 포근하고 부드러운 하얀 면 나이트 가운. 여행할 때마다 가지고 다니는 행운의 부적들도 내놓았다. 어른이 된 뒤에도 버릴 수 없는 어릴 때부터 베고 자던 깃털 베개, 코너와 함께 찍은 약혼 사진 액자, 《벼랑 끝에 선 여자》의 초연 때 메이 소렌슨이 준 낡은 곰인형, 비닐 백에 든 피칸그로브 농장에서 가져온 목화 2송이, 그리고 런던에서 산 작은 골동품 약병.

시다는 행운의 부적들을 벽난로 위의 선반에 늘어놓기 시작했다. 성소용 초와 성 주드의 초상화 그리고 장미꽃으로 둘러싸인 성 과달루페의 초상화도 함께 놓았다.

가방 안에서 신선한 파스타, 사과, 멜론, 구다 치즈, 그리고 차갑게 한 샴페인을 꺼낸 뒤 휴일린의 여행용 침대를 만들었다.

하지만 비비가 보낸 상자에는 손을 대지 않았다. 아직은.

한밤중에 깨어나 도로 잠이 들 수 없게 된 시다는 결국 비비의 상자에 저항하는 걸 포기했다. 웨이드 코넌이 1950년대 푸들과 장미 무늬 셰닐 침대보로 만들어준 나이트 가운을 입으면 사이키델릭한 루실 볼*이 된 기분이 들었다. 비가 오기 시작한 터라 공기는 서늘했다. 북서부의 8월은 루이지애나의 11월이나 마찬가지였다.

휴일린이 침실에서부터 그녀를 따라왔다.

---

루실 볼 유명한 TV코미디 시리즈 아이 러브 루시의 여주인공 — 옮긴이

시다는 잠시 얼어붙은 듯 제자리에 서 있었다. 그러고 나서 테이블 위에 매달려 있는 램프를 테이블 쪽으로 끌어온 뒤 앉아서 비비가 보내준 상자를 열기 시작했다.

상자 안에 있는 것은 커다란 쓰레기 봉지와 테이프로 조심스럽게 싼 물건이었다. 봉지에는 시다의 이름이 쓰인 편지봉투가 붙어 있었다.

봉투 안에는 편지지가 들어있었는데 비비의 이름이 모노그램*으로 인쇄된 편지지가 아니라 비비가 부엌 전화 옆에 두는 가넷 예금신탁의 증정용 메모지였다. 편지는 서둘러 쓰이고 나서 비비의 마음이 바뀌기 전에 봉투에 넣어진 것처럼 보였다.

                         1993년 8월 15일 새벽 5시 30분
                         루이지애나 손튼 피칸그로브 농장

시댈리….

맙소사, 얘야!

대체 '난 사랑하는 방법을 몰라요.' 라니…. 그게 무슨 말이냐?

대체 사랑하는 방법을 제대로 알고 있는 사람이 있다고 생각하니?!

사랑하는 방법을 알 때까지 사람들이 기다린다면 대체 무슨 일이 일어날 수 있겠니?!

아이들이 태어나거나, 음식을 만들고 밭에 씨를 뿌리고 책을 쓰는 것 같은 일이 생길 것 같니?

사랑하는 방법을 알 때까지 사람들이 기다린다면 아침에 침대에서 일어날 사람이 있을 것 같니?

넌 너무 많은 심리치료사들을 만났어. 아니면 너무 적거나. 아무도

---

모노그램 두세 개의 문자들을 서로 얽어 만든 문양 ― 주

사랑하는 방법을 아는 사람은 없단다. 얘야, 나머지 사람들은 단지 좋은 배우일 뿐이야.

사랑은 잊고 예의 바르게 굴어보렴.

— 비비 애벗 워커

추신 1. 야야의 추억이 담긴 기념물들을 함께 보내기로 결정했다. 이 앨범을 잃어버리거나 《뉴욕타임스》에 줘버린다면 너와의 인연을 완전히 끊겠다. 다 쓴 다음에는 본래 상태대로 안전하게 돌려보내 주렴.

추신 2. 네게 내 비밀을 모두 보여준다고는 생각하지 마라. 네가 앞으로 알게 될 모든 비밀보다 더 많은 비밀이 있으니까.

폭포수처럼 쏟아지는 물음표와 느낌표를 진정시키려는 듯 시다는 어머니의 편지를 봉투에 도로 집어넣었다. 대신 비닐 쓰레기 봉지로 몸을 돌렸다.

봉지 안에서 페이지 사이사이에 종이가 꽉 차 있고 여러 작은 물건들이 줄줄 흘러나오는 커다란 갈색 가죽 스크랩북을 꺼냈다. 책의 제본 부분은 금이 가 있었고 가죽은 긁힌 자국에 흠투성이였다. 앨범은 쪼개졌다가 페이지를 덧붙여 다시 제본된 것처럼 보였다. 그리고 새로 덧붙여진 페이지들로 거의 터질 듯이 묶여 있었다. 표지는 금색으로 테두리가 둘러졌고 오른쪽 아랫부분에 금빛 글씨로 비비 워커라고 새겨 있었다.

시다가 한 첫 행동은 가죽의 냄새를 맡는 것이었다. 그리고 양손으로 앨범을 들고 가슴에 꼭 품었다. 왜 그랬는지는 정확히 모르지만 그녀가 하고 싶은, 아니 해야만 된다고 느낀 일은 촛불을 켜는 것이었다. 성소용 초를 꺼내 스크랩북 양쪽에 하나씩 놓고 불을 붙였다. 잠시

작은 불꽃을 바라보다 시다는 앨범을 열었다. 두꺼운 갈색 종이 첫 장에는 활기찬 필체로 커다랗게 '야야 시스터즈의 신성한 비밀'이라고 제목이 씌어 있었다.

시다는 스크랩북의 거창한 제목에 미소지었다. 갈라진 가죽을 어루만지며 어렸을 적에 이 앨범을 봤던 기억을 희미하게 떠올렸다. 하지만 만지는 것은 금지되어 있었다. '그래, 생각났다. 엄마는 옷장 맨 위 선반 겨울 모자 옆에 이 책을 놓아두었다.'

오래된 종이가 찢어질까 봐 손에 잡히는 대로 조심스럽게 책장을 넘겼다. 처음 본 사진은 야야 시스터즈와 두 소년이 해변에서 찍은 사진이었다. 밤색머리 소년의 어깨에 앉아 있는 비비의 얼굴은 웃음으로 환하게 빛나고 있었다. 비비의 얼굴에 떠오른 미소는 순수한 기쁨 자체였다.

시다는 비비의 얼굴을 들여다봤다. 이 사진을 찍었을 때 과연 몇 살이었을까? 열다섯? 열여섯? 시다가 기억하는 것보다 광대뼈가 더 튀어나와 있었다. 피부는 팽팽했고 곱슬거리는 금발머리에, 한눈에 알아볼 수 있는 생기있게 반짝이는 눈동자. 비비의 웃는 얼굴을 보고 저도 모르게 미소를 짓는 자신을 깨달았다.

시다는 그 앨범을 통째로 삼켜버리고 싶었다. 굶주린 아이처럼 기어 들어가 필요한 건 모두 다 빼오고 싶었다. 이런 원초적인 욕망에 현기증이 났다. 관음증 환자의 흥분과 연출가로서의 호기심이 뒤섞였다. 눈앞에 있는 풍요의 뿔*에 손이 떨릴 지경이었다. 그것은 바로 비비의 인생에 대한 단서, 그리고 아이를 낳기 전 비비의 삶이 있었던 증거였다.

---

풍요의 뿔 그리스 신화에 나오는 제우스에게 젖을 줬다는 염소의 뿔 — 옮긴이

'바보 같긴.' 시다가 생각했다. '진정해. 산처럼 쌓인 유물들 속에서 단서를 고르는 고고학자처럼 행동하라고. 그리고 숨쉬는 걸 잊지 말고.'

앨범을 들고 커다랗고 푹신한 독서용 의자로 갔다. 폭이 넓어서 다리를 팔걸이에 걸치고 비스듬히 누울 수 있는 그런 의자였다.

의자에 앉으려는데 개로서의 임무를 마친 휴일린이 한숨을 쉬며 발치에 와 엎드렸다. 시다는 담요로 무릎을 덮고 진지하게 앨범을 읽기 시작했다. 우선 단순히 책장만 넘기기로 했다. 시다로서는 익숙하지 않은, 아무 순서나 계획 없이 그저 손가는 대로 읽기.

비비는 처음에 이 책을 시작할 때 연대순으로 만들었지만 시간이 흐르면서 자리가 없게 되자 되는 대로 아무 곳에나 찔러 넣게 된 게 분명했다. 그래서 한 쪽에 임신한 야야들이 크릭 호숫가에서 수영복을 입고 찍은 사진이 있는가 하면 그 옆으로 '손튼의 테일러 C. 애벗 부부의 따님인 비비 애벗 양이 미시시피 주의 올레를 방문하고 고향으로 돌아왔다. 최근 캠퍼스에서 가장 인기 있는 여학생으로 뽑히기도 한 바 있다. 애벗 양은 미시시피 주 옥스퍼드로 되돌아가기 전에 약 일주일간 고향에 머무를 예정이다.' 라는 기사가 스크랩되어 있다.

시다는 비비, 캐로, 틴지, 그리고 네시가 불룩한 배를 하고 수영복을 입은 사진을 보며 잠시 생각에 잠겼다.

이들은 시다가 눈을 떴을 때부터 봐오며 이 세상에 관한 단서를 찾으려고 했던 얼굴들이다. 어떤 종류의 옷, 영화, 헤어스타일, 레스토랑, 그리고 사람들이 야야(매력적인)이며 야야-노(한심한)인지 배워왔다. 이 말을 어찌나 많이 들었는지 실제로 어떤 사물을 평가할 때 그것이 '야야' 인지 '야야-노' 인지를 기준으로 삼았을 정도였다.

시다의 입에서 이런 단어가 무심코 튀어나왔던 적도 있었다. 코너와 함께 고통스러울 정도로 자의식이 강한 행위예술공연을 보러갔던 밤이었다. 한꺼번에 27개의 텔레비전을 억지로 보고 각설탕에 불을 붙여 산처럼 쌓인 바비인형 더미에 던지는 광경을 견뎌야 했다. 아무 생각 없이 시다는 코너에게 "이건 아주 야야-노야."라고 속삭였다. 시다가 제 아무리 야야들의 소굴로부터 방어벽을 치려 해도 그들은 가끔 이런 식으로 그녀와 연결이 되었다.

시다는 무릎 위에 앨범을 올려놓았다. '왜 난 엄마와 야야 시스터즈에게서 벗어나지 못하는 걸까?'

그들을 그리워하기 때문이다. 그들이 필요하기 때문이다. 그들을 사랑하기 때문이다.

색이 바래고 납작해진 코사지들이 나왔다. 그 옆에는 '잭과 함께 코티용*을 춤. 노란 드레스를 입음' 이라고 쓰여 있었다. 같은 페이지에 손으로 쓴 전당포 영수증이 끼어 있었다. 럭키 전당포라는 곳이었다. 돈이 어디에 필요했을까 궁금해졌다. 전당포에서 물건을 잡히는 엄마의 모습이 쉽게 상상이 가지 않았다.

입장료가 겨우 15센트에 불과한 영화티켓도 발견했다. 코카콜라 병뚜껑들, 그리고 '등 마사지 3번 빚졌음' 이라고 쓴 낡은 차용증서도 찾았다. 하지만 누구의 등을 마사지해줘야 했는지는 알 수 없었다. 다른 페이지는 자연스럽게 하양과 파랑으로 돈을 새김이 되어있는, 3장의 학교 통신문으로 이어졌다. 손튼 고등학교의 치어리더들과 테니스부 원들에게 보내는 편지였는데 연도를 보니 1941년, 1943년, 그리고 1944년으로 되어 있었다. 웬일인지 1942년도 분은 없었다. 그 해에 무

---

코티용 프랑스에서 유래한 사교댄스의 일종 — 옮긴이

슨 일이 일어났던 걸까? 시다는 궁금했다.

1930년대, 1940년대, 1950년대 그리고 1960년대에 찍은 헤아릴 수 없을 정도로 많은 사진들이 있었다. 대부분 시간의 흐름과 함께 흐릿해져 있었다. 한참의 시간이 지난 후에야 아직 아빠의 사진이 한 장도 나오지 않았다는 것을 깨달았다. 하지만 시다의 의구심도 잠시, 어렸을 때 자신이 썼던 시 한 편이 보관되어 있는 것을 보자 놀라는 한편 저도 모르게 미소가 떠올랐다. 시는 차곡차곡 접혀서 '보헤미안 소녀가 야야들에게' 라고 쓰여진 봉투 안에 들어있었다.

그 다음은 비비가 틴지와 틴지의 어머니 쥬느비에브와 함께 뉴올리언스의 유명한 레스토랑인 코트 오브 투 시스터즈(Court of Two Sisters)에서 찍은 사진이 들어있는 사진틀이었다. 쥬느비에브는 마치 젊은 제니퍼 존스*처럼 아리따웠다.

그 외에도 다과회, 오찬이나 무도회의 초대장 같은 것이 많이 눈에 띄었다.

시다는 간단하게 '집에서' 라고 쓰인 것이 마음에 들었다.

뉴튼 휘트먼 부부 집에서<br>
1943년 6월 29일 화요일 8시에서 11시까지

초대장 위에 비비가 '살구색 튈* 드레스를 입고 감' 이라고 갈겨쓴 것이 보였다.

제2차 세계대전 미 공군 군복을 입은 가슴 저릴 정도로 잘 생긴 젊

---

제니퍼 존스 《모정》으로 유명한 동양적인 미모의 50년대 배우 — 옮긴이
튈 베일의 원료로 쓰이는 얇은 비단 — 옮긴이

은 남자의 사진이 있었다. 물론 앨범에 군복을 입은 청년들의 사진은 많았지만 이 사진은 눈을 떼지 못하게 하는 그 무엇이 있었다. 혹시 틴지의 오빠가 아닐까 생각했다.

남자들의 이름이 빽빽하게 적힌 무도회 수첩도 있었다. 그 중 들어본 이름도 많았고 손튼에 있을 때 몇몇을 알고 지내기도 했다. '똑똑하고 매력적인 여자가 되는 법'이라고 써있는, 학급에서 만든 희미해진 전단지도 있었다. 성자들이 그려진 카드들, 전몰용사들을 기리기 위한 빨간 양귀비꽃, 그리고 '소원을 들어주신 성 주드에게 감사를 보낸다'라고 쓴 손튼 모니터의 광고란을 오린 것도 보였다.

이런 잡다한 물건들을 들여다보고 있는 동안 그녀의 상상력은 최대한도로 가동되어 그들에게서 전해지는 비비의 삶을 똑똑히 느낄 수 있었다. 시다는 스크랩북을 보내준 비비에게 형언할 수 없는 감사를 느끼며 너무나도 귀중한 선물을 받아 송구해졌다. 이 스크랩북이 트럭과 비행기에 실려 전국을 가로질러 오면서 얼마나 무방비 상태였을까 생각하면 울고 싶을 지경이었다.

'엄마는 내가 부탁했기 때문에 이 신성한 비밀들을 몸에서 떼어낸 거야.' 시다는 생각했다. 그토록 눈물이 나려고 했던 까닭은 단지 이 스크랩북이 무방비 상태였다는 것뿐만이 아니라 비비가 알고 있든 아니든 간에 비비 역시 자신의 비밀을 속속들이 드러냄으로써 무방비 상태가 됐기 때문이라는 걸 깨달았다.

시다는 다시 임신한 야야들이 호숫가에서 포즈를 취하고 있는 사진으로 돌아와 꼼꼼히 들여다봤다. 사진 속의 여자들은 하나같이 웃고 있었는데 들여다보면 볼수록 4개의 각자 다른 독특한 웃음소리가 들리는 것 같았다. 각자의 포즈, 수영복, 손모양, 머리칼, 그리고 모자를 찬찬히 살펴봤다. 눈을 감았다. 만약 하느님이 사소한 곳에 숨어 계시다면 우리 역시 마찬가지일 거야. 코로 숨을 깊이 들이마시고 잠시 멈췄다가 입으로 아주 천천히 내쉬었다. 눈을 감은 채였지만 정신은 더없이 또렷했다.

5

《여인들》의 제작준비 노트를 만들기 위해 짐꾸러미 속에서 일기장을 꺼낸 시다는 대신 야야 시스터즈에 대해 써 내려가기 시작했다. 시다의 손은 종이 위를 날렵하게 움직였다. 정정을 하거나 자신이 왜 이러는지 분석하기 위해 손을 멈추지도 않았다. 단지 오두막 의자에 앉아 호숫가에서 찍은 사진을 쳐다보며 마음속으로부터 우러나오는 글을 쓸 뿐이었다.

오, 엄마와 야야 시스터즈는 어쩌면 그렇게 즐겁게 웃을까! 남동생들과 여동생인 룰루, 그리고 다른 작은 야야들과 함께 호수에서 노는 데도 똑똑히 들린다. 우리는 호수로 뛰어들어 첨벙하고 물보라를 일으키며 다시 일어서 엄마들의 웃음소리를 듣는다. 캐로의 킥킥거리는 웃음소리는 폴카춤을 추는 미소 같아. 틴지의 깔깔대는 소리는 누군가가 타바스코 소스를 친 호숫물 맛이 나. 히히거리며 웃는 네시의 웃음소리는 정말로 히히 소리가 나. 그리고 머리를 뒤로 젖히고 탁 트인 목청으로 우렁차게 웃는 엄마의 웃음소리는 늘 사람들이 뒤돌아보게 했지.

야야들이 함께 있을 때면 곧잘 웃음을 터뜨렸다. 한참 동안 멈추지 못할 정도로 웃었다. 뺨 위로 굵은 눈물방울이 굴러 떨어질 때까지 웃었다. 누군가가 이러다가 오줌 싸겠다고 놀릴 때까지 웃었다. 대체 뭐가 그렇게 우스워서 웃었는지는 모르겠다. 다만 그들의 웃음소리가 듣기에도 보기에도 아름다웠고 지금 이 순간 좀 더 많이 가졌으면 얼마나 좋을까 하는 그 무엇이었다는 것을 알 뿐이다. 엄마보다 많은 일을 잘할 수 있다는 것을 자랑스럽게 생각했지만 엄마는 친구들과 웃는 건 나보다 언제나 잘할 수 있었다.

그것이 옛날 어린 시절 여름날 강가에서 노닐던 야야들의 모습이었다. 커다란 존슨즈 베이비오일 병에 베이비오일과 이오다인을 넣고 뒤섞어 온몸에 발랐지. 그 액체는 진하고 적갈색에 거의 핏빛을 띠었다. 그들은 그것을 얼굴과 팔과 다리에 바른 뒤 서로 돌아가며 등에 발라 주었다.

엄마는 누워서 고개를 한쪽으로 돌리고 두 손을 턱 아래에 대고 눈을 감고 긴 한숨을 쉬며 이 모든 것을 자기가 얼마나 사랑하는지 이야기하곤 했었다. 엄마가 그렇게 느긋하게 휴식을 취하는 모습을 보는 걸 얼마나 좋아했는지.

아직 아무도 피부암에 대해 걱정하지 않았고 태양광선이 건강의 적이라고 밝혀지기 훨씬 전의 일이었다. 우리의 살과 태양 사이를 지켜 주던 오존을 우리 손으로 죽인 것은 그 후였다.

엄마와 캐로는 주로 줄무늬 원피스 수영복을 입었었는데 두 사람이 결혼해서 아이들을 낳기 전에 갔던, 남부 소녀들을 위한 미니 매던 캠프에서 인명구조원을 했을 때 입었던 수영복과 똑같은 것이었다.

엄마는 수영을 아주 잘했었다. 오스트레일리아식 크롤 영법으로 팔을 저으며 나가는 엄마를 바라보는 것은 완벽하게 왈츠를 추는 여자를 바라보는 것과 같았다. 엄마의 파트너는 남자가 아니라 강물이라는 게 다를 뿐. 엄마의 킥은 강하고 팔 동작은 물 흐르듯 자연스러웠다. 그리고 숨을 쉬기 위해 고개를 옆으로 돌릴 때 거의 입을 벌리는 게 보이지 않았다. "흉하게 수영을 하는 사람은 용납할 수 없어. 먹는 모습이 흉한 사람과 마찬가지야." 엄마는 우리에게 그렇게 말하곤 했다. 수영 실력과 자기를 웃게 할 수 있는 능력, 그것이 엄마가 사람을 판단하는 기준이었다.

스프링 강은 가넷 강처럼 넓지도 않았고 멕시코만처럼 거대하지도 않았고 다른 호수들만큼 길지도 않았다. 그냥 엄마들과 아이들이 놀기 좋은 갈색 물이 흐르는 조그만 강이었다. 수영하기에는 안전했지만 엄마는 그래도 눈에 보이지 않는 곳에 가지 못하게 했다. 강이 굽어진 부근은 너무 깊었기 때문이었다. 수영할 수 있는 구역을 표시하기 위해 놓인 낡은 통나무를 지나면 물이 더 검고 깊었다. 그곳에는 아이를 통째로 삼킬 수 있는 커다란 악어들이 살았다. 악어들은 엄마 말을 안 듣는 못된 아이들을 기다렸고 밤이 되면 아이들의 악몽 속으로 기어 들어갔다. 악어들은 널 먹어치울 수 있어. 엄마도 먹어치울 수 있어. 전혀 생각도 못할 때 등뒤에서 덮쳐서 미처 깨닫지도 못하는 사이에 꿀꺽 삼켜버린단다.

"나 같은 사람조차도 너희를 악어로부터 구할 수 없단다." 엄마는 이렇게 말하곤 했었다. "그러니까 괜히 자신의 운을 시험해보려고 하지 마라."

늘 하듯이 엄마가 수영구역을 10바퀴 돌 때면 강은 실제보다 더 큰 것처럼 보였다. 수영하는 엄마의 고독해 보이는 모습을 늘 경탄하며 보곤 했었지. 엄마는 그것을 '수영으로 세계일주하기'라고 불렀었다. 어서 빨리 내 스트로크도 강해져서 엄마의 뒤를 쫓아갈 수 있었으면 하고 얼마나 바랐던가. 모래톱이 있는 얕은 곳으로 돌아오는 걸로 엄마는 하루 수영을 마무리했다. 물속에서 나와 머리칼을 흔들고 귀에서 물을 빼내기 위해 한쪽 발로 깡충깡충 뛰던 엄마. 물을 뚝뚝 흘리며 흠뻑 젖은 머리를 뒤로 넘기고 자신의 힘에 자긍심을 느끼며 반짝이던 눈동자, 그런 엄마의 아름다운 모습에 얼마나 넋을 잃었던가.

엄마와 야야들은 커다란 빨간색 얼음상자를 매일 강가로 가져왔다. 양철로 만든 구식으로 뚜껑의 고리를 풀어서 여는 물건이었다. 강과는 길을 하나 사이에 둔, 동네 식품점과 롤러스케이트장을 겸한 스프링 크릭 상점에서 산 커다란 얼음을 깨뜨려 얼음상자 안을 채웠었다.

얼음은 우리가 마실 콜라와 엄마들의 맥주를 차갑게 해주었다. 맥주와 콜라 위에는 우리의 햄치즈 샌드위치가 파라핀 종이에 싸여 있었다. 우리 넷을 위해 가장자리를 미리 잘라놓은 샌드위치들. 가장자리가 붙어 있는 샌드위치는 우리가 손도 대지 않았기 때문이었다. 샌드위치 위에는 종이냅킨이 얹어졌다. 우리가 얼음상자를 열고 냅킨을 꺼내자마자 얼음 위에 놓여 있었던 종이 특유의 푸석푸석한 차가움은 날아가 버렸다. 그래서 그 여운이 사라지기 전에 얼음상자의 차가움을 느끼기 위해 우리는 얼른 뺨에 갖다대곤 했었다.

엄마는 우리가 어렸을 때는 아직 맥주를 마셨었다. 내가 십대가 되고 나서야 살이 찐다며 맥주를 완전히 끊었다. 하지만 우리가 어렸을 때는 하늘색과 하얀색 보온병에 담긴 보드카와 그레이프 프루츠 칵테일을 위해 곧잘 맥주 마시는 걸 단념하고는 했었다. 작은 보온병에는 펜으로 활기를 되찾아주는 토닉(Re-Vivi-Fication Tonic)이라고 써 놓았다. 엄마의 이름이 비비(Vivi)이므로 비비를 되찾아주는 토닉이라는 말도 되었다. '엄마는 칵테일과 다이어트 음료를 하나로 합친 음료라고 했었지.'

엄마와 야야들은 언제나 엄마의 이름을 가지고 장난을 쳤다. 만약 틴지가 파티장에 기운 없는 모습으로 나타나면 엄마는, "이 파티는 좀 더 많은 활기를 불어넣어야 해(Vivified)."라고 선언했다. 내가 있던 걸스카우트 단의 유니폼을 엄마와 네시가 새로 디자인할 때 야야들은 그 일을 '활기를 되찾아주는(Re-Vivi-Fication) 프로젝트' 라고 불렀다.

덕분에 어렸을 때는 엄마가 세계적으로 유명한 사람이라 엄마를 위해 새로운 단어들이 만들어진 줄로 알았다. 웹스터 사전에서 얼마 되지 않는, 'V'로 시작하는 단어를 찾으면 엄마의 이름이 사용된 많은 단어가 나왔었다. vivid(활기가 넘치는, 밝은, 강렬한), vivify(활기를 불어넣거나 어떤 것을 보다 활기 있게 하다), vivace(활발한), viva(만세), vivacious(활발한), vivacity(활발함, 명랑함), vivarium(동물을 자연적인 상태로 사육하도록 만든 장소), 그리고 viava voce(구술의)란 단어도 있었다. 이 모든 단어의 어원은 바로 엄마였다. 심지어는 불어의 '비브 르 르와(Vive le roi, 국왕 만세)' 라는 문장마저 엄마로 인해 만들어졌다 ('비비 여왕 만세!' 라는 뜻이라고 우리에게 가르쳤으니). 이 모든 단어들은 엄마처럼 활기, 생명에 관련된 단어들이었다.

하지만 'vivisection' 이란 단어는 날 놀라게 만들었다. '살아있는 내장과 신체부위의 기능과 구조를 연구하기 위해 살아있는 동물에 행하는 외과적인 수술'이라니. 황당하기 짝이 없었다. 단어의 발음조차도 섬뜩했다. 엄마의 이름과 무슨 관계인지 설명해 달라고 끊임없이 졸랐지만 언제나 만족할만한 대답을 듣지 못했다.

내 이름에서 나온 단어가 있는지 보려고 손에 잡히는 대로 아무 사전이나 뒤져댔던 어린 시절, 나에 대한 단어가 적어도 하나 정도는 있어야 되었다. 'Vivify'처럼 'Siddafy'라는 단어도 마땅히 있을 법도 했지만 그 중 가장 가까운 것이라고 해봤자 'sissified(여성화된)'하나였다.

초등학교 2학년인가 3학년이 되었을 때 비로소 내 친구였던 밀렝 쇼뱅이 사전 속에 있는 단어와 엄마가 아무런 관련이 없다고 말해주었다. 우리가 대판 싸우자 앙리 루스 수녀님이 싸움을 말리려고 나섰다. 수녀님이 밀렝의 말이 맞다고 했을 때 처음에는 굉장히 상처를 받았었다. 그 사건은 현실에 대한 내 인식 전체를 변화시켰다. 세계가 엄마를 중심으로 돌아간다는 맹목적인 믿음이 해체되는 계기였다. 하지만 내 실망과 함께 깊은 안도감이 밀려왔다. 하지만 당시에는 그 사실을 인정할 수 없었다.

오랫동안 엄마가 스타였다고 생각해오다 그것이 사실이 아니라는 것을 알았을 때 난 망연자실했었다. 혹시 예전에는 스타였지만 그 찬란한 광채가 희미해진 것일까? 어쩌면 우리를 낳은 탓으로? 아니면 엄마는 애초에 스타 같은 게 아니었을 수도? 조금이라도 엄마보다 더 찬사를 받게 되는 경우가 있으면 죄의식을 느꼈다. 철자경시대회에서 우승하는 하찮은 일조차도 걱정거리였다. 엄마를 가리지 않고 나만 각광을 받을 수 있다는 것은 불가능한 일이라 믿었으니까.

엄마가 자신의 광채를 인정하지 않는 세계에 살고 있다는 사실을 당시에는 전혀 이해할 수 없었다. 그래서였을까? 엄마는 다른 야야들과 자신만의 태양계를 만들어 그 궤도 안에서 할 수 있는 한 최대로 충실하게 사는 것을 택했다.

아빠는 그 궤도 속에 설 자리가 없었다. 다른 야야들의 남편들 역시 야야들과 우리 아이들과는 다른 우주 속에 살았다. 스프링 강에서, 우리의 여름 속 세계에서, 우리는 남자들에 대한 음모를 꾸미거나 그들을 조롱했고 캠프파이어 앞에서 야야들은 저마다 남편들, 우리 아빠들의 흉내를 내었다. 그들이 자기 남편들을 직장상사나 얼간이 그리고 간혹 애인처럼 취급하는 걸 우리는 늘 보아왔다. 하지만 남편을 친구처럼 대하는 건 한 번도 본적이 없었다.

어쩌면 엄마는 네시나 캐로나 틴지보다도 더 친구들을 의지했는지도 모른다. 결혼이 충족시키지 못하는 그 무언가를 그들에게서 얻으려 했을지도 모른다. 모든 문제에도 불구하고 엄마가 아빠를 나름대로 사랑했고 아빠 역시 나름대로 엄마를 사랑했다는 것은 추호의 의심도 없다. 다만 부모님이 서로 사랑하는 방식이 무서웠을 뿐이다.

크릭 강둑에서 야야들은 우리를 지켜보며 거의 대부분의 시간을 수다를 떨거나 낮잠을 자거나 선탠오일을 바르면서 보냈다. 물장구를 치고 다이빙을 하고 뛰어다니고 물 위를 둥둥 떠다니고 물싸움을 하는 우리를 지켜보는 일은 야야들끼리 순번을 정해 돌아가며 맡았다. 아이들을 보는 일을 맡은 야야는 강물 위로 보이는 머릿수를 확인하는 일에 온 신경을 집중해야 했기 때문에 제대로 이야기에 끼어들지도 못했다. 강에는 모두 합해서 16명의 귀여운 야야가 있었으니. 네시는 아이가 7명이었고 캐로는 아들만 셋이었다. 틴지는 아들 하나와 딸 하나를 두고 있었다. 그리고 우리 형제가 4명이었다. 30분마다 책임을 맡은 야야는 일어나 강물 쪽을 바라보며 앤티크 보석 목걸이에 걸린 호루라기를 불었다. 호루라기 소리가 나면 우리는 하던 놀이를 즉각 멈추고 번호를 외쳐야 했다.

귀여운 야야들은 저마다 번호가 있었고 아이들을 보는 일을 맡은 야야는 우리가 번호를 대는 동안 우리의 목소리에 귀를 기울였다. 우리가 모두 있다는 게 확인되면 다시 놀이가 시작되고 30분 동안의 임무를 마친 야야는 다시 담요 위에 앉았다. 아이들을 보는 엄마들마저도 끊임없이 술을 마셨지만 강에서 보낸 헤아릴 수 없이 많은 여름날 동안 다행히 물에 빠져 죽은 아이는 하나도 없었다.

여름이 되면 적어도 두 번 정도는 인명구조 연습을 하기 위해 엄마는 우리에게 물에 빠진 시늉을 하게 했다. 엄마는 우리가 태어나기도 훨씬 전에 물에 빠진 사람을 구조하는 기술을 배웠다. 적십자사가 3년마다 면허 갱신 테스트를 받게 했는데도 엄마는 매해 여름 테스트를 하는 게 자신의 의무라고 주장하곤 했었다. 우리는 서로 싸우면서까지 물에 빠진 사람이 되려고 했다. 모두 엄마에게 특별한 관심을 받기를 원했으므로.

기본적으로, 우리의 임무는 깊은 곳으로 헤엄쳐 가서 물속에서 떴다 가라앉았다 하며 물에 빠지기 전 마지막 숨을 몰아쉬려는 사람처럼 팔을 흔들며 고함치는 것이었다.

엄마는 각본대로 강둑에 대기한다. 수영복 위에 반바지와 블라우스를 걸친 엄마는 우리의 비명소리를 듣자마자 햇빛을 막아 더 잘 보기 위해 손을 눈 위에 갖다댄다. 그리고 인디언 공주처럼 수평선을 살피다 우리를 발견한다. 강물 속에서 우리의 모습을 찾는 그 짧은 시간 동안 엄마는 블라우스와 셔츠, 그리고 테니스화를 모두 벗어버린다. 그리고 나서 강둑 가장자리로 달리다 엄마의 유명한 인명구조원 다이빙 포즈로 물 속에 뛰어든다. 엄마가 뛰어드는 것을 보면 비명소리를 줄이고 빠른 속도로 확실하게 우리가 있는 곳으로 헤엄쳐 오는 엄마를 쳐다보곤 했다.

엄마가 우리를 잡으면 "좀더 팔을 흔들어! 좀더 팔을 흔들라니까!" 하고 소리쳤다. 우리는 좀더 사력을 다해서 팔을 흔들고 발길질을 해 댄다. 그러면 엄마는 침착하게 손을 우리 턱밑에 받치고 머리를 엄마의 가슴에 기대게 한다. 구조가 시작된다. 우리 둘을 데리고 옆으로 비스듬히 헤엄치며 짧고 강한 킥으로 안전한 곳으로 향한다.

다시 모래톱에 닿으면 엄마는 우리 가슴에 귀를 갖다댄다. 그러고 나서 손가락을 우리 입 안에 집어넣고 목구멍을 막고 있는 이물질이 없는지 조사한다. 그 다음 순서가 인명구조에서 가장 드라마틱한 부분이었다. 인공호흡. 생명의 키스. 우리는 그것을 '구강 대 구강(re-Vivification)'이라고 불렀다. 이것은 구조 활동의 필수적인 부분으로 삶과 죽음을 갈라놓을 수 있는 행위였다.

엄마는 우리 콧구멍을 꼭 막고 한 손은 우리 가슴에 댄 뒤 숨을 불어넣기 시작한다. 숨을 불어넣고 손바닥으로 가슴을 때린 뒤 다시 숨을 불어넣는다. 그러고 나서 만족스러우면 자리에서 일어나 손을 엉덩이에 갖다대고 머리를 뒤로 넘긴 채 인어공주 인명구조대원 같은 모습으로 자랑스러운 미소를 짓는다. "넌 거의 죽을 뻔했어, 달링. 하지만 이젠 괜찮을 거야!"

종종 인명구조 연습은 그것이 연극이라는 것을 이해하지 못하는 어린 야야들을 겁에 질리게 했다. 그래서 엄마는 어린 야야들이 구조받은 아이의 콧구멍을 통해 드나드는 숨결을 직접 느끼게 하곤 했다. 마지막 아이까지 안심을 시키고 나면 모두 손뼉을 쳤다. 엄마는 그때서야 한쪽 다리로 깡충깡충 뛰면서 귀에서 물을 빼내며 이렇게 말한다.

"역시 내 솜씨는 녹슬지 않았다니까."

엄마가 물에 빠져 죽을 뻔한 걸 구해 준 뒤 여러 날이 흘러도 우리는 아슬아슬했던 그 스릴 넘치던 순간을 또 이야기하고 또 이야기했다. 엄마가 얼마나 자신 있게 자기를 물속에서 끄집어냈으며 엄마의 입에서 느껴지던 맛, 그 숨결의 냄새를 되풀이해서 상기했다. '익사 직전'의 상황이 너무 선명했기에 며칠 동안 깊은 곳에 들어가기가 겁이 났다. 안전한 구역에서조차도 악어가 올까봐 무서워지기 시작했다. 만약 정말로 물에 빠졌을 때 엄마가 근처에 없어서 구해주지 못하면 어떻게 하나 고민하곤 했다. 엄마가 그냥 다른 곳으로 가버릴 수도 있지 않은가. 기관지염에 걸렸는데 비가 멈추지 않았던 그때처럼 말이다. 그때 나는 하루종일 창문을 오가며 혹시 엄마가 오지 않나 기다렸지만 엄마는 보이지 않았다. 내가 나쁜 아이였기 때문에 엄마는 나를 때렸고 그리고 그냥 나가버린 거다.

엄마만 수영을 잘하는 게 아니었다. 캐로 역시 인명구조원을 했었고 엄마보다 더 힘있는 스트로크를 가졌다. 군데군데 빨갛게 물을 들인 밤색 단발머리와 올리브 빛 피부를 가진 캐로는 어렸을 때부터 멕시코 만에서 자연스럽게 수영을 익히며 자랐기 때문에 몇 시간이고 수영을 해도 지치지 않았다. 강에서의 수영은 바다에서 하는 것에 비하면 시시한 모험이었다.

"캐로는 내가 이제까지 알았던 수영하는 여자 중에서 가장 지구력이 강한 사람이야. 여자 중에 그런 사람이 또 있을 것 같지도 않아."

엄마는 늘 이렇게 말했다.

캐로는 엄마의 용맹스러운 면을 자극했다. 키가 거의 175센티나 됐는데 자그마한 여자를 숭배하던 시대로서는 엄청나게 큰 편이었다. 내가 태어나기도 전에 샀지만 내가 어렸을 때까지도 입고 있던 해티 카네기 수영복과 완벽하게 어울리는 멋진 몸매에 늘씬한 다리를 지녔었다.

야야들 중에서 가장 옷에 무관심했음에도 불구하고 납작한 가슴과 각진 어깨를 가진 탓에 옷맵시가 유달리 뛰어났다. 그녀는 끈 없는 검은 이브닝드레스를 하나 갖고 있었는데 치마 뒤가 길게 트여 있어서 춤출 때면 멋진 종아리가 드러났다. 그래서인지 어렸을 때 야야들이 파티를 열 때면 그녀는 언제나 그 드레스를 입었다. 그 드레스를 입을 때면 항상 목에 두르던 긴 깃털 스카프를 마치 살아있는 새라도 되는 것처럼 룰루와 함께 따라다니곤 했었다. 언젠가 엄마의 생일날, 캐로는 카우보이 부츠와 카우보이 모자를 드레스와 함께 걸쳤었는데 마치 마를레네 디트리히\*와 애니 오클리\*를 합쳐 놓은 듯한 모습이었다.

캐로는 내 대모였다. 내 세례식이 끝날 무렵 갑자기 《피노키오》의 주제가 '별에 대고 소원을 빌 때'를 휘파람으로 불었다는 이야기를 어렸을 때 얼마나 들었는지. 그녀는 모든 사람을 '친구(Pal)'라고 불렀다. "이봐 친구, 무슨 일이야?" 그녀는 이런 식으로 말하곤 했었다. 어떤 사람들은 이 말이 뉴욕 택시 운전사와 갱들이나 쓰는 말투라고 생각할지 모르지만 캐로가 '친구'라고 부를 때면 자신의 특별한 보헤미안적인 세계에 날 끼워주는 느낌이었다.

마를레네 디트리히 1930년 조셉 폰 스턴버그 감독의 《모로코》에서 남장 모습을 선보였던 독일의 유명한 여배우 — 옮긴이
애니 오클리 서부 시대의 유명한 여자 총잡이, 조지 시드니 감독, 베티 허튼 주연의 뮤지컬 《애니여 총을 잡아라(1950)》는 그녀의 일대기를 영화화한 것 — 옮긴이

내가 8살의 어린 나이에 보헤미안이 된 것도 캐로의 영향이었다. 검은색 레오타드와 타이츠, 부모님의 칵테일파티에서 주운 검은색 선글라스 외에는 아무것도 입지 않겠다고 고집피우며 나는 이름까지 마담 보일란스카로 바꿔버렸다. 사람들이 날 시다라고 부르면 대답하지 않았다. 수녀님들이 엄마를 불러 불평을 하자 엄마는 만약 내가 내 이름이 마담 보일란스카라고 한다면 그렇게 부르는 게 마땅하다고 말했다. 학교에서 집으로 돌아오자마자 난 머리부터 발끝까지 까맣게 차려입고 나서 담배를 한 개비 드는 걸로 패션을 마무리했다. 말꼬리처럼 머리를 치켜올려 묶은 뒤 우리 집 테라스로 통하는 유리문 앞에 있는 등받이 없는 의자에 앉아 몇 시간이나 유리에 비친 내 모습을 바라보았다. 담배를 피우는 척하는 짓 따위는 하지 않았다. (그런 건 룰루가 할 만한 짓이었다.) 대신 담배는 손짓을 돋보이게 하는 소도구로 사용되었다. 담배를 엄지와 검지 사이에 끼우고 뭔가 논쟁의 여지가 없는 아주 중요한 말을 강조하는 것처럼 공중에 대고 콕콕 찌르는 것이다. 이러한 관점들은 내가 지은 시를 통해 표현되었다.

엄마는 내가 지은 시 중의 하나를 스크랩북에 보관해두었다. 필기체로 쓴 시에 적힌 날짜는 1961년으로 되어 있었다. 즉 내가 8살 때 썼다는 이야기다. 어릴 때 썼던 시가 스크랩북에 있는 것을 보고 충격과 감동을 느꼈다. 그래, 놀라게 해주지 않으면 우리 엄마가 아니지.

자 유

— 마담 보일란스카

걸어서 집 주위를 26바퀴 돌았다!
손뼉을 치며 노래를 불렀다!

그러자 머리칼이 쭈뼛 서버렸다!

그리고 집으로 들어가지 않았다!

어렸을 때 수녀님들이 '방망이와 공'을 소개해줬을 때부터 느낌표에 반해 있었다. 작문할 때 두 줄 중에 한 줄마다 느낌표로 끝맺으면 왜 안 되는지 도저히 이해가 가지 않았다. 로드니 마리 수녀는 느낌표마다 심술궂게 빨간 동그라미를 치며 '느낌표 대신 마침표를 쓸 것'이라고 지적하곤 했었다. 학교에서는 결국 문단 하나에 느낌표 하나만 쓸 정도로 자제할 수 있었다. 그러나 개인적으로 시를 지을 때는 모든 곳에 느낌표를 아끼지 않았다. 나중에 고등학교에 들어갔을 때 위대한 월트 휘트먼조차 나만큼 느낌표를 사랑했었다는 사실을 발견했다. 그의 방황과 환희 그리고 죽어가는 병사들에 대한 다정한 위로는 느낌표에 대한 애정과 함께 그를 내 영웅 중 하나로 만들었다.

진정한 보헤미안이 되려면 선글라스를 써야만 한다는 것을 알고 있었다. 캐로가 손튼 지역 최고의(그리고 유일한) 보헤미안이라는 것만큼이나 뻔한 사실이었다. 그 당시 캐로는 어디에나 선글라스를 쓰고 다녔다. 캐로뿐이 아니었다. 숙취가 있으면 일요일 미사일지라도 야야들은 선글라스를 꼈다. 하지만 캐로는 눈에 직사광선이 조금이라도 들어가면 몸이 안 좋아지는 유별난 증세가 생겼다. 한동안 그녀는 낮뿐만 아니라 밤에도 언제나 선글라스를 끼고 있어야 했다. 구름이 잔뜩 끼거나 비가 오는 날조차도 그녀는 선글라스를 끼고 볼 일을 봤다. 손튼 사람들은 캐로를 별난 외지인 보듯 했다. 많은 사람은 캐로의 몸에 문제가 있다는 것도 모르고 영화배우처럼 굴려는 속물로 생각했다. "대체 자기가 누구라고 생각하는 거야?" 사람들은 말하곤 했었다.

그 중 좀 더 무례한 사람들, 캐로에 의하면 '성인 남자들'이라고 하는 작자들은 캐로에게 다가와 "당장 선글라스를 벗고 사람들에게 당신 눈을 보여줘요."라고 말하기까지 했다. 마치 캐로가 '안경착용에 관한 법률'을 위반하기라도 했다는 듯이.

하지만 나에게 있어서 캐로의 선글라스는 근사하게만 보였다. 그녀의 흉내를 내느라 피칸그로브 집에서 가구에 부딪치고 다니는 한이 있어도 밤까지 선글라스를 꼈다.

틴지는 칠흑 같은 머리칼과 진한 밤색 눈을 갖고 있었다. 150센티도 안 되는 키에 올리브 빛 피부, 어린애처럼 자그마한 발을 지녔다. 엄마와 틴지는 4살 때 병원에서 처음 만났다고 한다. 틴지가 커다란 피칸*이 '코에 들어갈 수 있나 보려고' 집어넣었다는 이야기는 손튼에서 거의 전설이 되다시피 했다. 피칸은 들어가긴 했지만 그것을 빼내기 위해서는 모트 의사 선생님의 기술이 필요했다. 그 피칸은 병원의 유리 진열장 속에 '어린아이들의 몸에서 제거한 이물질'이라는 팻말이 붙은 전시물과 함께 놓여 있다. 피칸 밑에는 '틴지 위트먼의 왼쪽 콧구멍에서 빼낸 피칸, 1930년 6월 18일'이라고 적혀있다. 이 사건으로 인해 우리가 어렸을 때 틴지는 학생들 사이에서 유명인사였다.

틴지의 몸매는 완벽했고 우리 모두는 그녀의 몸에 대해 속속들이 알고 있었다. 그녀의 기벽 중 하나는 (버번잔이 오가다 흥이 고조될대로 고조되고 분위기가 무르익어 틴지가 콜을 받으면) 아주 아슬아슬하고 유머러스한 섹시하기 그지없는 스트립 쇼를 벌이는 것이었다. 많은 야야들의 파티에서 그녀의 스트립 쇼를 보았고 시어도어 호텔에서 열렸던 캐로와 블레인의 결혼 5주년 기념파티에서도 한판 벌였다고 어른

---

피칸 북아메리카 원산의 견과류 — 주

들이 이야기하는 것을 들었다. 우리 작은 야야들은 그녀의 스트립 쇼를 틴지의 수다라고 부르도록 가르침을 받았다.

틴지는 언제나 가장 노출이 심한 수영복을 입었다. 야야들은 그녀를 비키니 퀸이라고 불렀고 그녀의 섹시한 수영복은 가넷 교구의 가십거리가 되었다. 나는 언제나 그녀의 비키니가 파리에서 우편주문으로 받은 것이라고 상상하곤 했었다.

수영할 때는 언제나 배영만 했던 그녀는 가톨릭 신자답지 않은 비키니를 입고 물 위에 누운 채 둥둥 떠 있곤 했다. 이따금 격렬하게 물장구를 치면 그녀의 어여쁘고 조그만 발가락에서 하얀 물보라가 솟구쳐 올랐다. 그 반동으로 앞으로 나가다가 멈추게 되면 물속에서 팔을 쭉 펼치고는 수상 심포니의 레가토* 악장을 지휘하기라도 하듯 우아하게 두 팔을 저었다. 그러다 싫증이 나면 몸을 뒤집어 발가락을 화살처럼 하늘로 향한 채 깔끔하게 물속으로 잠수를 했다. 그녀는 물속에서 아주 오랜 시간 잠수할 수 있어서 우리 모두는 그녀가 어느 지점에서 떠오를지 내기를 하곤 했었다. 그녀의 아름다운 검은 머리가 물개처럼 수면에서 솟아오르면 우리는 "대체 저 조그만 몸 어디에 그렇게 많은 공기를 집어넣을 수 있담?" 하고 한마디씩 했다.

틴지는 언제나 지갑이 두둑해서 용돈이 필요할 때마다 넉넉히 나눠주었다. 그녀의 아버지가 돌아가실 때 코카콜라사의 주식을 두둑이 남겨주셨다. 그녀의 남편인 칙 역시 거액의 유산을 상속받았기 때문에 리버 스트릿 카페에서 다른 사람들과 커피를 마시기 위해서가 아니라면 매일 사무실로 출근할 이유도 없었다. 룰루가 실내장식 사업에 뛰어들었을 때 돈을 대준 것도 틴지였다. 뉴욕에서의 첫해가 끝나

---

레가토 연주할 때 부드럽게 음을 끊지 않는 연주법 — 옮긴이

갈 무렵 돈도 없고 일자리도 없어서 불안에 떨던 나에게 아무것도 묻지 않고 만 달러를 송금해준 것도 틴지였다. 비록 상당히 취한 상태였긴 했지만 모든 야야 2세들에게 정신과 상담 비용을 대주겠다고 공언했던 것도 틴지였다. 나와 틴지의 아들인 자크, 그리고 캐로의 아들인 터너의 고등학교 졸업 파티에서 나온 제안이었다.

당시 아무도 그녀의 제안을 실제로 받아들이지 않았지만 만약 우리가 틴지의 후원금을 받았다면 작은 나라를 살 정도의 돈을 절약할 수 있었을 것이라고 나는 지금도 종종 후회하곤 한다. 틴지의 외동딸이자 어린시절 내 친구였던 제니는 그 당시 이미 우리의 상상을 초월할 정도로 수많은 정신과 상담을 받고 있었다. (입원과 외래 모두) 사실 우리가 고등학교를 졸업할 무렵, 그녀는 이미 사설 정신병원에 두 번째로 입원 중이었다. 하지만 그건 별개의 이야기다. 신비스러울 정도로 섬세하고 연약한 그녀의 광기는 틴지의 어머니인 쥬느비에브에 관한 이야기를 상기시켰다. 그녀의 일가는 우울증에 시달리고 있었다.

얽히고 설킨 채 한적한 주의 시골구석에서 한데 뒹굴며 자란 우리 야야들에게 가족은 낙원이었고 그들의 죄악은 너무나 달콤하고 대부분 이름 지어지지 않은 것들이었다. 야야 일족 안에는 수많은 이야기가 있었다.

워커 집안 아이들을 제외한 모든 야야들이 《벼랑 끝에 선 여자》의 공연에 떼를 지어 나타났을 때 나는 부모로부터 버림받은 고아 같은 느낌이 조금이나마 가시는 것을 느꼈었다. 비록 엄마의 노여움이 야야들이 공연을 보러 오는 것을 막았지만 야야 2세들은 와주었다. 게다가 보스턴의 맥클린 정신병원에 있던 제니까지 장기외출 허가를 맡아 데리고 왔다.

엄마의 스크랩북은 당신과 야야들의 인생만 담은 것이 아니라 다음 세대의 삶으로까지 이어져 있었다. 우리는 원시적인 모계 공동체를 이루고 있었다. 남자들은 마을에서 한 주일 내내 일하다가 주말에만 스프링 강에 있는 우리를 보러오는 여름이 되면 특히 그러한 느낌이 더했다.

야야 중에서 엄마와 가장 닮은 사람은 네시였다. 하지만 그녀 역시 유별난 구석이 있었다. 우선 그녀는 어렸을 적에 엄마들 중에서 유일하게 머리를 길게 기른 사람이었다. 그녀의 긴 머리칼은 네시의 외모에서 그녀가 야야 중 하나라는 것을 알리는 중요한 단서였다. 50년대와 60년대 초의 아내들과 어머니들은 그렇게 길고 아름다운 머리를 가질 수 없었다. 적어도 손튼에서는 그랬다.

풍성하고 관능적인 네시의 밤색 머리칼은 풀어내리면 더없이 아름다웠다. 스프링 강가에서 보내던 여름날 아침이면 자리에서 막 일어나 다른 야야들과 테라스에 앉아 커피를 들던 네시의 어깨 위로 늘어뜨린 머리칼은 이른 아침 햇살에 반짝였다. 내가 몇 시간이고 그녀의 머리칼을 만지작거려도 네시는 신경 쓰지 않았다. 엄마들의 목소리를 들으며 자리에 앉아서 샴푸 향이 나는 깨끗하고 풍성한 네시의 머리칼을 만지곤 했다. 그녀의 머리칼을 들어올려 코를 묻고 냄새를 맡는 게 좋았다. 이런 식으로 여자와의 단순하고 순진무구한 관능적인 행위에 가벼운 쾌락을 느꼈던 것 같다. 나이가 들면서 차츰 이러한 쾌락이 내 인생에서 사라진 게 유감스럽다.

야야들이 흠뻑 젖은 머리로 강물에서 나오는 걸 보는 게 좋았다. 그들은 이국적인 바다생물이나 산호초 밑바닥 어딘가에서 비밀스러운 생활을 영위하는 야생의 인어처럼 미끈하고 우아하고 아름다웠다.

강가에서 여름을 보낼 때면 엄마는 머리에 전혀 신경을 쓰지 않았다. 엄마가 '아이를 넷 가진 엄마의 머리스타일'이라고 부르는 요정처럼 아주 짧게 자른 스타일을 유지했다. 엄마의 머리는 천연 금발이라 화장을 하지 않으면 눈썹과 속눈썹도 같은 색깔이었다. 몇 년 후, 미아 패로우*가 머리를 싹둑 자르고 나타나자 야야들은 그녀가 엄마를 따라했다고 농담처럼 말했다.

엄마의 어두운 적갈색 눈동자는 섬세한 이목구비와 대조를 이루며 힘 있는 인상을 주었다. 새하얀 피부와 금발은 언뜻 연약해도 강렬한 눈동자 때문에 결코 녹록해 보이지 않았다.

강물에서 나오면 엄마는 잠시 머리를 수건으로 말리고 립스틱을 새로 칠한 뒤 커다란 하얀 모자를 썼다. 천연 금발도 일광욕을 할 수 있지만 언제나 아주 넓은 챙이 달린 모자를 써야만 한다고 엄마는 늘 우리에게 주의를 주었다. 엄마는 챙이 아주 넓은 모자를 좋아했다.

당시 나는 엄마의 몸이라면 머리끝에서 트레이드마크인 '부잣집 아가씨 레드'로 칠한 발톱 끝까지 알고 있었다. 금발머리 특유의 연한 빛 피부에 자잘한 계피 빛 주근깨가 난 팔과 뺨. 크림층처럼 주근깨 밑에 깔려 있는 우윳빛 피부. 어쩌다 햇빛을 받으면 엄마의 투명한 피부 밑으로 보라색과 푸른색 혈관이 비쳐 보이기도 했는데 어렸을 때는 그 광경이 너무나 무서웠다.

엄마의 다리는 우수한 테니스 선수답게 경쾌하게 움직였다. 다른 여자들이 감히 입을 엄두도 내지 못하는 반바지 밑으로 드러난 다리

---

* 미아 패로우 《로즈마리의 아기》, 《한나의 자매들》에 나왔던 미국 배우 — 옮긴이

는 미끈하게 쭉 뻗어 있었다. 엄마는 여름용 유니폼이라고 부르던, 하 얀 운동화와 하얀 양말, 그리고 빳빳한 리넨이나 면 셔츠를 깔끔하게 반바지 속으로 집어넣는 차림을 즐겼다. 테니스 선수처럼 온통 하얗 게 입었다.

엄마는 체구는 작았지만 속은 큰 여인이었다. 맨발로 서면 163센티 정도였고 임신했을 때를 제외하면 몸무게도 52킬로를 넘은 적이 한 번도 없었다. 체중이 가벼운 걸 늘 자랑으로 여겼고 그것을 유지하기 위해 무진 애를 썼다. 엄마는 키에 비해 팔다리가 길었다. 몸에 비해 너무 길지는 않았지만 하늘하늘해 보였다. 마치 내면의 단단함을 감 싸는 하늘하늘한 너울 같았다. 엄마의 몸속에 있는 생명력은 연한 피 부색과는 어울리지 않을 정도로 뜨겁고 격렬했다. "피부를 뚫고 뛰쳐 나가 버릴 것 같아."* 엄마가 자주 쓰던 표현이었다. 그리고 어렸던 나 는 엄마가 정말로 그렇게 할까봐 무서웠다.

엄마는 책이나 영화에서 보는 전형적인 엄마들과는 전혀 달랐다. 체구에 비해 놀라울 정도로 풍만한 가슴을 제외하고는 엄마는 포동포 동하거나 둥근 구석이 전혀 없었다. 근육질에 강단 있는 마른 체구였 다. 나이가 들며 살집이 붙기 시작하자 운동이나 다이어트를 통해 모 두 없애버렸다. 언젠가 엄마에게 네시가 조심스레 물은 적이 있었다. "비비, 왜 넌 그렇게 날씬함을 유지하려고 하니? 우린 더 이상 18살이 아니란 말이야.", "걸을 때는 짐이 가벼운 게 좋으니까." 너무나도 당 연하다는 투로 엄마가 대답했다.

눈을 감으면 내가 어렸을 때와 전혀 변하지 않은 엄마의 몸이 보인 다. 스칼렛 오하라와 캐서린 헵번, 그리고 탈룰라 뱅크헤드*를 합친

---

\* 겁에 질리거나 놀랐을 때 쓰는 표현 — 옮긴이

듯한 풍부하고 텁텁한 목소리가 들린다.

엄마의 나신이 지금은 어떤 모습인지 모른다. "약간 살이 붙었다"는 소문을 들긴 했지만 실제로도 그러한지 알 길은 없다. 20년이 넘도록 옷을 벗은 엄마의 모습을 보지 못했다. 얼굴과 목소리를 감추면 엄마의 몸을 알아볼 수 있을지 자신이 없다. 그것이 나를 슬프게 한다.

내가 어렸을 때의 엄마를 생각하면 감탄을 금할 수 없다. 3년 9개월 동안 자식을 넷이나 낳아 길렀다. 내 죽은 쌍둥이형제까지 치면 다섯이다. 즉 결혼하자마자 임신으로 인한 격렬한 호르몬 변화로부터 벗어난 적이 없다는 이야기가 된다. 5년이나 6년 동안 잠도 제대로 자지 못했을 것이다. 나와 마찬가지로 엄마는 잠자는 걸 좋아한다. 예전에 엄마는 맛있는 샌드위치나 신선한 바게트처럼 잠을 맛볼 수 있다고 말하곤 했었다.

철없을 때조차도 엄마가 4명의 아이를 연년생으로 낳아서는 안 되는 여자라는 걸 알고 있었다. "엄마 나 좀 봐줘! 내가 하는 걸 봐, 엄마." 이렇게 말하면서 매달려 칭얼댈 때조차도 엄마에게 무리한 일을 요구한다는 느낌이 들었었다.

하지만 어린 시절의 여름, 여자친구들과 함께 강둑을 노니는 엄마는 여신과 같았다. 때로는 발아래 엎드려 경배를 드리고 때로는 야야들에게 쏟는 관심을 조금이라도 돌려보려고 온갖 말썽을 피웠다. 어떤 날은 너무나도 질투가 나서 캐로, 틴지와 네시가 죽어버렸으면 좋겠다고 생각한 적도 있었다. 그러다 어떤 날에는 피크닉 담요에 앉은 엄마와 친구들이 하늘을 받치는 기둥처럼 보이기도 했다.

---

탈룰라 뱅크헤드 강한 성격의 여자를 주로 연기했던 40년대 할리우드 배우 — 옮긴이

야야 시스터즈의 신성한 비밀

루이지애나에서 2천5백 마일 떨어진 통나무집에서 소녀시절로부터 수십 년이나 떨어져 있지만 눈을 감고 정신을 집중하면 엄마와 야야들의 냄새를 맡을 수 있었다. 마치 야야들의 냄새가 아로마 향처럼 등 뒤에서 타오르다 가장 예기치 않은 순간에 내 현재의 냄새와 섞여 신구의 조화를 이룬 새로운 향수를 만들려 하는 것 같았다. 이불장 속 낡은 무명천의 부드러운 냄새, 앙고라 스웨터에 은은하게 떠도는 담배 냄새, 핸드 로션 냄새, 피망과 양파를 볶는 냄새, 땅콩버터와 바나나의 달콤하고 고소한 냄새, 질 좋은 버번에서 나는 떡갈나무 향, 그리고 은방울꽃, 삼나무, 바닐라, 마른 장미 꽃잎이 뒤섞인 냄새. 그것은 내가 가진 어떠한 기억보다도 오래된 냄새였다. 엄마, 틴지, 네시 그리고 캐로. 그들 각자는 분명 저마다의 독특한 냄새를 가지고 있었다. 하지만 이것은 그들의 냄새를 합친 것이었다. 내가 어디를 가든지 몸 안에 지니고 다니는 마음속의 향수였다.

네 명의 냄새는 조화를 이루고 있다. 마치 그들의 육체가 조화를 이루고 있었듯이.

그래서 그들은 금세 안 좋은 일은 잊고 서로 용서할 수 있었을지도 모른다. 지금 내가 하는 것처럼 끊임없이 의식적으로 노력하지 않고도 그들은 잘 지낼 수 있었다. 다른 여자들과 나는 한 번도 그런 관계로 있던 적이 없었다. 상상하는 것마저도 힘이 든다. 하지만 난 그들이 조화를 이루는 걸 직접 내 눈으로 보았고 냄새를 맡았다.

엄마가 쓰는 향수는 프랑스인 지구의 향수제조가인 클로드 포베가 엄마가 16살 때, 엄마를 위해 직접 만든 것이었다. 쥬느비에브 위트먼이 준 선물로 가벼운 충격과 깊은 감동을 주는 향이었다. 나에게 기쁨과 불안을 동시에 가져다주던 냄새였다. 잘 익은 서양배, 베티버*, 제

비꽃 약간, 그리고 톡 쏘는 뭔가 이국적인 향이 뒤섞인 냄새.

언젠가 그레니치 빌리지를 걷다가 이 냄새를 맡은 나는 발길을 멈추고 주위를 둘러보았다. 대체 이 냄새가 어디서 나는 걸까? 가게? 나무? 지나가는 사람? 알 수 없었다. 단지 울고 싶은 기분이 든다는 것은 알 수 있었다. 사람들이 어깨를 스치고 지나가는 그레니치 빌리지의 보도에 서서, 갑자기 자신이 무방비 상태인 어린아이로 돌아간 것처럼 느껴졌다. 마치 뭔가 기다리고 있는 기분이었다. 나는 냄새의 대양 속에 살고 있었고 대양은 바로 엄마였다.

---

**베티버** 인도산의 열대성 초목으로 뿌리의 기름은 향수제조에 사용된다 — 옮긴이

6

일기를 다 쓰자 졸음이 밀려왔다. 시다는 테이블에 머리를 기대고 깜박 졸았다. 비비의 스크랩북이 무릎에서 미끄러지며 낡은 책장 사이에서 빠져나온 작은 열쇠가 그녀의 발 바로 옆에 떨어졌다.

시다가 눈을 떴을 때 제일 먼저 본 것은 그 열쇠였다. 피칸만한 크기의, 사슬에 매달린 작고 녹슨 열쇠였다. 이건 무엇을 여는 열쇠일까? 보석상자? 작은 트렁크? 일기장? 그녀는 유리문으로 가서 휴일린을 내보냈다. 새벽이었지만 호수는 짙은 안개에 휩싸여 건너편 기슭이 보이지 않았다.

테라스에 서서 안개 속을 쳐다보다 그녀의 손바닥 위에 놓여 있는 열쇠를 들여다보았다. 오래 전에 새긴 듯한 희미한 글자들이 보였지만 읽을 수 없었다. 휴일린을 부르려고 테라스 밖으로 가며 그녀는 열쇠를 손바닥 사이에 놓고 지그시 누르며 숨을 불어넣어 보았다. 그리고 기묘하게도 어린아이 같은 행동을 했다. 냄새를 맡고 핥아본 것이다. 금속성 맛에 가벼운 몸서리를 치며 그녀는 소녀탐정이 된 듯한 흥분을 느꼈다.

하루의 남은 시간을 그녀는 산책을 하고 식사를 하고 낮잠을 자며 보냈다. 자신이 얼마나 피곤했는지 전혀 몰랐었다. 공중전화를 쓰기 위해 작은 잡화점에 간 것은 4시경이나 되어서였다.

작은 성호를 긋고 나서 부모님 집 전화번호를 눌렀다.

피칸그로브에서 전화벨이 울렸을 때 루이지애나 주에서는 칵테일을 마시는 시간이었다. 비비 워커는 야채밭 옆에 놓인 의자에 앉아 저녁식사에 먹을 야채를 고르는 남편을 바라보고 있었다.

"여보세요." 비비가 말했다.

"엄마, 저 시다예요."

비비는 버번을 한 모금 마셨다. 순간 금주 맹세를 깬 데 대한 죄책감이 밀려왔다. 그녀는 심호흡을 한 뒤 말했다. "시다 워커?《뉴욕타임스》에 자주 등장하는 시댈리 워커 말인가?"

시다는 침을 꿀꺽 삼켰다. "네, 맞아요. 고맙다는 말하려고 전화했어요, 어머니."

"대체 언제부터 날 어머니라고 부르기 시작한 거냐?" 비비가 물었다.

셉은 일렬로 심어진 피망들 너머로 아내를 훔쳐봤다. 비비의 입술이 '시다'를 발음하는 것을 보고 좀더 떨어진 콩넝쿨로 자리를 피했다.《뉴욕타임스》기사를 읽은 비비와 살아야 했던 것은 바로 그였다. 비비의 반응이 너무나도 무서웠기 때문에 힐튼헤드로 여행을 떠나기까지 했었다. 의사가 처방했던 여행보다는 훨씬 효과가 좋았다고 셉은 자평했다.

셉 워커는 이제까지 아내를 이해할 수 있었던 적이 한 번도 없었다. 그에게 있어서 그녀는 여행하려면 여권이 필요한 외국이나 마찬가지였다. 그녀를 화나게 하는 게 무엇인지 알려는 노력 같은 것은 옛날에 그만뒀다. 헤아릴 수 없는 보살핌이 필요한 목화밭보다 그녀를 돌보는 것이 훨씬 더 까다로웠다. 하지만 42년이 지난 뒤에도 그녀는 여전히 그를 놀라게 할 수 있었고 그를 웃게 할 수 있었다. 그리고 그런 일을 할 수 있는 사람은 아주 드물었다. 뒷마당에서 함께 말을 탈 때나 트럭 안에서 엽총을 들고 있을 때, 그가 논이나 목화밭, 메기나 콩에 대해 두서없이 늘어놓는 말을 그녀는 여전히 진지하게 들어주었다. 그리고 가끔 그녀가 질문을 하려고 고개를 돌리며 쳐다보면 셉은 다시 청년으로 돌아간 것 같은 기분이 들었다. 두 사람이 젊었을 때는 서로 성적으로 강하게 이끌렸었다. 그 이끌림은 세월보다는 서로 상대방을 참아주다 지치면서 희미해졌다.

"난 자기네들 엄마보고 어머니라고 부르는 여자들은 절대로 신용하지 않았다." 비비가 수화기에 대고 말했다.

"미안해요, 그냥 저, 엄마, 스크랩북을 보내줘서 정말 고맙다고 이야기하려고요. 너무너무 고마워요."

"연극을 위해서 내가 할 수 있는 최소한의 일을 한 것뿐이다." 비비가 말했다. "하지만 클래어 부스가 야야들보다 훨씬 더 오래된 이야기라는 것을 명심해라. 그리고 야야들은 서로 사랑했어. 서로 잡아먹지 못해 안달하는 루스의 주인공들과는 달랐단다."

"'신성한 비밀'을 넘겨줘서 정말로 감명받았어요, 엄마."

"네가 전국에 걸쳐 내 이름에 먹칠을 한 걸 생각하면 나도 내가 대견하다."

"대견한 게 아니에요, 엄마. 위대한 거예요."

비비는 곧 있어 나올 시다의 사과를 기다리느라 잠시 말을 멈췄다.

"엄마, 지금까지 모든 일에 대해 정말 미안해요. 엄마에게 상처를 주려는 뜻은 없었어요."

"거기에 대해선 말하고 싶지 않구나. 결혼식은 어떻게 할 거니?" 비비가 물었다.

"거기에 대해선 말하고 싶지 않아요." 시다가 말했다.

"나만 보면 모두 물어보는 통에 미칠 지경이다. 20년이 넘도록 네 반에 있던 모든 애들에게 결혼선물을 줘왔다. 그중에는 3번이나 결혼한 애들도 있었지. 사람들이 선물을 어디로 보내면 되냐고 묻는구나."

"내가 지금 필요한 선물은 엄마의 스크랩북뿐이에요."

"나중에 자서전을 쓸 때 참고하려고 했었는데." 비비가 말했다. "하지만 자서전 같은 거 쓸 시간이 어디 있어? 아직도 자서전 소재가 진행중인데."

"엄마의 모든 추억에 대해 쓴다면 정말 멋질 거예요. 묻고 싶은 게 굉장히 많아요. 스크랩북에 있는 것들은 근사하지만 내가 모르는 게 너무 많아요. 모르는 이야기가 너무 많아요. 예를 들어 내가 발견한 열쇠 말인데요. 스크랩북에서 떨어졌는데 무슨 열쇠인지 궁금해 죽겠어요. 가는 사슬이 달려 있는 건데."

"그래?" 비비가 말했다.

"무슨 열쇠인지 혹시 알아요?"

"그냥 열쇠겠지."

"어머니, 만약 엄마가 책상 앞에 앉아서 엄마의 살아온 이야기를 쓴다면 내게 엄청난 도움이 될 거예요. 무엇이 엄마에게 영향을 미쳤고 캐로, 틴지, 네시와 한평생에 걸친 우정을 쌓기 위해 어떤 노력을 했는지. 엄마가 느낀 것, 엄마의 비밀, 엄마의 꿈은 무엇이었는지. 모든 야야들의 기념품에 얽힌 이야기도요.

"어머니라고 부르지 말라고 했지. 마치 북부사람 같잖아. 분명히 나에게 전화하지 말라고 말한 걸로 아는데. 난 너를 위해 내 인생에 관한 에세이를 쓸 그 어떠한 의무도 없어. 특히 자유세계에 나에 대한 거짓말을 퍼뜨리는 걸 너의 의무라고 네가 생각하는 이상."

"맙소사, 엄마. 그건 내가 통제할 수 있는 문제가 아니었어요. 제발 싸우지 말자고요."

비비는 버번을 또 한 모금 마셨다.

2천 마일이나 떨어져 있는데도 시다는 비비의 잔에서 달각거리는 얼음 소리를 들을 수 있었다. 만약 누군가 그녀의 어린 시절에 대한 영화를 만든다면 얼음 소리는 주된 사운드트랙이 될 것이다. 시다는 손목시계를 쳐다봤다. 어떻게 루이지애나에서는 지금이 칵테일 시간이라는 것을 까먹을 수 있지?

"이제 그만하죠, 어머니."

"아니, 너나 그만둬라. 네가 너 자신을 샅샅이 파헤치고 싶다면 말리지 않겠다. 하지만 날 파헤치려 하지는 마라. 이미 내 야야들의 신성한 비밀을 보냈잖니, 대체 뭘 더 원한다는 거니? 내 피라도 보내줄까?!"

"미안해요, 엄마. 배은망덕한 소리를 하려는 건 아니었어요, 다만…."

"생체해부(vivisection)란 단어를 사전에서 찾고 나서 네가 얼마나 충격을 받았는지 생각나니? 울면서 나에게 뛰어왔잖니, 기억나니? 난 망할 놈의 개구리가 아니야, 시다. 알아내려고 하지 말고 야수의 등에 올라타고 달리면 되는 거란다."

"앨범은 소중히 보관할게요. 그리고 엄마가 달라고 하면 언제든지 돌려줄게요." 시다는 말했다.

"내 생일 전까지는 돌려줬으면 좋겠다, 알겠니?" 비비가 말했다.

"예."

"그리고 부탁이 있는데 두 번 다시 신문기자처럼 이것저것 물으려고 내게 전화하지 마라. 네가 들고 오는 유명세 같은 건 난 필요 없으니까."

그날 밤 시다는 퀴노 계곡으로 이어지는 평평한 길을 5마일이나 달려 돌아온 뒤 테라스에 나와 앉아 밤하늘을 바라보았다. 하루종일 구름이 끼어 있어서 별 하나 보이지 않았다. 미모사*를 한 모금 마신 뒤 빵과 치즈를 들었다. 코너는 지금 무엇을 하고 있을까? 그녀의 몸은 그의 몸을 그리워했다. 시애틀 오페라에 있는 그의 작은 사무실에서 그가 도면에서 눈을 떼지 않은 채 책상 앞에 서있던 그녀의 바지 속으로 손을 집어넣던 일이 떠올랐다. 그녀를 쓰다듬던 그의 손길, 그의 미소, 그리고 저절로 새어나오던 자신의 신음소리. "오, 그 도면들은 정말 멋진데." 그가 그리웠고 그를 원했다. 그를 생각하기만 하면 다리 사이가 젖어들고 가슴이 조여든다는 사실이 원망스러웠다.

고개를 돌려 통나무 집 안을 쳐다보았다. 비비의 앨범은 테이블 위에 놓여 있었다. 그녀는 한 걸음 다가가 마치 어린아이처럼 문에 달린 방충망에 얼굴을 갖다댔다. 스크랩북을 향해 잔을 올리며 혼자만의 축배를 들었다. 앨범은 그녀를 다시 집 안으로 이끌었다.

스크랩북 위에 몸을 기울이며 그녀는 앞쪽 페이지를 펼쳤다. '39

---

* 미모사 샴페인과 오렌지 주스를 섞은 칵테일 — 옮긴이

라는 숫자가 적힌 골판지 조각이 보였다. 그 옆에는 어린아이의 글씨로 신문기사 제목처럼 보이는 아래와 같은 글이 적힌 종이쪽지가 있었다.

비비의 굉장히 중요한 뉴스

제1호

1934년 12월 8일 토요일

계집애들이 방귀를 뀌는 바람에 실격

비비안 애벗, 8세

시다는 미소를 지으며 쪽지를 뒤집어보았으나 백지였다. 본문 없이 제목만 있을 뿐이었다. 다른 정보를 얻기 위해 근처에 있는 페이지를 뒤적였지만 '비비의 굉장히 중요한 뉴스'에 대해 더 알 수 있는 것은 보이지 않았다. 그 계집애들이 누구였는지는 정확하게 알고 있었다. 1934년. 대공황이 절정에 달했던 해였다. 관점이나 종교에 따라 루이지애나의 주지사, 또는 독재자라고도 불린 휴이 롱. 그해 유진 오닐의 희곡, 끝없는 나날들이 무대에 올려졌고 피란델로가 노벨 문학상을 탄 사실도 알고 있었다. 하지만 엄마가 무엇을 위해 그리고 누구와 싸우다 실격했는지 전혀 알 수 없었다.

  고개를 저으며 그녀는 손을 뻗어 무심코 휴일린을 쓰다듬었다. '스크랩북이 말을 할 수만 있다면.' 그녀는 생각했다. '만약 스크랩북이 말을 할 수만 있다면.'

# 7

비비 애벗 워커는 술을 마시면 안 된다는 사실을 알고 있었다. 담배를 피워서는 안 된다는 사실도 알고 있었다. 그래서 저녁식사를 치운 다음 셉에게 인사를 한 뒤《르 쿠르브》지에 꼬냑 한 잔과 담배를 들고 뒷마당의 테라스에 들어왔을 때 그녀는 약간 스릴마저 느꼈다. 위자보드*를 펼쳐놓은 연철로 만든 테이블 앞에 앉았다. 틴지의 어머니인 쥬느비에브로부터 받은 결혼 선물 중 하나였던 은촛대에 꽂은 초에 불을 붙였다.

그녀는 아무런 질문도 하지 않았다. 단지 위자보드와 촛불 앞에 앉아 매미 소리에 귀를 기울이며 영매가 된 듯한 기분에 젖어 있었다.

한쪽 손을 포인터에 살며시 올려놓았다. 보드 위를 포인터가 미끄러지며 '1', '9', '3', 그리고 '4'를 가리키자 비비의 얼굴에 미소가 번졌다.

'그래, 내가 할리우드를 처음으로 만난 해였지.'

---

위자 보드 강신술에 쓰이는 점술판 — 옮긴이

• 비비 1934

'셜리 템플* 닮은꼴 콘테스트'에서 1등을 하려면 정확하게 컬을 56개 말아야 한다. 내 가장 친한 친구들인 캐로, 틴지 그리고 네시와 함께 나는 완벽한 머리를 만들기 위해 아침을 미장원에서 보냈다.

베벌리 양의 미장원은 너무 분주해서 마치 뉴욕에 있는 미장원에 온 것 같았다. 헝겊으로 감아둔 머리를 예쁜 컬로 말아주기 위해 틴지의 어머니 쥬느비에브가 우리를 데리고 온 것이다. 쥬느비에브는 셜리 템플 닮은꼴 콘테스트에 나갈 우리들의 머리모양과 의상을 봐주었다. 우리는 어제 아침 그녀가 헝겊으로 말아 준 머리를 하고 낮과 밤을 보내야 했다.

하지만 캐로는 자다가 헝겊을 풀어버렸다. 미용실에 도착했을 때 그녀의 머리는 나무판자처럼 뻣뻣하게 늘어져 있었다. '헝겊 때문에 머리가 가려운데다가 관자놀이를 어찌나 잡아당기는지 눈이 중국 사람처럼 치켜올라가는 바람에 잡아 뜯어서 쓰레기통에 던져 버렸다'는 것이다.

그 말이 무슨 뜻인지 안다. 나 역시 아직도 관자놀이가 당기는데 어른이 되기 전에 가라앉았으면 좋겠다.

"난 로웰의 비행사 모자를 쓰겠어." 캐로는 이렇게 말하고 자기 오빠의 모자를 꺼내 머리에 쓴 뒤 머리칼을 모자 속으로 집어넣었다.

"아주 좋은 생각이네." 쥬느비에브가 말했다. "트레 오리지날!(정말 독창적이야!)" 쥬느비에브는 막스빌 근처의 늪지대에서 자라났기 때문에 언제나 불어를 섞어 썼다. 아이들에게도 존칭이 아닌 이름을 부르게 했다. 우리 여자애들이 모두 모이면 "검보 야야!" 하고 말했다. 모

---

셜리 템플 최고의 인기 아역배우 — 옮긴이

두 한꺼번에 이야기하라는 뜻으로 우리가 늘 그 말에 따르는 건 말할 필요도 없었다.

가넷 예금신탁의 주인인 위트먼 씨와 결혼하지 않았으면 쥬느비에브는 여기 살지도 않았을 것이다. 숙녀가 되기를 바라는 아버지의 부유한 친구에 의해 우르술라회 수녀들이 있는 뉴올리언스에 보내졌고 그곳에서 그녀는 장래의 남편을 만났다. 오 그녀를 손튼에 보내주신 주님 감사합니다! 우리는 그녀를 사랑했다. 칠흑같은 머리칼과 머리칼만큼 검은 눈동자에 매끄러운 피부를 가진 그녀는 세계의 어떤 춤이라도 멋지게 출 수 있었다. 그녀는 케이준식 투스텝 댄스 외에도 우리에게 모든 종류의 지터벅이나 프레이즈 알라, 그리고 킥킨 더 뮬 댄스를 가르쳐주었다. 쥬느비에브는 내가 아는 어떤 어른보다도 재미있었다. 하지만 그러한 그녀도 신경쇠약 증세가 찾아오면 덧창을 치고 침대에 가만히 누워있어야 했다. 내가 어른이 되면 꼭 쥬느비에브 같은 사람이 되고 싶다.

베벌리 양이 헝겊을 풀고 손가락으로 컬을 말기 시작했다. 컬이 모두 몇 개나 나오는지 확실히 세어 봐야겠다. 56개의 컬 대신 38개가 나와 머리를 망치면 정말 곤란하니까. 그때 틴지의 오빠인 잭이 나타났다. 남자아이들은 절대로 들어오지 않는 미장원에 곧장 들어오는 것이 아닌가.

"어이! 너희에게 줄 도너츠를 가져왔어. 캄포 씨의 빵집에서 방금 구워낸 거야. 비비, 네가 좋아하는 초콜릿 도너츠야."

잭은 정말 상냥하다. 계집애 같은 상냥함이 아니라 그냥 상냥하다는 이야기다. 그는 마을에서 제일가는 투수였다. 타자로도 뛰어나서 사람들은 그를 T 베이브라고 불렀다. 베이브 루스처럼 장타를 잘 친다는 뜻에서 리틀 베이브를 줄인 별명이었다. 잭은 케이준 피들*도 켰는데 아버지가 싫어해서 집에서는 연주하지 않았다. 위트먼 씨는 그의 진짜 이름인 자크도 사용하지 못하게 했다. 게다가 그가 옆에 있을 때면 쥬느비에브는 아카디아식 불어*도 사용할 수 없었다. "영어로 말해, 쥬느비에브! 제발 표준어로 말하라고!" 그는 이렇게 말하곤 했다.

"모두 셜리 템플보다 훨씬 예뻐." 잭이 말했다. "너희들에게 비하면 셜리 템플은 스컹크에 지나지 않아. 매 위(물론이지), 너희라면 셜리 템플의 이름을 극장 간판에서 지워버릴 수 있을 거야."

셜리 템플 닮은꼴 콘테스트에 대해 처음 안 것은 캐로였다. 그녀의 아버지가 손튼에 두 개밖에 없는 극장들 중 하나인 더 밥의 주인이었기 때문이다. 캐로의 아버지 밥 씨는 근처에 있는 로얄튼의 더 밥과 레이빌의 더 밥도 갖고 있었다. 그의 가장 큰 영화관은 뉴올리언스에 있는 더 로버트로 세상에 있는 더 밥 극장 중 가장 호화로운 극장이었다.

더 밥이 할리우드에서 온, 셜리 템플 측 사람이 참석하는 콘테스트를 후원하겠다고 공식적으로 발표한 것은 한 달 전이었다. 콘테스트에서 우승한 소녀는 뉴올리언스까지 기차를 타고 가서 주에서 하는 셜리 템플 닮은꼴 콘테스트에서 우리 마을을 대표하기로 되어 있었다. 그리고 콘테스트 기간 내내 폰샤트렝 호텔에 머물며 공주님 같은 대접을 받는다고 했다.

사방에서 참가하겠다는 소녀들이 줄을 이었다. 참가자격이 백인 소녀에 한정되어 있었는데도 흑인 여자애들까지도 참가하려고 했다. 후

---

케이준 피들 주로 민속음악에 연주되는 바이올린의 별칭 — 옮긴이
아카디아식 불어 미국 남부지방에서 사용되는 프랑스 정착민 후손들이 사용하는 변형된 프랑스어 — 옮긴이

보등록을 하려면 10센트를 내야했지만 밥 씨는 어떤 아이들은 돈을 내지 않고도 참가신청을 할 수 있게 봐주었다. 오늘 온 사람들 중에는 계란이나 감자로 참가비를 대신한 이들도 있었다. 뉴젠트 집안의 여덟 딸들은 콜라드 그린* 두 말을 내고 베티 붑 클럽의 토요일 마티니에 참가할 수 있었다.

쥬느비에브는 그녀의 옷을 만드는 세실에게 우리 모두의 의상을 만들게 했다. 나는 빨간 넥타이가 달린 깜찍한 파랑과 하양 체크무늬 드레스를 받았다. 그 위에 나는 셜리가 '굿 쉽 롤리팝'을 불렀을 때 입은 것처럼 파란 코트와 검은 모자를 쓸 계획이었다. 어제 아빠 앞에서 의상을 입어 보자 아빠는 "이리 와서 아빠를 안아주렴." 하고 말했다. 아빠는 집에 있을 때 우리가 포옹하는 걸 좋아하지 않았기 때문에 깜짝 놀랐다. 아빠에게 가서 꼭 안아주자 아빠는 내게 2달러나 주었다.

캐로의 의상은 굉장히 멋졌다! 오빠에게 빌린 작은 갈색 가죽 점퍼에 헐렁한 작업복 바지를 걸친 다음 머리에는 비행사용 모자를 쓰기로 했다. 브라이트 아이스라는 영화에서 루프의 비행기를 탔을 때 셜리가 입은 의상과 똑같았다. 아, 캐로는 정말 멋지다. 내 친구들은 모두 그래.

네시는 연노랑 코트를 입고 곱슬머리 위에 하얀 베레모를 쓸 계획이었다. 틴지는 셜리 템플이 영화에서 생일파티를 할 때처럼 분홍색 발레 투투를 입기로 했다.

비밀이지만 내 생각으로는 셜리 템플과 가장 닮은 건 바로 나 같았다. 어쨌든 금발 머리는 나 혼자니까. 하지만 다른 사람에게 이 사실을 말할 엄두는 나지 않는다.

---

콜라드 그린 남부 음식에 곁들여지는 케일과의 야채 — 옮긴이

쥬느비에브가 우리를 극장까지 데려다 주었을 때 입구에서 한 여자가 실 달린 골판지 조각을 목에 걸라고 우리에게 나누어주었다. 골판지에는 콘테스트 참가번호가 적혀 있었다. 나는 39번, 캐로는 40번, 틴지는 41번으로 나란히 붙어 있었지만 어찌 된 영문인지 네시만 혼자 61번이었다. 목에 건 골판지가 너무나 싫었다. 덕분에 내 깜찍한 파란 코트에 달린 예쁜 단추가 보이지 않으니까.

셜리 템플 닮은꼴 콘테스트의 심사위원은 누가 셜리 템플을 닮았는지 심사하기 위해 한평생 전국을 기차로 돌아다닌다. 그의 이름은 랜스 레이스였지만 캐로는 그냥 할리우드 씨라고 불렀다. 그는 어제 도착했는데 캐로는 부모님과 함께 기차역으로 마중을 나가 집으로 데리고 왔다. 집에 도착하자 그는 양복을 벗고 하늘빛 셔츠와 파자마처럼 생긴 헐렁한 바지로 갈아입었다고 캐로가 말했다. 저녁식사를 하는 동안 그는 장거리 전화를 3통이나 받았다. 우리 집에서는 한 달이 되어도 장거리 전화를 3통 이상 하는 법이 없는데! 캐로와 부모님 그리고 그녀의 오빠인 로웰과 바비는 자리에 앉은 채 할리우드 씨가 빨리 전화를 끊어서 모두 식사를 마칠 수 있도록 기다려야 했다. 그러고도 오늘 아침식사를 하기 전에 장거리 전화를 또 하나 받았다고 한다!

언제나 더 밥의 무대 위에 오를 날을 꿈꿔왔는데 오늘 드디어 소원이 이루어졌다! 오, 난 스타가 될 운명이야! 관객을 내려보며 각광을 받으며 무대에 서 있다. 조명, 조명, 조명들! 크리스마스는 저리 가라다. 관객의 얼굴이 잘 보이지 않았지만 피트 오빠가 어디 있는지 정확하게 알 수 있다. 왜냐하면 나를 향해 "야, 못난아!" 하고 소리쳤거든.

줄에서 나와 다른 곱슬머리 여자애들 앞에서 춤추고 싶다. 모두 나를 쳐다보게 해야지! 모두 나만 봐! 하지만 줄에서 나오면 안 된다. 우리가 해야 할 일은 한 줄로 나란히 서서 셜리 템플처럼 보이도록 애쓰는 게 전부니까. 이렇게 많은 재능이 있는 게 원망스럽다! 난 노래에다 춤도 출 수 있고 'prestidigitation(요술)' 같은 긴 단어를 쓸 수도 있고 《늙은 선원의 노래》*를 처음부터 끝까지 암송하는 건 물론 휘파람도 불고 이야기를 만들어 연극으로 보여줄 수도 있다. 이 사람들은 자기들이 무엇을 놓치고 있는지 모른다니까.

할리우드 씨의 벨벳같은 목소리가 마이크를 통해 흘러나왔다. "셜리 템플은 미국의 가장 우수한 것을 상징합니다. 그녀의 순수함과 미소는 48개 주 전역을 비추는 밝은 햇살이죠. 그리고 보통 사람이 커피한 잔 마시는 것도 어려운 시대에 셜리의 보조개는 깊은 슬픔에 잠긴 대공황시대의 부랑자의 시름조차 달래줍니다. '리틀 미스 선샤인'은 수많은 이들의 가슴속에 춤을 추며 들어와 그녀만의 독특한 상냥함으로 온 국민을 감싸주었습니다."

그는 잠시 우리가 서 있는 쪽으로 눈을 돌리고 나서 우리 쪽을 가리켰다. "여러분의 아름다운 마을에 와서 귀여운 소녀들을 만나게 되어 기쁩니다. 이 어린 숙녀들 중 누가 셜리 템플의 건강한 매력과 순수함에 가장 근접해 있는지 심사하는 게 제 일입니다. 이 중에서 과연 누가 우리의 위대한 나라에 힘이 되어 줄 사랑스러운 미국의 연인이 될까요?"

오, 저 사람들이 내 진짜 재능을 발휘하는 걸 허락한다면, 난 우리나라에 힘을 줄 수 있어! 머리와 어깨는 소녀이고 나머지는 악어인, 내가 지은 악어소녀 이야기를 해주는 거다. 인어와 비슷하지만 힘이 엄청

---

*《늙은 선원의 노래》 영국 시인 S. T. 콜리지의 대표작 — 옮긴이*

센 악어소녀. 오! 나는 세상에서 제일가는 무서운 이야기꾼이야!

내 재능을 뽐낼 수만 있다면 이 콘테스트뿐 아니라 뉴올리언스에서 열리는 대회도 너끈히 이길 수 있을 거야. 그렇게 되면 기차에 나만을 위한 전용열차를 달아 욕조도 들여놓고 창에는 벨벳 커튼을 달아야지. 그리고 캐로와 틴지와 네시를 초대해서 모두 함께 미국 일주를 하는 거야. 워싱턴 D.C.에도 가자. 루즈벨트 대통령 내외는 날 기다리며 가장자리를 말끔히 잘라낸 토마토 샌드위치를 들어보라고 애걸복걸할 거야. 대통령에게 대공황이 너무 오래 가고 있다고 말하며 올리 트로트의 트레일러 파라다이스에 있는 불쌍한 집 잃은 사람들을 도울 수 있는 묘안을 말해줘야지. 오, 모두에게 손을 흔들어주면 사람들은 셜리 템플이 누구였는지 다 잊어버릴 거야!

할리우드 씨가 우리 쪽으로 몸을 돌리는데 손이 입에 가 있었다. 입술을 죽 옆으로 늘이는데 다친 건가? 아냐, 우리보고 더 환하게 미소를 지으라는 말이었다. 피아니스트에게 신호를 보내니까 '온 더 굿 쉽 롤리팝'을 연주했다. 그러자 그는 우리 주위를 한 바퀴 돌더니 하얀 털 코트를 입고 있는 여자애 앞에 멈춰 섰다. 여자애 보고 한 바퀴 돌아보라고 하더니 클립보드에 뭔가 적었다. 말 한마디 없이 그는 마치 말을 검사하듯 그 애를 살펴봤다.

"계속 웃고 있었더니 입술에 경련이 나." 나는 틴지에게 귓속말을 했다. 그런데 이 애가 갑자기 돌아버렸는지 뒤로 한 발짝 물러나더니 내 발가락을 밟아 버렸다. 내가 질 수 없지. 뒤로 물러나서 그 애의 발가락을 밟은 뒤 지그시 눌러 주었다.

"아야!" 틴지가 비명을 질렀다. 틴지는 이런 장난이라면 사족을 못 쓴다. 그 애는 뒤를 돌아보더니 계집애들 중 하나에 대고 혀를 내밀어 보였다. 좋았어, 겁쟁이 계집애가 울음을 터뜨린다.

"얼레 꼴레리 얼레 꼴레리! 누구누구는 겁쟁이래요!" 틴지가 속삭였다. 그러더니 난데없이 틴지가 방귀를 뀌었다! 이제까지 들은 것 중 가장 큰 방귀 소리였다! 그렇게 조그만 소녀에게서 그렇게 큰 방귀 소리가 나올 줄은 전혀 예상하지 못할 것이다. 틴지는 충격을 받은 얼굴이었다. 자기가 한 일이 믿기지 않는다는 표정으로 틴지는 뒤를 돌아보았다. 마치 우리 강아지가 자기 방귀 소리에 겁을 집어먹은 얼굴과 비슷했다.

그 소리를 들은 다른 아이들은 모두 우리에게서 슬금슬금 물러났다. 마치 틴지의 방귀가 살아 있어서 자기들을 덮친 뒤 몸 위를 마구 기어다닐 거라고 생각하는 것 같았다. 틴지와 나는 웃기 시작했다. 도저히 멈출 수 없었다. 만약 방귀보다 더 웃기는 게 있으면 누가 나에게 좀 가르쳐줘.

할리우드 씨는 방귀 소리를 미처 듣지 못한 것 같았다. 그는 여전히 무대 반대편에서 여자애들을 살펴보고 있었다. 하지만 우리의 웃음소리를 듣자 우리 쪽을 쳐다보았다. 그의 입술이 "조용히 해."라고 말했다.

그러니까 더 웃기지 뭐야. 캐로와 네시까지 웃음을 터뜨리기 시작했다.

"쉬!" 할리우드 씨가 입술 앞에 검지손가락을 세우고 조용히 하라고 신호를 보냈다. 그러더니 같은 손가락으로 입술 끝을 치켜올리고 활짝 미소를 지으며 우리에게도 따라하게 하려고 했다. 할리우드 씨가 그런 식으로 웃는 것을 보고 우리는 배를 잡고 큰 소리로 웃어대기 시작했다. 우리 엄마들이 들으면 당장 밖으로 쫓겨날 웃음소리였다.

그러자 갑자기 할리우드 씨가 빙글 돌아서 우리 쪽으로 다가왔다. 이미 이때는 우리를 멈추게 할 수 있는 게 아무것도 없었다. 웃음을 멈추고 싶어도 멈출 수 없는 상태였다.

할리우드 씨가 우리 바로 앞에 와서 섰다. "지금 당장 웃음을 멈추지 못해!" 그가 말했다.

부릅뜨다 못해 튀어나올 것 같은 눈, 있는 대로 커다랗게 벌린 입. 그리고 그의 입 안에 하나도 아니고 둘도 아니고 밤색으로 썩은 이가 자그마치 세 개나 있는 게 보였다! 앞에 있는 이들은 반짝거리는 하얀색이었지만 뒤에 있는 이들은 썩어 있었다! 그걸 본 우리는 고래고래 소리를 지르며 웃었다. 우리가 웃음을 멈추지 않자 그는 무대 바닥에 클립보드를 힘껏 내던졌다. 그리고 우리를 향해 한 발 앞으로 다가왔다. 잠시 나는 그가 우리를 때리려고 하는 줄 알았다. 하지만 그는 마음을 고쳐 잡았다.

피아노 연주자에게 손짓을 해서 조금 소리를 줄이게 했다. 그리고 썩은 이는 마이크로 다가가 말했다. "셜리 후보들 중 몇 명은 뭔가 아주 웃긴 일이 있었나 봅니다. 39번, 40번, 41번, 그리고 61번, 여기 마이크까지 나와 주시기 바랍니다."

우리가 마이크 앞에 나와 서자 피트가 소리쳤다. "못난이 나왔다!" 나는 관객을 향해 손으로 키스를 날렸다.

썩은 이의 할리우드 씨는 우리를 보며 가식적인 미소를 한껏 지었다. "아가씨들, 뭔가 아주 재미있는 일을 알고 있나 본데 여기 있는 다른 분들에게도 말해줄래요?"

우리 넷은 서로 얼굴을 쳐다봤다. 그러더니 캐로가 마이크 앞으로 다가갔다. 마이크 앞에 서자 캐로는 비행사 모자를 벗어 옆구리에 꼈다. 캐로의 머리는 양탄자처럼 납작해져 있었다. "뭐가 그렇게 재미있는지 정말로 알고 싶나요?" 그녀가 마이크에 대고 우렁차게 말했다.

할리우드 씨는 마이크 앞에 기대며 말했다. "예! 40번 아가씨, 알고 싶네요."

"뭐, 좋아요." 캐로가 말하더니 관객을 똑바로 쳐다봤다. 그녀는 입을 열고 큰 소리로 또박또박 말했다. "틴지가 방귀를 꼈습니다."

극장 전체가 완전히 뒤집어졌다! 사람들은 웃고 휘파람을 불었다. 거기에 오빠가 리드하고 있는 앞줄에 앉은 남자애들은 손바닥으로 방귀 소리를 흉내내기 시작했다. 곧 다른 구역에 앉아 있던 사람들까지 그들을 따라하기 시작하자 금세 극장 안은 방귀 소리로 뒤덮여 버렸다! 방귀 소리를 내지 않는 몇몇 사람들은 "좋았어! 틴지!" 하고 환호를 보냈다.

다른 참가자들은 극장 뒤편에 옹기종기 모여 있었다. 나는 너무 웃어서 숨이 막힐 지경이었다.

할리우드 씨는 캐로의 얼굴 앞에 대고 클립보드를 흔들고 마이크를 차지했다. "꼬마 아가씨들 이름이 뭡니까? 39번, 40번, 41번, 61번, 당장 이름을 말하세요!"

우리는 대답하지 않고 그를 노려봤다. 큰 어른이 이렇게 화가 머리 끝까지 나서 어쩔 줄 모르는 것을 보는 게 너무 재미있었다.

"이름을 말하라고 말했잖아!"

아직도 혼자 마이크를 잡고 말해보고 싶었기 때문에 나는 한 걸음 앞으로 나왔다. 심호흡을 한 뒤 관객을 향해 환한 미소를 지었다. "내 이름은" 나는 또박또박 말했다. "푸티 푸트웰(방귀 잘 뀌어)입니다."

관객들의 박수소리가 극장을 뒤흔들었다! 나 혼자만을 위한 박수갈 채였다. 박수의 물결이 무대 위에 밀려들어 내 새 구두에 부딪치며 흩어졌다. 기회만 있다면 관중들이 날 좋아할 줄 진작에 알았다니까!

늙다리 썩은 이 할리우드 씨는 날 밀치고 마이크에 몸을 기댔다. "너희 4명 모두 실격이야! 알아들었어? 실격이라구!"

손이 부들부들 떨리다 못해 클럽보드를 떨어뜨릴 지경이었다. 그의 입은 굳게 다물어져 있었고 얼굴의 정맥은 파열될 듯 튀어나왔다! 모두 나 때문에!

극장 안은 완전히 엉망진창이었다. 팝콘이 사방을 날아다니고 대추알이 무대 위에 날아들고 한 무리의 남자애들이 자리에서 일어나 "푸티 이겨라!" 하고 소리쳤다. 안내원들은 통로를 뛰어다니며 아이들이 코카콜라 컵을 공중에 던지지 못하게 하느라 정신이 없었다. 사람들은 "우리는 푸티를 원한다! 우리는 푸티를 원한다!" 하고 소리치며 의자 위에 올라서거나 발을 굴렀다! 근사했다!

다른 꼬마 계집애들이 울음을 터뜨리며 자기 엄마들을 찾았다. 엄마들 중 몇몇이 무대 위에 올라왔다. "부끄러운 줄 알아!" 엄마들이 우리에게 말하는 소리가 들렸다.

하지만 난 전혀 부끄럽지 않았다. 극장 안을 온통 난장판으로 만든 건 나 혼자니까!

"커튼을 내려!" 썩은 이의 할리우드 씨가 마이크에 대고 소리쳤다.

그러자 밥 씨가 마이크에 대고 말했다. "자, 모두, 조용히 해주세요. 흥분한 건 알겠지만 모두를 위해 멋진 서비스를 해드리겠습니다. 잘 들어요. 새로운 플래시 고든을 보고 싶은 사람? 모두 조용히 해준다면 지금 특별히 다음주에 개봉될《플래시 고든과 몽고 행성》\*을 미리 틀

---

《플래시 고든과 몽고 행성》 30년대에 큰 인기를 끌었던 13부작 SF 영화 — 옮긴이

어주겠어요." 그가 피아노 연주자에게 사인을 보내자 마음을 가라앉히는 부드러운 선율이 연주되었다. 아이들은 팝콘 던지는 걸 멈추고 자리에 앉기 시작했다. 몽고 행성 이야기라면 여기 사람들은 입 닥치고 말을 들을 수밖에. 그리고 밥 부인이 앞으로 나와 마이크에 대고 말했다. "어머니들은 지금 곧 무대에 올라와서 아이들을 데리고 가세요. 그리고 부모님과 오지 않은 아이들은 나를 따라 분장실로 가도록 해요. 괜찮아요, 아무 일도 없어요."

틴지와 캐로와 네시와 나는 무대에서 내려오려고 걸음을 떼었다. 그러나 갑자기 틴지가 참지 못하고 무대 가운데로 뛰어나와서 뒤로 돌아 조그만 엉덩이를 내밀더니 힘껏 흔들어대는 것이었다.

썩은 이의 할리우드 씨가 뛰어나와 틴지의 팔을 뽑아버리기라도 할 것처럼 난폭하게 잡아당겼다. 그러더니 틴지를 무릎 위에 엎어놓고 팔을 높이 쳐들어 틴지의 조그만 엉덩이를 때리려 하는 것이다!

하지만 밥 씨가 그를 막았다. "어이, 그만 둬. 그 애는 자네 애가 아니야."

"누구 새끼든 상관없어! 이 녀석은 셜리 템플 닮은꼴 콘테스트를 망쳐놓았어! 이런 일은 여태까지 한 번도 없었단 말이야!"

할리우드 씨의 목소리가 달라졌다. 영화배우의 벨벳 같은 목소리가 서커스와 함께 마을에 찾아와서 입 가장자리로 침을 찍찍 뱉어대는 건달들의 그것으로 바뀌었다.

"자네 말이 맞을지도 모르겠지만 그래도 우리 딸들에게 손을 대는 건 용납하지 않겠네. 벌을 받아야 한다면 그 애의 아빠가 줄 거야." 밥 씨가 말했다.

할리우드 씨는 넥타이를 바로잡고 소매를 내렸다. "시골뜨기 미성

년자 요부들이 득시글거리는 시골뜨기 마을에서 시골뜨기들의 극장을 열고 있는 게 내가 아니라 당신이라 다행이요. 난 당장 다음 기차를 타고 여길 뜰 거요."

그리고 그는 떠나려고 했지만 그 전에 밥 씨가 한마디했다. "20세기 폭스 사의 자네 친구들에게 전화를 해서 그쪽으로 가고 있다는 말을 꼭 전해주겠네. 누가 이겼냐고 물어보면 그냥 하나만 뽑기에는 우리 마을 여자애들이 너무 예뻤다고 말해주지."

쥬느비에브는 무대 뒤에서 우리 코트를 들고 서 있었다. 한눈에 보기에도 엄청 화가 나 있었다! "케 메샹트(이게 무슨 고약한 짓이니), 틴지!" 그녀가 말했다. "마지막에 엉덩이까지 흔든 건 정말 너무하더구나! 케 퍼제르 담바라스!(이 거만한 것 같으니)"

쥬느비에브와 우리는 차갑고 신선한 공기 속으로 나왔다. 밖에 서 있던 잭이 우리를 보자 웃으면서 손가락으로 휘파람을 불며 발을 굴렀다.

"잘했어, 방귀쟁이들아." 그가 말했다. "가넷 교구의 방귀쟁이들이 제일이야!"

"우리는 성령의 셜리 템플들이야." 내가 말하자 우리 모두 웃음을 터뜨렸다.

"그만하지 못하겠니." 쥬느비에브가 말했다. "너희를 집으로 데려다 줄게. 잭은 밥 씨 내외에게 가서 나중에 우리가 집으로 찾아뵙겠다고 전해주렴."

"예." 잭은 얼른 대답하고 뛰어갔다. 하지만 떠나기 전에 나에게 윙크를 한 뒤 대추가 든 상자를 건네주었다. 오, 난 정말 잭이 좋다.

애써 만든 컬이 모두 사라졌다.

모두 168개나 되는 컬이.

쥬느비에브는 우리 머리칼을 빗으로 잡아 폈다. 힘을 잔뜩 줘서.

우리 넷은 캐로 집 거실에 서 있었다. 밥 씨는 그의 안락의자에, 밥 부인은 흔들의자에 앉아 있었다.

"밥, 얘네들에게 벌을 주세요." 쥬느비에브가 말했다.

처음으로 나는 겁이 났다.

"얘들아." 밥 씨가 말했다. "난 이 일을 오랫동안 곰곰이 생각해보았다. 너희 넷은 내 극장에서 정말 형편없이 행동했어. 넌 수많은 여자애들과 그들의 엄마들의 하루를 망친 거야. 항의 전화가 끊이지 않아서 이미 수화기를 내려놓은 상태란다."

쥬느비에브도 말했다. "레 쁘띠 포브르(불쌍한 아이들)를 좀 생각해보렴. 너희는 그 불쌍한 아이들에게 몹쓸 짓을 한 거야. 몇 달 동안 먹을 거라곤 양파하고 순무밖에 없는 불쌍한 아이들이잖아, 농(안 그래)? 그들의 페르(아버지)들은 몇 년 동안 일자리도 없는 사람들도 있어. 소작농들의 앙팡(아이들)은 일주일에 한 번씩 플래시 고든을 보러 오는 거야. 그들은 너희의 데리에르(엉덩이)를 보고 싶어하지 않아, 콤프레부(알았니)? 그 불쌍한 여자애들에게 좀더 존경심을 보이렴."

나는 쥬느비에브의 얼굴을 쳐다보았다. 그녀는 언제나 내가 잊어버리고 싶은 사실을 생각하게 한다.

"쥬느비에브의 말이 맞아." 밥 씨가 말했다. "너희 네 공주님은 보지 못하는지 모르겠지만 이 나라는 지금 대공황을 겪고 있어."

"앞으로 너희가 숙녀답게 행동해야 할 때가 올 거야." 밥 부인이 말했다. "너희는 더 이상 철부지가 아니잖아. 그리고 이 세상에는 옳은 행동과 그른 행동이 있는 거야. 너희가 오늘 한 행동은 확실히 틀린 행동이었단다. 사람들이 너희를 나쁜 계집애들로 부르는 건 싫지, 안 그래?"

"하지만 밥 아줌마." 난 참지 못하고 말했다. "나쁜 계집애처럼 구는 건 정말 재미있단 말예요."

"비비." 그녀가 말했다. "네 부모님에게 전화해서 내 대신 타이르라고 말해줄까?"

아니, 그녀가 엄마에게 전화하는 건 싫었다. 아빠에게 전화하는 건 당연히 더 싫었다. 왜냐하면 아빠는 말로 타이르는 법이 없기 때문이다. 말 대신 두르고 있던 가죽벨트로 타이르신다.

"아뇨." 내가 말했다.

"이 마을에서 다른 사람들과 어울리려면 숙녀처럼 행동해야 한다." 밥 부인이 말했다. "캐로, 어떻게 해야 네가 우리말을 알아듣겠니?"

"하지만 엄마." 캐로가 말했다. "틴지가 방귀를 뀐 건 어쩔 수 없는 일이에요."

"그래, 그래." 밥 부인이 말했다. "자연현상은 어쩔 수 없지. 하지만 너희의 행동은 단지 그걸 핑계로 삼을 수만은 없는 것이었어."

나는 고개를 숙였다. 하지만 속으로는 푸티 푸트웰이 얼마나 멋진 이름이었는지 생각하고 있었다.

"아까 극장에서 경찰을 불러야 되는 게 아닌지 생각했었다." 밥 씨가 말했다. "내 평생 극장에서 이렇게 큰 소란이 난 적은 처음이야. 아무런 벌도 받지 않고 끝나리라고는 생각하지 마라. 다음 한 달 동안, 너희 말썽꾸러기들은 토요일 낮 프로그램이 끝나면 더 밥에 와서 극장을 청소해야 한다. 바닥에 있는 사탕 봉지 하나, 팝콘 한 알도 남기지 말고 말끔히 쓸어 담고 주워야 해. 거기에 청소하러 오는 것 외에는 극장에 들어올 수 없는 줄 알아. 벌을 받는 동안 영화는 한 편도 못 보는 거야. 파라마운트 극장에 있는 하이드 씨에게도 전화해서 한 달이 지날 때까지는 매표원들이 너희에게 표를 팔지 못하게 할 거야."

다시 내 방에 돌아온 나는 가만히 앉아서 오늘 있었던 일을 모두 되새겨보았다. 생각하면 할수록 화가 치밀었다. 이건 불공평해! 너무나도 화가 나는 바람에 머리에서 이제까지 중 가장 멋진 생각이 튀어나왔다! 내 신문을 만들어서 진실만을 실을 거다! 멋진 신문 이름도 생각났다. '비비의 아주 중요한 뉴스'라고 불러야지! 약자로 하면 V.V.I.N. '바빈'이라고 발음하면 된다. 연필을 깎고 커다란 메모철을 꺼내 쓰기 시작했다. 나는 이 끔찍한 부정을 온 세계에 알려야 한다.

8

그날 저녁, 부슬부슬 내리는 가랑비에도 불구하고 시다는 호숫가에서 모닥불을 피워야 한다는 생각에 사로잡혔다. 걸스카우트에 있었던 9살 때 이후로 밖에서 모닥불 같은 것을 피워본 적이 없었다. 그 해 비비와 네시는 55분대를 이끌고 네시의 컨트리 왜건에 타고 플래그폴로 들어갔었다.

검불과 신문지를 가지고 불을 피우려 애쓰다 부엌 성냥을 8개나 쓴 뒤 숨도 쉴 수 없을 때까지 불고 또 불었다. 그러고 나서 포기하고 일어나자 자신이 문득 바보 같다고 느꼈다. 추워서 온기가 필요했던 것은 아니었다. 음식을 데우려는 생각도 없었다. 단지 바깥에서 조그만 모닥불을 피워서 타닥타닥 타오르는 불길을 바라보고 싶었을 뿐이었다. 야외생활에 관해서는 숙맥이라는 것 때문에 자신이 이 북서부의 자연에 어울리지 않는 인간으로 여겨졌다. 그녀는 사람들이 북적거리는 맨해튼의 소란스러움이 주는 편안함이 그리웠다.

만약 엄마가 이곳에 있었다면 아마 근사한 모닥불을 피웠을 것이다. 엄마나 캐로라면…. 스프링 강에 밤이 오면 모닥불을 피워 핫도그와 마시멜로를 구워 먹었다. 폭죽을 한두 개 던져 넣기도 했다. 노래를 부르고 귀신 이야기와 장기 자랑으로 시간가는 줄 모르고 놀았다. 빗자루를 장대 삼아 림보 대회도 했는데 나중에는 빗자루가 거의 솔잎에 닿을 때까지 내려오곤 했다. 밤이 깊어지면 모기 쫓는 약을 온몸에 바른 아이들은 각자의 엄마에게 몸을 기대고 모닥불의 불꽃과 촛불이 타오르는 것을 바라보았다.

"모닥불을 피우는 비법은 송진이란다." 비비는 이렇게 말하곤 했다. "물론 등유가 없을 때 이야기지."

시다는 자신이 불 피우는 방법을 기억하고 있는지조차 깨닫지 못하고 있었다.

"찾을 수만 있다면 테다 소나무 그루터기의 한가운데에서 단단하게 굳은 송진을 찾으렴. 그러면 절대 실패하는 법이 없단다, 시다."

'하지만 엄마, 이곳에는 테다 소나무 같은 건 없단 말이에요.'

그녀는 일어나서 주위를 살펴봤다. 이곳에는 가문비나무, 붉은 삼나무, 솔송나무 같은 것밖에 없었다. 그나마 어떤 게 어떤 것인지 구분도 할 줄 몰랐다. 이전에는 나무에 대해 별로 깊이 생각해보지 않았다. 피칸그로브에 있던 늙은 떡갈나무는 예외였다. 나뭇가지가 뻗은 길이가 거의 40미터나 되는 커다란 나무였다. 그 나무에 대해 이야기할 때는 가족 중 누구나 눈물을 흘렸다. 시다가 어린 소녀였을 때 만약 결혼이란 걸 하게 된다면 그 떡갈나무 아래에서 할 것이라고 믿었었다.

송진. 시다는 생각했다. '난 송진을 찾는 중이야. 완벽한 송진을.'

완벽한 송진은 찾을 수 없었지만 썩어가는 그루터기를 하나 찾아냈다. 그녀가 조금 전 쭈그리고 앉아 있던 곳에서 채 2미터도 떨어지지 않은 곳이었다. 그루터기 한가운데를 살폈다. 나무에서 마지막으로 썩는 부위였다. 송진이 있었다. 그루터기로 손을 뻗은 그녀는 송진을 조각내서 모닥불을 피웠던 자리로 돌아갔다.

"장작 사이를 벌어지게 해라, 시댈리." 엄마의(또는 캐로의) 목소리가 들리는 것만 같았다. "크기가 작은 검불부터 바닥에 깔아야 한다. 잘했어. 이제 조금 더 큰 나뭇가지를 그 위에 덮으럼. 불이 붙으면 계속 그런 식으로 쌓아나가야 해, 좋아."

시다는 엄마가 가르쳤던 그대로 모닥불을 피우기 시작했다. 하지만 불이 붙지 않았다. 모든 것들이 한마디로 너무 눅눅했다. 날은 어두웠고 호수 너머의 작은 불빛들만 보였다. 여전히 구름이 두껍게 끼어 별도 보이지 않았다. 그리고 지금은 혜성이 떨어질 시간이었다. 메이는 그녀에게 올림픽 반도가 늦은 여름밤 별똥별로 유명하다고 말해줬었다. 모처럼 늦은 여름 찾아왔건만 구름은 걷힐 생각도 하지 않고 있었다. 촉촉하게 젖은 고요한 여름밤은 어딘지 영적인 분위기를 느끼게 했다. 한편으로는 우울하기도 했지만.

오두막으로 돌아온 시다는 뽀송뽀송하고 따뜻한 바지로 갈아입고 벽난로에 불을 피웠다. 40년대의 스탠더드 곡을 모은 릭키 리 존스*의 시디를 틀고 브랜디를 잔에 따랐다. 그리고 자리에 앉아 결혼에 관한 칼 구스타프 융의 책을 읽으려고 했다. 3페이지 만에 그녀는 책을 덮었다.

벽난로 앞에 누워 그녀는 휴일린을 쓰다듬었다.

벽난로의 온기가 방을 따뜻하게 데워 주었다. 장작으로 쓰인 오리나무의 향이 은은히 퍼졌다. 유리문 밖으로는 회색빛 어둠과 빗줄기

---

릭키 리 존스 미국의 크로스오버 재즈 보컬리스트 — 옮긴이

나무 외에는 아무것도 보이지 않았다. 이곳은 아늑하긴 하지만 8월 날씨가 이렇다면 12월은 어떨지 생각하기도 싫었다.

그녀는 휴일린의 여행용 침대를 벽난로 앞으로 잡아당겼다. 잠시 불길을 바라보다 '신성한 비밀'로 손을 뻗었다. 꽃가게에서 보낸 카드를 붙인 페이지가 펼쳐졌다. 카드에는 '야야들에게, 기념일을 축하합니다! 야야 남편들이 애정을 담아서' 라고 써 있었다. 멋지군. 하지만 언제나 이런 식이었다. 야야들은 해마다 기념일에 자신들의 우정을 기념하는 파티를 열었다. 그리고 남편들은 정말로 선물을 주었다! 시다 자신만 해도 부모님의 결혼기념일보다 야야들의 기념일에 관한 추억이 더 많을 정도였으니.

손튼에 있는 사우스게이트 쇼핑센터의 개장을 알리는 전단이 손으로 쓴 치즈 수플레 레시피 옆에 붙어 있었다. 레시피에는 가위표가 쳐있고 그 옆에 붙인 쪽지에 이렇게 적혀 있었다.

'관두자! 칵테일을 만들고 햄버거나 먹으러 가자!'

다음 페이지에는 젊은 캐로가 아이를 안고 있는 사진이 있었다. 캐로는 손가락으로 OK 사인을 만들고 멋진 베레모를 쓰고 있었다. 아이는 팔에 꼭 안겨 있었다. 두 사람은 무슨 동상 앞에 서 있는 것 같았다. 이 애는 우리 말썽꾸러기 중 누구였을까? 시다는 궁금해했다.

페이지를 넘기니 호두 껍질 조각 같은 게 책에서 떨어졌다. 스크랩북을 정리하며 호두를 먹고 있는 엄마의 모습이 떠올랐다. 시다는 부스러기를 버리려다 생각을 바꿨다. 대신 바닥에 떨어진 호두 껍질을 모아 다시 책 안으로 집어넣었다. 호두 껍질 부스러기는 그곳에 얼마나 오랫동안 있었던 것일까.

시다는 호두에 대해 생각했다. 호두는 음식인 동시에 씨앗이기도

하다. 그 조그맣고 단단한 몸뚱이 안에 생명의 마법을 품고 있는 것이다. 그녀의 머릿속은 풍부하고 상징적인 상상의 세계로 줄달음쳤다. 하지만 여전히 그 호두 껍질이 그녀에게 건 마법이 과연 무엇이었는지 알지 못했다.

오리나무와 선갈퀴가 타는 달콤한 냄새와 호수에서 불어오는 물내음과 함께 엄마의 사연들 속에서 스며 나오는 에센스가 그녀의 주위에 넘실거리는 듯했다. 시다가 원하는 방식은 아니었지만 마치 감춰진 것들이 있을 법하지 않은 동경하던 세계를 신비하게 드러내는 것 같았다.

- 비비, 1937

엄마는 캐로와 내가 쿠바 섬에서 가지고 온 성모 마리아 상의 얼굴을 닦기 전에는 새 해먹에서 놀지 못하게 했다.

"이 테레빈유 냄새 너무 고약하다." 캐로가 말했다. "난 왜 우리가 이래야 하는지 모르겠어."

"빡빡 문질러." 내가 말했다. "그래야 엄마가 해먹에서 놀게 해줄 테니까."

성모상은 우리 집 현관 앞에 놓여 있었다. 나무 상자에 실려 아빠의 짐과 함께 부쳐졌던 자리에 그대로 있었다. 아빠는 돈 많은 친구들과 쿠바에 승마대회를 보러 갔다가 방금 돌아온 참이었다. 아빠는 쿠바에서 하인들이 딸린 커다란 농장에서 묵었었다. 아빠는 쿠바가 낙원이라고 했다. 하얀 백사장에 어디에서나 오렌지 꽃이 피어있고 야생 앵무새가 날아다니며 사람들은 모두 행복해 보인단다. 아빠의 돈 많은 친구들은 섬 전체를 지배하고 있으며 다음에는 나도 데리고 가겠다고 하셨다. 아빠는 엄마가 마치 일꾼처럼 옷을 입어서 데리고 가지 않겠다고 말했다. 하지만 나는 엄마가 머리에서 수건을 벗고 주머니에서 걸레를 꺼낸다면 아름다워 보이리라는 것을 알고 있었다.

아빠는 엄마를 위해 쿠바 성모상을 사오셨다. 갈색 피부의 성모상은 정말 아름다웠다! 귀걸이와 목걸이를 한 데다 이제까지 본 성모상들 중에서 가장 화려한 색으로 칠해져 있었다. 마치 축제에 갈 준비를 마친 것처럼 새빨간 입술에 보라색 눈화장까지 했다. 그래서인지 엄마는 그 상을 끔찍하게 싫어했다.

아빠가 출근하자마자 제일 먼저 엄마가 한 일은 고리 모양의 금 귀걸이를 떼어내고 목에서 목걸이들을 벗긴 뒤 닭모이 통 옆에 쌓아둔 것이었다. 그 일을 하는 내내 엄마는 마치 그 상이 나가서 뭔가 잘못을 저지르고 온 것처럼 고개를 저었다.

"성모 마리아는 흑인이 아냐." 엄마가 말했다.

"성모님을 요란한 창녀로 만들다니 외국인들은 어쩔 수 없어. 이 상은 깨끗이 닦아내야 해! 커플린 신부님이 이 상을 보면 뭐라고 하실지 한번 상상해보렴."

엄마는 라디오에서 커플린 신부님의 방송을 듣는다. 커플린 신부님의 말은 엄마에게는 모세가 시나이 산에서 들고 내려온 십계명과 같은 무게를 지니고 있었다.

"당신은 남편 말보다 그 라디오 신부의 말을 더 많이 듣는다니까." 아빠는 엄마에게 이렇게 말하곤 했다.

그러면 엄마는 이렇게 대답했다.

"만약 럼주 악마가 당신의 영혼을 노리지 않았다면 당신 말을 더 많이 들었을 거예요."

엄마는 아빠가 말을 좋아하는 친구들과 너무 시간을 많이 보내는 나머지 하느님에게 등을 돌려버렸다고 말했다. 엄마는 어떠한 종류의 승마대회에도 가지 않아서 엄마 대신 내가 참석하곤 했다. 나는 승마 바지와 부츠 차림의 숙녀들을 보는 게 좋았다. 사람들은 모두 쫙 빼입고 나왔다. 피크닉을 가면 어른들은 보드카 김렛 칵테일을 마시고 나는 핑크 레모네이드를 마셨다. 아빠의 테네시 산 말들인 패싱 팬시와 라블레스 드림은 상을 휩쓸다시피 했다. 아빠의 승마 친구들이 모일 때마다 파티가 벌어졌다.

"손가락으로 마리아의 뺨에 칠한 색을 모두 지워야 한다." 엄마가 말했다.

나는 걸레에 테레빈유를 더 부은 뒤 마리아의 뺨에 바른 루즈를 닦아냈다.

엄마가 안으로 들어간 뒤에야 우리는 비밀계획에 관해 이야기할 수 있었다. 오늘은 성스러운 의식이 열리는 밤이었다. 오늘밤을 위해 나와 캐로와 틴지와 네시는 계획을 짜고 또 짰었다.

"네시가 발을 뺄 것 같니?" 내가 캐로에게 물었다.

"걔는 우리가 린드버그의 아기처럼 유괴 당할 거라고 생각하지." 캐로가 말했다. "걔는 밤에 숲속에 들어가는 걸 무서워한단 말이야."

"난 언제나 혼자서 밤에 숲에 가는걸."

"거짓말 마라."

"정말이야. 언제나 그러지. 난 아멜리아 이어하트*처럼 용감해. 가끔 숲에서 혼자 자기도 한다고."

아멜리아 이어하트 미국의 여자 비행사 — 옮긴이

105

"비비는 항상 거짓말만 해." 캐로가 말했다.

난 그저 미소만 지었다.

엄마가 우리가 성모상을 잘 닦고 있는지 보러 나왔다.

"자, 이제야 좀 우리의 순결한 성모 마리아 같아졌구나. 잘했다. 성모께서 너희를 자랑스럽게 생각하실 거다."

"마리아를 백인 여자로 만들어 버렸네요." 성모상을 쳐다보며 캐로가 말했다.

엄마는 미소를 지었다.

"성모 마리아는 유색인이 아냐. 예수님의 어머니잖니. 성모께서는 백인보다도 위에 계시는 분이란다."

"그렇다면 왜 우리는 성모님의 갈색칠을 모두 벗겨내야 했나요?" 캐로가 물었다. 캐로는 어른들의 말을 모두 믿는 게 아니라 스스로 생각하는 아이였다.

"여자아이는 너무 많은 질문을 하면 못 쓴단다, 캐롤라인." 엄마가 캐로에게 말했다.

"봉주르!" 마당으로 들어오던 틴지가 소리쳤다. 틴지는 호수에 사는 쥬느비에브의 사촌이 행주로 만들어준 일광욕복을 입고 있었다. 네시도 틴지의 손을 잡고 놀러 왔다.

"안녕! 얘들아!" 캐로가 소리쳤다.

"어서 와라."

아이들이 현관으로 오자 엄마가 반겼다. 엄마는 틴지의 아름다운 검은 곱슬머리를 쓰다듬으려고 했지만 틴지는 뒤로 물러났다. 내 6번째 생일파티에서 옷을 홀딱 벗고 노래하고 춤추다 엄마에게 볼기짝을 맞은 후로 틴지는 엄마를 싫어했다.

"와, 이게 누구야?" 틴지가 성모상을 가리키며 물었다.

"마리아님의 착한 두 딸이 되찾은 성모상이란다. 조금 전까지만 해도 시뻘겋게 루즈를 칠하고 알록달록 색깔이 입혀진 쿠바 여자였지만 우리가 손을 봤지, 안 그래 얘들아?"

"예."

우리는 입을 모아 대답했다.

"아까만 해도 갈색피부의 미인이었어." 내가 말했다.

"확실히 이제는 꼭 유령처럼 보인다. 왜 입을 몽땅 지워 버렸니?" 틴지가 물었다.

"네시, 넌 어떻게 생각하니?" 엄마가 네시에게 물었다.

"지우개로 지운 거예요?" 네시가 물었다.

엄마는 웃음을 터뜨렸다.

"아니란다. 우리는 처음에는 표백제를 썼다가 나중에는 테레빈유로 바꿨지."

"이제 해먹에 가서 놀아도 되죠?" 엄마에게 물었다.

"그래라. 하지만 먼저 우리 성모 마리아님께 인사를 하고 가야지."

그래서 이제는 화려한 색을 모두 벗겨 버리고 을씨년스런 모습을 하고 있는 성모상 앞에 가서 우리는 한쪽 무릎을 꿇었다. 그때 틴지는 엄마가 성모상에서 벗긴 장신구를 발견했다. 어찌나 재빨랐던지 엄마는 틴지가 가져가는 걸 보지도 못했다. 보석을 좋아하는 틴지는 손도 무지 잽싸다.

이제 나와 캐로와 틴지와 네시는 옆 포치\*로 나왔다. 우리 집에서

---

\* 포치 건물의 현관 또는 출입구의 바깥쪽에 튀어나와 지붕으로 덮인 부분 — 주

일하는 해리슨이 아빠가 나에게 사준 커다란 해먹을 매달아 놓은 참이었다. 해먹은 아빠의 서재 창문 바로 밖에 있는 포치의 푸른 천장에 매달려 있었다.

"너희는 이런 해먹 없을 거야. 이건 쿠바제거든."

나는 해먹으로 기어올라가 길 쪽을 바라보고 누웠다.

"좋아, 이제 내가 올라가도 되냐?" 캐로가 물었다.

"물론이지." 내가 대답하자 캐로는 해먹으로 기어 들어왔다.

"자, 네시, 이제 네 차례야."

네시가 해먹 위로 올라가면서 팬티가 보이지 않도록 치맛자락을 손으로 붙잡았다.

"네시, 대체 우리 중 누가 네 치마 속을 들여다 볼 거라고 생각하니?" 틴지가 말했다.

"글쎄, 누굴까?" 네시가 눈알을 굴리며 말했다.

그러자 틴지가 뒤돌아서 자기 치마를 젖혀서 우리에게 팬티를 보여 주었다. 틴지는 길가 쪽으로도 엉덩이를 흔들었다. 누가 보든 말든 상관도 하지 않았다.

"포치 위에 팬티 보래요!" 틴지가 노래를 불렀다. "포치 위에 팬티 보래요!"

네시는 얼굴이 빨개졌다. 네시를 놀려먹는 건 정말 재미있다.

네시는 캐로와 나 사이에 꼭 끼어 있었다. 나는 네시의 뺨에 뽀뽀했다.

"좋아, 쏙 들어가는구나." 내가 말했다. "자, 틴지. 이리 올라와서 아무 데나 누워."

틴지는 해먹으로 들어와 우리를 베개 삼아 깔고 누워 버렸다.

"아야! 빨리 비켜!" 나는 소리쳤다.

"네가 아무 데나 누우라고 했잖아."

틴지가 웃자 나는 틴지를 밀쳤다. 그러자 틴지는 다시 날 밀쳤다. 틴지는 언제나 다시 밀친다. 네시를 밀치면 나 보고 미안하다고 말한다. 우리 중 이렇게 고분고분한 애가 있는 것은 어떻게 보면 다행한 일이다.

"너희 그만 좀 해." 네시가 말했다.

"틴지. 이리 와서 내 옆에 찌그러져 있어. 다리는 옆으로 치우고." 캐로가 말했다.

틴지는 캐로의 말대로 우리들 사이에 자리를 잡았다. 우리는 해먹 안에서 통조림 속의 정어리처럼 포개져 누웠다. 해먹의 그물눈 사이로 포치 바닥이 보였고 포치 바닥 사이로 포치 밑 땅에 쏟아지는 햇빛을 볼 수 있었다. 나는 해리슨이 우리가 일어나지 않아도 해먹을 흔들 수 있게 만든 밧줄을 잡아당겼다.

"와, 이 해먹 정말 근사하다!" 캐로가 말했다.

정말로 멋졌다. 우리 모두 커다란 요람 속에 함께 있는 것 같았다.

"나도 이런 해먹을 가지고 싶어." 틴지가 말했다.

"그렇게 하려면 너희 아빠가 쿠바까지 가서 사오면 될걸." 내가 말했다.

"그래야지. 오늘 저녁에 아빠에게 말할 거야. 아빠에게 쿠바 성모상도 사오라고 할 거야. 그리고 얼굴을 닦아내지 않을 거다. 난 성모상에 엄마의 인조 속눈썹도 붙여줄 거야." 틴지가 말했다.

아침 10시 정도 되었는데 벌써 날이 뜨거웠다. 아침 햇살이 풀에 내리쬐여 레몬 같은 냄새가 났다. 나는 고개를 젖히고 냄새를 맡았다.

냄새가 있다는 것조차 잊어버린 사람이 많지만 나에게 냄새는 보이지 않는 사람과 같았다. 냄새를 맡지 못하게 되느니 차라리 눈이 안 보이는 것을 택할 것이다.

"인디언 이름을 갖게 될 때까지 못 기다릴 것 같아." 틴지가 말했다.

"드디어 오늘밤이야…." 캐로는 이렇게 말하고는 눈을 감고 해먹에 몸을 기댔다.

"숲속이 너무 캄캄하지 않았으면 좋겠다." 네시가 말했다.

"당연히 캄캄하겠지." 틴지가 말했다.

네시가 놀라 눈을 크게 떴다. 캐로가 팔을 뻗어 어둠 속에서 나타난 괴물처럼 네시의 팔을 붙잡자 네시는 비명을 질렀다.

엄마가 기르는 모든 꽃들의 냄새를 맡을 수 있었다. 해먹 속에서도 모든 소리를 들을 수 있었다. 몇 집 건너 누군가 양탄자를 두드리고 있었고 수많은 새들의 소리와 파리가 날아다니는 소리가 들렸다. 바나지 씨의 트럭이 덜컹거리며 지나갔다. 나는 우리 동네에 있는 모든 차와 트럭 소리를 알고 있다.

엄마의 인동동굴과 함께 가데니아와 생강꽃의 향기와 어우러져 해먹에 있으니 달콤하기 그지없는 향기가 났다. 엄마가 포치 천장을 타고 오르도록 손을 본 몬타나 장미 덩굴은 꽃이 흐드러지게 피었다. 엄마는 다른 사람이 버린 꽃을 가져다 낡은 커피캔에 심곤 한다. 그러면 얼마 안 있어 포치와 뜰에 한가득 꽃을 피운다. 엄마는 세상에 있는 어떠한 꽃이라도 잘 기를 수 있었고 모든 꽃의 이름도 알고 있었다. 우리 마당은 엄마의 자랑인 동백꽃으로 가득 차 있다. 그리고 엄마는 온갖 종류의 장미와 하얀색과 보라색 협죽도 그리고 화분에 심은 금귤나무(날씨가 추워지면 얼지 않도록 안에 들여놓는다)를 갖고 있었다.

엄마가 이 세상에서 제일 좋아하는 일은 정원을 가꾸는 일이다. 아빠와 델리아 할머니는 그런 엄마를 놀려댔다. 아빠와 할머니는 엄마를 밭일꾼이라고 불렀다. 네시의 엄마는 늘 엄마에게 정원가꾸기 클럽에 들라고 권했지만 엄마는 사양했다. 엄마는 네시 엄마의 정원 가꾸기 클럽은 제단 클럽이라고 했다. 네시 엄마가 가꾸는 꽃은 거의 다 성당의 제단에 오른다. 하지만 우리 집에서는 그렇지 않았다.

봄과 여름이면 나는 꽃으로 둘러싸인 포치에서 살다시피 했다. 날씨가 따뜻해지면 엄마와 할머니의 하녀인 진저는 포치 끝에 침대를 두 개 놓고 천장에 모기장을 매달았다. 그러면 엄마는 작은 테이블과 램프를 놓고 우리는 차례대로 밖에서 잤다. 내 친구들이 우리 집에 자러 오면 엄마는 피트 오빠와 그 친구들을 방으로 들여보내고 우리에게 포치 침대를 내주었다. 나는 친구들과 함께 보내는 밤을 제일 좋아했다. 친구들과 있으면 악몽도 꾸지 않고 잠을 푹 잘 수 있다.

포치에서 자는 것은 세상에서 제일 멋진 일이었다. 귀뚜라미 소리와 함께 잠이 들고 새소리와 함께 잠을 깼다. 잠이 들락 말락 할 때 그 소리는 마치 폭포소리처럼 들린다. 만약 휴이 롱 주지사가 우리 집에 온다면 나는 그를 포치에 재울 것이다. 손튼에서는 부채질을 해주는 하인 같은 것은 없지만 가끔 할머니의 하녀인 진저에게 할머니의 부채로 부쳐달라고 하긴 했다. 그렇지만 진저는 늘 "가서 찬물에 손을 담그면 좀 시원해질 거야." 하고 말하기만 했다.

저녁이 되자 우리는 식사를 끝낸 후 피트 오빠와 엄마와 함께 포치에 나가 카드놀이를 했다. 아빠는 오늘밤 일이 있어서 또 저녁식사를 같이 하지 못했다.

피트 오빠는 언제나 별명을 지어서 우리를 놀려댔다. 틴지는 '팅키'라고 부르고 나는 '스팅키'라고 불렀다. 캐로는 '캐로 시럽,' 그리고 네시는 '니시(Knee-sie)'라고 부르며 마치 샤레이드를 하는 것처럼 자기 무릎을 가리킨 다음 눈을 가리켰다. 피트 오빠는 우리보다 두 살이 많았고 몸집이 크고 힘도 셌다. 그리고 자전거에 여우꼬리를 달고 다녔다.

넷이서 숫자 맞추기 놀이를 마치자 엄마는 자야 할 시간이라고 말했다. 우리 모두는 취침인사를 하고 잠옷을 입었다. 엄마는 모기장이 포치에 나와 있는 침대 가장자리까지 잘 펼쳐져 있는지 확인했다. 우리가 자다가 화장실을 가기 위해 집 안으로 들어가 이층까지 올라가지 않아도 되도록 엄마는 포치에 요강도 놓아주었다.

우리는 엄마가 우리를 천사들이라고 생각하도록 고분고분히 말도 잘 듣고 조용히 있었다.

"오늘 하루가 무사히 지나가서 감사하다는 기도를 마리아님께 드렸니?" 엄마가 물었다.

"예." 우리는 침대에서 한목소리로 대답했다.

엄마는 모기장 밖에 서서 벌써 묵주를 돌리고 있었다.

"그럼 수호천사들에게 잘 자라고 인사해라."

"천사들아 잘 자." 우리가 말했다.

"잘 자라, 애들아." 엄마가 말했다.

우리는 조용히 누워 엄마가 포치의 회색 마루를 지나 집 안으로 들어가는 것을 지켜봤다.

엄마가 보이지 않자 캐로가 입을 열었다. "우린 애들이 아냐. 우린 로열 인디언들이다."

"성모 마리아님께 감사하는 대신 얼굴을 닦아내서 미안하다고 사과해야 할 것 같아." 틴지가 말했다.

그 말에 우리 모두 킥킥대고 웃었다.

"너희는 마리아님의 입술을 지우고 테레빈유로 살갗을 문질렀어. 바보 같으니라고. 만약 쿠바 사람들이 너희가 성모상을 망칠 거라는 것을 알았다면 절대 너희 아빠에게 팔지 않았을 거야." 틴지가 말했다.

"조용히 해! 엄마가 거실에서 듣고 있을지도 몰라. 만약 우리가 조용히 있으면 엄마는 우리가 잠이 들었다고 생각하고 위층으로 올라갈 거야." 내가 말했다.

우리는 조용해졌고 잠시 가만히 누워 있었다. 침대 아래에는 우리가 준비한 물건을 미리 놓아두었다.

"이제 숲속으로 들어갈 거지?" 네시가 소곤댔다.

"안 돼. 온 집안이 전부 잠들 때까지 기다려야 해." 내가 말했다.

"그걸 어떻게 알아?" 네시가 물었다.

"난 알 수 있어. 사람이 잠이 드는 것처럼 집도 잠이 들거든. 난 알 수 있어."

잠시 후 난 침대에서 내려와 확인했다.

"이제 됐어."

우리는 침대에서 물건을 꺼내고 잠옷을 들추고 모기에 물리지 않도록 온몸에 양파를 문질렀다. 그동안 비가 내리지 않아 다행이었다. 그렇지 않았다면 밤에 숲속에 들어가서 온몸이 모기에게 뜯기게 될 터였다.

그러고 나서 우리는 포치에서 나와 뒤뜰로 들어갔다.

"조용히 걸어!" 캐로가 말했다.

문센스 앨리를 지나 몇 백 미터 정도 걸은 뒤 심호흡을 한 뒤 숲속으로 들어갔다.

우리는 어둠을 밝히기 위해 피트 오빠의 플래시를 들고 왔다. 나는 잠옷 주머니 안에 있는 종이를 만지작거렸다. 종이에는 우리 부족의 전설이 적혀 있었다. 나는 오늘밤 전설의 여왕이 되는 것이다.

"부랑자들과 마주치면 어떻게 하지?" 네시가 물었다.

캐로는 키가 가장 크다는 이유로 플래시를 들고 있었다. 그리고 장작이 든 배낭도 짊어지고 있었다. 캐로는 불의 여왕이었다.

"부랑자들은 기찻길 근처에나 있어." 내가 말했다.

"아빠가 그러는데 경찰서에 있는 아빠 친구들이 벌써 부랑자들을 손튼에서 몰아냈다고 했어. 엄마와 아빠가 그 문제 때문에 대판 싸웠거든." 틴지가 말했다.

"우리 엄마가 며칠 전에 우리 집 뒷계단에서 부랑자들에게 먹을 것을 줬었는데. 하지만 나는 부랑자들과 이야기를 못하게 해서 음식만 줬었어." 네시가 말했다.

"너희 엄마가 자꾸 먹을 걸 주니까 부랑자들이 다시 돌아오는 거야. 시장님이 사람들에게 그러지 말라고 했는데. 우리 엄마는 이제 일주일에 한 번만 줘. 안 그러면 피트 오빠가 그렇게 먹어대는데 곧 우리도 부랑자들처럼 될 거라고 했어." 내가 말했다.

네시는 우리 중에 요리를 할 줄 아는 유일한 아이였다. 그래서 종이봉지에 퍼지*를 담아왔다. 네시는 간식의 여왕이었다.

춤의 여왕인 틴지는 북으로 쓰기 위해 종이봉지에 빈 오트밀 상자 4개를 넣어왔다. 그리고 나는 바늘을 가지고 왔다.

---

퍼지 초콜릿과 버터 등으로 만든 캐러멜과 비슷한 쫀득쫀득한 사탕 — 옮긴이

우리는 틴지의 집 뒤쪽으로 이어지는 작은 호숫가가 나올 때까지 걸었다. 다 함께 캐로가 작은 모닥불을 피우는 것을 도왔다. 캐로는 남자애들만큼이나 모닥불을 잘 피웠다. 밥 씨에게서 불 피우기를 전수받은 캐로는 나에게도 전수해줬다.

불이 피어오르자 우리는 모닥불 주위에 옹기종기 앉았다.

나는 불꽃을 바라보며 루이지애나 야야 시스터즈의 신성한 부족에 대한 전설을 이야기하기 시작했다.

**루이지애나 야야 시스터즈의 비밀 역사**

백인들이 나타나기 훨씬 전부터 강하고 진실되고 아름다운 여자들로 이루어진 위대한 야야 부족은 광활한 루이지애나 땅을 거닐었다. 표범과 함께 자고 곰들은 우리에게 꿀을 가져다주었으며 우리의 식량이 되고 싶은 물고기들은 스스로 몸을 날려 우리 손으로 떨어졌다. 나무들은 빽빽이 들어차 있어 우리는 뉴올리언스에서 슈레브포트까지 나무 꼭대기에서 꼭대기로 옮겨가며 이동할 수 있었다. 수백 명의 야야 부족은 이렇게 여행을 하곤 했다.

우리의 어머니는 검은 원숭이 롤라였다. 그녀는 태초에 버려진 우리를 동굴로 데려와 자기 새끼와 똑같이 키웠다. 우리는 그녀를 친어머니처럼 사랑했다. 사람들은 야야 시스터즈에게 감히 함부로 굴지 못한다.

하지만 그 후에 사람들에게 가장 거대한 태풍으로 알려진 허리케인 잔드라가 모든 나무들을 뿌리째 뽑아 버리고 시내들을 강으로 변하게 하고 우리 어머니인 롤라를 비롯한 모두를 죽여 버렸다. 우리 넷만이 살아남았다. 사악한 악어들이 곳곳에서 우리를 먹어치우려고 노리고 있었다. 악어들은 물에서 나와 땅을 기어다닐 수 있었기 때문에 숨을 곳은 없었다. 육지나 물, 어디서나 위험은 마찬가지였다. 우리는 굶주려서 뼈가 앙상했고 40일 동안 잠도 자지 못했다. 마침내 허약해질 대로 허약해진 우리는 모든 것을 포기했다.

악어들은 기뻐 날뛰며 힘없이 누워있는 우리들을 향해 기어왔다. 흉측한 눈동자와 거기에 비친 달이 보일 정도로 그들은 가까이 다가왔다. 우리들은 안간힘을 썼지만 힘이 다 빠져버린 상태였다. 그때 달 뒤편에서 아름다운 여인이 내려왔다. 우리의 마지막 잠자리에서도 그녀를 볼 수 있었다. 그녀는 땅을 내려다보고 우리가 죽음의 낭떠러지에 아슬아슬하게 매달려 있는 모습을 보았다! 달의 여신은 눈에서 은빛 광선을 내쏘았다. 뜨겁고 강력한 광선은 악어들을 그 자리에서 새카맣게 태워버렸다! 그 흉측한 생물들을 길에서 그대로 프라이를 해버린 것이다. 악어들이 지글지글 타오르는 소리가 들렸다.

그리고 달의 여신은 말했다.

"너희는 내가 자랑스러워하는 딸들이다. 나는 언제나 내 성스러운 눈으로 너희를 지켜보겠다."

우리 야야들은 정글 속의 보금자리를 잃어버렸다. 마을 사람들은 우리의 고귀함을 알지 못했다. 하지만 우리는 언제나 우리의 역사를 비밀리에 간직할 것이며 건강할 때나 병들었을 때나 우리 부족에 영원한 충성을 바칠 것이다. 처음에 그러했던 것처럼 지금도 그리고 언제까지나 충성을 바칠 것이다.

끝.

그리고 나서 나는 모두의 눈을 바라보며 말했다.

"이제 공표하겠어. 이제부터 우리를 야야 시스터즈라고 한다!"

모두 손뼉을 쳤다.

"전설 중에는 성경과 비슷한 곳도 있었어." 네시가 말했다.

"전설의 여왕에게 딴지 걸지 마." 내가 말했다.

"알았어. 성경이 무슨 전매특허를 낸 것도 아니니까." 네시가 수그러들었다. "신경 쓰지 말자. 이제 퍼지 먹을래?"

"고마워. 간식의 여왕." 내가 말했다.

우리는 모두 커다란 초콜릿 피칸 퍼지를 먹기 시작했다.

"난 늙은 악어들이 정말 싫다." 캐로가 호수 쪽을 바라보며 말했다.

"저, 설마 이 호수에 악어들이 있다고 생각하지는 않겠지, 안 그래?" 네시가 말했다.

"마망(엄마)이 우리 집 뒤에 있는 모든 악어들에게 부적을 걸어놨대. 그러니 걱정할 필요 없어. 우리에게 이름을 지어준 것도 마망이잖니! 언제나 우리에게 '검보 야야, 검보 야야' 하고 불렀잖아." 틴지가 말했다.

"그랬지." 네시가 말했다.

"바로 그거야! 오늘부터 시간이 끝날 때까지 우리는 야야라고 불리는 거야! 아무도 우리에게서 이 이름을 빼앗아 갈 수 없어!"

그리고 나서 틴지는 종이봉지에서 오트밀 상자를 꺼냈다. 우리는 상자를 북처럼 두드렸다. 북을 치면서 우리는 밤하늘과 숲, 그리고 모닥불을 향해 '우리는 이제 야야 시스터즈'라고 외쳐댔다. 이름의 여신인 네시는 우리가 직접 고른 야야의 인디언 이름을 정식으로 명명했다. 나는 춤추는 강의 여왕이었다. 캐로는 솟아오르는 매의 공작부인, 네시는 노래하는 구름의 백작부인이었다. 네시가 우리 이름을 소리내어 말할 때마다 엄마의 다리미대에서 빌려온 뚜껑에 구멍을 뚫은 낡은 콜라 병에 담아온 물을 우리에게 뿌렸다.

틴지는 자기의 인디언 이름을 몇 주 동안이나 우리에게 알려주지 않았었다. 마침내 자기 차례가 되자 틴지는 네시에게 비밀스럽게 봉투를 건네주었다. 네시가 틴지의 이름을 보기 위해 봉투를 열더니 눈이 쟁반만큼 커지고 얼굴이 새빨개졌다. 잠시 동안 네시는 아무 말도 하지 않았다. 멀리서 쏙독새가 우는 소리와 타닥타닥 타오르는 캐로의 모닥불 소리만 들렸다.

그리고 나서 네시는 틴지에게 몸을 돌렸다. 틴지는 어느 때보다도 활짝 웃고 있었다.

"이제 나는 그대를 벌거숭이 공주라고 이름짓노라."

벌거숭이 공주는 기뻐 날뛰었다.

"으차차!" 틴지가 고함을 치더니 빙글빙글 돌기 시작했다. 그리고 잠옷을 잡아뜯고 우리도 옷을 벗게 했다. 네시는 슬그머니 빠지려고 했지만 틴지와 내가 네시의 잠옷을 벗겨냈다.

"이건 용서받지 못할 죄악일지도 몰라, 얘들아." 네시가 말했다.

"그래! 고귀한 야야의 용서받지 못할 죄악 만세!" 내가 말했다.

"모두 의식의 페인트를 몸에 바를 준비가 됐지?" 틴지가 우리를 노려보며 말했다.

"뭐?"

우리는 일제히 소리쳤다. 이건 계획에 없던 일이었다. 하지만 야야 부족은 계획에 얽매이지 않는다.

틴지는 가방을 열고 쥬느비에브의 맥스펙터 할리우드 메이크업 세트를 꺼냈다. 우리 엄마는 천박하다고 생각하는 갖가지 색깔의 화장품이 튜브와 통에 담겨 있었고 립스틱과 아이라이너 등 온갖 멋진 물건들이 쏟아져 나왔다.

틴지가 나에게 붉은 루즈가 담긴 통을 건넸다. 캐로는 갈색 화장품이 든 통을 고르고 네시는 립스틱 그리고 틴지는 아이라이너를 들었다. 우리는 돌아가면서 완벽한 인디언이 될 때까지 서로 몸을 칠했다. 이마에는 빨간색과 갈색으로 선을 긋고 뺨에는 검은 별을 그렸다. 틴지가 우리의 배와 가슴에도 색을 칠해야 한다고 나섰다. 나는 몸 가운데에 검을 선을 길게 그렸다. 그리고 한 쪽에 립스틱을 발라 넓게 편 뒤에 다른 쪽은 그냥 놔두었다. 틴지는 자기 젖꼭지 주위에 립스틱으로 동그라미를 그렸다!

"네시, 어서 젖꼭지에서 손을 떼지 못해. 모두 보여준 사이잖아. 새삼스럽게 왜 그러니?" 틴지가 말했다.

그것도 모자라 틴지는 쿠바의 흑인 성모 마리아 상에서 엄마가 벗겨낸 목걸이와 귀걸이를 꺼냈다.

"와, 수백 년 동안이나 잊혀졌다가 저명한 고고학자 벌거숭이 공주가 찾아낸 야야의 숨겨진 보물이다!" 내가 소리쳤다.

우리는 저마다 수선을 떨며 주렁주렁 보석들을 걸어보았다.

"하이 호, 실버!"

이내 우리는 틴지를 따라 허벅지를 두들기며 경중경중 뛰어다녔다.

한참 후 우리는 춤추는 것을 멈추고 바늘로 엄지손가락을 찔렀다. 불의 여왕이 성냥불에 바늘을 대었다가 찌른 뒤 캐로가 차례대로 우리 손가락에서 피를 짰다.

그리고 머리 위로 손을 들어올리고 엄지손가락을 마주 대며 맹세를 했다.

"나는 고귀하고 진실한 야야 부족의 일원이다. 아무도 우리 사이에 들어올 수 없으며 아무도 떠날 수 없다. 이제 우리는 같은 피를 가졌기 때문이다. 같은 야야 시스터즈에게 충실할 것이며 사랑하고 돌봐주며 숨을 멈출 때까지 버리지 않을 것을 엄숙히 맹세한다…."

하지만 틴지가 '브레스(breath: 숨)'라고 말하는 대신 '브레스트(breast: 젖가슴)'라고 말한 것은 당연했다.

틴지는 '마지막 인간 젖가슴을 가질 때까지'라고 일부러 심술궂게 큰 소리로 외쳤다.

심장이 두근두근 뛰어서 가슴이 올라갔다 내려갔다 하는 모습이 보일 정도였다. 틴지와 캐로의 가슴도 마찬가지였다. 우리의 눈은 반짝반짝 빛나고 있었다.

"자, 이제 모두 엄지손가락에서 피를 핥아먹어." 틴지가 지시했다.

우리는 모두 틴지를 바라보았다. 이건 계획에 없었다.

틴지가 먼저 자기 손가락을 핥았고 나도 뒤를 따랐다. 나는 엄지손가락에 있는 조그만 핏방울을 살짝 혀로 핥았다.

"모두 이제 피를 삼켜!" 나도 모르게 말이 입에서 튀어나왔다.

그리고 우리는 각자의 피를 삼켰다. 성체 의식과 같았지만 이것은 예수님이 아닌 우리들의 피였다.

내가 만약 나중에 아이를 갖게 된다면 그 아이는 틴지와 캐로 그리고 네시의 피도 함께 갖게 되는 것이다! 이걸로 우리는 모두 한 핏줄이 될 것이다. 그리고 내가 늙어 죽어도 마지막 한 사람의 야야의 심장이 뛰는 한 나는 여전히 살아 있을 것이다! 우리의 피는 모두 하나로 합쳐졌으니까.

그러자 네시가 아주 조그만 소리로 말했다.

"마지막으로 성스러운 호두의 의식을 해도 될까?"

네시가 마지막에 깜짝 순서를 준비했다는 것을 잊고 있었다.

우리는 호숫가로 네시를 따라갔다. 네시는 가방에서 반씩 쪼갠 2개의 호두 껍질을 꺼내더니 우리에게 하나씩 건네주었다. 그러고 나서 우리에게 양초 토막을 주고 거기에 불을 붙였다.

"이제 촛농을 호두 껍질 안에 떨어뜨려. 그리고 거기에 초를 꽂아." 네시가 우리에게 말했다.

네시가 이런 생각을 하다니 우리는 모두 깜짝 놀랐다. 친구들에 대해 내가 샅샅이 알고 있다고 생각하지만 야야들은 늘 나를 놀라게 한다. 그들은 내가 영영 모를 비밀들을 간직하고 있는 것이다.

성냥을 긋는 소리가 들리더니 팍 하는 소리를 내며 불이 붙었다. 우리는 각자 양초를 밝히고 네시를 쳐다봤다. 네시는 몸을 굽혀 조심스레 양초 토막이 꽂힌 호두 껍질을 물 위에 띄운 뒤 살짝 밀었다. 우리는 모두 호두 껍질이 어두운 호수 위를 둥둥 떠가는 것을 지켜보았다. 그러고 나서 모두 틴지와 똑같이 호두 껍질을 호수에 띄웠다. 조그만 불빛을 담은 네 개의 호두 껍질은 마치 호수에 떠 있는 요정의 배 같았다. 너무 아름다워 눈물이 나올 것만 같았다. 우리는 손을 잡았다. 우리는 성스럽고 위대한 야야 시스터즈이다. 고귀한 핏줄의 후손이며 앞으로도 수많은 세대 동안 우리의 이름이 이어질 것이다.

집에 돌아오니 하얗게 되어버린 쿠바의 성모상이 아직도 포치 위에 놓여 있었다. 포치의 불빛이 성모상 위로 떨어지고, 6월의 벌레들이 붕붕거리며 전등 주위를 맴돌았다. 우리는 저도 모르게 발을 멈추었다. 우리는 성모상 앞에 무릎을 꿇었다. 틴지가 가방에서 화장도구를 꺼내 모두에게 나눠주었다. 캐로, 틴지 그리고 나는 캐롤 롬바드와 노마 쉬어러*가 쓰던 것과 같은 브랜드인 다크 뷰티 콘투어링 메이크업을 손에 들었다. 그리고 테레빈유로 닦아낸 성모의 얼굴, 손, 그리고 발에 문질러 바르기 시작했다. 화장품은 왁스 같은 촉감이었고 쥬느비에브의 화장대 같은 냄새가 났다. 손가락 밑으로 성모상의 매끄러운 나무결의 촉감이 느껴졌다.

다시 성모상의 피부를 갈색으로 칠한 뒤 우리는 루즈를 손가락에 묻혀 성모상의 뺨에 칠했다. 우리는 그녀의 눈꺼풀에 파란 아이섀도를 바르고 가운에도 발랐다. 그리고 '하렘 레드'라고 튜브 바닥에 써 있는 립스틱으로 입술을 칠해줬다. 그리고 몸에 걸치고 있던 장신구들을 벗어서 다시 성모상에 걸어주었다.

일을 마친 우리는 뒤로 물러서서 말없이 우리의 작품을 감상했다. 여전히 성모상에 손을 대지 않았던 네시는 앞으로 나와 그 앞에 무릎을 꿇었다. 처음에 우리는 네시가 기도를 하려는 줄 알았다. 그러나 틴지에게 립스틱 튜브를 받아 옷자락 밑으로 드러난 성모상의 발가락에 마지막으로 빨갛게 조그만 점을 찍었다. 네시는 성모 마리아에게 쿠바사람들도 미처 생각하지 못한 패디큐어를 해준 것이었다!

나는 허리를 굽혀 네시의 뺨에 입을 맞췄다. 캐로도 다른 쪽 뺨에 키스했다. 그리고 틴지가 네시의 입술에 정통으로 키스를 했다.

다시 침대에 들어가 누워있으니 옆에 있는 캐로의 몸이 느껴졌다. 캐로의 숨소리와 고동소리가 들렸다. 쌀을 찌는 냄새와 막 베어놓은 건초 냄새 같은 캐로의 몸 냄새를 맡았다.

달빛이 나와 내 친구들을 부드럽게 비췄다. 누군가 입으로 숨결을 내뿜는 듯한 달콤한 올리브 향이 허공에 맴돌았다. 나는 자고 있는 세

---

캐롤 롬바드, 노마 쉬어러 두 사람 모두 40년대 할리우드의 아이콘 격인 스타이다 — 옮긴이

친구들을 쳐다봤다. 엄마에게 들키지 않도록 시트로 빡빡 문질렀는데도 아직도 얼굴에는 화장자국이 남아 있었다. 야야 시스터즈야말로 진정한 내 가족이다. 나는 춤추는 강의 여왕, 강인한 전사이다. 나는 고귀하고 위대한 야야 부족의 일원이다. 그리고 어떠한 백인도 나를 정복하지 못할 것이다. 내 어머니는 달의 여신이다.

다음 날 아침 엄마가 깨우러 포치로 나오기 전에 우리는 침대 시트를 걷었다. 우리는 동틀 때부터 깨어 있었다. 세상의 색채가 선명하게 되살아나자 우리는 자리에서 일어나 모기장을 걷었다. 어엿한 한 사람의 야야가 된 후 맞는 첫 아침이었다.

"얘들아, 시트를 걷을 필요가 없는데 왜 그랬니? 시트는 너희가 빨지 않아도 돼. 어서 나한테 시트를 주렴. 너희 엄마들이 비비네 집에서 자면 내가 너희를 세탁부처럼 부려먹는다고 생각하면 어떻게 하니?" 엄마가 말했다.

우리는 화장품이 묻은 시트를 감추려고 했다.

"애벗 아줌마, 그냥 제가 집에 가서 시트를 빨게 해주세요. 전 지금 고행을 하고 있거든요." 네시는 어쩜 이렇게 잘 둘러댈까.

"네시, 정말 착한 아이구나. 우리 비비안이 널 좀 본받았으면 좋겠다. 성모 마리아께서도 오늘 아침 너 때문에 기분이 좋으실 거야." 엄마가 말했다.

네시는 마리아의 진정한 딸처럼 순진무구하게 눈을 깜박이며 엄마에게 미소를 지어 보였다. 정말로 우리 부족의 자랑이다.

"자, 그럼 어서 아침을 먹으러 와라. 바니지 씨가 가져다준 신선한 복숭아가 있단다." 엄마가 말했다.

우리는 엄마를 따라 포치 모퉁이를 돌았다.

"잠깐만 기다려라, 새로 봉오리를 맺은 가데니아 꽃이 있는지 봐야겠다." 그리고 엄마는 성모상이 놓인 곳을 지나갔다. "예수님, 성모 마리아님, 요셉님!"

우리는 그 자리에 얼어붙었다. 엄마가 손으로 입을 막으며 다른 손으로는 성호를 그었다.

드레스 속의 엄마의 몸이 부들부들 떨고 있었다.

"누가 이런 짓을 했을까? 대체 누가 이런 짓을?" 엄마가 소리쳤다.

틴지가 앞으로 나가더니 엄마의 눈을 똑바로 보며 말했다. "애벗 아줌마, 이건 기적이에요."

"기적이라." 엄마는 성모상이 눈물을 흘리거나 손바닥에 피를 흘리기라도 한 듯이 경외에 차 조용히 속삭였다.

엄마는 잠시 조각처럼 얼어붙어 있더니 인동덩굴 꽃, 몬타나 장미, 올리브 가지 등을 닥치는 대로 꺾어 쿠바 성모상 위에 흩뿌렸다. 그리고 뜰로 가서 커다란 목련꽃을 가지 채 꺾었다. 월하향, 히비스커스도 꺾어서 앞치마에 담았다. 엄마가 뭔가에 사로잡히기라도 한 듯 이렇게 정신없이 움직이는 것은 처음 봤다. 뛰다시피 해서 다시 포치로 들어온 엄마는 발톱을 빨갛게 칠한 마리아의 발밑에 꽃을 내려놓았다. 그리고 몬타나 장미의 가지를 흔들어 꽃송이가 성모상의 머리에 떨어지게 했다. 우리 집 포치가 이렇게 엄마의 꽃으로 뒤덮인 적은 처음이었다. 엄마는 우리 집 포치를 아름답게 칠해진 성모 마리아를 위한 제단으로 만들었다.

"성모시여!" 엄마가 중얼거렸다.

"애들아, 무릎 꿇어! 어서 무릎 꿇고 기도해." 그래서 캐로, 틴지, 네시 그리고 나는 모두 엄마와 무릎을 꿇었다. 엄마는 앞치마 주머니에서 묵주를 꺼내 기도하기 시작했다.

'경배하라, 모든 바다에 빛나는 별이여, 경배하라, 꽃들의 어머니여, 달콤한 향기가 우리의 몸을 씻게 하라. 사랑과 열정으로 하늘이 품을 수 없었던 그분을 잉태하셨던 분이시여!'

친구들과 나는 엄마 뒤에 무릎을 꿇고 있었다. 우리는 악마 같은 악어와 성난 태풍으로부터 기적적으로 살아났었다. 우리만 구원을 받았다. 사라질 뻔했지만 기적적으로 되찾은, 고귀하고 위대한 야야는 늘 기적 속에 산다.

9

다음 날, 시다와 휴일린이 퀴노 우체국에 가기 위해 집을 나섰을 때 여전히 비가 부슬부슬 내리고 있었다. 이슬비였다. 만약 시다가 이슬비보다 과격한 말을 찾을 수 있다면 그 단어를 사용했을 것이다. 이제야 처음으로 북서부의 날씨는 사람의 영혼에 곰팡이를 끼게 한다는 메이 소렌슨의 말이 이해되었다.

우체국 밖에 있는 공중전화로 에이전트와 통화했다. 그는 시다에게 한가하게 시간을 보낸다고 해서 그녀의 경력이 끝장나는 것도 세상이 지난주에 끝난 것도 아니라고 안심시켜 주었다.

일반우편물 바구니에서 그녀를 기다리고 있었던 것은 수채물감으로 그린 그의 세트 디자인을 재활용해서 코너가 만든 카드였다. 카드 뒤에는 이렇게 써 있었다.

시다에게,

당신이 가버리니 침대가 너무 큰 것처럼 느껴져. 당신이 나에게 허락해준 침대의 16분의 1보다 더 많이 쓰려니 잠이 오지 않는군. 2막의 세트 디자인을 꺼냈어. 시애틀 스태프는 유능해. 우리의 임시 정원에는 백만 송이나 되는 백합이 꽃을 틔우려고 하는구려. 내가 차 안에 놓아둔 상자는 봤는지. 나대신 휴일린 주지사의 배를 좀 긁어줘.
 사랑해.

— 코너

 통나무집으로 돌아온 시다는 휴일린의 북슬북슬한 덮개 같은 기다란 귀를 말려주었다. 그리고 차를 한 잔 탄 뒤 뽀송뽀송하고 따뜻한 양말로 갈아 신었다. 가져온 시디를 고르다가 다시 한 번 어머니 세대의 흘러간 명곡을 부른 릭키 리 존스의 시디를 골랐다. 창문으로 걸어가 호수를 내다보며 시다는 노래를 흥얼거렸다.
 커다란 오리 그림이 있는 엽서를 집어든 시다는 날개가 달린 커다란 조개를 그렸다. 페니스를 닮은 흉한 노스웨스트산 조개는 금방이라도 날아갈 것처럼 보였다. 엽서 뒤에 그녀는 코너에게 보내는 글을 적었다.

 베이비 케이크에게,
 과장이 너무 심하네. 적어도 난 자기와 잘 때는 침대의 4분의 1은 양보해준다고.
 나도 보고 싶어. 엄마의 상자는 내 손에 잘 있어. 지금 손에 들고 있다는 게 아니라 그냥 여기에 있다고. 나중에 더 자세히 이야기해줄게. 사랑해.

— 시다

코너에게 보낼 카드에 우표를 붙인 뒤 그녀는 다시 스크랩북을 집어들었다. 가느다란 가죽줄 4개를 실로 묶은 물건이 무엇인지 알 수 없었다. 1941년에 제조된 1페니 동전이 가죽 줄에 난 구멍에 끼워져 있었다. 고개를 젖혀 천장을 보던 시다는 조그맣게 웃었다. 네 개의 페니로퍼*를 잘라논 거였다. 엄마 비비와 다른 세 명의 야야들이 로퍼화를 신고 있는 모습을 상상했다. 그리고 엄숙하게 페니를 집어넣는 홈을 자르는 모습도 상상했다. '당시 아이들 모두에게 이런 것이 유행이었을까, 아니면 엄마와 친구들만 그런 것이었을까?'

같은 페이지에는 콤튼 가에 있는 애벗 가 저택의 한쪽 포치에서 찍은 네 친구들의 사진이 있었다. 페니로퍼와 같은 시대에 찍은 것이었다. 잠시 사진을 들여다보던 시다는 앨범을 내려놓고 부엌으로 들어갔다. 큰방으로 가기 전에 서랍 모두를 살펴봤다. 찾고 있었던 것을 발견했다. 두 번째 서랍에 모노폴리 게임과 달팽이 껍질을 모아놓은 것이 있었다.

다시 스크랩북을 펼쳐든 시다는 돋보기에 입김을 분 뒤 옷자락으로 깨끗이 닦았다. 그리고 사진을 돋보기로 살펴보기 시작했다. 예전에도 봤던 사진이지만 이번에는 자세히 뜯어보고 싶었다. 사진에는 몬타나장미 덩굴이 포치의 난간을 따라 오르고 있었다. 흐드러지게 핀 꽃송이가 낮에는 아마 분홍색으로 빛났을 것이다. 둥근 손잡이가 달리고 쿠션이 놓인 커다란 등나무 소파에 누워있는 비비, 네시, 캐로, 그리고 틴지가 머리에서 발끝까지 나와 있었다. 둘씩 몸을 바싹 맞대고 다리를 포개고 누워있어 패티큐어를 칠한 발가락이 누구 것인지 알기 힘들었다. 비비는 줄무늬 할터톱과 반바지를 입고 있었다. 바싹

---

*페니로퍼 로퍼화, 발등의 홈 부분에 실제로 페니동전을 집어넣었던 데서 이름이 유래함 — 옮긴이

묶여 올려진 금발은 습기에 축 처져서 늘어져 있었다. 검은색 선풍기를 올려놓은 주물로 만든 테이블이 소파 옆에 놓여 있었다. 긴 스푼이 꽂혀진 네 개의 아이스 티 글라스가 바닥에 보였다.

시다는 조그만 것 하나 놓치지 않으려고 자세히 들여다보았다. 이 사진을 찍은 건 누구일까? 사진 밖에서는 무슨 일이 벌어지고 있었을까? 이 영상을 잡은 순간 무슨 일이 벌어지고 있었을까?

돋보기를 내려놓은 시다는 잠시 눈을 쉬게 했다. 사진이 흐릿하게 보였다. 아이스티를 마시며 한가하게 보내는 어느 오후. 잠시 쉰다고 야야들은 어디로 도망가지 않을 것이다. 그들은 여전히 떡갈나무 그늘 아래 포치에서 누워있을 것이다. 독일군은 스탈린그라드로 진군하는 중이었고 가스실의 난로는 타오르고 있었다. 하지만 야야들은 여전히 고등학생이었고 포치 위의 안락한 생활이 그들을 둘러싸고 있었다. 함께 있는 그들은 한가해 보였다. 이것이 편안함이다. 이것이 즐거움이다. 이 넷을 보라. 이 중에 손목시계를 차고 있는 사람은 아무도 없다. 포치 위의 시간은 계획 같은 것은 모른다. 일정표에 기록 같은 것은 하지 않는다.

포치 위의 소녀들은 사춘기의 육체가 베개를 내리누를 때까지 앞으로 무슨 일이 벌어질지 전혀 모를 것이다. 그들은 언제 소파에서 일어나야 하는지 모를 것이다. 다음에 무슨 일이 일어날지 전혀 계획에 없었다. 시원해지려고 하는 동안 서로 몸에 와닿는 몸의 촉감밖에 모를 것이다. 그들은 선풍기 앞의 가장 시원한 자리밖에 모를 것이다.

'아무런 야망이나 불안도 없이 아무렇게나 떠다니며 그렇게 누워 있고 싶다. 내 인생을 포치 위에서처럼 살고 싶다.'

그 당시 사람들은 포치와 포치 위에서 보내는 시간을 당연한 것으로 여겼다. 모든 이들은 포치를 갖고 있었다. 별로 특별한 것도 아니었다. 집 안의 세계와 거리의 세계가 반쯤 뒤섞인 야외의 방이었을 뿐이었다. 만약 애벗 가처럼 포치가 집을 두르고 있다면 앞, 뒤, 옆에 있는 각각의 포치마다 다른 세계가 있었다. 만약 사진 속의 야야들처럼 옆 포치에 누워있으면 그것은 사적인 공간으로 바깥세계와는 편리하게 격리된 곳이었다. 옆 포치는 야야들이 머리에 컬을 말고 있거나 지나가는 사람들에게 말을 걸고 인사하고 싶지 않을 때 찾는 곳이었다. 이곳은 그들이 한숨을 쉬고 꿈을 꾸는 장소였다. 이곳은 그들이 몇 시간 동안이나 누워서 뜨겁고 습기 찬 날씨에 배꼽을 쳐다보거나 땀을 흘리거나 졸거나 파리를 잡거나 비밀을 교환하는 장소였다. 그리고 저녁에 해가 지면 반딧불이 동백꽃 위로 날아다니며 반짝이는 불빛을 뿜으며 야야들을 점점 더 나른한 포치 위의 꿈속으로 끌어들일 것이다. 꿈은 그들이 나이가 들어도 그들의 몸 안에 남을 것이다.

　사람들이 오랜 세월이 지나 아이를 안은 그들과 마주친 뒤에도 아니, 더 오랜 세월이 지나 아무도 표현할 수 없는 깊은 슬픔에 손을 떨고 있는 그들을 만난 뒤에도 사람들은 그들을 둘러싸고 있는 신비한 기운 같은 것을 보았다. 뭐라고 딱 집어 말할 수 없지만 이 여자들이 지식의 비밀스러운 늪을 공유하고 있다는 것은 알 수 있었다. 비밀스러운 암호나 지식, 그리고 은어는 루이지애나의 포치들에 맴돌며 면 블라우스를 젖게 하고 땀을 흘러내리게 하고 세상을 느릿느릿 살게 만들었던 무거운 습기를 에어컨이 말려버리기 전인 축축한 시간까지 거슬러 올라간다. 사람들의 피에까지 깊이 스며들었던 삶의 진한 스튜 안에는 독특하고 나른한 생각들이 부글부글 끓고 있었다. 포치에 벽을 두르게 된 후에는 결코 밖으로 나오지 않은 생각들. 기후를 조절

할 수 있게 되어 모든 창문을 굳게 닫아버리게 된 후에 동네의 소리는 텔레비전 소리에 파묻혀 버렸다.

비즈틴. 시다가 어렸을 때 야야들은 그들의 즉흥적인 모임을 이렇게 불렀다. 4명의 워커 씨네 애들은 비비와 함께 T 버드에 타고 캐로나 틴지나 네시의 집에 가기 위해 시내로 달렸다. 시내로 접어들면 미친 듯이 경적을 울리면서 비비는 소리쳤다.

"집에 없기만 해봐라!"

그리고 나서 블러디메리 잔들과 크림치즈를 얹은 크래커와 피클, 그리고 아이들을 위해 엄청난 양의 레모네이드와 오레오 쿠키가 나온다. 스테레오에는 새라 본의 노래가 흘러나오며 파티가 벌어진다. 아무런 계획도 전화도 없이 열리는 파티였다.

그런 날이면 야야들의 실내복을 입은 시다에게 비비는 이사도라 던컨*에게 영향을 받은 그녀의 춤을 가르쳐주곤 했다. 막대기에 은박지로 별을 만들어 붙인 마법의 지팡이를 든 시다는 그날 방문한 집의 포치에서 빙글빙글 돌며 춤을 추었다. 비비가 기분이 좋았을 때는 정말 천국에 있는 것 같았다! 오후는 저녁으로 이어지고 저녁은 밤으로 이어졌다. 그리고 미처 깨닫기도 전에 하루가 끝나고 비비와 아이들은 피칸그로브에 있는 집으로 돌아온다. 열린 차창으로 시원한 산들바람이 들어왔다.

"재미있었니, 애들아?"

그녀가 아이들에게 소리쳤다.

그러면 아이들은 입을 모아 대답한다.

---

*이사도라 던컨 현대무용의 기초를 설립한 미국의 무용가 — 옮긴이

"네, 정말 재미있었어요, 엄마!"

시다는 다시 돋보기를 들어 사진 속에 있는 비비의 눈을 살펴봤다. 언제부터 잘못되기 시작했을까? 활기에 넘치는 비비와 우울증에 빠진 비비라는 모순을 낳은 것은 무엇이었을까?

마법 같은 시간마다 무서운 칵테일 타임이 있었다. 비록 집을 떠나지 않더라도 비비의 버번은 아이들로부터 먼 곳으로 그녀를 데려갔다.

그런 저녁이면 비비는 새 칵테일을 만들기 위해 침실에서 나오며 아이들에게 말했다. "저리 가. 너희를 쳐다보는 것만 해도 지긋지긋해."

시다는 공 위에 서 있는 것도 줄을 타는 것도 배웠다. 방에 들어선 순간 안에 있는 사람의 기분과 욕구, 필요한 것을 알아내는 능력도 갈고 닦았다. 그녀는 상황, 성격, 대화, 사소한 몸짓의 뉘앙스나, 그리고 무엇이 언제 얼마나 필요한지 정확하게 재는 능력을 개발했다. 비비는 천사들과 춤을 추다가도 악마들과 싸웠다. 그리고 그녀의 딸은 이러한 변덕 속에서 연극을 만드는 법을 배웠다. 그녀의 딸은 훌륭한 연극감독이라면 자신의 예술세계에서 자유자재로 구사할 수 있어야 하는 미묘하고 변덕스럽고 영감에 넘친 감정의 방언들을 이러한 환경에서 배웠다.

하지만 시다는 언제나 조심스럽고 경계하고 신경을 날카롭게 곤두세워야하는 일에 지쳐버렸다. 그녀는 친구들과 보내는 포치 위의 생활을 원했다. 친구들과 서로 다리를 포개고 여자 다리의 익숙하고 끈적끈적하고 뜨거운 감각을 느끼고 싶었다. 무엇보다도 계획되지 않은 즉흥적인 게으름, 소녀다움을 동경했다. 자신의 사전에 '시간관리' 라는 말을 지워버리고 싶었다. 아무도 가보지 않은 아름답고 풍요롭고 이끼가 우거진, 창조성과 관능, 그리고 깊은 지성이 가라앉은 삶의 늪을 떠다니며 모든 것을 포기하고 단념해 버리고 싶었다.

시다가 돋보기를 내려놓고 '신성한 비밀'을 덮었는데 뭔가 눈에 들어왔다. 통나무 집 가까이에 있는 늙은 삼나무의 가장 윗가지에서 나이 든 독수리와 어린 독수리가 날아올랐다. 나이 든 독수리의 날갯짓 소리가 확성기에서 나오는 것처럼 크게 들렸다. 시다는 그 소리를 따라 고개를 한쪽으로 기울였다. '이 독수리들은 천사들처럼 일과 놀이의 구분이 없구나.' 그들에게는 그것들이 하나나 마찬가지였다.

10

　비가 오는데도 메이의 통나무집에서 시다는 호숫가를 돌았다. 그리고 숲속으로 깊이 들어갔다. 숲속은 나무가 빽빽이 들어차 빗줄기가 떨어지지 않았다. 어두움과 정적은 그녀를 편안하게 하면서도 두려움을 안겨주었다. 그녀는 어둡고 고요한 성당 안에 있는 아이처럼 느껴졌다.
　퀴노 우체국에 도착했을 때 카운터 뒤에 있는 우체국 여직원은 작은 텔레비전으로 연속극을 보고 있었다. 그녀는 시다를 쳐다봤다.
　"보통 우편물이에요?" 그녀가 물었다.
　"예. 시다 워커 앞으로 온 게 있나요?"
　텔레비전에서 시선을 떨어뜨리지 않으려 하면서 그녀는 선반으로 가 작은 꾸러미를 내렸다.
　"루이지애나에서 온 거예요. 등기우편이에요." 그녀가 말했다.
　"와, 잘 됐다!" 시다는 자기도 모르게 이렇게 말하고 약간 창피해졌다.

"산림관리소에서 그러는데 이번 주에 날이 갠대요." 그녀가 시다에게 소포를 건네주며 말했다.

"정말 근사한 소식이군요, 안 그래요?" 시다가 말했다.

"이곳 숲에서 넘치는 건 습기니까요."

"피부에는 좋겠어요." 시다가 문을 향해 돌아서며 말했다.

"나도 내 여자친구들에게 그렇게 말하죠." 그녀가 말했다.

그 말을 듣고 시다는 멈춰서 떠나기 전에 한 번 더 그녀를 바라보았다. 내 여자친구들. 너무도 아무렇지도 않게 말한다. 시다는 거의 질투를 느낄 정도였다.

작은 우체국 앞의 지붕이 있는 보도에 서서 시다는 소포를 살펴보았다. 조지 E. 오진 부인으로부터 온 등기 우편이었다. 시다에게는 네시가 더 익숙했다. 시다는 당장에라도 소포를 뜯어보고 싶었지만 통나무집에 돌아갈 때까지 참기로 했다. 방수 파카 속에 소포를 집어넣은 시다는 통나무집으로 돌아갔다.

집에 들어오자마자 시다는 젖은 파카를 벗고 소포를 뜯어보았다. 다른 야야들에게 어떠한 것도 기대하지 않았었다. 《뉴욕타임스》 기사가 나온 뒤로 그들과 연락이 끊긴 때문이었다.

네시의 모노그램이 돋을새김이 되어 있는 파란색과 황금색 테두리가 쳐진 봉투에는 다음과 같이 쓴 편지가 들어 있었다.

1993년 8월 16일

시댈리,

언제가 될지 모르지만 다가올 네 결혼식에 내 축복을 보낸다. 서두를 것은 없단다, 애야. 다만 이곳에서 결혼식을 열지 않아 네 낭군님과 웨딩드레스를 입은 네 모습을 보지 못해서 슬프구나.

네 연극의 대히트를 축하한다! 조지와 내가 연극을 보지 못해 유감이구나. 연극을 봤던 프랭크와 처 그리고 다른 야야 2세들은 입이 마르게 칭찬했단다. 그리고 너를 만나서 반가웠다고 하더라. 비록 나는 갈 수 없었지만 내 자식들이 보고 전해주었다고 말하고 싶었단다. 정말 자랑스럽다, 시다. 네가 뛰어나다는 걸 난 언제나 알고 있었다.

네가 우리 야야들의 삶에 관심을 가졌다는 것도 기쁘구나. 리자, 조니 그리고 로지에게 말해줬더니 모두 촌스럽다고 했었거든. 내 딸들은 과거에 거의 관심이 없기도 하지만 연극계에 몸을 담지도 않았으니까. 애들이 너에게 키스를 전해주라고 하는구나. 맬리사가 옆에서 또 작년에 스티븐과 컨벤션 때문에 뉴욕으로 날아갔을 때 널 볼 수 있어서 얼마나 기뻤는지 모른다고 말한다. 스티븐은 정말이지 그 애에게는 과분한 남편이라니까.

네 엄마가 보냈던 야야의 스크랩북이 도움이 되기를 빈다.

그 《뉴욕타임스》 기사는 네 엄마를 정말로 크게 상심시켰단다. 너도 잘 알고 있으리라 믿는다. 신문은 언제나 과장하게 마련이지만 그래도 변명의 여지는 없더구나.

네 엄마에게 네가 흥미를 느낄 만한 것을 보내도 된다고 허락을 맡았기에 내가 간직하고 있던 엄마의 편지를 보낸다.

네 엄마와 너를 위해 화해의 성인인 성 프란시스 파트리지에게 9일 기도를 드릴 참이다. 우리 모두 너를 사랑한다. 그리고 언제나 너를 위해 기도한단다.

키스를 보내며.

— 네시

추신. 네 엄마가 스크랩북을 돌려줄 때 꼭 그 편지도 같이 돌려달라고 했다. 네가 조심스럽게 다루리라고 믿는다.

네시의 편지는 봉투에 들어 있었다. 시다는 봉투를 열며 그녀의 의도가 진실한 것이기를 비는 짧은 기도를 올렸다. 그 의도가 순수한 것이기를 빌지는 않았다. 그것은 과욕이었기에.

엄마의 소녀적 필체로 줄이 쳐지지 않은 편지지에는 다음과 같은 내용이 써 있었다.

> 1939년 12월 12일 오전 11시 15분
> 애틀랜타로 가는 도중 서던 크레센트 호에서,
>
> 네시,
> 우리가 얼마나 너를 보고 싶어하는지 넌 상상도 못할 거야! 농담 아냐. 네가 없으면 야야들은 재미가 없다니까. 네가 아무리 사소한 것이라도 편지에 쓰라고 했으니까 지금부터 그렇게 할게. 여행에서 얻은 모든 것을 챙길테니까 우리가 집에 돌아가면 내 신성한 비밀 앨범에 같이 붙이자! 진저가 보호자로는 미덥지 않다고 너희 엄마가 널 못 오게 했지만 우리와 함께 여행에 온 것처럼 느끼도록 모든 이야기를 해줄게. 우린 모두 너희 엄마에게 화가 나 있단다. 우리는 이제 13살이나 됐는데. 줄리엣 캐플렛은 겨우 14살이었다고. 그리고 진저는 하녀지만 좋은 보호자란 말이야.
> 기차 타는 건 정말 좋아! 너에게 손을 흔들며 손튼에서 출발할 때 너를 남겨두고 떠나게 되어서 정말 슬펐단다.
> 서던 크레센트 호가 속력을 내니까 정말 너무 신나더라! 기차에 타

고 있으면 어디에나 갈 수 있을 것 같이 느껴져. 손튼이 이 세상에 있는 유일한 마을이 아니라 세계에 있는 여러 마을 중 하나라는 게 실감이 난다. 엄마와 아빠 없이 처음으로 떠나는 기차여행이야. 나는 모든 것을 자세히 볼 거야. 집 뒤나 빨래를 널고 있는 아줌마들, 우리가 지나는 작은 마을들 어느 것 하나 빼놓지 않을 거야. 저런 곳에서 사람들이 무엇을 하는지 정말 궁금해지잖아. 마을을 보면 당장에라도 기차에서 내려 그곳 사람들에게 가서 나는 이전까지의 생활을 버리고 전혀 다른 삶을 살고 싶다고 말하고 싶어! 무엇이든지 될 수 있고 그래도 사람들은 아무것도 모를 거야.

우리는 서로 마주보고 있는 좌석 네 개를 다 차지하고 있단다. 쿠키를 구워줘서 정말 고마워. 구두상자 두 개에는 진저가 만들어준 닭튀김과 비스킷도 있어. 흑인들만 타는 칸이 따로 있는데 진저는 지금 거기에 있어. 진저는 우리 곁에서 떠나게 되어 너무 걱정스러워 하더라. 심지어는 차장에게 우리들을 봐줘야 하니까 제발 같이 있게 해 달라고 부탁까지 했단다.

하지만 차장은 "그렇게 해주고는 싶어도 법에 걸립니다. 그러면 아마 제 보스는 노발대발할 겁니다." 하고 거절했어.

그러자 진저가 말했지. "좋아요, 만약 이 백인 소녀들에게 무슨 일이 생기면 델리아 부인이 아마 내게 노발대발할 거예요."

난 유색인하고 같이 여행을 떠난 적이 없어서 그들이 법을 어기지 않도록 다른 칸에 타야 한다는 걸 몰랐어. 어쨌든 진저는 지금 거기 타고 있고 지금 우리끼리만 있다! 꼭 보호자 없이 여행가는 기분이야.

사람들이 진저를 얼마나 신기하게 보는지 아니? 손튼의 모든 사람들처럼 그들은 흑인 여자가 빨간 머리를 가진 것을 믿을 수 없어 해.

우리는 딜럭스 칸에 있다. 밑으로 내리는 선반이 두 개 있는데 밤에는 그것이 침대 4개로 변해. 노래하는 구름 백작부인이 있어야 할 침대가 비어 있게 되어 우리는 너무 가슴이 아프단다. 오늘밤 자기 전에 우리는 침대커버를 접어놓고 네가 거기에 있는 것처럼 생각할 거야.

틴지가 모던 스크린 최신호를 가지고 왔어. 그래서 우린 《바람과 함께 사라지다》에 대한 모든 기사를 읽었다. 양키 여인으로 나오는 비비안 리의 사진이 잔뜩 실려 우리 가슴을 아프게 했어. 우리는 아직도 그들이 탈룰라를 뽑지 않은 걸 용서할 수 없으니까. 비비안 리는 남부 여자는 고사하고 미국사람도 아니잖아!

윽, 저 모자들 좀 봐! 모던 스크린에는 스칼렛의 의상과 모자 사진까지 나와서 실제로 스크린에서 볼 때까지 기다리지 못할 것 같아. 시사회에 갈 수 있다니 이런 행운이 어디 있어!

애틀랜타에 있는 틴지의 고모인 루이즈와 제임스 고모부는 엄청 부자야. 제임스 고모부는 후버* 대통령의 친구에다 코카콜라 병 공장 주인이래! 애틀랜타는 완전히 틴지의 고모부가 움직이다시피 한다더라! 틴지의 아빠가 우리에게 그 집에 묵게 해 달라고 부탁했대.

아무에게도 말하지 않았는데 내 꿈은 마가렛 미첼*을 만나는 거야. 아무에게도 말하면 안 돼. 하지만 무도회에서 그녀에게 사인을 받을 계획이야. 난 살짝 빠져나와서 미첼 여사를 찾아 내가 얼마나 그녀의 책을 사랑하는지 말하고 나서 사인을 받을 거야. 어떻게 생각하니?

백작부인아, 미안하지만 공작부인과 벌거숭이 공주가 카드게임을 하자고 하는구나. 모두 너에게 키스를 보내며 죽을 정도로 사랑하고

---

후버 Herbert Hoover: 1929년에서 1933년까지 재직했던 미국 대통령 — 옮긴이
마가렛 미첼 《바람과 함께 사라지다》의 저자 — 옮긴이

한순간도 너를 그리워하지 않을 때가 없다고 전하란다.
오늘 중에 다시 편지할게.

XXXXX*

— 비비안

홍분에 떨며 시다는 편지를 내려놓고 방 안을 서성거렸다. 그녀는 스크랩북을 집어들고 뒤적였다. 엄마의 기념품 중 애틀랜타에 관한 걸 어디에서 본 걸 확실하게 기억했다. 한참 동안 페이지를 넘기다 마침내 찾고 있던 걸 발견했다. 1939년 12월 15일자 애틀랜타 저널지의 기사를 오린 것이었다. 헤드라인은 '애틀랜타 역사상 가장 성대한 주니어 리그의 무도회' 였다.
기사는 다음과 같았다.

목요일 밤 시청 강당에서 열린 주니어 리그 주최의 호사의 극치를 달린 《바람과 함께 사라지다》의 가장 파티는 애틀랜타의 로맨틱한 역사에 새로운 장을 썼다. 무도회장의 아름다운 실내장식, 프로그램의 질, 그리고 참석인사의 면면은 이제껏 보지 못했던 높은 수준이었다. 어떠한 관점으로 보아도 분수령이 될만한 행사로 이와 비교할 수 있을 만한 파티는 이제껏 열린 적이 없었다.
클라크 게이블, 비비안 리, 올리비아 드 하빌랜드, 클로데트 콜베르, 캐롤 롬바드, 그리고 메인에서 캘리포니아를 비롯한 여러 주에서 온 주지사들, 사업가들, 사교계의 명사들을 비롯하여 놀라운 재능으로 거대한 세력을 가지고 있는 영화계의 거물들, 정치가들, 작가들과 배우들이 화

---

* 키스 마크 — 옮긴이

려한 의상을 입고 참석해 자리를 빛내 주었다. 그리고 에벤에저 침례교회에서 온, 농장 작업복을 입은 흑인들이 흑인 영가를 부르며 흥을 돋우었다. 주니어 리그의 멤버 50명은 각자 스칼렛 오하라 시대의 아름다운 파티 드레스를 입고 한 사람씩 무대를 행진했다.

기사는 더 있었지만 시다의 눈은 기사의 하단에 있는 한 문단으로 갔다. 문단에는 동그라미가 쳐있고 화살표가 그려져 있었다. 공백 부분에 '누구게?' 라고 글씨가 써 있었다.
동그라미를 친 문단은 다음과 같았다.

3천 명의 다른 참석자들과 춤을 추며 여자 게스트들은 둥근 후프 스커트가 뒤나 옆으로 올라가기 쉽다는 것을 깨달았다. 짙은 파랑과 초록의 후프 스커트를 입은 소녀 하나는 춤추러 일어나다가 앞에 있는 한 쌍의 앞을 지나가려 했다. 그러나 스커트가 올라가며 앞자리에 있는 사람의 머리를 완전히 덮어버리는 황당한 일을 겪었다.

시다는 웃음을 터뜨렸다. 그리고 굶주린 듯 엄마의 편지를 읽어내리기 시작했다.

그 후, 밤 11시
내 침대에서!

네시,
나는 꼭대기에 있는 침대에서 캐로와 틴지랑 같이 있다. 커튼이 열려서 우리는 달빛이 비치는 들판을 바라볼 수 있단다. 우리는 잠옷을 입고 네 쿠키를 먹고 있어. 약속한 대로 네 침대커버를 접어서 네가 당장에라도 그 예쁘장한 머리를 베개에 올려놓을 것처럼 만들어 두었어. 오, 네시야, 네가 여기에 있다면 얼마나 좋을까! 네가 여기에 있어야 했어.

30분 전에 어떤 일이 벌어졌는지 넌 믿지 못할 거야! 우리는 노래하며 소란을 피웠는데 갑자기 누군가 문을 두드리는 거야! 우리는 누군지도 모르는 데다 잠옷까지 걸치고 있어서 킥킥거리기만 했지. 그러자 캐로가 클라크 게이블일 거라고 속삭였어. 우리는 베개에 키스하면서 침대 위에 뒹굴기 시작했어.

"레트, 오, 레트!"

한숨을 쉬면서 우리는 말했지. 그런데 다시 노크 소리가 나서 팬티에 오줌을 쌀 정도로 놀랐단다. 그래서 캐로가 침대에서 뛰어 내려와 문을 열고 말했어.

"무슨 일이죠?"

그리고 나와 틴지는 몸을 숙여 엿보고 있었어. 차장이었어. 저런! 우린 모두 그가 우리가 너무 시끄럽다고 말할 줄 알았어. 하지만 그는 단지 이렇게만 말했어.

"그냥 너희가 잘 있는지 확인해두려고 한 것뿐이야. 너희 아빠가 너희를 잘 봐달라고 부탁했단다."

그래서 우리는 그에게 아무 일 없다고 말했어. 하지만 틴지가 사고를 쳤어.

"쿠키랑 먹을 차가운 우유를 갖다줄 수 있어요?"

정말 틴지는 아무 데서나 무슨 부탁이든지 하는 애라니까. 그러자 차장은 한번 알아보겠다고 했어.

그리고 캐로가 다시 침대로 기어오르고 나서 자기가 문을 열었으니까 나보고 레트인 척하라는 거야.

"키스해줘요, 레트." 캐로가 말했어. 나는 캐로에게 키스했어. "레트, 오, 레트." 캐로가 계속 말했지. 나는 손가락을 입술에 대고 클라크 게이블 콧수염처럼 만들었어. 그런데 다시 문에서 노크 소리가 들리는 거야!

우리는 차장이 다시 온줄 알았어. 그래서 내가 침대에서 내려가 문을 열었어. 흑인 포터가 우유 세 잔을 쟁반에 담아 온 거 있지.

"고마워요." 우리 모두 말했어. 그리고 나는 우리 구두를 모아 그에게 건네줬어.

그러자 그가 속삭였어. "진저는 너희가 잘 있는지 걱정하고 있어. 진저가 만약 무슨 일이 있으면 앞에 앞에 차로 오라고 했단다. 그러면 자기가 해결해주겠다고."

우리는 그가 진저를 알고 있어서 깜짝 놀랐어. 하지만 너도 알다시피 진저는 발이 넓잖아.

그에게 고맙다고 하자 그가 이렇게 말하는 거야. "나는 모빌리라고 한단다. 필요한 게 있으면 언제든지 부탁하럼."

그래서 모빌리는 우리 신발을 들고 떠났어. 만약 아침에 우리가 양말만 신고 침대차로 가는 꼴을 보지 않으려면 도로 가져와야 하는데.

기차를 타는 건 정말 멋져. 나는 기차에서 살고 싶어. 달리는 기차에서 보는 풍경이 어떤지 너도 봐야하는 건데. 우리가 지금 어디에 있는지는 정확히 모르겠어. 남부의 교두보 도시로 가는 도중에 있는 그냥 어디 시골 같아.

우리 모두 잘 자라고 인사를 보낼게. 잘 자. 그리고 진드기에게 물리지 마.

XXXXX
— 비비

**

1939년 12월 13일 오후 3시
애틀랜타 조지아

귀여운 네시에게

우리는 애틀랜타 역에 오늘 아침 9시 17분에 도착했어. 역은 엄청 컸어. 손튼 역을 서너 개는 집어넣고도 작은 댄스 파티를 열 수 있을 정도로 커.

틴지의 고모인 루이즈가 우리를 마중나왔어. 그녀는 커다란 모피 코트에 그에 어울리는 모피 토시와 모자를 쓰고 있었어. 틴지의 사촌인 제임스 주니어도 같이 데리고 왔더군. 그녀는 매우 상냥하게 우리를 맞아주었지만 난 실은 그녀가 엄청난 속물이라는 걸 단번에 알아챘어. 그나마 자기 아들보다는 상냥한 속물이었지만 그래도 속물은 속물이지. 제임스 2세는 속물이라는 것을 숨기려고 하지도 않더라. 역을 나오기도 전에 내 가방에 대해 흉을 보는 거 있지. 진저를 보니까 그녀가 하녀제복을 입지 않고 있다고 마치 법을 어기기라도 한 것처럼 구는 거야. 틴지는 손튼에서는 하녀라고 전부 제복을 입지는 않는다고 말해줬어. 그러자 그가 자기 사촌인데도 마치 머리에 이가 있기라도 한 것처럼 혐오스러운 눈빛으로 쳐다봤어. 캐로와 나는 손님이니까 참아야 했지.

애틀랜타는 그야말로 흥분으로 가득 찬 도시였어! 흥분이 공기 중에 떠도는 게 느껴질 정도야. 가게마다 영화 포스터가 안 걸린 데가 없었어. 마치 애틀랜타 전체가 하나의 커다란 영화광고 같더라니까.

미첼 여사가 10월 이후로 소란을 피해 아파트에서 나오지 않는다는 이야기를 들었어. 그녀는 휴식을 취하며 30분에 한 번씩 아스피린을 먹는대. 세계에서 제일 훌륭한 책을 쓰고 난 그녀가 어떤 기분인지 상상이 가. 게다가 영화로 만들어지기까지 한다니까. 미첼 여사를 만나게 되면 얼마나 좋을까. 미첼 여사를 만나기 위해서라면 무엇이든 줄 수 있어. 벌써 그녀를 알고 있는 느낌이지만 더 많이 알고 싶어.

루이즈 고모의 집에 닿은 우리는 턱이 땅에 닿도록 놀랐어. 완전 궁궐이던데. 틴지가 쥬느비에브는 이 집을 '코카콜라 궁전'이라고 부른댔어. 정말 이런 집은 손튼에서는 본 적이 없어. 기다랗게 커브를 그리는 진입로에 식당에 있는 것처럼 느껴지는 호화로운 포치까지. 그리고 집 안은 완전히 영화 같았어! 그들은 정말로 부자야. 그 집의 흑인 하인들은 빳빳한 유니폼을 입고 영국사람처럼 행동했어. 진저나 설리와 부엌에서 카드놀이를 하는 우리 집과는 달라. 완전 별세계라니까.

우리가 도착하자마자 루이즈 고모는 하녀 한 명에게 이렇게 말했어. "당장 루이지애나에서 온 하녀에게 제복을 입혀."

기차에서 내릴 때 진저를 소개해줬는데도 불구하고 마치 이름도 모른다는 태도였어. 루이즈는 진저의 옷이 벼룩과 이투성인 것처럼 바라봤어. 물론 그럴 리는 없지. 델리아가 절대로 그냥 놔두지 않았을 테니까.

다음에 우리가 진저를 봤을 때 그녀는 빳빳한 검은 제복에 프릴이 달린 앞치마와 씨름하고 있었어. 그리고 머리에는 조그만 하녀 모자를 썼어! 난 그녀를 놀렸어.

"진저가 쫙 빼입은 사진을 찍어서 마을에 있는 모든 사람에게 보여 줄 거야."

다음 순간 진저는 정말 이상하게 행동했어. 마치 나를 전혀 모르는 척하는 거야. 델리아가 아마 프랑스식 하녀 제복을 입은 진저를 보면 배를 잡고 웃겠지.

우리 셋은 저택에 있는 커다란 화장실이 딸린 호화롭고 널찍한 방에 있게 됐어. 방에는 벽난로가 있고 커다란 창문으로는 뒤뜰을 내려다볼 수 있어. 우리의 둥근 후프 드레스는 벌써 옷장에 걸려 있어. 내 짙은 푸른색 비단 드레스를 빨리 입어보고 싶어 좀이 쑤셔 죽겠다니까! 여기는 집과는 완전히 달라, 네시. 틴지의 집보다도 더 호화로운 것 있지. 화장실에는 은접시 위에 테니스 라켓 모양의 조그만 비누가 놓여 있어. 얼마나 돈이 많으면 이러는지.

캐로와 나는 큰 침대에서 자고 틴지는 비취색 새틴 이불이 있는 소파겸 침대에서 잘 거야. 집사인가 뭔가 하는 아저씨가 우리 가방을 여기까지 들어다 줬어. 그래서 지금 방 안에서 네가 우리와 함께 있는 것처럼 모든 것을 알 수 있게 편지를 쓰고 있는 거야. 난 모든 것을 기록하는 게 좋아. 그러면 내가 기억하리라는 것을 아니까. 구경할 것도 할 것도 너무 많아서 머리가 어질어질해!

뭐, 로마에 있으면 로마인처럼 행동하라고 했으니까 우리도 그래야지.

다음에 또 이야기해줄게.

XXXXX

— 비비

**✶✶**

그 후, 밤 10시 반

네시야~

우리는 정식 만찬을 가졌고 그 자리에서 제임스 고모부를 만났단다. 그들의 실크해트 모노그램이 새겨진 은으로 된 냅킨 고리에 핑거볼까지 있었어. 그 끔찍한 제임스 주니어는 식사하는 내내 날 비웃어 댔어. 어떻게 이런 남자애가 틴지와 잭의 친척인지 이해가 가지 않는다니까.

틴지는 지금 옷을 홀라당 벗고 있어. 너도 봐야 하는데. 틴지는 다리를 꼬고 침대에 누워 고개를 젖히고 "포도를 벗겨줘, 불라!" 하고 소리치고 있어. 걔 못 말리는 거 너도 알지. 위층으로 올라가자 틴지는 우리를 발이 달린 커다란 욕조로 들어오게 해서 셋이서 같이 목욕을 했어. 그리고 프랑스제 목욕 소금을 병째로 물에 부었어! 병 하나를 전부 말이야. 우리는 욕조에 누워 푹 익혔지. 알아. 이런 이야기를 하면 네 얼굴이 새빨개질 거라는 걸 알고 있어, 네시. 넌 우리들보다 훨씬 더 얌전하니까. (하지만 그래도 우리 모두는 널 사랑한단다.)

XOX*

— 비비

추신 1. 우리 침대는 올라오니까 벌써 잠자리 준비가 되어 있었단다. 그걸 보니까 엄마가 보고 싶어졌어. 엄마는 언제나 밤인사를 하러 올라오면 시원한 쪽에 베개를 놓아주거든.

추신 2. 맙소사 깜박 잊었어! 오늘밤 애틀랜타 컨스티튜션 지에 미첼 여사가 시사회에 무슨 옷을 입고 오는지 실렸어. 둥근 네크라인의 꼭 끼는

---

* XOX 키스와 포옹 — 주

보디스에 핑크 레이스가 줄지어 달린 분홍색 명주 드레스래. 루이즈 고모가 《바람과 함께 사라지다》의 스크랩북에 붙여놔서 네게 기사를 보내줄 수 없어. 하지만 고모에게 신문을 돌려주기 전에 다음 글을 베껴뒀어.

"구 남부의 향수를 불러일으키는 꽃인 장밋빛 동백이 그녀의 드레스에 장식될 것이다. 그리고 부푼 치맛자락 밑에 살짝 보이는 발에는 조그마한 실버 슬리퍼를 신을 것이다."

미첼 여사를 만날 작정이니까 그녀의 옷차림에 대해서는 직접 보고나서 나중에 더 이야기해줄 수 있을 거야!

**✳✳**
1939년 12월 14일. 아니 12월 15일 새벽 2시!

네시,

맙소사! 지금 방금 내 일생에서 가장 신나는 하루를 보내고 돌아온 길이야.

진저는 우리와 함께 다니지 못해서 잔뜩 화가 난 얼굴로 우리를 기다리고 있었어. 자기가 좋은 보호자 역할을 하지 못하고 있다고 거의 울려고 하는 것 있지. 코카콜라 궁전에 온 뒤로는 진저의 얼굴도 제대로 못 보고 있어. 진저는 집에 돌아가면 델리아가 자기를 죽일 거라고 하더라. 그래서 내가 말해줬어.

"진저, 난 집에 돌아가고 싶지도 않은걸! 자 이제 아래층으로 내려가서 커피 우유 좀 만들어 줄래? 네시에게 편지를 쓰려면 깨어 있어야 하거든."

그래서 지금 내가 커다란 침대에서 네게 편지를 쓰고 있는 거야. 캐로는 곤히 자고 있고 틴지는 언제나와 마찬가지로 자기 침대에서 코를 골고 있어. 난 어디에 있든지 언제나 마지막으로 자잖아. 하지만 네게 모든 걸 이야기해줄게.

우선 오늘 아침 우리는 아침식사를 하러 내려갔는데 세상에, 루이즈 고모는 벌써 그 화려한 남북전쟁 전 시대 드레스를 입고 나와 있는 거 있지?! 그래, 아침식사 테이블 앞에 말이야. 그리고 그 족제비 같은 제임스 주니어는 루이즈 고모가 손봐 준 견장이 달린 남북전쟁 시대 군복을 입고 있었어. 제임스 고모부는 벌써 코카콜라 공장으로 나간 뒤여서 뭘 입고 있었는지 모르겠어. 내가 알고 있는 것은 루이즈 고모의 드레스가 진짜로 영화에 쓰인 드레스였다는 거야! 고모가 그러더라. 주니어 리그에 있는 고모 친구들 모두 영화의 바자회 장면에서(책에서 읽은 거 기억 나?) 엑스트라로 나왔대. 상상이 가?

그 얼간이 제임스 주니어가 같은 얼간이 12살짜리 친구들과 나간 뒤 루이즈 고모는 오늘은 하루종일 친구들과 행사장에서 보낼 거라고 말했어. 무도회가 열릴 시청강당에 미리 가서 살펴봐야 한다나. 그 말은 진저와 또다른 루이즈 고모의 하녀가 운전사인 윌리엄과 함께 우리를 데리고 돌아다녀야 한다는 이야기야.

맙소사, 애틀랜타 거리에는 벌써 남북전쟁 시대 옷과 드레스를 입고 돌아다니는 사람들 천지였어! 라디오를 틀어보니 마치 프랭클린 루즈벨트 대통령이라도 오는 것처럼 모든 것을 시시콜콜이 뉴스로 내보내는 거 있지. 클로데트 콜베르 같은 스타들이 기차역에 도착하는 중이었어. 하지만 가로등 점등 행사 때문에 10시 15분까지 화이트홀 가와 앨라배마 가 모퉁이까지 가야했기 때문에 뉴스를 다 들을 수는 없었어. 셔먼 장군이 애틀랜타를 점령한 뒤에도 그 당시 가로등을 남겨놓은 줄은 몰랐어. 남부 연합의 정신이 죽지 않았다는 것을 보여주기 위해 가로등을 다시 켜는 행사래. 우리 셋은 남부 연합을 생각하며 눈물을 펑펑 쏟았어. 그러자 주지사가 시사회 날을 주의 공휴일로 정한다고 모두에게 선포했어.

그 후 윌리엄은 우리를 피치트리 가까지 태워다준 뒤 차의 지붕 위에서 퍼레이드를 보기 좋은 자리를 찾아줬어. 으아, 사람이 어찌나 많았는지 어딜 봐도 온통 사람의 물결뿐이었어. 그리고 나서 퍼레이드가 시작했어. 스타들이 마치 왕족들처럼 지붕이 없는 차 뒷좌석에 앉아서 사람들 속을 지나갔어. 그런 차가 한 50대나 60대는 되었을 거야. 클라크 게이블도 그 중에 있었어! 거짓말 아냐! 내 두 눈으로 직접 클라크 게이블을 봤다니까. 그는 생각한 대로 정말 멋졌어. 캐롤 롬바드가 그의 옆에 앉아 있었고 두 사람은 우리를 향해 웃으며 손을 흔들었어. 그리고 이건 정말인데 클라크 게이블이 나를 똑바로 쳐다봤단다. 틴지와 캐로는 아직도 그 일이 벌어지지 않았다고 우기지만 걔들이 질투해서 그러는 거 다 알아. 이건 진실이야. 클라크 게이블이 날 똑바로 쳐다보고 미소를 보냈다.

다시 퍼레이드 이야기로 돌아갈게. 네가 상상할 수 있는 것보다 고급차에 탄 스타들을 훨씬 많이 봤어. 이런 걸 보면 대공황 같은 건 먼 나라 이야기 같다니까. 퍼레이드가 끝나자 윌리엄은 뒷길로 돌아가 우리를 조지언 테라스 호텔로 데려다 줬어. 호텔에서 남부의 5개 주에서 온 주지사들이 연설을 했어, 믿어져? 우리는 노인네들 차례가 모두 지나갈 때까지 기다려야 했어. 그리고 나서 클라크 게이블이 일어났어! 모두 환호성을 지르며 손뼉을 치고 난리법석을 피웠지. 우리 셋도 나름대로 난리를 쳤어. 우리가 어떤지 너도 알지. 난 그 유명한 휘파람도 불었다. 너라면 사람들의 환호성을 듣는 것만으로 기절하고 말

거야.

 다시 집에 돌아왔을 때는 모두 완전히 지쳐있었어. 방에서 과일 케이크와 콜라를 먹은 뒤 낮잠을 잤어. 우리는 낮잠 장면에 나오는 트웰브 옥스 저택의 남부 처녀들 흉내를 냈어.

 "진저, 트웰브 옥스에서처럼 부채로 우리를 부쳐줄래?" 우리가 말했어.

 그러자 진저가 말했어. "지금은 12월이야. 부채 같은 건 필요 없어. 조용히 잠이나 자."

 틴지가 속삭였어. "델리아는 진저가 살인을 저질러도 봐줄 거야."

 하지만 진저는 그 말을 들었어.(그녀는 카펫 위를 걷는 고양이 발소리도 들을 수 있잖니.)

 "틴지, 어서 자지 않으면 살인이 무슨 뜻인지 가르쳐 줄 거야." 진저가 말했어.

 루이즈 고모의 하녀가 들어와 깨우는 바람에 오래 자지 못했어. 그녀는 빨리 무도회 준비를 해야 한다고 했어. 루이즈 고모의 재봉사가 와 있어서 그 앞에서 남북전쟁 전 시대 드레스를 입어봐야 했어. 루이즈 고모가 손봐야 될 데가 있는지 알고 싶어했거든. 내 짙은 푸른색 비단과 녹색 호박단 드레스는 너도 알다시피 꼭 맞잖아. 하지만 그 후프를 넣은 둥근 치마는 정말 걷기 힘들었어. 살짝 돌아서는데도 코카콜라 궁전에 있는 반들반들한 테이블에 있는 자잘한 장식품을 떨어뜨린 거 있지. 깨지지 않아서 다행이야!

 그래서 우리는 모두 사이즈 9의 남북전쟁 전 시대 드레스로 갈아입었고 윌리엄이 우릴 패커드까지 태워줬어. 루이즈 고모와 제임스 고모부는 다른 차로 시청 강당에서 열리는 가장 무도회에 갔어. 가장 무도회는 남부의 가장 성대한 사교계 행사야. 그 스컹크 같은 제임스 주니어는 우리와 함께 왔는데 미치는 줄 알았어. 겨우 우리보다 한 살밖에 어리지 않으면서 마치 아기처럼 행동하는 거 있지. 난 걔보다 먼저 혀를 내밀어 보이고 반격할 시간을 주지 않았어. 그러자 녀석은 틴지에게 하얀 호박단 레이스 드레스를 입고 있으니까 바보처럼 보인다고 그러잖아. 그래서 틴지는 녀석의 촌스러운 남부군 유니폼에 코딱지를 닦아주는 척 했어. 난 너무 웃는 바람에 등뒤에 있는 후크가 몇 개 나가 버렸어. 스칼렛과 다른 여자들이 어떻게 이런 걸 입고 웃었는지 모르겠어.

어쨌든 무도회장에 도착하니까 모든 안 좋은 일은 말끔히 잊어 버려지더라!

강당 앞에 있는 작은 공원에 수천 명이나 되는 사람들이 줄을 서 있었어. 제임스 고모부는 표가 없는 사람들이라고 말해줬어. 그리고 하츠필드 시장이 요구한 대로 행사장에는 얼씬도 하지 않았어야 된다고 말했어. 하지만 추위 속에서 떨며 서 있는 이빨도 형편없고 초라한 옷을 입은 사람들은 우리 마을에 있는 올리 트로트의 트레일러 천국에 사는 사람들처럼 불쌍해 보였어. 경찰이 그들에게 뒤로 물러서 있으라고 말하자 그들은 순순히 말을 들었어.

우리는 그들을 지나쳐 들어갔어. 루이즈 고모는 우리를 서두르게 하려고 했지만 둥근 드레스를 입고 걷는 것은 힘들었어. 그 드레스를 입으면 숙녀처럼 보일지 몰라도 아무 데도 갈 수 없을 거야.

맙소사! 강당 안은 옛날 남부의 저택처럼 꾸며져 있었어. 스타들은 자기들끼리 박스 석에 따로 앉아 있었어. 클라크 게이블은 마치 임금님 같았어. 비비안 리는 소매에 8만 4천 개의 담비 꼬리털로 만들어진 소매장식이 있는 검은 벨벳 드레스를 입고 있었어. 그리고 게이블의 부인인 캐롤 롬바드는 검은 네트로 머리를 고정시켰어. 올리비아 드 하빌랜드는 늦게 도착해서 박스로 들어올려져야 했어! 틴지와 캐로, 그리고 나는 이 모든 걸 보기 위해 오페라글래스를 두고 싸워야 했어!

오, 스타들은 모두 와 있었어! 하지만 프리시나 포크, 그리고 빅 샘은 물론이고 유모인 매매마저도 올 수 없었어. 그들은 흑인이라 조지아로 올 수 없었대.

루이즈 고모는 스타들이 입고 있는 드레스가 무엇으로 만들어졌는지 정확하게 알고 있었어. 그리고 그 드레스가 영화 의상을 제작하는 사람이 만들었는지 디자이너가 만들었는지도 알았어. 고모가 지난 2년 동안 《바람과 함께 사라지다》에 푹 빠져 살았기 때문이었어. 고모는 영화에 인디아 윌크스로 나오는 여배우와 친구야. 그 여배우가 애틀랜타 출신이기 때문이지. 루이즈 고모는 자기 친구가 그다지 뛰어난 여배우라고 생각하지 않지만 적어도 남부를 대표한다고 할 수 있다고 말했어.

마침내 나는 고모에게 미첼 여사가 어디에 있는지 아냐고 물었어. 그러자 루이즈 고모(그 마귀할멈!)가 날 똑바로 보더니 이렇게 말하는 거야.

"그 배은망덕한 여자는 걱정하지 마라, 비비. 오지도 않았으니까."

나는 말했어. "뭐라고요? 미첼 여사가 안 왔다니 무슨 이야기예요? 이 파티는 그녀의 것이에요! 그녀는 비비안 리만큼이나 대스타라고요!"

하지만 루이즈 고모는 자기가 더 잘 안다는 듯이 웃었어.

집에 돌아오는 내내 그리고 드레스를 벗으면서 내가 생각할 수 있는 것은 미첼 여사뿐이었어.(후크가 몇 개 떨어지고 소매 밑이 찢어지고 땀도 많이 흘렸어. 이런 옷을 입으면 움직이거나 숨도 쉬어서는 안 되나 봐.) 미첼 여사 생각이 머리를 떠나지 않았어. 나는 캐로와 틴지에게 물었어.

"왜!? 왜 미첼 여사는 오지 않은 거야? 도대체 왜 안 온 거냐구?"

틴지가 대답했어. "몸이 안 좋은가 보지."

하지만 더 큰 이유가 있을 거라고 생각해. 미첼 여사 같은 위대한 작가가 하는 일에는 다 이유가 있는 거야. 왜 안 왔는지 무슨 일이 있어도 알아내고야 말겠어.

이것이 우리의 하루였어, 노래하는 구름 백작 부인. 그리고 한마디 한마디가 다 진실이야. 그리고 돌아가면 게이블과 롬바르가 서로 마주보며 어떻게 이야기했는지 어떻게 팔짱을 끼고 걸었는지 스칼렛의 아버지 역을 맡았던 배우가 어떻게 너의 콜리 삼촌처럼 춤을 추는지 우리가 다 보여줄게.

하지만 지금은 이만 자야겠어.

스칼렛 같은 너의,
— 비비안

**\***

12월 15일 오후 3시

네시에게

캐로와 틴지가 오늘 나에게 물었어.

"네시에게 대체 무슨 이야기를 쓰는 거니?"

그래서 내가 대답했어.

"우리의 자서전을 쓸 때를 대비해 우리의 모든 신성한 비밀을 기록하는 거야!"

네시야, 우리 넷이 하는 일이 중요하다는 것을 난 알기 때문이지. 세월이 흐른 뒤 사람들은 우리에 대해 알고 싶어할 거야.

어쨌든 우리는 아주 늦게까지 잤어. 특히 나는 네게 편지를 쓰느라 밤을 새다시피 했으니 더 게으름을 피웠어. 내가 깼을 때는 루이즈 고모가 벌써 기자클럽 오찬에 다녀온 후였어. 그리고 매우 피곤해 하셨어. 우리 모두는 아래층으로 내려갔어. 고모는 백 명쯤 되는 자기 친구들에게 전화 중이었어. 우리는 엿들으려고 하지 않았지만 어쩔 수 없었어. 집 안이 추워서 난방관이 있는 전화 옆에 붙어 있는 게 제일 따뜻했기 때문이지. 게다가 캐로가 그 근처에서 단추를 잃어버려 찾아줘야 하기도 했고.(농담이야. 난 혹시 미첼 여사 이야기가 나오지 않나 엿들어야 했어.) 루이즈 고모는 계속 우리를 쩨려봤지만 우리는 무시하고 계속 엿들었어. 루이즈 고모가 이야기를 막 끝내려고 하자 우리는 부엌으로 달려가 뭐가 먹을 게 없나 아이스박스 안을 뒤졌어.

하녀는 우리를 위해 로스트비프 샌드위치, 치즈 그리고 과일을 남겨뒀어. 콜라병을 따려는데 루이즈 고모가 들어왔어.

"내가 왜 기분이 나쁜지 말하지 않아도 너희는 알 거야." 그녀가 말했어.

우리는 그녀가 대체 무슨 말을 하는지 모르겠다는 것처럼 굴었어. 그녀가 애틀랜타에 있는 모든 사람에게 전화로 자랑을 늘어놓은 것 따위는 듣지도 않은 것처럼 말이야.

틴지가 걱정스럽다는 듯이 물었어. "뭐가 잘못됐어요, 루 고모?"

그러자 루이즈 고모는 창고로 들어가 크래커 캔을 들고 나온 뒤 브랜디 병을 꺼냈어.

술을 잔에 따르면서 루이즈 고모가 말했어. "날 루 고모라고 부르지 마라. 내 이름은 루이즈야. 전에 확실히 말해뒀을 텐데, 에이미."

우리의 틴지는 자기 고모에게 미소를 지으며 말했어. "부탁인데 날 에이미라고 부르지 말아주세요. 내 이름은 틴지예요."

틴지는 정말 약삭빠른 애다.

루이즈 고모는 틴지를 무시하고 부엌 테이블 앞에 앉아 우리에게 미첼 여사 이야기를 해줬다. 그녀의 말에 의하면 미첼 여사는 그들이 후원한 무도회에 참석하지 않아서 주니어 리그를 모욕했다는 거야. 그동안 그녀의 책과 그녀에게 많은 도움을 줬었는데. 그리고 미첼 여사가 사교계에 데뷔했던 20세기 초에 그녀는 자선파티에 와서 외설스럽고 천박한 아파치 춤을 추는 바람에 애틀랜타의 주니어 리그 숙녀들을 충격에 빠뜨려서 주니어 리그의 멤버로 절대 초대하지 않도록 벌을 내릴 수밖에 없었다고 말했어. 그래서 미첼 여사는 무도회에 참석하지 않는 걸로 그들에게 복수를 한 거야. 주빈이었는데도 말이다.

"아파치 댄스가 뭐예요?"

내가 말했어. 난 알아야 했어. 난 여기에서 기자 역할을 해야 하잖니. 난 더 자세한 내용을 들어야 했다.

"그 음란한 춤에 대해 너희에게 더 말해줄 필요가 없어."

루이즈 고모가 이렇게 말하니 난 더 알고 싶어졌어.

"혹시 야만인처럼 옷을 다 벗었었어요?" 틴지가 물었어.

"아냐. 마가렛은 옷을 다 벗지는 않았었단다." 루이즈 고모는 이렇게 말하고 손을 머리에 갖다댔어.

"그러면 왜 그렇게 난리였어요?" 캐로가 물었어.

"내가 말해줄 수 있는 것은 마가렛 미첼 양이 훗날 '인디언의 구애춤'이라고 묘사한 춤을 췄다는 것뿐이야. 그런 것은 지각이 있는 숙녀라면 도저히 받아들일 수 없는 행위란다. 이 도시에서 그녀의 가족이 아무리 명망이 높아도 그런 행위를 감싸줄 수 없었단다. 주니어 리그는 나름의 기준이 있단다. 너희가 그걸 잊지 말았으면 좋겠구나."

"예, 그러죠." 캐로는 이렇게 말한 뒤 루이즈 고모의 등뒤에서 토하는 시늉을 했어.

그러자 우리 모두는 킥킥거렸고 루이즈 고모는 우리에게 올라가서 우리들끼리 놀라고 말했어.

미첼 여사가 그들의 코를 납작하게 해줘서 정말 잘 됐다고 생각해, 안 그래? 아직도 그녀를 어젯밤 만나지 못해서 가슴이 아프지만, 오늘밤 시사회에서 그녀를 만나기 위해 애를 써 봐야지.

시사회에 가기 전에 동네의 크리스마스 장식을 구경하러 셋이서 나가기로 했기 때문에 그만 마쳐야겠다.

XXXX<br>— V.A

그 후, 밤 10시 45분

노래하는 구름 백작부인에게

어떻게 말로 표현해야 할지 모르겠지만 한번 해볼게. 우리는 방금 역사상 가장 위대한 영화의 시사회에 갔다오는 길이야. 비비안 리에게 했던 모든 나쁜 말을 취소하겠어. 난 비비안 리를 사랑해. 비비안 리는 바로 스칼렛 자체야. 난 절대로 그녀를 좋아하지 않겠다고 생각하며 극장으로 들어갔어. 난 이제까지의 배역 중 가장 위대한 배역에 탈룰라를 뽑지 않은 그들을 용서할 수 없었어. 하지만 이제 모든 미움은 사라졌어. 타라의 포치 계단에 탈튼 쌍둥이들과 함께 서 있는 비비안 리가 "멜라니 윌킨스, 그 내숭쟁이."라고 첫 대사를 하자마자 나는 홀딱 반해 버렸어. 오, 영화에 대해서 네게 어떻게 설명해야 할지 모르겠어. 그냥 직접 네 눈으로 보는 편이 나을 거야. 그렇게 로맨틱한 영화로 만들다니 믿을 수 없어. 오, 둘이서 키스할 때는 또 어떻고! 모자 앞이 어디인지 모르는 척할 때! 레트가 스칼렛을 안고 계단을 올라갈 때(책에서 보다 훨씬 상냥했어)! 오, 그녀가 커튼으로 드레스를 만들 생각을 할 때! 비비안 리의 오른 눈썹이 치켜올라갈 때면 머리에서 온갖 생각이 튀어나오는 게 눈으로 보인다니까.

난 그 영화 속에서 살고 싶어, 네시! 그런 드라마야말로 나를 위해 만들어진 세계야.

쓸 수 있는 대로 써볼게. 난 아직도 너무 흥분해있어. 어찌나 손뼉을 치고 울어댔는지 너무 피곤할 지경이야. 하지만 걱정하지 마. 이 모든 것에 대해 쓰는 건 좋은 일이니까.

극장에 대해서 말하는 걸 까먹었다! 할리우드 사람들이 로우스 그랜드 극장 앞을 완전히 타라의 저택과 똑같이 꾸며버렸어. 그리고 건너편의 피치트리스 가에 만든 잔디밭에 스타들이 걸어다녔어. 그들은 극장으로 오면서 새로 심은 잔디밭 위를 걸어왔어. 게이블은 정말로 늠름해 보였어, 네시. 그는 내가 바라던 것과 똑같은 말을 해줬어. 그는 오늘밤은 나를 위한 밤이 아니라 미첼 여사를 위한 밤이라고 말했어. 오, 그 사건은 게이블이 얼마나 멋있는 사람인지 나에게 알게 해줬어. 덕분에 앞으로 영영 헤어나지 못할 정도로 그와 사랑에 빠져버렸어.

맙소사, 그는 너무나 핸섬했어. 검은 코트에 하얀 스카프를 목에 두르고 있었어. 롬바드는 눈이 멀 정도로 번쩍이는 황금빛 비늘로 덮인 드레스를 입고 나타났어.

그리고 나서 내가 평생 기다리던 순간이 찾아왔어. 길이가 한 블록이나 되는 커다란 리무진이 서더니 그 안에서 미첼 여사가 나온 거야. 오, 네시. 그녀는 정말로 조그마했어. 그 옆에 서면 틴지가 마치 거인처럼 보일 거야. 그녀는 짧은 연설을 했어. 모두에게 감사의 말을 전한다는 내용이었어. 그리고 나서 극장으로 들어갔어. 솔직히 말해서 난 그녀가 떨고 있었다고 생각해. 그녀에게 달려가서 사인을 해 달라고 말하고 싶었지만 내가 인파를 뚫고 지나갈 수 있어도 적당한 행동이 아니라고 생각됐어. 그냥 얼굴을 본 것만 해도 감동이었어.

그래서 우리는 극장 안으로 들어갔어. 극장 안은 발 디딜 틈 없이 사람들로 들어차 있었어. 남자들의 헤어토닉과 여자들의 향수 냄새로 가득했어. 반짝이는 드레스가 스치는 소리도 들렸어. 캐로, 틴지, 그리고 나는 손을 꼭 잡았어. 난 아마 숨을 멈추고 있었던 것 같아. 왜냐하면 커튼이 올라갔을 때 하마터면 기절할 뻔했거든.

오, 바람에 날리는 것처럼 타이틀 자막이 스크린 위를 지나갔어. 음악은 자막이 채 지나가기도 전에 벌써 내 눈물을 쏙 빼놨지. 그리고 나는 스칼렛이 밭으로 나가 무를 뽑아들고 신에게 맹세코 앞으로 절대 굶주리지 않을 거라고 외치는 장면까지 숨도 쉬지 못했어! 음악이 점점 커지자 곧 휴식 시간을 알리는 불이 들어오고 모두 미친 사람처럼 손뼉을 쳤어. 영화는 아직 반밖에 지나지 않았는데! 휴식 시간에 우리 셋은 로비에서 손을 꼭 잡고 있었어. 모두 말도 제대로 하지 못할 지경이었어. 우리는 제임스 고모부가 준 스낵을 삼키기도 힘들었어. 우리 마음은 아직도 타라에 있었으니까. 스칼렛이 굶주리고 있는데 어떻게 펀치가 넘어가겠어?

그리고 엄청난 슬픔이 몰아닥쳤어. 오, 네시. 내 심장은 로우스 극장 바닥에 떨어져 산산조각이 났어. 나는 울고 또 울었어. 틴지와 캐로도 마찬가지였어. 우리는 가져온 손수건을 모두 써버렸어. 손수건이 꼭 필요할 때 없다니 난 정말 스칼렛과 닮았구나, 그것이 내가 할 수 있는 생각의 전부였어. 왜 스칼렛은 레트에게 그렇게 냉정했던 거야? 왜? 레트는 그녀를 사랑했어. 왜 그걸 몰라줬을까? 난 절대로 절대로 내게 그런 일이 일어나지 않도록 할 거야. 나의 레트를 만나면 죽는 한이 있어도 그의 사랑에 보답할 거야.

오, 네시. 더 이상 쓸 수가 없어. 너무 피곤한 데다 영화 생각만 하면 자꾸 눈물이 쏟아져. 일생 중 가장 멋진 하루를 끝내고 이제 그만 자야겠어.

내가 틀렸어. 난 어제가 일생 중 가장 멋진 하루라고 생각했는데 사실은 오늘이었어. 앞으로 평생을 살아도 오늘보다 더 멋진 날은 상상할 수 없어.

XXXX

— 비비안

(비비안 리처럼 앞으로 내 이름에서 끝의 E를 떼버리기로 했어.)

\*\*

1939년 12월 16일 새벽 3시
코카콜라 궁전에서

네시….

이 집은 너무 커. 그리고 무서운 소리도 나. 악몽을 꿔 버렸어. 스칼렛에 대한 꿈인 것 같아. 난 그녀와 함께 안개 속을 달리고 있었어. 땀에 흠뻑 젖어 잠에서 깨어난 뒤 잠시 동안 내가 어디에 있는지 생각이 나지 않았어. 다른 애들은 모두 자고 있어. 그래서 난 침대에서 나와 진저를 찾았어. 델리아의 집에서 했던 것처럼 그녀를 깨워서 같이 카드놀이라도 할 생각이었거든.

진저의 방을 찾는데 한참이 걸렸어. 엄밀히 말하자면 그녀의 방이 아니라 함께 쓰고 있는 하녀의 방이지만. 문을 두드렸더니 아무 대답이 없었어. 문을 살짝 여니까 진저가 조그만 침대 위에 누워 있는 게 보였어.

그리고 네시야, 진저는 울고 있었어. 울고 있었다니까.

네시야, 난 이제까지 흑인이 우는 모습을 한 번도 본 적이 없었던 것 같아.

진저는 날 보더니 소스라치게 놀랐어. 그리고 말했어.

"여기에 무슨 일로 온 거야, 비비?"

"잠이 안 와, 진저."

나는 말했어. 그리고 침대 옆 바닥에 털썩 주저앉았어.

진저는 낮과는 다르게 보였어. 그녀는 우리 엄마가 행주로 쓰는 것과 비슷한 델리아의 낡은 플라넬 잠옷을 입고 있었어.

"왜 울고 있었어, 진저?" 내가 물었어.

"가족이 보고 싶어서 그래."

"델리아가 보고 싶어?" 내가 물었어.

그러자 그녀는 내가 자기를 한 대 치기라도 한 듯한 표정으로 날 쳐다봤어.

"네 할머니는 내 가족이 아냐. 난 남편과 두 딸이 있어. 네가 모르는 사람들이야."

진저는 이렇게 말하고 다시 울기 시작했어.

"울지마, 진저."

그녀가 우는 모습을 보니 겁이 났어, 네시. 그녀는 우리의 보호자잖아. 그녀는 울어서는 안 돼. 진저는 누군가 목을 조르는 것처럼 목이 멜 정도로 슬프게 울었어. 그녀가 우는 게 난 정말 싫었어.

"진저. 우린 내일 떠날 거야. 그러면 금방 손튼에 도착할 거야." 내가 말했어.

진저는 아무 말도 하지 않고 침대커버가 젖도록 울기만 했어.

"일어나, 진저. 집에서처럼 카드놀이 하자. 어서, 카드놀이를 하고 싶어."

그러자 그녀는 울음을 멈추고 가만히 누워 있었다.

"코코아 먹고 싶어, 진저. 일어나서 만들어줄래? 진저도 마셔. 집에서 언제나 만들어주던 코코아가 먹고 싶어."

그러자 네시야, 그녀는 이제까지 어떠한 흑인도 나에게 짓지 않은 무서운 표정으로 날 노려봤어. 그러더니 그녀가 말했어.

"가서 네가 만들어 먹어."

그리고 그녀는 다시 침대시트로 눈물을 닦으며 울기 시작하는 거야.

그래서 난 일어나서 다시 우리 방으로 돌아왔어. 하지만 모두 곤히 잠든 채였어. 나 너무 무서워, 네시. 왜인지는 모르겠어.

— 너의 비비

**✲✲**

12월 16일 밤 8시
기차 안에서, 우린 집으로 돌아오는 중이야.

네시에게,

우린 다시 기차에 올라탔어. 난 기진맥진한 상태야. 이 여행은 처음과는 완전히 바뀌어 버렸어. 어떻게 끝이 났는지 이야기하기도 싫지만 네게 모든 것을 이야기한다고 맹세했으니까 이야기해줄게.

오늘 아침 우리는 일어나서 짐을 싸고 아침을 먹으러 내려갔어. 너희 집에 자러 갔을 때 밤새도록 이야기하며 논 뒤처럼 눈 뒤가 아파. 아침식사는 식당에서 했어. 루이즈 고모는 애틀랜타 컨스티튜션 지를 보며 사진마다 탄성을 내뱉고 있었어. 건방진 얼간이 제임스 주니어도 함께였어.

틴지가 말했어.

"우리를 재워주고 모든 행사에 데려가 줘서 정말 고마워요, 루이즈 고모. 마을에 있는 모두가 우리를 부러워할 거예요!"

그러자 내가 끼어들어 말했어.

"빨리 집에 가서 네시에게 그동안 있었던 일을 이야기해주고 싶어요."

그리고 캐로도 그녀에게 감사의 인사를 했어.

그리고 난 뭔가 다른 이야기를 하기 시작했는데 그 밉살스러운 제임스 주니어가 내 말을 모두 따라하기 시작하는 거 있지!

나는 말했어.

"미안하지만 지금 뭐하고 있는 거니, 블레인?"

"너희가 떠나기 전에 시골뜨기처럼 말하는 것을 배워두려고."

녀석이 말했어.

나는 루이즈 고모가 어떻게 야단을 치나 기다렸지만 그녀는 아무 말도 하지 않았어. 그냥 비스킷만 베어먹을 뿐이었어.

난 이야기를 계속하려고 했지만 제임스 주니어는 그만두지 않았어. 계속해서 내 말을 따라했지.

그때 진저가 부엌에서 나왔어.

우리가 머무는 동안 식당에서 한 번도 그녀를 본 적이 없었기 때문에 나는 놀랐어. 네시야, 진저는 뜨거운 코코아를 쟁반에 들고 왔던 거야. 나 혼자만을 위해 만들어준 거야. 그녀는 내가 있는 곳까지 걸어왔어. 난 고맙다고 말하려고 했지.

그때 제임스 주니어가 그 주둥이를 열었어.

"깜둥아, 누가 너보고 네 까만 루이지애나 엉덩이를 이 식당에 들여놓으라고 했어? 당장 나가지 못해!"

진저는 페르시아 양탄자 위에 그대로 얼어붙어 버렸어. 그녀는 꼼짝하지 않고 우리가 마치 방에 없는 것처럼 똑바로 앞만 쳐다보고 있었어. 난 루이즈 고모를 바라보았어. 당장에라도 제임스 주니어의 머리를 후려치지 않을까 하고. 하지만 그 여자는 커피만 휘저을 뿐이었어. 진저가 서있는 자리에서 달가닥 달가닥 컵이 흔들리는 소리가 들렸어. 이 모든 것이 한순간에 일어났어. 그리고 내가 깨닫지도 못하는 사이에 나는 접시를 들어 제임스 주니어에게 던졌어. 내 아침식사로 나온 계란과 베이컨과 비스킷과 말린 무화과와 팬케이크는 리모쥬 도자기 접시와 함께 테이블 위를 날아가 두 다리를 가진 쥐새끼 같은 녀석에게 온통 쏟아졌어.

"그 더러운 주둥이 좀 닥쳐. 이 칭얼거리는 마마보이야! 너희 엄마가 예의범절은 가르치지도 않았니?"

나는 마구 고함을 질러댔어.

그리고 진저가 식당에서 나가는 찰나 나는 그녀가 나에게 미소를 지으며 윙크를 한 것을 본 듯했어. 하지만 진짜로 있었던 일인지 상상한 건지 아직도 잘 모르겠어.

아무도 자기 눈을 믿을 수 없었어. 루이즈 고모가 고함을 치며 날뛰자 다른 하녀가 달려왔어 제임스 주니어는 울기 시작했어. 정말로 울기 시작한 거야, 네시. 접시에 베거나 그런 것도 아닌 데도. 그러니까 피가 나거나 다친 데도 없었단 말이야.

그러자 루이즈 고모가 내 팔을 움켜쥐고 자리에서 일으키더니 마구 흔들어댔어. 어찌나 세게 흔들었는지 이빨이 다 입 안에서 튀어나와 공깃돌을 던진 것처럼 바닥에 흩어지는 줄 알았어. 그리고 나를 흔드는 폼이 완전히 나를 처음 봤을 때부터 그동안 벼르고 있었던 폼인 거 있지. 그녀는 자기가 주니어 리그에 있었기 때문에 참았던 거야.

한참 후에 그녀는 진정하고 나를 놓아주었어.

"두 번 다시 이 집에 발을 들여놓지 마, 비비안 애벗! 애틀랜타에 있는 내 친구의 집도 마찬가지야! 너희 셋에게 그동안 얼마나 잘해줬는데! 그동안 교양인들이 어떻게 사는지 보여주려고 온갖 애를 썼건만. 이건 다 오빠가 나에게 부탁했기 때문이야. 이건 모두 틴지가 그 천박한 쥬느비에브 때문에 교양 없이 자라기 때문이야! 너희 같은 시골뜨기들이 애틀랜타에서 웃음거리가 되지 않도록 얼마나 애썼는데. 아니. 좋아, 이제 그만둘 거야! 어서 촌구석으로 돌아가 우아함이나 교양 같은 건 털끝만치도 없이 살려무나. 너희 넷은 정말 같이 다니기 창피한 녀석들이야! 에이미, 네 아빠에게 너에게 진절머리가 났다고 편지하겠다! 너와 네 이교도 왈패들 말이야."

"우리는 왈패가 아니에요, 루 고모. 우리는 야야 시스터즈예요."

틴지가 한없는 경멸과 비웃음을 담고 말하자 캐로는 손뼉을 치기 시작했어.

루이즈 고모는 틴지의 말은 전혀 듣지 못한 것처럼 말했어.

"내 이름이 루이즈라고 분명히 말했잖아."

당신 이름은 왕재수야. 나는 생각했어. 하지만 손님이기 때문에 입 밖에 내지는 않았지.

루이즈 고모는 우리를 집에서 내보내기 위해 아직 이른데도 불구하고 윌리엄에게 역까지 데리고 가라고 말했다. 네시야 나는 울고 또 울었단다. 나는 너무나 화가 났어. 캐로와 틴지는 날 그저 꼭 껴안아주기만 했어. 우리는 역을 출발했어. 우리는 너무 화가 난 나머지 기차 안에서 애틀랜타를 바라보니까 죽어가는 남부군 군인들이 몇 킬로는 줄지어 누워있는 장면에 나오는 파괴된 애틀랜타 시가지로 보일 정도였어. 나는 줄곧 스칼렛이 얼마나 피곤하고 배가 고팠는지 그리고 얼마나 엄마가 보고 싶었을지 그것만 생각했어. 나는 계속해서 울었어. 그런데 갑자기 머리에 스치는 생각이 있었어. 내가 인디언의 구애 댄스 때문에 주니어 리그에서 쫓겨난 미첼 여사 같다는 거였어. 그리고 난 생각하기 시작했어. 어쩌면 미첼 여사가 그 춤을 추었을 때 자기가 무슨 짓을 하는지 정확히 알고 있었던 게 아닐까 하고. 어쩌면 그녀는 클럽에서 쫓겨나길 원했을지도 몰라. 그래서 역사상 가장 위대한 책을 쓰기 위해 자유롭게 되고 싶었을지도 몰라.

그래, 난 내가 스칼렛과 미첼 여사를 닮은 여자라고 결론을 내렸어. 우리들 중 누구도 말만 번드르르한 백인 얼간이가 아냐. 그리고 그게 주니어 리그에게 못마땅한 일이라 해도 누가 상관이나 한대?
사랑해.

— 비비안(기억해! 앞으로 끝의 e를 쓰지 마.)

그 후, 밤 12시 7분

네시야,

우리는 앨라배마 주를 달리고 있단다. 난 진저가 어떻게 있나 보려고 그녀에게 갖다줄 코카콜라 병을 들고 유색인 칸으로 갔었어. 그런데 그녀는 마음껏 자유를 즐기고 있었어. 담배를 피우고 껌을 씹고 네다섯 명의 다른 흑인들과 나눠마시는 술을 홀짝이며 카드놀이를 하고 있더군. 그녀는 껄껄거리며 웃고 있다가 나를 보자 미소를 지으며 말했어.

"우린 집에 간단다! 정말 기분이 좋지 않니?"

"응, 정말이야." 나는 이렇게 말하며 진저에게 코카콜라 병을 내밀었어.

"고마워." 진저는 이렇게 말하고 콜라를 한 모금 마시더니 술을 꿀꺽꿀꺽 마셨어.

"진저, 숙녀는 낯선 사람들과 담배를 피우고 술을 마시고 껌을 씹는 게 아냐." 내가 말했어.

진저가 다른 사람들의 얼굴을 쳐다보자 모두 오랫동안 사귀어 온 친구들처럼 화기애애하게 웃더군.

"비비, 진저는 숙녀가 될 필요 없어. 그건 네 문제야. 네 문제라고." 진저가 나에게 말했어.

네시, 이제 여행은 지긋지긋해. 빨리 집에 가고 싶어. 사랑해. 우리 모두 너를 사랑해. 우리는 네가 없어서 외로워. 오늘밤 캐로는 네가 멜라니와 약간 비슷하다고 했어. 그 말이 맞다고 생각하진 않지만 나는 스칼렛이 침대에 누워 죽어가는 멜라니를 자신이 사랑하고 있다는 걸 깨달았을 때처럼 너를 사랑한다는 말이 하고 싶어. 너는 우리와 피를 나눈 자매야. 기억해둬. 아무리 밤하늘에 울려퍼지는 기적 소리가 외롭게 들려도 피를 나눈 자매들은 진정으로 떨어지는 법이 없는 거야.

영원히 사랑해.

— 비비

11

 시다는 편지들을 조심스럽게 접어서 다시 봉투에 집어넣었다. 안락의자에서 일어나던 그녀는 갑자기 영화관에서 한낮의 밝은 햇살 속으로 나왔을 때처럼 어리둥절해졌다. 통나무집 안과 그 안의 편안한 가구들을 둘러보았다. 북서부의 감각이 밴 실내에 벽에 걸린 사진들, 그 모두가 갑자기 너무나 낯설게 느껴졌다. 고향을 그리워하는 마음이 오랫동안 느껴보지 못한 것처럼 그녀에게 밀려왔다. 그녀는 소파 위에 늘어져 있던 휴일린에게 몸을 굽혀서 배를 문질러줬다. 휴일린은 끙끙대며 구르면서 더 쓰다듬어달라고 졸라댔다. 휴일린에게 대답이라도 하듯 시다도 개의 귀를 쓰다듬었다. 코커스패니얼 개들은 어떻게 언제나 그렇게 기운이 넘칠 수 있을까? 언제나 사랑을 주고 사랑을 받기 원한다.
 "이리와, 친구. 산책하러 나가자." 시다가 말했다.
 그들은 빽빽하고 울창한 숲속으로 들어갔다. 아직 오후 4시밖에 되지 않았지만 하늘은 석양 무렵처럼 어두워져 있었다. 시다는 지나가다 눈에 띄는 바닥에 쓰러진 통나무들이 몇 백 년 묵은 것일 수도 있다는 사실에 경외감을 느꼈다.

국립공원관리소의 표지판 앞에서 잠시 발을 멈췄다. 거기에는 이렇게 써 있었다.

깊은 온대 우림 속에서는 빛이 거의 닿지 않습니다. 어린 새싹이 빛을 받을 수 있는 높이까지 자라는 유일한 길은 영양이 풍부한 썩은 통나무에서 자라는 길밖에 없습니다. 이 통나무들은 유모 통나무라고 불립니다.

그녀는 생각했다. '사람들 역시 유모 통나무가 될 수 있다. 풍요롭고 자비롭고 예절 바른 사람들은.'

산책을 끝낸 그녀는 그 일대에 사는 사람들에게 만물상 역할을 하는 퀴노 상가에 들어섰다. 그녀는 《바람과 함께 사라지다》의 대여용 비디오를 발견하고 깜짝 놀랐다.

재킷 주머니에서 돈을 꺼내자 계산대의 점원이 말했다. "비디오 대여점을 하려면 반드시 스칼렛과 레트가 있어야 해요. 일본사람들까지 찾아요."

통나무집으로 돌아온 시다는 벽난로에 불을 지폈다. 밖에는 비가 부슬부슬 내리고 있었다. 앞에 있는 테이블에 팝콘과 다이어트 콜라를 놓고 소파 위에 앉은 그녀는 리모콘을 손에 꼭 쥐고 몸을 기울여 《바람과 함께 사라지다》를 앞으로 돌리기 시작했다.

보면서 그녀는 테이프를 계속 되감아가며 같은 장면을 반복하곤 했다. 어떤 장면을 보기 위해 테이프를 빨리 돌리다 대사, 조명, 페이스,

그리고 화면을 분석하기 위해 멈추기도 했다. 그러고 나서 테이프를 되감아 극의 진행을 연구했다. 거기에서 특정한 기교나 놓쳤다고 생각하는 세부사항을 발견하기 위해 테이프를 되감았다. 어떤 장면에서는 단지 화면만을 관찰하기 위해 볼륨을 죽이기도 했다.

다 끝나자 거의 6시간이나 흘러가 버렸다. 리모컨을 꼭 쥐고 있었던 탓에 손에 경련이 일어날 지경이었다. 그녀는 텔레비전을 끄고 몸을 쭉 편 뒤 휴일린을 밖으로 내보냈다. 손목시계를 보며 어떻게 이렇게 시간이 늦어졌을까 생각했다. 코너 생각도 했다. 잠이 든 그의 몸을 그려보기도 했다. '그도 혼자 잘 때는 나처럼 몸을 뒤척일까?' 그녀는 궁금했다.

그녀는 휴일린을 소파 위 옆자리에 올려놓고 둘은 가만히 사그러지는 불길을 바라보았다. 몇 년 만에 처음으로 보는 《바람과 함께 사라지다》였지만 마치 그녀만을 위한 비밀 스크린룸에서 날마다 그 영화를 봐왔던 느낌이 들었다.

아직 십대였을 때 좋아하는 남자애마다 과연 그 애가 레트였을까, 애쉴리일까 언제나 걱정하던 게 기억났다. 만약 그 애가 애쉴리였다면 그녀는 레트를 원했다. 만약 그 애가 레트라면 그녀는 애쉴리를 원했다. 그녀가 만나는 여자애들마다 그 애가 스칼렛이나 멜라니 둘 중 어느 쪽에 더 가까운지 관찰하곤 했다. 만약 그 애가 멜라니에 더 가까우면 그녀를 동정했다. 만약 스칼렛에 더 가까우면 그 애를 신뢰하지 않았다.

자신이 처음으로 이 영화를 봤던 때와 엄마가 처음으로 이 영화를 봤을 때가 얼마나 다른가. 그녀는 1967년 재개봉되었을 때 이 대하드라마를 봤었다. 그녀의 데이트 상대는 이제는 이름도 생각나지 않았다. 시다는 소년이 자신의 손을 꼭 쥐고 있어서 손바닥의 축축한 땀 때문에 영화에 몰입할 수 없었던 것은 기억했다. 격렬한 장면에서는 영화에만 집중하고 싶었기 때문에 일부러 손을 빼곤 했었다.

시다는 소파에 누워 소녀였던 엄마 비비를 머릿속에서 그려보았다. 여자친구들과 손을 잡고 앉아 로우스 극장의 어두운 자궁 속에 안겨 있는 비비. 스크린 위에 테크니컬러 화면이 펼쳐지자 붉은 갈색 눈이 휘둥그레지는 비비를 상상했다. 영화가 시작되고 빅 짐이 다른 노예들에게 "십장은 나야. 끝나는 시간은 내가 정해."라고 꾸짖을 때 비비의 피부에 돋았을 소름을 시다도 느낄 수 있었다.

시다는 휴일린의 턱을 쓰다듬었다. 비비안 리와 빅터 플레밍(감독), 클라크 게이블과 데이빗 셀즈닉(제작자)은 엄마를 사로잡았다. 그리고 3시간 48분 동안 그녀를 놓아주지 않았다. 휴식 시간 때에도 엄마는 충격 때문에 음료수도 제대로 마시지 못할 정도였다. 엄마는 13살밖에 되지 않았다. 그녀가 느꼈던 감동의 일부는 네 명의 남자 감독들이 저마다 미첼의 로맨스 소설을 주물러댄 결과로 인한 혼란이라는 것을 깨닫지 못했다. 엄마는 스토리의 감정적인 뼈대가 미첼의 실제 삶과 얼마나 가까운지 알지 못했다. 엄마는 자신이 가상의 남부가 토해낸 토사물을 먹고 있었다는 것을 몰랐다.

엄마는 생각하지 않았다. 단지 느끼기만 했다. 엄마의 손바닥은 여자친구의 손 안에서 땀에 젖어갔다. 눈물이 글썽한 채 심장의 고동이 빨라지며 눈으로는 비비안 리를 쫓았다. 무의식적으로 엄마는 오른쪽 눈썹을 치켜올리기 시작하며 세상의 모든 남자들이 자신을 숭배한다고 믿게 되었다. 자신도 모르게 엄마는 스칼렛 오하라의 조그만 부츠에 발을 밀어 넣었다. 그리고 엄마는 나머지 인생을 사는 동안 무슨 짓을 해서도 드라마 속에서 살려고 발버둥을 치게 되었다.

"난 그 영화 속에서 살고 싶어, 네시! 그런 드라마야말로 나를 위해 만들어진 세계야."

게이블의 입술이 아래위로 60센티나 되는 극장 안에서 엄마는 화면을 정지시키거나 되감거나 빨리 돌릴 수도 없었다. 엄마는 신화의 손아귀에 있었다.

하지만 완전히 그렇지는 않았다. 엄마는 접시를 던졌었다. 왜 그랬었는지 설명할 수 없을지도 모르지만 그녀는 그 버릇없는 백인 인종차별자 사교계 얼간이 애송이 제임스 주니어에게 접시를 던진 거였다.

'오, 엄마. 엄마는 자신의 영화 속의 스타예요. 엄마는 지붕 없는 차 뒤에서 손을 흔들고 있어요. 하지만 하고 싶어도 나는 그 장면을 연출할 수 없어요.'

시다는 진저에 대해 생각했다. 시다의 외할머니가 진저를 위해 열어주던 생일파티를 떠올렸다. 델리아로부터 시작된 전통이었다. 델리아가 살아 있을 때 그 파티는 모든 사람들이 고대하던 행사였다. 델리아가 죽은 뒤에는 비비와 잭 그리고 여러 사촌들, 삼촌과 이모들이 버기의 집에 축하를 하러 모여들었다. 진저는 언제나 그 자리에서 유일한 흑인이었다.

시다는 진저를 의지가 아주 강하고 비비를 굉장히 좋아했던 사람으로 기억하고 있었다. 델리아처럼 진저는 버기를 그리 좋아하지 않았다. 파티가 열리면 비비와 진저는 함께 앉아 담배를 피워대고 진저는 시다의 증조 할아버지가 돌아가신 뒤 델리아와 나라 구석구석을 돌아다녔던 이야기를 해줬다.

시다는 비비와 진저의 행동을 버기가 얼마나 못마땅해했는지는 생각이 났다. 비비와 진저는 단지 버기의 신경을 건드리기 위해 생일파티 때 음료수에 진을 타는 장난을 하고 서로 씩 웃으며 윙크를 하고는 했다.

"비비는 델리아의 씩씩함을 이어받았어. 델리아의 성격은 네 엄마를 거치지 않고 곧장 네 엄마로 갔나봐." 진저는 시다에게 이렇게 말하곤 했었다.

시다가 소파에서 몸을 일으켰다. 스크랩북 어디에 진저의 사진이 있던가?

그녀는 앨범을 샅샅이 뒤졌으나 찾지 못했다. 대신 자신이 어렸을 때 사진을 한 장 발견했다. 사진 밑에 '멜린다와 함께 있는 꼬마 시다'라고 적혀 있어 자기라는 것을 알 수 있었다. 멜린다는 풀을 빳빳하게 먹인 유모 제복을 입은 뚱뚱한 흑인 여자로 사진 속에서 한쪽 팔로 시다를 안고 있었다. 멜린다는 경비라도 서는 것처럼 웃지 않고 똑바로 카메라를 보고 있었다.

시다는 윌레타 생각이 났다. '흑인 여자들. 그들은 내 기저귀를 갈아주고 밥을 먹여주고 목욕을 시켜주고 옷을 입혀줬다. 그들은 내가 기고, 말하고, 걷고, 위험에서 벗어나는 법을 가르쳐 줬다. 그 위험이 비록 엄마였을 때도. 그들은 손으로 내 속옷을 빨고 대신 내 헌옷을 받아 집에 있는 딸들에게 갖다주었다. 그들은 엄마에게도 똑같은 일을 해주었고 이제 그들은 내 조카들에게 같은 일을 해주고 있다.'

윌레타는 시다의 어린 시절 대부분을 돌봐준 흑인여자였다. 윌레타는 키가 180센티도 넘는 거구에 북미 인디언의 피가 섞여있는 외모를 하고 있었다. 그렇지만 그녀가 미소를 지으면 뻐드렁니와 너그러운 마음씨가 드러났다.

시다는 생각했다. '윌레타 당신은 자신의 직업과 살 집을 잃을 위험을 무릅쓰고 큰 집으로 와 그 일요일 오후 우리를 엄마로부터 구해주었죠. 내 몸에 난 벨트자국에 연고를 발라준 것도 당신이었어요. 엄마는 가끔 아무도 말릴 수 없을 정도였다. 엄마는 마음 한구석에서 우리 넷을 미워한 게 아니었을까?

이제 거의 여든이 다 된 윌레타는 여전히 시다의 부모님 집을 청소해준다. 시다와 윌레타는 여전히 편지를 주고받았다. 비비의 질투는 윌레타와 시다의 서로에 대한 애정을 방해할 수 없었다.

질투는 금발 머리나 갈색 눈처럼 유전되는 것일까?

시다는 윌레타를 생각하지 않고는 비비를 생각할 수 없었다. 그런데도 불구하고 자신의 흑인 어머니는 고사하고 백인 어머니의 관계도 해결할 수 없었다.

내 안의 끝없는 갈등은 무엇에 관한 것일까? 익숙한 애정의 온기와 사랑을 찾아 안개 속을 달리는 일 사이에 끼이게 될지도 모른다는 두려움일까? 각각의 사랑은 저마다 공포와 희생이 따르게 마련이다.

육신. 이제 우리는 서로 이끌리고 있다. 문제는 언젠가 죽을지도 모르는 코너를 내가 사랑한다는 사실이다. 그의 어깨 뒤에서 풍기는 냄새는 이제 기억 속에서의 일이 되어가고 있다. 사랑이 나를 굴복시킬 수 있을까? 사랑으로 인한 고통을 너무나 잘 알고 있는데도? 토머스 머튼은 우리들이 가장 소중히 여기는 사랑은 필연적으로 우리에게 고통을 가져다주게 마련이라고 말했었다. 왜냐하면 사랑은 부러진 뼈로 육체를 만드는 일과 같기 때문이다.

 하지만 나는 그 상황을 무대 위에 올려서 모든 장면을 직접 연출하고 싶다.


 시다는 다시 소파 위로 올라가 누운 뒤 휴일린을 가까이 끌어당겼다. 그녀는 코카콜라 궁전 속의 야야들을 상상했다. 틴지가 뜨거운 물이 가득 찬 발이 달린 커다란 욕조에 들어가라고 친구들에게 명령한다. 그리고 루이즈 고모(루라고 부르지 말라고 말하는)가 손님용으로 남겨둔 프랑스제 목욕소금을 아낌없이 쏟아 붓는다. 그들의 몸은 싱싱하고 매끈했다. 젖가슴은 아직 나올락 말락 했고 음모도 거의 보이지 않았다. 다리는 아직 면도기를 대지도 불과 한 달 전에 시장에 나온 나일론 스타킹을 신어 보지도 않았다. 소녀들 중 하나가 욕조에 등을 기대고 앉는다. 다른 소녀가 소녀의 다리 사이에 앉아 친구에게 몸을 기댄다. 그리고 또 다른 소녀가 그 친구에게 몸을 기댄다. 그들은 히틀러가 먼 곳에서 다른 나라들을 침략하고 있을 때 중립국처럼 욕조에 떠다니고 있다. 그들은 전쟁에 쓸 총기와 탱크 같은 무기의 주문이 유럽에서 밀려 들어와 공황에서 벗어난 나라에서 느긋하게 몸을 담그고 있다는 사실을 알지 못했다. 그들이 관심 있는 전쟁은 80년 전에 일어났던 전쟁이었다. 그리고 그들은 전쟁 이야기는 파티를 망친다는 스칼렛과 같은 생각이었다.
 자매이자 친구들과 함께 목욕하고 있는 엄마의 모습을 떠올렸다. 엄마의 살갗은 더운 물 때문에 분홍색으로 물들었고 앞머리는 젖어서 곱실거린다. 엄마의 몸이 내 몸을 그 안에 품게 되기 훨씬 전의 일이다. 아직 골반 뼈가 앙상하게 튀어나오고 배가 쏙 들어갔을 때의 일이다. 마음의 안정을 찾던 엄마의 몸이 버번을 발견하고 그것에서 편안함과 고통을 동시에 얻기 훨씬 전의 일이다.

시다는 야야의 순진무구함을 원했다. 그녀는 손을 잡아줄 여자친구를 원했다.

새벽 4시에 시다는 소파에서 눈을 떴다. 누워서 어린 시절 내내 엄마가 주니어 리그를 얼마나 조롱했는지 기억했다. 시다는 8살 때까지 주니어 리그가 '주냐리그'라는 하나의 단어라고 생각했었다. 그 야야 시스터즈에게 그 단어의 의미는 '바보 같은' 또는 '역겨운'과 똑같았다.

어느 날 밤, 여자친구였던 밀레인 쇼뱅의 집에 놀러가기 전까지 그 믿음은 변하지 않았었다. 사람들과 함께 식당 테이블에 앉아 있었는데 쇼뱅 집안의 개구쟁이 녀석이 셔츠 주머니에서 고무뱀을 꺼내 온 식당을 발칵 뒤집어 놨었다. 모두 깜짝 놀라고 시다도 기분이 나빠져서 큰 소리로 소년을 꾸짖었다.

"주냐리그 같아."

하녀가 잽싸게 뱀을 치우자 쇼뱅 부인이 얼굴을 찌푸리며 물었다.

"대체 지금 뭐라고 했니, 시댈리?"

"주냐리그요. 뭔가 아주 끔찍한 것을 의미한대요." 시다가 설명했다.

쇼뱅 부인은 한쪽 눈썹을 치켜올리더니 남편에게 의미심장한 눈길을 보냈다.

세월이 흘러, 시다 자신도 가슴이 부풀어오르고 소년들이 학교 무도회 드레스에 난초를 꽂아주게 되었다. 사교계 무도회에 데뷔할 때 무엇을 입고 나가느냐가 굉장한 고민거리가 되었을 때가 되어서야 그녀는 주니어 리그가 루이지애나 주 손튼의 사교계에서 어느 정도의 권력을 갖고 있는지 깨닫게 되었다. 그리고 애비 쇼뱅(처녀적의 성은 바부르) 부인 역시 주니어 리그의 한 사람이었다는 것도.

주냐리그: 거드름 피우는 속물들을 가리키는 야야의 표현. 1939년

시다는 소파에서 일어나 이를 닦고 침대로 들어갔다. 그녀는 자신에게 타일렀다.

'이제 잠 좀 자둬야 해. 기차가 달리는 동안 침대에 올라가 꿈을 꿔야 해. 서던 크레센트 호의 천사들아, 내 베개를 푹신푹신하게 부풀려 주렴. 곤히 잠든 나를 달빛에 목욕시켜줘. 나는 긴 여행을 하고 있는 2세대 야야란다.'

12

다음 날 정오쯤 시다는 아주 시끄럽고 끔찍한 노랫소리에 잠이 깼다. 웨이드 코넌과 메이 소렌슨이 통나무집 밖에 있는 테라스에 서서 시다가 침대에서 일어나 문을 열어줄 때까지 흘러간 디스코 곡을 고래고래 부르고 있었다.

"난 나이트 라이프가 좋아! 부기 춤을 출 거야!"

그들은 시다가 졸린 눈으로 째려보는 동안 목청을 있는 대로 높여 노래했다. 3센티 길이로 자른 메이의 검은 머리는 삐죽삐죽 서 있고 웨이드의 긴 금발머리는 그의 민소매 셔츠와 어깨 위로 흘러내리고 있었다. 메이는 헐렁한 하와이 무늬의 바지를 입고 놀란 표정을 하고 있는 여자가 "아차! 임신하는 걸 까먹었어!"라고 외치고 있는 그림이 프린트된 티셔츠를 입고 있었다.

그들은 각자 식료품 봉지를 들고 있었다.

"안녕, 걸프렌드. 코너에게는 오지 말라고 했지만 우리에게는 그런 말을 하지 않았잖아." 웨이드가 말했다.

시다는 두 사람과 키스했다.

"너희가 해를 가져다줬구나. 믿을 수 없어! 그동안 쭉 방수 파카를 입어야 하는 날씨였는데."

"우리는 날씨를 조종하는 초능력이 있거든." 메이가 말했다.

"안으로 들어와." 시다가 말했다.

웨이드는 앞장서서 집 안으로 들어가며 호들갑을 떨었다.

"이거 전형적인 북서부 토박이 집이잖아!"

"그래, 우리는 소렌슨 일가니까." 메이가 말했다.

"집이 아주 멋져, 메이. 먹을 것 사왔구나, 맛있겠다." 시다가 식료품 봉지 안을 들여다보며 말했다.

"자기를 찾기 위해 깊은 존재론적 명상에 빠진 것을 방해하지 않기를 우리가 얼마나 기도했는데." 부엌으로 들어가며 웨이드가 말했다.

"코너가 보낸 거야." 메이가 백에서 봉투와 뵈브 클리코 샴페인 두 병을 꺼내면서 말했다.

"코너는 우리에게 네가 편지로만 연락하자고 했다면서 방해하지 말라고 하더군. 하지만 우리가 말을 듣지 않으니까 이걸 보냈어."

시다는 코너가 장식서체와 작은 꽃 그림으로 장식한 봉투를 살펴보았다. 그의 글씨를 본 순간 그녀는 흥분으로 떨리는 몸을 억눌러야 했다. 시다는 편지는 나중에 읽기로 하고 치워 두었다.

"고마워. 샴페인을 냉장고에 넣어둘게."

"마담 보일란스카, 정말 매너 없네! 네 애인이 신들의 음료수를 보냈는데 냉장고의 차가운 어둠 속에 감추려고 하는 거니?! 오 콘트레르(그 반대지)! 지금 당장 마셔야 하는 거야. 샴페인은 우럼 근처에 오면 굉장히 빨리 맛이 변한단 말이야. 안 그래, 5월의 재수 없는 여신?" 웨이드가 말했다.

"물론이지." 메이가 말했다.

"너희, 꼭 엄마처럼 말한다." 시다가 고개를 설레설레 흔들며 말했다.

"너희 엄마 말이야?" 메이가 말했다.

"난 몰랐어. 너의 엄마가 그렇게…."

"심한 알코올중독자였다는 것?" 시다가 말했다.

"아냐! 샴페인을 그렇게 좋아하는 줄 몰랐다고!" 웨이드가 말했다.

웨이드는 빌리 할리데이를 흉내내며 '비위치트, 보더드 & 비와일더드(Bewitched, Bothered & Bewildered)'를 부르기 시작했다.

"휴일린, 우리의 조용한 수도생활이 종 치려나 보다." 시다가 말했다.

"세상에, 휴엘라에게 인사하는 걸 까먹었네." 휴일린이 엎드려 햇볕을 쬐고 있는 테라스로 나가며 메이가 말했다.

메이는 주머니에서 뼈를 꺼내 휴일린에게 줬다.

그들은 미모사 칵테일을 한 피처 타고 프로슈토 햄과 멜론을 접시에 얹어 테라스로 나와 앉았다. 태양이 난간에 얹어놓은 시다의 다리를 따끈따끈하게 데웠다.

"그럼 전에 계획했던 웨딩 파티는 취소된 거야?" 웨이드가 고개를 숙이며 시다를 향해 눈썹을 치켜올렸다.

"웨이드, 마치 내가 너하고 결혼 계획을 짠 것 같이 말하는구나." 시다가 말했다.

"하지만, 달링. 맞는 이야기네. 넌 나와 함께 결혼 계획을 짰잖아. 나뿐 아니라 메이와 루이즈 그리고 언제까지나 정정할 것 같은 90살

먹은 네 연기 선생인 모린도 함께 짠 거야. 저베와 린지하고도 약속했고 몸이 건강하면 제이슨하고도 계획이 있잖아. 베일리와 그의 목 없는 괴물들은 어쩌고. 그리고 알렌은 영국에서 날아오겠다고 했어. 루시와 뮬러와 스티븐은 아무 말 하지 않았지만 그들하고도 약속이 있겠지. 《벼랑 끝에 선 여자》의 캐스트 전체와 스태프, 물론이고 지금 네 작품을 공연 중인 지방 극단에서 적어도 3명은 되는 감독들이 맨해튼 연극 여행을 겸해 네 결혼식에 오겠다고 하고 있어. 나는 너를 사랑하는 다른 셀 수도 없이 많은 친구들까지는 대지 않겠어. 다만 모두 이 가슴 아픈 뉴스에 상심하고 있다는 건 알아 둬."

웨이드는 미모사를 마시기 전에 숨을 가다듬었다.

"결혼 계획은 여러 사람들을 즐겁게 하기 위해 짜는 거야. 시다, 부탁이야. 무슨 일이 벌어지고 있는 거지?"

만약 웨이드가 자기에게 얼마나 헌신적인지 몰랐다면 분명히 그의 연설을 분명히 주제넘는 것으로 여겼을 것이다. 그들은 거의 15년 동안이나 우정을 쌓아왔다. 그녀는 죽어가는 그의 연인을 간호하는 것을 도왔고 그는 개인사나 직업적인 위기에서 여러 번 그녀를 구해줬다.

그녀는 일어나 웨이드가 앉아있는 의자 옆에 무릎을 꿇고 머리를 숙였다.

"미안해 웨이드. 날 용서해줘. 난 내가 무슨 일을 하고 있는지 모르겠어."

"아니, 넌 알고 있어. 넌 네가 무슨 일을 하는지 정확하게 알고 있어. 자 어서 일어나. 너희 기집애들이 그런 일을 해도 날 홀리지는 못한다는 것을 알잖아."

시다는 일어나서 무릎을 털었다.

"메이, 언제쯤 돼야 얘가 우리를 기집애들이라고 부르지 않아 줄까?"

"난 이미 포기했어." 메이가 말했다.

"혹시 네가 한 게 그거야? 넌 사랑은 포기한 거야?" 웨이드가 시다에게 물었다.

"아냐. 그건 아냐. 전혀 그런 게 아냐." 시다가 말했다.

"그럼 대체 뭐야?" 웨이드가 말했다.

"웨이드, 기분 풀어. 시다가 우리에게 말하고 싶지 않을지도 모르는 일이잖아." 메이가 말했다.

"고마워, 메이." 시다가 말했다.

"극작가인 소렌슨 양은 이런 문제에 민감할지도 몰라. 하지만 제대로 된 공연 사이에 라스 베가스에서 디자인을 맡을 정도로 자존심이 없는 나 같이 천한 의상 디자이너는 둔해서 물어봐야 돼. 너 혹시 돌았니, 이렇게 말이야."

"글쎄 나도 혹시 그런 게 아닌가 했어." 시다가 말했다.

"거봐, 시다가 그 생각도 해봤을 거라고 내가 말했잖아." 메이가 말했다.

"왜냐하면 잠시 정신이 나가지 않았다면 네가 코너 맥길과의 결혼을 미룰 리가 없다고 생각했거든. 혹시 잊었나 싶어 말해주겠는데 코너는 정신면으로나 경력면에서나 영적으로나 그리고 내 기억이 틀림없다면 성적으로도 모든 면에서 너와 걸맞은 남자야. 그의 모습만 봐도 몸을 떨면서도 네가 그를 좋아한다고 인정할 때까지 6개월 동안이나 관심도 없는 척 하지 않았어. 물론 나를 속일 수 없었지. 왜냐고? 이 웨이드 삼촌은 네가 럭비팀을 두 개나 만들 수 있을 정도로 많은 남자를 거치는 동안 내내 너를 지켜봤으니까. 네가 그 중 3분의 1 정도의 남자들과의 이별을 슬퍼할 때 나는 네 손수건을 짜줬어. 그 중의 몇몇은 완전히 네안데르탈인 같은 냉혈한들이었지. 그 중에 한 명도 코너가 보여준 애정과 존경으로 너를 대해준 남자는 한 명도 없다는 건 이론의 여지가 없겠지."

시다는 이마를 탁 쳤다.

"네가 의상디자이너일 뿐 아니라 목사겸 심리상담사라는 걸 깜빡 잊고 있었어! 어떻게 내가 그 사실을 잊을 수 있었죠, 코넌 목사 겸 의사 선생님?"

웨이드가 글래스를 내려놨다.

메이는 헛기침을 했다.

시다는 웨이드를 보고 메이를 쳐다봤다.

"너희 무슨 사명을 띠고 나에게 온 거니?"

"아니." 메이는 조용히 말했다. 그녀는 잠시 생각했다가 말을 이었다.

"어떤 사람들과 같이 있으면 상황을 좀 더 낙관적으로 보게 될 수 있는 경우가 있잖니? 실은 이 세상이 그다지 미쳐 있지 않다고 느껴지는 그런 사람들 말이야."

"근사하게 왈츠를 출 수 있는 커플을 댄스플로어에서 볼 때처럼 말이지." 에이드가 말했다.

"어서 음악이 그치고 그들에게 다가가서 축하해주고 싶어지잖아." 메이가 시다의 머리를 가볍게 쓰다듬었다. "우리 모두는 결혼식을 고대하고 있어. 우리는 오랫동안 너와 코너가 함께 일하면서 사랑에 빠지는 과정을 지켜봤으니까."

"그래. 우리는 지금 네가 우리와 헤어지고 싶어하는 게 아닐까 하는 느낌마저 들어." 웨이드가 말했다.

시다는 손을 뻗어 메이의 손을 잡았다.

"정말 미안해. 너희 생각을 조금도 하지 않고 있었어. 하지만 난 아무하고도 헤어진 게 아냐. 난 그저 시간이 필요할 뿐이야. 결혼을 할 때는 정말 불안하게 되잖아." 그녀는 일어나서 테라스 가장자리를 거닐었다. "내 말은 너희 중 누구도 결혼할 것 같지 않다는 이야기야."

웨이드는 시다에게 다가와 그녀를 팔로 감싸 안았다. 메이도 그녀에게 팔을 둘렀다. 누군가 이 근처를 지나가다 우리를 보면 세 남매라고 오해할 것이다. 좀더 개념이 없으면 삼인 정사라도 벌이나 생각할지도 모른다.

"자, 결국 거트루드 스타인은 우리 모두의 어머니였어. '모든 것이 위험하면 아무것도 정말로 무서운 것은 없다' 고 했잖아." 웨이드가 말했다.

오후의 나머지 시간 동안 세 친구들은 결혼에 대해 아무도 입 밖에 내지 않았다. 그들은 비닐뗏목에 공기를 불어넣은 뒤 호수로 나갔다. 날은 덥고 하늘은 눈부신 푸른색이었다. 북서부 특유의 우중충함은 모두 사라지고 없었다. 그들은 웃고 이야기하고 하늘을 보거나 때때로 음료수와 스낵을 준비해놓은 선착장으로 뗏목을 돌리기도 했다. 물은 좀더 차가웠지만 30년 전 남부의 강에서 시다가 본 것과 같은 풍경이었다.

날이 어두워지려고 하자 그들은 다시 테라스에 모여 연어를 구웠다. 해가 졌을 무렵, 그들은 연어구이와 파스타 그리고 신선한 빵이 담긴 접시를 앞에 두고 굶주린 듯 달려들었다. 메이는 4형제와 퀴노호에서 여름을 나곤 했던 어린 시절의 추억을 이야기해주었다. 시다는 미소를 지었다. 시다는 이 여자를 좋아했다. 시다의 직업적인 삶은 예전 여자친구들로부터 멀어지게 했지만 메이에게서 그녀와 동등한 자매의 모습을 찾았다. 메이에게 정말 감사했다!

조금 있다가 시다는 비비의 스크랩북을 가져왔다.

"야야 시스터즈의 신성한 비밀이라!" 메이가 감탄하듯 말했다. "이런 멋진 제목을 얻기 위해서라면 뭐든지 바치겠어. 비비가 이걸 쓰기 시작했을 때 몇 살이었지?"

"아직 어린애였어. 엄마는 언제나 상상력이 풍부했지." 시다가 말했다.

"이거 정말 멋진데, 시다!" 웨이드가 앨범을 넘기며 말했다.

"이거라면 비비 달린*이 너에게 한 일을 모두 갚고도 남겠다."

시다의 친구들은 모두 그녀의 엄마를 비비 달린이라고 불렀다. 시다가 가넷 교구의 이야기를 해줬을 때 엄마를 그렇게 불렀기 때문이었다. 엄마의 책에 대해 자랑스러우면서도 보호해줘야겠다는 생각이 든 시다가 말했다. "이 책을 볼 때는 한 사람씩 한 페이지만 봐야 해." 곧 자기 말이 마치 어린애 같았다는 것을 깨닫고 얼굴을 붉혔다.

"지금 몇 학년이니, 꼬마야?" 웨이드가 그녀에게 물었다. "2학년, 아니 3학년인가?"

메이는 피칸그로브의 뜰에 펼쳐놓은 담요 위에 비비가 시다, 리틀 셉 룰루, 그리고 베일러에 둘러싸여 찍은 사진이 있는 페이지를 펼쳤다. 아마 60년대 초에 찍은 사진이었을 것이다. 시다는 말없이 사진을

---

* 달린 달링의 남부 사투리 ─ 옮긴이

들여다보는 메이의 어깨 너머로 곁눈질을 했다.

"이 사진은 누가 찍었을까?" 메이가 말했다.

"기억이 안 나." 시다가 말했다.

"너의 엄마가 끼고 있는 선글라스는 어디에서 살 수 있을까?" 웨이드가 말했다.

"넌 정말 심각해 보이는 꼬마였구나, 안 그래?" 메이가 말했다.

"헛소문이야." 시다가 대꾸했다.

웨이드는 두서없이 페이지를 넘기다가 손튼 타운 모니터 지의 기사를 끼워둔 페이지를 펼쳤다.

"어른들이 무도회를 망치다." 기사의 제목이었다. 웨이드는 기사를 읽다가 웃음을 터뜨렸다. "이거 정말이야, 아니면 지어낸 기사야?" 그가 신문을 이리저리 들쳐보며 물었다.

"뭐라고? 이건 손튼 타운 모니터라고 백년도 넘게 센라에 있는 모든 시민들을 모니터해온 신문이야. 정말로 엄마와 야야들 그리고 야야들의 남편들이 내가 고등학교 2학년 때 학교 무도회에 와서 소란을 피웠어. 몇 년 동안이나 그런 짓을 저질렀기 때문에 그 다음부터는 파티를 여는 게 금지되었지." 시다가 말했다. "이런 이야기 지루하니? 엄마가 나에게 이 앨범을 보냈고 난 아주 흥미 있게 보고 있지만…."

"시다, 이렇게 멋진 기사인데! 물론 우리도 재미있어."

"학교 무도회에서는 술이 금지되어 있거든. 물론 모두 조그만 술병을 들고 와 화장실에서 칵테일을 만들어 먹긴 했지만. 하지만 야야들은 파티의 보호자가 될 때면 행사를 자기 식으로 진행하려고 했었어. 물론 그들은 술을 숨기는 것도 거부했지. 그리고 술을 마시고 싶어하는 애들에게는 몇 잔이고 계속 따라줬어. 2년 동안 그렇게 해오다가 2

년째 되던 해에 남학생들이 드레스를 입은 우리 여학생들을 무등을 태워 종이로 만든 피나타\*를 터뜨리게 하려고 했거든. 하지만 높은 데 올라와 보니 다른 여자애들을 데이트 상대의 어깨에서 떨어뜨리는 게 더 재미있어 보였어. 그래서 난장판이 벌어졌지. 휘장은 뜯겨지고 드레스는 찢어지고. 여자애들 몇 명이 땅에 굴러 떨어지고 이가 나간 애들도 있었어.

그리고 나서 위원회는 두 번 다시 엄마, 틴지, 캐로, 네시, 그리고 그 남편들에게 보호자 요청을 하지 않았어. 실제로 아예 무도회에 들어오는 것조차 금지됐었지. 자기들 규칙이라고는 하지만 위원회 아줌마들은 정말 최악이었어. 완전 '미스 알마 애스홀' 이었지. 이건 야야의 표현으로 딱딱하고 참견 좋아하는 사람들을 말해."

"설명 좀 해줘. 내 고향인 캔저스 시티에서는 미스 알마 애스홀들의 국제 사교 위원회가 큰 영향력이 있거든. 아, 형제 단체도 있어. 미스터 앨버트 애스홀들의 국제조합이라나." 웨이드가 물었다.

"이야기를 도중에 끊지 말아줘. 무슨 일이 있었니?" 메이가 물었다.

"야야들이 아무것도 못하게 금지해도 아무 소용이 없다는 것 정도는 우리 마을 사람들도 알고 있었다고 생각하겠지. 그 다음해가 되자 이브닝드레스를 차려입은 그들은 턱시도를 입은 남편들을 옆에 끼고 무도회 위원회 회원들이 줄지어 서 있는 곳을 성큼성큼 지나쳤어. 위원회 사람들은 너무 충격을 먹어 말릴 생각도 못했지. 안으로 들어온 그들은 커다란 테이블을 점령하고 바를 차렸어. 물론 최고로 인기 있는 테이블이 되었지. 난 쥐구멍이 있다면 기어 들어가고 싶었어."

---

\* 피나타 사탕이나 과자를 집어넣어 매단 뒤 터뜨리는 장식이 된 용기. 주로 남미의 어린이 파티에서 볼 수 있다 — 옮긴이

"또 난리가 벌어졌니?" 웨이드가 물었다.

"경찰이 도착할 때까지는 아무 일도 없었어. 그들이 경찰의 손에 이끌려 떠날 때 시어도어 호텔 무도회장은 온통 기자들의 플래시가 번쩍였어. 그때가 1969년이었고 엄마는 시대의 분위기 상 그때의 멤버를 '코티용*에이트' 라고 불렀지.

"꼭 네가 지어낸 이야기 같다." 메이가 말했다.

"이 세상에는 오만 가지 이야기가 있지. 이건 그 중에 하나일 뿐이야." 시다가 말했다.

시다가 앨범을 덮기도 전에 웨이드가 다른 사진을 봤다.

"이건 10대의 비비 달린이잖아. 그리고 이 사람은 네 아버지니?" 웨이드가 물었다.

시다는 고개를 숙여 사진을 들여다 보다 바이올린을 켜고 있는 아름다운 청년을 보고 깜짝 놀랐다. 마르고 우아해 보이는 그는 커다란 나무에 기대 서 있었다. 크고 검은 눈에 이제까지 남자에게서 본 것 중 가장 육감적인 눈을 가졌다. 그는 소매를 걷은 흰 셔츠에 군복 바지를 입고 있었다. 그의 표정에서 뭔가에 집중했을 때 떠오르는 행복감을 볼 수 있었다. 그의 왼쪽으로는 남부에서 자라는 떡갈나무들이 흔히 그러하듯 축 처진 가지가 보였다. 그 가지 위에 16살 때의 비비가 앉아 있었다. 그녀는 하얀 블라우스와 통이 넓은 스커트에 샌들을 신고 있었다. 그녀는 바이올린을 켜는 청년을 바라보는 대신 고개를 약간 옆으로 숙이고 있었다. 그녀는 음악에 빠져 눈을 감고 미소를 짓고 있었다. 누가 이 사진을 찍었는지는 모르지만 아주 사적인 순간을 잡아냈다. 시다는 마치 이 사진을 보려면 허락을 맡아야 할 것 같은

---

코티용 정식 무도회 — 옮긴이

기분이 들었다.

"아냐, 그 사람은 아빠가 아니라 잭 위트먼이야. 우리 아빠는 바이올린 같은 건 한 번도 켜지 않았어." 시다가 말했다.

"이 남자 마치…." 웨이드가 말을 하려는데 메이가 끼어들었다.

"사진을 찍은 게 누군지는 모르겠지만 사진에 찍힌 사람들을 사랑하는 사람이었을 거라는 것은 알 수 있겠어." 메이가 말했다.

시다는 메이를 쳐다보고 다시 사진을 바라봤다. 그녀는 시간을 거슬러 올라가서 사진 속 소녀의 주위를 보이지 않게 떠돌며 음악소리를 들을 수 있다면 얼마나 좋을까 생각했다.

시다가 자고 가라고 붙잡는데도 웨이드와 메이는 이미 해변에 있는 칼라로크 리조트에 방을 잡아놨다며 저녁식사를 마친 뒤 떠났다. 시다는 메이의 지붕이 없는 빈티지 머스탱까지 그들을 바래다주었다. 두 여자는 포옹을 했다.

"체코슬로바키아에 가면 몸조심해." 시다가 말했다.

"그리고 그리스와 터키를 비롯해 메이가 발 닿는 대로 돌아다닐 나라들도 모두 넣어야지." 웨이드가 말했다.

"네 어머니가 언제까지나 화를 내지는 않을 거야, 시다. 너희 어머니가 그 연극을 보기만 해도 좋았을 텐데. 문을 언제나 열어둬. 두 사람이 살아 숨쉬고 있는 한 기회는 생기게 마련이니까." 메이가 격려해 주었다.

"고마워."

"너도 몸 조심해. 연극에 대해 좋은 생각이 나면 언제나 제레미에게 팩스로 연락해. 아직 아무런 의논도 하지 않았잖니. 그 사람이라면 내가 어디 있을지 알 테니까." 웨이드가 시다를 꼭 껴안았다.

"아까 못되게 굴어서 미안해. 난 그저 내 아이들이 모두 행복하길 바랄 뿐이야. 그리고 코너 맥길은 정말 섹시한 남자야. 아차! 그러니까 천재적인 디자이너라고."

"사랑해 웨이드." 시다가 말했다.

"나도 사랑해, 시다." 웨이드가 말했다.

그들이 떠나는 것을 보자 놀라울 정도로 슬퍼졌다. 그나마 휴일린이 옆에 있어줘서 다행이라고 생각했다. 그녀가 이곳에 도착한 뒤 처음으로 티셔츠만 입은 채 창문을 열어두고 자도 괜찮을 정도로 날이 따뜻했다. 그녀는 시트를 걷고 침대에 앉으며 얼른 코너의 편지를 열어보았다.

그가 아름다운 장식체로 그녀의 이름을 썼다는 것은 알고 있었지만 글자가 사실은 꽃으로 되어 있는 것까지는 미처 보지 못했었다. 그의 섬세한 솜씨로 스위트피가 그녀 이름의 'd'를 이루고 있었다. 그는 진정 다른 시대의 영혼을 가진 사람이었다. 봉투를 열자 '스위트피 전문가들, 버드브룩, 할스테드, 에섹스'라고 써 있는 회사 이름이 써있는 꽃씨 카탈로그가 나왔다. 카탈로그의 페이지 하나가 접혀 있어서 시다는 그 곳을 펼쳤다. 다음과 같은 아이템에 동그라미가 쳐져 있었다.

'러브조이, 최근에 나온 스위트피 중 가장 우수한 품종으로 병충해에 강합니다. 생장이 빠르고 조직이 견고합니다. 연한 오렌지 빛이 감도는 새먼 핑크의 화사하고 순결한 색깔은 이 꽃의 가장 뛰어난 매력입니다. 길고 우아한 가지에 균형 잡힌 꽃이 피며 가장 따가운 햇살 아래에서도 꽃의 색이 바래지 않아 정원이나 전시회용으로 모두 안성

맞춤입니다. 향기도 달콤합니다.'

카탈로그 안에 접혀진 종이가 하나 끼어 있었다. 코너는 종이에 '마치 당신 같아' 라고 써놓았다.

시다는 눈을 감고 베개에 몸을 기댔다. 지금 자신이 얼마나 달아올랐는지 스스로도 놀랄 지경이었다. 코너는 그녀를 사로잡는 방법을 본능적으로 알고 있었다. 그녀는 코너가 트라이베카에 있는 아파트 옥상에 놀라울 정도로 아름다운 정원을 꾸며놓은 것을 보았었다. 처음 그의 아파트를 찾아갔었던 때를 기억하고 있다. 1987년 2월의 어느 일요일 아침이었다. 장작을 지피는 난로가 방 안을 데우고 손으로 만든 퀼트가 벽돌이 드러나 있는 벽에 걸려 있었다. 두 사람은 브런치로 신선한 굴과 함께 차가운 맥주를 마셨다. 그녀가 맨해튼에 온 뒤 그토록 편안함을 느낀 적이 없었다.

그녀는 램프를 끄고 꽃씨 카탈로그를 베개 밑에 집어넣었다. '어쩌면 밤사이에 거대한 덩굴이 자라 하늘까지 올라갈지도 몰라. 그러면 나는 내 우유부단함을 벗어나기 위해 덩굴을 타고 올라갈 거야. 지금 내가 무슨 짓을 하고 있는지 반드시, 반드시 알아내야 해.'

하지만 그녀는 어둠 속으로 빠져들고 그녀의 천사들은 발치에서 빛을 내었다. 천사들이 그녀에게 속삭였다. 우선 연한 오렌지빛이 감도는 새먼 핑크의 꽃송이를 사랑해줘. 그리고 순결하고 맑게 빛나게 해줘. 그래서 시다는 자신의 몸을 어루만졌다. 그녀는 자신의 꽃송이가 부풀어서 파르르 떨릴 때까지 어루만졌다. 그리고 그녀는 잠이 들었다.

13

 메이의 말이 옳았다. 1941년의 그날 비비와 잭의 사진을 찍었던 사람은 정말로 그들을 사랑하고 있었다. 쥬느비에브 세인트 클레어 위트먼은 두 소년소녀를 방해하지 않고도 그 순간을 담아낼 수 있었다. 그녀는 진실한 마음으로 신속하게 셔터를 눌렀다. 현상한 필름을 본 그녀는 아들과 비비 애벗을 위해 조용히 기도를 올렸다. 두 사람이 서로를 위해 태어났다는 것을 그녀는 한순간도 의심한 적이 없었다. 1938년의 어느 날 오후, 두 사람이 그네에 앉아 아무 말 없이 손을 잡고 있는 것을 본 뒤로 그 사실에 의문을 갖지 않았다. 그녀는 자신의 아들이 아버지의 세계에서는 저주나 다름없는 다정다감함을 지니고 태어났다는 것을 알고 있었다. 잭의 부드러움을 받아들이고 포용해줄 짝으로 비비보다 더 강하고 활기 찬 소녀는 상상할 수 없었다. 자신의 직감을 믿는 쥬느비에브는 잭과 비비의 사귐을 기정사실로 받아들이고 방해하지 않았다.
 물론 가끔 두 사람을 지켜봐야 할 필요는 있었다. 틴지와 자매처럼 가깝게 지내는 비비는 늘 집에 놀러왔기 때문에 쥬느비에브는 드러나지 않게 보호자 역할을 하는 기술을 몸에 익혔다. 신뢰를 보이면서도 가끔 적절한 타이밍에 슬쩍 모습을 보이는 식으로 우아하게 그들이 선을 넘지 않도록 하였다.

두 사람 다 모두 바쁘게 지냈다. 잭은 농구와 육상부, 비비는 테니스와 치어리더부에서 활약하면서 학교신문까지 만들었기 때문에 쥬느비에브는 별로 걱정하지 않아도 되었다. 성모 마리아에게 기도할 때마다 쥬느비에브는 아들에게 그토록 이른 나이에 짝을 보내준 것에 감사했다.

시다가 이 사실을 알 리는 없었다. 다음 날 저녁 다시 그 사진을 들여다보며 그녀는 이미지를 곰곰이 살피며 어머니의 표정에 사로잡혀 버렸다. 40년대 초반의 어느 가을, 쥬느비에브의 고향에 있는 상 자크 호수의 모습을 시다는 알지 못했다. 코숑 드 래(젖먹이 돼지 구이)의 매콤한 향기나 약한 불에 구워지는 돼지의 모습이나 옥수수를 삶기 위해 물이 끓고 있는 커다란 냄비의 모습도 알지 못했다. 반세기 전 어느 토요일 밤, 쥬느비에브와 잭과 틴지의 사촌, 이모, 삼촌들의 활기참과 다른 모든 남부 프랑스계 미국인들의 모습도 알지 못했다. 그 가을의 대기는 얼마나 청량했던가. 가벼운 농담을 주고받고 어린 소녀들은 할아버지들과 춤을 췄다. 쥬느비에브와 틴지처럼 검은 머리칼을 가진 좀 더 성숙한 아가씨들은 넓게 퍼진 스커트와 농촌 아낙네들이 입는 블라우스를 입었다. 호수와 루이지애나의 축축한 대지, 쥬느비에브와 그녀의 두 아이가 돌아왔다는 말만 들어도 기뻐서 어쩔 줄 모르며 케이준 사투리로 떠드는 사람들.

위트먼 가의 사람들과 호숫가로 함께 올 때면 비비는 다른 세계로 들어가는 기분이었다. 자신이 느끼는 기쁨을 누가 알게 되면 빼앗기지나 않을까 언제나 두려워했다.

그날 호숫가에서 두 사람이 '리틀 블랙 아이즈(Little Black Eyes)' 음악에 맞춰 왈츠를 출 때 잭은 그녀의 목에 살며시 키스했다.

"난 언제나 너를 사랑할 거야, 비비. 네가 무슨 짓을 해도 난 너를 사랑할 거야." 그가 말했다.

단어 하나하나가 비비의 뼈와 피와 근육에 스며들어 긴장이 풀어졌다. 그래서 발이 땅에 닿을 때마다 흙의 감촉이 이전과 다르게 느껴졌다. 마치 두 사람이 땅 속 깊이 뿌리를 박고 무언가 부드럽고 파괴될 수 없는 것에 이어지는 느낌이었다.

1941년 어느 늦은 오후에 비비는 태어나 처음으로 자신에게 잘못된 것보다 올바른 것이 더 많다고 느꼈다. 잭이 그녀를 사랑하기 때문이었다. 잭은 언제나 나를 사랑할 거라는 믿음. 순진무구하게 웃으면서 빙글빙글 도는 그녀가 사랑에 빠졌다는 것을 아무도 눈치채지 못했다. 그녀가 얼마나 그 사랑을 손에 넣고 싶어하는지, 또 잭 위트먼이 그녀의 든든한 버팀목이라고 추호의 의심도 없이 믿고 있다는 것을 아무도 몰랐다.

잭의 사랑과 함께 그동안 비비가 누려오지 못했던 모든 것이 보상을 받는가 했다. 어머니의 눈에 들지 못한 그녀의 모든 결점, 아버지가 대답해주지 않았던 모든 질문, 그녀의 황금빛 살갗에 와 닿은 모든 매질, 이 모든 것이 이제 씻겨져나가는 듯했다. 그날 오후 스커트와 머리를 나부끼며 춤을 추던 비비는 이러한 약속에 대해 미처 의식하지 못했지만 그것들은 그녀의 깊은 곳에 자리를 잡았다.

비비를 보고 있으면 그날 오후 그녀에게 있었던 근본적인 변화를 감지하기는 어려웠다. 하지만 그 변화는 그녀를 보다 더 조심스럽게 행동하게 만들었다. 그녀의 이러한 변화는 아주 미세하지만 깊은 흔적을 남겼다. 그것은 갈색 눈이나 수학에 대한 소질처럼 유전될 수 있을 정도로 근본적인 것이었다.

하지만 시다는 이러한 것들에 대해서는 아무것도 몰랐다. 다만 사진을 들여다보며 궁금해할 뿐이었다.

스크랩북을 옆으로 밀어놓고 그녀는 종이 한 장을 꺼내 코너에게 편지를 썼다.

그 어떠한 것에도 비할 수 없는 코너에게,

내가 정원 일에 소질이 없다는 것을 알고 있겠지만 스위트피의 향기는 내 꿈속까지 스며들어왔어. 어젯밤 나는 흙을 다듬다(내가 이 일에 대해 전혀 모르고 있다는 것 알지), 두껍고 촘촘히 박혀 있는 뿌리들과 씨름했어. 손이 더러워지는 걸 원치 않았지만(당연한 일이지) 나는 허리를 굽혀 엉킨 뿌리를 뽑아 흙을 털어 냈어. 힘든 일처럼 보이겠지만 꽤 기분 좋았어. 왜냐하면 내내 스위트피의 향기를 맡을 수 있었으니까.

어떻게 자기는 늘 날 기쁘게 하는지 신기해.

메이와 웨이드와 즐거운 하루를 보냈어. 내가 소똥을 갖고 질색을 한다고 놀려대더군.

XX<br>— 시다

추신. 맙소사, 하지만 당신 같은 정원사들은 어떻게 하면 로맨스를 꽃피게 하는지 알고 있단 말이야. 날 황홀하게 만들어주고 있어.

# 14

구겨진 페이지는 꼭 책에서 찢어낸 것처럼 생겼다. 종이에는 이렇게 쓰여 있었다.

알마 앤셀의 차밍 아카데미
똑똑하고 차밍한 여자 만들기 코스
겨울 학기, 1940

제4과 울지 말 것!

눈물은 해롭기 짝이 없다. 통통 부운 눈두덩에 흐릿하고 맥없는 눈동자를 하고 있으면 아무도 좋아할 사람이 없다. 신사는 초롱초롱하고 생기 넘치는 반짝이는 눈을 좋아하게 마련이다. 늘어진 눈두덩이나 근심 그리고 다크서클이 없는 눈에 끌리게 마련이다. 만약 꼭 울어야 한다면 울자마자 안약을 넣은 뒤 따뜻한 물과 장미꽃잎 에센스에 적신 솜을 눈 위에 얹어라. 그 다음 비타민 크림을 아주 아주 살며시 눈 주위에 발라야 한다. 그러고 나서 따뜻한 물로 목욕을 하고 헤이즐과 얼음물을 반씩 섞은 물에 적신 패드를 눈 위에 얹고 낮잠을 자라. 패드는 약 20분 가량 얹어놓으면 된다. 잠을 충분히 자는 것은 필수이며 절대로 울어서는 안 된다는 것을 꼭 기억할 것.

여자는 사랑을 하는 데 있어서 이미 충분한 핸디캡을 안고 있다.
거기에 눈물까지 보태지 말아야 한다.

시다는 울어야 할지 웃어야 할지 종잡을 수 없었다. 시원한 선풍기 바람을 맞으며 소파에 누워 호수를 바라보던 그녀는 배 위에 접시를 얹고 그 위에 놓인 사과와 치즈를 먹고 있었다. 그동안 내내 엄마가 '알마 애스홀(심통 맞은 얼간이)'이라는 이름을 지어낸 줄 알고 있었다. 하지만 그 이름은 알마 앤셀과 그녀의 차밍 아카데미에서 나온 게 분명했다.

1940년 겨울 학기라면 엄마가 14살 때의 일이었다. 친구들과 함께 《바람과 함께 사라지다》의 시사회를 다녀온 직후의 일이다. '재미있군.' 눈물은 해롭기 짝이 없다?

시다는 성경을 인용하는 타입은 아니지만 누가복음에 그녀가 언제나 좋아하던 구절이 있었다.

'지금 눈물을 흘리는 자는 복이 있으라.
너희가 나중에 웃게 되리니.'

시다는 그 구절이 멋지다고 생각했고 그 가벼운 접근에 깊은 인상을 받았었다. 누가 아니면 다른 사람이 썼던 간에 풍요나 구원을 약속하지 않았다. 그는 단지 지금 울게 되면 조만간 웃게 되리라고 약속했을 뿐이다.

그녀는 알마 앤셀의 강의를 다시 스크랩북에 넣고 생각에 잠겼다. 미래에 대한 결정을 내리기 위해 찾아온 호숫가의 통나무집 소파에 누워 그녀는 눈물에 대해 생각했다.

처음으로 리지 미첼을 만났던 일을 떠올렸다. 1961년 늦더위가 기승을 부렸을 때였다. 비비는 방에서 거의 두 주간이나 꼼짝하지 않고 틀어박혀 있었다. 시다는 그저 비비가 오랫동안 떠나 있다가 돌아온 것만으로도 마음이 놓였었다. 아무런 설명 없이 떠났던 내내 그들은 혼란과 버림받았다는 생각으로 어지러웠었다.

체니와 아빠가 다른 사람들과 수확에 여념이 없던 목화밭에 황금빛 햇살이 내리쬐고 있었다. 오후의 대기는 따뜻하면서도 서늘했다. 만약 모든 게 정상이었다면 시다는 뒤뜰에서 피칸을 따고 있거나 강아지에게 노래를 불러주거나 아프리카에 선교사로 가거나 런던에서 연극 배우가 되는 공상을 하고 있었을 것이다. 하지만 시다는 어머니 방문 앞에 앉아 《소녀 탐정 낸시 드류》를 무릎 위에 얹어놓고 방문에 귀를 대고 있었다. 방 안에서 무슨 소리나 심부름을 시키지 않나 기다리는 중이었다. 벌써 몇 주째 이러고 있었다. 그녀는 이것을 당연히 그녀의 일로 여기고 있었다.

리지 미첼은 조수석 쪽 앞 유리에 금이 간 1949년형 검은색 포드를 몰고 피칸 드라이브의 진입로에 들어오고 있었다. 현관벨이 울리자 시다는 비비방 문 앞의 자기 자리에서 일어나 누가 왔는지 보려고 뛰어 내려갔다. 비비는 아무도 만나고 싶어하지 않았고 그녀는 보초 역할을 하고 있었기 때문이었다. 그녀를 만날 수 있는 건 야야들뿐이었는데 그나마 가끔 보고 싶어하지 않았다.

푸른색 원피스를 입고 회색 스웨터를 어깨에 걸친 차림의 리지 미첼이 시다네 현관 앞에 서 있었다. 우수에 젖은 푸른 눈동자에 병약해 보일 정도로 마른 리지 미첼은 깨질 듯한 아름다움의 소유자였다. 그녀의 얼굴과 몸은 몹시도 지쳐 보였다. 20대 초반의 그녀는 깨끗한 피부를 가졌지만 치열이 몹시도 고르지 않았다. 그리고 어린 시다조차도 그녀가 칠한 립스틱 색깔이 어울리지 않는다는 걸 알 수 있었다. 수트케이스를 들고 있었기 때문에 처음에는 그녀가 길을 물어보는 여행객인줄 알았다.

시다를 보자 그녀는 살짝 억지 미소를 짓고 나서 물었다. "안녕, 어머니 집에 계시니?"

시다는 한참 동안 그녀를 빤히 쳐다보기만 하다 입을 열었다. "네, 계시긴 하는데 지금 바쁘세요."

"어머니에게 가서 현재 세계에서 가장 첨단을 걷는 화장품을 대표하는 사람이 왔다고 전해줄래?"

"잠깐만 기다리세요." 시다는 여자를 현관문 앞에 세워두고 위층으로 올라갔다. 그녀는 비비의 방문을 조심스레 노크했다. "엄마? 주무세요?" 그녀는 조그만 소리로 물었다.

대답이 없자 그녀는 침실문을 열고 들어갔다. 비비는 침대에 웅크리고 있었다. 학교에서 집에 돌아왔을 때 갖다 준 스니커스와 클럽 샌드위치 그리고 콜라가 텔레비전 테이블 위에 손도 대지 않은 채 그대로 있었다.

"현관 앞에서 어떤 여자가 엄마를 찾아요." 시다가 말했다.

"난 아무도 만나고 싶지 않아. 어쨌든 누구냐?" 비비가 꼼짝도 하지 않고 말했다.

"현재 세계에서 가장 첨단을 걷는 화장품을 대표하는 사람이래요."

시다가 말했다.

"뭐?" 비비가 말했다.

"그건 그 여자가 한 말이에요. 수트케이스를 들고 있었어요." 비비는 깃털 베개에서 머리를 들고 천천히 침대에서 몸을 일으켜 앉았다.

"아마 뭔가 팔려고 온 여자겠지. 그냥 쫓아내 버릴 수 없니?" 시다는 비비를 쳐다봤다. 그녀의 얼굴은 집으로 돌아온 이후 줄곧 창백했다. 거의 대부분의 시간 비비는 잠옷 차림이었고 집 밖으로 나가지 않아 그 멋진 모자들도 하나도 쓰지 않고 있었다.

"안 돼요. 쫓아낼 수 없어요." 시다가 말했다.

"왜 안 된다는 거냐?" 시다는 잠시 생각했다. 그리고 읽고 있던 책 표지를 내려다봤다. "왜냐하면 어울리지 않는 색깔의 립스틱을 바르고 있었거든요."

"화장품을 팔러 다니는 주제에 어울리지 않는 색깔의 립스틱을 바른다는 거냐?"

"엄마가 이야기해줘야 될 거 같아요."

"알았다. 잠깐 안으로 들어오라고 해라." 비비가 말했다.

비비가 부엌으로 들어갔을 때 리지 미첼은 시다와 함께 식탁 의자에 앉아 있었다. 비비가 들어오자마자 리지는 의자에서 벌떡 일어났다.

"안녕하세요. 사모님 되세요?" 리지가 말했다.

비비는 잠옷 위에 초록색 줄무늬 실크 가운을 걸치고 맨발로 서 있었다. 그녀는 쓰러지지 않기 위해 그러는 것처럼 선반을 손으로 짚었다.

"내게 무슨 볼일이라도?" 비비가 물었다.

"예, 사모님." 리지가 조그마한 소리로 대답했다. 그녀의 눈이 잠깐

명해지더니 원피스 주머니 속에서 뭔가 갈겨 쓴 종이를 꺼냈다. 노트를 읽는 것을 감추려는 것처럼 리지는 속사포처럼 말했다. "저는 여성의 피부를 위해 지금까지 만들어진 것 중 가장 우수한 화장품을 보실 기회를 사모님께 드리기 위해 왔습니다. 보티에르 라인은 화장품에 엘리트로 외모에 관심이 많은 까다로운 숙녀들을 위해 디자인되었습니다." 리지가 겁에 질린 목소리로 말했다.

"화장품에 엘리트?" 비비가 말했다.

"예. 화장품에 엘리트예요." 리지의 손이 부들부들 떨리고 있었다.

"화장품의 엘리트, '의' 가 정확한 문법이에요." 비비가 사무적으로 설명했다.

"뭐라고요?" 리지가 떨리는 목소리로 물었다. 손에 쥐었던 종이가 펄럭이며 바닥으로 떨어졌다. 그녀는 얼굴이 새빨개져서 주우려고 허리를 굽혔다. 시다는 그 여자가 다시 일어나지 못할 것 같아 물끄러미 쳐다봤다. 리지가 마침내 몸을 일으켰을 때 그녀는 울고 있었다.

시다는 리지를 한 대 치고 싶었다. 이럴 때 엄마의 신경을 거슬리게 하려고 하다니. 백화점에 갔다가 쓰러졌던 게 불과 일주일 전인데. 그때 시다는 캐로에게 전화를 걸어 두 사람을 데리러 와달라고 부탁해야 했다. 비비는 여전히 독감을 앓다 일어난 사람처럼 피곤하고 불안하게 움직였다. 마구 에너지를 발산하던 평소와는 달리 조금의 에너지라도 비축하려는 듯이 보였다. 아빠와 할머니는 시다에게 장녀인 만큼 엄마의 신경을 거슬리게 하는 일이 없도록 각별히 신경 쓰라고 당부까지 했었다.

비비가 놀랍게도 여자의 팔꿈치에 상냥하게 손을 얹었다. "무례하게 굴어서 미안해요. 난 엄마 애벗 워커고 이쪽은 큰딸인 시댈리에요.

의자에 앉아주시겠어요?" 비비가 말했다.

비비의 눈을 똑바로 쳐다볼 엄두도 못 내던 여자는 다시 의자에 앉았다.

"커피 한 잔 할래요? 난 아침 10시 이후로는 커피에 입도 안 대지만. 난 가벼운 칵테일이나 한 잔 할래요. 당신도 하나 만들어줄까요? 가벼운 걸로?"

리지는 울음을 그치지 않은 채 말했다. "폐가 되지 않는다면 커피 한 잔만 주세요."

"폐가 되기는요." 비비는 이렇게 말하고 냉장고에서 얼음을 꺼냈다. "시다야, 커피 좀 타주겠니?"

"네, 엄마." 드디어 할 일이 생기자 마음이 놓인 시다가 말했다.

비비는 크리스털 얼음 통에 얼음을 채운 뒤 유리잔에 얼음 몇 개를 집어넣었다. 그리고 오렌지 주스와 보드카 반 잔을 부었다.

시다는 물을 끓이고 치코리가 섞인 다크 로스트 커피를 정확히 양을 재서 커피포트의 필터에 부었다. 그녀는 비비의 맨발에서 시선을 돌리려 애썼다. 패디큐어가 벗겨지고 있었다. 건강했을 때라면 절대로 없었을 일이었다.

"미안해요, 이름이 뭐랬죠?" 비비가 물었다.

"아뇨, 제가 미안한걸요. 첫 번째로 했어야 하는 일은 고객에게 제 소개를 하는 건데 말이에요." 리지가 손으로 얼굴을 가리며 말했다.

"그럼 한번 해보세요." 비비가 칵테일을 저으며 말했다. 시다는 비비의 손이 살짝 떨리고 있는 걸 보았다. 비비가 가운 주머니에 손을 넣더니 커다란 B-12 비타민을 꺼냈다.

얼굴을 손에서 뗀 여자는 조그만 소리로 말했다. "제 소개를 할게요. 전 리지 미첼이고 보티에르 사에서 나왔습니다."

"만나서 반가워요, 리지 미첼." 비비는 이렇게 말하고 여자와 함께 의자에 앉았다.

"크림과 설탕 넣으실래요?" 시다가 물었다.

"귀찮지 않다면 둘 다 부탁해." 리지가 말했다.

시다는 푸른색 커피 머그를 꺼내려고 했지만 비비가 말했다. "얘야, 도자기 찻잔으로 해라, 알았니?"

시다는 도자기 잔에 커피를 붓고 설탕, 크림, 그리고 스푼을 놨다. 그러고 나서 그녀는 소스 팬에 우유를 넣고 데운 뒤 자기가 마실 커피우유를 만들었다. 그녀는 높은 찬장 앞에 의자를 갖다대고 아이들 몰래 감춰둔 오레오 한 봉지를 꺼내 접시 위에 늘어놓고 여자들에게 갔다.

"어쩌다 화장품 외판원이 되었는지 말해줄 수 있나요, 미첼 부인?" 비비가 말했다.

미첼은 커피잔을 들어올리다 말고 다시 찻잔 받침 위에 내려놓았다. 그녀는 말을 하려고 했지만 입을 열자 다시 울음을 터뜨렸다.

"미안해요. 나는 보티에르에서 일한 지 얼마 안 되었거든요." 숨을 짧게 몰아쉬며 그녀가 말했다. "제 남편인 샘이 넉 달 전에 세상을 떠나는 바람에. 툴로스 통나무 제조 회사에서 일하다 사고가 났어요. 어린 아들이 둘이나 있는데 보험 들어 놓은 것도 없었거든요."

리지 미첼이 커피잔을 쳐다보며 눈을 깜빡였다. 비비에게 저도 모르게 사적인 이야기까지 해버리자 자신도 충격을 받은 듯이 보였다. 다시 한 번 진짜 외판원으로 행동하려는 듯이 필사적으로 종이에 눈길을 돌리고 다시 준비해온 대사를 읊기 시작했다.

"보티에르 화장품을 소개하게 되어 기쁩니다. 만약 제품을 백 퍼센트 신뢰하지 못한다면 자신있게 팔 수 없었을 거예요. 그러면 만약…."

"맙소사, 얼마나 고생이 많았을까! 애들은 몇 살이에요?" 비비가 끼어 들었다.

"샘 주니어는 4살이고 제드는 곧 3살이 되요."

시다는 유리잔을 잡고 있는 비비의 손가락을 쳐다봤다. 비비의 손톱이 얼마나 지저분했는지 창피할 정도였다. 평소의 비비는 손과 손톱을 정성을 들여 아주 아름답게 가꿨다. 시다는 비비에게 무슨 일이 일어났는지 이해할 수 없었다.

"엄마, 과자 드실래요?" 시다가 물었다.

"괜찮다, 애야." 비비가 대답했다. 그러고 나서 리지를 쳐다보며 비비는 물었다. "애들은 지금 어디 있죠? 누가 돌보고 있나요?"

"시누이인 바비네 집에 있어요. 보티에르에 날 연결시켜준 것도 바비의 친구인 룰린이었어요. 룰린은 자기 명의로 된 저금이 있고 실적이 뛰어나서 회사에서 분홍색 크라이슬러 자동차까지 받았어요."

"대단하네요." 시다가 말했다. 비비는 시다에게 끼어들지 말라고 고개를 흔들었다.

"네, 룰린은 정말 대단해요." 리지가 말했다.

"그렇군요." 비비가 말했다.

"분홍색 크라이슬러도 만드나요?" 시다가 물었다.

"보티에르 사에서 차를 사서 실적이 가장 뛰어난 세일즈 우먼에게 주기 위해 분홍색으로 칠한답니다. 보티에르는 화장품 중에서 가장 과학적으로 만들어졌어요." 리지가 커피를 한 모금 마셨다.

"과학적이라." 비비는 그녀의 말을 따라하며 칵테일을 홀짝였다.

"예. 오늘날에는 과학적인 것이 중요해요." 리지가 말했다.

그러자 마치 커피가 그녀의 정신을 되돌아오게 한 것처럼 리지 미첼은 기운을 차렸다. 시다는 그녀의 스웨터 왼쪽 소매에 숨겨진 쪽지를 봤다. 되도록 자연스럽게 보이려고 애쓰며 리지는 다시 세일즈에 나섰다.

"보티에르 사 화장품은 아본 사 제품보다 훨씬 저렴합니다. 하지만 화장품의 뛰어난 품질로 미시시피, 아칸소, 그리고 이제 이곳 루이지애나에 이르기까지 많은 여자들을 사로잡았습니다." 리지 미첼은 마치 태엽 인형처럼 정해진 말을 이어나갔다.

비비가 담배에 불을 붙였다. 시다는 의자에서 일어나 재떨이를 가지고 왔다. 다시 자리에 앉으며 시다는 리지 미첼과 비비를 번갈아 쳐다봤다. 비비가 다른 사람에게 이토록 관심을 보인 것은 정말 오래간만이었기 때문이다.

"바쁘시겠지만 시간을 내서 제게 가장 현대적이고 과학적인 화장품을 소개하도록 허락해준다면 후회하시지 않을 거예요." 리지가 말했다.

리지 미첼은 잠시 기다리다 세일즈 가방을 집어들었다. 세일즈 가방은 기차에 들고 타는 여행가방처럼 생겼지만 연분홍색 배경에 서로 마주보고 있는 두 여자의 실루엣이 문장처럼 그려져 있었다. 커피잔을 한쪽으로 치운 그녀는 탁자 위에 가방을 올려놓고 잠금쇠를 풀더니 뚜껑을 열었다. 하지만 마치 가방 안에서 뭔가 끔찍한 것이라도 본 것처럼 리지는 고개를 떨구더니 흐느껴 울기 시작했다. 야윈 어깨를 들썩이며 울고 있는 그녀의 울음소리는 강아지의 그것을 연상케 했다.

비비는 천천히 담배를 재떨이에 내려놓았다. 그리고 천천히 여자에게 몸을 굽히더니 그녀의 턱을 다정하게 들어올렸다.

"저런, 괜찮아요?" 비비가 말했다.

리지 미첼은 비비의 얼굴을 쳐다봤다. "제 맏아들 때문이에요." 그녀는 들릴락 말락 하게 말했다. "샘 주니어가 이 일로 너무 큰 상처를 받는 바람에 저한테서 한시도 떨어져 있지 않으려고 해요. 내가 밖에 나가는 걸 너무나 싫어해서요."

시다는 눈을 감고 그녀의 말을 듣고 있는 비비를 쳐다보았다.

"오늘 오후 바비네 집에 맡기고 올 때도 얼마나 울면서 소리 지르고 야단이었는지 몰라요. 내 다리를 꼭 안고서 놔주려고 하질 않지 뭐예요. 문 앞까지 그 애를 다리에 매달고 질질 끌고 가야 했어요. 세일즈에 나가려면 나와 바비가 달려들어 그 애를 제게서 떼어놔야 해요." 리지는 무심코 보티에르 세일즈 대사를 적은 쪽지를 구겨서 더 이상 눈에 보이지 않게 했다.

"그 애는 자기 아빠처럼 당신이 떠나서 다시 돌아오지 않을 거라고 생각하는 거예요." 비비가 상냥하게 말했다.

리지 미첼이 고개를 끄덕였다. "맞아요, 그래서 그러는 걸 거예요. 그 애는 정말로 섬세한 아이거든요." 그녀가 말했다.

그러고 나서 리지는 심호흡을 하더니 몸을 부르르 떨었다.

"난 그 심정이 어떤지 알아요." 비비가 속삭이듯 말했다. 이제 비비도 눈물을 흘리고 있었다.

시다도 눈물을 흘렸지만 샘 주니어 때문에 그런 것은 아니었다.

주먹으로 눈물을 훔치고 비비가 말했다. "시다야, 클리넥스 좀 갖다 주련, 착하지?"

시다가 다시 탁자로 돌아왔을 때 비비는 손바닥을 뺨에 찰싹 붙이고 있었다. 시다에게는 비비가 얼굴을 꼭 붙잡고 있으려는 것처럼 보였다. 시다는 클리넥스 상자를 리지 미첼에게 건넸다. 여자는 온통 눈물범벅이었지만 예의 바르게 티슈 한 장만 가져갔다.

"얼마든지 뽑아 쓰세요. 집에 많이 있거든요." 시다가 말했다.

"고맙다." 그녀는 몇 장 더 뽑더니 얼굴을 닦았다.

시다는 비비에게도 클리넥스 상자를 내밀었다. 비비는 티슈를 한 움큼 뽑아갔다.

비비는 눈화장이 번져버린 눈가를 닦았다. 비비는 집에 돌아온 뒤 아무런 일도 하지 않았어도 마스카라와 연한 갈색 아이펜슬을 칠하는 건 잊지 않았다. 그렇게 하지 않으면 그녀의 금빛 속눈썹은 너무 옅어서 알비노*처럼 보인다고 말했었다.

비비는 마스카라가 잔뜩 묻은 티슈를 보고 눈살을 찌푸렸다. 그러고 나서 그녀는 리지가 쓴 티슈를 쳐다봤다.

마스카라가 묻은 티슈를 들고 비비가 말했다. "이것 좀 봐요. 한번 보라니까요!"

리지 미첼과 시다는 비비가 증거물처럼 들고 있는 티슈를 쳐다봤다.

"오늘 아침 내가 바른 마스카라가 몽땅 묻어 나왔어요. 싸구려, 싸구려, 싸구려 같으니라구! 그렇게 비싼 돈을 들여 샀는데 티슈에 다 묻어버렸네요. 그리고 난 꼭 털 없는 개꼴이 되어 앉아 있잖아요! 게다가 이건 어제오늘 일이 아니에요." 그녀는 자신의 눈을 가리켰다. 정말로 눈썹과 속눈썹이 거의 사라진 것처럼 보였다. "금방 지워지는 눈화장품을 파는 건 불법으로 해야 돼요." 비비는 잠시 말을 멈추더니

---

*알비노 온몸의 털이 새하얀 백반증 환자 — 옮긴이

담배갑에서 다시 담배 한 개비를 꺼냈다. 테이블에 몇 번 툭툭 친 뒤 그녀는 천천히 불을 붙였다. 그녀는 마치 처음 보는 것처럼 은제 라이터를 한참이나 들여다보았다. "혹시 보티에르 마스카라 제품을 가지고 있나요?" 비비가 물었다.

리지는 자기가 쓴 티슈를 살폈다. 눈물에 젖어 있었지만 화장품이 묻어 나온 흔적은 없었다. 시다는 리지가 핸드백에서 싸구려 플라스틱 콤팩트를 꺼내는 것을 보았다. 리지는 콤팩트를 들고 작은 거울에 얼굴을 비쳐보았다.

그녀가 다시 고개를 들었을 때 시다는 리지의 눈에서 마치 문이 열린 것처럼 뭔가 깨달은 것을 보았다. 시다는 고개를 약간 옆으로 기울이고 입을 살짝 벌린 채 생각했다. '우리 엄마는 정말 친절해.'

리지 미첼이 콤팩트를 닫고 심호흡을 한 뒤 다시 세일즈 가방을 열었다. 그녀는 비비에게 가까이 의자를 당기고 다시 되살아난 음성으로 말했다.

"네, 부인. 보티에르는 다양한 마스카라를 비롯해 우수한 엘리트 제품을 판매합니다. 우리는 완다 뷰티(The Wand of Beauty, 아름다움을 주는 마술 지팡이)라고 부르죠. 직접 보여드리게 되어 기쁩니다. 보티에르의 혼합선물세트와 함께 산다면 정말 싸게 사시는 거예요."

리지 미첼이 말했다.

리지 미첼이 다녀간 뒤 얼마간 비비는 아침이면 우울증에 빠지기 시작했다. 일주일 정도 지나자 그녀는 아직 완전히 평소 모습으로 돌아오지는 못했지만 틴지의 집에서 여는 작은 디너파티 초대를 승낙했다. 시다와 아이들이 오후에 학교에서 돌아오자 비비는 더 이상 문을 걸어 잠그고 침대에 누워있지 않았다. 그들은 친구들과 친지들에게 전화하고 있는 비비를 보았다. 그녀는 보티에르 화장품, 특히 완드 오브 뷰티에 대해 칭찬을 늘어놓았다. 비비가 그 단어를 발음할 때면 마치 완다 뷰티라는 사람 이름처럼 들렸다.

그 해 가을의 어느 오후, 여전히 비비를 주의 깊게 살피고 있던 시다는 탁자에 앉아 비비가 전화에 대고 이야기하는 것에 귀를 기울였다.

"리지 미첼에게 보티에르 화장품을 보여 달라고 꼭 부탁해야 해. 정말 멋진 화장품이라니까. 화장한 채 샤워도, 수영도 하고 슬픈 영화도 모두 볼 수 있어. 아무리 펑펑 눈물을 쏟아도 전혀 번지지 않는다니까."

같은 말을 아무리 반복해도 그 말을 할 때마다 비비는 기분이 나아지는 듯했다. 마치 병의 치료법을 발견한 것 같았다.

비비의 초대로 리지는 아들들을 데리고 일주일에 두세 번 정도 오후에 집으로 찾아오기 시작했다. 남자아이들이 리틀 솁과 베일러와 함께 낚시를 하거나 망아지를 타는 동안 비비는 리지에게 세일즈 기술을 가르쳤다.

"잘 들어요, 만약 저 아이들을 먹여 살리고 싶다면 사투리를 써서는 안 돼요."

시다는 비비가 말하는 것을 들었다.

비비는 리지의 새로운 세일즈 용 대사를 만드는 것을 도와 달달 외워서 말하는 느낌이 들지 않게 했다.

"당신은 정말 잘하고 있어요. 당신의 모든 고객은 문 앞에 당신이 서 있는 것을 보고 반가워할 거예요." 그녀가 리지에게 말했다.

리지가 파는 다른 화장품들의 이름은 시다와 룰루에게는 우스워보였다. 엑스트라-글로는 에스트로겐이 함유되어 있다는 제품이었다.

스킨 섭라임은 입술 모양의 병에 담겨 있었다. 보티에르의 헤어 매직은 '이브닝 인 패리스'라는 향수와 비슷한 향을 담고 있었다. 야야들 모두는 리지의 혼합선물세트를 사야했다. 그들은 감히 비비에게 싫다고 말하지 못했다. 하지만 비비가 리지에게 찾아주는 고객 중 가장 많은 수를 차지하고 있는 것은 시다의 아빠와 함께 목화밭에서 일하는 농부의 아내들이었다.

시다와 룰루는 보티에르 스킨 크림을 '리지 로션'이라고 부르기 시작했지만 비비는 그들이 그렇게 말할 때마다 화를 냈다.

"그 여자를 놀릴 생각은 하지도 마라. 그녀는 혼자서 꿋꿋하게 살아가려고 하고 있어." 비비는 그들에게 말했다.

리지가 방문할 때마다 비비는 조금씩 기운을 차리는 것 같았다. 11월 중순경이 되자 캐로가 컨트리 클럽에서 테니스를 하자고 비비를 불러낼 수 있을 정도까지 상태가 좋아졌다. 시다가 입 밖으로 내지는 않았지만 보티에르는 단순한 화장품이 아니라 생명줄처럼 보였다. 리지뿐만이 아니라 비비에게 있어서도 마찬가지였다.

어느 날 오후 집으로 돌아온 시다는 집 밖에 리지의 차가 세워져 있는 것을 보았다. 여느 때처럼 비비와 리지가 부엌에 앉아 있을 줄 알았지만 집 안은 아무도 없는 것처럼 조용했다. 두 사람이 뒷방에 있다는 것을 깨달을 때까지 한참 걸렸다. 시다가 방에 들어섰을 때 그녀는 안을 보고 공포에 질렸다.

비비는 얇은 시트를 덮고 셉은 편상 위에 누워 있었다. 리지는 그 뒤에 서서 비비의 목에 손을 올려놓고 있었다. 비비는 눈에 솜을 얹고 가슴 위에 두 손을 교차시켜 놓은 채 꼼짝도 하지 않았다. 두 여자는 열중해서 아무 말도 하지 않았다. 누구도 시다가 들어온 것을 눈치채지 못했다. 아주 잠시 동안 시다는 비비가 죽은 줄 알았다.

시다는 숨을 멈추고 가까이 다가갔다. 배가 울렁이고 심장이 쿵쾅거렸다. 비비의 손이 움직이는 것을 보고야 그녀는 숨을 쉴 수 있었다. 그제야 그녀는 리지가 분홍색 크림 같은 것을 비비의 목에 부드러운 손놀림으로 바르고 있다는 것을 깨달았다. 손가락으로 작은 원을 그리며 리지는 분홍색 물체를 비비의 목에 바른 뒤 관자놀이에도 발랐다.

누군가 비비를 그토록 다정하게 어루만져주는 것을 시다가 보는 건 처음이었다.

리지의 고객이 늘어나고 비비 역시 정상으로 돌아오자 리지가 찾아오는 일은 점점 뜸해졌다. 그렇게 2년 정도 세월을 보낸 뒤 어느 날 학교에서 돌아온 시다는 집 밖에 새 분홍색 크라이슬러가 서 있는 것을 보았다.

맵시 있는 투피스를 입고 재클린 케네디 여사의 헤어스타일을 한 리지가 서 있었다.

"이것 좀 보려무나. 리지가 분홍색 크라이슬러 자동차를 상으로 받았단다." 비비가 말했다.

리지는 텔레비전 게임 쇼에 나오는 여자처럼 팔을 흔들었다.

"내가 우리 회사의 세일즈 우먼 중 톱 텐에 들었단다. 너희 엄마가 아니었다면 절대로, 절대로 불가능했을 거야." 그녀가 말했다.

"지금 막 드라이브를 가려고 하던 참이었어." 차에 올라타며 비비가 말했다.

시다는 리지가 커다란 크라이슬러를 뒤로 빼서 찻길로 나가는 모습을 지켜보았다. 피칸그로브에서 마을 쪽으로 이어지는 자갈길을 따라

두 여자를 태운 차가 사라질 때까지 그녀는 바라보고 있었다. 아버지 셉이 키우는 목화가 가득 핀 초록 들판을 배경으로 엄마 비비와 리지의 머리가 도드라져 보였다. 두 사람은 마치 자매처럼 보인다고 시다는 잠시나마 생각했다.

치즈를 한 입 베어문 시다는 소파에서 일어나 앉았다. 테라스로 나가 굳은 몸을 푼 다음 긴장을 풀기 위해 손가락으로 목을 둥글게 마사지했다. 그때 불현듯 머리에 떠오르는 기억이 있었다. 리지 미첼의 일이 있은 뒤 오랜 세월이 지나고 루이지애나 주립 대학에 다니던 시다가 겨울 방학을 맞아 집에 돌아왔을 때였다. 크리스마스 선물을 포장할 상자를 찾기 위해 시다는 다락에 올라갔었다. 차가운 골방 구석에 커다란 상자가 놓여 있었다. 열어보니 멀쩡한 상자들이 가득 들어 있었다.

'딱 내가 원하던 거잖아.' 라고 시다는 생각했었다.

그러나 상자들은 비어있지 않았다. 분홍색과 회색의 포장과 두 여자의 실루엣이 서로 마주보고 있는 그림이 무엇인지 알아채는 데는 시간이 걸렸다. 하지만 일단 상자를 열어보자 모든 기억이 되살아났다.

보티에르 화장품의 혼합선물세트였다. 큰 상자에 30개의 작은 상자가 손도 대지 않은 채 쌓여 있었다. 그 옆에 또다른 커다란 상자가 있었다. 역시 혼합선물세트가 든 상자로 가득 차 있었다.

'맙소사.' 시다는 생각했다. '리지 미첼, 넘치는 활기의 이면에 유유히 흐르는 오랜 슬픔을 가라앉히기 위해 엄마가 침실에 틀어박혀 있던 어느 날 오후 당신은 우리에게로 찾아왔었죠. 남편을 잃고 두 아이를 키우기 위해 절대로 완벽해지지 못할 평범한 여자들에게 호사스러운 이름을 가진 싸구려 화장품을 팔러 다니던 당신을 엄마는 만났어요. 얼굴을 일그러뜨리며 눈물을 흘리던 당신을 보는 엄마의 두 눈에도 눈물이 고였죠. 눈물을 흘리는 것을 허락해주는 과학적인 마스카라, 완다 뷰티를 통해 나는 엄마에게서 여성이라는 존재가 어떤 것인지를 배웠어요. 엄마는 나에게 여성다움에 대한 다른 가르침도 주었죠. 그 중 일부는 어떠한 화장품으로도 지울 수 없었어요.'

"저런, 괜찮아요?" 비비는 이렇게 말하며 다정하게 리지 미첼의 턱을 들어올렸었다. 비비는 그 손으로 시다의 뺨을 후려쳤다. 시다에게 아직까지도 가끔 그때의 아픔이 되살아나곤 한다. 시다는 생각했다. '엄마는 보티에르 화장품으로 부드러워진 손을 어린 내 얼굴에 대고 사랑스럽게 어루만지기도 했었다.'

시다는 다락에서 '엄마'를 결론지었다. 엄마는 혼합선물세트였다.

15

금요일 오후가 되었다. 호수의 산책로를 따라 속보로 걷고 있던 시다는 퀴노 여관의 잔디밭 아래로 펼쳐진 호숫가에 소녀들이 몰려 있는 것을 보았다. 볼륨을 잔뜩 올린 워크맨의 '클래식 비트 워킹' 테이프의 규칙적인 비트는 그녀의 발걸음을 앞으로 내몰고 있었다. 그녀는 이런 식으로 하루에 한 시간 삼십 분 정도 운동을 했다. 뉴욕에 머물 때면 센트럴 파크에서, 시애틀에 머물 때면 워싱턴 호수에서 주로 걸었다. 눈보라가 칠 때만 실내에서 러닝머신을 이용할 뿐이었다.

소녀들이 있는 곳을 두 번 지난 후 그녀는 발을 멈추었다. 야구 모자를 눌러써 그들을 쳐다보고 있다는 것을 모르게 한 뒤 그녀는 유연체조를 하는 척하며 그들을 관찰했다. 다섯 살에서 여덟 살까지 되어 보이는 다섯 소녀들이 뛰어다니며 놀고 있었다. 그 중 둘은 반바지만 입고 있었고 하나는 스커트가 달린 수영복을 입고 있었다. 머리를 묶은 소녀는 흠뻑 젖은 짧은 원피스 그리고 가장 나이 많은 소녀는 접어 올린 청바지와 비키니를 입고 있었다.

그들과 조금 떨어져 시다의 나이 또래로 보이는 여자가 우산을 펴고 담요 위에 앉아 있었다. 아이스박스에 몸을 기대고 있는 여자는 커다란 스케치북에 수채화를 그리고 있는 중이었다. 이따금 그녀는 고개를 들어 아이들이 잘 있나 살피곤 했다.

"저기 봐! 저기 있어!"

그 중 한 소녀가 소리쳤다.

그 소리를 듣자마자 소녀들은 일제히 호수로 달려가 물살에 떠밀려 오던 커다란 통나무를 끌고 오기 시작했다. 그들은 함께 통나무를 뭍으로 끌고 오더니 커다란 바위 위에 올려놓고 균형을 잡았다. 그 일은 시간이 꽤 걸렸다. 시다가 보는 가운데 그들은 서로 지시를 하고 격려를 하며 일했다. 나무가 마침내 바위 위에 바로 놓이자 소녀들은 뒤로 물러서 자신들의 작품을 황홀하게 바라보았다.

"시소다!" 머리를 묶은 소녀가 소리쳤다.

"호수의 시소다!" 반바지만 입은 소녀들 중 하나가 말했다.

그러자 다른 반바지만 입은 소녀가 담요 쪽으로 달려가 여자에게 소리쳤다. "우리가 시소를 만들었어요!"

"그거 정말 멋지구나! 잘했다!" 여자가 말했다.

소녀는 다른 아이들에게 다시 달려갔다. 갑자기 아이들은 기껏 만들어 놓은 시소를 버려 두고 모두 소리를 지르며 호수로 뛰어들었다.

잠시 후 누군가 소리쳤다.

"어이!"

뒤를 돌아보니 여자 둘과 남자 셋이 여관에서 호수로 통하는 길을 내려오고 있었다. 새로 도착한 일행 중의 한 여자가 잔디밭에 앉아 손을 흔드는 나이가 좀 더 들어 보이는 남녀를 가리키고 아이들을 불러

모았다.
　그들은 담요 위에 앉아 있는 여자에게 걸어갔다. 순식간에 그들은 담요, 아이스박스, 샌들, 수건, 자외선차단로션을 챙긴 뒤 계단 쪽으로 걸어갔다.
　떠나면서 그들 중 한 여자가 소리치는 게 들렸다.
　"이 말괄량이들아, 여기 오트밀 과자 가져왔다."
　여자가 가방에서 과자를 꺼내 아이들에게 나눠주었다. 일행은 계단을 올라갔고 조금 전의 나이 든 남자와 여자가 아이들을 일일이 껴안아준 뒤 모두 함께 오두막 중 하나로 들어갔다.
　시다는 그들이 다시 나타나기를 바라기라도 하듯 그 자리에 가만히 서서 바라보고 있었다. 그들이 돌아오지 않자 아까 아이들이 만들어놓은 시소 근처로 걸어가 바닥에 앉았다. 그녀는 호수를 바라보았다.
　어린 시절 남부의 따뜻한 강물이 그리웠다. 스프링 강에서 보낸 소란스런 나날이 사무치게 그리웠다. 같이 놀던 아이들과 엄마들, 짝이 바뀐 파자마와 콧등에 바르던 선크림까지 너무나 그리웠다. 방금 봤던 사람들처럼 일행이 있었으면 얼마나 좋았을까 생각했다. 그녀는 가족의 일원이 되기를 원했다. 어쩌다가 나이 사십이나 먹는 동안 자기 가정도 갖지 못하는 신세가 되었을까.
　갑자기 그녀의 인생이 어리석게 느껴졌다. 그녀의 일, 아파트, 무대에 올렸던 연극, 모두 의미가 없어 보였다. 지난 20년간 가공의 인물들에게 생명을 불어넣는 데 몰두했었다. 차라리 그 시간에 진짜 아이들을 기르는 게 좋았을 텐데. 소리를 지르며 모래 위를 뛰어다니고 오트밀 쿠키를 주면 껴안는 그런 아이들. 왜 치금 그녀는 대륙 끄트머리에 혼자 와 있는 걸까? 이 여자들은 벌써 자기 가정을 이루고 같은 과정을 겪은 다른 여자들과 함께 이곳에 왔는데. 대체 무엇이 어디에서 잘못되었을까?

그녀는 고립된 자신이 부끄러워졌다. 어린 시절의 번잡한 공동체 생활 속으로 다시 돌아가고만 싶었다. 끊임없이 자기 자신에게 의문을 갖고 파헤치는 게 이제 지긋지긋하기만 했다.

'어쩌면 메이의 새 각본을 마지막으로 감독생활을 청산하고 뉴욕을 떠나는 게 좋을지도 몰라. 시애틀로 돌아가 가정을 가져보자.'

새로운 생각에 들뜬 그녀는 반바지, 티셔츠, 워크맨을 벗어 버리고 옷 밑에 입고 나온 수영복만 남겼다. 선착장으로 걸어가 몸을 쭉 펴고 차가운 북서부의 호수로 다이빙을 했다. 수면으로 솟아오른 그녀는 아플 정도로 살아있다는 것을 실감했다. 갑자기 기운이 솟았다. 하늘의 짙은 푸른색과 호수를 빙 둘러싼 나무의 녹색이 보였다. 물 위에 누운 채 그녀는 힘껏 물장구를 치고 팔을 옆으로 죽 뻗었다. 아무리 힘껏 물장구를 쳐도 아까 그 소녀들의 웃음소리가 귓가에 맴돌았다.

물속으로 가라앉아 그녀는 눈을 감고 호수 밑바닥으로 내려갔다. 얼음 같은 차가운 물이 온몸을 씻어주는 듯했다. 이 깨끗한 물이 몸뿐 아니라 모든 혼란, 의구심 그리고 죄까지 씻어줄 수 있을까?

숨을 참을 수 있을 때까지 물밑에 있다가 그녀는 수면으로 솟아올라 숨을 쉬었다. 그리고 자유형으로 헤엄치기 시작했다. 얼굴을 거의 들지 않고 양쪽으로 번갈아가며 숨을 쉬고 수면을 가르는 데 딱 맞을 정도로만 손을 기울였다. 그 옛날 엄마 비비가 가르쳐준 대로 그녀는 수영하고 있었다. 그녀는 생각했다.

'이미 확실히 해둔 일이 아닌가. 나는 절대로 아이들을 원하지 않았다. 소녀 때도 20대에도 그리고 지금도 정말로 아이들을 원하는 것은 아니었다. 코너와도 그런 일로 문제는 없었다. 그는 일찌감치 이 문제에 결론을 내렸었다. 그렇다면 나는 왜 방금 본 가족을 질투하는 걸까? 왜 저 어린 소녀들을 유괴해서 주말 동안이라도 데리고 있는 상상을 해보는 걸까?

**

금요일 오후는 이미 시다에게 영향을 미치고 있었다. 만약 그녀가 가족을 원하게 만든 게 있다면 그것은 아마 금요일 오후이기 때문일 것이다. 언제나 이러한 갈망을 느낄 때마다 충격을 받았지만 그것은 때때로 돌아와 그녀를 흔들어놓곤 했다. 금요일 오후. 학교는 끝났고 이제 신나는 주말이 눈앞에 있다는 그 느낌. 맨해튼에서조차도 몬테소리 학원에서 나온 아이들을 데리고 가는 엄마들을 보면 가슴이 아렸다.

아직도 피칸그로브에서 보냈던 셀 수도 없는 금요일 오후를 그리워하고 있었다. 피칸그로브는 아이들의 낙원이었다. 9백 에이커나 되는 대지에 마음껏 소리 지르고 뛰어 놀 수 있는 많은 방들. 셰틀랜드 망아지를 타거나 강물에서 가재를 잡고 넓은 헛간에서 강아지들과 놀거나 커다란 떡갈나무를 타기도 했다. 뒤뜰 나무에는 그네가 매달려 있어 강을 바라보며 그네를 탈 수 있었다. 말을 타는 게 싫증나면 아빠 셉이 농장에서 타라고 준 낡은 골프 카트를 타고 놀았다. 장난감과 악기들로 가득 찬 커다란 집에는 엄마 비비가 주말마다 슈퍼마켓에서 사오는 먹거리가 산더미처럼 쌓여있었다.

그리고 비비가 기분이 좋은 주말이면 그녀는 뒤뜰에서 두 팔을 벌리고 아이들을 기다리고 있었다. 아이들과 함께 퍼지를 만들거나 토요일 밤에 영화를 보러 가거나 아니면 다른 야야들과 함께 다같이 카드 게임을(그들은 기꺼이 아이들의 코 묻은 돈을 빼앗아갔다) 할 생각에 비비도 들떠 있곤 했다.

친구 여섯이나 일곱 정도 데리고 피칸그로브에서 주말을 보내는 것은 특별한 일도 아니었다. 그곳은 누구에게나 열려 있었고 시다의 친구들은 그녀의 집을 굉장히 좋아했다. 금요일 저녁식사로는 새우튀김이 끝없이 나왔고 마시고 싶은 대로 마실 수 있는 차가운 콜라가 있었다. 그리고 겨울이면 벽난로 앞에 앉아 시간을 보내거나 버번을 홀짝거리는 비비와 함께 강신술 놀이를 했다. 아이들은 아무런 준비 없이 주말을 보내러 오곤 했다. 비비 아줌마가 필요한 것은 무엇이나 마련해준다는 것을 알기 때문이었다.

"우리 집에는 파자마가 8만 4천 벌에 손님용 칫솔이 6만 4천 개나 있단다. 그러니 이만 옮기지 않으면 대환영이다." 비비는 이렇게 말하곤 했었다.

이러니 어떻게 금요일 오후에 시다 워커가 가족에 대해 생각하지 않을 수 있을까?

수영하면서 시다는 만약 오늘 애를 갖는다고 가정하고 나이 계산을 해보았다. '내 자식들이 친구들을 데리고 올 때가 된다면 나는 47세가 되어 있을 것이다. 그런대로 괜찮군. 데이트를 시작할 때라면 나는 55살쯤 됐겠지. 좋아. 애들이 대학에 들어갈 때쯤 되면 나는 60살이 다 되어 있겠지. 그리고 손자를 볼 때쯤이면 난 망령 난 할망구가 되어 있겠지.'

그녀는 접영으로 바꾼 뒤 다리동작에 집중했다.

'나는 지금 단지 지극히 정상적이고 벗어날 수 없는 생물학적 욕구의 말기 증상을 느끼고 있을 뿐이야. 이런 일이 처음도 아니었고 항상 언제 그랬냐는 듯 지나가지 않았던가. 내 인생은 커다란 실패가 아니다. 태어나기를 기다리는 저녁 하늘의 천사들, 다만 난 어느 것이 태어날지 모를 뿐이다.'

다시 통나무집에 돌아와 시다는 저녁을 서서 대충 때운 후 보니 레이트*의 시디를 들었다. 그녀는 웨이드와 메이가 왔을 때 발견한 사진을 뚫어지게 쳐다봤다. 비비가 뒤뜰에서 네 명의 아이들에 둘러싸여 있는 사진이었다. '이 사진은 금요일에 찍었었나? 그건 아니다. 만약 금요일이었다면 이것보다 두 배는 많은 아이들이 있었겠지. 네 남매 모두 자고 갈 친구들을 데려왔을 테니까. 주중에 찍은 것이 틀림없다.'

1962년 9월 하순의 어느 날이었다. 그녀의 엄마 비비는 분홍색 체크무늬 피크닉용 담요 위에 앉아 있었다. 넓은 뜰은 호수까지 펼쳐지는 완만한 언덕으로 이어졌다. 시다는 초등학교 4학년이었다. 리틀 셉은 3학년, 룰루는 2학년, 그리고 베일러는 1학년이었다. 만약 비비가 피크닉용 담요 위에 앉아 있다면 시다는 비비의 기분이 좋을 때라는 사실을 알고 있었다. 만약 비비가 방 안에서 문을 걸어 잠그고 있다면 방해해서는 안 되었다. 만약 운이 좋다면 비비의 기분이 나아질 만한 일을 발견할 수도 있었다. 그것이 어떤 일이 될지는 예측불허였다. 비비를 우울하게 하거나 기분 좋게 만드는 것은 마법처럼 이해할 수 없는 것이었다.

"오늘 학교에서 뭘 배웠지 얘들아? 책가방을 내려놓고 이리 모여

---

보니 레이트 미국의 여성 블루스 싱어 송라이터 겸 기타리스트 — 옮긴이

라."

비비는 아이들이 놀라운 뉴스를 가져오지나 않았을까 눈을 빛내며 물었다.

네 명의 아이들은 담요에 털썩 무릎을 꿇고 앉았다.

"세상에 맙소사 너희 굉장히 굶주린 것처럼 보이는구나."

굶주리다. 비비가 잘 쓰던 단어였다. 시다는 알사탕이라도 되는 듯이 그 말을 입에서 굴리곤 했다.

"너희, 진짜로 보기만큼 배가 고프니? 학교에서 점심때 뭘 먹였지? 설마 그 흉측하게 퉁퉁 불은 완두콩은 아니겠지? 뭔지는 모르겠지만 끔찍한 거였나 보구나. 우리가 주는 돈을 대체 수녀들이 어디에 쓰는지 모르겠다." 비비는 샌드위치를 나눠주기 시작했다.

"자, 리틀 셉, 우리 피넛버터 대장. 시다는 딸기잼을 잔뜩 바른 것. 룰루는 이것저것 모두 함께 먹는 걸 좋아하지? 네 건 여기 있다. 하나만 먹어야 돼, 알았지? 종이컵 좀 이쪽으로 다오. 베이, 넌 네 조각으로 자른 샌드위치. 걱정하지 마, 가장자리는 다 잘라냈으니까. 정말 손이 많이 가는 아이라니까. 룰루야, 욕심부리지 마. 모두 배불리 먹을 만큼 많이 만들었으니까."

비비는 쿨러에서 레모네이드를 따랐다. 아이들은 '축 결혼 10주년, 비비와 셉' 이라고 금색 글씨가 새겨진 냅킨에 싼 샌드위치를 들고 먹었다. 비비가 또 하나 있는 쿨러에서 자신이 먹을 칵테일을 따랐다. 원래대로라면 기침약을 담았을 물건이었다.

시다는 담요에 앉아 샌드위치를 먹었다. 하루종일 이 순간을 기다려왔다. 잼과 신선하고 부드러운 하얀 빵의 맛은 그녀를 행복하게 했다. 시다는 비비가 쌓아놓은 베개에 몸을 기대는 것을 봤다. 비비는 담배를 피우며 하늘을 바라보고 있었다. 담배를 피우는 것과 하늘을 보는 것은 비비가 가장 좋아하는 일 중 하나였다. 낮 공연, 잘 만든 햄버거, 스프링 강, 침대에 누워 좋은 책을 보는 것, 멋을 내고 재미있게 노는 것도 당연히 좋아했다.

시다는 비비의 손을 좋아했다. 비비의 손톱도 좋아했다. 비비는 전화를 하면서 손톱을 다듬곤 했다.

샌드위치를 다 먹은 시다는 배를 깔고 엎드렸다. 비비는 교복을 입은 시다의 등을 간질였다.

비비는 시다의 등을 간지럼 태우기에 아주 완벽한 손톱을 가졌다. 아무도 비비처럼 시다의 등을 간질일 수 없었다. 그렇게 기분 좋게 간지럼을 태우려면 비비와 같은 손톱을 갖고 있어야 했다.

시다는 사진을 내려놓고 앨범을 덮었다. 그리고 침실로 들어가 옷을 벗었다. 침대에 누워 자신의 배를 바라봤다. 샌드위치를 먹은 후에도 배는 납작했다. 양쪽으로 튀어나온 골반 뼈가 보였다. 납작한 배를 유지하기 위해 그녀가 얼마나 노력하는지 아무도 모를 것이다. 손을 뻗어 배를 옆으로 천천히 어루만졌다. 어른이 된 후 처음으로 납작하게 들어간 배가 좋아 보이지 않았다. 대신 그녀는 고독하고 쓸모 없는 기분이 들었다. 마치 자신이 여행보다 여행을 위해 짐 싸는 것을 더 좋아하는 여자 같다고 느껴졌다.

뒤뜰에서 찍은 사진에 대해 생각했다. 베일러가 일 학년 때 보여주고 설명하기 시간을 위해 자기의 양말대님을 들려 보냈을 즈음에 찍었던 사진이었다. 그 때문에 학교측은 비비에게 선생님과 면담을 하라고 불렀다. 거기서 수녀님과 싸움이 벌어졌던 게 분명했다. 비비는 나가면서 주차장 가까이에 세워둔 프라하의 아기 예수상을 긁어버렸다.

시다는 그날 저녁 캐로의 집에 갔던 게 기억났다. 비비는 기분이 잔뜩 나빠져 있었지만 캐로가 끊임없이 버번을 따라주고 커다란 냄비에 칠리를 내와서 비비의 기분을 풀어줬다. 벽난로 앞에서 비비는 면담 이야기를 하면서 눈물을 글썽이다 캐로가 비비의 말에 이해한다는 듯한 눈길을 보내자 웃음을 터뜨렸다. 그날 저녁은 엄마들이 아이들에게 차차 춤과 스테레오에서 녹음을 하는 법을 가르치는 것으로 끝났다. 깔대기 모양의 검은색 벽난로와 콩팥 모양을 한 커피테이블이 놓인 모던하게 꾸며진 캐로의 거실에서 숨이 차도록 춤을 추었던 게 기억났다.

"얘들아, 내 말 좀 들어 봐. 오늘 내가 프라하의 아기 예수상을 긁어버렸단다. 이건 절대 비밀이야. 아무한테도 말하지 마." 비비가 말했다.

'하나, 둘, 셋, 차차차. 우리가 지켰던 비밀은 그것뿐만이 아니었지.' 시다는 생각했다. '우리를 매수하고 고문하려고 해도 절대 말하지 않았을 거예요, 엄마. 세상에는 절대로 보여주어서도 말해서도 안 되는 것이 있으니까요.'

16

손튼 타운 모니터의 기사 두 개가 같이 호치키스로 엮어져 있었다. 기사 가장자리에는 수많은 화살표와 느낌표가 그려져 있었다. 시다는 믿을 수 없다는 듯이 고개를 저었다. 지금 이 자리에 메이와 웨이드가 있었다면 얼마나 좋았을까. 엄마 비비의 첫 범법행위 기사를 함께 공유한다는 것은 얼마나 멋진 일이었을까.

첫 번째 기사는 다음과 같았다.

**1942년 8월 3일 목요일**
**지방 유지의 딸, 풍기문란 죄로 체포되다**

테일러 C. 애벗 부부의 딸 비비안 애벗, 15세. 로버트(밥) L. 베넷 부부의 딸 캐롤라인 베넷, 16세. 뉴튼 S. 위트먼 3세 부부의 딸 에이미 말리사 위트먼, 15세. 프란시스 P. 캘러허 부부의 딸 드니즈 로즈 캘러허, 15세. 이들은 어젯밤 공공장소에서의 풍기문란 행위로 체포되었다. 이들은 지

방법 106조에 위배되는 고의적인 공공기물 훼손, 그리고 노출 행위의 혐의를 받고 있다. 소녀들은 왜 그런 짓을 했는지 설명을 하지 않았다.

시다는 야야들이 고등학교에 다닐 때 체포된 적이 있었다는 소문을 듣긴 들었지만 자세한 내용까지 알지는 못했었다. '아, 반세기 전으로 날아가 그 사건을 훔쳐볼 수 있다면 얼마나 좋을까.'
두 번째 기사는 다음과 같았다.

1942년 8월 9일 목요일
산들바람을 잠재우다
앨리스 앤 시블리의 사교계 칼럼

뉴튼 L. 위트먼 3세 부인(처녀명 쥬느비에브 에이미 상 클레르, 막스빌의 에티엔느 상클레르 부처의 딸)은 지난 토요일 오후, 그녀의 딸인 '틴지'를 위해 즉흥적인 야외파티를 열었다. 윌로우 가의 위트먼 가에서 오후 4시부터 7시까지 열렸던 파티에는 틴지의 가까운 친구들이자 마을에서는 '야야 시스터즈'이라고 알려진 비비 애벗, 캐로 베넷, 그리고 네시 켈러허가 참석했다. 소녀들은 야야의 기준으로 봐도 지나치게 기운찬 소동을 벌여 뉴스거리가 되었다.

저녁 파티에 온 다른 초대손님 중에는 메리 그래이 벤저민, 데이지 파러, 샐리 소니아가 있었다. 참석한 같은 고등학교의 남학생들은 딕키 윌러, 존 프리처드, 와이엇 벨 그리고 플로리다 주의 세인트 피터스버그에서 온 레인 파커였다. 파커군은 숙모 내외인 찰스 심코우 부부와 함께 방문중이었다.

신선한 찬 새우, 찬 옥수수, 양파와 토마토 샐러드, 그리고 바게뜨가 그날의 메뉴였다. 손튼 고등학교의 우수한 농구선수인 잭 위트먼은 루이지애나의 프랑스식 전통음악을 바이올린으로 연주하며 파티의 흥을 돋우었다. 위트먼 부인은 분수를 새로 설치하게 된 것을 축하하기 위해 즉흥적으로 연 파티였다고 설명했다. 아름다운 두 인어가 물을 뿜어대는 디자인으로 된 아름다운 분수는 품평회에서 상을 탔던 그녀의 아메리칸 뷰티 장미 옆에 놓여질 예정이다.

지난 목요일 날 앨라배마의 돌핀 섬의 별장으로 떠났던 위트먼 씨는 파티에 참석하지 않았다. 이렇게 멋진 파티를 그가 왜 참석하려고 하지 않았는지 궁금하다.

'이건 너무 재미있잖아. 좀 더, 좀 더 이야기해달란 말이야.' 시다는 생각했다. 기사가 도중에 잘려 있어서 궁금해 죽을 지경이었다. 이렇게 군침 도는 이야기인데. 소녀들의 패거리에 끼어서 그녀 역시 신문에 이름이 올라왔다면 얼마나 좋을까. 엄마의 스크랩북을 보면서 이런 바람을 품은 것은 처음이 아니었다.

\*\*

1942년 8월 3일 밤, 잭 위트먼이 공군에 입대하겠다고 선언한 뒤 5시간도 채 못 되어 난감해하는 얼굴의 경찰은 비비 애벗과 야야들을 손튼 경찰서의 유치장에 가두었다.

거의 한 달 전부터 미국의 전투기들은 미드웨이 항공모함 위를 날아올랐다. 그들은 곧 대공포화의 표적이 되어 가미가제 특공대원처럼 젊은 생명을 마칠 운명이었다. 연안의 도시들은 등화관제를 실시했다. 내륙지방의 여러 도시들도 마찬가지였다. 루이지애나 중부에서 태평양은 멀리 떨어진 것처럼 보였다. 이상한 이름을 가진 태평양의 섬 이름을 정확하게 발음할 줄 아는 사람도 없었다. 하지만 나치 잠수함들은 플로리다 해안으로 스파이들을 상륙시켰다. 워싱턴은 인정하려들지 않았지만 손튼 사람들은 독일의 U보트가 멕시코만을 휘젓고 다닌다는 소문을 수도 없이 듣고 있었다.

비비는 루즈벨트 대통령과 롬멜 장군 그리고 로버트 테일러*의 꿈을 꾸었다. 테니스를 칠 때면 히틀러에게 던지는 폭탄이라고 생각하며 공을 날렸다. 잭과 오랫동안 산책한 뒤 밤에 침대에 누워있을 때면 몸이 달아올라 팬티가 축축해졌다. 그녀는 온 나라를 누비는 기차들과 먼 전선의 참호 속에서 두려움에 떠는 소년들을 위해 평화의 여왕에게 기도를 드렸다. 그녀는 버터와 고기의 양을 줄이고 베이컨도 먹지 않게 되었다. 그리고 외출할 때는 스타킹을 신는 대신 종아리 뒤에 선을 하나 그었다. 금요일마다 헌혈을 하고 토요일에는 헌 신문지, 수요일에는 고철을 모았다.

그녀는 날마다 뉴스를 들었다. 전쟁터에서 전해지는 소식은 참혹했고 패션잡지는 새로운 여군 유니폼을 소개하면서 거들과 브래지어가 포함된 군복은 속옷업계의 위상을 높여줄 거라고 보도했다. 가톨릭계는 여성의 징집에 반대했다. 버기는 비비에게 '숙녀들이 가정을 떠나도록 놔둔다면 그들은 문란한 이교도 여신에 물들게 될 것'이라는 내용의 기사를 읽게 했다.

비비는 전쟁을 위해 발행된 국채와 승리를 기원하는 공원들을 믿었다. 그녀는 나치와 일본은 사악하다고 믿었다. 그녀는 무슨 일이 있어도 민주주의를 믿었다. 하지만 그녀가 원했던 것은 상냥함과 열정이

---

로버트 테일러 40년대 대표적인 미남 할리우드 배우 — 옮긴이

었다. 그래서 그녀는 잭 위트먼이 전쟁에 나가야 한다는 사실을 믿지 않았다.

8월의 그날 밤은 후텁지근했다. 8시가 다 되었지만 열기는 가라앉을 줄 몰랐다. 달은 보름달에 가까웠고 어디에서나 풀과 강물의 냄새를 비롯한 남부 내륙지방의 한여름이 풍기는 냄새를 맡을 수 있었다. 남태평양에서는 해병대가 구아달 운하에 상륙할 준비를 하고 있었다. 유럽에서는 이미 전투기 부대에 의해 미군의 첫 폭격이 이루어진 뒤였다.

루이지애나 주의 손튼에서는 르모인스의 햄버거 드라이브인에서 잭의 1940년형 청록색 뷰익을 탄 비비와 잭이 앉아 있었다. 비비는 잭의 무릎 위에 발을 올려놓고 조수석 문에 몸을 기대고 있었다. 닥터페퍼 병을 쥔 그녀의 손이 부들부들 떨렸다.
  잭이 군에 자원했다는 말을 하자 그녀의 입에서 첫 번째로 나온 말은 '왜 날 떠나려고 하는 거야?' 였다.
  "난 군대에 가야 할 책임이 있으니까. 그리고 난 하늘을 날고 싶어." 그가 말했다.
  "거짓말하지 마. 이제까지 하늘을 날고 싶다는 말은 한 번도 하지 않았잖아." 비비가 말했다.
  그녀는 몸을 일으켜 앉더니 주먹으로 잭을 세게 때렸다. 그녀는 울지 않으려고 숨을 들이마셨다. "넌 조종사가 되고 싶어하는 게 아냐. 그냥 너희 아빠에게 인정받고 싶어서 그러는 것 뿐이야."
  잭은 한참 동안 아무 말도 하지 않았다. 그가 다시 입을 열었을 때 그는 차마 비비의 얼굴을 볼 엄두를 내지 못했다. "매 위.(그래.)"

비비와 잭은 각각 4살과 7살 때부터 알고 지냈다. 그녀는 지난 8년 동안 적어도 일주일에 두 밤은 그의 집에서 보냈다. 그가 원했어도 가족에 대해서 그녀에게 숨기기는 불가능했다. 반면에 그 역시 그녀를 속속들이 알고 있었다. 엄마의 비난으로 받은 안 보이는 상처, 여동생인 제지가 태어난 후 질투에 사로잡혀 말을 안 한 일, 그리고 아빠의 벨트가 그녀의 살갗에 남긴 눈에 보이는 상처까지.

비비를 쳐다보며 자기가 그녀를 이해시킬 수 있었으면 좋겠다고 잭은 생각했다. "아버지를 위해 당신께서 바라는 일 한 가지는 해드려야 되지 않겠어?"

비비는 그의 심정을 알고 있었지만 결코 그의 생각에 찬성할 수도 기뻐할 수도 없었다. 그녀는 언제나 잭의 아버지를 싫어했다. 그는 거만한 남자였다. 쥬느비에브의 악센트를 조롱하고 아무도 집에서 '촌스러운 프랑스어'를 쓰지 못하게 했다. 잭이 자기 앞에서 아카디안*식 바이올린을 절대 켜지 못하게 하는 것은 물론이고 잭을 원래의 프랑스 이름인 자크로 부르는 것도 거부했다. 그녀는 또한 애틀랜타에서 돌아온 뒤 위트먼이 생색내듯 그들을 알마 앤셀의 학원으로 보낸 것도 잊지 않았다. 덕분에 그들을 매력적이고 예의바른 젊은 숙녀로 탈바꿈시킬 임무를 맡은 알마에게서 토요일마다 고문과 같은 훈련을 받아야 했다.

"네가 할 수 있는 올바른 일은 집을 떠나지 말고 날 사랑해주는 거야." 그녀는 거의 속삭이듯 말했다.

---

아카디안 Arcadian, 캐나다의 아카디아(지금의 노바스코샤주)에 정착한 프랑스인을 가리킴. 훗날 영국이 아카디아를 점령하고 그곳에 살던 프랑스인들을 미국 루이지애나주로 강제 이주함. 아카디아라는 말이 미국 인디언들에 의해 잘못 전해지면서 생긴 이름이 '케이준' ― 주

잭의 목덜미는 그녀에게 너무나 멋져 보였다. 그녀는 이때까지 수백 명의 남자애들과 사귀면서 체력이 허락하는 한 수없이 데이트를 했다는 것을 자랑으로 여기고 있었다. 하지만 잭을 잃는다고 생각하니 가슴이 저미듯 아파 왔다.

"미안해, 이미 정해진 일이야." 그가 말했다.

비비는 눈을 감았다. 다시 눈을 떴을 때 그녀는 평정을 되찾을 수 없었다. 앞에 있는 대시보드가 희미하게 흔들렸다. 주위에 있는 물건들은 도무지 멈출 수 없었다. 마치 이제까지 그녀의 지탱하고 있던 가느다란 은색 끈이 알지 못하는 사이에 휘어진 것 같았다. 그 느낌은 어딘가 낯이 익었다. 그녀는 다시 눈을 감고 머리를 빠르고 거세게 흔들었다.

"괜찮아, 비비?" 잭이 비비의 발을 천천히 무릎 위에 다시 올려놓으며 물었다.

그녀는 잠시 그를 증오에 찬 시선으로 노려본 뒤 고개를 돌렸다.

그는 천천히 그녀의 발을 주무르기 시작했다. 비록 고개를 돌린 채였지만 그녀의 마음속에서는 그의 손이 보였다. 끝으로 갈수록 가늘어지는 긴 손가락, 짧고 네모난 손톱. 농구공과 바이올린을 다룰 줄 아는 크고 우아한 손. 그녀의 몸이 서서히 깨어나며 다정함과 신뢰감으로 가득 찼다.

"다시 돌아오는 거지?" 그녀가 물었다.

"농담하는 거야?! 내가 영영 너를 떠날 수 있다고 생각해? 물론 다시 돌아올 거야."

"꼭 돌아오겠다고 맹세할 수 있어?"

그는 그녀의 뺨을 어루만졌지만 그녀는 반응을 보이지 않았다.

"약속할게, 비비."

그녀는 잠시 꼼짝도 하지 않고 창 밖을 보며 아무 말 없이 앉아 있었다. 그녀가 다시 고개를 돌려 그를 봤을 때 그녀는 입을 크게 벌리고 활짝 웃었다.

"난 군복을 입은 남자를 좋아하는 법을 배울 수 있을 것 같아."

그녀는 애써 유혹하듯 말하고 윙크를 보냈다. 하지만 그녀의 시선은 어딘지 초점이 맞지 않았다. 마치 그에게서 고개를 돌리고 있는 동안 본 무언가를 털어 내지 못하는 것 같았다.

잭은 허리를 굽혀 그녀의 발에 키스했다. 그는 패디큐어를 칠한 그녀의 발톱에 키스했다. 그의 검은 머리칼이 살짝 그의 눈 위를 덮었다. 다시 고개를 들었을 때 그의 눈은 축축하게 젖어 있었다. 그는 몸을 돌려 시트 위에 다리를 올려놓은 뒤 그녀를 무릎 위에 앉혔다. 그들은 그렇게 잠시 동안 아무 말 없이 앉아 있었다. 지니 심스의 '딥 퍼플(Deep Purple)'이 누군가의 차 라디오에서 흘러나왔다. 목면을 실은 트럭과 빨간 택시가 지나가고 있었다. 햄버거와 바비큐 소스 냄새가 후텁지근한 대기에 떠돌았다.

"네가 다시 돌아오면 모든 게 다시 좋아질 거야, 그렇지?" 그녀가 물었다.

"마 쁘띠 슈(나의 작은 슈크림), 당분간은 엉클 샘이 나의 보스지만 내가 돌아오면 네가 보스야."

"그때쯤이면 난 여기자가 되어 있을 거야, 잭."

"그럼 우리는 뉴욕에서 살 수도 있을 거야, 어떻게 생각해?"

"멋진 생각이야. 전쟁이 끝나면 파리에 살아도 좋을 거야. 아니면 난 테니스 스타가 되어 리오 데 자네이로에서 살게 될지도 몰라."

"그러면 신문마다 네 사진이 실리겠다."

"아니면 대학에서 뭔가 공부하고 있을지도 모르겠지."

"넌 뉴콤으로 가고 난 툴레인으로 갈 수 있을 거야. 그러면 프랑스 지구에 아파트를 하나 빌리자. 우리는 주말이면 강으로 놀러 가는 거야, 어때?"

"전쟁이 얼마나 오래 갈지 알 수 있었으면 좋겠다."

"전쟁이 끝나면…." 잭이 그녀의 얼굴을 어루만지며 말했다. "나와 결혼해주겠어?"

그녀는 이 말에 조금도 놀라지 않았다. 그리고 아무렇지도 않은 것처럼 확신에 찬 어조로 대답했다.

"이 세상에서 내가 결혼하고 싶은 단 한 사람의 남자는 바로 너야. 만약 너와 결혼할 수 없으면 난 야야들과 결혼할 거야."

잭은 웃음을 터뜨리더니 그녀의 눈을 지그시 들여다보았다. 잭이 말했다. "넌 무엇이든지 할 수 있어, 비비 애벗. 넌 무엇이나 될 수 있어. 네가 원하는 것은 뭐든지."

"애들도 가지게 될까? 시끄럽고 잘생긴 아이들을?" 비비가 말했다.

"네가 원한다면 갖고 원하지 않는다면 안 가져도 돼. 마망이 언제나 말하듯이, 성경책 어디에도 모든 천주교를 믿는 여자들이 리포피를 가져야 한다는 말은 없으니까."

"리포피가 무슨 뜻인데?"

"밉살스러운 아이들을 말해." 잭이 설명했다.

비비는 웃었다. "내가 원하는 대로 아무리 많이 낳아도 되는 거지? 아니면 하나도 낳지 않던가?" 비비가 말했다.

"물론이지." 잭이 말했다.

"12명을 나을지도 몰라."

"그래, 많을수록 좋지."

"모두 통나무배에 태워서 강을 돌아다니는 거야. 그리고 애들에게 바이올린과 아코디언을 가르치고."

"마망은 애들 응석을 다 받아주겠지. 애들 중 하나는 엄마 이름을 따게 하자."

"뭐 좋아, 하나가 아니라 둘은 너희 엄마 이름을 물려받게 해야지! 틴지와 나는 진짜 자매가 될 거야. 3층집에 살면서 콜리 종 애견을 기르자. 맞아, 테니스 코트도 만들어 놓을 거지?"

잭은 비비의 말을 키스로 가로막았다.

'아버지는 내가 한 사람의 당당한 남자라는 것을 알게 될 거야. 그리고 날 몹시 자랑스러워하게 되겠지.' 잭은 생각했다.

틴지가 코카콜라를 채운 텀블러에 럼을 부은 뒤 비비에게 건네주며 말했다.

"왜냐하면 잭이 자기가 직접 말하기 전에는 입도 벙긋하지 않겠다고 약속하게 했거든."

그날 밤 각자의 데이트에서 돌아온 야야들은 위트먼 가 2층 포치에 팬티 바람으로 앉아 담배를 피우며 수다를 떨고 있었다.

"루이지애나 주는 산들바람조차도 안 부는 것 같군." 캐로는 등나무 의자의 쿠션에 몸을 기대고 발은 병풍 위에 올려놓은 채 담배를 피우고 있었다.

"오빠는 오늘 아침에야 마망과 아빠와 나에게 이야기했는걸." 틴지가 말을 이었다. "아빠는 오늘 오후 은행에서 돌아오는 길에 축하하기 위해 프랑스 산 샴페인 한 병을 사가지고 왔어. 상상이 가? 아빠가 프랑스 산 샴페인이라니?"

"너희 아빠는 전쟁 중인데도 구하지 못하는 게 없구나." 캐로가 말했다.

"아빠가 오빠에게 그렇게 다정하게 하시는 건 처음 봤어. 반장으로 뽑혔을 때나 농구부 주장이 되었을 때도 그렇지 않았거든. 아빠는 오빠가 자원한 걸 축하하기 위해 파티를 여신다고 했어."

"너희 엄마는 뭐라고 하셔?" 비비는 네시 옆의 흔들의자에 앉아 칵테일 잔을 왼쪽 관자놀이에 대고 있었다.

"마망은 군 입대를 취소할 수 없냐고 물었어!" 틴지가 말했다. "아빠는 엄마가 애국심이 없다고 몰아붙였어. '맙소사, 여보. 이건 프랑스의 일이야. 우린 지금 자유세계의 일을 이야기하고 있는 거야.' 우리 아빠 알잖니. 일장 연설을 하더니 잭을 위해 건배를 하더군. 마망은 샴페인에 손도 대지 않았어. 그렇게 샴페인을 좋아하는데도 말이야. 엄마는 위층으로 올라갔고 조금 있다가 잭은 엄마가 괜찮은지 보려고 곧 따라 올라갔어." 쥬느비에브의 부채를 부치고 있던 틴지가 침대 위에 누웠다. "이건 정말 중대한 사건이야. 우리들 중 누군가 전쟁에 나가게 되다니."

모두 아무런 대답도 하지 않았다.

"안 그래? 정말 멋진 일 아냐?" 틴지가 다시 한 번 말했다.

"그래 너무 멋져서 떨릴 지경이다. 제임스 스튜어트* 같다." 비비가 말했다. "나에게는 잭이 오랫동안 떠나있게 된다는 걸 의미할 뿐이야. 잭이 시가 같이 생긴 조그만 금속물체에 앉아 독일군이 그를 죽이

---

제임스 스튜어트 할리우드 배우로 제2차 세계대전 중 애국적인 영화에 많이 출연 — 옮긴이

235

려고 하는 동안 공중에 떠있어야 하는 걸 의미할 뿐이라고."

"맙소사, 난 한 번도 그런 식으로는 생각해보지 않았어." 네시가 말했다.

"물론 그러지 않았겠지. 이 꿈속에 사는 소녀야." 캐로가 말했다.

"잭은 나를 내려주고 스프링 강으로 차를 몰고 갔어." 비비가 말했다.

"아빠가 오빠에게 휘발유 쿠폰을 잔뜩 줬거든." 틴지가 말했다.

"이런, 너희 아빠는 암시장 보스라도 되냐? 정말 못 구하는 게 없네." 캐로가 말했다.

"몰라, 한 번도 물어본 적이 없거든." 틴지가 말했다.

"친구들을 잔뜩 데리고 가더라." 비비가 담배를 빨아들이며 말했다. "아마 입대를 축하하려고 총각파티라도 하는 모양이지. 오늘은 밤새 강에서 놀고 온다고 하던데."

"그렇다면 우리도 데리고 갔어야지. 강가는 항상 여기보다 시원하단 말이야. 어휴, 쪄 죽겠다. 아마 날 짜면 물이 뚝뚝 떨어질 걸." 틴지가 말했다.

"적어도 비비는 데리고 갔어야 했다." 캐로가 포치 바닥 위를 맨발로 철벅철벅 왔다갔다하면서 말했다. 그러더니 돌아와서 쿠션을 들어 비비에게 부채질을 해줬다. "언제 떠난대? 어디로 가는데?" 캐로가 물었다.

"그런데 공군 제복이 제일 멋진 것 같지 않니, 얘들아?" 네시가 말했다.

"우리 오빠는 제복이 없어도 충분히 핸섬해." 틴지가 말했다.

"술이나 더 줘." 비비가 잔을 내밀며 말했다.

틴지는 위트먼 씨가 암시장에서 구한 럼을 가득 부어줬다. 보름달이 중부 루이지애나를 비추고 있었다. 이건 흔히 보는 달이 아니라 무릎을 꿇고 절해야 하는 달이었다. 커다랗고 묵직하고 신비하고 위압감을 주는 달이었다. 은쟁반에 올려놓고 바쳐야 할 것 같은 달이었다. 귀뚜라미와 매미 소리, 그리고 잔 속에서 얼음이 서로 부딪히는 소리가 소녀들의 목소리와 한숨과 어우러졌다. 포치의 그들이 있는 자리에서 달과 함께 밤하늘 가득 쏟아질 듯 떠있는 별들이 보였다.

그들은 물에 적신 수건을 몸 앞에 들고 돌아가며 선풍기 앞에 서서 더위를 식혔다. 침대에 누우려고 했지만 시트가 눅눅해 있었다. 무슨 짓을 해도 더위가 가시지 않자 틴지가 신음소리를 냈다.

"날 따라 해봐, 얘들아. 이렇게 신음소리를 내면 훨씬 기분이 나아지는 것 같아. 정말이야." 틴지가 말했다.

그래서 그들은 먼 곳에서 개가 짖을 때까지 함께 신음소리를 냈다. 그 개가 마치 그들의 신음 소리에 대답하는 것 같아서 모두 배를 잡고 웃었다.

"탈룰라 뱅크헤드도 여기에 있으면 쩌죽으려고 할까?" 틴지가 궁금하다는 듯이 물었다.

"이봐 친구, 엘리노어 루스벨트도 이렇게 늘어지진 않을 거야. 그 여자는 터프하니까." 캐로가 말했다.

팬티 위에 각자 자기 아버지의 파자마 상의만을 걸친 소녀들은 비비가 올라타 시동을 걸때까지 쥬느비에브의 컨버터블 자동차를 밀었다. 기름이 달랑달랑하게 남아 멀리 갈 수 없을 것 같았다.

"이거 잘하는 짓일지 모르겠어. 적어도 파자마 바지 정도는 걸치고 나와야하는 거 아닐까?" 그들이 캄캄한 밤 속을 달릴 때 네시가 말했다.

"네시야, 이건 지옥에 떨어질 정도로 큰 죄는 아냐." 틴지가 쏘아붙였다.

"볼티모어의 교리문법에 그런 내용은 없었어." 비비가 말했다.

"모세가 산에서 내려올 때 파자마 바지에 대한 이야기는 한마디도 하지 않았다." 캐로도 거들었다.

"뭐 수영복보다는 파자마 윗도리가 몸을 더 많이 가려주긴 하니까." 네시가 말했다.

비비가 운전하는 동안 야야의 몸에서뿐만 아니라 땅과 하늘도 땀을 흘리는 것 같았다. 그들이 들이마시는 공기는 마치 주스처럼 축축했다. 달빛이 차와 소녀들의 어깨와 무릎, 그리고 머리 위에 떨어지며 반짝반짝 빛나게 했다. 차 라디오에서는 '비위치트, 보더드 & 비와일더드(Bewitched, Bothered & Bewildered)'가 흘러나왔다. 비비는 자신이 지금 어디로 가는지 도무지 알 수 없었다. 하지만 어디로 가든지 친구들은 그녀를 따라 올 것이다.

그녀는 시립 공원의 나무숲 옆에 차를 세웠다. 멀리 떨어지지 않은 곳에 시의 물탱크가 얹혀진 탑이 서 있었다. 시동과 전조등을 끈 뒤 비비는 친구들에게 소리쳤다.

"천국까지 올라갈 사람?"

"굿 아이디어!" 캐로가 문을 열지도 않고 컨버터블 밖으로 뛰어내리며 말했다.

"오, 예스!" 틴지가 말했다.

"저기 올라가면 사람들이 싫어할 텐데." 네시가 말했다.

"우리가 저기 올라가는 이유 중 하나가 바로 그거다, 백작 부인."

캐로가 말했다.

"공원 관리부에서 파견 나온 사람만이 저 위에 올라갈 수 있다고 들었어. 정말이야." 네시가 말했다.

"귀여운 네시, 할 수 있어. 어서." 비비가 차에서 내리며 말했다.

"우린 저 위에 올라갈 수 없어. 법에 걸린단 말이야."

"우리도 알아. 금지되어 있다는 걸."

네시는 다른 세 명을 노려보다 할 수 없다는 듯 차문을 열고 내렸다.

"이 다음에 우리에게 무슨 일이 일어날지 상상하기도 싫다, 얘."

"그럼 상상하지 않으면 돼." 캐로가 말하고는 네시의 어깨에 팔을 둘렀다.

"그래, 난 그냥 예쁜 분홍색과 파란색 생각이나 해야겠다." 네시가 말했다.

그들은 탑 뒤로 돌아갔다. 거친 나무 사다리가 위에서 내려오다 말고 땅에서 180센티 정도 위에 멈춰 있었다. 그들은 차례대로 친구의 몸을 밀어 올렸다. 캐로는 가장 키가 컸기 때문에 마지막이었다. 위로 기어올라가는 비비의 심장이 빠르게 고동치면서 목 뒤로 땀이 흘러내렸다. 더위나 럼주, 그리고 늦은 시간 탓도 있었겠지만 환한 달빛은 정신을 몽롱하게 만들었다.

사다리 꼭대기에서 비비는 물탱크를 둘러싸고 있는 좁은 통로로 내려왔다. 나무로 된 낡은 물탱크였다. 예전에는 철도 시설에 사용했다가 근처에 있는 영국 공군 기지와 리빙스턴 군기지로 인해 인구가 늘어나 시에서 사용하게 되었다고 한다. 지면으로부터 6미터 정도 위에서 그녀는 손튼 시를 내려다보았다.

엄마와 아빠 그리고 피트, 어린 동생 제지 그리고 그들이 그곳에서 보냈던 불안정한 나날에 대해 생각해보았다. 아빠가 다가오기만 하면 몸이 굳어지는 엄마. "저녁 드세요, 여보." 라고 부자연스럽게 말할 때면 언제나 입가가 굳어지곤 했다. 아빠는 엄마가 집에서 입는 옷이나 정원일 때문에 지저분한 손톱 그리고 성소에 켜는 양초를 놀림감으로 삼았다. 아빠의 숨결에서는 늘 희미하게 풍기는 위스키 냄새는 구강청정제로도 감출 수 없었다. 비비는 아빠가 벨트를 푸를 때 들리는 벨트 버클의 찰칵 소리를 떠올렸다.

엄마의 불만은 자신의 육체에 깊이 내재하여 있었다. 비비의 여동생 제지가 태어났을 때부터 엄마는 평상을 벽에 붙여놓고 아기 방에서 자기 시작했다. 비비 역시 입 밖으로 내지는 않았지만 엄마를 더 슬프게 하지 않기 위해 언제나 자신의 넘쳐흐르는 활기를 자제해야 하는 일에 지쳐 있었다. 비비 애벗은 겨우 15세에 밖으로 표출되는 성격을 조절하는 데 능숙해져 언뜻 원기 왕성한 소녀로밖에 비치지 않았다.

그녀는 그런 식으로 억제하는 일이 좋지 않다는 것을 알지 못했다. 또한 그녀는 엄마 역시 어린 나이에 감정을 억제하는 법을 배웠다는 것을 몰랐다. 비비가 엄마에게서 알지 못하는 부분은 많았다.

그녀는 엄마를 괴롭히는 오래된 악몽에 대해서도 몰랐다. 그 꿈은 엄마가 열두 살 때 겪었던 어떤 일에서 비롯된 것이었다. 그때 엄마는 그녀의 비밀스러운 감정과 감상적인 시를 적는 일기를 쓰고 있었다. 버기는 일기에 언니 버지니아와 어머니인 델리아에 대한 분노도 적었다. 그녀는 성모 마리아, 요정, 사랑 그리고 말들(무서워서 직접 타지는 못했지만)에 대한 애정을 담은 로맨틱하고 소녀 취향의 시를 쓰고 있었다.

버기의 악몽은 1912년 있었던 일과 똑같았다. 텔리아는 버기의 일기에 쓰인 비밀스러운 내용을 보고 분노에 떨었다. 그녀는 버지니아와 함께 버기를 뒤뜰로 끌고 갔다. 그곳에서 버기는 일기장을 한 장씩 찢어서 버지니아에게 주었고 버지니아는 그것을 불 속에 집어넣었다.

"버기, 넌 작가가 아니야. 네 궁상맞은 생활에서 일기로 쓸만한 가치가 있는 건 아무것도 없어. 만약 나중에 누군가 작가가 된다면 그건 네가 아니라 버지니아일 거다." 텔리아가 그녀에게 말했다.

자신의 비밀들이 연기 속에 사라지는 모습을 보면서 버기는 언니에게 복수하리라고 맹세했다. 그리고 그대로 했다. 19세가 됐을 때 그녀는 치밀한 계산으로 테일러 애벗을 버지니아로부터 빼앗아 그와 결혼했다. 그는 버기에게 그녀가 가넷 교구에서 가장 아름다운 소녀이며 영원히 자신의 소녀로 있어달라고 청혼했다.

그러나 버기의 승리는 달콤한 것만은 아니었다. 결혼 생활 내내 버기는 밖으로만 나도는 남편 덕분에 혼자 남아야 했다.

물탱크 탑 위에 서있던 비비는 긴장이 전신에 퍼지는 게 느껴졌다. 작은 마을에서만 맛볼 수 있는 스릴. 마치 높은 빌딩 위에서 퍼레이드를 구경하는 기분이었다. 시립 공원 떡갈나무에 매달린 나방이 보였다. 동백나무 숲과 진달래, 깨꽃도 볼 수 있었다. 밤에 피는 재스민 향도 맡을 수 있었다. 눈을 감고 비비는 그곳에서 자기 집 안을 들여다본다고 상상했다. 침실과 집 안에 있는 모든 것이 다 보인다고 상상했다. 뉴올리언스에서 할머니가 산 기둥 네 개와 비단으로 된 닫집이 달린 침대와 그녀의 아빠가 15세 생일 선물로 사준 화장대를 볼 수 있었다. 화장대 위에는 농구팀 유니폼을 입은 잭이 바이올린을 한 손에 들고 있는 사진이 놓여 있다. 구두와 스웨터가 가득 찬 옷장, 천장에 달린 선풍기, 스탠드 옆에 기대어 있는 테니스 라켓, 그녀가 탄 테니스 대회 트로피들. 그리고 셀 수도 없이 많은 야야들의 사진. 그리고 제임스 스튜어트의 사진 한 장.

집으로부터 눈을 돌려 비비는 자기가 살고 있는 거리를 그려보았다. 그리고 나서 동네 전체를 머릿속에서 상상했다. 자신이 알고 있는 모든 사람을 떠올려 봤다. 모습이 떠오르지 않는 사람은 거의 없었다. 그들은 더위 때문에 침대 속에서 이리저리 뒤척이며 잠을 이루지 못하고 있었다. 포치에서 타오르는 불빛을 보았다. 냉장고 사이로 새어 나오는 은빛 불빛이 보였다. 누군가 그곳에 서서 우유를 꺼내려 하고 있었다. 그는 아마 단지 냉장고의 냉기를 쐬고 싶었을 뿐이었을 것이다. 아기들 방의 램프 불빛이 보였다. 아기들은 더위로 몽롱해진 채 고무젖꼭지를 입에 물고 행복한 꿈을 꾸고 있었다. 너덜너덜한 면 이불에 분홍색 몸뚱이를 웅크리고 있는 그들은 아직 히틀러를 두려워하지 않았다. 그들의 강하고 작은 심장은 강과 호수와 나무의 리듬에 맞춰 뛰고 있었다.

비비는 성당에서 죽은 자들의 영혼을 위로하기 위해 켜진 촛불이 깜박거리는 모습을 보았다. 뒤뜰에서 아주 약한 산들바람이라도 찾으려는 잠 못 이루는 자들의 입에 매달린 담뱃불을 보았다. 혹시라도 공습경보가 울리지 않을까 밤새 켜놓은 라디오 다이얼의 반짝이는 불빛이 보였다. 나치나 일본군이 이 찌는 듯한 밤에 습격해와 마을을 공포에 몰아놓을지도 모르니까. 그들은 은행이 열린 시간이나 우유가 배달되는 시간이나 성체를 가는 사이에도 쳐들어올 수 있었다.

비비는 마을을 떠나 더 높이 날아올랐다. 더 이상 길가의 가로수도 환희나 걱정에 찬 얼굴도 보이지 않았다. 그녀는 사람들 사이의 자잘한 일상을 벗어나 위로, 위로 날아올랐다. 캐인 강은 강이라기보다 호수에 더 가까웠고 가넷 강이 어떻게 미시시피 강에 합류하는지 보일 때까지 올라갔다. 그녀는 스프링 강 위로 날아가 시원한 그늘을 드리우는 나무들과 솔잎이 깔린 오솔길을 지나 그날 밤 잭이 자고 있는 통나무집까지 날아갔다. 가운데가 청회색인 독일 아이리스 위를 지나 말없이 서있는 삼나무로 둘러싸인 호수의 갈색 물, 그리고 늪과 면화밭 위를 날았다. 조그만 오두막집이 늘어서 있는 안에는 낮 동안 허리를 굽혀 목화를 따느라 피곤한 흑인들이 자고 있었다. 그녀는 논과 사탕수수밭, 그리고 늪지대의 도금양 위를 지나갔다. 수백만 개의 작은 농장, 진흙 속에서 자고 있는 가재들 위를 날아갔다.

그러고 나서 그녀는 이 모든 것을 내버려두고 구름 속으로 더 높이 날아갔다. 천국에 가까운 곳에 있는 구름 속은 안개로 시원했다. 지구 전체가 한눈에 내려다보였다. 파랗고 하얀 색의 공이 두려울 정도로 광대한 우주 속을 돌고 있었다. 사람들은 보이지 않았다. 다만 셀 수도 없이 많은 심장이 뛰는 소리만 들렸다.

15세의 비비 애벗은 이렇듯 모든 면에서 감수성 예민하고 불안정한 소녀였다. 그녀의 머릿속에 있는 문이 조금이라도 열리게 되면 이렇게 많은 장소에 찾아갈 수 있었다. 이렇게 기이하고 섬뜩한 부드러움은 언제나 안전하지는 않았고 언제나 그 대가를 치러야만 했다.

비비의 기분이 잠시 불안정해졌다. 그리고 자신과 세상의 덧없음에 대한 충격을 타고 그녀는 똑바로 낙하하기 시작했다. 눈앞에 펼쳐지는 웅장한 풍경과 축축한 구름을 단단히 움켜쥐고 그녀는 떨어지지 않으려고 발버둥쳤다. 아직 지상으로 돌아가고 싶지 않았.

루이지애나 한가운데에 있는 손튼 시립 공원의 물탱크에 올라서서 그녀는 생각했다. '잭 위트먼과 함께라면 내 인생도 달라질 수 있을 것이다. 너는 무엇이든지 될 수 있어, 비비. 그가 말했다. 무엇이라도 될 수 있어.'

비비는 생각했다. '만약 잭이 저 하늘 너머로 사라져버린다면 나는 쪼그라들어서 죽어버리고 말 거야.'

물탱크의 뚜껑을 여는 법을 알아낸 것은 캐로였다. 까다롭고 손이 많이 가는 작업이었지만 야야들은 교활한 데다, 무엇보다 너무 더웠다.

야야 중에 조심스러운 축에 드는 네시마저도 물에 비친 달 그림자에 매혹되었다. 그들은 파자마 윗도리를 벗어 던졌다. 파자마는 펄렁거리며 메마른 땅 위로 떨어졌다. 팬티도 벗었다. 별로 말은 오가지 않았다. 생각은 더욱 하지 않았다. 그들은 시의 물 공급을 담당하는 물탱크의 차갑고 맑은 물속으로 몸을 담갔다.

야야들은 고개를 뒤로 젖히고 물속에 잠겨 있었다. 어깨 주위로 물위에 뜬 머리카락이 너울거렸다. 무언가 성스러움이 대기 중을 떠도는 듯했다. 달이 환하게 비추고 있는 이곳 하늘은 전쟁을 알지 못했다. 그들은 하늘을 보며 별을 헤아렸다. 페가수스 자리와 금성이라고 생각되는 별을 찾았다. 에스터 윌리엄스*처럼 물속에서 다리를 높이 차올리기도 했다.

물에 완전히 몸을 맡기고 있던 비비는 가슴속에 있던 검은 앙금이 잠시나마 씻겨지는 기분이었다. 그녀는 숨을 깊이 들이마시고 촛불을 끌 때처럼 숨을 훅하고 내쉬었다. 그러니까 배가 조여들던 것이 풀리

---

에스터 윌리엄스 올림픽 수영 금메달리스트 출신으로 할리우드에 진출, 수중 쇼 뮤지컬로 스타가 됨—옮긴이

며 어깨의 힘이 빠지고 어지럼증이 가셨다. 그녀는 울기 시작했다.

아무런 설명도 없었지만 몇 분 후 틴지 역시 비비를 따라 눈물을 흘렸다. 그러고 나서 네시도 따라 울고 캐로마저 조금 울었다. 그들의 눈물이 뺨을 타고 내려가 시의 물탱크 물에 섞였다. 그들이 운 것은 잭의 입대로 인해 그들의 굳게 닫혀있던 우주가 고통받는 세계를 향해 열렸기 때문이었다. 그들이 운 것은 야야들끼리 공명을 일으켰기 때문이었다. 그들은 이제 두 번 다시 전 같은 시절로 돌아갈 수 없다는 것을 알고 있었다.

눈물 젖은 눈으로 비비는 달을 올려보았다. 잭을 위한 소리 없는 기도가 몸에서 흘러나왔다.

'여름밤의 달님이시여, 높은 곳에서 내 사랑을 지켜봐 주세요. 그가 안전할 때도 적의 하늘 위를 날 때도 그를 비춰주세요. 그가 하늘을 날 때 가까이 부르시어 내가 없어도 그를 위험에서 지켜주세요. 내가 그를 사랑하며 그리워하며 언제까지나 기다릴 거라고 그에게 전해주세요. 당신의 우윳빛 광선은 그를 모든 적들에게서부터 지켜줄 수 있어요. 그는 섬세한 소년이니 괴로움을 겪지 않도록 해주세요. 내가 알고 있는 단 하나의 마을을 비춰주는 달빛이여, 부디 그를 내 품으로 안전하게 돌려보내 함께 행복하게 살게 해주세요.'

고개를 돌려 친구들을 본 비비는 그들이 이전까지와 전혀 다르게 보였다. 그들은 몸 안에 등불이라도 있는 듯 안에서부터 빛이 나고 있었다. 그들은 나이가 든 동시에 아주 어리게도 보였다. 강하게 보이는 동시에 아주 연약해 보였다. 그들의 몸은 비비에게 이 세상에 머물게 하는 닻인 동시에 그녀가 진짜로 존재하게 했다. 비비는 그들을 사랑했고 무한한 고마움에 휩싸였다.

로스코 젠킨스 경관은 땅바닥에 파자마 상의들이 떨어져 있는 것을 보고 어리둥절했다. 다른 날과 마찬가지로 순찰하던 그는 공원 진입로에 컨버터블에 세워져 있는 것을 보고 기름이 떨어졌나 생각했다. 달이 밝아서 따로 플래시를 비출 필요도 없었다. 하지만 플래시 빛 아래에 선명하게 드러난 파자마 상의에 새겨진 모노그램에 그는 더욱 당황했다. 팬티마저 발견하고 나니 그는 불안해지기 시작했다. 파자마를 손에 들고 그는 주위를 살폈지만 평소 때와 다른 점은 발견하지 못했다. 그때 희미하게 물이 철벅거리는 소리가 들렸다. 물탱크 쪽으로 플래시를 돌린 그는 벌거벗은 여자를 본 것 같았다.

야야들이 물탱크 탑에서 내려오겠다고 말하자 젠킨스 경관은 완벽한 신사답게 행동했다. 눈을 돌린 채 파자마 상의를 건네준 뒤에야 그는 물탱크 뚜껑이 제대로 닫혔는지 확인하러 탑 위에 올라갔다. 그는 이 어린 숙녀들을 잘 알고 있었다. 위트먼 가의 딸내미는 네다섯 살 때 피칸을 콧구멍에 집어넣었을 때부터 알고 지냈다. 고개를 절레절레 흔들며 한숨을 쉬던 그는 화가 났다기보다 부끄러워 어쩔 줄 모르는 것 같았다. 야야들을 경찰차에 태우지 않고 컨버터블에 탄 채 따라오게 한 것도 그들을 믿었기보다는 여자 네 명과 차를 같이 타고 가기가 쑥스러웠기 때문이었.

쥬느비에브의 컨버터블에서 그들은 얌전히 경찰차를 따라갈지 언덕 너머(물론 언덕 같은 것은 없었지만)로 달아날지 의견이 갈리고 있었다.

틴지의 한마디로 마침내 결정이 났다.

"얘들아, 난 아직 한 번도 유치장에 들어가 본 적이 없어!"

더위에 지친 부스스한 모습으로 경찰서에 온 그들의 아버지들은 의논했다.

"이 왈패들의 넘치는 에너지를 전쟁에 쓸 수 있다면 연합군에 엄청난 힘이 될 거야." 캐로의 아버지가 말했다.

"도대체 옷도 제대로 안 입고 나가다니 어이가 없어서 말이 안 나올 지경일세." 틴지의 아버지가 말했다. "아들 녀석이 이제야 뭔가 자랑할만한 일을 했나 했더니 이제 딸년이 범죄자가 될 줄이야. 이 네 말썽꾸러기들은 애틀랜타에 있는 내 가족에게 창피를 안겨준 뒤부터 내가 부끄러워 얼굴을 들지 못할 일만 하고 돌아다니고 있구먼."

"수도국이 물탱크 물을 어떻게 정화할 생각일지 모르겠군." 네시의 아버지가 말했다.

"머리를 식히게 감방에 하룻밤 처넣어두는 것도 좋은 생각일세. 그럼 그 아이들도 기세가 좀 꺾일지도 모르잖나." 비비의 아버지, 애벗 씨가 말했다.

"입건하라는 말씀입니까?" 경찰관 로스코가 믿지 못하겠다는 듯이 말했다.

"입건하게." 아버지들은 모두 동의하고 돌아서서 경찰서를 나갔다.

"입, 건, 하, 라!" 틴지가 유치장 창살을 드라마틱하게 움켜쥐고 말했다. "정말 멋진 단어 아니니?"

"감옥이라고." 캐로가 말했다.

"우리는 신념을 위해 감옥에 온 거야." 비비가 말했다.

"세상에." 네시가 한숨을 쉬었다.

어떻게 보면 소녀들이 보내진 유치장은 손튼에서 가장 시원하게 잠을 잘 수 있는 곳이었다. 지하에 있는 유치장에는 창문이 양쪽으로 나고 곁문도 열려 있었다. 게다가 젠킨스 경관은 자기 책상 앞에 있는 선풍기를 유치장 창살 바로 밖에 있는 카드 테이블로 옮겨 놓기까지 해서 더할 나위 없이 쾌적했다. 머리칼이 아직 젖었고 물속에 들어갔다 나와 몸은 차가웠다. 경찰관 로스코가 경찰서 냉장고에서 꺼내온 소다를 갖다주자 그들은 예의바르게 고맙다고 인사를 했다.

"로스코 아저씨, 내가 자서전을 쓸 때 아저씨를 꽤 비중 있는 인물로 나오게 해줄게요." 비비가 그에게 말했다.

"우리 아빠는 정말 사람을 눈곱만치도 이해하지 못해. 잭 오빠가 아빠에게서 벗어나게 되어 정말 다행이야." 틴지가 말했다.

비비는 그 말에 유치장의 낮은 천장을 노려봤다. 가끔은 손튼의 법보다 더 위에 있는 법을 지켜야 할 때가 있다고 그녀는 생각했다. 너무도 많은 사람이 달빛이 가장 강할 때 자기들 방에서 숨어있다. 달은 우리가 원하든 원하지 않든 우리에게 빛을 반사해주는데.

야야들이 손튼 시 유치장에서 자는 동안 달은 그들을 듬뿍 사랑해주었다. 그들이 아름답거나 완벽하거나 발랄해서가 아니었다. 그들이 달의 사랑스러운 딸들이었기 때문이었다.

17

　만약 시다 워커가 1942년 어느 여름 밤 달빛 속에서 젖꼭지를 반짝이며 몸을 맞대고 자고 있는 비비와 야야들을 봤다면 자신이 여신의 후손이라는 것을 알았을 것이다. 그녀는 엄마 안에 지하수처럼 흐르는 원시적이고 달콤한 힘이 있으며 자신 안에도 똑같은 힘이 있다는 것을 알게 되었을 것이다. 창조와 파괴 사이를 혼란스럽게 오가며 시다에게 남긴 상처 외에도 비비는 그녀에게 격정적인 환희를 느낄 수 있는 능력을 물려주었다.
　퀴노 호로 이어지는 계단을 내려가던 시다는 갑자기 엄습하는 불안감에 사로잡혔다. 달이 둥실 떠서 아름다운 구체로 부풀어올랐지만 시다는 무엇을 어떻게 해야 할지 몰라서 답답하기만 했다. 하지만 여름 달은 무시당하는 것을 싫어했다. 시다가 다시 계단에 발을 디디려 할 때 달빛이 어깨에 떨어지며 하늘을 올려보게 했다. 천천히 심호흡을 하자 지금까지 느끼지 못했던 풍요로움을 느꼈다.
　하얀 달을 쳐다보며 시다는 생각했다. '아름답다는 말은 달을 위해

만들어진 단어구나.'

나무계단에 앉은 시다는 휴일린의 기다란 귀를 부드럽게 쓰다듬기 시작했다. 시다가 만져주니까 개는 한숨을 쉬며 이상한 신음소리를 냈다. 마치 어린아이가 하모니카를 음정이 맞지 않게 불 때 나는 소리와 비슷했다. 자신의 고동소리와 호숫가의 귀뚜라미 소리가 들렸.

'귀뚜라미는 내가 태어날 때부터 나에게 음악을 들려주는구나.' 그녀는 생각했다. 들이마시고, 내쉬고. 지금 나는 달빛 속에 앉아 있다. 지금 나의 개와 함께 나는 달빛으로 목욕을 하고 있다.

그녀는 뜻밖에 작은 소리로 노래를 부르기 시작했다. 오랫동안 노래 같은 건 부른 적도 없는데. 첫 곡으로 그녀는 '블루문'의 알토 파트를 불렀다. 오래 전 제지 아줌마에게 배웠었다. 다음 곡으로는 '샤인 온, 하비스트 문(Shine On, Harvest Moon)'을 불렀다. '1월, 2월, 6월, 7월 이후로 한 번도 사랑을 나누지 못했다네.' 라는 가사에 이르자 발장단까지 맞췄다.

휴일린이 나무 계단을 꼬리로 탁탁 치면서 물끄러미 주인을 쳐다보았다. 개 자장가를 부르는 게 좋을지도. 어떻게 보면 자장가를 부르고 있었다고 볼 수도 있었다. 자신 안에 40년 동안이나 살고 있던 어린 소녀를 재우기 위한 자장가. 시다는 갈색 털에 하얀 반점이 있는 휴일린의 머리를 쓰다듬었다. 시다는 개를 쓰다듬으며 어깨와 목이 뻐근해 고개를 가볍게 돌리기 시작했다. 사람머리의 무게는 얼마나 될까? 20파운드, 25파운드? 그녀의 머리를 심장에 연결해주는 가냘픈 줄기에 대해 생각하며 약간 고마움을 느꼈다. 고마움이 지금 내가 느끼는 불안을 대체해 줄 수 있을까?

시다는 골똘히 생각에 잠기다 콧노래를 부르기 시작했다. 허밍은 이윽고 '문리버'로 바뀌었다. 이 노래가 한동안 시다 부모님의 애청곡이 되었던 일이 시다에게 떠올랐다. 언젠가 시다가 부모님과 함께 중국식당에 들어갔을 때 피아니스트가 치던 곡을 멈추고 부모님을 위해 '문리버'를 연주해줘서 시다는 기쁜 마음에 얼굴을 살짝 붉혔었다. 가족 전체가 명사가 된 기분이었다. 1964년이었던가, 아마 여름이 끝나가던 어느 토요일 밤이었을 것이다. 그들의 얼굴에는 여름의 열기가 남아 있었다. 엄마 비비는 베이지색 리넨 원피스를 입고 아빠는 카키색 바지에 스포츠 코트를 입고 있었다. 시다와 룰루는 소매 없는 원피스를, 리틀 셈과 베일러는 빳빳한 폴로셔츠를 입고 있었다. 가재 요리를 주문했고 분위기는 화기애애했다. 핑거볼에 손가락을 닦고 아빠 셈은 이렇게 말했었다. "훌륭한 요리였다. 난 코끼리처럼 많이 먹었어."

시다는 선착장에 앉아 노래를 불렀다. "두 나그네가 세상을 구경하러 떠났다네. 세상에는 볼 게 너무 많아." 그녀는 엄마가 가르쳐준 가사를 모두 불렀다.

마지막 소절까지 다 부른 시다는 휴일린의 귀에 대고 속삭였다.

"나의 충직한 친구."

그러자 코커스패니얼은 금색 털로 덮인 머리를 시다의 무릎에 얹었다. 시다의 답답했던 가슴이 열리며 기분이 좋아졌다. 노래는 그녀의 몸 안에 작은 메시지를 전해주었던 모양이다.

그녀는 생각했다. '노래 부르기를 좋아했던 것도 엄마에게 배운 것이다. 요즘에는 우리처럼 노래를 부르는 가족을 찾아보기 힘들지.'

시다는 엄마가 어렸을 때는 사람들이 노래를 더 많이 불렀다는 사실은 알지 못했다. 이런 종류의 일은 역사책에서는 말해주지 않는다.

당시 사람들은 야외에서 언제나 노래를 부르고 있었다는 사실은 전해 주지 않는다. 3, 40년대 루이지애나의 손튼에서는 길을 걸어갈 때 늘 누군가의 노랫소리를 들을 수 있었다. 노래를 부르지 않으면 휘파람이라도 불었다. 가정주부들은 빨래를 널면서 노래를 불렀다. 노인네들은 리버 가에 있는 시청 앞에 앉아 휘파람을 불었다. 정원사들은 정원의 잡초를 뽑으며 콧노래를 불렀다. 아이들은 거리를 뛰어다니며 소리 높여 노래를 불렀다. 엄숙한 얼굴의 사업가들조차 은행에 다녀오며 휘파람을 불었다. 거실에는 텔레비전이 아니라 피아노가 있었던 시절이었다. 노래를 부른다고 해서 언제나 그들이 행복하다는 의미는 아니었다. 때로는 오래된 찬송가나 누군가를 애도하는 노래일 때도 있었다. 흑인들의 노래는 비비 안에 있는 이름을 붙일 수 없는 슬픔을 깨우곤 했었다. 그 당시에는 모든 사람들이 노래를 부르는 것처럼 보였다.

시다가 어렸을 때는 어쩌다 아침에 스쿨버스를 놓쳤을 때면 비비가 차로 데려다 주며 다 함께 노래를 불렀었다. 비비는 아이들이 글자를 깨우치기도 전에 휘파람 부는 법부터 가르쳤다. 그리고 40년대의 애창곡이나 엄마가 어린 시절 캠프장에서 부른 노래들을 모두 가르쳤다. 시다와 형제들은 신발 끈을 매는 것보다 '펜실베이니아 6-5000'이나 '캔트 헬프 러빙(Can't Help Lovin')', '댓 맨 오브 마인(That Man of Mine)' 그리고 '채터누가 추-추(Chattanooga Choo-Choo)' 같은 노래의 가사들을 먼저 배웠다.

날씨가 좋으면 비비는 시다의 외할머니가 주신 소형 그랜드 피아노 앞에 앉아 거실이 피아노 바인 것처럼 가장했다. 가끔 셉까지 합세해서 '당신은 나의 태양'이나 '텍사스의 노란 장미' 같은 노래를 불렀다.

그럴 때면 비비는 셉을 돌아보며 이렇게 말하곤 했었다. "세상에! 당신 정말 끝내주는 목소리를 가졌군요. 당신은 노래를 더 자주 불러야 해요! 그렇게 좋은 목소리를 숨기지 말아요!"

셉은 그런 말을 들으면 쑥스러워하며 이렇게 중얼거렸다. "이 집의 가수는 당신이야, 비비안." 그리고 음료수를 가지러 부엌으로 들어갔다.

비비가 떠들썩하게 벌여놓은 노래판에 셉이 낄 때면 시다는 너무나 신이 났다. 이러한 일은 굉장히 드물었다. 하긴 다른 일에도 셉이 참여하는 경우가 별로 없긴 했지만. 아빠 셉은 아이들과 아내를 사랑했다. 하지만 가족의 일원으로 함께하기보다는 농장 일이나 오리사냥에 더 몰두했다. 셉은 자신이 익숙한 일을 하는 데 만족했다. 시다가 아빠와 단둘이 있었던 적은 손으로 꼽을 정도로 적었다. 그나마도 다 자란 후의 일이었다. 시다의 아빠는 자신만의 독특한 전원적인 서정성을 지녔지만 그 표현방식은 버번으로 인해 거칠었고 어눌한 멜랑콜리로 나타나곤 했다.

셉 워커는 비비처럼 높이 날지는 않았지만 가끔은 아무도 예상치 못하게 억제할 수 없는 변덕을 부리곤 했다. 크리스마스이브가 되면 가족 모두를 위해 모자와 부츠까지 다 갖춰진 카우걸과 카우보이 의상을 들고 집에 돌아왔다. 코커스패니얼 개를 위한 자그마한 카우보이 모자까지 잊지 않고 챙겼었다. 비비를 설득해서 가족 모두(개는 빼고) 카우보이 의상을 입고 크리스마스 미사에 가게 되면 그렇게 좋아할 수 없었다. 미사가 끝나면 서부극의 합창단처럼 요란하게 꾸민 가족들과 친구들이 함께 모여 즐거운 시간을 보낸 자리에서 비비는 웃으면서 이렇게 말했었다.

"성 셉은 우리 교구를 깜짝 놀라게 할 필요가 있다고 생각했나 봐."

젊은 시절 셉 워커는 잘 생긴 청년으로 여자들에게 은근히 인기가 많은 농부이자 신사였다. 그가 비비 애벗과 결혼한 이유는 그녀의 억누를 수 없는 활기를 원했기 때문이었다. 그러나 자신이 왜 그러한 활기를 원했는지는 결코 생각해본 적이 없었다. 비비의 활기 뒤에 감추어진 어두운 면 역시 알지 못했다. 세월이 흐르며 비비가 자신을 기진맥진하게 할 것이라는 것 역시 생각하지 못했다. 그들이 사귀었을 때 서로에게서 느낀 강렬한 육체적인 이끌림은 그 후에 오랜 금욕과 원망의 세월 속에서도 가끔 표면으로 떠올랐다.

비비가 셉 워커와 결혼한 이유는 그의 목소리를 좋아했기 때문이었다. 그리고 그녀가 그에게 키스했을 때 그의 얼굴에 떠오른 자신만만한 표정을 좋아했기 때문이었다. 그리고 그가 그녀를 스타처럼 느끼게끔 해주었기 때문이었다(처음에는). 하지만 24살의 그녀는 이미 결혼할 상대가 누가 되든지 별로 중요하지 않게 생각하고 있었다.

한번은 비비가 시다에게 이렇게 말한 적이 있었다.

"원래는 폴 뉴먼과 결혼하려고 했었는데 조운 우드워드에게 선수를 빼앗기고 말았잖니. 그 뒤로는 결혼 상대가 누가 될지 별 상관을 안 했단다."

셉의 말 없는 우울함과 비비의 떠들썩한 매력이 벌이는 악마적인 유희에 끝없이 넘쳐흐르는 버번 위스키, 이것이 시다가 갖고 있는 결혼에 대한 이미지였다.

이윽고, 다시 오두막으로 돌아온 시다는 얼그레이 아이스티를 한 잔 탄 뒤 달을 좀 더 잘 볼 수 있는 테라스로 내갔다. 비비의 스크랩북을 들고 자리에 앉자마자 휴일린이 시다의 다리에 헝겊으로 된 장난감을 대며 줄다리기를 하자고 졸랐다. 개를 내려다본 시다는 웃을 수밖에 없었다. 개의 커다란 눈과 기다란 코, 그리고 털이 북슬북슬한 귀는 너무나 친근하고 사랑스러웠다. 시다는 무릎을 꿇고 앉아서 장난감을 당기며 으르렁댔다. 개는 좋아서 어쩔 줄 몰랐다. 시다가 단념하고 휴일린에게 일부러 져줄 때까지 그들은 줄다리기를 했다.

다시 스크랩북을 집어든 시다는 심호흡을 하고 다시 책을 펼치기 전에 잠시 눈을 감았다. '내게 비밀을 말해 줘. 그 비밀을 풀게 해줘.'

눈을 뜨자 초대장이 보였다. 빳빳한 종이로 만든 카드에 새겨진 글귀는 다음과 같았다.

미스터 테일러 찰스 애벗이 딸인 미스 비비안 애벗을 위해 주최하는
무도회가 1942년 12월 18일 금요일 8시에 루이지애나 주 손튼의
시어도어 호텔 무도회장에서 있을 예정이니 모쪼록 참석해주셔서
자리를 빛내주시기 바랍니다.

1942년 12월이라. 아마 16세가 된 것을 기념하는 무도회리라. 정말로 전쟁 중에도 이런 성대한 행사를 열었을까? 시다는 카드를 뒤집어봤다. '대체 외할머니의 이름은 어디에 있는 거지?' 자신의 외할머니의 이름을 빠뜨린 사실을 믿을 수 없었다. 실수였을까? 고의였다면 무슨 의미일까?

그녀는 또다시 수화기를 들고 엄마 비비에게 물어보고 싶어졌다. 하지만 비비는 이미 자신의 심정을 분명히 밝혔었다. 전화하지 말라고.

시다는 시계를 봤다. 9시였다. 루이지애나는 11시다. 캐로는 아마 아직 깨어 있을 것이다. 이 시간이면 아마 그녀가 그토록 좋아하는 진

한 블랙커피를 마시고 있을 것이다. 무슨 커다란 일이 생긴 게 아니라면 야야 시스터즈 중 진정한 야행성이라 할 수 있는 캐로는 전화를 받을 것이다. 《뉴욕타임스》 인터뷰가 나오기 전까지 캐로는 몇 달에 한 번씩 시다에게 전화를 걸곤 했었다. 언제나 자정이 지난 시간이었다. 하지만 그 끔찍한 기사가 실린 뒤로는 아직 이야기를 한 적이 없었다. 비비가 접근금지 명령을 내린 뒤로는.

시다는 플래시와 휴일린의 개 줄을 들고 코커스패니얼과 함께 퀴노 호수에서 가장 가까운 공중전화로 걸어갔다. 길은 인적이 끊겼고 단지 주차해놓은 캠핑카들만 몇 대 보였다. 퀴노 여관을 지날 때 그녀는 아직도 켜져 있는 로비의 불빛을 보았다. 만약 혼자 있는 데 지치면 언제든지 들어가고 싶을 때 그 안에 들어가도 된다는 것을 알자 조금 위안이 되었다. 늦은 밤의 가벼운 흥분이 좋았다. 비비 애벗의 16세 생일파티에 대한 정보를 캐내기 위해 나서며 온몸에 느껴지는 설렘이 좋았다.

"지금 치즈 비스킷과 고물 시디플레이어와 한판 붙는 중이다." 캐로가 폐기종 때문에 힘겹게 숨을 몰아쉬며 말했다. "잘 지내니, 애야?"

"난 지금 앞으로 내 인생을 어떻게 해야 하나 고민하기 위해 미국 끝에 와 있어요." 시다가 말했다.

"너처럼 사랑스러운 아이가 갖기에는 너무 나쁜 버릇이로구나." 캐로가 완벽한 그라우초 막스*의 목소리로 말했다.

시다는 그런 말을 할 때면 언제나 어깨를 으쓱하는 캐로의 모습을 떠올리며 웃었다. "어쩔 수 없어요. 난 구제불능인걸요."

---

그라우초 막스 3, 40년대 할리우드의 유명한 코미디언이었던 막스 형제의 맏형 — 옮긴이

시다는 미국에서 몇 개 안 남은 1950년대식 빈티지 공중전화 부스 안에 있는 좁은 벤치에 앉았다. 그녀는 휴일린의 목줄을 풀고 앉으라고 명령했다.

"'구제불능'이라는 단어를 함부로 쓰지 마라. 자기가 구제불능이라고 하는 사람들뿐이다. 완전히 질려버렸어. 넌 단지 남들보다 신중할 뿐이란다. 그게 다야. 4살 적부터 넌 그랬어. 타고난 성격이 그런걸. 그건 그렇고 무슨 일이니?"

"내가 전화해도 하나도 놀라지 않네요."

"놀라야 하냐?"

"저, 그 일이 있고 난 뒤라…."

"그 얼간이 뉴욕 기자가 벌인 일 말이냐? 얘야, 넌 날 뭐로 보고 있니?"

"엄마의 가장 친한 친구요."

"맞아." 캐로는 잠시 말을 멈췄다. "그리고 난 네 대모이기도 하잖니."

"나한테 화났어요?"

"아니."

"그럼 왜 나에게 전화하지 않은 거죠? 왜 편지를 보내지 않은 거죠?"

"그 얼간이 같은 조지 부시의 말을 인용하자면 그건 분별 있는 행동이 아니기 때문이었지."

"대체 아줌마가 분별을 따지던 때가 있었나요?"

"친구에 관한 일이라면 언제나 분별 있었지."

시다가 대답을 생각하는 동안 잠시 침묵이 흘렀다.

"네 연극을 보라고 블레인과 리처드를 보냈었다. 알고 있지? 전남편과 그 남자친구를 보내 네 역작을 본 뒤 감상을 말해 달라고 했지."

시다는 언제나 캐로에게 놀라움을 느끼곤 했다. 시다가 어렸을 때 캐로의 남편인 블레인은 언제나 프렌치 쿼터에서 사람들의 눈길을 끌던 미남이었다. 하지만 그는 뉴올리언스에서 비밀리에 만나던 어떤 남자 때문에 캐로를 떠났고 이 동성애 사건은 야야들의 세계를 뒤흔들어놨다. 8년인가 9년 전의 일이었다. 탄환이 없는 총으로 블레인을 위협하고 그가 설계하고 있던 집의 모든 도면을 갈기갈기 찢어버린 뒤 캐로는 마침내 그를 용서했다.

마지막으로 캐로가 그 일에 대해 설명해준 것은 시다가 2년 전에 집에 다니러 왔을 때였다.

"충격을 받긴 했지만 놀랄 일은 아니었다. 그리고 내가 정말로 리처드를 좋아한다는 사실은 변하지 않아. 젠장, 그 남자 정말 요리 하난 정말 끝내줬지. 엄마가 죽은 뒤 나에게 요리를 해준 사람은 아무도 없었는데."

블레인은 리처드와 살기 위해 뉴올리언스로 갔지만 그들은 언제나 캐로와 함께 시간을 보내기 위해 손튼으로 차를 몰고 왔다. 특히 그녀가 폐기종에 걸린 후로는 더욱 자주 왔다.

"블레인과 리처드가 연극을 보러 온 건 알고 있어요. 두 사람이 뉴욕에 왔을 때 코너와 함께 모시고 다닌걸요. 하지만 보냈다니 무슨 말이에요?"

"내 말은 내가 그 빌어먹을 연극 표를 사서 두 연인에게 줬다는 이야기다. 그러면서 《벼랑 끝에 선 여자》에 대한 자세한 보고와 함께 네가 어떻게 보이는지, 무슨 말을 하고 어떻게 행동하는지 세세한 데까지 말해주지 않으면 두 연인을 교구의 풍기 단속반에 넘겨버리겠다고 했지."

"그래서요?"

"두 사람은 나에게 걱정할 건 없다고 말해줬어. 약간 여위긴 했지만 친절하고 모습도 좋아 보였다고 했지. 네 엄마는 불쌍하게 됐지만 네가 성공해서 정말 기쁘다. 그리고 그들의 말을 빌리자면 코너 맥길한테 홀딱 반했다고 하더라. 내 기억이 맞는다면 리처드는 코너가 '심리치료를 몇 차례 받은 리암 니슨*과 젊은 시절의 헨리 폰다를 섞어놓은 것 같아' 라고 말했다.

"맙소사, 아줌마는 어떻게 그런 사람들을 참아주고 있죠? 아, 미안해요, 잠깐만요. 휴일린, 이리 돌아와!" 시다는 호수 쪽을 향해 어슬렁어슬렁 길을 건너는 코커스패니얼을 향해 소리쳤다.

"미안, 개가 돌아다녀요." 시다는 사과했다.

"그건 무슨 암호냐?" 캐로가 물었다.

"암호가 아니에요."

시다는 자기가 야야들이 다른 사람이 알아듣지 못하게 암호로 말할 때 흔히 쓰던 말을 입 밖에 내버렸다는 사실을 깨닫고 웃었다.

"휴일린이라고 극장에서 기르는 개예요."

"너 아직도 가는 곳마다 개를 데리고 다니냐?"

"예. 애가 간질 증세가 있어서 맡길 수가 없어요. 코너는 '개질병'이라고 해요. 지금 약을 먹고 있거든요."

"그런 개를 키우자면 미치겠구나." 캐로가 말했다.

"세상에, 아줌만 비글을 4마리나 길렀으면서."

"그 근사한 코너라는 남자에 대해 말해주렴. 그 남자…."

"아직 내 말에 대답도 안 했잖아요."

시다가 화제를 바꾸며 말했다. 코너와의 결혼을 연기한 사실에 대

---

리암 니슨 유명한 아일랜드 배우 — 옮긴이

해 캐로와 말하고 싶지 않았기 때문이었다.

"대체 블레인과 리처드를 어떻게 참고 보세요?"

"난 그들의 작태를 참아줄 뿐 아니라 같이 있는 걸 아주 좋아한단다. 블레인은 나와 살 때보다 10배는 더 재미있거든. 블레인과 리처드는 올 때마다 요리를 해주고 집 안을 꾸며주고 파티를 열어준단다. 이러니 어떻게 좋아하지 않을 수 있겠니?"

캐로가 기침을 하기 시작했다. 아주 고통스럽게 들리는 기침 소리를 듣자 시다의 가슴이 저며 왔다. 어릴 때 알던 캐로를 떠올려 보았다. 그녀는 햇볕에 그을린 피부에 늘씬한 키를 가진 스포츠 우먼이었다. 틴지 아줌마 집의 수영장에서 나오며 물이 채 마르기도 전에 담배부터 찾던 캐로. 베일러는 캐로의 병세가 악화되었다 호전되기를 반복한다고 말해줬었다.

"그동안 전화하지 못해서 미안하구나." 캐로가 다정하게 말했다. "비비가 너무 화를 내서 말이야. 너와 이야기하지 않겠다고 우리에게 맹세까지 시켰거든. 네 엄마는 배반을 두려워하고 있어. 어쨌든 기침은 신경 쓰지 마라. 들리는 것보다 증세는 심하지 않다. 단지 밤만 되면 심해져서 말이야."

시다는 잠시 말이 없었다.

"내가 엄마를 배신했다고 생각하세요?"

"아니.《뉴욕타임스》와 다른 모든 여성 혐오 매체의 잘못이라고 생각한다. 그들은 모든 어머니의 젖가슴에서 우유를 짜낸 뒤 젖이 말랐다고 비난을 퍼붓지. 하지만 난 네가 엄마에게 상처를 줄 생각이 없었다는 것을 알아."

"고마워요."

"고마울 것 없다, 시다."

"뭐 하나 물어봐도 되나요?"

캐로는 기침 때문에 한동안 대답을 하지 못했다. 시다는 움찔했다. 캐로가 조심스러운 어조로 말했다. "질문에 따라 다르지."

"엄마의 스크랩북에서 초대장을 발견했어요. 엄마의 16번째 생일에 열린 무도회였는데 초대장에 외할머니의 이름이 나와 있지 않아서요. 마치 버기 할머니가 살아있지도 않은 것처럼."

"비비에게 물어봤니?"

"엄마는 스크랩북에 대해 말하고 싶지 않아 해요. 아니, 아예 나하고 말하는 것도 싫어해요. '신성한 비밀'을 보낸 걸로 충분하대요."

"안 그러니?"

"뭐가요?" 시다가 물었다.

"스크랩북을 보낸 걸로 충분하지 않으냐고." 캐로가 말했다.

"그럼요. 충분하지 않아요! 짜증이 나요. 스크랩북을 보며 단지 어렴풋한 힌트만 얻는 건 정말 속상해요. 아주 조금의 정보만 얻을 뿐이에요. 설명도 없고 극적구조도 없어요! 내가 풀어야 할 내러티브와 스토리가 그 안에 담겨 있다는 것을 알지만, 아니 푸는 게 아니라 설명이 필요해요. 맙소사 엄마는 적어도 나에게 가르쳐줄 의무가 있단 말예요."

시다는 언성을 높인 게 창피해져서 헛기침을 했다. 캐로는 잠시 아무 말도 없었다.

"네가 코너 맥길을 멀리하는 이유가 엄마 때문이라고 생각하니?"

"모르겠어요. 솔직히 말해서 이 일에 이토록 격렬한 열정을 느껴버려서 나도 스스로 좀 놀랐어요." 시다가 말했다.

"난 놀라지 않았다. 너와 네 엄마는 서로에게 상처를 주었어. 하지만 한 가지는 잊지 마라. 네가 시위를 당기는 동안 너에게는 아버지가 있었단다. 뭐 거의 눈에 보이지 않았으니 네가 깨닫지 못한다고 해도 무리는 아니지만. 다른 야야들의 남편도 마찬가지였지."

"네, 하지만 엄마는 언제나 스타였어요. 아빠는 단지 단역이었고."

"그동안 심리치료는 얼마나 받았지?"

"엄마가 날 엉망진창으로 만들어 놓은 문제를 해결하기 위해 쓴 돈이 없었으면 난 아마 30살에 은퇴해도 되었을걸요."

"한 가지 말해주마. 네 엄마는 너에게 아무런 의무가 없단다. 넌 이제 어른이잖니. 한 손에 늘 술병을 들고 있었지만 엄마는 널 먹여주고 입혀주고 안아주었다. 그리고 비비가 얼마나 널 망쳐놓았는지 모르지만 모든 엄마는 자기 자식을 망쳐놓는단다. 그래도 네 엄마는 자기 스타일이 있었잖아, 내 말 듣고 있니?"

시다는 허리를 굽혀 휴일린을 안았다. 심리치료를 받은 보람이 있긴 있군. 5년 전만 해도 누군가 이렇게 단도직입적이고 황당한 조언을 해주었다면 엄청난 충격을 받았을 텐데.

"아직 살아있니?" 캐로가 다정하게 물었다.

"예."

"요즘은 숨을 쉰다는 사실에 대해 예전보다 훨씬 더 많은 생각을 한단다. 그동안 헤아릴 수 없이 숨을 쉬면서도 그것이 당연한 것으로 여겼었지." 캐로가 말했다.

캐로의 말은 공기와 함께 시다에게 들어와 자신의 숨결을 의식하게 했다. 잠시 시다는 아무 말도 하지 않았다. 그녀는 오후의 파도를 타는 서퍼처럼 자신의 숨결을 타고 있었다. 미국의 한쪽 끝과 다른 끝에서 그녀와 캐로는 전화기에 대고 숨을 쉬고 있었다. 두 사람 모두 아무 말도 하지 않았다. 결국 캐로가 입을 열었다. "좋아, 16세 생일 파티에 대해 말해주지. 정말 지독한 짓이었지."

"무슨 말이죠?" 시다가 물었다.

"정말로 알고 싶니?"

"피곤해요?" 시다가 물었다.

캐로가 힘겹게 숨을 쉬었다. 만약 시다가 그녀의 병을 몰랐다면 아마 일부러 힘든척한다고 생각했을 것이다.

"비비의 아빠는 어떤 일로 돈을 크게 벌어서 부를 과시하고 싶어했지. 네 할머니는 무도회를 열고 싶어하지 않았어. 네 할아버지는 할머니를 화나게 하려고 무도회를 연 거란다. 빌어먹을, 테일러 애벗은 네 할머니를 개 취급했어. 이상한 여자이긴 했지만 그런 취급을 받을 정도는 아니었는데. 오랫동안 바람을 피우고. 교구의 모든 하녀들은 그 사실을 알고 있었어. 그 남자는 자기 아내보다 말을 더 위했지. 젠장, 모르겠다. 네 엄마는 그런 난장판 한가운데에서 모든 걸 견뎌야 했지."

캐로는 잠시 말을 멈췄다.

"그 무도회에서 테일러 애벗은 비비에게 근사한 다이아몬드 반지를 선물로 줬지. 잭이 죽기 전에 마지막으로 열린 성대한 파티였다. 기억하고 싶은 생일은 아니었어."

시다는 캐로가 더 말해주기를 기다렸지만 그녀는 아무 말도 없었다.

"그게 전부예요? 무슨 일이 일어났죠? 이 일로 엄마가 무슨 달라진 점이라도?"

"네 엄마의 다음 생일은 정말로 성대하게 치러질 거야." 캐로가 시다의 물음을 무시하고 말을 이었다. "우리는 12월이 아닌 10월에 파티를 열 계획이란다. 비비가 올해는 야외에서 파티를 열고 싶다고 말해서 날씨가 추워지기 전에 날짜를 잡았지. 난 매킨토시 컴퓨터로 초대장을 만들기로 했다." 캐로가 기침을 하기 시작했다.

"말 돌리기의 여왕이시네요." 시다가 말했다.

"말 돌리기의 대모지." 캐로가 힘겹게 말했다.

"피곤하신 것 같네요. 너무 오랫동안 붙잡고 있었나봐요."

"그래, 좀 피곤하구나."

"제 질문에 대답해줘서 고마워요."

"네 질문에 대답해주지 않았어."

"아, 그래요."

"대답 같은 것은 없단다. '대답 같은 것은 어디에도 없고 앞으로도 없다. 그게 내 대답이다.' 거트루드 스타인이 이렇게 말했었지."

"이번 주 들어서 그녀의 말을 인용한 사람은 아줌마가 두 번째예요."

"인생은 교리문답이 아니다. 캐로 베넷 브루어."

시다는 웃음을 터뜨렸다. 그녀가 서 있는 곳에서 호숫가를 에워싼 전나무의 검은 실루엣 사이로 달을 조금 볼 수 있었다.

"캐로, 한 가지만 더 물어볼게요." 시다가 주저하며 말했다.

"뭔데?"

"사진을 한 장 봤는데 60년대 초에 찍은 것 같았어요. 부활절 달걀 찾기 대회에 모인 사람들의 그룹사진인데 틴지 아줌마네 집에서 찍은 것 같아요. 우리들은 옷을 쫙 차려입고 바구니를 들고 나란히 서서 있어요. 캐로 아줌마, 블레인, 남자애들, 틴지, 네시, 그리고 모든 작은 야야들이 다 모여 있는 사진이에요. 칙은 한 손에 담배를 들고 토끼옷을 입고 있어요. 네시의 가족은 프랭크를 빼고 다 있네요. 아마 프랭크가 사진을 찍었나 보죠. 아빠와 우리 4형제도 있어요. 베일러는 화가 잔뜩 난 것 같고 난 이상한 나라의 앨리스처럼 옷을 입고 모자를 쓰고 있어요. 나는 리틀 셉과 룰루에게 손을 두르고 있고 우리는 모두 약간 짜증스러운 얼굴을 하고 있네요. 이상한 건 엄마가 그 사진에 없다는 점이에요. 엄마는 그 부활절 때 집에 없었던 거죠, 그렇죠? 엄마는 어디 있었죠, 캐로?" 캐로는 아무 말 없었다.

"맙소사, 담배를 피우는 부활절 토끼가 살던 시절이었구나." 마침내 입을 연 캐로는 답을 회피했다.

"이 사진을 보니 슬퍼졌어요. 우리가 엄마를 쫓아낸 후의 일이었던 것 같아요."

"뭐?" 캐로가 물었다.

"우리가 엄마를 너무 귀찮게 굴어서 엄마가 집을 나갔었을 때요."

"비비와 이 문제에 대해 이야기한 적 있니, 시다?"

"아뇨." 시다가 말했다.

캐로는 아무 말 하지 않았다.

"엄마는 저 때문에 나가신 거죠, 그렇죠?" 캐로가 기침을 하기 시작하자 시다는 미안하기만 했다.

"아냐, 너 때문에 나간 게 아니란다. 산다는 것은 그것보다 훨씬 복잡한 문제란다."

"무슨 말이죠, 캐로?"

"네가 그 스크랩북에서 발견하게 될 사실보다 훨씬 더 많은 뒷이야기가 있다. 이제 너 자신을 위해 뭔가 즐거운 일을 해보렴. 네시가 언제나 말했었지. 가서…."

"가서 예쁜 분홍과 파란 생각을 해라."

잠시 침묵이 흘렀다.

"그 말의 뜻은, '너를 사랑한다, 시댈리' 란다."

"알고 있어요, 캐로. 나도 아줌마를 사랑해요." 시다가 말했다.

격렬한 기침 소리가 들리더니 캐로가 말했다.

"잘 자라. 괴물이 나타날까봐 걱정할 필요는 없다. 침대 밑에 향을 피워뒀으니까."

역사의 진실이 있고 사람이 가진 기억의 진실이 있다. 퀴노 호숫가에 말없이 앉아 시다는 기억이 자유로이 떠다니며 숨을 쉬는 것처럼 꽃을 피우는 것을 지켜보았다. 전쟁중인 두 나라의 국경을 오가는 새처럼 자유로이.

18

시다는 공중전화 부스에 앉아 숨쉬기 연습을 하고 있었다.

넌 어른이야.
그동안 엄마가 내 인생을 책임지기를 기대했던 걸까?
내 몸뚱이를 이 세상에 내 보냈다고 해서 나의 영적인 탄생까지도 엄마의 몫이라고 생각하고 있었던 걸까? 자궁의 천진무구함에서 억지로 떼어져 발버둥치며 우는 나를 이 거칠고 잔인한 세계에 내던졌기 때문에? 코너에게서 엄마가 하지 못했거나 하지 않을 일을 대신 해주기를 원하는 걸까? 내가 그를 사랑할 자격이 없다고 두려워하는 걸까? 내가 그에게 어울리지 않는 사람이라 그가 날 떠날까봐 무서운 걸까?

그녀는 코너의 전화번호를 눌렀다. 신호음이 5번 울리더니 자동응답기에 녹음된 그의 목소리가 흘러나왔다.
"코너 맥길과 시다 워커는 지금 집에 없습니다. 하지만 우리는 당신이 누군지 알고 싶습니다."

그의 목소리가 그녀를 흥분시켰다.

"안녕, 멋쟁이. 개의 주지사인 휴일린이 당신을 그리워해. 밤이 늦었어. 여기는 송진과 들장미 냄새가 진동을 하고 있어. 아직 유성은 보이지 않아. 별이 반짝이는 밤이란 소설 속에서만 존재하는 걸까?"

그녀는 수화기에 대고 입을 맞춘 뒤 전화를 끊었다.

코너는 아직도 극장이나 오페라 하우스에 있는 걸까? 아니면 자기가 없는데도 어느 근사한 곳에서 즐거운 시간을 보내는 걸까? '바보. 그런 식으로 그에게서 떠나놓고 지금 무슨 생각을 하는 거야?'

그녀와 휴일린이 오두막 쪽을 향해 호숫가를 돌고 있는데 시다는 문득 자기 생일이 떠올랐다. 어린 시절, 피칸그로브의 겨울날 아침에 눈을 뜨면 어떤 기분이 들었는지 생각났다.

그러한 아침이면 그녀가 첫 번째로 듣는 소리는 비비, 리틀 셉, 룰루가 생일 축하 노래 '해피 버스데이 투 유'를 부르는 노랫소리였다.

아직 이른 아침이라 들판과 호수는 여전히 어두운 상태였다. 베일러와 룰루는 잠옷을 입고 아직 잠이 덜 깨서 눈을 비비며 졸린 목소리로 노래를 불렀었다. 일어나자마자 생생해지는 리틀 셉은 시다의 침실 문간에서 뛰어다녔었다.

눈을 뜨면 그녀가 세상에서 가장 사랑하는 네 사람의 얼굴이 엄마 비비가 들고 있는 케이크에 꽂혀진 촛불에 빛나는 모습을 보았다. 여전히 분홍색 나이트 가운을 입고 있는 비비의 얼굴은 보티에르 나이트 크림으로 빛나고 있었다.

시다는 초가 타는 냄새를 맡으며 포근한 면 시트의 감촉과 몸을 덮고 있는 이불의 무게를 느꼈다. 침대에 일어나 앉아 그녀는 방금 일어난 가족의 냄새를 맡았다. 셉의 냄새는 없었다. 집에 없었기 때문이었다. '아빠는 어디 가셨을까? 벌써 밭에 나가셨나? 아직도 주무시고 계신가? 아빠의 두 번째 집이 있는 오리 농장으로 가셨나?'

그런 아침이면 잠에서 깨어난 시다는 어두운 침실 속에서 반짝이는 조그만 생일 초의 아름다움에 입이 벌어지곤 했었다. 노래가 끝나면 비비는 시다에게 허리를 굽혀 키스하며 속삭였다.

"널 가져서 정말 기쁘다."

어떤 생일날에는 비비의 목소리는 눈물이나 담배 때문에 쉬어 있었다. 어떤 때는 비비 목소리 안의 긴장감이 너무 팽팽해서 방금 일어난 그녀의 몸이 공명을 일으키기도 했다. 어떤 때는 숙취가 너무 심해서 비비가 노래를 부르며 얼굴을 찡그리기도 했다. 비비가 아파서 집을 떠난 후 일 년 뒤에 맞았던 생일에는 비비의 눈은 새빨개지고 퉁퉁 부어 있었고 목소리는 들릴락 말락해서 그녀는 두려움을 감추려고 애를 썼다. 비록 어린아이였지만 시다는 자신의 엄마가 새벽에 장미꽃이 장식된 케이크를 들고 노래를 부른 뒤, "시댈리 워커, 너를 가져서 정말 기쁘다."라고 속삭이는 게 얼마나 힘들지 알고 있었다.

함께 노래 부른 형제들을 기억해낸 시다는 왜 그들이 그렇게 서먹서먹해졌는지 의아했다. 베일러를 제외하고는 연락을 나누는 형제가 한 사람도 없었다.

리틀 셉, 룰루, 그리고 베일러는 시다가 촛불을 끄고 소원을 빌면 침대에 기어올랐다. 그러면 비비는 다시 촛불을 켰고 시다는 다른 형제들과 함께 또 한 번 촛불을 불어서 껐다. 비비는 방을 나가 도자기로 된 디저트 접시, 포크, 그리고 크리스털 잔에 담긴 우유가 든 쟁반을 들고 돌아왔다. 침대 옆의 램프를 켜면 시다는 케이크에서 가장 큰 장미꽃을 집어서 입에 집어넣었다. 그러고 나서 그녀는 형제들이 무슨 꽃을 먹을지 정해주었다. 비비는 생일날에는 뭐든지 마음대로 하도록 해준 탓에 나눠 먹을 필요도 없었지만 시다는 그럴수록 더욱 더 나누고 싶었다. 그들이 설탕으로 만든 장미를 먹는 동안 엄마 비비는 아빠 셉에게는 말하지 말라고 다짐을 시켰다. 셉이 이른 아침에 케이크를 먹는 것은 매춘부들이나 하는 일이라고 말하곤 했기 때문이었다. 그러나 다른 가족들은 별 상관하지 않았다. 그들은 작은 매춘부들처럼 만족스럽게 마지막 부스러기까지도 모두 해치웠다. 그들은 비비가 빵집에서 케이크를 두 개 주문했다는 것을 알고 있었다. 하나는 아침용이었고 다른 하나는 저녁에 있을 생일파티에 쓸 것이었다.

비비는 아이들의 모든 생일이 즐거운 행사가 되도록 애썼다. 마치 힘이 닿는 한 어떠한 생일이라도 시시하게 보내지 않게 하겠다고 맹세라도 한 것 같았다.

호숫가를 걷는 동안 산책로를 이리저리 가로지르는 굵고 옹이투성이의 나무뿌리에 자꾸 발이 걸렸다. 작은 플래시를 가져왔고 달은 휘영청 밝았지만 그녀가 주의하지 않으면 추억이 너무 선명해서 자꾸 발을 헛디디곤 했다.

올림픽 반도에 온 뒤로는 안심이 되었다. 이토록 보호받는 기분이 든 것은 실로 오랜만이었다. 어렸을 때는 강과 소나무와 귀뚜라미에게 보호를 받으며 늦은 밤에 스프링 강가를 거닐었었다. 도시에서 오랫동안 산 뒤로는 이렇게 어깨의 힘을 빼고 다닌 적이 없었다. 혹시

강도를 만나지 않을까 몇 걸음마다 한 번씩 뒤를 확인하지 않아도 되니 살 것 같았다.

대학원 때 연극 이론 세미나에서 무대 위의 시간에 대해 토론할 때 나온 역의 시간이 기억이 났다. 현실의 시간과 달리 거꾸로 흐르는 역의 시간은 무언가에 정신을 집중해서 몰두할 때 시간이 더 이상 존재하지 않게 될 때의 시간이었다.

그 이른 아침의 생일 파티는 역의 시간 속에 있었다. 시다는 생각했다. '엄마는 역의 시간을 붙잡는 법을 알고 있었다. 어쩌면 엄마의 극심한 감정변화에도 불구하고(아니면 그것 때문에라도) 엄마는 내게 환희를 느끼는 법을 가르쳐줬을지도 모른다.'

시다는 계속 생각했다. '엄마가 어렸을 때는 생일을 어떻게 보냈을까? 엄마의 16세 생일파티는 어땠을까? 외할머니는 엄마의 침대로 케이크를 날라다 줬을까? 상상이 안 갔다. 무슨 일이 일어났을까? 우리 가계에는 엄마로부터 딸에게 끈적이는 질투심이 전해지는 걸까? 암처럼 보이지 않고 치명적인?'

시다는 엄마 비비와 질투심에 대해 생각하고 싶지 않았다. 심리 치료사와 그녀의 친구들이 그 사실에 대해 언급하지 않은 것은 아니었다. 시다는 '질투'라는 단어조차 싫어했다. 미신을 믿는 사람처럼 그 단어를 쓰는 것도 꺼렸다.

하지만 머릿속에서 어떤 생각을 몰아내려고 하면 할수록 호숫가에 어린 여름의 달콤한 대기의 향기가 점점 희미해져갔다. 걸으면서 그녀는 예쁜 분홍과 파란 생각을 하려고 했다. 하지만 오래된 회색 생각이 그녀의 뒤를 따라오며 그녀의 발뒤꿈치를 깨물었다.

'넌 더 이상 아이가 아냐.'

'질투'라는 단어가 정면으로 배에 한 방 먹인 첫 번째 사건은 시다가 감독한 첫 연극의 오프닝 파티에서 일어났다. 메인 주의 포틀랜드 스테이지 컴퍼니의 '세일즈맨의 죽음'을 한 겨울에 올렸을 때의 일이었다. 마침 그녀는 그날 24번째 생일을 맞았었다.

　보스턴으로 날아온 비비를 시다의 친구가 포틀랜드까지 차로 모시고 왔다. 시다는 마지막 순간까지 지나칠 정도로 출연진에게 리허설을 시키고 있었는데 오프닝 한 시간 전에서야 비비가 나타났다. 모든 일이 잘되어 가는 것 같았다. 틴지의 모피코트 중 하나를 빌려 입고 온 비비는 목까지 코트를 치켜올리며 '무엇이 전설을 전설답게 만들지?' 하고 마를렌 디트리히 흉내를 내는 데 재미가 들려 있었다.

　비록 시다는 엄청난 분량의 노트를 하며 다음 날 또 리허설을 소집해서 수정했지만 오프닝은 순조롭게 진행되었다. 뒤로 한 발짝 물러서서 작품이 스스로 생명력을 갖추도록 하는 법을 아직 터득하지 못했었던 때의 일이었다.

　극장의 이사진 중 항구를 내려보는 거대한 빅토리아식 저택을 가진 사람이 오프닝 파티를 주최했다. 와인은 그저 그랬지만 음식은 상당히 훌륭했다. 아늑한 분위기에 타닥타닥 타오르는 벽난로와 클래식 기타리스트까지 동원된 파티에 배우들은 행복해했다. 출연진과 스태프, 극장의 회원 그리고 경영진들은 작품에 흡족해했고 시다는 안도의 한숨과 함께 자랑스러우면서도 어딘지 불안했다.

　비비는 여행할 때는 늘 그렇듯이 여행가방에 잭 다니엘스 위스키 3병을 챙겨왔다. 시다는 자신의 엄마가 은제 플라스크에 위스키를 담아 오프닝 파티에 가져왔다는 것을 눈치챘다. 그리고 모피코트를 벗지 않으려는 것도 알았다.

시다는 곁눈질로 비비를 감시하며 뭔가 일을 벌일 때까지 얼마나 걸릴까 생각하고 있었다. 비비의 여행을 주선한 것은 셉이었다. 셉은 시다에게 전화로 비비가 얼마나 가고 싶어하는지 모른다고 말했었다. 시다는 뭔가 수상했지만 오라고 말했다. 어쨌든 그녀가 감독으로 데뷔하는 날이었고 비록 북부 끝이라고 해도 엄마 비비가 와주었으면 하고 바라던 터였다. 시다는 엄마를 자랑스럽게 해드리고 싶었다.

시다가 아직 어렸을 때 그녀는 야야 파티에서 야야 시스터즈가 뮤지컬을 선보이는 것을 지켜보곤 했다. 그들은 좋아하는 노래를 가벼운 안무를 곁들여 살짝 음을 틀려가며 앤드류스 시스터스* 스타일로 불렀었다. 패티 앤드류스* 역을 맡은 비비는 노래하는 내내 장난스럽게 눈을 굴리고 얼굴을 찡그렸다. 시다는 비비의 의상실 옷장문에 기대서 야야들이 연습하는 모습을 구경했었다.

"어떠니? 연출 면에서 손봐야 될 것 없니?" 비비는 시다에게 묻곤 했다.

시다는 언제나 조언을 해줬고 가끔은 야야들도 그것을 받아들였었다. 그럴 때면 뭔가 엄청난 권력을 쥔 것 같은 달콤한 기쁨이 온몸을 휩쓸고 지나갔다. 나중에 연기가 자욱한 거실에서 크리스털 칵테일 잔에 부딪히는 얼음소리와 어른들에 둘러싸여 자신이 한 조언대로 노래를 하는 모습을 보면 그 짜릿한 기분은 말로 표현할 수 없었다. 아직도 그녀는 그러한 느낌을 설명할 수 없었다. 시다의 연극에 대한 정열과 복잡하게 얽힌 엄마 비비와의 관계는 연출지시 같은 것은 먹혀

---

앤드류스 시스터스 세 자매로 구성된 트리오로 3, 40년대에 선풍적인 인기를 끌었다 — 옮긴이
패티 앤드류스 앤드류스 시스터스의 리드 소프라노를 맡았던 멤버 — 옮긴이

들지 않는 영역에서 만나고 있었다.

포틀랜드의 오프닝 파티에서 그녀는 만나는 사람마다 비비를 소개해주려고 애썼다. 하지만 파티장이 워낙 넓어서 어쩔 수 없이 헤어지게 되었다.

극장의 총감독이 시다에게 건배를 하자 주최자는 비극과 희극을 상징하고 있는 두 개의 가면을 아이싱으로 얹은 생일 케이크를 내왔다. 시다는 기쁜 나머지 얼굴을 밝혔다. 그녀는 몇 마디를 하고 출연진과 스태프에게 감사의 말을 전한 뒤 위대한 아서 밀러의 희곡을 무대에 올리는 어려움에 대해 가벼운 조크를 했다. 그리고 오늘 저녁은 상상할 수 없을 정도로 가장 멋진 생일이었다는 말로 끝을 맺었다. 그 와중에 그녀는 비비에 대한 말을 빼먹었다.

그 후, 벽난로 옆에 서서 조명 디자이너인 젊은 영국 남자와 이야기하고 있는데 그녀는 창가에 사람들이 몰리는 모습을 보았다.

연극에서 의상을 디자인한 웨이드 코넌이 시다에게 다가와 물었다.

"어머니가 술을 좋아하셔?"

시다는 얼굴을 붉혔다.

금발에 유머 감각이 풍부한 웨이드는 다이애나 로스의 흉내를 기가 막히게 냈다. 그는 요즘 근처 체육관에서 같이 웨이트 트레이닝을 하자고 시다를 구슬리고 있는 중이었다. 감독들은 모름지기 힘이 있어야 한다는 이유에서였다. 시다는 언젠가 그와 다시 일하고 싶었고 친구로 남고 싶었다.

"어머니가 마시는 술은?" 그가 물었다.

"버번 위스키. 질 좋은 버번을 좋아하셔." 시다가 대답했다.

"우리 아버지는 고급 스카치 위스키를 마시는데."

"난 버번 냄새만 맡아도 토할 것 같아." 시다가 말했다.

"어머니께 케이크라도 갖다드릴까 하는데, 그동안 스파나코피타*라도 먹고 있어. 그리고 잊지 마. 오늘은 자기 생일이란 걸." 웨이드가 말했다.

"고마워, 웨이드." 그녀가 그의 뺨에 입을 맞추며 말했다.

"의상에 특별히 신경 써준 것 고마워. 예산을 아끼느라 난리법석 떤 것은 영영 잊지 못할 거야. 당신은 정말 굉장해."

"그 정도는 내가 모아놓은 구세군 이브닝드레스 컬렉션에 비하면 아무것도 아니지."

어떤 부부가 '연극계에서 일하는 여성'에 대해 묻는 것에 대답하고 있던 시다는 비비의 목소리를 들었다. 그녀는 눈을 감고 귀를 기울였다. 그 목소리가 어떤 때 나는지 잘 알고 있었다. 버번을 5잔 마신 뒤 고래고래 지르는 소리였다.

비비는 벽난로 앞을 무대로 틴지의 모피코트를 바닥에 질질 끌면서 걷고 있었다. 그로테스크한 디바처럼 머리를 뒤로 심하게 젖히고 탈룰라 뱅크헤드 흉내를 내며 큰 소리로 말했다.

"애들은 감독을 해서는 안 돼. 아서 밀러 같은 미국의 위대한 극작가의 작품을 애들이 망쳐놓는 것은 용납할 수 없어!"

비비가 말했다.

비비가 벽난로에 바싹 붙어서 밍크코트를 펄럭이는 바람에 거의 불이 붙을 뻔했다. 비비는 사람들을 노려봤다. 비비의 취한 시선은 시다를 그 자리에 얼어붙게 했다.

---

스파나코피타 시금치와 페타 치즈로 만든 전통 그리스식 파이 — 옮긴이

"대체 누가 너에게 연극을 감독하라고 허락했지?"

비비의 말에 파티장은 싸늘한 침묵에 휩싸였다.

시다는 입술을 꼭 깨물고 비비에게 한 걸음 다가갔다.

"어서 빌어먹을 질문에 대답하거라, 시댈리 워커." 비비가 혀 꼬부라진 소리로 말했다.

시다는 방 안에 모인 모든 사람들의 시선이 자신에게 향하는 것을 느꼈다. 파티장 안이 갑자기 후텁지근하고 공기가 탁해진 것 같았다. 마치 모든 것이 죽어버린 것처럼.

"아무도 나에게 허락 같은 것은 내리지 않았어요, 엄마. 난 고용된 거니까요."

시다가 나직한 음성으로 대답했다.

"뭐라고? 고용되었다고?"

비비가 큰 소리로 말했다.

그러고 나서 비비는 파티장에 모인 사람들을 향해 팔을 휘두르며 큰 소리로 말했다.

"이 애는 고용되었대요!"

시다는 눈에 눈물이 맺히는 걸 느꼈지만 이 자리에서 울어버리는 것은 절대 용납할 수 없었다. 심호흡을 하고 그녀는 자리를 뜨기 위해 몸을 돌렸다.

그때였다. 웨이드 코넌이 음식을 담은 접시를 들고 나타났다.

"저기요, 부인과 단둘이서 이야기하고 싶은데요. 꼭 해드려야 할 말이 있는데 여기에 있는 누구에게도 비밀로 하고 싶은 내용이거든요."

허를 찔린 비비는 그를 천진한 눈으로 놀란 듯이 바라봤다.

"뭐? 모든 사람에게 비밀로 해야 되는 내용이 대체 뭐지?" 비비가 말했다.

"저를 따라오시죠." 웨이드는 과장되게 속삭이고 비비와 팔짱을 꼈다.

"이건 절대 둘 만의 비밀이에요. 그리고 스파나코피타도 꼭 드셔봐야죠. 정말 환상적인 맛이랍니다." 그가 비비를 파티장에서 데리고 나가며 말했다.

시다는 입을 떡 벌리고 순순히 웨이드를 따라나가는 비비를 쳐다봤다. 딸의 존재는 새까맣게 잊어버린 비비는 그와 함께 있게 되어 아주 기쁜 것처럼 보였다.

그날 밤, 그녀의 동료가 보여준 우정은 시다를 위로해주었다. 비비와 웨이드가 방에서 사라지자 린다 로먼 역을 했던 여배우는 제임스 조이스를 만난 적이 있었다는 연기 선생이 가르쳐주었던 아일랜드 민요를 불렀다.

그러자 매력적이고 어딘지 영웅적인 윌리 로먼을 창조해낸 숀 캐버너가 시다에게 다가왔다. 노년에 접어든 그는 예전에 텔레비전 스타이기도 했으나 요즘은 음주문제로 고생하고 있었다. 그는 시다에게 팔을 두르고 말했다.

"아가씨, 교회가 틀렸어. 가장 큰 죄는 절망이 아니라 바로 질투야. 질투의 성질은 절망보다 훨씬 복잡하지."

그리고 그는 마치 왕족에게 하듯이 시다에게 머리를 숙였다.

"멋진 오프닝이었어, 워커 양. 자네의 예리한 연출에 감사를 드리네. 자네는 연극을 하기 위한 좋은 배경을 가진 것 같아. 한 가지만 기억하게. 언제나 투쟁심을 잃지 말아야 돼."

그날 밤, 시다는 웨이드 코넌을 비롯한 다른 디자이너들과 함께 임시로 사용하고 있는 목조 가옥으로 걸어갔다. 밤이 되자 기온이 뚝 떨어져 매서운 추위가 몰아닥쳤다.

집 안에 들어서자 부엌 테이블 앞에 앉아 웨이드 코넌이 누군가와 전화로 이야기하는 모습이 보였다. 그녀를 본 웨이드는 미소를 짓고 키스를 날리더니 위층에 있는 시다의 방을 가리켰다. 2층에 올라간 시다는 침대에 누워 자고 있는 비비의 모습을 보았다. 나이트가운을 입은 비비는 화장을 말끔히 지우고 로션까지 바르고 있었다.

시다는 잠이 든 비비를 내려보았다. '엄마는 무슨 일이 있어도 피부 손질은 빼놓지 않는군요. 성모 마리아여, 허영에 물든 우리 죄인들을 위해 기도해주소서.'

다시 아래층으로 내려왔다. 부엌은 따뜻했고 스티비 원더의 흘러간 노래가 라디오에서 나오는 중이었다.

"고마워." 시다는 단지 한마디만 하고는 웨이드의 어깨를 가볍게 툭 쳤다.

"언젠가 써먹어." 웨이드가 말했다.

"그래."

스타니슬라브스키*의 잘 알려진 명언을 자기 역시 배우들에게 얼마나 많이 강조했는지 생각하며 그녀는 대답했다. '생활의 모든 것을 자신의 예술을 창조하기 위해 사용해라.'

그녀는 나무로 된 부엌 테이블 앞에 앉았다. 자신의 의상 디자이너 앞에서 평정을 잃고 싶지 않았다. 냉소적인 조크나 셰익스피어의 인용구를 하나 떠올릴 수 있으면 좋을 텐데. 하지만 대신 그녀는 울음을

---

스타니슬라브스키 메소드 연기의 창시자, 그의 액터즈 스튜디오는 50년대 이후 명배우의 산실이 되었다 — 옮긴이

터뜨렸다.
 웨이드는 그녀에게 브랜디 한 잔을 따라주며 위로하듯 말했다.
 "연극은 실로 위대해. 모든 종류의 고아들에게 가족을 만들어주거든."

19

캐로는 안락의자에 비스듬히 기대 먼 과거의 추억 속에 잠겼다. 지금과는 다른 세상이 있었고 숨을 쉬는 게 전혀 어렵지 않았던 시절로 그녀는 돌아갔다.
생일축하 무도회는 시작부터 심상치 않았다. 호화로운 이벤트를 여는 것 자체부터 애벗 가로서는 없던 일이기 때문이었다.
그녀는 테일러 애벗을 좋아해 본 적이 없었다. 버기 역시 마찬가지였다. 틴지처럼 그녀를 싫어하는 정도는 아니었고 단지 좋아하지 않았을 뿐이었다. 마찬가지로 신뢰하지도 않았다. 버기는 하녀처럼 행동했다. 집안일을 하고 정원을 가꾸고 미사에 참석하는 게 그녀가 하는 일의 전부였다. 친구들과 식사를 하는 일도 없고 영화관조차 가지 않았다. 그러면서 언제나 할 일이 너무 많다고 말한다.
테일러 애벗은 또 어떻고. 그 남자가 직장에서 돌아오면 집안 전체가 숨을 멈추고 쥐죽은 듯이 있어야 했다. 그가 거실에 있을 때 비비가 다른 야야들과 함께 늘 그렇듯이 웃으면서 들어오면 그 남자는 쳐다보지도 않고 "비비안, 좀 조용히 있거라." 하고 말할 뿐이었다. 그러면 비비와 야야들은 살금살금 방 안을 가로질러 2층에 올라가 방문을 닫을 때까지 아무 소리도 내지 않았다. 테일러 애벗은 자기 집이 조용히 신문을 읽을 수 있는 박물관이나 도서관이 되기를 원했다.

아이들은 그가 돌아오기 전까지는 떠들고 싶은 대로 떠들고 하고 싶은 대로 할 수 있었다. 버기는 그들이 뭘 하던 그저 묵묵히 일만 할 뿐이었다. 그 여자는 야야들이 4살 때부터 결혼할 때까지 셀 수도 없이 많은 아이들이 소리를 지르며 집 안팎을 뛰어다니는 것을 참아냈다. 고등학교에 들어간 뒤 야야들은 양탄자를 걷어내고 가구를 구석으로 밀어낸 뒤 새로 나온 댄스 스텝을 몇 시간이고 연습했다. 아무리 대부대를 몰고 와도 버기는 언제나 충분한 음식을 내왔다.

하지만 버기는 단지 일로써 그들을 돌봐줄 따름이었다. 음식을 해줘야 해서 귀찮아한 것은 아니었지만 음식을 차리거나 부엌문을 여는 태도를 보면 마치 집에서 일하는 하녀 같았다. 당시에는 결혼한 여자를 안주인이라고 했었지만 그녀의 어디에도 안주인 같은 구석은 보이지 않았다.

비비의 생일축하연이 열린 것은 춥고 맑은 밤이었다. 쥬느비에브에게 빌린 검은담비 숄을 걸치기에 딱 좋을 정도의 추위였다. 잭은 휴가를 받고 전날 밤에 돌아와 있었다. 공군복을 입은 그는 늠름하고 핸섬해 보였다. 비비의 생일을 축하해주기 위해 크리스마스 휴가를 일찍 받아 나온 자체가 기적이었다.

시어도어 호텔 무도장은 호랑가시나무 꽃과 색 전구로 화사하게 장식되어 있었다. 멋진 재킷을 빼입은 스탠 레모인과 히즈 리듬 킹스의 색소폰 연주자가 '해피 버스데이 투 유'를 스윙템포로 멋들어지게 연주했다. 비비는 선물상자와 생일 케이크 그리고 어디에서 구했는지 모를 술이 담긴 글라스들로 가득한 선물 테이블 옆에 서 있었다. 그녀가 입고 있는 어깨를 드러낸 아름다운 군청색 벨벳과 오건디 드레스는 오늘 파티를 위해 직접 만든 것이었다. 초대 객들이 노래를 부르는 동안 그녀는 아버지와 잭 위트먼과 팔짱을 끼고 젖은 눈으로 함박웃음을 지어 보였다. 만약 그 순간을 사진으로 남긴다면 버기는 아마 사진 안에 없었을 것이다. (비비의 할머니인 델리아 역시 사진에 나오지 않을 것이다. 그때 델리아는 한 손에는 담뱃대를 들고 다른 손에는 술잔을 든 채 자기보다 30살은 어린 남자들과 노닥거리는 중이었기 때문에.)

그동안 무도회를 둘러싸고 부모님이 벌였던 수 없는 부부싸움을 무릎쓸 만할 정도로 훌륭했다. ("딸에게 무도회를 열어주는 건 내 마음이야, 이 여편네야!" 애벗 씨는 하루는 저녁식사 테이블에서 이렇게 말한 적도 있었다.) 아빠로부터 거의 받지 못한 애정과 관심을 그리워하던 비비는 죄책감에 얼굴을 붉혔다. 음식이 넘어가지 않을 정도였다. 비비는 아버지로부터 한 번도 이런 색의 애정을 받은 적이 없었다. 마치 여자가 되는 길에 접어든 비비와 처음으로 마주친 것처럼 그의 관심은 갑작스러웠다. 조금이라도 아버지의 관심을 끌어보려고 아등바등했던 지난 16년간의 노력이 마침내 결실을 맺으려는 것 같았다. 이런 화려한 행사로 아버지가 갑작스레 자신에게 관심을 갖자 비비는 처음에는 믿음이 가지 않았다. 실망시킬 이유나 방법도 모르지만 아버지를 실망시킬까 두려웠다. 그녀는 파티의 화려함에 속이 울렁거릴 지경이었다.

생일축하 댄스의 완벽한 순간은 밴드의 첫 휴식 시간 바로 전에 있었다. 연주 리스트를 마치기 위해 그들은 '딥 퍼플(Deep Purple)'을 연주했다. 비비와 잭이 좋아하는 곡이었다. 안전하게 잭의 품안에 안겨 비비는 떠다니듯 춤을 췄다. 그녀의 눈은 반쯤 감겨 있었고 살짝 열린 입술에는 보일락 말락 하게 미소가 떠올랐다. 마치 공주님이 된 기분이었다. 이 순간을 지속하고 싶은 욕구가 잠시 단순한 환희에 밀렸다. 무도회 가득 모인 사람들은 그녀의 생일을 축하해줬다. 동화 속 같았다. 루이지애나 손튼에 있는 비비 애벗을 위한 작은 왕국.

손님들이 '해피 버스데이 투 유'를 부르자 야야들과 그들의 파트너들이 비비 주변에 모여들었다. 그들은 턱시도를 입고 완벽한 자세로 서있던 애벗 씨가 주머니에서 조그만 선물을 꺼내는 것을 지켜봤다. 그는 선물을 딸에게 준 뒤 뺨에 입을 맞추었다.

캐로는 그 장면을 냉정한 시선으로 지켜보고 있었다. 그녀는 자기보다 10센티는 작은 파트너 레드 보몬트 옆에 서서 그동안 왜 애벗 씨가 한 번도 딸에게 키스하는 장면을 보지 못했나 생각했다. 애벗 씨가 비비의 머리를 후려쳐서 쓰러뜨리는 모습은 봤어도 그가 딸에게 키스하는 모습은 한 번도 보지 못했다. 아니, 부모님 중 어느 누구도 딸에게 키스를 한 적이 없었다.

밴드가 '화이트 크리스마스'를 연주하자 비비가 선물상자를 열었다. 비비가 벨벳으로 만들어진 반지 상자를 열 때 그녀의 얼굴에 떠오르는 표정을 캐로는 자세히 관찰했다.

"어머나 세상에!" 비비가 다이아몬드 반지를 들고 놀란 듯이 소리쳤다. 비비는 아버지에게 다가가 껴안으며 말했다. "이걸 정말로 저에게 주시는 거예요?"

애벗 씨는 비비의 포옹이 거북했다는 듯이 커머번드*를 고쳤다.

캐로는 레드 버몬트를 주먹으로 쳤다. "담배 좀 줘." 그녀는 비비에

---

커머번드 턱시도를 입을 때 허리에 매는 천으로 된 장식용 허리띠 — 옮긴이

게 눈을 떼지 않고 말했다.

레드는 담배 두 대에 불을 붙인 뒤 하나는 캐로에게 줬다. 캐로는 담배를 받아들자 파트너로부터 떨어져서 애벗 가족 쪽으로 다가갔다. 피트는 친구들과 파트너에 둘러싸여 웃고 있었다. 델리아의 하녀인 진저는 가족들로부터 약간 떨어진 곳에서 3살 된 제지 애벗을 안고 있었다.

버기는 머리를 틀어 올리고 회색 레이스가 달린 명주 드레스를 입고 있었다. 비비의 어머니가 립스틱을 바른 모습을 보는 것은 처음이었다. 하지만 팔짱을 단단히 끼고 얼굴을 찡그린 불편한 모습이었다. 마치 아름다운 모습을 보이는 게 수치스러운 일이라고 여기는 듯했다.

"엄마!" 비비가 버기를 껴안더니 손에 든 것을 보여주었다. "이것 좀 보세요! 정말 예쁘죠? 엄마가 고르는 걸 도와줬어요?"

반지는 정말로 아름다웠다. 다이아몬드 5개가 둥글게 세팅되어 있는 24캐럿 다이아몬드 반지였다. 반지는 우아하면서도 조금은 위압적으로 반짝였.

잠시 버기의 얼굴에 비비의 뺨을 갈길 것 같은 표정이 떠올랐다. 그녀는 비비의 손을 잡고 반지를 뚫어지게 쳐다보다 역겹다는 듯이 딸의 손을 밀쳐냈다.

"애벗 씨, 이건 여자애에게 맞는 선물이 아니에요." 버기가 말했다.

테일러 애벗은 잠시 아내를 쳐다보다 아무 말도 듣지 못한 것처럼 고개를 돌려 손님들과 이야기를 계속했다. 버기가 평정을 잃지 않으려고 애쓰는데 델리아가 그녀의 팔을 잡았다.

"바보 같은 짓 하지 마라." 델리아가 야단치듯 말했.

"만약에 네가 궁상맞은 여편네 노릇을 그만두면 네 남편이 네게도 다이아몬드 반지를 사줄 게다!"
 버기가 고개를 푹 숙였다. 마치 델리아에게 한 대 맞기라도 한 듯한 모습이었다. 버기는 명주와 새틴으로 가득 찬 거대한 무도회장에서 춤을 추는 젊은 커플들을 멍하니 바라보며 쓰러지지 않으려고 테이블을 짚었다.
 그녀는 고개를 돌려 야야들에게 둘러싸인 딸을 돌아보았다. 다시 비비의 손을 잡더니 버기는 무표정하게 말했다.
 "너는 정말 축복을 받은 애구나."
 그리고 나서 돌연 버기는 진저에게 가더니 하녀의 팔에서 제지를 낚아채듯 빼앗았다. 갑작스러운 난폭한 동작에 제지가 울음을 터뜨리자 버기는 아이를 달래기 시작했다. 버기가 진저에게 무언가 속삭이자 세 사람은 무도회장을 빠져나갔다. 버기가 계속해서 제지를 달래는 소리가 들렸다.
 캐로는 그 뒤 버기를 파티에서 보지 못했다.

 안락의자에서 몸을 일으킨 캐로는 천천히 부엌으로 들어갔다. 냉장고에서 맥주 한 병을 꺼내 침실로 돌아왔다. 그녀는 시디플레이어의 소리를 조절하고 다시 의자에 몸을 기댔다. 맥주를 한 모금 마신 그녀는 차가운 맥주의 맛을 즐길 수 있는 한 인생은 나쁘지 않다고 생각했다.
 그날 저녁 일을 생각하니 오래된 슬픔이 되살아났다. 잭의 추억은 아직도 가슴을 도려내듯 아프게 했다. 그날 저녁 비비 옆에 서 있던 잭의 모습을 선명히 그려볼 수 있었다. 군복차림의 핸섬한 잭이 그녀의 가장 친한 친구와 사랑에 빠져 있던 모습. 그녀가 느끼는 상실감이 이 정도일진대 비비는 어떨지 상상이 가지 않았다.

캐로는 아직도 콤튼 가에 있던 비비의 침실을 머릿속에 그려볼 수 있었다. 높은 천장에 바닥에서 천장까지 닿은 창문들. 창문 밖에는 늙은 떡갈나무가 심어져 있었다. 그날 밤 바람에 나뭇가지가 어찌나 창살을 긁어대던지. 생일축하 무도회가 있었던 밤은 몹시 추웠다. 네 소녀는 비비의 기둥이 네 개 달린 마호가니 침대 속에 웅크리고 서로의 온기로 몸을 데우고 있었다.

야야들은 몇 주 전부터 무도회 날 비비네 집에서 함께 밤을 보내기로 계획을 세워놓고 있었다. 햄 샌드위치와 차가운 우유를 들며 그들은 밤늦게까지 놀 생각에 부풀어 있었다. 그들은 사람들이 그날 무엇을 입었고 무슨 말을 했으며 누가 누구와 춤을 추었는지 세세한 데까지 이야기를 나누었다.

아무런 자의식 없이 친한 친구들과 함께 누워있는 기분이 어떤 것인지 캐로는 기억해냈다. 그녀의 늙은 몸은 비비와 틴지 그리고 네시의 몸 옆에 누워있을 때 느끼던 비길 데 없는 안락함을 기억했다. 그런 안락함은 어떠한 남자로부터도 얻지 못했었다. 그녀의 남편, 결혼 도중 가졌던 두 연인들로부터도 얻지 못했었다. 그녀의 친구들을 생각하니 다시 한 번 그들과 함께 퍼져 누워보고 싶었다. 이제는 할머니가 된 육체들을 맞대어 정맥류에 시달리는 다리들을 포개고 발가락들이 서로 닿으면서 체취를 섞어보고 싶었다. 다시 한 번 야야 부족이 하나로 뭉치게 되었으면.

아마 우리는 그날 밤 잭 이야기를 했을 거야. 그를 다시 보게 되어 모두 얼마나 설레었는지. 크리스마스 휴가를 앞두고 다시 그가 고향에 돌아오게 되어 얼마나 기뻤는지.

그날 밤 버기가 비비의 방문을 발칵 열며 들어온 소리가 아직도 생생하게 들리는 듯했다. 그녀는 네 친구들이 웅크리고 있는 고치를 열었다. 그들은 대화를 멈추고 웃음소리를 죽였다.

가운을 걸치고 손에는 묵주를 든 채 버기는 네 소녀들이 누워있는 침대로 걸어왔다.

"비비안, 손을 이리 다오." 그녀가 말했다.

비비가 어리둥절한 얼굴로 버기를 쳐다봤다.

"예쁘지 않아요, 엄마?" 비비가 여전히 버기가 찬사의 말을 해주길 기대하며 손을 내밀었다.

칭찬 대신 버기는 비비의 손가락에서 반지를 빼냈다. 그녀는 침대에 웅크리고 있는 야야들을 쳐다봤다. 시선을 비비 한 사람에게만 향한 채 버기가 말했다.

"네가 무슨 짓을 해서 아버지에게 이 반지를 받았는지는 모르지만 그건 대죄란다. 하느님이 널 용서해주시기를 기도한다."

그러고 나서 그녀는 몸을 돌려 방을 나갔다.

비비가 몸을 부들부들 떨기 시작했다. 그녀의 몸이 떨리는 게 캐로에게도 느껴졌다. 비비는 고개를 푹 숙이고 이불 속으로 들어갔다.

친구들은 아무 말도 할 수 없었다.

"난 아무 잘못도 하지 않았어. 다이아몬드는 아빠가 내게 준 선물이야. 아빠가 나한테 반지를 준 거라고." 비비가 속삭이듯 말했다.

50년도 더 지난 지금도 캐로는 그때 방을 뛰쳐나가 복도를 뛰어가서 버기 애벗을 잡고 싶었던 마음이 얼마나 간절했는지 생생하게 기억했다. 그녀는 그 여자를 마구 흔들면서 반지를 빼앗고 그녀에게 사람들을 그렇게 대해서는 안 된다고 말해주고 싶었다. 캐로는 맥주를 마시며 생각했다. '내 친구 비비는 자기 엄마가 얼마나 딸을 미워했는

지 절대로 모를 거야. 만약 알았다면 도저히 견디지 못했겠지.'

"저 여자는 마녀야." 그날 저녁 캐로는 말했다.

하지만 비비는 이불 속에 들어간 채 아무 말도 하지 않았다.

틴지가 그날 파티에서 있었던 재미있는 일로 화제를 돌리려고 했다.

"생각나? '비긴 더 비긴(Begin The Beguine)' 이 나올 때 잭이 어떻게 춤을 시작했는지?" 그녀가 말했다.

"비비야, 뭐 좀 갖다줄까? 필요한 거 없니?" 네시가 물었다.

하지만 비비는 여전히 아무 대답도 하지 않았다. 그녀는 누운 채로 부들부들 떨고 있었다. 그래서 친구들은 함께 누워서 그녀를 안았다. 그들은 뭔가 이해할 수 없는 일로 화가 난 아기에게 해주듯 담요로 그녀를 감싸줬다.

복도 밑에서 고함치는 소리가 났을 때 처음에는 피트가 친구들과 시끄럽게 소동을 피우며 집으로 들어온 줄 알았다. 밤늦게 그렇게 요란하게 떠드는 소리가 들려서 모두 놀랐지만 피트가 원래 늘 친구 서넛은 데리고 들어와 재우는데다가 언제나 떠들썩하게 놀기에 그러려니 했다. 테일러 애벗은 시끄러운 남자애들에게는 시끄러운 여자애들보다 관대했다.

그런데 이번에는 피트가 아니었다. 잠시 조용해지더니 또다시 고함소리가 들렸다. 낮고 큰 테일러 애벗의 목소리가 들리더니 버기의 울음소리가 들렸다. 그러고 나서 뭔가 깨지는 소리가 난 뒤 다시 조용해졌다.

"죽어 버려!!"

누군가 외치는 소리가 들렸다.

비비는 온몸으로 아래층의 소동을 듣고 있는 것처럼 섬뜩할 정도로 꼼짝하지 않고 누워 있었다.

캐로는 겁이 났다. 그녀의 어머니와 아버지도 부부싸움을 하긴 하지만 이런 식은 아니었다. 의견이 갈리는 일이 있어도 툭 까놓고 싸웠고 뒤끝도 없었다. 게다가 마지막에는 언제나 아버지가 어머니를 번쩍 들어올리고는 "아이고, 우리 예쁜 마누라!"라고 어르며 화해를 하는 걸로 싸움은 끝이 나곤 했었다.

애벗 가의 부부싸움은 달랐다. 집에 있는 것도 겁이 났다.

얼마 안 있어 비비의 방문이 벌컥 열렸다. 노크도, 헛기침도 없었다.

애벗 씨가 부인을 거칠게 밀면서 방으로 들어왔다. 그는 얼굴이 벌게져서 씩씩거리고 있었다. 버기의 가운은 어깨에서 찢어져서 밑으로 젖가슴이 들여다보였다.

"어서 반지를 돌려줘, 버기." 애벗 씨가 말했다.

버기는 그 자리에 꼼짝 않고 서서 자기의 맨발만 쳐다보고 있었다.

"염병할 놈의 반지를 돌려주라고 했잖아, 이 한심한 가톨릭 얼간아!"

애벗 씨가 버기를 밀자 그녀는 몸을 떨면서 침대 옆에 섰다. 비비의 몸이 떨고 있는 것을 느끼고 있던 캐로는 이제 버기가 떠는 것까지 느꼈다. 어머니와 딸 사이로 전해지는 떨림은 누구도 막을 수 없는 것 같았다.

애벗 씨는 부인의 움켜쥔 손을 반지가 떨어질 때까지 손가락 하나하나 억지로 폈다. 그러다가 버기의 뺨을 세게 후려쳤다.

"주워. 허리를 굽혀 주우라니까." 그가 명령했다.

최면에 걸린 것처럼 버기 애벗은 허리를 굽혀 반지를 주웠다. 그녀는 집어들은 반지를 퀼트 위에 내던졌다.

이불 사이로 얼굴만 내놓고 말없이 부모님을 보고 있던 비비는 다시 이불 속에 얼굴을 파묻었다. 보지도 보이지도 않으려는 듯이. 애벗 씨가 비비도 때릴까봐 캐로는 겁이 났다. 때린다 해도 처음은 아니지만.

애벗 씨가 침대 쪽으로 한 걸음 다가왔다. 장신인 비비의 아버지는 정장을 입었을 때나 파자마를 입었을 때나 똑같이 무서워 보였다. 친구를 보호할 준비를 하고 있던 캐로의 몸이 굳어졌다.

그가 자기나 다른 친구들을 때릴지도 모른다고 캐로는 생각했다. 하지만 그는 퀼트를 더듬으며 반지를 찾았다. 애벗 씨는 비비가 누워 있는 이불 밑으로 반지를 밀어 넣으며 말했다.

"여기 있다, 비비안. 이 반지는 내가 너에게 준 거야. 그러니까 네 거다. 알았느냐?" 그의 목소리가 거의 필사적으로 들렸다.

비비는 대답하지 않았다.

"내 말에 대답해라, 비비안." 그가 말했다.

"네, 알았어요." 비비가 이불 속에서 대답했다.

애벗 씨가 거의 포옹을 할 수 있을 정도로 가까이 왔다. 그는 침대 속에 웅크리고 있는 네시, 캐로 그리고 틴지를 흘긋 쳐다봤다.

그러더니 아내를 향해 비웃으며 말했다.

"비비안의 친구 앞에서 이게 무슨 망신이야?"

버기는 아무 대답도 하지 않았다. 캐로는 대신 그녀의 입술이 달싹거리며 기도문을 외우는 것을 보았다. 많이 본 광경이었다.

갑자기 버기가 허리를 굽히더니 비비가 숨어있던 담요를 젖혀버렸다. 비비는 공처럼 웅크린 채였다. 플란넬 나이트가운 밑으로 발가락이 조금 보였다. 친구의 그러한 모습을 보니 캐로는 가슴이 아파왔다.

아무 말도 하지 않고 버기는 반지를 집어들더니 비비의 손가락에

왁살스럽게 우겨넣었다. 비비는 아파서 비명을 질렀다. 캐로는 본능적으로 버기의 손을 잡으려고 했지만 그 전에 그녀는 몸을 돌려 방에서 나가 버렸다.

애벗 씨가 그 뒤를 따라나가며 말했다.

"어서 자라, 얘들아." 그게 다였다.

"지옥불에나 떨어져라." 문이 닫히자 캐로가 내뱉었다.

할 수만 있다면 캐로는 당장 친구인 비비를 이 집에서 데리고 멀리 가버렸을 것이다. 비비와 함께 이 증오로 가득 찬 집을 떠나 부모님의 오두막집이 있는 걸프코스트에 갔을 것이다. 비비를 사랑하기 때문에 잘 보살펴 줬을 것이다. 비쩍 마른 몸에 너무나도 많은 에너지를 지니고 있는 춤추는 강의 여왕을 잘 보살펴 줬을 것이다.

세 친구는 비비와 함께 웅크리고 누웠다. 캐로는 비비를 꼭 안아주고 네시는 눈물을 흘려주고 틴지는 애벗 부부에게 욕을 퍼부었다.

"악마 같은 여자! 둘 다 개자식이야!" 틴지가 말했다.

네시가 침대에서 나가더니 손수건을 갖고 돌아왔다. 비비의 뺨을 닦아주며 네시가 말했다.

"비비, 우리 모두 널 사랑해. 우리 모두 널 굉장히 사랑해."

비비는 여전히 아무 말도 하지 않았다. 캐로는 친구의 고동소리를 느낄 수 있었다. 그녀는 두 손을 비비의 뺨에 갖다댔다.

"오, 비비."

이렇게 말한 캐로는 일어나서 담배에 불을 붙여서 하나씩 친구들에게 건네주었다.

아직도 울고 있던 네시는 창문을 살짝 열었다.

"자, 비비. 우리 담배를 피우면서 수다나 떨자." 캐로가 말했다.

비비는 캐로가 준 럭키스트라이크를 한 모금 빨았다. 그녀는 코사지*와 노트 그리고 걸프코스트 해변에서 잭과 야야들과 함께 찍은 사진이 놓여있는 화장대를 쳐다봤다.

"얘, 이제 괜찮니?" 네시가 물었다.

"이런 집에서 살 필요 없어. 우리 집으로 와. 우리 엄마도 널 좋아하시잖아. 잭은 당연히 물어보나마나고." 틴지가 말했다.

비비는 아무 말도 없었다.

"비비, 너희 엄마는 돌았어. 너희 아빠도 돌았고." 캐로가 말했다.

"얘네 엄마는 돈 게 아냐. 그냥 질투심에 불타는 것뿐이지." 틴지가 말했다.

"우리 엄마는 날 사랑해." 비비가 말했다.

"그렇다면 몸으로 그 사랑을 보여 달라고 해봐! 넌 딸이잖아." 캐로가 말했다.

"이 반지는 엄청나게 비쌀 거야." 틴지가 비비의 손을 살며시 어루만지며 말했다.

"아빠가 나에게 사줬어. 아빠가 직접 고른 거야." 비비가 말했다.

비비가 기계처럼 읊조리자 캐로는 겁이 났다.

"이 반지는 네가 멋대로 할 수 있어. 원한다면 팔아도 돼." 틴지가 말했다.

캐로와 네시가 틴지를 쳐다봤다.

"그 반지는 네 거야." 캐로가 말했다.

"은행에 넣어둔 저금이라고 생각해." 틴지가 말했다.

비비는 고개를 끄덕이고 그녀의 세 친구들을 쳐다봤다.

---

코사지 가슴이나 어깨에 다는 꽃장식 — 옮긴이

"그럼 난 부자란 말이야?" 마침내 그녀가 말을 했다.

"그래. 넌 부자야." 캐로가 말했다.

비비의 군청색 벨벳 드레스가 창가에 놓인 의자에 걸쳐져 있었다. 떡갈나무 가지가 창살에 부딪혔다. 12월 중순이었다. 온 세상은 전쟁 중이었고 비비의 침실은 점점 추워졌다. 담배 연기가 창문을 빠져나가 밤하늘 속으로 사라졌다.

만약 애벗 부부가 그때 다시 방 안에 들어왔다면 캐로는 일어나서 그들에게 주먹을 날렸을 것이다. 그러면 비비의 엄마, 아빠는 층계를 데굴데굴 굴러 밑으로 떨어지겠지.

비비 옆에서 잠이 들며 캐로는 한밤중에 일어나 아래층에 있는 애벗 부부의 방에 숨어들어 뭔가 지독한 짓을 해놓을 거라고 맹세했다. 친구를 상처 입힌 그들을 어떻게 해서든 상처를 입히고 싶었다.

하지만 그녀는 아침까지 푹 잤다.

캐로가 깨어났을 때 비비는 이미 몇 시간 전부터 일어나 돌아다니고 있었다. 그녀는 벌써 테니스복을 입고 있었다. 그녀는 미소를 짓고 있었다. 벌써 테니스 코트에 오기라도 한 것처럼 그녀는 방 안을 뛰어다녔다. 간밤에 아무런 일도 없었다는 듯이 행동하고 있었다. 비비가 16살이 된 다음 날이었다.

안락의자에서 몸을 일으킨 캐로는 화장실로 걸어가 컵에 물을 채우고 비타민을 한 움큼 삼켰다. 그리고 달콤한 향기가 나는 아몬드 오일을 손에 따른 뒤 깊은 주름이 파인 얼굴에 문질렀다. 파자마를 걸치며 그녀는 생각했다. '이런 일은 정말 기억하기 싫어, 젠장. 다시 또 화가 치밀어오르잖아.' 그녀는 침대 커버를 벗겼다. 다시 안락의자에 몸을 눕힌 그녀는 침대 커버를 몸에 덮었다. 불을 끄면서 마지막으로 호흡기가 곁에 있는지 확인했다.

이제 버기와 테일러 애벗도 세상에 없다. 캐로는 생각했다. '야야들도 나이가 들었다. 우리가 죽으면 우리의 아이들도 우리가 애벗 부부에게 복수하고 싶었던 것처럼 우리에게 복수를 하고 싶어할까? 아니면 그들은 우리의 모든 잘못을 용서할까? 시댈리가 우리가 함께 보낸 나날에 대한 자료를 부탁했을 때 난 말했었지. 비비, 그냥 보내줘! 낡은 추억이 담긴 스크랩북을 혼자 껴안고 뭘 하려고 해? 네가 시다와 《뉴욕타임스》를 죽이고 싶어하는 것은 알아. 하지만 그냥 보내줘! 인생은 짧은 거야. 이봐 친구, 인생은 아주 짧은 거야.'

20

비비의 생일축하 무도회로부터 일주일이 지나도록 버기 애벗은 아침마다 울면서 일어났다. 그녀와 함께 방을 쓰던 막내 제지는 그럴 때마다, "엄마 왜 울어?" 하고 물었지만 버기는 아무 대답도 할 수 없었다.
마침내 테일러 애벗은 부인에게 말했다.
"만약 계속 청승맞게 질질 짤 생각이라면 내 집 밖에서 그렇게 해."
그 뒤로는 그녀는 혼자 있을 때만 울었다. 그리고 혹시나 남편에게 들릴까봐 소리를 죽여가며 울었다. 버기는 혼자서 울면서 성모 마리아에게 딸의 문제를 도와 달라고 기도했다.
그래서 교구의 여신도를 만났을 때 그녀는 자신의 기도가 응답을 받았다고 생각했다. 버기는 말했다.
"라블레 부인, 딸애의 영혼이 지옥에 떨어질까봐 두려움에 떨면서 살고 있어요."
"그렇다면 따님을 앨라배마에 있는 세인트오거스틴 아카데미로 보내시죠. 그곳 수녀님들은 여자애들을 어떻게 하면 바로잡을 수 있는지 알고 있어요. 그들은 얼간이 짓은 참아주질 않죠. 저는 그분들의 정화사업에 보탬이 되고자 매년 그곳에 돈을 기부한답니다."

그곳은 앨라배마 주 스프링힐에 있는, 남북전쟁 직후 세워졌다고 하는 오래된 가톨릭 기숙사 학교였다. 세인트오거스틴 아카데미는 손튼에서 5시간 거리에 있었다. 인근 4개 주에서 진지하게 신앙생활을 생각하는 독실한 천주교 여학생들이 들어가는 학교였다. 그리고 딸에게 종교와 규율을 가르칠 필요가 있다고 생각하는 부모들이 선택하는 학교였다.

버기는 집이 빌 때까지 기다렸다. 제지를 낮잠 재워놓고 그녀는 부엌 테이블 앞에 앉아 종이와 연필을 꺼냈다. 커피를 한 모금 마시고 종이를 스치고 지나가는 펜의 감촉을 즐겼다. 식료품 쇼핑 리스트 외에 뭔가 종이 위에 쓰는 것은 실로 오랜만의 일이었다.

또박또박한 정자로 하얀 백지 위에 4번이나 서두를 고쳐 쓴 후에야 버기는 다음 편지를 완성할 수 있었다. 그녀는 제지가 낮잠에서 깨자마자 편지를 부쳤다.

1942년 12월 31일
루이지애나 손튼 콤튼 가 322번지

앨라배마 스프링힐, 세인트오거스틴 아카데미 원장 수녀님
원장 수녀님께,

제 딸 비비안 조운 애벗을 왜 원장 수녀님께서 학기 도중에 맡아 주셔야 하는지 어머니의 입장에서 글을 쓰렵니다. 저는 작가가 아닙니

다. 하지만 주와 성모의 도움으로 최선을 다하겠습니다.

제 딸은 망나니떼와 어울리고 있습니다. 그 애가 함께 다니는 여자친구들은 허영심을 북돋우고 있습니다. 딸은 제게 아무 신경도 쓰지 않습니다. 어미인데도 말입니다. 비비와 이 계집애들은 천박하기 그지없고 서로에게 나쁜 영향만 줍니다. 담배를 피우고 상소리를 해대고 허영을 부리면서도 아무런 수치심도 느끼지 못하지요. 그리고 공립고등학교는 마치 이들을 이교도의 공주님들처럼 떠받듭니다. 이 아이들은 자기들의 우정을 아버지인 주 하느님에 대한 사랑 앞에 두고 있습니다. 그 애가 고등학교에 들어간 뒤로 쌓여온 인기 때문에 제 딸이 영혼을 잃어버릴까봐 두렵기만 합니다.

사람들은 너무 그 애를 추켜세웁니다. 사람들은 비비안 조운을 치어리더로 만들고 테니스팀에서 가장 인기 있고 예쁜 소녀로 뽑았지요. 그 애는 학교신문 기자이기도 합니다. 이 모든 것은 아직 어린 소녀에게는 너무 과분한 찬사입니다. 손튼 고등학교는 나쁜 학교가 아닙니다. 우리 아들은 그곳에서 아무 일도 없습니다. 하지만 제 딸은 크나큰 위험에 처해있습니다. 그들은 우리 딸의 허영심을 부풀려서 자기가 죄 지은 자를 사해주는 자비로운 성모의 발아래 엎드릴 필요가 없다고 생각하게 했습니다.

딸의 침실에는 주에 관한 아무 물건도 보이지 않습니다. 눈길이 닿는 곳마다 폼폼이나 테니스 라켓, 영화배우 사진 같은 것이나 널려 있습니다. 그리고 자기가 사랑에 빠져 있다고 생각하는 소년의 사진을 모든 곳에 놓았습니다. 우리 애는 거짓된 신을 섬기고 있습니다. 그 애는 타락하려고 하고 있습니다.

제 남편인 테일러 애벗은 변호사로 가톨릭 신자가 아닙니다. 그이는 비비안이 입을 삐죽 내밀 수 있게 될 때부터 애의 응석을 고스란히 받아 주었죠. 늦은 나이에 얻은 제지를 가진 뒤부터 애벗의 행동은 점점 심해져갔습니다. 그이는 비비안에게 다이아몬드 반지를 선물로 주었어요. 아직 16살 밖에 안 된 애한테요. 그는 절대 그런 짓을 해서는 안 되었습니다. 다이아몬드 반지는 성스러운 혼례에 부인에게 주는 것이지 어린 딸에게 주는 물건이 아닙니다.

그 애는 애벗 씨로부터 나쁜 영향을 너무 많이 받고 있습니다. 그이는 성공회랍니다. 사람들과 어울리는 것 외에는 아무 관심도 없습니다. 럼주를 마시고 테네시의 승마대회에서 사람들과 어울려 다닙니다. 우리가 어렸을 때는 남편이 그런 사람인 줄 몰랐습니다.

제지를 갖는 일조차 그는 반대했었습니다. 결혼할 때 약속했던 제 믿음을 퍼뜨리는 일을 제대로 해내지 못한 것은 제 잘못이 아닙니다. 저는 주님께 단지 세 명의 아이들만 바치게 된 것을 날마다 회개 드리고 있습니다.

수녀님, 제 딸이 정확히 무슨 죄를 지었는지 잘 모르겠습니다. 제 남편은 그 일에 대해 이야기하지 못하게 합니다. 하지만 어미라는 건 최악의 일만 상상하게 되지 않겠어요. 애벗은 제게 그 문제는 이제 생각하지 말라고 합니다. 그러면서 아내는 남편에게 복종해야 한다고 말합니다. 하지만 도저히 참을 없습니다. 머리에서 걱정이 떠나질 않습니다.

원장 수녀님, 이건 제 딸이 제게 한 짓 때문이 아닙니다. 그 아이가 성모님께 지은 죄가 무엇보다도 제 마음을 아프게 하는군요. 만약 비비안이 나 하나만을 아프게 했다면 저는 이 편지를 쓰지 않았을 겁니다.

비비안은 자기희생을 배워야 합니다. 그리고 몸과 마음이 순결한

자들 옆에 있어야 합니다. 딸에게는 세인트오거스틴 학교의 수녀님들만이 가르칠 수 있는 규율이 필요합니다.

부디 원장님의 학교가 꼭 제 딸을 받아주시기 바랍니다. 세인트오거스틴 아카데미 같은 곳이 있다는 것에 저는 천국의 성모 마리아께 감사 기도를 드립니다.

제발 부탁입니다, 원장 수녀님. 부디 당신의 지혜로 제 딸이 되도록 빨리 수녀님의 학교에 들어가게 해주시기 바랍니다. 성모 마리아님의 이름으로 망설이지 말고 빨리 제 딸을 구원해주세요. 그 애는 주께서 만드신 꽃송이인데도 지금 시들어가고 있습니다. 만약 제가 그 애를 이 세상의 유혹으로부터 떼어낼 수 없다면 그 애는 영혼이 피어나기 전에 죽어버릴 것입니다.

주 예수 그리스도와 성스러운 성모의 이름으로

— 테일러 C. 애벗 부인

추신. 교사 수녀님들의 기숙사를 증축하고 있다는 소식을 들었습니다. 비비안이 학교에 들어가는 대로 저희 부부는 세인트오거스틴 건축 기금에 기부를 하겠습니다.

21

시다는 세인트오거스틴 수녀원 학교에서 지내는 동안 엄마 비비가 받은 편지 다발 두 묶음을 스크랩북 속에서 발견했다. 순간 온몸으로 고고학자가 귀한 보물을 찾아냈을 때와 같은 짜릿한 전율이 일었다. 첫 번째 편지는 네시가 보낸 것으로 겉봉에 입술자국 세 개가 희미하게 찍혀 있었다.

봉투를 개봉하자 오랜 세월 종이 위에 잠들어있던 단어들이 성난 새떼처럼 화르르 밖으로 튀어 날아 올라갔다. 편지지 귀퉁이는 얼룩에 절어 누리끼리했고, 어찌나 힘주어 눌러 썼는지 글자에 배인 잉크 자국이 고스란히 남아있었다. 시다는 이내 편지를 읽어 내려갔다.

1943년 1월 21일

사랑하는 비비에게,

오, 1943년 들어 처음 쓰는 편지가 이처럼 구슬플 줄이야. 올해는 전쟁에서 승리하는 기쁜 한 해가 될 줄 알았는데 널 잃게 됐구나. 네가 버려진 고아처럼 처량 맞게 기차를 타고 이 도시를 떠났다는 생각을 하니 내 가슴이 천 갈래 만 갈래로 찢어진다. 여긴 캐로네 집이야. 밥 씨가 연극 티켓 세 장을 주면서 위로하려 하지만 전혀 흥이 안 나.

네 오빠 피트는 최악이야. 그렇게 축 처져 있는 모습은 처음 봐. 아침에 피트와 캐로가 와서 소식을 알려줬을 때 난 그만 울음보를 터뜨리고 말았어. 당장 차에 올라타서— 파자마 차림으로— 틴지 네 집으로 갔어. 피트는 배웅할 친구 하나 없이 덜렁 혼자 널 기차역까지 바래다준 걸 내내 안쓰러워했어! 그 얘길 할 때 꼭 울 것 같은 얼굴이더라. 오, 비비, 우리 모두 널 배웅하러 갈 수도 있었는데. 모든 걸 준비해놨었단 말이야. 프랄린*도 상자 가득 꽉꽉 채워놓고, 주전부리할 사워크림* 과자까지 구워놨었어. 모든 걸 싸놨는데 우리 사랑의 징표를 내버려둔 채 수녀들한테 갔구나. 오, 또 눈물이 쏟아지려고 해.

우린 정오가 되기 조금 전에 너희 집에 들렀어. 늘 그렇듯 주방문 쪽으로 갔지. 네 엄마한테 뭐라고 한 소리 해줄 작정이었어. 헌데 문이 꽉 잠겨 있더구나. 문을 마구 두드려 대면서 이름을 불러댔어. 잠시 후 네 엄마가 아래층으로 내려와 문을 열어주는 데, 눈물을 흘리고 계시더라. 그걸 보니 욕을 퍼부으려던 맘이 달아나더구나. 몸이 아프시대.

틴지가 말했어. "위(맞아요), 우리도 아파요. 비비가 떠났다는 생각에 맘이 무척 아파요."

그때 네 엄마가 어지러우니 그만 침대에 가서 눕겠다고 하시더라. 캐로가 뭔가 얘기를 꺼내려 했지만 내가 막았어. 그리고 너희 집을 나

─────
프랄린 설탕에 조린 호두과자 — 옮긴이
사워크림 생크림을 발효시켜 새콤한 맛이 나는 크림 — 옮긴이

왔어.

오, 비비, 우린 상심이 이만저만이 아니야. 마치 몸뚱이가 갈기갈기 찢겨나간 기분이야.

너에게 키스를 해주고, 널 따뜻하게 안아주고, 네가 있는 그 자리에 함께 있고 싶은 맘이 더 없이 간절해.

사랑과 키스와 기도를 담아서,<br>— 네시가

추신. 이제 곧 편지를 부치러 우체국으로 달려갈 거야. 캐로와 틴지는 다소나마 마음이 진정된 후에 편지를 보낸다더라. 지금 피트하고 찬바람이 부는 테라스에 앉아 담배를 피우면서 눈물을 찔끔거리고 있어. 캐로는 네가 다시 돌아오길 바라고 있어. 네 엄마가 얼마나 편찮으시든 다시 널 받아줬으면 하고 있어. 오, 비비, 우리가 널 얼마나 사랑하는지 알지?

시다는 마치 딴 세상에 발을 들여놓은 듯 정신이 몽롱해졌다. 편지 다발을 들고 소파로 자리를 옮긴 그녀는 미어지는 가슴을 간신히 진정시키면서 조심스레 편지를 읽어 내려가기 시작했다.

1943년 1월 21일

스팅키,

미안하다, 동생아. 아침에 기차역까지 데려다 주는데, 그때는 차라리 일본군 소굴로 데려가는 게 낫겠다는 기분이 들더라.

그 작자들을 어떻게 상대하는지 알지? 귀찮게 굴면 내가 준 주머니칼로 확 쑤셔 버려.

— 사랑하는 오빠 피트가

추신. 캐로가 엄마한테 이러더라. 세인트오거스틴 수녀들이 널 못살 게 굴면 성스러운 야야 시스터즈가 나서 따끔한 맛을 보여준다고. 엄마는 그 말에 아무 대꾸도 않고 침대로 급히 들어가더라.

웨스턴 유니언이란 글자가 적힌 봉투를 열자 전보 한 통이 눈에 들어왔다.

1943년 1월 22일
비비 애벗—세인트오거스틴 아카데미, 앨라배마주 스프링힐—사랑한다—뭐든 필요하면 전화해—께 르 봉 듀 부 베니 리얼 굿!(주님께서 보살펴 주시길!) — 쥬느비에브 세인트 클레어 위트먼.

시다는 읽던 편지 다발을 바닥에 내려놓고는 자리에서 벌떡 일어나 기지개를 한 번 켰다. 휴일린은 창 밖으로 눈에 보이지 않는 뭔가를 놓고 시끄럽게 아귀다툼을 벌이는 한 쌍의 까마귀에게서 시선을 떼지 못하고 있었다. 시다는 다시 몸을 돌려 빛바랜 청색 리본으로 묶인, 좀더 큼직한 편지 꾸러미를 집어들었다.

1943년 4월 22일
비비에게,
열흘이나 소식이 감감하네. 잘 지내고 있는 거지? 벌써 네 통이나 보냈는데. 편지는 제대로 받은 거냐? 비비, 모두 걱정이 이만저만이 아냐.
일을 이 지경으로 만든 네 부모님을 욕하고 싶다. 네 엄마는 총 맞아 죽어도 싸.

춤추는 강의 여왕님, 부디 연락해줘.

XXX
우리 모두는 너를 사랑해.
— 캐로

1943년 4월 24일

사랑하는 비비에게,

마지막으로 보낸 편지 두 통을 못 받은 거 아닌가 싶어. 겉봉투에 '조앤'이라고 쓰기 싫어서 안 썼거든. 맘이 안 내켜도 이번 편지엔 그렇게 썼어. 그래도 이 편지를 제대로 받았는지 확인하고 싶어. 예쁜 비비, 간밤에 네가 나오는 악몽을 꾸다가 훌쩍거리면서 깼어. 마망한테 꿈 얘길 했더니 전화 한번 해보라고 하시더라. 아침에 일어나자마자 전화했더니 수녀가 연결을 안 시켜줬어. 가족들 전화만, 그것도 일요일에만 허락된대. 사랑하는 사람 목소리도 못 듣게 하다니 그따위 학교가 어딨니? 마망이 전화를 바꿔서 수녀한테 정중하게 부탁했는데도 귓등으로 듣는 거 있지. 마망이 많이 걱정해. 마망도 어렸을 적에 수녀학교에 다녔지만 이 정도까진 아니었대. 악질 수녀들을 만난 게 분명하다고 하셔. 짧은 편지로 보아 네가 잘 지내는 거 같다고 하지만 일부러 그러는 거 다 알아. 억눌려 지낸다는 걸 짐작할 수 있어.

마망은 조금이라도 도움을 주고 싶어 하셔. 너희 부모님께 얘기해보라고 할까? 꼭 알려줘.

비비, 네가 상상하는 것 이상으로 무지무지 보고 싶어. 심장에 구멍이 뻥 뚫린 거 같아. 우리의 꼬뮈노떼 데 쉐르(자매애)가 아파하고 있어. 이런 기분은 비단 야야들뿐이 아냐. 네가 빠진 우리 학급은 전 같지 않아. 다들 맥이 빠져 있어. 앤 스노비—버트 맥워터스와 그 무리들까지 내내 네 소식을 궁금해하더라.

누가 더 보고 싶은지는 모르겠어. 넌지, 전쟁터에 나가있는 오빠인지. 이것만은 말할게. 두 사람이 곁에 없고, 이 미친 전쟁을 겪으면서 몹시 우울하다는 거. 답장 바로 해줘.

XXXOOO<br>— 틴지

추신. 실버 스크린이라고 적힌 포장화물 받았어? 술을 더 많이 보내줄 수 없어 미안.

시다는 야야들의 따스한 자매애에 가슴 한구석이 뭉클해졌다. 수녀원 학교에 짐짝처럼 내던져진 비비의 모습이 떠오르자 절로 이마에 내 천자가 그려졌다. 조심스럽게 읽던 편지들을 봉투 속에 집어넣으면서 시다는 16세 비비를 품에 안고 가만가만 위로해주고 싶은 맘이 간절했다. 뿌리가 송두리째 뽑혀나가 거친 불모의 땅에 내팽개쳐진 한 송이 꽃 같은 비비를 품에 따스하게 안아주고 싶었다. 비비를 안은 채 그녀의 진짜 이름으로 가만히 귓전에 속삭여주고 싶었다.

그러다 문득 궁금증이 일었다. 캐로와 틴지, 네시가 친구가 갑작스럽게 떠난 것에 이처럼 황망해했다면 정작 비비 본인은 어떤 기분이었을까? 비비는 어떤 답장을 보냈을까? '엄마의 맘을 알고 싶어….' 시다는 편지를 읽던, 널따란 방 안에 놓인 테이블에서 벌떡 일어섰다.

목덜미가 돌처럼 딱딱하게 굳어있었다. 뭉친 목 근육을 살살 주무르면서 어깨를 몇 번 둥글게 굴려보았다. 무릇 역사나 인생이나 모두 몸 안에서 만들어지는 법이다. 지금 시다는 몸 안에 자신을 품었던 한 여자에 대해 '알아 가는' 중이었다.

굳어진 몸을 조금이라도 움직여 주고 싶었다. 시다는 휴일린의 목을 묶은 가죽끈을 풀어주고 호수와 숲이 있는 바깥으로 산책을 나섰다. 햇살이 두툼한 하늘을 뚫고 밝게 내리쬐는 그곳으로.

한 발자국 땅을 내디딜 때마다 비비 얼굴이 떠올랐다. 무슨 일이 일어났던 걸까? 왜 그곳으로 보내진 걸까? 어쩌다 그런 벌받을 일을 저지른 것일까? 그러다 문득 비비를 향한 분노가 왈칵 치밀어올랐다. 최근에 매정하게 모녀의 정을 끊어서가 아니라 그보다 오래되고 해묵은 상처 때문이었다. 한 두 걸음 앞으로 나아가면서 분노는 어느새 연민과 분노가 뒤섞인 묘한 감정으로 바뀌어갔다. 그 감정은 다시 비비를 향한 분노로 되돌아왔다.

그녀는 한 발짝 한 발짝 내딛는 걸음에 온 신경을 집중했다. 비비의 몸과 자신의 몸에 대해, 두 몸이 얼마나 닮았는지에 대해 생각했다. 앞으로 힘차게 내딛고 있는 두 다리에 대해 생각했다. 자신이 육체를 지닌 인간이 아니라 육체 그 자체라는 생각이 들었다. 비비 몸 안에서 아홉 달 동안 살았던 육체. 발밑에 닿는 대지의 감촉을 몸으로 느끼면서, 옆에 바짝 따라오는 개의 행복해하는 호흡소리를 들으면서 엄마와 딸 사이에 흐르는 뭔가에 대해 생각했다. 붉은 피처럼, 신선한 산소처럼 아가가 자라는 어두운 모태 속으로 흘러들어가는, 말없이 전해지는 무언의 진실. 그곳을 벗어난 지 사십 년이 지난 지금, 둘 사이를 이어주는 정신적 연결선을 통해 그 진실을 전수받지 못하게 된다면 어떻게 될까? 엄청난 오해와 불신으로 멀리멀리 떨어져 있게 된다면?

안개비가 흩뿌리던 그날, 하늘 높이 치솟은 푸른 상록수 사이로 희뿌연 안개가 모락모락 피어오르고 있었다. 숲으로 가는 길에 섬세한 레이스 장식을 한 죽은 솔송나무 가지가 앞을 가로막으며 눈길을 사로잡았다. 자그마한 깃털 가지 끝에는 물방울이 대롱대롱 매달려 있었다. 마치 다이아몬드가 촘촘히 박혀있는 듯, 섬세한 레이스 천이 공중에 매달려있는 듯 보였다. 물기가 축축이 배어 진한 자줏빛으로 변한, 땅위로 구불구불하게 내뻗어있는 나무뿌리가 늙은 여자의 손등에 툭 불거져 나온 실핏줄과도 같았다. 아니, 농약살포용 비행기에서 내려다본 가넷 강의 굽이쳐 돌아치는 물길을 닮아 있었다. 대지를 사뿐히 밟고 가면서 시다는 간절히 기도했다. '내 몸을 활짝 늘려서, 엄마와 나 자신 그리고 대지안에 깃들인 신성한 비밀의 열매를 내 안에 담을 수 있게 해주소서.'

**\*\***

밖은 아직 컴컴하건만 버기는 자는 딸을 사정없이 흔들어 깨웠다. "비비안 조앤." 그녀는 머리맡에 놓인 전등을 켜면서 소리쳤다. "어서 일어나. 어서."

갑자기 쏟아지는 환한 불빛에 눈알은 쓰리고, 버기의 잔뜩 굳은 목소리에 위장은 바짝 조여들었다. 비비는 베개를 끌어안은 채 잠을 계속 청해보려고 애썼다. 마크스빌에서 잭과 신나게 춤을 추는 꿈을 꾸던 참이었는데. 신록이 푸른 여름날, 그녀는 눈부시게 하얀 드레스를 입고 있었다. 엉덩이 위쪽 오목한 부분에 닿은 잭의 손바닥을 생생히 느낄 수 있었다. 맞닿은 두 뺨 사이로 맴도는 그의 향기로운 숨결을 느낄 수 있었다.

"비비안 조앤." 버기가 힐난하듯 딸의 이름을 소리쳐 불렀다. "어서 일어나 옷 입어." 버기는 몸을 숙여 바닥에 떨어져 있는 딸의 옷가지를 집어들었다. "아빠가 새벽기차 태워 보내라고 하셨어."

"예?" 놀란 비비는 침대에 퉁기듯 벌떡 일어나 앉았다.

'이럴 수는 없어!'

"하지만 엄마, 오후 기차를 타기로 했잖아요. 모두 그때 배웅하기로 했단 말이에요. 오후 2시 56분 기차요. 모두 그때로 알고 있는데."

"두 번 말 않겠다." 버기는 침대 밑으로 몸을 숙여 비비의 구두 한 짝을 꺼내면서 한숨을 쉬었다.

"아빠가 결정한 거예요?" 비비가 다급하게 물었다. 놀라움에 흥분된 가슴을 좀체 진정시킬 수가 없었다. 어떻게 이렇게 뒤통수를 친단 말인가?

"그래." 버기는 비비와 시선을 마주치지 않은 채 대답했다. "어서 일어나. 시트를 벗겨내야 하니까."

침대에서 빠져나와 차가운 바닥에 맨발로 서있는 비비는 따스한 이불이 몹시도 그리웠다. 오늘 아침 버기는 다른 날과 사뭇 달랐다. 목소리에는 달뜬 흥분마저 담겨 있었다. 벌써 미사에 참석하기 위해 옷을 차려입고 있었고 머리에는 베일을 쓰고 있었다.

버기는 시트를 획 벗겨내고는 간호사처럼 날렵한 손놀림으로 베갯잇에 이어 매트리스 씌우개까지 단숨에 벗겨냈다.

그 몸동작에는 딸에 대한 끓어오르는 분노가 고스란히 담겨 있었다. 입을 꾹 다문 채 시트를 펄럭거릴 때마다, 조금 전까지 침대를 따스하게 데웠던 비비의 탄력 있고 싱싱한 사춘기 육체를 거부하듯 떨쳐내고 있었다.

비록 말은 없었지만 버기 옆에 서서 지켜보면서 비비는 이 모든 걸 몸소 느낄 수 있었다. 그녀는 무의식적으로 가슴 앞에서 팔짱을 끼었다. 버기로부터 자신을 지켜내는 데는 지금 입고 있는 플란넬 잠옷보다 강력한 무기가 필요하기라도 한 듯.

"아빠가 언제 이 결정 내리셨어요? 간밤엔 아무 얘기도 없었는데." 비비가 물었다.

"너한테 일일이 보고하리? 네가 마누라라도 되냐? 잠자리에 들기 전에 말씀하셨다. 새벽 5시 3분 기차를 타라고."

버기는 양팔 아래 베개를 껴안고 턱을 약간 위로 치켜올린 채 서있었다. 딸에게서 어떤 반응이 나올지 기다리는 듯한 자세였다. 비비는 아무런 반응도 보이지 않았다. 이제 엄마와 딸은 서로 노려본 채 마주서 있었다. 둘 다 이해 못 하는 그런 전투에 나설 기세로 몸을 바짝 긴장시킨 채.

짧은 순간 비비는 버기가 거짓말을 하는 거란 생각이 들었다. 그렇지만 더할 나위 없이 끔찍한 생각이라 도저히 대놓고 물어볼 수가 없었다.

대신 이렇게 말했다. "그 베개 가져갈 거예요." 그녀는 할머니 델리아가 진저의 도움을 받아 어렵사리 만든 자그마한 오리털 베개를 가리켰다. 델리아는 전시상황에서 실크가 규제품목 대상으로 지정되기 전에, 실크 베갯잇과 함께 그 베개를 선물로 주었다.

"이딴 건 가져가도 소용없어. 따로 쓰는 베개가 있으니까." 버기는 가슴팍에 베개를 꼭 껴안은 채 말했다.

"그 베개 내놔요. 할머니가 준 거란 말예요."

이 순간 할머니가 곁에 있었더라면 손녀 비비의 부탁을 들어줬을 것이다. 비비는 버기가 세인트오거스틴 아카데미에 보내는 일을 서둘러 추진하자 곧바로 할머니에게 구조요청 편지를 썼다. 아쉽게도 할머니는 리 보포르와 함께 텍사스 목장을 방문하고 있던 터라 손녀의 편지에 답장해줄 수가 없었다. 할머니가 있었다면 분명 날 보호해줬을 거야. 그렇지만 필요한 할머니는 지금 곁에 없었다. 비비는 엄마에게 와락 달려들어 손으로 때리고 발길질을 해가면서 이 잔인하고 불공정한 처사에 대해 비난하고 싶었다.

"아빠는 아래층에 계세요?" 비비가 물었다.

"주무신다. 무척 피곤하시거든. 네가 힘들게 했잖아."

테일러 애벗은 비비의 생일이 있던 날 밤부터 입을 꾹 다물고 있었다. 처음 세인트오거스틴 얘길 꺼냈을 때는 아내의 생각에 쌍심지를 켜며 반대했었다.

"여기서도 버릇은 고칠 수 있어. 수녀학교란 것들은 괴상망측하기가 이를 데 없다고." 테일러가 말했다.

버기는 남편에게 퉁바리를 맞자 만만히 있지 않았다. 여느 때와 마찬가지로 남편에게 한마디도 지지 않고 원하는 바를 관철하려 했다. 결국 테일러 애벗은 두 손 두 발 들고 말았다. 딸을 수녀원 학교에 보내는 것에 별반 달가워하지 않은 채 서재로 들어가서는 내내 그 문제에 대해 함구했던 것이다.

전날 밤 비비는 거실에 앉아있는 아빠에게 다가갔었다. 테일러는 라디오에서 흘러나오는 전쟁 소식에 귀를 쫑긋 세우고 있었다.

그녀는 라디오 광고가 시작될 때까지 참고 기다리다가 이윽고 입을 열었다. "아빠, 할 말 있어요."

가족 모두는 아버지 테일러 애벗에게 말을 꺼내기 전에 사전에 양해를 구하는 것이 관례였다.

"해보렴." 그는 반쯤 라디오 소리에 정신을 빼앗긴 채 건성으로 대답했다.

비비는 침착하게 그리고 논리적으로 자신의 입장을 설명할 심산이었다. 변호사인 아빠가 좋아하는 방식으로 말이다. 하지만 그녀 입에서는 울먹거리는 목소리가 절로 튀어나왔다.

"정말 가야 되요? 꼭 그래야 해요? 내일 오후 기차를 타야 되는 거예요? 아빠, 제발, 이 일을 막아주세요. 엄만 아빠 말이라면 꼼짝 못하잖아요."

그는 한참 동안 딸의 얼굴을 유심히 쳐다보았다. 일말의 기대를 걸어봐도 될까?

"이미 결정된 일이다, 비비안. 그 학교에 가는 거야."

비비는 즉시 자세를 바로잡고 몸을 똑바로 폈다. 목소리를 최대한 가다듬으려고 애썼다.

'침착해야 해. 안 그럼 내 말을 듣지 않으실 거야. 침착하게, 아빠가 좋아하는 대로 얼굴에 미소를 띠고 침착한 말투로 설득하는 거야. 필요한 건 진실된 눈빛이야. 그 눈빛 하나로 날 보낼 수 없다는 걸 깨닫게 될 거야.'

하지만 정작 입을 열었을 때는 제풀에 감정이 북받친 나머지 말더듬이처럼 우물우물거리고 있었다.

"아빠, 제발. 원하시는 건 뭐든 할게요. 제발 보내지만 마세요." 금방이라도 울음보를 터뜨릴 기세였다.

테일러 애벗은 눈앞에 서있는 딸을 물끄러미 쳐다보았다. 스카프로 금발머리를 하나로 얌전히 묶어두고 있었고, 파자마 윗도리는 흘러내려 주근깨가 점점이 박힌 한쪽 어깨를 살짝 드러내고 있었다. 입술은 부들부들 떨리고 있었다. 금방이라도 쏟아낼 듯 눈가에는 눈물이 그렁그렁 맺혀 있었다. 피부는 티 없이 맑고 투명하고 눈 주위는 푸르스름한 기운이 감돌고 있었다. 하지만 뽀얀 피부가 그의 눈에는 가지 끝이 바싹 말라버린 치자나무처럼, 핏기가 모자란 빈혈환자처럼 보였다. 그는 이런 원초적인 감정을 배겨낼 수가 없었다. 육체적으로 고통스러웠다. 이것은 땀과 냄새와 피와 더불어 그가 아내에게서 제일 싫어하는 부분이었다.

"비비, 애걸하진 마라." 테일러가 말했다.

그는 라디오에 손을 뻗어 볼륨을 높였다. 다시 의자로 몸을 기댄 뒤에는 아예 눈을 질끈 감고 전쟁 소식에만 정신을 집중시켰다. 방 안에 혼자 있는 것처럼.

비비는 거실에 깔린 양탄자 무늬를 뚫어져라 쳐다보면서 자리에 못 박힌 듯 서있었다. 라디오에서는 미얀마에서 전투 중인 영국군과 인도군 소식이 흘러나오고 있었다. 이윽고 테일러 애벗이 감았던 눈을 뜨면서 딸에게 시선을 고정했다.

"넌 잘 해낼 거다, 비비안. 네 걱정은 안 해. 그럴 필요도 없고. 넌 애벗가 사람이니까." 거부할 수 없는 단호한 목소리였다.

그는 자리에서 벌떡 일어나 라디오를 끄고는 계단을 올라가기 시작했다. 비비의 눈에는 아빠의 널찍한 등만 보였다. 아빠의 멜빵과 새하얀 셔츠만 보였다.

"서둘러 옷 갈아입어. 기차시간이 빠듯해. 피트가 역까지 데려다

줄 거야." 버기는 문가에서 재촉했다.

"아빠는요? 같이 안 가요? 작별인사를 하고 싶은데."

"깨우지 말라고 하셨다. 자자, 더 이상 속 썩이지 마."

"야야들은요? 작별인사 없이 떠날 순 없어요. 계획도 다 짜놓았단 말예요."

"지난 일주일 동안 작별인사는 충분히 했잖니."

"그 애들은 제일 친한 친구들이란 말예요. 꼭 얼굴을 봐야 해요."

더 이상은 참을 수가 없었던지 갑자기 버기가 베개와 방금 전 침대에서 벗겨낸 시트를 집어들어 비비에게 던졌다.

"그만 해! 야야 얘기라면 더 이상 지껄이지 마! 어째 그 머리통엔 온통 그 생각뿐이냐?" 버기는 분노로 식식거리며 악악댔다.

"걔들은 내 친구들이란 말예요. 이렇게 떠날 순 없다고요!" 비비는 예의 다소곳한 태도를 버리고 바락바락 대들었다.

버기는 옷매무새를 가다듬고는 차분히 말했다. "그동안 사고 친 걸로 충분해."

버기가 문가를 떠난 순간 비비는 속으로 생각했다. '충분치 않아요, 엄마. 절대 그럴 일은 없을 거예요.'

피트는 비비를 위해 직접 차문을 열어주었다. 차 안은 이미 따뜻하게 데워져 있었다.

"동태 꼴 나면 안 되잖아. 빌어먹을 엄만 안에 있어?" 그가 말했다.

"제지 보고 있어. 이러다 기차 놓칠지 몰라."

피트는 손목시계로 시간을 확인하고는 차 앞을 빙 돌아 운전석에 올라탔다. 예의 덜렁거리던 태도는 어디 가고 표정이 자못 진지했다.

313

그는 차문을 단단히 닫고는 여동생 쪽으로 몸을 돌렸다. "담배 피울래?"

"응." 비비는 오빠가 엄지손톱 위에 성냥을 세게 문질러 불을 붙인 뒤에 담배에 불을 붙이는 모습을 가만히 지켜보았다.

"내가 데려다 줘서 미안하다." 그는 여동생에게 담배를 건네주면서 말했다.

"오빠 잘못 아니잖아." 비비는 담배를 깊숙이 한 모금 빨아들이면서 대답했다.

피트는 혀에 묻은 담뱃재를 떼어내면서 거칠게 말했다. "이런 지랄 같은 일이 일어난 것도 네 잘못은 아니지."

"무슨 말이야?" 비비가 물었다.

"네가 펭귄들한테 짐짝처럼 떠맡겨질 이유가 없단 뜻이야."

비비는 선웃음을 지으려 애썼다. "수녀를 '펭귄'이라고 한 걸 알면 엄마가 무지 화낼걸."

"아니. 우릴 대신해서 속죄할 거야. 제길, 그거 무지 좋아하잖아."

피트는 뭔가 찾으려는 듯 재킷을 손으로 톡톡 두드렸다. 이어 긴장된 표정으로 백미러를 유심히 쳐다보았다. "널 오래오래 벌주고 싶다는 거지."

비비는 뒷좌석에 있는 짐가방을 제대로 챙겼는지 확인해보았다. 창밖으로 눈을 돌리니 추위로 메말라 있는 뜰, 버기의 정원이 눈에 들어왔다. 난간을 친친 휘감고 있는 몬타나 장미 덩굴과 클레마티스 덩굴은 누렇게 변해있었다.

"무슨 말이야, 오빠?"

"내가 네 편인 거 알지?"

"응."

"그럼 내 말 믿어. 엄마 조심해. 널 쏴 죽일지도 몰라. 잘 막으란 말이야."

'그래도 내 엄마인데. 엄마는 날 사랑하고 있어. 아니, 내 착각인가?'

피트는 몸을 기울여 동생의 손을 힘주어 꽉 잡았다. 애잔한 눈빛으로 동생을 바라보면서 어깨를 한번 으쓱했다.

"많이 보고 싶을 거야, 스팅키."

그는 손을 이내 재킷 안에 집어넣더니 병을 하나 꺼냈다. "가면서 마셔. 아빠 진열장에서 슬쩍한 거야."

비비는 술병을 오빠의 애정의 표시로 받아들였다. 그녀는 건네준 술병을 가방 속에 집어넣으며 말했다. "친구처럼 달고 살게."

피트의 뺨에 감사 키스를 하고 있을 때 차가 있는 곳으로 다가오는 버기의 회색 코트 자락이 슬쩍 보였다.

"담배 피운 거에 대해선 암말 않겠다." 버기는 뒷자리에 앉으며 남매에게 말했다.

"그래요. 얘기 말아요." 피트가 말했다.

그때 버기가 갑자기 자그마한 목소리로 노래를 흥얼거리기 시작했다. '살베 레지나(구원하소서, 성모 마리아여) 노래 같았다. 피트는 휘파람을 크게 불어 노랫소리를 덮으려 했다. 차가 달리는 동안 비비는 콤팩트를 꺼내 눈에 이물질이 들어갔는지 확인하는 시늉을 했다. 하지만 그녀가 보고 싶은 것은 자기 얼굴이 아니었다. 뒷좌석에 조용히 입 다물고 앉아 있는 버기의 얼굴이었다. 버기의 얼굴에서 뭘 봤는지는 잘 모르겠다. 다만 버기 얼굴에 제대로 된 표정이 스쳐간다면 제대로 된 말을, 제대로 된 행동을 그리고 이 강제추방에서 벗어나기 위해 상황을 바로잡을 수 있는 제대로 된 방법을 알 수 있을 거라 생각했다.

'저 듣기 싫은 노래 당장 그만두라고 소리치고 싶어. 가방으로 저 얼굴을 사정없이 후려치고 싶어. 저 몸뚱이를 수소처럼 밧줄로 포박해서 길가 도랑에 내동댕이치고 싶어. 운전대를 잡고 차의 방향을 돌려서는 경적을 빵빵거리며 자신을 현대판 순교자로 여기는 뒷좌석에 탄 여자에게 자유를 선포하고 싶어.'

하지만 비비는 옴짝달싹할 수조차 없었다. 밀려드는 슬픔으로 온몸에서 맥이 풀려있었다.

뭔가 묻기 위해선 온 힘을 짜내야만 했다. "캐로 집에 들러도 되나요? 다들 일찍 일어나거든요. 틴지 집은요? 어차피 가는 길이잖아요. 쥬느비에브 아줌마는 잠 안 올 때 밤새 책을 읽으시거든요."

"이른 새벽에 남의 집에 쳐들어가겠다는 거냐? 아빠가 역으로 곧장 가라고 당부하셨다." 버기가 말했다.

'거짓말쟁이.' 비비는 이렇게 소리치고 싶었지만 감히 그럴 수가 없었다. 그 말을 소리내 말하면 곧바로 버기의 잔인함이 인정되는 것이기에.

손목에 찬 시계를 흘낏 쳐다보자 형광 눈금이 독극물처럼 혀를 날름거리고 있었다. 새벽 4시 15분이었다. 이제 모든 것이 달라질 것이다.

그녀는 등받이가 높은 뒷좌석에 앉아 묵주를 매만지고 있는 버기 얼굴을 뚫어져라 쳐다보았다.

'새빨간 거짓말. 거짓말하면서 저렇게 행복한 얼굴을 하다니. 어쩜 저렇게 평온한 얼굴을 할 수 있지?'

8번 가에 자리한 제퍼슨 역에 도착했을 때 땅거미가 채 걷히지 않아

사위가 어슴푸레했다. 차에서 훌쩍 뛰어내린 피트는 비비의 차문을 손수 열어주었다.

비비는 잠시 차의 앞 모서리에 서서 차가운 새벽 공기 속에 입김이 하얗게 피어오르는 모습을 물끄러미 쳐다보았다. 피트가 손가방을 옆구리에 낀 채 역사 안으로 들어가는 모습을 지켜보다가 문득 가방 안에 든 버번이 떠올랐다. 그것이 주는 달콤한 위로를 생각하면서 바닥에 무너져 앉으려는 육신을 간신히 지탱할 수 있었다.

차문을 내리며 버기가 말했다. "나한테 작별인사도 안 할 거야?"

"잘 있어요."

버기가 차문을 열고 몸을 약간 옆으로 틀었다. 차에서 내려 딸에게 다가오려는 듯한 동작이었다.

비비는 버기에게 당장에라도 달려가 무릎에 고개를 파묻고 싶었다. 버기를 꼭 끌어안고 어디에도 가지 못하게 잡고 싶었다. 비비는 차에 기댄 채 버기 손을 매만지면서 물었다. "뭘 기도해요?"

버기는 한 손을 딸의 볼에 가만히 얹으며 자애로운 목소리로 말했다. "널 위해 기도했어, 비비안. 망가져 버린 널 위해."

그때 피트의 손이 비비의 팔꿈치 밑으로 쓱 다가오더니 그녀를 끌어올려 몸쪽으로 바짝 끌어당겼다.

"저리 비켜요."

그는 차문을 소리나게 쾅 닫았다. 그 바람에 버기는 묵주를 손에 든 채 뒷좌석에 혼자 남게 됐다.

새벽녘 역사 안은 썰렁하기 그지없었다. 군인 넷이 군용가방에 양발을 턱 걸쳐놓은 채 곯아떨어져 있었다. 그들 모습을 보자 문득 잭의 얼굴이 떠올랐다.

티켓을 끊고 난 뒤에 두 사람은 나무 벤치에 걸터앉았다. 비비는 이것이 영화 속 한 장면이라고 애써 상상했다. '아름다운 여인이 연인을 그리워하고 있어. (카메라 서서히 클로즈업되면서) 여자는 전쟁이 끝나길 고대하면서 오빠와 역사 의자에 앉아 있어. 상심한 마음과 외로움에 갖고 있던 유일한 위로품을 집어들지.'

비비는 버기가 안으로 들어오지 않는지 문가를 예의 주시하면서 술병을 가방에서 꺼내 피트에게 건네주었다.

"먼저 마셔, 동생아." 피트의 말에 비비가 먼저 한 모금 넘겼다.

독한 버번이 부드럽게 목을 타고 넘어갔다. 잠시 기다렸다가 다시 한 모금 마셨을 때는 온기가 온몸으로 후끈 퍼져나가면서 누군가로부터 사랑받았던, 섹스에 대해 병아리 눈곱만큼 알던 시간이 떠올랐다. 세 번째 모금에서는 가방 안에 술병이 또 하나 — 하나나 둘 — 들어있었으면 하는 맘이 간절해졌다.

술병을 건네주자 피트가 한 모금 홀짝 들이켜고는 다시 건네주었다.

"손 한번 줘봐."

비비가 손바닥을 내밀자 피트가 손바닥 위에 작지만 묵직한 물건을 올려놓았다. 피트의 주머니칼이었다. 비비가 늘 갖고 싶어하던 물건이자 피트가 애지중지하던 물건. 손바닥에 붉은빛을 띤 은색 칼의 무게감이 느껴졌다. 그녀는 칼을 코로 가져가 손잡이 냄새를 맡아보았다. 피트 냄새가 났다. 십대 소년의 냄새가 났다.

"주머니칼이 있어야 진정한 전사지. 그것만 있으면 뭐든 해낼 수 있어. 펭귄이 널 깔아뭉개면 그 칼로 엉덩짝을 푹 찌르고 꽁지가 빠져라 도망쳐!"

비비는 애써 미소를 지으려 했다. "고마워, 오빠."

떠날 시간이 되자 비비는 앉아있던 의자에 자신의 이름을 새겨 넣었다.

"비-비-애-벗."

"비비 애벗 기념의자네." 피트가 말했다.

"이제 내 이름을 모를 사람은 없을 거야."

피트는 비비의 가방을 들고 기차에 같이 올라탔다. 비비가 자리를 찾아서 앉자 그녀를 힘껏 껴안아주었다. "사랑해, 스팅키."

피트는 곁에서 서두르라고 재촉하는 흑인 승무원에게 몸을 돌리며 말했다. "내 동생을 잘 돌봐줘요. 아주 귀중한 화물이니까요."

"알겠습니다." 승무원은 기운차게 대답하며 비비에게 싱긋 미소 지어주었다.

피트가 기차에서 내리자 비비는 독한 버번을 한 모금 들이켜고는 이내 애써 참아왔던 울음을 터뜨리고 말았다.

16살의 비비안 조앤 애벗은 크림색 주름스커트 위에 하늘색 앙고라 스웨터를 입고 남십자성 기차에 타고 있었다. 근사한 여우목도리가 달린 군청색 코트로 몸을 친친 두른 채. 그녀는 자신의 양팔을 잭의 팔이라 생각하고 가녀린 몸을 꼭 껴안았다. 자신은 모두에게 사랑받는 행복한 아이라는 믿음을 가지려고 기를 썼다.

1943년 1월 26일

캐로에게,

여기 애들은 어쩜 그리도 한결같이 못생겼는지. 평범한 것도, 수수한 것도 아냐. 말 그대로 못생겼어. 여긴 두 종류의 애들이 다니는 학교야. 하나, 가톨릭 광신자들의 딸. 둘, 부모들이 벌주고 싶어하는 비행소녀. 난 이 두 범주에 꼭 맞아 들어가지?

모두 못생긴 데다 냄새 또한 지독해. 쉰내랑 양말 고린내가 나. 그 악취만으로도 8만 4천 가지 죄악에 대한 속죄가 충분히 될 거 같아. 교회에 복종하라, 죄를 고백하라 그리고 죽어라, 이게 여기 방침이야. 이 모든 걸 만든 장본인은 보리스 카를로프* 원장 수녀야.

내 방은 방이 아냐. 작은 토굴이지. 돼지우리이자 땅굴이자 감방이야. 안에는 간이침대와 의자 하나, 코딱지만한 서랍장 위에 놓인 세숫대야가 고작이지. 옷장도 없어. 벽에 박힌 못이 전부야.

날 이 방에 데려온 수녀한테 옷장이 어디 있냐고 물었더니 이러더라. "옷장 따윈 없어."

마치 날 비싼 호텔에 투숙한 사람 쳐다보듯 어이없어 하는 표정이었어.

"옷을 걸 데가 필요해요." 내가 짐가방과 트렁크를 가리키면서 말했어.

그랬더니 내가 얼간이라도 되는 양 한심스럽게 쳐다보며 한마디를 하는 거야.

"저 짐은 네가 견뎌내야 할 고난이야."

캐로, 내가 연옥에 와있는 건지, 지옥에 와있는 건지 정말로 알고 싶어.

— 사랑하는 비비가

수녀원 학교에 온 지 일주일 가량 지나자 비비는 학생 모두가 자신을 미워한다는 사실을 깨닫게 됐다. 정확히 일주일하고 반이 지나자 수녀

---

\* 보리스 카를로프 '프랑켄슈타인' 시리즈물에서 괴물 역으로 나온 배우 — 옮긴이

들 또한 자신을 무지하게 싫어한다는 사실을 직감적으로 알게 됐다.

가상하게도 처음에는 웃는 낯을 보이려고 애를 썼다. 하지만 그건 얼굴 근육 낭비일 뿐, 누구도, 단 한 사람도, 미소를 되돌려주지 않았다. 모두 고까운 눈초리로 위아래로 훑어보면서 뭔가 알아들을 수 없는 말을 속닥거렸다. 그들 눈에 비비 머리칼은 지나치게 금발이었으며, 눈동자는 지나치게 밝고, 혓바닥은 지나치게 활달했다. 무엇보다 그녀가 짐 가방에 싸온 옷가지들을 무지하게 싫어했다. 그토록 애를 썼음에도 여자애들은 비비를 친구로 받아들이려 들지 않았다.

학교 복도에서는 소독약을 섞어 만든 오트밀 같은 지독한 냄새가 풍겼다. 탁한 공기에 절로 코가 찡그려질 정도였다. 비비는 후각이 남달리 예민했다. 그 사람이 겁을 잔뜩 집어먹었는지, 혹은 복숭아를 먹었는지 냄새만으로 족집게처럼 집어낼 수 있었다. 코를 킁킁거려 냄새를 맡는 것만으로도 간밤에 숙면을 취했는지 아닌지 알아낼 수 있었다. 꽃 근처에 간 지 오래됐다 해도 그 사람의 머리칼에 배인 튜베로즈 꽃향기를 맡을 수 있었다. 사실 세인트오거스틴에는 튜베로즈 꽃 따윈 없었다.

종교학을 가르치는 페르민 수녀는 수업 시작 전에 비비를 겨냥해서 이런 충고를 즐겨 하곤 했다. "비행을 저지르고 온 애들을 각별히 신경써야 해. 가족을 힘들게 하고도 신의 가호를 바란다면 어불성설이지. 그렇지만 열심히 공부해서 마음 안에 수치심을 품게 된다면 조만간 주님의 사랑의 빛 안에 들어오게 될 거야."

그러면 반 친구들은 일제히 고개를 돌려 마치 비비가 흉악무도한 살인범이거나 나치라도 되는 양 쳐다보았다. 비비는 다들 지옥으로 꺼지라고 소리치고 싶었지만, 그래봤자 힘만 뺄 뿐이었다.

비비는 방 안 한구석에 트렁크를 쌓아놓고 그 위에 손튼 고등학교 마르디그라 축제에서 잭과 함께 찍은 사진을 올려놓았다. 그 옆에는 스프링 크릭과 걸프코스트 해변에서 야야들과 찍은 사진을 나란히 진열했다. 잭이 신병훈련소로 떠나기 전날 선물한, 이제는 메마른 장미꽃이 가족사진 한쪽을 장식했다.

비비는 트렁크 안에서 생일선물로 받은 청색 벨벳 드레스를 꺼내 벽에 걸었다. 세인트오거스틴 기숙사에 필수적으로 걸어야 할 '십자가에 못 박힌 예수상' 위에 걸린 그 옷은 거대한 꽃송이처럼 보였다. 방 안에 색채가 필요했다. 안 그러면 금방이라도 질식해 죽을 것만 같았다. 분필 먼지 풀풀 날리는 차디찬 교실에서 공부하고 곰팡이 핀 완두콩 냄새가 풍기는 매점에서 밥을 먹은 뒤, 방으로 돌아온 비비는 피트가 준 술병을 꺼내 몇 모금 홀짝거리고는 멍하니 벽을 바라보았다. 축 처진 기분을 조금이나마 돋우려고 기를 썼다.

할머니가 손수 만든 깃털 베개를 가져온 게 그나마 다행이었다. "여기선 베개를 베고 자지 않아. 베개는 규칙위반이야." 이 말은 연녹색 벽지보다 비비를 더욱 겁주었다. 매일 아침 고행소에서 잠이 깨서는 감독 수녀에게 들키지 않도록 몰래 베개를 감춰둬야만 했다.

비비는 간절히 기도했다. '그들을 혼내주세요. 그들과 그 밀정들을 혼내주세요. 날 괴롭히지 않게 해주세요. 난 비비 애벗이에요. 야야 왕족이라고요. 난 유명한 치어리더예요. 언젠가 윔블던에 출전할 테니스 선수기도 하고요. 날 사랑해주는 멋진 남자친구도 있어요. 내가 살던 곳에선 스타였다고요.'

'자애로운 덕으로 가득하고 완전무결하신 성모님, 제게 적들을 물리칠 힘을 주소서. 이 두통거리들이 사라지도록 도와주소서. 제게 따스한 손길과 담배와 키스와 포옹을 보내주소서. 시들어 말라죽지 않도록 도와주소서.'

1943년 3월 1일

사랑하는 야야들에게,

벌써 5주하고 사흘이 지났구나. 완전히 생매장된 꼴이야. 숨을 쉴 수조차 없어. 매일 새벽 다섯 시면 방문을 두들겨 대며 날 깨워. 찬물에 세수를 하고 잿빛 교복으로 갈아입고 회색 무릎 양말과 구두를 신고 베일을 쓰고 입을 꾹 다문 채 예배당으로 직행해. 퉁방울 눈의 신부가 미사를 집전하고 고해성사를 듣지. 노래도, 음악도, 춤도 없어. 태어나서 이렇게 오래 춤을 안 춰본 건 처음이야. 영성체할 때는 성체가 내 바짝 마른 입천장에 쩍 달라붙어.

오로지 '죄를 씻어낸다'는 이유로 '두 칸의 화장지'만 허용되고 있어. 욕실 안에서도 감시를 당해. 감시요원은 자청해서 지원하는 거야. 그게 큰 감투라도 되는 양 여기지. 반장에 뽑힌 것처럼 말이야. 여기가 구역질나게 싫어.

목욕 같은 건 꿈도 못 꿔. 누군가 뱉은 침을 맞는 것 같은 날림 샤워가 고작이지. 야야들도, 잭도 없어. 셜리가 큰 잔에 담아 침대로 갖다주던, 벌꿀 탄 달짝지근한 까페오레가 미치게 그리워. 그리고 그 두 배로 너희와 잭이 보고 싶어.

여기서는 아무도 웃지 않아.

난 바짝 말라가고 있어. 시들시들 말라가고 있어.

피트한테 얘기해서 아빠한테 이런 사정을 전하라고 해줘. 엄마한테 편지를 수태 썼는데 한 번도 답장 못 받았어.

전쟁이 계속되는데 이런 불평 늘어놓으면 안 되겠지? 왜 내가 불행해지길 바라는지 도통 모르겠어.

— 비비가

추신. 술 구하게 되면 곧장 보내줘.

이어 비비는 세인트오거스틴에 도착한 이후 수도 없이 썼던 그런 편지를 엄마 버기에게 썼다.

1943년 3월 1일

엄마에게,

제발 용서해주세요. 뭘 잘못했는지는 모르지만 아무튼 죄송해요. 엄마를 힘들게 할 생각은 없었어요. 집에 돌아가면 다신 실망시키지 않을게요. 제발, 제발 집에 돌아가게 해줘요. 엄마가 보고 싶어요. 모두 너무 보고 싶어요.

— 사랑하는 비비가

세인트오거스틴에 온 지 한 달가량 됐을까, 음식이 속을 썩이기 시작했다. 소금 못 먹어 죽은 귀신이라도 붙었는지 음식마다 말도 못하게 짰다. 나흘 연속 아침식사로 짜디 짠 오트밀을 먹고 나니 지저분한 그릇에 귀리를 넣고 휘젓는 것만으로도 속이 메슥거렸다. 그녀는 주스만 홀짝거리고, 오트밀은 숟가락으로 깨작깨작 휘젓기만 했다.

점심식사로 나오는 수프 역시 오트밀만큼이나 짜서 진저리를 치며 숟가락을 내려놓을 지경이었다. 저녁식사로 나오는 뭉크러진 양배추는 갓난아기 제지의 기저귀에서 나는 역겨운 냄새가 풍겼다. 그나마 안심하며 먹은 유일한 음식은 식후에 나온 사과뿐이었다. 그녀는 방으로 사과를 가져와 창틀에 올려놓고는 잠시 밤 공기에 차가워지길 기다렸다. 때가 되면 주머니칼을 꺼내 과일을 잘게 조각 낸 후에 한 조각씩 감질나게 먹었다. '아, 술병에 버번이 가득 들어 있다면 얼마나 좋을까!'

사과를 남김없이 해치운 뒤에는 남은 고갱이를 머리맡 베개 위에 올려놓았다. 잠든 내내 향긋한 사과 향을 맡고 싶어서였다.

친구들과 잭, 쥬느비에브, 콜라, 포보이 샌드위치, 진 크루파* 솔로곡이 몹시도 그리웠다. 해리 제임스*의 달콤한 선율과 야야들과의 일상의 수다, 벽난로 앞과 테라스에 양탄자를 깔고 누워지내던 시절이 사무치게 그리웠다. 쏟아지는 관심과 흥겨운 음악, 활기찬 웃음소리, 재미난 가십거리들이 못내 그립기만 했다. 한밤중에 피트와 즐기던 카드게임이 그리웠다. 심지어 엄마와 아빠까지 보고 싶었다. 비비는 고향집이 뼈에 사무치게 그리운 나머지 모든 걸 포기하기에 이르렀다.

맨 먼저 편지 쓰던 일을 그만두었다. 편지가 왔을 때는 그리운 것들이 떠오를까봐 편지 읽기가 두려워졌다. 전쟁 소식은 그녀를 더욱 슬프게 하고 잭 걱정에 안절부절못하게 했다. 한없이 나락으로 굴러 떨어지는 기분이었다. 아래로 떨어지지 않으려고 안간힘을 쓰다 보니 기력이 온통 쇠진할 지경이었다. 몇 주를 그렇게 보내고 나니 계단을 올라가는 것조차 힘에 부쳤다.

사월 어느 오후, 드디어 기다리고 기다리던 엄마에게서 처음이자

---

*진 크루파 최초로 드럼 솔로곡을 연주한 유명한 재즈 드러머 — 옮긴이*
*해리 제임스 배니 굿맨 밴드에서 활동한 재즈 트럼펫터 — 옮긴이*

마지막 편지가 한 통 날아왔다.

1943년 4월 24일

조앤에게,

거기 사람들이 널 세례명으로 불러주다니 기쁘기 그지없다. 네게 비비안이란 이름을 지어준 건 네 아빠와 할머니란다.

원장 수녀님이 지난주 학교생활에 대해 편지로 알려주셨다. 그녀는 네 영적인 행복을 빌고 있어. 널 세례명(조앤)으로 부르는 게 신의 뜻이라고 하더라. 거기 친구들은 그 이름으로만 널 부르게 될 거야. 넌 그 이름에만 답하게 될 거고. 이제 비비안 비비에게 보내진 우편물은 발신자에게 고스란히 돌려보내질 거야.

부디 세례명을 부르는 것으로 네 영혼을 갉아먹는 악마를 수월하게 물리칠 수 있길.

원장 수녀님은 네가 반항했다는 거, 세례명이 헤드윅* 아닌 게 다행이라며 이죽댔다는 거 죄다 알려줬어. 그녀를 '흑멧돼지'라고 부른다며? 공립학교가 교사의 권위를 무너뜨렸다는 원장 수녀님 말에 전적으로 동의할 뿐이다. 넌 모든 게 제멋대로야.

아니, 집에 못 돌아와. 거기 생활에 차차 익숙해질 거야. 시간문제지. 넌 우리 죄를 대신해서 죽어간 주님을 힘들게 했어.

날 힘들게 해서 미안하다고? 넌 내 맘을 아프게 할 수 없어. 네가 괴롭힌 사람은 성모 마리아와 아기 예수님이지. 무릎 꿇고 용서를 구해야 할 대상은 그분들이야. 신이 네게 축복을 내리고 성모님이 널 인도

---

헤드윅 영화 《헤드윅과 앵그리 인치》에 나오는 인물로 사랑에 빠져 성전환 수술을 했지만 수술 실패로 1인치의 성기만 남게 됨 — 옮긴이

해주시길.

— 사랑하는 엄마가

　그날 오후 비비는 체육 시간에 기절해서 쓰러지고 말았다. 두 다리가 엉켜 쓰러지는 바람에 낡은 마룻바닥에 무릎을 세게 부딪치고 말았다. 될 대로 되라는 식으로 내버려두니 유쾌한 기분마저 들었다.
　체육선생은 지극히 사무적으로 대했다. 아니, 비비의 나약함을 비난하는 것처럼 보였다.
　비비는 그날 방으로 돌아가 쉬어도 좋다는 허락을 받았다. 방으로 돌아온 그녀는 열에 들떠 식은땀을 흘리면서 얕은 잠을 잤다. 잠에서 깨었을 때에는 온몸이 땀에 푹 젖어서 시트가 살갗에 착 달라붙을 지경이었다. 지난 몇 주 동안 호시탐탐 기회를 엿보던 두통이란 놈이 정복자처럼 그녀 안에 똬리를 틀고 앉았다. 침대에서 벗어나려 했지만 그럴 때마다 빈약한 방 안의 가구들이 어지러이 빙빙 돌아갈 뿐이었다. 그 어떤 것도 가만히 있거나 정지해 있지 않았다. 몸의 안팎 모두가.
　열기와 냉기가 번갈아가며 사정없이 몸을 덮쳐왔다. 당장 욕실로 가야만 했다. 억지로 침대에서 몸을 일으켰지만 두 다리가 후들거려 서있을 수가 없었다. 할 수 없이 엉금엉금 기어 문가로 겨우 갔다. 몸을 부들부들 떨면서 다시 한 번 자리에서 일어서려고 애썼다. 이번에 두 다리는 자리를 잡고 서있었지만 균형을 잡기가 힘들었다. 몸의 평형 기관이 고장 난 것 같았다.
　비비는 간신히 복도로 나가 벽에 몸을 의지해가면서 휘청휘청 걸어갔다. 걷는 동안 방문 손잡이들이 옆구리를 아프게 툭툭 쳤다. 욕실까지 가는 데에는 엄청난 에너지가 필요했다. 이렇게 아픈 적은 태어나

처음이었다. 욕실에 들어와서는 변기 위에 머리를 힘없이 떨어뜨렸다. 근육이 심하게 수축되다 보니 목덜미와 등줄기로 지독한 통증이 몰려왔다. 머리가 견딜 수 없을 만큼 쿡쿡 쑤셔대 물건의 형체가 흐릿하게 보였다. 오로지 회색과 검은색 조각들만이 보였다. 안팎이 뒤집힌 듯한, 하나씩 눈앞에서 사라지고 있는 듯한 느낌이었다.

그때 욕실문이 벌컥 열렸다. 비비는 안도감으로 하마터면 울음을 터뜨릴 뻔했다. '누군가 도와주러 온 거야! 친절한 누군가 얼굴에 흘러내린 머리칼을 치워주고 몸이 아플 때 엄마가 그러했듯이 이마에 찬 수건을 올려놓아 줄 거야.'

"넌 너무 오래 쉬었어. 화장지 함부로 쓴다고 원장 수녀님께 이를 거야, 조앤 애벗." 누군가 말하고 있었다.

바닥에 쓰러져 누워있는 비비는 그 독한 말에 아무 대꾸도 할 수 없었다.

정신이 돌아와 몸을 옴지락거리기 시작했을 때 귓전으로 나뭇가지가 창문을 가볍게 긁어대는 소리가 들려왔다. 고향 집 침실에서 듣곤 하던 익숙한 소리였다. 내 집 침대에 누워있다는 생각을 하자 일순간 아픈 몸으로 안도감이 스멀스멀 퍼져나갔다. 입을 헤벌쭉하며 웃고 있는 것도 같았다. 침대는 깃털처럼 폭신폭신했으며, 베개를 두 개씩이나 베고 누워 있었다. 어쩐 일인지 당장 자리에서 일어나지 않으면 캐로와 벌일 테니스 경기에 늦을지도 모른다는 급박한 긴장감이 들었다.

번쩍 눈을 뜨면서 비비는 고향 집 침실에 있는 커다란 옷장과 화장대가 눈에 들어올 거라 기대했다. 장미꽃과 연녹색 덩굴이 수놓인 무명 커튼이 보일 거라 생각했다. 하지만 그녀가 흘깃 보게 된 것은 침대 모서리를 따라 길게 늘어져 있는 하얀색 커튼이었다. 그 안에 자신이 누워 있었다. 다른 편에는 셔터가 굳게 잠긴 창문이 있었다.

한순간 멍해 있다가 이내 야속한 정신이 돌아왔다. '집이 아냐. 어딘지는 알 수 없지만 집이 아닌 건 확실해.'

그녀는 와락 울음보를 터뜨렸다. 얼굴을 타고 흘러내린 눈물이 머리칼과 옷자락을 흠뻑 적셨다. 잠옷 차림이라는 사실이 기억나지 않았고, 입고 있는 옷을 의식할 기운도 없었다. 그저 콧물이 가득한 코를 풀고 싶은데 수건이 없을 뿐이었다. 그 생각을 하자 더욱 비참한 기분에 빠져들었다. '할 수 없다. 시트에 풀자.'

그러다가 이내 한숨을 지었다. '콧물 묻은 지저분한 침대엔 눕고 싶진 않아. 정말 죽고만 싶어. 이대로 잠들어 다신 깨어나고 싶지 않아.'

그때 침대를 따라 둘러쳐진 하얀 커튼이 젖혀지면서 동글동글한 얼굴에 미소를 가득 담은 얼굴이 눈에 들어왔다. 자그마한 들창코 위에는 테 없는 안경이 얹혀 있었다. 아몬드 모양의 회청색 눈에는 솜털처럼 가벼워 보이는 속눈썹이 길게 드리워져 있었다. 베일 아래로 금발 머리카락이 슬쩍 엿보였다.

"몸은 좀 어때, 비비안 조앤?" 미소 띤 얼굴의 수녀가 물었다.

지난 한 달 동안 세례명이 아닌 실제 이름으로 불린 것은 처음이었다. 기차에서 내렸을 때 승무원이 보여준 미소말고 누군가 따뜻하게 미소 지어준 것은 처음이었다.

"여기 수녀님인가요?" 비비는 푹 잠긴 목소리로 물었다. 수녀의 행동거지와 베일을 보니 이 학교 수녀가 아닌 게 분명했다. 무엇보다 수녀가 미소를 짓고 있다는 사실은 충격이 아닐 수 없었다.

"간호수녀야. 내 이름은 솔렌지아야."

프랑스식 이름이군. 수녀와 나눈 짧은 대화만으로도 비비는 벌써 녹초가 되고 말았다. 눈을 뜰 기운조차 없었다.

"조금이라도 먹겠어?" 솔렌지아 수녀가 물었다.

수녀의 살가운 목소리에 비비는 가슴에 잔잔한 파문이 일었다. '누군가로부터 이런 친절을 받아본 지도 오래됐어. 그동안 난 참 과분한 친절을 받으며 살아왔어. 전쟁이 터지기 전의 설탕처럼 그 친절을 당연히 여겨왔고.'

비어져 나오려는 눈물을 간신히 참으면서 비비가 큰 소리로 코를 훌쩍였다.

"이런 미안. 지금 가장 필요한 게 수건일 텐데."

수녀는 잠시 어디론가 바람처럼 사라졌다가 돌아왔다. 손에는 깔끔하게 다려진 새하얀 면수건 두 장이 들려있었다. 그녀는 수건을 침대 위, 비비의 오른손 바로 곁에 내려놓았다.

비비는 수건을 움켜잡고 곧바로 코로 가져갔다. 방금 세탁했는지 장미향이 은은하게 배어나오고 있었다. 집을 떠나온 뒤 처음으로 맡아보는 향기로운 냄새였다. 그녀는 천천히 수건을 펼쳐들고 눈가와 얼굴을 닦고 코를 팽하고 소리내 풀었다. 남은 손수건에 손을 가져가다가 두려움에 사로잡힌 듯 흠칫 내밀려던 손을 물리치고 말았다.

"이거 써도 되지요?" 비비가 조심스럽게 물었다.

"물론. 수건 한 꾸러미가 필요할 거 같은데."

솔렌지아 수녀가 다시 모습을 감추자 비비는 얼굴을 구석구석 닦았다. 찐득거리는 피부가 추접스럽게 느껴지기만 했다. 오래된 눈물 자국과 새로 흘린 눈물이 마구 뒤섞여 있었다.

비비 곁으로 돌아온 솔렌지아 수녀는 갓 세탁을 마친 수건을 여러

장 침대 위에 올려놓았다. 평소 같으면 눈여겨보지 않을 모습이었다. 하지만 지금 누군가의 손길을 기다리는 말끔히 접힌 수건은 더할 나위 없이 유혹적이었다. 남들에게 빼앗기기 전에 어딘가에 감춰두고만 싶었다.

수녀가 침대 곁을 떠났을 때 비비는 속으로 생각했다. '날 싫어하진 않네.'

다시 돌아왔을 때 솔렌지아 수녀는 뜨거운 물이 담긴 커다란 그릇을 들고 있었다. 침대 옆의 테이블에 그릇을 올려놓은 그녀는 수건을 물에 담가 비틀어 짠 뒤에 비비 쪽으로 몸을 숙였다. "눈 감아봐." 그녀는 뜨거운 수건을 비비의 눈가에 올려놓았다. 비비는 깊이 숨을 들이켜 온몸을 따스한 온기로 가득 채우려 했다. 눈 뒤쪽 공간으로 따스한 온기가 스며드는 걸 느낄 수 있었다. 심장 주위의 상처 난 공간으로 따스한 마음이 비집고 들어오고 있었다. 그녀는 또다시 어지러이 잠 속으로 빠져들었다.

잠에서 깨어났을 때 솔렌지아 수녀는 음식이 담긴 쟁반을 들고 침대맡에 서있었다. 감자와 당근과 양파를 넣어 요리한 수프의 맛깔스런 냄새가 콧구멍 안으로 솔솔 스며들었다. 김이 모락모락 나는 수프를 자세히 들여다보자 오렌지색 당근과 녹색 셀러리가 안에 담겨 있었다. 수프 옆에는 갓 구운 빵이, 그 옆에는 작은 잔에 담긴 사과주스가 놓여있었다.

"일어났네. 자, 첫 번째 양호실 식사를 대령했습니다." 솔렌지아 수녀가 말했다.

수녀는 비비더러 음식을 먹으라고 명령하지 않았다. 다만 비비의 눈길이 쉽게 가는 테이블 위에 쟁반을 내려놓았을 뿐이었다. 비비는 천천히 몸을 일으켜 앉아서는 수녀가 쟁반을 내려놓길 기다렸다. 수프 그릇을 물끄러미 쳐다보는 동안 이곳의 짜디짠 음식에 대한 기억이 되살아나 잠시 헛구역질이 치밀어 오를 뻔했다. 비비는 느린 동작으로 수프를 담은 숟가락을 입가로 가져갔다. 담백한 게 맛이 좋았다. 감자와 양파와 달콤한 향의 당근이 섞인 낯익은 맛이 그녀의 상처 난 기분을 어루만져 주었다. 비비는 수프 반 그릇을 간신히 비우고는 지쳐 숟가락을 내려놓았다.

솔렌지아 수녀는 쟁반을 치우더니 마법과도 같이 주머니에서 사과를 세 개 꺼냈다.

사과를 테이블 위에 올려놓으며 그녀가 말했다. "나중에 배고프면 먹어."

비비는 또다시 불안스런 잠에 빠졌는데 잠이 깨었을 때는 얼마의 시간이 흘렀는지 가늠할 수가 없었다. 비몽사몽간에 테이블 위에 놓인 사과 세 개가 시야에 들어왔다. 정신이 아득한 가운데 사과가 자신을 쳐다보면서 어서 빨리 제정신으로 돌아오라고 부르는 듯한 착각이 들었다.

솔렌지아 수녀가 다시 돌아왔을 때 비비는 수녀가 자신이 잠든 동안 커튼 밖에 지키고 앉아 있었던 것은 아닌지 궁금했다.

"잘 잤어, 비비안 조앤? 욕실로 데려다 줄까?"

"부탁해요."

두 다리를 바닥에 딛고 일어서자 또다시 어지럼증이 몰려와 비비는 자리에서 잠시 비틀거렸다. 솔렌지아 수녀는 비비의 허리를 한 팔로 안아 자신의 몸에 기대게 한 뒤에 조심스레 욕실로 데려갔다. 욕실은 기숙사 안에 있는 지저분한 칸막이식 욕실이 아니라 문짝이 달린 진짜 욕실이었다.

"밖에 있을 테니 도움 필요하면 불러." 솔렌지아 수녀는 문을 닫고 나갔다.

일을 마친 뒤 비비는 자리에서 일어서려 했지만 어질어질해서 그대로 주저앉고 말았다. "수녀님." 그녀는 모기만한 목소리로 불렀다. 아무런 대답이 없었다. 어지러워 비칠거리는 환자를 놔두고, 욕실 감시요원의 무차별 공격 앞에 고스란히 내버려둔 채 어디로 사라진 거야! 아, 불쌍한 비비, 몸을 공처럼 오그리고 욕실 바닥에서 죽어가야 하다니.

"수녀님. 도와주세요." 비비는 좀더 큰 목소리로 재차 불렀다.

당장 문이 젖혀지면서 솔렌지아 수녀가 비비를 곤욕스럽게 만들지 않으려는 듯 눈을 아래로 내리깐 채 안으로 들어왔다. 비비를 한 팔로 안은 수녀는 조심스럽게 복도를 따라 방으로 걸어갔다.

"병아리처럼 가볍네. 신의 작은 병아리만큼."

솔렌지아 수녀에게서 희미하게 라벤더 향이 풍겼다. 라벤더. 수건에서도 이 향기가 났어. 하지만 어떻게? 여긴 라벤더 꽃이 없는데. 비비는 솔렌지아 수녀에게서 나는 향이 너무나도 좋았다. 기분 좋은 느낌이 들게 하는 그런 향기였다.

"목욕할 준비 됐어?" 비비가 침대로 돌아갔을 때 솔렌지아 수녀가 물었다.

목욕이라? 오, 자비의 여신이여. 목욕이랍니다. "진짜 목욕이요, 아님 샤워요?"

"진짜 목욕. 양호실의 유일한 자랑거리지. 안에 낡은 욕조가 있어."

'목욕'이란 말이 참을 수 없을 정도로 사치스럽게 들린 적은 이번이 처음이었다.

"할게요."

"좋아. 먼저 식사부터 하는 거야. 진짜 식사. 그러고 나서 진짜 목욕을 하도록 하자."

협상을 하는군. 뭔가 먹이려고 뇌물을 준 사람은 여태 한 사람도 없었는데.

비비 애벗은 음식을 오래도록 잘근잘근 씹어 먹으면서 구운 감자를 모두 먹어치웠다. 지금 사람 손길이 닿지 않고, 오래 방치돼온 열여섯 살의 육신은 알몸을 데워줄 뜨끈한 물과 모락모락 오르는 수증기와 다른 환경에 몸을 뉘는 느낌이 무척이나 그리웠다. 그런 사치스런 탐닉에 빠질 준비만 하면 되었다.

솔렌지아 수녀가 수건을 가지러 자리를 뜬 사이 비비는 뜨끈한 욕조 안에 몸을 담그고 있었다. 머리를 물속에 잠기도록 내버려둔 채 턱과 코와 이마에 물살이 차오르는 느낌을 만끽했다.

숨을 쉬기 위해 고개를 물 밖으로 쳐들었을 때 발가벗은 몸에 차가운 한기가 느껴졌다. 결국 다시 물속으로 몸을 담그고 말았다. 스프링 강에서 그랬던 것처럼 가만히 물속에 누워있었다. 그래, 해가 떨어지면 야야들은 수영복을 벗어 던지고 몸에 비누칠을 한 뒤에 두 다리 사이로 개울물이 흘러가도록 가만히 내버려뒀었다. 비비는 물속 세상으로 들어갔다. 높다란 곳에 달린 여닫이창을 통해 햇살이 비치고 있었다. 주위에 아무런 인기척도 없었다. 이대로 가만있을 거야. 급히 위로 올라갈 필요는 없어. 그저 날카로운 모서리가 없는 물속 세상에 도로 잠겨 들면 그뿐. 기분 째진다.

"비비안 조앤!" 수녀가 욕조 안을 들여다보면서 큰 소리로 불렀다.

비비는 그 소리에 물 위로 고개를 불쑥 치켜들었다. 물 밖 세상으로 다시 불려진 것이 언짢았다. "왜요?!" 목소리에는 날이 서 있었다.

"깜짝 선물 가져왔어."

"선물이요?" 비비는 좀체 믿을 수가 없어 앵무새처럼 되뇌었다. 그동안 충분히 깜짝 놀랄 일을 겪었는데.

"그래. 단 아무한테 얘기하면 안 돼. 우리만의 비밀이야."

"알았어요, 수녀님." 비비는 절로 궁금증이 일었다.

솔렌지아 수녀는 옷더미 속에서 잘 익은 무화과만한 면 봉지를 꺼냈다. "브왈라!(짜잔!)" 그녀는 이 말과 함께 욕조 안에 봉지를 풍덩 떨어뜨렸다.

"뭐예요?" 비비가 놀라 경기를 하며 물었다.

"눈을 감고 숨을 깊이 들이켜봐."

비비는 시키는 대로 천천히 그리고 느리게 숨을 들이켰다. 수증기와 절묘하게 섞여든 라벤더 향이 그녀의 코끝에 와 닿았다.

'라벤더로 목욕하다니. 이 얼마나 신성한가. 이 수녀는 날 훤히 꿰뚫고 있어.' 라고 비비는 생각했다. "라벤더에요!" 이것이 그녀가 할 수 있는 말의 전부였다.

"직접 키운 거야. 세탁실 뒤쪽에 세 그루 키우고 있거든." 솔렌지아 수녀는 욕조 옆에 의자를 끌어다 앉으며 말했다.

"왜 비밀이죠?" 비비가 물었다.

"신의 자녀들은 치유의 힘에 대해 각기 다른 생각을 하고 있어. 날 구식이라고 여기겠지. 아님… 제멋대로 거나."

비비는 생각했다. '정말 놀라움으로 가득 찬 사람이야. 쓰러져 죽고 싶을 때마다 마법의 망토를 열어 짜잔 하고 뭔가 놀라운 걸 꺼내잖아.'

"고마워요. 라벤더 되게 좋아해요." 비비가 말했다.

"내 예상이 맞았네. 수건 냄새 맡는 걸 보고 알았지." 솔렌지아 수녀가 고개를 끄덕거렸다.

비비의 얼굴에 희미하게 미소가 번져나갔다.

"비비안 조앤! 사흘만에 처음 보는 미소!" 솔렌지아 수녀는 놀라 입을 활짝 벌린 채 소리쳤다.

"사흘이요? 벌써 그렇게 됐어요?" 비비가 놀라 물었다.

"사흘하고 나흘째로 접어들고 있어. 지난 금요일 오후에 왔으니까. 지금은 화요일 오전이야. 지난 한 주 동안 네가 유일한 환자였어. 여기서는 시간이 더디 가곤 해. 다음 감기가 찾아오면 몇 주 후에나 회복하길."

수녀는 새 수건을 무릎 위에서 집어들었다.

"괜찮겠어요? 내 말은… 벗었는데."

"왜? 난 간호사야. 벗은 몸은 수없이 봤다고. 어린 남자, 어린 여자, 어른 남자, 어른 여자…. 모두 신의 아름다운 창조물이지. 육체가 없는 영혼은 아무것도 아냐. 전혀 부끄러워할 게 아니라고."

비비는 또다시 눈을 질끈 감았다. 이 수녀는 비비가 생각했던 그런 벽창호가 아니었다.

"우린 딸만 여섯이야. 어려선 늘 같이 뒤엉켜 목욕을 했지."

"여섯이요? 난 여동생이 하난데. 아주 어려요. 하지만 친한 친구는 세 명 있어요. 친자매나 다름없어요."

"친구가 많을 거 같은데, 비비안." 솔렌지아 수녀가 서있는 자세에서 말했다. "욕조 안에 너무 오래 있으면 좋지 않아. 뭉그러진 자두 꼴 난다고. 몸도 아프면서. 어서 나와."

"혼자 할 수 있어요." 비비는 누군가, 심지어 수녀조차, 자신의 벌거벗은 몸을 본다는 생각에 별반 당황하지 않았다. 다만 막대기처럼 비쩍 마른 몸이 당혹스러울 뿐이었다.

"안 돼. 난 널 돌볼 책임이 있어. 도움을 거절하지 말아줘." 솔렌지아 수녀가 단호하게 막았다.

별 수 없이 솔렌지아 수녀의 도움으로 욕조 밖으로 나오는 데 동의할 수밖에 없었다. 수녀는 비비의 몸을 수건으로 말려주고는 곧바로 새 옷으로 갈아입혀 주었다.

파김치가 된 비비는 그날 하루종일 죽은 듯이 잠만 잤다. 수녀가 저녁에 야채 죽을 가져왔을 때 그제야 깊은 잠에서 깨어났다. 비비는 죽을 깨작거리다가 사과를 집어 게걸스럽게 베어 물었다.

그날 밤 꿈속에서 엄마 얼굴이 보였다. 손을 뻗으면 뺨이 닿을 만큼 가까이 몸을 숙였지만, 엄마의 눈길은 비비에게 향해있지 않았다. 잃어버린 뭔가를 찾으려는 듯 딸을 지나쳐 다른 곳을 향하고 있었다.

"엄마!" 비비는 시트 위에서 몸부림치며 식은땀을 줄줄 흘리고 울먹거렸다. 솔렌지아 수녀가 전등을 켰을 때 그녀의 떨리는 몸이 불빛에 민감하게 반응했다. 하지만 완전히 잠에서 깨어난 상태는 아니었다. 수녀는 하얀 면 옷을 입고 있었는데 어쩐 일인지 머리에 베일을 쓰고 있지 않았다. 한 올 흐트러짐 없이 말끔히 머리를 틀어 올린 그녀는 소박한 카나리아를 닮아 있었다. 그녀에게서는 자연스런 아름다움과 우아함이 풍기고 있었다.

"비비안 조앤, 착한 아이." 그녀는 한 손을 비비의 이마에 얹으면서 속삭였다.

그지없는 연민이 담긴 그 말을 듣는 순간 비비는 끔찍한 악몽에서 깨어날 수 있었다. 하지만 지금 이 순간 바라는 것은 다른 누구도 아닌 엄마의 목소리였다.

"뭐가 그렇게 힘들지?" 수녀가 조용히 속삭이듯 물었다.

"집에 가고 싶어요. 엄마가 보고 싶어요."


다음 날 오후 비비는 원장 수녀 목소리를 듣고 선잠에서 번뜩 깨어났다. 감았던 눈을 뜨고는 살짝 열어놓은 창문 새로 비치는 빛줄기 수를 속으로 가만히 세어보았다. 정오쯤 된 것 같았다. 빛의 양으로 시간을 가늠해볼 수 있었다.

잠시 후 솔렌지아 수녀가 비비가 침대에서 일어나 옷을 갈아입도록 도와주었다. 작별인사를 건넬 때에는 비비 손에 라벤더 향낭을 슬쩍 쥐어주면서 손을 한번 꼭 잡아주었다. 수녀가 곁을 떠나는 게 못내 아쉽기만 했다.

비비는 생각했다. '솔렌지아 수녀는 하느님께 복종의 맹세를 한 사람이야. 그래서 이러는 거야. 그래서 날 배웅해주는 거고, 그래서 내가 곁을 떠나도록 도와주는 거야.'

원장 수녀 지시에 따라 비비는 그날 오후 즉시 교실로 돌아가 수업을 받았다. 이후에는 저녁도 거른 채 침대에 줄곧 누워있었다. 한 손에는 여전히 향낭이 쥐어져 있었다. 학생들이 모두 저녁을 먹으러 떠난 터라 복도는 쥐 죽은 듯 고요했다. 비비는 거대한 배에 홀로 타고 있는 듯한 허한 기분이 들었다.

비비는 자리를 털고 일어나 잿빛 교복을 훌훌 벗어 던지고 벽에 걸린 벨벳 드레스를 내렸다. 거울을 보고 싶었지만 기숙사에 거울이라곤 눈 씻고 봐도 없었다. 할 수 없이 짐가방을 열어 집 떠나기 전에 쥬느비에브가 선물해준 콤팩트를 꺼냈다. 뚜껑에는 장미 한 송이가 새겨져 있었고 파우더에서는 쥬느비에브의 옷 방에서 나던 달콤한 향기가 풍겼다. 콤팩트를 열고 비비는 한동안 얼굴을 들여다보았다. 눈과 코 그리고 입술을 골똘히 쳐다보았다. 큰 거울 앞에서 전신을 비춰보고 싶은 맘이 굴뚝같았다. 궁리 끝에 그녀는 침대 위에 등받이 의자를 끌어다 올려놓고 그 위로 올라섰다. 드레스를 몸 앞에 댄 채 커다란 창문에 이리저리 비춰보았다. 사방에 어둠의 장막이 짙게 드리워진 가운데 오로지 방 안 불빛만으로 창문에 비친 벌거벗은 몸을 볼 수 있었다. 그녀는 들고 있던 드레스에 고개를 집어넣어 입어보았다. 옆구리에 자잘한 훅이 달린, 어깨 끈이 없는 드레스는 쇠약해질 대로 쇠약해진 몸뚱이에 걸치기엔 지나치게 헐렁했다.

잭이 떠올랐다. '잭은 드레스 입은 내 몸에서 한시도 손을 떼지 못했어. 춤추는 동안 그 손이 벨벳 천을 부드럽게 쓰다듬으면 난 전율하며 몸을 부르르 떨었지.'

비비는 헐렁한 드레스가 바닥으로 흘러내리도록 가만 내버려두고는 창문에 비친 드러난 젖가슴을 바라보았다. 양손을 둥글게 모아 젖가슴을 살포시 감싸보았다. 곧이어 양손을 아래로 축 늘어뜨린 채 유리창에 비친 메마른 육신을 하염없이 쳐다보았다. 방 안이 어지럽게 빙빙 돌아가기 시작했다.

결국 그녀는 조심스럽게 의자에서 내려와 제자리로 갖다놓고는 전등을 껐다. 방 안 창문을 모조리 열고 모직담요가 깔린 침대 위에 힘없이 드러누웠다. 까칠한 담요에 닿은 맨살이 따끔거렸다. 눈두덩은 욱신거리며 쑤셔댔다. 이럴 때 버번 한 모금만이라도 마셨으면…. 혼몽한 가운데 그녀는 깊은 잠 속으로 빠져들었다.

꿈속에서 그녀는 스프링 강기슭에서 분홍색 체크무늬 담요 위에 잭과 나란히 누워있었다. 두 사람은 다정하게 손을 마주 잡은 채 타오르는 모닥불을 물끄러미 응시하고 있었다. 스프링 강에 오면 늘 요리해 먹던 맛깔 난 음식들이 간절히 생각났다. 그때 모닥불의 불꽃이 두 사람이 누워있는 곳으로 휙 덮쳐왔다. 잭을 구하기 위해 손을 뻗었을 때 이미 그의 몸은 불길에 휩싸여 있었다.

새된 비명소리를 내지르며 잠에서 깨어났을 때 비비의 콧구멍 안으로 천 조각이 타들어가는 고약한 냄새가 파고들었다. 침대 발치에서 타고 있는 불길은 꿈이 아닌 현실이었다. 드레스를 집어삼킨 불길은 어느새 시트로 무섭게 번져오고 있었다.

자지러지게 놀라 침대에 벌떡 일어나 앉았지만 엄습하는 어지럼증과 공포로 좀체 정신을 차릴 수가 없었다. 가슴팍에 할머니가 준 베개를 꼭 껴안고 있었을 뿐, 두 발은 바닥에 족쇄로 단단히 채워진 느낌이었다. 몸을 조금도 움직일 수가 없었다. 불길이 침대 쪽으로 거세게 타들어오는 동안 비비는 드레스에서 한시도 눈길을 떼지 못하고 있었다. 형체를 갖추고 있던 그 물질은 공기로 변해 사방에 흩어지고 있었다. 공포에 찬 눈길로 타오르는 불길을 바라보곤 있지만 한편으로 불길의 따스한 온기가 벗은 몸에 기분 좋게 느껴지기도 했다. 마력을 지닌 아름다운 발레 한 편을 감상하는 듯한 착각이 들었다.

인기척 소리를 듣거나 직접 눈으로 본 것은 아니건만, 뒤에서 강한 손길이 다가와 그녀의 어깨를 와락 움켜잡고 문밖으로 끌어내고 있었다. 정신을 차렸을 때에는 춥고 어두운 복도에 알몸으로 서 있었다. 침대가 불타고 있는 방의 문은 굳게 잠겨 있었다. 곧이어 복도를 뛰어오는 어지러운 발걸음 소리와 문이 쾅 닫히는 소리가 들렸다. 자신의 미친 듯 헐떡거리는 숨소리를 들을 수 있었다.

갑자기 비비는 자지러지게 비명을 질러대기 시작했다. 비명소리는 끊이지 않고 계속되었다. 학생들이 복도로 우르르 몰려나와 불이 났다는 사실을 알아차렸을 때에도 비명소리는 그치지 않았다. 수녀들이 공포에 찬 얼굴로 달려왔을 때에도 쉿소리 섞인 비명은 계속되었다. 불길이 잡힌 다음에도 비명소리는 내내 그칠 줄을 몰랐다. 비명소리가 그치지 않자 원장 수녀는 비비의 알몸에 담요를 휙 집어던지며 소리 질렀다. "그 몸이나 가려!"

비비는 무서운 생각이 들었다. '이 사람들은 생일선물로 받은 내 드레스를 태워 버렸어. 날 산채로 태워 죽이려는 거야.'

원장 수녀는 비비의 한 팔을 힘주어 움켜잡고 사무실로 데려갔다. 안에 들어서자 비비의 양 어깨를 잡고 사정없이 흔들어댔다. 모직 담요가 드러난 살갗에 쓸려 따가웠다. 온몸이 가렵고 근질근질했다.

"당장 그치지 못해! 정신 차려, 조앤."

겁에 잔뜩 질린 원장 수녀는 비비의 얼굴을 찰싹 후려갈겼다. 자신만의 방식으로 어린 소녀의 넋 나간 정신을 바로잡으려 했던 것이다.

그럼에도 비비의 비명소리는 멈출 줄을 몰랐다.

잠옷 위에 되는 대로 외투를 걸친 솔렌지아 수녀가 다급하게 원장 수녀 방으로 뛰어 들어왔다. 그녀는 원장 수녀의 찌푸린 표정 따위는 아랑곳없이 비비에게 다가가 따뜻하게 안아주었다.

"이 학생 좀 돌봐줘요. 정신이 나갔으니까." 원장 수녀가 말했다. 안경알에 책상 위에 놓인 램프 불빛이 되비치고 있었다.

원장 수녀의 책상 뒤편에는 피를 흘리고 있는 예수성심 그림이 걸려 있었다. 그 오른편에는 십자가에 못 박힌 예수상이 자리해 있었다. 예수상 아래에는 '순결한 희생자' 란 글귀가 적혀 있었다.

"정신 나간 게 당연하죠. 자던 침대에 불이 났으니까요." 솔렌지아 수녀가 대답했다.

원장 수녀는 허리춤에 걸려있는 묵주를 매만지며 말했다. "고의로 불냈을 수도 있어요. 철저히 조사할 참입니다."

비비는 의식이 반쯤 깨인 상태에서 그들이 나누는 대화를 듣게 되었다. 비명을 멈춘 지금 그녀의 몸은 사시나무 떨 듯 부들부들 떨리고 있었다. 수녀들이 부산하게 방을 들락날락 거리고 있었다. 결국 고해성사를 보는 오도네건 신부를 부르자는 의견이 나왔다.

"원장 수녀님, 부모님을 부르는 게 낫지 않을까요?" 솔렌지아 수녀가 말했다.

"이런 일로 부모님을 걱정시키는 건 현명치 못해요. 자체적으로 해결하는 게 나아요." 원장 수녀가 대답했다.

"간호수녀로서 가족을 만나게 해주는 게 바람직하다고 생각합니다. 비비안 조앤은 몸이 아픕니다. 게다가 이번 화재의 충격으로 악화됐을 수 있습니다."

"솔렌지아 수녀님, 이미 마음을 굳혔습니다. 부모님은 부르지 않습니다."

"알겠습니다." 솔렌지아 수녀가 비비의 얼굴과 피 흘리는 예수상과 마룻바닥으로 시선을 차례로 옮기면서 대답했다. 복종의 맹세는 참으로 신성한 것이었다.

"원장 수녀님, 양호실에서 이 학생을 돌볼 수 있도록 허락해주십시오."

원장 수녀는 양손을 소맷부리 안에 집어넣은 채 책상 뒤쪽으로 걸어갔다. "그렇게 하세요. 오늘밤 저 애를 돌봐주세요."

원장 수녀는 자그마한 십자가를 손에 들고 키스를 했다. "오늘은 이걸로 충분해요. 이제 가서 주무세요. 자매님들, 이 가련한 성모 마리아님의 딸의 영혼을 위해 기도합시다."

비비는 생각했다. '이 사람들은 영혼을 위한 기도만 하고 있어. 몸뚱이가 홀랑 타버리든 말든 상관도 없고. 신경 쓰는 건 오로지 영혼뿐이야.'

양호실에서 솔렌지아 수녀는 비비의 깡마른 몸에 헐렁한 면 옷을 입혀주었다. 부푼 소매가 앙상한 팔뚝 위에서 마치 뭉게구름처럼 보였다. 수녀는 어깨 위에 가벼운 면 모포를 둘러주고 뜨거운 물이 담긴 핫팩을 발등과 무릎 위에 올려놓아 주었다. 두 사람은 무릎이 맞닿을 만큼 가까이 다가앉아 있었다. 책상 위에는 장미꽃이 꽂힌 화병이 놓여있고, 책상 양옆에는 갖가지 알약이 들어있는 유리 장식장이 있었다.

책상 위에는 수녀가 준비해준 따끈한 차와 생강과자 접시가 놓여있었다. "좀 먹어, 비비안 조앤."

비비는 손을 바들바들 떨며 잔을 입가로 가져가다가 그만 옷에 차를 쏟고 말았다. 하지만 그녀는 개의치 않았다. 그저 잔 위에 동동 떠 있는 차분한 노란색 카모마일 꽃잎을 멍하니 쳐다볼 뿐이었다.

가까스로 차를 한 모금 넘기자 수녀가 기다렸다는 듯 입을 열었다. "잘했어. 이젠 과자를 먹어봐."

수녀는 과자를 멀뚱멀뚱 쳐다보기만 하는 비비를 가만히 지켜보다가 말했다. "비비안."

세례명이 아닌 본명으로 불리자 기분이 묘했다. 은빛 버클이나 은박지에 반사된 햇빛에 홀연히 시력을 빼앗긴 그런 기분이었다.

"집에선 뭐라고 부르지?" 수녀가 물었다. "많이 지쳐 보이네."

비비는 수녀의 금발머리를 물끄러미 쳐다보다가 이내 손으로 시선을 옮겼다. 손가락을 힘주어 오므렸다 폈다 하고 있었다. 비비가 이 모습을 유심히 지켜본다는 사실을 깨닫자 그녀는 재빨리 손을 소맷자락 안에 집어넣었다.

"비비요."

"비비. 생기 넘치는 이름이구나." 수녀가 말했다.

수녀는 잠시 고개를 아래로 떨어뜨렸다. 기도를 하는 것인지, 뭔가 골똘히 생각하느라 그러는 것인지 자못 헷갈렸다. 다시 고개를 들었을 때 눈빛이 무척 피곤해 보였다. "비비, 내 말 잘 들어."

비비는 솔렌지아 수녀의 말투에 신경이 쓰였다. 그것은 차분하면서도 보수적인 청록색이었다.

수녀는 비비의 양손을 자신의 손안에 잡은 채 얼굴을 뚫어져라 쳐다보았다.

"비비, 내 손 꽉 잡아봐."

비비는 솔렌지아 수녀의 얼굴을 쳐다보았지만 무슨 말을 했는지 알아듣지 못하고 어리벙벙해 있었다. 사시나무 떨듯 몸이 떨려오기 시작했다. 수녀는 비비의 손에서 찻잔을 뺏어들었다. 행여 비비가 다칠까 걱정됐던 것이다.

수녀는 책상서랍을 열어 열쇠를 꺼내더니 방 한구석에 놓인 캐비닛 문을 열었다. 안에서 약병을 꺼내서는 알약 두 개를 손바닥 위에 떨어뜨렸다.

"먹어봐." 어린 소녀를 충격에서 벗어나게 하려면 이보다 강한 뭔가가 필요했지만 감히 원장 수녀에게 요구하진 못했었다. 그나마 양호실에서 치료를 받을 수 있도록 허락받은 것만도 다행이었다.

비비는 수녀가 시키는 대로 알약을 입안에 넣고 꿀꺽 삼켰다. 수녀는 그런 비비의 옆에 무릎을 꿇고 앉았다. "비비, 가족 중 누굴 부르고 싶니? 내가 도와줄게." 나지막하고 부드러운 목소리였다.

이게 정녕 꿈은 아니겠지? 지난 네 달 동안 누군가 이런 말을 건네는 상상을 얼마나 자주 해왔던가! 그녀는 수녀 얼굴을 가만히 쳐다보았다. 혹 장난치는 건 아니겠지? 덫에 걸리게 해서 혹독한 체벌을 내리려는 건 아니겠지?

솔렌지아 수녀는 참을성 있게 비비의 답을 기다렸다. 그러는 동안 천천히 한 손을 비비의 볼에 갖다댔다. "비비, 누굴 부르고 싶어?"

볼에 와 닿는 따스한 손바닥의 감촉이 비비에게 힘을 불어넣어 주었다.

"루이지애나 손튼 하이랜드 4270에 사는 쥬느비에브 위트먼이요. 위트먼 씨에겐 비밀로 해주세요."

"친척이니?" 수녀가 물었다.

친척이라고 하면 행여 부르지 않을까 싶어 비비는 다급하게 둘러댔다. "대모님이에요."

"고마워, 비비. 넌 참 착한 애야."

비비는 그날 밤 낡은 양호실 침대에서 깊은 잠에 빠져들었다. 꿈속에서 그녀와 틴지와 잭은 빌록시에 있는 깎아지른 절벽 위에 앉아 있었다. 햇살이 모두의 얼굴을 부드럽게 어루만져주고 있었다.

다음 날 솔렌지아 수녀는 분실물 창고에서 비비가 입을 만한 옷가지들을 찾아다 주었다. 가져온 옷은 위아래가 전혀 어울리지 않아 촌스럽기 그지없었다. 수녀는 옷가지를 건네주면서 무척이나 미안해했다. "성냥팔이 소녀가 입던 거야. 테니스 선수가 입던 게 아니라."

비비는 어깻죽지 아래쪽에 얼룩이 묻은, 누리끼리하게 변색한 블라우스를 걸쳐 입었다. 그 위에는 정체 모를 갈색 점퍼를 입었는데 마른 몸 위에 걸치기엔 부담스러울 정도로 컸다. 발에는 모직 양말과 교화로 정해진 옥스퍼드 구두를 신었다.

"테니스 선수인 거 어떻게 알았어요?" 비비가 물었다.

"잠꼬대로 그 얘길 하도 해서 알았지. 그거 말고 잭 야야란 사람 얘길 하던데…."

비비는 그 말에 주저하는 듯한 웃음을 지었다. 웃음은 곧바로 기침으로 변해 버렸다.

"아무튼, 참회하는 기도자처럼 보일 이유는 없지만, 나로선 이게 최상이야."

"그냥 내 옷 입으면 안 돼요?"

수녀는 잠시 아랫입술을 꽉 깨문 채 생각하더니 말했다. "비비, 망가져 버렸어."

"전부 다요?"

"그래. 불에 안 탄 것도 연기 때문에 못 쓰게 됐어."

"베개는요?" 비비가 말했다.

"그건 괜찮아. 너처럼."

원장 수녀 방에 서있는 쥬느비에브와 틴지를 발견한 순간 비비는 좀 쑤셔 가만히 있을 수가 없었다. 당장에라도 두 사람 품에 달려들어 그들만의 독특한 향취를 맡고 싶었다. 그동안 함께 해온 삶 속에 다시금 잠겨 들고 싶었다. 하지만 맘과 달리 한 발짝도 앞으로 나아갈 수가 없었다. 한 손에 델리아의 깃털 베개를 그러쥐고 어린애처럼 그 자리에 얼어붙은 채 서있을 뿐이었다.

틴지와 쥬느비에브가 비비 곁으로 달려와 와락 껴안아주었다. 그 갑작스런 행동에 비비는 순간 어쩔 줄 몰라 했다. 두 사람이 낯선 구경꾼처럼 느껴졌다. 자신이 길 한구석에 망가진 채 서있는 낡은 차처럼 여겨졌다.

"위트먼 부인, 이 학생을 보낼 수 없습니다. 엄마가 아니니까요." 원장 수녀가 말했다.

"당신 역시 엄마는 아니죠, 셰르." 쥬느비에브가 톡 쏘아붙였다.

"그런 불경스런 표현은 삼가세요." 수녀가 말했다.

"셰르는 불경스런 말이 아니에요." 쥬느비에브가 수녀의 노기를 달래기 위해 한층 누그러뜨린 어조로 말했다. "불어로 '친애하는 누구누구' 란 뜻이죠."

"아무튼 그런 호칭은 삼가세요." 원장 수녀가 엄하게 못 박았다.

쥬느비에브는 비비 곁을 떠나 원장 수녀가 앉아 있는 책상 가까이 다가갔다. 틴지는 비비의 손을 한번 힘주어 잡아주고는 이내 엄마가 있는 곳으로 뒤따라갔다.

창문 틈으로 비춰드는 햇살이 오늘따라 유난히도 눈부셨다. 창 밖으로 모퉁이 근처에 주차돼 있는 쥬느비에브의 자동차 패커드가 눈에 들어왔다. 비비는 속으로 생각했다. '꿈속에서 본 차를 닮아 있어. 어쩜 저 차는 배나 새로 짜잔 하고 변신할지도 몰라.'

"계속해서 제 말을 무시하신다면 오도네건 신부님을 부를 수밖에 없군요." 원장 수녀는 신부가 치명적인 위협거리라도 되는 양 쥬느비에브에게 협박했다.

"맘대로 해요. 하지만 얘는 나하고 갈 겁니다." 쥬느비에브는 비비의 한 손을 잡아끌며 소리쳤다.

"그 손 놔요." 원장 수녀가 명령하듯 소리쳤다.

수녀의 말을 무시한 채 쥬느비에브는 비비의 손을 잡고 사무실을 나갔다.

"조앤을 당장 놔줘요." 수녀가 그들 뒤를 따라오면서 소리쳤다.

"얘 이름은 조앤이 아녜요. 비비라고요." 틴지가 말했다.

쥬느비에브는 두 아이를 이끌고 어두컴컴한 복도를 성큼성큼 걸어갔다. 등뒤에서 잰걸음으로 급히 쫓아오는 원장 수녀의 발걸음 소리가 들렸다. 원장 수녀의 옷자락이 펄럭거리는 소리가 들렸다. 발자국이 점차 속도를 높이더니 이윽고 그들을 따라잡았다. 뼈만 앙상한 수녀의 손아귀가 비비 손을 쥬느비에브의 손에서 대차게 떼어냈다. 어찌나 겁을 집어먹었던지 비비는 목구멍 안쪽에서 두려움의 냄새가 올라올 지경이었다. 까무러칠 정도로 놀라 바지에 오줌을 찔끔 지릴 정도였다.

쥬느비에브는 원장 수녀의 손을 세차게 뿌리쳤다. 그 바람에 수녀는 몸을 비칠비칠 하다 뒤로 벌렁 넘어질 뻔했다. 일진광풍이 휘몰아쳐 검은 옷자락을 사방으로 펄럭이게 하는 것 같았다. 이 여자는 더 이상 원장 수녀가 아니었다. 발을 질질 끌며 걸어가는 검은 독수리일 뿐이었다.

"내겐 이 아이의 영혼을 구제할 책임이 있다고요!" 수녀가 버럭 소리쳤다.

"본인 영혼이나 구제하시지!" 쥬느비에브가 맞받아쳤다. "어서 여기서 나가자! 어서!"

쥬느비에브는 한 팔로는 비비를 그리고 다른 팔로는 딸의 어깨를 보호하듯 감싸 안은 채 재촉했다. 세 사람은 황급히 건물 밖으로 빠져나갔다. 누구도 뛰지 않았다. 차분히 돌계단을 내려와 그들을 기다리고 있는 패커드로 다가갔다. 쥬느비에브가 운전석에 앉자 틴지는 비비를 앞좌석에 앉힌 후에 본인도 차에 올랐다. 차가 세인트오거스틴 학교를 빠져나가는 동안 그들은 내내 앞만 바라보고 있었다.

할머니가 준 깃털 베개를 손에 쥔 채 앉아있는 비비는 상큼한 오렌지 향과 솔잎 향 그리고 커다란 무쇠 솥에서 펄펄 끓는 새우요리 냄새를 맡고 있는 기분이 들었다. 목화 수확철, 청명한 금요일 밤마다 맡곤 하던 루이지애나 시월의 향기를 맡는 듯했다. 참다운 인생의 향기를 맡는 듯했다.

비비는 틴지가 푸른색 재킷 안에 입고 있는 드레스를 흘깃 쳐다보았다. 쥬느비에브와 셋이서 뉴올리언스로 여행갔을 때 갓쇼 매장에서 함께 고른 옷이었다. 화사한 선홍색의 울저지 페플럼 드레스*였다. 비비는 손을 뻗어 드레스를 가만히 매만져보았다. 천이 손가락 끝에 착

───────────
페플럼 드레스 허리선 아래에 천을 덧붙여 엉덩이를 덮게 한 드레스 — 옮긴이

감겨들었다.

틴지는 비비의 손등에 손을 올려놓으며 말했다. "비비, 그런 옷은 당장 버려도 싸."

"버려도 싸." 비비는 예의 야야 말투로 소리쳤다.

"그래." 눈가가 촉촉해진 쥬느비에브가 한마디 거들면서 담배에 불을 붙였다.

세 사람이 조용히 입을 다문 채 어느 정도 갔을 때 쥬느비에브가 말했다.

"에꾸떼, 팜므.(얘들아, 내 말 잘 들어)" 느릿느릿 흘러가는 유장한 물살을 닮은 목소리였다. 울먹임과 분노가 담긴 그 목소리는 미세하게 떨리고 있었다. "신은 추한 걸 싫어하신단다, 메 쁘띠뜨 슈!(내 귀여운 슈크림들!) 사 바?(아무렴 어때) 남들이 뭐라든 무시해. 신은 추하게 만들지 않아. 추한 걸 싫어해. 르 봉 듀(선하신 주님)는 아름다움의 신이란 걸 잊지 마!"

"네, 마망." 틴지가 대답했다.

"네, 마망." 비비가 거푸 말했다.

"비비야, 에꾸떼 부아 이시.(내 말 명심해) 인생이란 짧지만 무한히 넓단다. 이 고통도 이내 지나갈 거야."

쥬느비에브는 교리문답적인 교훈을 일러 주면서 고향집이 있는 그곳을 향해 서서히 나아갔다.

22

1943년 5월 21일자 손튼 고등학교 신문 일면을 장식하고 있는 사진 속의 소녀는 가여울 정도로 깡마르고 표정은 잔뜩 일그러져 있었다. 시다는 처음에 사진 속의 소녀를 알아보지 못했다. 세상에나, 전쟁고아처럼 보이잖아.

사진과 함께 다음의 기사가 실려 있었다.

**손튼의 스타, 고향으로 돌아오다**

치어리더이자 손튼 고등학교 대표 미인이며 테니스 선수인 2학년 생 비비 애벗이 스프링힐의 세인트오거스틴 아카데미에서 드디어 돌아왔다. 그곳에서 지난 학기를 보낸 비비는 풋볼팀에서부터 적십자반에 이르기까지 전교생의 따뜻한 환영을 받았다. 재미난 여름 보내요, 비비! 잭이 없이도 야야들과 잘 지내리라 믿어요!

시다는 더 자세한 내용을 알고 싶었다. 엄마 비비의 떠남과 돌아옴에 얽힌 더 많은 정보를 찾아내고 싶었다. 그런 바람으로 스크랩북을 뒤적여 바짝 눌려있는 코사지와 반쪽 남은 티켓까지 샅샅이 조사했다. '그해 여름, 엄마의 삶은 어떠했을까? 고기와 치즈와 신발 외에 뭘 배급받았을까? 집으로 돌아오기까지가 험난했나? 아님 자식들에게 늘 주문했던 것처럼 스스로 '어려움을 잘 극복' 했나?

더 이상의 정보를 찾아내기 힘들다는 판단이 서자 시다는 머릿속으로 이렇게 정리했다. '엄마는 그해 여름 활기차게 보냈다. 엄마는 안전했으며 주위의 사랑을 듬뿍 받았다. 스크랩한 기사 — 최고 스타, 극진한 환대 속에 귀향하다 — 가 모든 걸 얘기하고 있다. 영화《카사블랑카》를 맨 먼저 관람했으며, 데이트한 남자친구와 짜릿한 시간을 가졌다. 금발머리 미인이기에 나보다 훨씬 인기가 많았다. 엄마는 자신에게 무슨 일이 닥쳐오는지, 무엇이 매일 아침 웃는 낯으로 잠깨게 하는지 모르고 있었다. 사실에 근거한 내용은 하나도 없다. 오로지 허약한 줄거리의 스크랩 기사들만이 존재한다.'

비비 애벗은 쉐즈 헬스센터에서 마사지사 토리에게 몸을 내맡길 준비를 하고 있었다. 장밋빛으로 치장한 자그마한 방 안에 누워 있는 그녀의 귓전에 감미로운 음악이 젖어들고 있었다. 네시를 통해 토리를 소개받은 야야 시스터즈는 매주 마사지사가 주는 감각적인 쾌락에 빠져들기로 작정했다. 그들이 자라온 교회에선 향락죄란 딱지를 붙일 테지만.

일주일에 한 번씩 비비는 옷을 홀라당 벗고 테이블 위에 누워 십 여분 동안 신나게 재잘거렸다. 그러다 호흡이 점차 깊어지면 그토록 좋아하는 마사지사의 손길에 깊이 빠져들었다. 몸을 이처럼 호강시켜준 적은 난생 처음이었다.

"당신, 최고예요." 마사지가 끝날 때마다 후한 팁을 얹어 주면서 비비가 하는 말이다.

지금 토리의 손은 비비의 발과 발가락을 세심하게 마사지하고 있었다. 그 노글노글한 손길에 땅속으로 푹 꺼져 들어가는 느낌이었다. 지난 몇 주 동안 내내 그러했듯이 비비는 지금도 잭을 생각하고 있었다.

비비는 세인트오거스틴에서 돌아오고 나서 옛 리듬을 되찾기 위해 갖은 애를 썼다. 체중이 준 탓에 조금만 뛰어도 피로감이 몰려와 당혹스럽긴 했지만, 테니스 코트에 나가 땀 흘리며 연습했다. 종종 보들롱에 가서 병에 담긴 땅콩과 콜라를 사먹기도 했다. 하루걸러 한 번 꼴로 잭에게 위문편지를 꼬박꼬박 썼으며, 되도록 엄마에게 방해가 되지 않으려고 신경 썼다. 버기는 딸이 돌아오고 나서 처음 한 달 동안 말도 걸지 않았다. 그러던 것이 여름이 지나서야 애벗가는 정상적인 삶을 되찾기 시작했다.

비비는 잭을 위해 정기적으로 9일 기도를 바치는 한편, 데이트 중인 남자애들에게 열정을 느끼려고 무던히 애썼다. 잃어버린 원기를 보충하기 위해 음식도 열심히 챙겨 먹었다. 하지만 그녀의 앞을 가로막으면서 주저하게 하는 뭔가가 있었다. 이제 비비는 자신이 누구인지, 또 뭘 해야 할지 도통 갈피를 잡을 수 없었다. 언제부터인가 자신 속으로 깊숙이 숨어버리게 됐다. 극도로 지치고 우울한 마음을 다스릴 재간이 없었다. 다만 피로감을 숨기고 억지로 활기찬 모습을 보이는 방법을 터득했을 뿐이었다. 생존본능을 터득한 그녀는 매번 그에 합당한 보상을 받았다. 루이지애나주 손튼은 생존본능을 그 어떤 가치보다 높이 평가했다. 그것은 일종의 종교나 다름없었다.

1943년 6월 셋째주 일요일 오후, 세인트오거스틴에서 돌아온 지 얼마 되지 않은 그때 잭이 유럽 공군기지로 떠나기 전에 잠시 고향에 들렀다. 버기는 그날 사람들을 집으로 초대해 손수 만든 아이스크림을 접대했다.

일주일 내내 잭의 방문을 축하하기 위한 파티와 모임이 연일 이어졌었다. 잭을 위시해서 야야 시스터즈는 위트먼 씨 집에서 쥬느비에브가 만들어준, 아들이 좋아하는 요리를 포함한, 식사를 거하게 대접받았었다. 쥬느비에브는 성 랜드리 가재찜에서부터 메이호 젤리*까지 푸짐하게 한 상 차렸었다.

초여름이라 아직은 더위를 참을 만 했다. 클레마티스 꽃잎은 화사하게 꽃망울을 터뜨렸고, 담장을 따라 넝쿨을 뻗은 블랙베리는 탐스럽게 농익어 있었다. 버기는 깨끗이 씻은 블랙베리를 커다란 노란 볼에 담아 앞마당 계단에 올려놓았다.

버기가 아이스크림 기계를 부지런히 돌리는 동안 갓난아기 제지가 난생 처음으로 조용히 입을 다문 채 엄마 다리에 찰싹 들러붙어 있었다. 버기는 매주 일요일 미사 후에 갈아입는 라일락 무늬와 회색이 들어간 드레스를 입고 있었다. 머리를 질끈 묶은 채 기계를 기운차게 돌리고 있는 그녀의 두 볼이 발그레 상기돼 있었다. 오빠 피트는 친구들과 현관 난간에 기대서서 뭔가 얘기를 나누고 있었다.

비비는 그네에 올라타 있었다. 양옆에는 틴지와 네시가 앉아 있었다. 캐로는 기둥에 기대 앞으로 내민 발목을 교차시킨 채 서 있었다.

오늘의 주인공 잭은 사람들에게 빙 둘러싸여 있었다. 무릎 위에는

---

메이호 젤리  메이호 딸기를 이용한 젤리 — 옮긴이

바이올린이 놓여 있었다. 단순한 바이올린이 아닌, 그가 아홉 살 때 르블랑 삼촌이 손수 만들어준 바이올린이었다. 촌스런 강가 출신 냄새가 난다고, 부유한 은행가에게 어울리지 않게 속된 냄새가 난다고 그의 아버지가 집안에서 연주를 금한 그 바이올린이었다.

잭은 강가 마을인 마크스빌에 사는 쥬느비에브를 방문할 때마다 바이올린을 연주했다. 친구들 집에 갈 때에도 바이올린을 켰다. 쥬느비에브에게 빌린 패커드에 피크닉 담요와 술을 싣고 스프링 강으로 놀러 갔을 때에도 너른 들녘 한가운데 서서 신나게 바이올린을 연주했다.

잭의 바이올린 선율은 해리 제임스의 아름다운 음악과 더불어 비비의 가슴을 온통 헤집어놓았다. 테니스를 치다가 그만 발목이 접질려 침대에 꼼짝없이 누워있을 때 잭은 침실 창문 아래에서 감미로운 곡을 연주해주었다. 그때 비비는 잠시나마 줄리엣이 된 듯한 착각에 빠졌었다. 한번은 비비가 잭에게 학교 체육관에서 농구경기를 하던 중에 바이올린을 연주해 달라고 부탁했다. 잭은 부탁한 대로 금색과 청색이 들어간 유니폼을 입고, 학처럼 긴 다리로 서서 고개를 약간 뒤로 젖힌 채 바이올린의 현을 켰다. 얼굴 가득 미소를 띤 채.

그런 그가 자랑스러운 아들로서 당당히 귀향한 것이다. 잭은 어느 때보다 행복해하는 모습이었다. 그의 아버지는 그 주 내내 아들 자랑에 입에 침이 마를 지경이었다. 애당초 귀향파티를 계획한 사람도 위트먼 씨였다. 그 아들은 얼마 후 프랑스 땅에 폭탄 세례를 퍼부으러 떠날 것이다. 그리고 잭은 자식을 뿌듯해하는 아버지가 못내 자랑스러웠다.

비비는 엄마 버기가 자신을 위해 아이스크림을 만들고 있다는 사실에 기분이 날아갈 듯했다. 쥬느비에브가 비비의 아빠에게 비비를 수녀원 학교에 돌려보내지 말도록 설득한 이후 딸에게 처음으로 보인 친절이었다. 아이스크림 기계를 돌리는 엄마를 지켜보면서 비비는 이 것이 둘의 관계를 원만하게 회복시키는 계기가 되길 빌었다.

햇살이 잭의 칠흑 같이 까만 머리칼 위에 눈부시게 쏟아지고 있었다. 피부는 거무스름하게 그을어 있었고 전보다 부쩍 말라 있었다. 남자다움이 물씬 풍기는 모습이었다. 그는 턱 밑에 바이올린을 끼고 활을 집어들었다. 본격적으로 연주를 시작하기 전에 잠시 뜸을 들이는가 싶었다. 그러더니 여자친구 비비에게 웃음을 보냈다. 이어 놀랍게도 예의 다정다감한 눈길을 버기에게 보내는 게 아닌가!

"애벗 부인, 당신을 위해 왈츠를 연주해도 되겠습니까?"

그것은 비비가 본 중에서 최고로 신사다운 행동이었다. 엄마 버기의 얼굴을 보자 이것이 그녀가 누군가로부터 받는 최초의 노래선물임을 금방 알 수 있었다. 수줍은 듯 입가를 손으로 가리는 버기는 당황하면서 동시에 엄청나게 기뻐하는 모습이었다. 버기는 아이스크림 기계를 돌리던 손길을 멈추었다. 얼음을 갈 때 나던, 나무판에 얼음이 부딪히는 득득 소리가 순간 멎었다.

곧이어 잭이 연주를 시작했다.

비비가 좋아하는 왈츠 곡 '리틀 블랙 아이즈' 였다.

그날 오후 비비네 집 현관에는 전쟁 따윈 없었다. 온 마음을 담은 달콤하고 애조 띤 바이올린 가락만이 흘러 넘치고 있었다. 유월의 대기 속으로 아름다운 선율이 춤추며 떠돌았다. 그 선율은 비비의 머리와 어깨 위로 솔솔 내려앉았다가 이내 그녀 내부로 흘러들어 뼈 속 깊은 곳에 자리 잡았다. 마르지 않는 음악의 샘물처럼 바이올린 가락은 끝없이 그들 머리 위로 쏟아져 내렸다.

비비는 음악을 감상하면서 엄마의 얼굴을 흘낏 쳐다봤다. 버기의 얼굴에 한 번도 보지 못했던 미소가 어려 있었다. 그것은 간절한 열망과 기쁨이 담긴 소녀의 미소였다. 온전히 자신만을 위한 미소였다. 엄마라는 자리와 엄격한 교회와 다리에 착 달라붙어 있는 아기 따윈 잊은 미소였다. 비비는 잠시나마 엄마 버기를 한 인간으로 바라보게 되었다. 바이올린 가락, 바래가는 오후의 햇빛, 노란 볼에 담긴 블랙베리, 잭의 얼굴을 비추는 햇살, 친구와 가족들에 둘러싸인 채 그네에 앉아 있는 비비의 앙상한 몸, 엄마의 얼굴에 나타난 행복한 표정…. 이 모든 것이 비비의 가슴을 먹먹하게 했다. 그녀의 마음을 사랑으로 가득 채워주었다.

이 모든 공은 잭에게 돌려 마땅했다. 잭은 이런 남자였다. 그녀의 닫힌 마음을 활짝 열어 더 큰 사랑으로 다가갈 수 있도록 만드는 남자. 엄마의 표정을 단숨에 바꾸어 놓는 남자.

연주가 끝났을 때 모두 뜨거운 박수를 보냈다. 노랫가락에 푹 빠져 있던 제지가 소리를 질렀다. "한번 더! 한번 더!" 피트와 친구들이 덩달아 휘파람을 불어대며 부추겼다. 하지만 무엇보다 비비를 경악하게 만든 사람은 버기였다.

놀랍게도 그녀는 잭에게 다가가 뺨에 키스를 해주었다. 그 누구에게도, 심지어 자식들에게도 한번도 해주지 않은 키스를. "고마워, 잭."

버기는 앞치마 자락을 움켜잡고 눈가를 쓱 훔치더니 아이스크림 기계의 손잡이를 잡았다.

순식간에 벌어진 일이었다. 비비 외에 누구도 눈치채지 못한 동작이었다. 물론 누군가 눈치를 챘다 할지라도 대수롭지 않게 넘겼을 것이다. 그렇지만 비비는 그런 버기의 모습이 좋았다. 40년 세월이 흐른 뒤 엄마가 돌아가시던 날, 비비는 그날 엄마가 잭에게 해준 키스와 앞치마 자락으로 눈물을 훔치던 장면을 떠올리며 무한한 사랑을 느꼈다. 원하는 방식으로 사랑을 주지 않는 엄마를 미워하며 원망했던 그녀였다. 그런 그녀가 단 한번의 키스로 엄마를 사랑하게 된 것이다.

1943년 10월 말, 비비 애벗은 앤 맥워터스와 맞붙어 졸전을 치르고 있었다. 건강을 되찾긴 했지만 아직 완벽한 몸 상태를 회복한 것은 아니었다. 사실 이날 오후 캐로와 경기를 치르기로 예정돼 있었다. 하지만 캐로가 졸업앨범준비 모임에 참석해서 늦어지는 바람에 경기가 무산되고 말았던 것이다.

비비의 오랜 숙적인 앤 맥워터스가 3대 2로 앞지르자 비비는 약이 바짝 올랐다. 세인트오거스틴에서 돌아오고 나서 밤낮으로 연습했건만…. 체중이 다소 미달되긴 하지만 젖 먹던 힘까지 짜내서 뛰고 있건만…. 앤 맥워터스는 만만치 않은 호적수였다. 서브 실력이 상당한 데다 상대를 허둥거리게 하는 법을 꿰뚫고 있었다.

점수 차를 줄이려고 잔뜩 벼르다가, 드디어 호기를 맞으려 할 때 피트가 자전거를 끌고 나타났다. 관중이 나타난다고 해서 당황할 비비가 아니었다. 오히려 관중 앞에서 경기를 할 때 힘이 솟구쳤다. 그런데 으레 친구들을 끌고 오던 오빠가 혼자 오다니 이상했다.

"비비." 피트는 경직된 목소리로 외쳤다.

비비가 아무런 반응도 보이지 않자 피트는 코트 주위에 둘러쳐진 펜스 가까이 다가왔다. 적갈색 머리칼 위에 갈색 야구 모자를 푹 눌러 쓰고 있었고, 코는 빨갛게 익어 있었다. 때는 1943년 10월 19일, 오후 다섯 시경이었다. 비비는 그날 밤 틴지와 함께 오손 웰스의 영화 《제인 에어》를 구경하기로 약속했었다. 그린파크스 백화점 트럭이 요란한 소음을 내며 그들 곁을 지나갔다. 비비의 몸은 날아오는 공을 받아칠 준비로 잔뜩 긴장돼 있었다.

앤 맥워터스가 강서브를 날리자 비비는 백핸드로 받아쳐서 넘겼다. 그동안 백핸드 연습을 부지런히 했기에 사선으로 날아오는 공을 놓치지 않고 뒤쫓는 법을 절로 터득하게 되었다. 코트에 들어서면 오로지 공만 생각하는 연습을 했다. 잭이 떠나고 나서 지난 몇 달 동안 테니스 연습에 많은 시간을 할애했다. 물론 데이트도 즐겼고, 좋아한다며 꽁무니를 졸졸 쫓아다니는 애들이 동시에 셋이나 있기도 했다. 하지만 등을 돌리면 그 애들은 머릿속에서 완전히 지워진 존재가 되었다. 남자애들보다는 유에스 단식 경기에서 우승한 폴린 베츠 생각을 더 많이 했다. 테니스에 대해, 전쟁에 대해 그리고 잭 위트먼에 대해 더 많이 생각했다.

앤 맥워터스가 완만하게 리턴을 했다. 비비의 신경은 온통 날아오는 공에 쏠려 있었다. 그녀의 몸은 공을 받기 위해 뒤로 몇 발자국 물러서며 완벽한 리시브 지점을 찾고 있었다.

그때 새 한 마리가 공 주위로 날아왔다. 비비는 미지의 세계에서 날아온 듯한 새에 그만 정신을 빼앗기고 말았다. 새가 공에 그처럼 가깝게 날아오다니, 난생 처음 보는 장관이었다. 새는 그녀의 정신을 온통 뺏어가 공이나 게임 따윈 잊도록, 시월 하늘에 나는 회청색 날개 외에 다른 모든 것을 잊도록 했다.

비비는 타임아웃 신호를 보내면서 코트 밖에 서있는 피트에게 다가갔다. "피트! 여기서 뭐 하는 거야?"

359

피트는 한참 동생을 쳐다보더니 그대로 몸을 돌렸다.

"왜 왔냐고?" 그녀가 재차 물었다.

"게임 그만 해." 피트가 말했다.

"맥워터스가 이기고 있는데? 농담 마."

"어이!" 앤이 라켓을 빙빙 돌리면서 소리질렀다.

"잠깐 기다려." 비비가 되받아 쳤다. "지금 게임 중이야. 왜 왔는지 말이나 해. 안 그럼 그냥 갈 거야."

그녀는 피트가 대답하길 한동안 기다리다가 아무런 말도 없자 코트로 돌아가려 했다.

비비의 등을 보며 말하기가 쉬운 듯 피트가 드디어 굳게 닫힌 입을 열었다. "틴지가 데려오래. 집으로."

"알았어." 비비가 라켓으로 공을 퉁기면서 적수에게 미소를 보내면서 대답했다. "맥워터스를 이기면 곧바로 간다고 전해줘."

"지금 가는 게 좋을 거야, 스팅키." 피트는 담뱃갑에서 담배 한 개비를 꺼내 불을 붙였다. 흐릿한 불빛에 창백해진 얼굴이 고스란히 드러났다.

"무슨 일 있어?" 비비가 피트에게 몸을 돌리며 물었다.

피트는 눈길을 피하면서 대답했다. "같이 가자. 앞에 타면 돼."

"싫어. 경기 마치고 갈 테야."

코트로 돌아온 비비는 온 신경을 집중해서 상대 코트로 강하게 공을 날려보냈다. 잠시 후 경기에서 이기게 되었을 때에는 말초신경이 예민하게 곤두서 있었다.

그녀는 앤 맥터스와 악수를 하고는 공을 담는 용기와 재킷 등을 그러모았다. 오래도록 물을 마시며 가능한 시간을 질질 끌었다. 자신의 일

거수일투족을 지켜보며 기다리고 있는 피트 따윈 애써 무시하려 했다.

이윽고 블라우스 위에 스웨터를 껴입고 있는 비비에게 피트가 자전거를 끌고 다가왔다. "이제 갈 수 있는 거야? 얼른 가자."

"친절도 하시지. 대체 무슨 일이야?"

"어서 가자." 그는 자전거 핸들 바를 가리키며 재촉했다. "여기 올라타."

비비는 테니스 라켓을 한 손에 든 채 핸들바에 올라타서 몸의 균형을 잡았다. 피트가 자전거 페달을 열심히 밟는 동안 아무 말 없이 앞만 쳐다보았다. 마침내 현관으로 이어진 원형 주차도로의 입구에 다다르자 갑자기 어지럼증이 몰려왔다.

"자전거 돌려." 그녀가 말했다.

"뭐?" 피트가 페달을 계속 밟으며 물었다.

"돌리라고. 그냥 갈 거야."

피트가 드디어 페달을 밟던 동작을 멈췄다.

비비는 핸들바에서 풀쩍 뛰어내렸다. 숨결이 점차 가빠지고 있었다. 직접 페달을 밟고 여덟 블록을 달려온 것처럼 몸에서 식은땀이 줄줄 흘러내리는 기분이었다.

"왜 여기 데려온 거야?" 그녀는 비난하는 투로 물었다.

"틴지가 부탁했으니까."

"왜냐고 묻잖아. 당장 대답해."

피트는 자전거를 옆으로 괴어 놓았다. 그 일을 하는 데 오늘따라 유난히 뜸을 들이는 것 같았다. 모든 일이 슬로우 모션으로 일어나는 것만 같았다. 그녀는 오빠가 곁에 다가와 양 손을 어깨 위에 올려놓는 모습을 가만히 지켜보았다. 피트가 숨 쉴 때마다 담배 냄새에 섞인 박하 향이 풍기고 있었다.

"잭 얘기야." 그는 어깨 위에 놓인 손에 힘을 주면서 말했다.

비비는 미처 그 말을 듣지 못한 듯한 어리둥절한 표정을 지었다.

"뭐라고?"

피트는 비비의 몸을 앞으로 바짝 끌어당겼다. 건강한 땀 냄새가 났다. 그것이 오빠의 냄새인지, 자신의 냄새인지 분간할 순 없지만.

"잭 말이야."

비비는 그의 손을 거칠게 뿌리쳤다.

"쥬느비에브 아줌마가 전보를 받았는데." 목 메인 목소리였다.

"미쳤어. 농담 그만 해." 비비는 작게 웃으며 말했다.

"농담이었음 좋겠다."

"날 놀리는 거지?" 비비는 농담 그만 하라는 듯 그의 팔을 쿡 찔렀다. "어서 고개를 저으면서 그렇다고 해."

"놀리는 거 아냐, 비비." 피트는 소맷자락으로 얼굴을 쓱쓱 닦으며 말했다.

"젠장할, 고개 저으라고!"

"비비…."

비비는 양손으로 피트의 얼굴을 잡고서 좌우로 힘주어 흔들었다. 피트는 잠시 그대로 있다가 그녀가 동작을 멈추자 양손을 꼭 쥐고 자신의 앞가슴에 갖다댔다. 동생의 눈을 뚫어져라 응시한 채.

피트의 볼에 뜨거운 눈물이 줄줄 흘러내리고 있었다. "내 말 들어. 장난 아냐. 진짜라고."

비비는 마주 잡은 두 사람의 손을 가만히 내려다보았다. 시선은 이내 바닥에 떨어져 널브러져 있는 테니스 라켓으로 향했다. 갑자기 집에서 만든 블랙베리 아이스크림과 바이올린을 연주하던 잭의 표정이 떠올랐다. 춤출 때 어깨에 와 닿았던 잭의 손길이 기억났다. 고통의 넝쿨이 발끝에서 시작해 온몸으로 쫙 퍼져나가면서 심장까지 뻗어 올라왔다. 심장이 꽉 막히고 쥐어짜는 듯해서 숨을 쉬기 위해 피트의 손을 떼어내고 목덜미를 문질러야만 했다.

틴지네 가정부인 셜리가 나선형으로 굽어진 계단의 층계참에 앉아 있었다. 고개를 양손에 파묻고 있던 그녀는 비비와 피트의 인기척에 흠칫 놀라 고개를 쳐들었다. 까뭇까뭇한 얼굴이 눈물로 뒤범벅돼 희미한 불빛 속에서 은빛으로 반사되고 있었다.

"불길한 일이 일어날 줄 알았어. 어제 올빼미 울음소리를 들었어. 오, 갓 태어났을 때 도련님을 품에 안았는데. 마님이 바라던 대로 목련 꽃잎으로 축복을 내려줬는데. 마님더러 네르바 차를 마시라고 그렇게 권했건만 안 마시더니. 사, 세 도마지!(정말 안타까운 일이야!)"

그때 침실에서 쥬느비에브의 날카로운 비명소리가 들려왔다. 비비는 셜리를 지나쳐 급히 위층으로 후닥닥 뛰어올라갔다. 침실로 들어서자 쥬느비에브가 위트먼 씨의 뺨과 목덜미, 팔을 비롯한 손 가는 곳 어디나 찰싹찰싹 후려갈기고 있었다. 틴지는 얼굴을 손에 파묻은 채 흐느끼며 창가에 서있었다.

"몽 피 드 그라세!(내 귀한 아들!)" 쥬느비에브는 고함을 지르면서 남편을 사정없이 때렸다. "당신이 내 아들을 죽였어! 당신과 그 잘난 애국심이!" 그녀의 거친 몸짓은 방 안 공기를 모조리 몰아낼 듯한 기세였다.

비비는 쥬느비에브를 안아주고 싶었다. 틴지를 안아주고 싶었다.

두 사람을 품에 꼭 안아주고 싶었다.

"젠장!" 쥬느비에브가 손톱을 날카롭게 세워 볼에 오선지를 그리자 피트가 소리 죽여 외쳤다. 그는 아내가 주먹으로 치고 발길질을 해대고 막무가내로 덤벼들어도 피할 생각도 않고 그대로 서 있었다. 회색 줄무늬 양복을 입은 채 미동도 않고 서있었다.

피트는 비비의 손을 잡은 채 문가에 서있었다. 모든 것이 슬로우 모션으로 일어나는 것 같았다.

드디어 쥬느비에브가 목안으로 깊이 숨을 들이켜는 소리가 났다. 위트먼 씨는 느린 동작으로 주머니에 손을 넣어 손수건을 꺼냈다. 아무 말 없이 눈물을 훔쳐내고는 입술에 묻은 핏자국을 닦아냈다. 손수건으로 자기 몸을 닦아내고 나서야 아내에게 그걸 건네주었다. 그녀는 손수건을 거들떠보지도 않았다.

'잭이라면 엄마한테 먼저 손수건을 건넸을 텐데…. 매너 좋은 모습을 보였을 텐데….'

쥬느비에브는 고개를 돌려 딸의 얼굴을 보더니 이내 비비에게 시선을 돌렸다. 두 소녀가 동시에 앞으로 한걸음 나아갔다. '쥬느비에브가 이제 우릴 안아줄 거야. 품에 안고서 모든 게 괜찮아질 거라고 위로해주겠지.'

기대에 어긋나게 쥬느비에브는 누구도 품에 안아주지 않았다. 대신 낮게 날카로운 비명소리를 내지르고는 스커트를 머리 위로 끌어올렸다. 베이지색 슬립과 벌거벗은 맨다리가 적나라하게 드러났다. 꼬마 여자애들이 얼굴을 감추고 싶을 때 하는 동작이었다. 참을 수 없는 슬픔이 차올 때 여자들이 하는 동작이었다.

쥬느비에브가 스커트로 얼굴을 가린 채 서있는 시간이 길어질수록 비비의 슬픔은 더욱 커져만 갔다. 그녀는 실제 엄마가 없을 때 따뜻하게 보듬어준 분이었다. 이 엄마 역시 내 곁에서 멀리 달아나려 하고 있었다.

"이리와 보게." 비비의 귀에 위트먼 씨의 목소리가 들려왔다.

피트가 앞으로 한 걸음 나아가 이에 대답했다. "네?"

피트는 은행이나 길거리에서 우연히 마주쳤을 때 공손하게 인사했을 뿐 위트먼 씨와는 친한 사이가 아니었다. 그 역시 곁을 지나갈 때 고개를 가볍게 끄덕여줄 정도일 뿐 피트를 잘 알지 못했다. 금요일 밤에 피트가 성공시킨 터치다운에 대해 짧게 얘기해줄 정도일 뿐.

그날 피트가 가까이 다가오자 위트먼 씨는 두 팔을 내밀었고, 두 남자는 진한 포옹을 나누었다. 두 사람이 뜨거운 애정을 드러내 보인 것은 처음이었다. 후일 비비는 이날을 기억하며 자신의 아들들과 남편이 부자간의 뜨거운 포옹을 나누길 기대하곤 했다. 하지만 이날 오후 비비가 느낀 것은 질투였다. 엄마나 아빠 품에 따뜻하게 안겨본 적이 없는 아이가 느끼는 질투.

결국 비비는 쥬느비에브가 치마를 아래로 내리고 자신을 껴안아줄 거라는 기대감을 접었다. 대신 방을 가로질러 틴지에게 다가가서는 친구를 안아주었다. 두 소녀는 이내 홀짝거리기 시작했다.

비비가 홀짝이기 시작하자 토리는 두개골 아랫부분에서 어깻죽지 쪽으로 경혈점을 찾아가며 고루고루 매만져주었다. 그녀는 별반 놀라는 것 같지 않았다. 어디 고객이 마사지실에서 우는 모습을 한두 번 보았겠는가!

비비는 얼굴을 바닥으로 향한 채 테이블에 누워 깊이 심호흡을 했다. 온몸이 덜덜 떨리고 있었다. 그날 내 애국심은 완전히 달아나 버렸어. 유쾌하던 비비도 완전히 죽어버렸어. 그날 이후 치어리더로서 팀을 응원하며 하늘 높이 점프하는 비비는 배우나 다름없었다. 오스카상과는 거리가 먼 노련한 여배우.

"약간 힘을 줘서 해볼게요." 토리가 조용히 소곤댔다.

토리는 비비의 어깨를 강한 손길로 주무르기 시작했다. 그 확실하면서도 그지없이 자유로운 손길은 더 많은 눈물을 쏟게 했다. 비비가 우느라 몸을 부르르 떨어대자 마사지사는 잠시 손길을 멈추고 티슈를 건넸다.

비비는 상체를 일으켜 어깨로 몸을 버틴 자세로 코를 세차게 풀었다.

"얘기하고 싶으면 해요." 토리가 말했다.

"싫어요." 비비는 티슈에 손을 뻗으며 대답했다.

"알았어요."

울어대서 마사지를 망치게 하진 않을 테야. 하지만 울음을 참으려 애쓸수록 그녀의 몸은 딱딱하게 굳어져 갔다. 토리가 어깨를 주무르기 시작하자 비비는 또다시 훌쩍거리기 시작했다.

"오늘은 그만 할래요. 도저히 그치질 않아요. 미안해요." 비비는 고개를 들면서 말했다.

토리는 허리춤에 차고 있던 작은 플라스틱 병을 몇 번 펌프질해서 손바닥에 로션을 덜어냈다. "신경 쓰지 말고 실컷 울어요. 마사지엔 지장 없으니까. 눈물을 그냥 안개비라고 상상해봐요."

비비는 패드를 댄 오목한 얼굴 받침대에 또다시 고개를 파묻었다.

토리는 비비의 등을 가볍게 톡톡 퉁기듯 마사지하면서 가볍게 몸을 흔들어주었다. 살갗에 따스한 손길이 와 닿을 때마다 호흡이 서서히 안정되는 걸 느낄 수 있었다. 누군가 아무런 간섭도 없이, 그 어떤 보답도 바라지 않은 채 모든 걸 수용하면서 몸을 매만져줄 수 있다는 사실이 신기하기만 했다. 다만, 마사지사의 손길이 닿을라치면 움찔하는 그런 지점이 몇 곳 있었다. 아랫배도 그중 하나였다. 불룩 튀어나온 똥배를 보여주기가 지독히도 거북살스러웠고, 소름끼치기까지 했다. 반면 마사지 받을 때 더없이 기분 좋게 호사를 누린 곳도 있었다. 다리와 목, 머리가 그것이었다. 마사지 받는 동안 종교적이라고 밖에 표현할 수 없는 그런 순간들이 있었다. 난생 처음으로 철저하게 육체의 정수에 닿은 그런 순간들이. 가벼운 통증과 혈관과 주름살이 그지없이 친숙하게 느껴져서 행복감으로 절로 신음소리를 내뱉게 하는 그런 순간들이. 불완전한 육체가 스스로 살아있는 예술작품임을 깨닫게 되는 찰나적인 순간들이. 나, 육체 안에서 살고 육체 안에서 죽으리라. 그녀의 육체는 네 아이를 품고 있었다. 아니, 늘 그러했듯이 시다의 쌍둥이 형제까지 포함해서 다섯을.

"말하기 싫어요." 비비가 작게 웅얼댔다.

잠시 후 비비는 마사지사에게 속내를 털어놓고 있었다. 한숨을 쉬고 울먹거리면서 떠듬거리긴 했지만, 전과 달리 왠지 맘이 편안했다.

"정말 신은 한 번에 한 토막 이상은 들려주지 않는 거 같아요. 인생 말예요. 안 그러면 심장이 펑하고 터져버릴 거예요. 신은 걸어다닐 수 있을 만큼만 살짝 틈새를 벌려놓아요. 깁스한 사람처럼요. 옆구리 쪽에 길게 틈을 내죠. 어린 묘목이 자라 거길 빠져나갈 만큼의 크기로요. 아무도 그걸 못 봐요. 아무도. 모두 당신을 완벽한 사람으로 봐요. 해서 그 틈새를 보게 되면 실망하며 다른 태도로 대하게 되죠."

어느새 비비는 훌쩍거리고 있었다. 토리는 한쪽 손바닥은 등뼈 아래쪽에, 다른 쪽 손바닥은 뒷목 오목한 부분에 올려놓고서 지그시 눌렀다. 척수를 자극해서 긴장된 몸과 맘을 진정시키려는 것 같았다.

"그날 오후의 일을 생각하고 있어요. 내 갈라진 틈새가 백일하에 드러나던 날이요. 깨진 도자기 파편처럼 쩍 갈라졌죠."

토리는 양손을 비비의 어깨 쪽으로 옮겼다. 비비는 통증 때문에 그러는 듯 가볍게 몸을 움찔했다.

"평소엔 이러지 않는데."

또다시 그녀의 몸이 흔들리며 훌쩍거리고 있었다.

"하지만 성격을 바꿀 거예요. 이렇게 말하는 거죠. '인기 나부랭이는 집어치워. 내가 재미없게 산다고? 자기 일이나 신경 써.'"

비비는 조금이나마 웃으려고 애쓰면서 자리에 일어나 앉았다. "이런, 블랜취 드브와의 말이 튀어나올 거 같네요. '난 늘 낯선 이의 친절에 의지해 살아왔지.'"

"난 낯선 이가 아니에요." 토리는 비비의 어깻죽지를 엄지손가락으로 힘주어 누르면서 말했다.

"아아! 아파요." 비비가 소리쳤다.

"왜 이렇게 아파하는 거예요?" 토리가 물었다.

"무거운 짐을 들어서요. 트렁크를 들고 있거든요."

"아프면 당분간 들지 마세요. 알았죠?"

"알았어요." 비비는 대답과 함께 몸에 힘을 풀고 테이블에 편히 누웠다. '이 테이블은 바닥에 의해 지탱되고 있고, 바닥은 건물에 의해 지탱되고 있지. 건물은 땅속 깊숙이 박혀있고, 땅은 내 아늑한 집이나 다름없지.'

23

비비는 선글라스를 쓰고 마사지실을 나섰다. 지금으로선 헬스센터 친구들과 말을 섞기가 싫었다. 늘 농지거리를 던지며 수작을 걸던 젊은 남자들과도, 케이블 방송국에서 일하는 젊은 여자애들하고도 말하기 싫었다.
앙증맞은 미아타에 올라탄 그녀는 곧장 바브라 스트라이젠드의 시디를 시디플레이어에 밀어 넣었다. 이 차는 아버지에게 공공연히 암시를 주었더니 깜짝 선물로 사준 것이었다. 이젠 울음보를 터트리게 만들 그 어떤 것도 더 이상 참아낼 재간이 없었다. 저녁시간이 가까워졌지만 이대로 집으로 돌아가고 싶진 않았다. 결국 그녀는 차를 몰아 틴지네 집으로 향했다.

비비와 틴지는 잭만 잃은 게 아니었다. 쥬느비에브 역시 잃고 말았다. 전보를 받고 나서 몇 주 동안 쥬느비에브는 아무도 만나려 들지 않았다. 누군가를 만났을 때는 오로지 아들이 죽지 않았다는 믿음을 상대에게 알리기 위해서였다. 쥬느비에브 말에 따르면, 잭은 폭발된 비행기에서 간신히 탈출해 레지스탕스 도움으로 남부 프랑스 시골 마을에서 치료받고 있다는 것이다. 이런 믿음을 갖게 된 후 그녀는 남편이 고집했던 아들의 영어식 이름(잭)을 쓰지 않으려 들었다. "우리 아들 자크는 분명 살아있어. 틀림없다고." 이제 그녀가 할 일은 살아남은 아들을 찾아내는 것이었다.

 잭이 죽은 뒤 처음 몇 달 동안, 비비는 아들이 살아있다는 쥬느비에브의 망상으로 인해 죽음을 제대로 애도할 수가 없었다. 그녀 또한 잭에 대한 상상을 품고 있던 터라 쥬느비에브가 지어낸 구슬픈 환상 속에 쉽사리 빨려들어가게 됐다. 밤에 잠이 들면, 잭이 살아 어딘가에서 침실 창가를 비추고 있는 달빛을 함께 받고 있는 꿈을 꾸었다. 그녀는 틴지와 쥬느비에브와 함께 프랑스 지도를 닳아 없어지도록 보고 또 보았다. 레지스탕스에 관한 소식이라면 눈에 불을 켜고 게걸스럽게 찾아다녔다. 쥬느비에브는 남편 비서를 시켜 타이핑한 편지를 공군 측에 수없이 보냈는데 그 일도 곁에서 도와주었다. 결국 믿고 싶은 맘이 하도 간절한 나머지 진짜로 믿게 되는 지경까지 이르렀다. 잭이 뭘 하고 지내는지, 무슨 음식을 먹는지, 어떤 침대에서 자는지에 대해 쥬느비에브와 물리도록 얘기 나누는 가운데 본인들이 쓰는 소설에 빠져 무아지경이 되곤 했다. 잭이 바이올린으로 프랑스 민요를 배우고 있다는 쥬느비에브의 말에 군말 없이 맞장구를 치기도 했다. 잭은 바이올린을 켜면서 고향집으로 돌아올 날을 기대하고 있을 거야.

 눈물을 쏟을 때마다 자꾸만 나약해져 희망을 포기하려는 자신이 한없이 죄스러웠다. 그녀는 틴지와 함께 점심시간이 끝나면 복도 라커룸에 나와 있곤 했다. 눈물이 주체할 수 없이 쏟아져 오후 역사수업을 받을 수가 없었던 것이다. 그럴 때면 두 사람은 잔디밭에 나와 앉아 목놓아 울었다. 그들만의 역사를 충분히 갖고 있기에 더 이상 역사수업을 받기가 싫었다. 무엇보다 비비는 잭이 역사의 한 자락으로 남는 게 싫었다. 그와 함께 르모인 드라이브인에서 햄버거를 사먹고 싶었으며, 보들롱 부스에 앉아 헐레벌떡 모퉁이를 돌아 나오는 잭의 모습을 지켜보고 싶었다. 방 안에 들어서는 그녀를 보며 눈빛을 반짝 빛내는 모습을 보고 싶었으며, 품에 안아주면서 삶의 활력을 불어넣도록 만들고 싶었다.

비비는 지난 몇 달 동안 데이트를 모두 사절하고 주말 밤을 틴지와 함께 보냈다. 두 사람은 침대에 나란히 누워 콜라를 마시고, 쥬느비에브가 근처에 없을 때는 실컷 소리 내 울었다. 이런 밤에는 늘 캐로와 네시가 위로방문을 했으며, 종종 틴지의 남자친구 칙이 들르기도 했다. 칙은 늘 야야들에게 기꺼운 맘으로 헌신했다. 당시 두 소녀가 잠옷 바람으로 서로 부둥켜안은 채 누워있는 걸 다들 그러려니 하고 쳐다보았다. 두 사람은 그렇게 꼭 붙어 있다가, 자리에서 일어나 몸을 움직이고 대화를 나누고 애써 뻥 뚫린 가슴을 감추려 했다.

그들 사이에 끼어들어 잭에 대한 환상을 깨뜨린 사람은 다름 아닌 버기였다. 비비는 당시 엄마의 행동에 대해 남은 평생 감사의 마음과 증오의 마음을 동시에 품게 됐다.

잭의 사망소식이 있고 나서 세 달이 조금 넘은 어느 토요일 밤, 버기가 갑자기 문을 두드리더니 침실문을 벌컥 열었다. 침대에 누워있는 두 사람 주위로 신문지가 어지럽게 널려 있었다. 그즈음 레지스탕스 소식을 듣기 위해 《손튼》 신문은 물론 《베이튼 루즈 데일리 애드버킷》과 《뉴올리언스 타임스-피커윤》을 샅샅이 뒤지는 것이 그들의 주말 일과였다.

버기는 깃이 높이 올라간 잠옷 위에 가운을 걸치고 있었다. 한 손에는 불이 켜 있지 않은 성소용 초가 들려 있었다. 비비는 불시에 들이닥친 엄마를 발견하고 놀라 경악했다. 딸의 침실에 들어온 적이 거의 없기 때문이었다.

"비비?" 버기가 말했다.

"네?"

"괜찮니?"

비비는 고개를 끄덕였다. "예. 괜찮아요."

"뭐 필요한 거 없어? 땅콩버터 퍼지 준비해놨는데."

"아니, 됐어요. 방금 콜라 마셨어요."

"비비, 이거 봐." 틴지가 신문을 들고 소리쳤다. "프랑스 리용 외곽에서 철로폭발 사고가 일어났대. 레지스탕스가 한 게 분명해."

비비는 정신을 잔뜩 집중시킨 채 기사를 읽어 내려갔다.

"잭을 처음 발견한 게 리용 레지스탕스예요." 틴지가 버기에게 설명했다.

"쉬이이….!" 비비는 쥬느비에브처럼 잭의 '구출'에 대한 믿음을 여지없이 드러내면서 틴지에게 조용히 하라고 일렀다.

버기는 한순간 문가에서 주저하며 서 있다가 이윽고 침대로 다가와 모서리에 앉았다. "자료를 찾느라 정신없구나." 그녀가 어색한 목소리로 물었다.

"점차 나아지고 있어요." 비비가 대답했다.

"할 게 많아요." 틴지가 말했다. "엄마 말이 하루에 네 시간씩 자료를 찾아야 한대요."

버기는 고개를 끄덕거렸다. 딸에게 일어나고 있는 일들이 내심 걱정스러웠지만 뭘 어찌 해할지 갈피를 잡을 수 없었다. 그저 눈앞에서 기사에 골몰한 채 붉은 펜으로 줄을 긋고 가위로 기사를 오려내는 딸의 모습을 가만히 지켜볼 뿐이었다.

"리용 파일 좀 줘봐." 비비가 틴지에게 말했다.

틴지는 커다란 봉투를 집어들어 건네주었다. 그것은 쥬느비에브가 점점 늘어나는 자료를 보관하기 위해 은행에서 가져온 것이었다.

비비가 봉투를 집으려 몸을 굽혔을 때 하나로 질끈 묶여있던 말총머리에서 머리카락 한 올이 얼굴로 흘러내렸다. 머리칼을 뒤로 막 넘기려 할 때 놀랍게도 버기가 한 손을 딸의 뺨에 지그시 댔다. 비비가 그 어색한 자상함을 감지할 만큼 길지는 않았다. 비비는 고개를 들고 물었다. "초는 왜 가져왔어요?"

"오늘밤 같이 기도하고 싶어할 거 같아서. 아주 짧게…." 수줍어 우물거리는 목소리였다.

비비가 틴지를 바라보자 그녀가 어깨를 으쓱했다.

"예. 같이 기도해요."

버기는 가운 주머니에 손을 집어넣어 성냥을 꺼냈다. 이어 초에 불을 붙이고는 침대 옆의 테이블에 내려놓았다. 버기는 침대 옆에 무릎을 꿇고 기도하기 시작했다.

"복되신 마리아여." 그녀는 그 옛날 성모미사에서 쓰이던 언어로 조용히 기도했다. "가브리엘의 인사 받으신 동정녀여, 나약한 자들의 빛이시며 밝은 빛으로 빛나는 어둠 속의 별이며, 고통받는 이들을 위로하는 분이시여, 당신 자녀들이 겪는 고통을 알고 계실 겁니다. 우리의 고통을 당신 가슴에 받아들여 이를 축복해주소서. 다정하시며 부드러운 성모 마리아님, 간절히 구하오니 우릴 위로해주소서. 슬픔에 빠진 저희와 함께하소서. 밝은 빛으로 빛나시는 마리아님, 당신의 사랑의 품에 안긴 잭 위트먼의 영혼을 부디 기억하소서. 우리가 사랑한 뉴튼 잭 위트먼을 잊지 마소서."

버기는 기도를 하면서 딸의 마음을 온통 사로잡고 있는 쥬느비에브의 망상을 철저히 부서뜨리고 있었다. 침대 옆의 촛불이 희미하게 팔락거리고 있었다. 그 작은 불길이 비로소 비비를 고통에서 해방해주고 있었다.

그날 밤 고통의 실체를 깨닫게 된 비비는 더욱 커다란 고통을 겪게 됐다. 꿈속에서 쥬느비에브의 환상을 날려버리게 되면서, 다음 날 잠깨었을 때 잭의 상실이 현실이 돼버린 새로운 세상에 내던져진 것이다.

비비와 틴지는 드디어 잭이 살아있다는 사실을 현실로 받아들이기 어렵다는 결론을 내리고 쥬느비에브를 설득하려 들었다. 하지만 그녀는 이를 완강히 거부했다. "상 오껭 두뜨(틀림없어), 틀림없어." 쥬느비에브는 그 말이 환상을 현실로 만드는 마법의 주문이라도 되는 양 거푸거푸 중얼거렸다.

비비는 틴지의 집으로 들어가면서 이 모든 장면들이 떠올랐다. 50년이란 세월이 어쩜 이리도 빠르게 지나갈 수 있을까? 얼마나 많은 시간이 무관심하게 흘러갔던가!

프랑스산 뽕나무가 널따란 정원을 둘러싸고 있는 담장 가에 줄지어 늘어서 있었고, 거무스름한 잔디와 아름드리 동백나무가 원형 진입차도 주위를 둥글게 에워싸고 있었다. 오래 전에 쥬느비에브가 손수 심은 것이었다.

'잭 위트먼의 영혼을 잊지 말자. 우리 모두 사랑한 뉴튼 자크 위트먼을 영원히 기억하자.' 비비는 차문을 열면서 맘속으로 기도했다.

잠시 후 비비는 틴지와 함께 뒤뜰 테라스에 앉아 오래도록 곰삭은 우정을 나누고 있었다. 격자 울타리에는 푸른 인동덩굴이 넝쿨져 매달려있었다. 인어석상이 시원스런 물줄기를 뿜어내는 분수대 주위에는 칼라디움과 봉선화, 코끼리귀 나무가 화사하게 장식하고 있었다. 테라스도, 풀장도 모두 오래된 것이다. 감정이란 문명과 야생의 신중한 균형 상태 아닐까?

"스크랩북과 시다 때문에 쥬느비에브가 생각났어." 비비가 먼저 입을 열었다.

틴지는 잠시 가만히 입 다물고 있다가 말했다. "틀림없어?"

"맞아, 그 말." 비비는 고개를 끄덕이면서 혼자만 그 기억을 품은 게 아니란 사실에 안도감이 들었다.

그때 칙이 술잔이 담긴 쟁반에 들고 와서는 두 여자의 기분을 조심스럽게 살폈다. "필레미뇽 만들어 줄까?"

"한 시간만 내줘, 여보." 틴지는 애교스럽게 키스를 날리면서 부탁했다.

"상 무아?(자기들끼리만?)" 그는 오래된 두 친구를 바라보면서 물었다.

"응. 상 무아." 비비가 미소 띤 얼굴로 대답했다.

"필요한 거 있으면 불러주십시오." 그는 과장된 포즈로 절하면서 말했다. "소인은 이만 샐러드를 만들겠나이다. 신선한 야채샐러드."

비비와 틴지는 잔을 집어들고 한동안 가만히 앉아 있었다. 잔디 스프링클러가 쉭쉭 하는 소리, 풀장 밖으로 찰랑찰랑 넘실대는 물소리, 점차 목청을 높여가는 귀뚜라미 울음소리, 분수대의 졸졸거리는 물소리, 이 모두가 한데 섞여들고 있었다. 초저녁 햇살이 풀장의 물 위를 비추는 가운데 비비는 버번을, 틴지는 진을 목안으로 넘겼다.

'틀림없어'란 한 구절에 얼마나 많은 의미가 담겨있는지 참으로 놀랍기만 했다. 그것은 쥬느비에브의 기나긴 쇠락을 또렷이 기억나게 해주었다. 잭의 죽음을 받아들이지 못하는 그녀의 태도. 한밤중에 백악관에 거는 전화들. 잭의 귀환을 계획하기 위한 철야 '전략회의'. 이윽고 전쟁이 끝나고 떨리는 가슴을 안고 프랑스로 건너갔을 때 당연히 아들의 흔적은 어디에도 없었다. 처절한 절망감과 당혹감 그리고 비뚤어진 심사만이 남았을 뿐이었다. 이어진 몇 년 동안 침실에 틀어박혀 밖에 나오지 않으면서 그것은 약물중독으로 이어지게 되었다.

"스크랩북엔 없던 것들이었지. 그 잘나빠진 물건. 군번표." 비비가 냉소적으로 내뱉었다.

틴지가 날카롭게 숨을 들이켜는 소리가 들렸다.

"오, 뭔가 있었다면. 군번표나 군화, 성 주드 스카풀라리오* 같은 거. 물증이 될 만한 거, 작은 뭐라도 있었다면 마망이 현실을 더 쉽게 받아들였을 텐데. 종교재판소장인 내 맏딸한테 '야야 시스터즈의 신성한 비밀'을 보냈어. 하지만 그 애에게 준 게 별로 없어. 줄 수가 없어. 나 자신을 줄 수가 없어."

비비는 깊이 한숨을 쉬었다.

"빌어먹을 담배 없어? 담배를 끊은 거 알지만 기분은 낼 수 있잖아." 비비가 말했다.

---

스카풀라리오 수사의 어깨에 걸치는 옷 ─ 옮긴이

틴지는 자리에서 일어나 야외주방에 딸린 창고로 걸어갔다. 이어 은색 담배 케이스를 들고 오더니 뚜껑을 열어 비비에게 건넸다. 비비는 담배 두 개비를 집어들어 하나를 틴지에게 건네주었다.

"불붙일까?" 틴지가 물었다.

"칙에게 들키면 어떡해." 비비가 어린애 같이 겁먹은 목소리로 물었다.

"벌써 알고 있어."

"그럼 붙여."

틴지는 테이블 위에 놓여있던 성냥으로 불을 붙여주었다.

"요즘엔 담뱃불을 붙일 때마다 캐로를 위해 '구원하소서, 성모 마리아여'라고 기도하곤 해." 틴지가 말했다.

비비는 시선을 돌려 친구를 가만히 쳐다보았다. 여전히 아담한 멋이 있었다. 세련된 스타일의 검은 머리칼을 적당한 양의 은발이 드러나도록 정성스럽게 염색했다. 검은 민소매 아래에는 붉은 실크 바지를 입고 있었다. 자그마한 발에는 흑백의 발목에 끈을 매는 에스퍼드릴을 신고 있었다. 비비는 담배를 피우면서 친구의 자그마한 손에 내리쬐는 햇살을 유심히 지켜보았다.

"마망." 틴지는 그 단어가 주문이라도 되는 양 경외심을 담아 말했다. "우리가 엄마한테서 도망칠 구멍은 없어. 더 이상 도망치기도 싫고."

비비는 풀장에 이어 분수대 쪽을 물끄러미 보면서 생각했다. '엄마로부터 도망칠 운명이 아닐지 모르지. 이 얼마나 소름끼치는가.'

불현듯 머리에 터번을 두른 쥬느비에브가 신나게 춤추고 노래하면서 가재찜을 요리하던 모습이 떠올랐다. 손때 묵은 테라스와 그녀의 웃음소리와 불경스런 눈빛의 쥬느비에브의 모습이 생각났다. 통나무 배 경주와 뜨거운 부댕(소시지)과 꼬숑 드 래(젖먹이 돼지 구이), 새벽 네 시 반에 어부의 미사를 참석하러 가는 길에 진한 블랙커피를 마시고 가라며 야야들을 집으로 잡아끌던 그녀. 끔찍한 수녀원 학교 소굴에서 빼내준 그녀. 쥬느비에브 위트먼이 없었더라면 비비 워커의 삶은 180도 달라졌으리라.

"쥬느비에브가 있었다면 시다, 고게 골칫덩이가 되진 않았을 텐데." 비비가 한탄하듯 말했다.

"헛다리짚지 마. 시다가 태어나기 오래 전부터 마망은 이미 어둠 속에 숨어들었어."

그게 사실인 건 알지만 딸이 위대한 등대와도 같았던 여자를 알고 지냈으면 얼마나 좋았을까 하는 아쉬움을 쉬이 떨쳐내기 힘들었다. 왜 기억이란 봇물 터지 듯 그렇게 물밀듯이 밀려나오는 걸까? 나이 때문인가? 딸내미와 벌이는 힘겨운 싸움 때문인가?

담배를 피우면서 비비는 시다와 쌍둥이 형제를 임신했을 당시 쥬느비에브와 함께 보내던 시간을 떠올렸다. 쥬느비에브의 컨디션이 좋을 때 야야 시스터즈는 그녀의 침실에서 오후 내내 시간을 보내기도 했다. 당시 비비는 임신 6개월째라 몸집이 거대했고, 틴지는 넉 달째임에도 불구하고 별반 임신한 티가 나지 않았다. 둘 째 아이를 가진 네시는 온몸이 퉁퉁 불어 있었다. 가장 불룩한 배를 자랑하는 캐로는 말처럼 강인하고 튼튼했다. 네 여자는 뭍에 오른 돌고래 꼴을 하고서 쥬느비에브 곁에 옹기종기 모여앉아서 설리가 갖다준 샌드위치를 먹고 블러디메리를 홀짝거렸다. 상태가 좋은 날에, 이상야릇한 술집 주인인 쥬느비에브의 침실은 더 없이 화기애애했다.

그녀의 숱 많은 검은 머리칼은 정수리에 틀어 올려져 있고, 손톱은 말끔하게 손질돼 있었다. 잠옷 위에는 멋들어진 재킷을 걸치고 있었다. 침대맡 테이블에는 오만가지 약병이 널브러져 있었다. 침대 주위로 그녀가 좋아하는 프리지어 꽃이 달콤한 향내를 내뿜고 있었다. 그녀는 조금도 지루해하지 않고 야야 임산부들이 늘어놓는 시시콜콜한 얘기들을 죄다 들어주었다. 그런 연후에는 남부 사투리를 써가며 어려서 배운 민간요법들을 자세히 일러주었다.

"악귀를 쫓아내려면 젖니 날 때 악어이빨로 만든 목걸이를 잘근잘근 씹게 해. 악귀들한테 본때를 보여주는 거지! 또 가재로 아기 잇몸을 문지르면 이가 쉽게 나."

"명심해." 쥬느비에브는 목을 빼며 듣고 있는 야야들에게 일러주었다. "언젠가 계집아이는 아픔을 겪으며 성숙해진다는 거."

기분이 한없이 꿀꿀한 날에는 침실 스탠드조차 켜놓지 않았다. 그런 날 방 안은 칠흑같이 깜깜했다. 나락에 빠진 그녀는 불빛을 보면 경기를 했다. 그런 저조한 날은 몇 주로 이어지다가 이내 몇 달로 연장되었다. 이윽고 틴지 만이 그 방에 들어갈 수 있도록 허락받는 지경까지 이르렀다.

시다가 태어난 지 한 달 조금 넘었을 때, 비비는 딸내미를 보여주기 위해 쥬느비에브에게 잠시 들렀다. 쌍둥이 형제를 잃고 나서 처음으로 나선 외출이었다. 당시 그녀는 심한 우울증에서 벗어나려고 발버둥치던 중이었다. 사실 쥬느비에브에게 들른 이유는 시다의 대모가 되어 달라고 부탁하기 위해서였다.

캐로가 비비와 아기를 위트먼 댁까지 데려다 주었다. 집에 도착했을 때 하인 셜리가 현관에서 그들을 반갑게 맞아주었다.

"비비 양, 캐로 양, 거실에서 잠시 기다리겠어요?"

잠시 후 지친 표정을 한 틴지가 아래층으로 내려왔다. 만삭이 된 아랫배는 사춘기 소녀의 스커트 속에 커다란 배구공을 집어넣은 양 부풀어 있었다.

"지금 주무셔. 미안해. 별로 컨디션이 안 좋아."

"자고 있는 거야, 아님 또 주사 맞은 거야?" 캐로가 물었다.

"주사." 틴지가 작게 소곤댔다. 그녀는 아기를 덮고 있던 담요를 살짝 들춰서는 엄마 품에 곤히 잠들어 있는 아가의 얼굴을 쳐다보았다.

"속눈썹 죽인다."

"아빠 닮았어." 비비가 말했다.

"아가야." 틴지가 어린 시다에게 조용히 속삭였다. "마망이 대모가 못 돼줄 거 같다." 이어 아기의 자그마한 머리 위로 담요를 덮어주었다. 누군가에게 아기 얼굴을 보여주는 것을 참을 수 없다는 듯 전광석화처럼 재빠른 동작이었다.

"비비, 캐로한테 부탁해봐."

"마망이 세례받는 자리에 안 나와도 상관없어. 그저 그녀가…."

"그만 얘기하자, 비비. 제발." 틴지가 애원했다.

"마망한테 시다를 보여도 될까?" 비비가 물었다.

틴지는 더 이상 참을 수 없다는 듯한 표정을 지었다. "미안해, 비비."

시다는 쥬느비에브 세인트 클레어 위트먼을 직접 대면한 적이 한 번도 없었다.

시다의 세례식이 있은 지 한 달 후, 비비는 체크무늬 담요를 펼쳐놓은 침대 위에 누워 있었다. 옆에는 갓난아기 시다가 열심히 젖병을 빨고 있었다. 비록 잠시뿐이지만 죽은 쌍둥이를 신의 품에 넘겨주고 현실로 돌아오게 되는 그런 순간이었다. 지금 남편은 부엌에서 위스키를 만들고 크래커 위에 얹을 치즈를 자르고 있었다. 그때 칙으로부터 전화가 걸려오는 것 같았다.

남편 목소리를 어렴풋이 들을 수 있었지만 무슨 말을 하는지 이해할 순 없었다. 벌써 갓난아기와 함께 달콤한 꿈나라에 가 있었기에. 곧 남편이 에피타이저를 갖다주겠지. 스테이크도 만들어줄 거야. 아기 낳은 산모는 예뻐 보인다는 데 이 몸도 그럴 테지.

"어여쁜 나의 베이비." 셉이 버번을 들고 방 안으로 들어오며 살갑게 불렀다.

"당신이 베이비죠." 그녀가 침대 모서리를 톡톡 두드리며 말했다. "앉아요."

비비는 단출한 가족이 나약한 자신을 꼭 붙들어줬으면 하는 바람이었다. '내겐 잘생긴 남편과 깨물어주고 싶을 만큼 귀엽고 건강한 빨강머리의 아기가 있어. 쌍둥이를 잃고 악마와 전쟁을 치르곤 있지만 오늘 저녁 누가 뭐래도 난 주인공이야.' 비비는 스포트라이트가 자신의 머리 위를 환히 비추고 있음을 피부로 느낄 수 있었다.

"요 귀여운 것 좀 봐. 한번 봐요." 그녀가 셉에게 속삭였.

비비는 술을 한 모금 마시고는 침대 옆 테이블에 올려놓고 아기에게 소곤거리기 시작했다. "커다란 눈망울과 오뚝한 콧날, 귀엽게 오물거리는 입술. 앙증맞은 발가락 열 개와 손가락 열 개, 오동통한 다리를 갖고 있지. 앙, 깨물어주고 싶어."

셉은 잠시 갓난아기를 쳐다보더니 곧바로 아내의 얼굴로 시선을 옮졌다. 쌍둥이 형제가 죽고 나서 오랜만에 맛보는 이 달콤한 행복을 망치고 싶지 않았다.

"그 착한 프랑스 숙녀가 우리 곁을 떠나갔어, 여보." 작게 우물거리는 목소리였다.

비비는 그의 말을 건성으로 흘려듣고 있었다. 그저 아가의 달짝지근하고 뽀송뽀송한 세상에 흠뻑 빠져들어 있었다. 아가의 오물거리는 입에 젖병을 물려주고는, 젖병을 비우면서 졸음으로 눈이 스르르 감기는 모습을 가만히 지켜보고만 있었다.

그때 셉이 몸을 숙여 아기를 안으려 했다. 막 자그마한 등 아래 한 손을 집어넣으려 할 때였다.

"아직 데려가지 말아요. 그냥 놔둬요. 나중에 트림 시켜줘야 하니까."

보통 아기에 관한 일이라면 아내 말을 순순히 따르던 셉이었다. 아내의 지시나 허락 없이는 아기를 건드리지도 않았다. 그런 그가 이번에는 아기의 등에 손을 집어넣은 채 잠시 주저하고 있었다. 결국 그는 비비의 손에서 젖병을 뺏어들더니 아기를 번쩍 안았다.

"왜요? 직접 먹이려고요?"

셉은 한 손으로 시다를 안고 서있었다.

비비는 기분 좋게 자리에 일어나 앉아 남편에게 농담을 걸려고 했다. "여보, 쥬느비에브가 죽었어." 그는 아내를 조심스럽게 쳐다보면서 말했다.

순간 입안에서 비릿한 금속성 맛이 느껴졌다. 그녀는 자리에서 벌떡 일어섰다. '이상하다. 쌍둥이가 죽었을 때도 이렇지는 않았는데. 잭이 죽은 뒤로 이런 비릿한 맛은 처음이야.'

"뭐라고요?" 그녀는 내키지 않으면서도 재차 물었다.

셉은 품안에 안긴 아기를 가만히 내려다보았다. 아내에게 마땅히 해줘야 할 그 말을 전하고 싶지가 않았다. "정말 유감이야. 악어들이 그녀를 집어삼킨 거 같아."

비비는 졸음에 못 이겨 하는 딸의 눈을 내려다보았다. 한순간 딸의 얼굴이 어디론가 '뿅' 하고 사라져 버렸다. 아기의 커다란 다갈색 눈동자에 반사되고 있는, 충격으로 반쯤 넋이 나간 얼굴만이 눈에 들어왔다.

"괜찮아, 여보? 뭐 도와줄까?" 셉이 물었다.

비비는 고개를 저었다. "됐어요. 아기한테 우유 먹이고 트림 시켜줘요. 기저귀도 봐주고요. 난 침실에 가 있을게요. 잠시 혼자 있고 싶어요."

비비가 몸을 돌려 방을 나가자 갑자기 아기가 와락 울음보를 터뜨렸다. 셉은 아기를 번쩍 들어올려서 아기의 몸이 얼굴 바로 위까지 올라오게 했다. 왜 우는지 도통 이유를 알 수 없었다. 어떻게 하면 울음을 그치게 할 수 있는지 감감했다.

"꼬맹이, 뭐가 문제야? 넌 아빠 눈을 쏙 빼닮았어. 알지? 엄마 목소리와 아빠 눈을 닮았다고."


"얘기 좀 할 수 있어?" 비비는 신발을 훌훌 벗어 던진 채 거실 의자에 길게 누워 있는 틴지에게 물었다.

"얘기 좀 할 수 있냐니? 우리가 아름다운 미모를 벗어 던질 유일한 방법이 수다 떠는 거잖니."

"성모성심 교회를 용서 못 했다는 걸 이제야 깨달았어. 용서한 줄 알았는데 아니었어. 마망이 성모성심 묘지에 묻히는 걸 허락해야 마땅했다고."

"거긴 수면제와 술을 마지막 탈출구로 여기는 사람을 무지 싫어하잖아." 거친 말투에도 불구하고 목소리는 허약하기 짝이 없었다.

"그동안 미사에 꼬박꼬박 참석했어. 넌 아니지만 난 그랬어. 캐로도 고해성사를 그만뒀지. 그래도 난 네시처럼 모든 걸 계속해왔어. 딸년이 날 히틀러 엄마라고 만천하에 광고를 내고 나서 고해성사 신부를 여러 차례 바꿔야 했을 때에도 말이야. 고해성사 후 2분 30초 동안 느끼는 홀가분한 기분에 평생 속아온 게 억울하고 분해. 트럭에 치여도 멀쩡할 거라는 그 기분에."

"내 스트립 쇼가 치명적인 죄악이란 대답을 들었을 때 난 일찌감치 포기했어." 틴지가 말했다.

"나보다 똑똑하구나."

틴지가 그 말에 밝게 소리 내 웃었다. "장님 세상에선 근시가 왕이거든."

틴지는 술을 한 모금 들이켠 후에 계속 말을 이었다. "나 안 똑똑해. 하지만 마망이 날 사랑한 건 알아. 물론 날 사랑해서 자살한 건 아냐. 아빠가 오빠를 사지로 내몰았다고 믿기 때문에 자살한 거지. 일기에 그렇게 적혀있었어. 엄마가 가장 벌주고 싶은 사람은 아빠였어."

틴지는 가볍게 한숨을 내쉬고는 술을 홀짝 마셨다.

"오빠 보고 싶어?" 비비가 물었다.

"매일 그리워. 물론 너하곤 다른 감정이지. 잭은 내 오빠야. 난 사랑하는 그 남자와 같이 살았어."

"눈을 감으면 아직도 잭의 얼굴이 선해. 코트에서 뛰던 모습, 스프링 강가의 그네에서 펄쩍 뛰어내리던 모습. 틴지, 아직도 모든 게 생생해…. 걸프코스트 생각나?"

비비는 잠시 말을 멈추고 시선을 다른 곳으로 돌렸다. "이런, 내가 미쳤나봐. 멍청하게 굴긴. 아마 난 고등학교를 절대 졸업 못할 저능아인가."

"오빠는 너의 단 하나뿐인 사랑이었어, 비비."

"맞아." 비비는 버번을 한 모금 들이켰다. "죽기 전에 그의 향취를 한번이라도 맡을 수만 있다면 죽어도 여한이 없어."

"내가 용서하지 못하는 게 그거야."

"뭐?" 비비가 되물었다.

"신이 잭을 데려갔어. 물론 일본군을 박살내고 히틀러를 끝장낸 게 자랑스러워. 하지만 오빠가 왜 그런 전쟁에서 벌레처럼 죽어야 하니? 베트남 전에 반대하는 젊은것들 심정이 이해가 가. 흥, 애국심? 말짱 사기야. 진실한 사랑이야말로 거짓이 아니지."

"가톨릭 교회와 미국 군대가 야야 시스터즈에게 크게 실수한 거야." 비비가 말했다.

그때 거실과 테라스를 연결하는 프랑스식의 문을 지그시 열면서 칙이 말했다. "가톨릭 교회와 미국에 맞서 음모를 획책하는 거야? 여보, 제발 FBI한테 그만 시달리고 싶어."

틴지와 비비가 그 말에 와락 웃음보를 터뜨렸다.

"엉뚱하긴. 마리네이드*는 잘 돼가?" 비비가 물었다.

"이제부터 날 줄리아 차일드라고 불러줘." 칙은 프랑스 요리의 대모인 줄리아 차일드 목소리 흉내를 내며 말했다. "신선한 자극이 필요

---

마리네이드 식초 및 포도주에 향료를 넣은 양념에 절인 고기 — 옮긴이

하십니까?"

"위, 위, 실 부 쁠레(물론, 물론, 제발 그렇게 해줘). 벌써 먹을 준비 됐다고. 도와줄까?"

"아니, 혼자서 가능해. 여러분은 가만있으세요. 난 내 일을 즐기고 있답니다."

"사랑해, 자기." 틴지는 자리에서 일어나 남편 볼에 가볍게 키스하고는 다시 앉았다.

칙이 안으로 들어가자 비비의 눈이 틴지와 딱 마주쳤다. "얼마나 됐지?"

"거의 황금기(50년)가 됐지."

"너희는 처음부터 황금기였어." 비비가 말했다.

"내내 곁을 지켜준 사람이야. 물론 말 안 해도 알겠지만. 칙이 없었다면 오빠와 엄마를 그렇게 보내고 나서 미쳐버렸을 거야. 칙과 너희 세 사람이 없었다면."

비비는 친구의 얼굴을 물끄러미 바라보았다. "복 받은 거야."

"복 받았지. 누구도 이 '쁘띠 까까'(귀염둥이)를 힘들게 안 하니까. 돈 걱정 없이 사는 것도 큰 복이지. 자식들의 결혼생활이 삐걱거렸을 때도 우린 끄떡없이 견뎌냈어."

"시다에 대해 걱정하는 것도 그거야. 그 애가 내 결혼생활에서 본 것들 말이야."

"비비, 너희 부부도 헤어지지 않고 잘 살고 있잖아."

"너희 부부 같은 적은 한 번도 없었지. 뭐 별로 놀랄 일도 아니겠지만."

그때 칙이 시원한 칵테일을 들고 테라스로 들어오는 바람에 잠시 대화가 중단됐다.

"정말 사랑스런 웨이터로군요. 얼마면 될까요?"

그는 대답 대신 아내에게 살짝 윙크를 던지고는 다시 안으로 들어갔다.

비비는 술을 한 모금 들이켜고는 술기운이 온몸으로 퍼져나가도록 했다. "참, 오늘 보름달 뜨는 날이지?"

"낸들 아니." 틴지가 두 사람의 담배에 불을 붙이면서 말했다. "한 달 내내 만월인 거 같은 때도 있어. 폐경기에 접어들면 좀 평화로워지려나? 농담이야, 농담."

틴지가 불붙인 담배를 건네줄 때 그들은 동시에 외쳤다. "추잡한 달거리 행사."

이어 두 사람은 담배를 한 모금 맛나게 빨았다.

"남편과 자고 있을 때 꿈을 꿨어." 비비가 말했다.

그녀는 잠시 말을 끊고는 이대로 계속 이어가도 괜찮은지 알아보고자 틴지의 낯빛을 조심스레 살폈다. 틴지가 이내 고개를 끄덕이자 말을 계속 이었다.

"잭이 예의 그 여유만만한 미소를 짓는 거야. 너도 알지, 그 미소? 농구코트에서 살인미소를 던지고 있었어. 몸을 돌려 미소를 지었지. 강인한 턱 선과 숱 많은 검은 머리칼이 보였어. 자면서도 당시 기분을, 사타구니 안이 후끈거리고 가슴이 콩닥거리는 걸 느낄 수 있었어. 난 옆가르마 탔을 때 버릇처럼 그랬듯이 눈가로 흘러내린 머리칼을 치우려고 고개를 숙였어. 다시 고개를 들었더니 잭의 턱이 날아가 버린 거야. 매번 그래."

비비는 버번을 한 모금 마시고는 풀장을 뚫어지게 응시했다. 이어 깊이 심호흡을 한 번 하고는 다시 말을 이었다. "언젠가 자다 깨어났는데 셉이 날 안고 있더라. 자리에서 일어나더니 술을 침대로 갖다줬어. 자상한 마음에 뭉클했지. 하지만 자면서 왜 훌쩍였는지는 말하지 않았어."

비비는 얼굴을 찌푸린 채 담배를 깊이 한 모금 빤 뒤에 천천히 연기를 내뿜었다. "애들한텐 못 숨기겠더라. 시다는 내가 제 아빠한테, 사십 넘은 남편한테 뭔가 감추고 있다는 걸 알고 있어. 우리 결혼이 시든 덩굴 같다는 거. 내가 귀한 보물을 가슴속에 꽁꽁 감춰두고 있다는 거. 곁에 없어도 다 알더라고."

"너무 자학하지 마." 틴지가 말했다.

"아니, 그런 거 아냐." 비비는 강한 어조로 부인했다. "난 잭한테 매달린 채 살아왔어. 지난 50년 동안 그 꿈은 날 갈기갈기 찢어 놨다고. 날 유일하게 놓아준 때는 애들이 어렸을 때였어. 그땐 어찌나 그 꿈이 그립던지. 그 꿈을 다시 꾸고 싶었어. 부디 그 꿈이 돌아와 주길 간절히 빌었어. 그리고 실제 그렇게 됐어. 1963년에 악몽 같던 꿈이 복수에 불탄 채 돌아왔어. 마음 한쪽에서는 고마운 맘이 일더라. 그 꿈이 날 송두리째 파괴하는 만큼 내 과거의 일부를 되돌려줬으니까."

틴지는 아무 말도 하지 않았다. 가만히 잔을 내려놓고는 그저 친구 말에 귀 기울일 뿐이었다.

비비는 담배를 비벼 끄며 말했다. "논리적인 내 딸이 이해 못 하는 건 이거야. 왜 이런 문제 때문에 네가 심리치료사한테 수천 달러나 집어줘야 되는지. 지금 이겨내려고 열심히 노력 중이야. 그러니 누군가에게 시간당 백 달러씩이나 집어줄 필요는 없어."

"내가 내는 돈이 지극히 합리적이라고 생각하는데." 틴지가 말했다.

비비는 웃으면서 자리에서 일어나 친구에게 살짝 키스를 했다.

"사랑해, 틴지."

"시다한테 얘기해봐."

"오, 싫어. 안 돼, 절대 안 돼. 그건 내 방식이 아냐. 이건 내가 짊어진 짐이야."

그녀는 칙이 오는지 살피려는 듯 문가로 걸어갔다. "난 이 얘기들이 담긴 짐을 실어 나르고 있어. 짐 위에는 내 이름이 적힌 꼬리표가 붙어있고."

잔 안에 든 얼음을 달그락거리며 그녀가 말했다. "헌데 사랑스런 웨이터는 어디 간 거야? 서비스를 좀 받아야 하는데."

틴지는 그녀를 올려다보며 말했다. "정자가 난자 속으로 파고드는 순간 더 이상 혼자만의 짐은 아닌 게 됐지."

비비는 몸을 옆으로 약간 숙여서 틴지의 몸 너머, 인어의 젖가슴에서 작게 포물선을 그리며 쏟아지는 물줄기를 바라보았다.

"딸 안 보고 싶어?" 틴지가 물었다.

"무척 보고 싶어. 내내 그 애 생각만 해."

"그럼 전화해. 그 애 말을 한번 들어봐. 그 애가 묻는 질문에 대답하려고 애써봐."

"대답할 게 없는 걸."

"그럼 대답 따윈 잊어. 그저 정황을 얘기해줘. 상황을 수습하려고 노력해봐."

틴지는 잔을 뚫어지게 쳐다보다가 얼음 조각을 하나 꺼내 입안에 쏙 집어넣었다.

"얼음 씹지 마. 치아 상해." 비비가 말했다.

"예순여섯 해나 씹어 왔는걸. 그래도 내 치아는 멀쩡해. 말로 표현할 수 없을 만큼."

틴지는 얼음을 와그작와그작 소리 내 씹어 먹으며 비비를 살짝 흘겨보았다.

"왜? 왜 그런 눈으로 봐?" 비비가 물었다.

"시다한테 아무도 병원이라 부르지 않는 병원 얘길 안 하면 내가 할 테야. 나이가 얼마든 엄마를 잃는다는 건 슬픈 거야."

비비는 진심으로 하는 말인지 가늠해보려는 듯 친구를 빤히 쳐다보았다. "자식들 곁을 떠나는 건 처음이 아냐."

"알아." 틴지가 나긋나긋한 목소리로 말했다.

비비는 잠시 지그시 눈을 감았다가 뜨고 친구를 바라보았다. "알았어. 너한테 맡길게. 옳다고 생각되면 해."

"뭐가 옳은지는 몰라. 그저 그냥 손놓고 있는 건 죄란 것만 알고 있어."

"사라 베른하르트* 흉내는 그만 내자." 비비가 틴지에게 손을 내밀면서 말했다.

"그래, 알았어."

되는 대로 유럽식 악센트를 써가며 비비가 물었다. "오늘 상담료는 얼마면 되겠어요, 프로이드 박사님?"

"내 이름은 푸트웰입니다. 푸티 푸트웰(방귀쟁이) 박사."

칙은 '쪽쪽 빨아먹자!' 라는 글자가 새겨진, 가재 그림이 그려진 앞치마를 두른 채 필레미뇽 접시를 들고 테라스로 들어왔다. 눈앞에는

---

사라 베른하르트 《클레오파트라》를 공연한 연극배우 — 옮긴이

나이 든 두 여자가 서로 부둥켜안은 채 미친 사람처럼 울다가 웃다가 하고 있었다. 물론 그 모습에 당황하진 않았다. 이런 모습을 8만 4천 번이나 질리도록 봤으니까.

24

봉투에 적힌 주소는 거의 읽기 힘든 지경이었지만 누구 필체인지는 단박 알 수 있었다. 괴발개발로 써놓은 글씨는 윌레타 로이드의 필체를 닮아 있었다. 오랫동안 시다네 집에서 일한 흑인 보모. 봉투가 투명할 정도로 얇아서 편지지에 적힌 글씨가 밖으로 비칠 정도였다.

1957년 12월 1일

친애하는 비비 워커 양에게,
　편지로나마 캐시미어 코트를 선물해준 데 대해 감사드립니다. 아주 예쁘고 따뜻해요. 소맷단을 늘이니 이제야 잘 맞더군요. 채니와 전 아주 잘 지내고 있답니다. 댁내 두루 평안하시길. 마님과 마님 가정에 행복이 깃들길 바랍니다.

— 윌레타 T. 로이드

스크랩북에 끼워져 있던 다른 편지들과는 사뭇 다른 편지였다. 줄이 그어진 싸구려 편지지에, 어디서 떼어냈는지 윗부분이 너덜거리고 있었다.

월레타는 엄마의 비싼 선물을 받을 만한 자격이 있나? 월레타가 없다면 엄마의 삶도 그리고 내 삶도 불가능했을 것이다. 그녀에게 진 빚이 어찌나 크고 다양한지 절대 그 값을 산정해낼 수가 없었다.

시다는 편지가 쓰인 날짜를 곰곰 되짚어보았다. 무슨 바람이 불어 일개 보모에게 고급 캐시미어 코트를 선물했을까? 월레타가 입고 다니던 크림색 롱코트가 이 감사편지에 적힌 코트였나? 시다는 편지를 들고 부엌으로 갔다. 탁자에 기댄 채 뭘 좀 먹어야겠다는 생각을 했다. 문득 월레타만의 독특한 향취가 떠올랐다. 세제 냄새, 립튼 홍차 냄새. 먹여주고 입혀주고 '섬세한 옷가지들'을 직접 손빨래해주고, 같이 놀아주고 노래를 불러주고, 자상하게 귀 기울여주던 풍채 당당한 흑인여자의 얼굴이 떠올랐다. 휘갈겨 쓴 월레타의 편지가 떠올랐다. 전화통화를 할 때마다 월레타가 해주던 말이 생각났다. '피칸그로브에서 아가씨를 그리워하고 있답니다.' 거구의 몸집과 북미 인디언의 피가 섞인 얼굴이 생각나면서 한때 친엄마와도 같았던 그녀가 몹시도 그리워졌다.

월레타는 시다가 세 살이었을 때 시간제로 봐주다가 몇 년 후 정식 보모가 됐다. 단순히 보모란 말로 월레타와 시다와의 끈끈한 관계를 표현할 순 없었다. 어쩔 수 없이 자기 자식보다 남의 자식을 돌보는 데 더 많은 시간을 할애해야 했던 그녀는, 보잘것없는 급료에도 불구하고 시다를 무척 애지중지했다. 낮 동안에, 가끔은 밤중에도, 아이를 돌봐주며 받는 값치고는 형편없었는데도 말이다. 그녀는 워커 댁에서 다소 떨어진 허름한 집에서 남편과 두 딸과 함께 살았다. 부모님이 마땅히 나눠줘야 했던 애정을 시다에게 쏟아 부으면서.

인종차별이 횡행하던 그 시절, 백인 아이들은 일정 나이에 이르게 되면 자신을 길러준 흑인 보모와 정을 끊어내는 것이 무언의 규칙이었다. 대신 그 애정을 시건방지고 도도한 권위의식으로 대체시켰다. 얇은 베일 뒤에 감춰진 백인 어머니의 불타는 질투심이 보모로 고용된 여자에게 갖는 애정을 뿌옇게 흐려놓았던 것이다.

캐시미어 코트가 자꾸만 머릿속에서 어지러이 맴돌았다. 오래 전에 문가에 서 있던 엄마 모습을 꿈속에서 본 적이 있었다. 엄마는 코트 앞섶을 풀어헤치고 있었는데 속에는 실오라기 하나 걸치지 않고 있었다. 마치 칼 침대 위에 떨어진 듯 온몸에는 심각한 자상이 나있었다.

시다는 통나무집 부엌에 서서 윌레타가 손수 요리해준 맛깔스런 음식들을 하나씩 떠올렸다. 오크라 수프, 토마토를 얹은 쌀밥, 양파를 듬뿍 얹은 포크찹, 버터와 벌꿀을 끼얹은 고소한 비스킷. 갑자기 윌레타가 만들어준 요리가 먹고 싶어 미칠 지경이었다. 지방과 콜레스테롤로 뒤범벅된 음식, 그녀를 고통에서 해방해줄 음식이.

애석하게도 지금 시다는 식탁 위의 바구니에서 사과를 하나 집어들 뿐이었다. 테라스로 나간 그녀는 여름 아침의 따스한 온기를 온몸으로 받아들였다. 곧이어 통나무집 주위에 둘러선 키 큰 전나무들을 한동안 목이 떨어져라 올려다보았다. 들고 있던 사과를 한 입 베어 물어 보았다. '난 아무것도 몰라.' 다시 통나무집 주위에 둘러선 전나무들을 한바퀴 빙 둘러보았다. '아무것도 몰라. 상록수의 뾰족한 잎사귀에 내리쬐는 태양의 냄새밖에는.'

25

다음 날 비비는 옷장을 뒤엎고 대대적인 정리 작업에 들어갔다. 잠시 후 보온병에 커피를 담아 옷방으로 돌아와서는 옷걸이에 걸린 옷가지들을 모조리 끌어내려 상자에 나눠 담았다. 윌레타에게 보낼 상자와 가넷 교구 여성쉼터에 보낼 상자, 스포츠클럽에서 같이 운동했던 생기발랄한 20대 여성에게 보낼 상자를 각기 구분해서 담았다. 그 젊은 여성은 윌레타에겐 맞지 않을 대담한 디자인을 좋아한 데다, 여성 쉼터에 보내기엔 지나치게 화려하고 경박했으므로.

옷장 정리를 마친 뒤에는 다락방으로 올라가 고리짝 시절에 입던 옷가지들이 담긴 상자를 하나씩 풀기 시작했다. '연두색 물결무늬 임부복 재킷'이란 글씨가 적힌 상자에 손댔을 때는 잠시 손길을 멈추고 술을 한 모금 들이켰다.

상자를 부엌으로 내려온 뒤에 그녀는 시디플레이어에 '줄리 갈란드의 팔라디움 실황음반'을 집어넣었다. 위스키를 마시고 담배를 한 개비 태운 후에야 상자를 풀었다.

그것은 막내 베일러를 임신했을 당시에 입던, 손수 디자인한 옷이었다. 고급 천을 잘라 재단한 그 옷에는 커다란 모조 다이아몬드 단추가 달려 있었다. 이 옷을 입을 때는 그에 어울리는 귀고리와 검은 바지 그리고 최신 유행하는 금색 벨벳 베레모를 썼었다.

이 옷은 아무리 보아도 쉬이 물리지가 않았다.

그녀는 술잔을 들고 침실로 가서는 창가 의자에 앉아 강물을 물끄러미 내려다보았다.

엄마를 잃는다는 게 쉽진 않구나.

그녀는 무릎 아래에 베개를 끼워놓고 가만히 두 눈을 감았다. 임부복이 모든 기억을 되살려놓고 있었다.

- **1957년 비비**

아, 더 이상 참을 수가 없다.

17일 동안 계속 비가 쏟아진다. 지금은 11월, 뼈 속까지 추위가 스며든다. 추수감사절이 있기 일주일 전, 시댁 식구들이 우르르 몰려와 내 뼈 속을 아프게 도려낸다. 갓난아기 넷이서 먹고 쌀 때만 빼고 연방 빽빽 울어댄다. 한꺼번에 넷이서. 쌍둥이 형제가 죽지 않았다면 다섯이었을 테지. 귀엽고 사랑스럽긴 하지만 넌덜머리가 난다. 아기들은 어느 틈에 식인종이 될 수 있다. 단 일분일초만이라도 방해받지 않고 생각할 수 있도록 누군가 이 애들을 멀리 데려갔음 좋겠다.

네 살 된 시다는 기관지염으로 콜록대면서도 쉴 새 없이 쫑알거리며 질문을 퍼부어댄다. 볼기짝을 한대 갈겨주고 싶다. 응석을 받아줄 시간이 없다는 걸 모르나. 석 달밖에 안된 베일러는 밤새 자지도 않고 빽빽거린다. 세 살 된 리틀 셉은 번개처럼 어디론가 튀어 도통 잡을 수가 없다. 어른보다 더 빠른 속도다. 얄미운 녀석, 현관문을 어떻게 알아서 찻길로 나가 간담을 서늘케 만드는다. 두 살 된 룰루는 끊임없이 먹어댄다. 뱃속에 거지가 들었나보다. 한번만 더 '엄마, 배고파'라고 하면 죽여 버릴 테야.

셉은 전화 한 통 없이 왼 종일 오리사냥 캠프에 나가 있다.

집에 왔을 때 애들 좀 봐달라고 부탁하면 그가 하는 말은 이게 전부다. "잃은 걸 되찾으면 들어올게."

그렇다고 어린 네 괴물이 몸서리나게 징글맞다고 야야들에게 푸념을 늘어놓을 수도 없다. 친구들에게 구질구질한 모습 보이고 싶지 않다. 캐로에게는 한번 털어놓은 적이 있다.

"남편한테 쉴 시간 좀 달라고 해." 캐로가 일러주었다.

문제는 그게 아니었다. 원한다면 베이비 시터를 고용할 수도 있다. 그렇지만 그것으로 충분치가 않았다. 엄마로서의 그 잘난 책임감 때문이었다.

한번은 멜린다는 거구의 흑인 소아과 간호사를 고용했다. 아이들은 그냥 린도라고 불렀다. 그녀는 병원에 있다가 아이들을 돌봐주러 집으로 왔다. 아이들도 점점 익숙해졌다.

나 역시도 익숙해졌다.

멜린다는 베일러를 세 달간 돌봐주다가 그만두었다. 돌봐줄 아기가 있다는 것이다.

난 계속 일해 달라고 애걸했다. 부엌에 서서 매달렸다. "당신이 필요해요, 멜린다. 퀸 부인한테 다른 사람 구해보라고 해봐요. 얼마든지 찾을 수 있잖아요."

"안 돼요. 그 집 아기를 둘이나 돌봐줬던 터라 계속 일해줬으면 해요. 이미 내 방도 마련해 놨어요. 아주 근사한 걸로."

"난 안 그랬단 뜻이에요? 물론 방이 작은 건 알아요. 미안해요. 진짜 침실은 아니죠. 집이 좁은 걸 어떡해요. 원한다면 새 침대도 사고 커튼도 달아줄게요. 원하는 건 뭐든 말해요. 침실이 맘에 안 들 줄 몰랐어요. 침대요? 물론 좋은 침대는 아니죠."

멜린다의 빳빳하게 풀먹인 유니폼이 어찌나 새하얗던지 표백제 냄새가 폴폴 풍길 것만 같았다.

"따로 돌봐줄 아기가 있어요. 여기서 지낼 순 없어요. 그동안 베일러를 돌보며 세 달간 지냈어요. 다른 아기들을 돌보는 것처럼요."

생전 처음으로 어린 괴물들이 쥐 죽은 듯이 잠들어 있었다. 사방이 고요했다. 냉장고에서 나는 낮게 윙윙거리는 소리만 들렸다. 이 흑인 여자에게 애걸하고 싶진 않지만 달리 어쩔 도리가 없었다.

"멜린다, 이렇게 부탁할게요. 제발 있어줘요. 넷을 혼자 돌볼 순 없어요. 제발, 제발 부탁해요. 돈은 원하는 만큼 줄게요. 남편에게 얘기해서 차도 사줄게요. 어때요?"

한순간 멜린다를 설득했다고 생각했다. 그녀가 집에 남을 거라고 생각했다. 그녀와 그녀 가족을 위해 그동안 해준 일을 생각할 때 그대로 남아줄 거라 믿었다.

"직접 돌보세요."

난 양손에 얼굴을 파묻은 채 탁자에 힘없이 몸을 기댔다. 집안 곳곳에서 아기 약 냄새가 풍겼다. 지난 4년 동안 질리도록 맡아온 냄새였다. 아기 약, 아기 똥, 아기 구토물.

멜린다는 아이스박스에서 젖병 세 개를 꺼냈다.

난 말했다. "젖병을 데울 때는 작은 소스 팬을 써요. 참, 얼른 시다한테 젖병을 물려요. 아직 먹을 시간은 아닌데 다른 애들이 깰 때 같이 먹이면 조용할 테니까."

"네, 알았습니다." 멜린다가 대답했다.

심장이 벌름거리고 명치를 한방 세게 얻어맞은 기분이었다. 온몸이 근질거렸다. 어찌나 힘주어 긁어댔는지 살갗이 벌게 있었다. 모든 준비가 돼있다고 그토록 믿었건만. 괴물 넷을 남겨둔 채 멜린다가 곁을 떠날 그 상황에 준비 돼있었다고. 이미 두 아이를 키워냈지 않은가? 임신한 몸으로 셋도 키웠는데. 애들을 잘 다루지 않았던가.

"먹을 걸 만들어 줄까요? 뭔가 드셔야겠어요."

"아니, 됐어요, 멜린다. 나중에 먹을래요. 콜라나 좀 마실래요."

"너무 많이 마셨어요. 식사를 해요."

난 냉동실에서 제빙용기를 꺼내 그 위에 물을 살짝 끼얹었다. 이어 낮고 폭이 넓은 크리스털 잔을 꺼내 얼음조각과 콜라를 가득 채웠다. 콜라는 내 친구였다. 그것은 위장을 진정시켜 주었다. 울렁거리는 위장을 차분히 가라앉혀주는 만병통치약이었다. 콜라를 물 마시듯 들이켜자 남편과 엄마는 콜라병을 남모르는 곳에 숨겨두기까지 했다. 두 사람의 잔소리, 정말 듣기 싫다.

아이들을 태우고 멜라니를 집까지 바래다주었을 때는 날이 벌써 어둑어둑해지고 있었다. 설상가상으로 비까지 세차게 퍼붓고 있었다. 멜라니의 집앞에서 시동을 켜둔 채 차안에 잠시 앉아 있었다. 껑충하게 키가 큰 사내애 둘이 밖으로 뛰쳐나와 멜라니를 맞이했다. 여덟이나 아홉 살쯤 돼 보였다. 어린애가 있을 줄은 미처 몰랐다. 어쩜 손자일지도 모른다. 흑인들과는 말을 섞지 않으니, 모를 일이다.

"멜린다, 제발 마음 좀 돌려요. 가족들하고 여기서 지내요. 밤에 데리러 올게요."

"그 사람들을 실망시킬 순 없어요. 내겐 할 일이 있어요. 생각해보세요. 산달이 다가왔는데 약속을 어긴다면, 어떻겠어요?"

눈앞에서 벌어지는 일이 도저히 믿기지 않았다. 저 얼굴을 후려갈기고만 싶었다. "알았어요, 멜린다. 이해해요. 다신 뭐라 안 할게요."

멜린다는 팁으로 받은 십 달러를 움켜쥐고는 머리 위에 신문지를 뒤집어쓰고 차에서 내렸다.

"메데아, 메데아!" 흑인 꼬마 애들이 소리쳐 부르며 엄마가 든 가방을 받아들고 있었다.

그때 멜린다가 떠난다는 사실을 알아챈 시다가 서럽게 울기 시작했다. "가지 마, 린도!" 그 애는 애처롭게 울면서 차에서 내리려고 바동거렸다.

누군가 아이를 고문하는 줄 알겠어. 흑인 보모가 아닌 진짜 엄마가 떠나는 줄 알겠는 걸.

"쉬이이! 차안에 가만히 있어. 비가 오잖아. 엄마가 인형 사줄게."

시다는 한동안 뒷좌석에서 몸을 뒤틀고 난리를 치더니 어느 순간 리틀 셉과 함께 멜린다를 뒤따라 퍼붓는 빗속으로 뛰쳐나갔다.

세상에나, 지저분한 개 두 마리가 멜린다의 집 현관에 떡하니 버티고 있는 게 아닌가! 광견병 걸린 개한테 콱 물려버려라. 빌어먹을 기관지염이나 앓아라.

"당장 돌아오지 못해! 당장 돌아와!" 내가 으르렁거리며 소리쳤다.

조수석에 누워있던 베일러가 고함소리를 듣고 미친 듯이 울어대기 시작했다. 멜린다가 차에서 내리기 전에 간신히 재워놓았는데. 잠에서 깬 룰루는 벌써 세 번째 젖병을 게걸스럽게 빨아대고 있었다.

"꼼짝 말고 있어, 룰루. 눈도 꿈쩍하지 마."

나는 차에서 내려 진창 바닥에 내려섰다. 이런 제길! 인도가 따로 없는 샘타운에서 고급 스웨이드 구두를 신고 있다니.

파티에 갈 것처럼 요란스럽게 차려입은 한 무리의 흑인들이 멜린다네 현관에 몰려들었다. "와우, 멜린다!" 휘파람을 불어대고 난리였다. "드디어 왔네! 얼마나 기다렸는데! 프라이드 치킨이 접시에서 뛰쳐나와 네 입속에 들어가길 기다리고 있어."

"오우." 멜린다가 현관으로 걸어가는 동안 꼬마 둘이 뒤를 쫄랑거리며 따라가고 있었다. "환영파티가 있을 줄 몰랐네!"

그녀의 말투에서 나와 내 아이들 따윈 안중에도 없다는 사실을 감지할 수 있었다. 우리 따윈 존재하지 않는 듯한 목소리였다.

머리칼에 비를 쫄딱 맞으며 내가 소리쳤다. "멜린다, 아이들이 차에 타게 도와줘요."

"잠깐만요." 그녀는 흑인 꼬마에게 손가방을 건네주며 말했다. "현관에서 기다리고 있어. 곧 갈 테니까."

흑인들이 자기 엄마를 '메데아'라고 부르는 게 늘 놀랍고도 신기했다. 그것은 '마더 디어(어머니)'의 약칭이었다. 어디서 그런 이름을 짓게 됐는지, 불가사의일 따름이다.

멜린다는 시다와 리틀 셉을 양팔에 번쩍 안고 차로 데려왔다. 두 아이는 버둥거리며 악을 써댔다. 저 소리, 지겨워 죽겠어.

"착하지." 멜린다가 애들을 조용히 타이르고는 아이들 옷에 묻은 진흙을 닦아주었다. "그동안 고마웠어요." 그녀는 이 말과 함께 차문을 힘껏 닫았다.

차문을 닫은 멜린다는 불빛이 환히 빛나는, 가족과 친구들이 파티를 준비하고 있는 집안으로 들어갔다.

난 망가진 신발을 신은 채 바락바락 악을 써대는 아이들이 있는 차에 올랐다. 말도 안 되는 얘기겠지만 서운한 맘이 컸다. 이렇게 날 버리고 떠날 거면, 잠시 안에 들어오라고 초대하는 게 도리 아닌가.

"엄마, 어디로 가요?" 시다가 뒷좌석에서 물었다.

"엄마, 햄버거!" 리틀 셉이 말했다. 대체 어디서 그 단어를 배웠는지 모르겠지만, 뉴욕에서 자란 도시 애들처럼 '햄버거'라고 자연스럽게 말하고 있었다.

난 담배에 불을 붙였다. "어디로 갈진 몰라. 잠깐 생각해보자."

시다와 리틀 셉은 천식을 앓고 있었다. 그 애들은 온몸이 뒤흔들릴 정도로 심하게 기침을 해댔다. 기침을 쉴 새 없이 해대서 더 이상 콜록대는 소리를 참기 힘들 지경이었다. 더욱 견딜 수 없는 것은, 콧물을 훌쩍거리고 기침을 콜록대면서 목안에 가래가 걸려 당장 숨이 꼴딱 넘어갈 듯한 표정을 지을 때였다.

"어서 뱉어! 삼키지 말고. 안 그럼 더 힘들어져."

애들은 말뜻을 알아듣지 못하고 여전히 가르랑대고 있었다. 이 지긋지긋한 천식을 물려준 사람은 애들 아빠였다. 어린애들이 이렇듯 격렬하게 기침을 해대는 모습은 난생처음이었다. 가족 중에 누구도 이런 식으로 미친 듯이 콜록거린 적이 없었다. 지난 몇 주 동안 밤낮없이 기침 소리를 들어야 했다. 포쉐 박사가 처방해준 약이 있어 그나마 다행이었다. 그 약을 먹으면 기침이 잠잠해지고 잠을 잘 수 있었다.

멜린다는 베일러를 언제 데려가야 할지 정확한 때를 알고 있었다. 갓난아기가 날 돌게 하는 정확한 순간을 알고 있었다. 내가 제 성질에 못 이겨 애를 때릴라치면 애가 자지러지게 울어대는 방 안으로 들어왔다. 손을 내밀어 애를 내 품에서 와락 채갔다. 마치 악의 손길에서 아기를 보호할 임무를 띠고 하늘에서 내려온 검은 수호천사처럼. 내 아이 모두에게 그렇게 했다. 종종 어떻게 그 기운을 감지했을까 궁금해지기도 했다. 그 거구의 몸집 안에 들어있는 뭔가가 그녀에게 전파를 보내는 건 아닐까? 내가 애들을 조용히 시키려고 매를 들려는 찰나 그 전파를 수신하는 게 아닐까?

나라고 그 여린 엉덩이에 매질을 하는 게 달가운 건 아니다. 그건 내가 바라는 일이 아니다. 미처 깨닫기도 전에 불시에 일어나는 일이다. 그에 대해 뭐라 설명할 순 없다. 캐로는 시내에 나갔다가 아이를 주유소에 그대로 놓고 왔는데 다음날에야 생각이 났다는 농담을 했다. 그것은 말 그대로 농담이었다. 난 애들이 분통 터지게 할 때 내가 그 애들에게 한 짓을 친구들에게 고스란히 일러줄 수가 없었다.

상황이 더할 수 없이 악화되면 엄마는 진저를 보내든가, 아님 진저의 손녀딸인 매리 리를 보냈다. 그 애는 어린 소녀에 불과했다. 내겐 성이 차지 않았다. 그 무엇도 흡족하지가 않았다. 할머니가 살아 계시다면 싹싹하게 일을 처리해서, 내가 도움 청할 일도 없었을 텐데.

그날 밤 아이들을 집으로 데려와 침대에 뉘었을 때 내 몸뚱이는 녹초가 돼서 부들부들 떨리고 있었다. 빌어먹을 자식. 그것도 남편이라고. 오늘 멜린다가 떠나는 걸 알면서도 어떻게 밖으로 나돌 수가 있지?

도저히 잠을 이룰 수가 없었다. 온 신경이 팽팽하게 죄어져 있었다. 뼈 속짜지 덜덜 떨리는 게 느껴졌다. 1천2백만 개의 말초신경이 바짝 곤두서 있는 걸 느낄 수 있었다. 네시네 애들은 지금 홍역을 앓고 있고, 캐로는 일찍 잠자리에 드는 습관을 길들이고 있었다. 결국 수화기를 들어 틴지에게 전화를 걸었다. 안타깝게도 그들 부부는 이미 외출하고 난 뒤였다.

"어디 갔어요?" 가정부 셜리에게 물었다.

"체스테인에요."

난 그 레스토랑에 전화를 걸어 틴지를 바꿔 달라고 부탁했다.

"지금 어른들이 필요해." 내가 틴지에게 말했다.

"우릴 그렇게 높이 평가해주다니 영광이네. 아직 주문 안 했는데. 오크라 수프 시켜 놓을까?"

"아무 거나. 별로 배 안 고파."

베일러를 출산한 후 식욕이 도통 살아나지 않았다. 위장이 충분히 진정되지 않은 것이다. 먹는 일이 더 없이 싫고 귀찮았다.

엄마에게 전화해서 아기를 봐달라고 부탁하고도 싶지만, 왜 저녁을 집에서 먹지 않느냐며 융통성 없는 표정으로 나무랄 게 뻔했다. 결국 월레타에게 전화를 걸었다. 그녀의 남편 채니는 셉과 시아버지를 도와 피칸그로브에서 집을 짓고 있었다. 우린 새집이 완공되는 대로 입주할 예정이었다. 이 누추하고 헐어빠진 임대주택에서 빠져나와 새집으로 옮겨가는 것이다. 데이거 박사의 가정부로 일하던 월레타는 애들이 다 큰 바람에 우리 집에서 아기를 돌봐주고 있었다.

"제발 꼭 와줘요, 월레타." 내가 애걸했다.

난 담홍색 울 바지와 검은 스웨터를 걸쳐 입고 입술에 립스틱을 덧발랐다. 얼굴이 핼쑥한 게 꼭 폐병환자 같았다. 머리칼은 나날이 빠지고 있었다. 아침에 잠자리에서 일어나면 베개에 머리칼이 한 움큼 떨어져 있었다.

체스테인에서 식사를 마친 뒤 이대로 자리를 파하고 싶지가 않았다. "오, 판 깨는 사람은 되지 말자고." 난 틴지와 칙에게 농담했다. "벌써 끝내려고? 시어도어에 가서 술 한잔 하자."

"나도 그러고 싶어, 비비. 하지만 집에 가서 쁘띠 몽스트레(꼬맹이 괴물들)가 집안을 망가뜨리진 않았는지 검사해야 해." 칙이 말했다.

"틴지, 너도 가? 아직 들어가기 싫은데. 같이 놀자."

"너무 피곤해. 애들 땜에 새벽같이 깼거든. 낮잠도 제대로 못 자고. 나중에 하자."

"압솔뤼멍(알았어)." 난 그들에게 키스를 해주며 말했다.

"지치지도 않고 대단해. 우린 고작 둘이지만 거긴 넷이잖아." 칙이 말했다.

"셉이 자식 없는 사람처럼 나 몰라라 하는 데도." 틴지가 말했다. 야야 시스터즈는 셉이 날 혼자 남겨두고 오리사냥 캠프에서 재미 보는 것을 적이 못마땅해했다. 네시는 그런 날 '오리 과부'라고 놀려대기까지 했다.

"전혀 안 피곤해! 정말이야! 밤을 꼴딱 새도 끄떡없어." 내가 말했다.

"그 힘 나한테 나눠주라. 병에 담아 팔면 엄청난 떼부자가 될걸!" 칙이 말했다.

사실 난 뼈 속까지 피곤함에 절어 있었다. 눈에 보이지 않는 곳까지 속속들이 지쳐 있었다. 어쩌다 이 지경이 됐는지 모르겠다. 어쩌다 요 모양 요 꼴이 됐을까? 모든 게 너무나도 순식간에 일어났다.

처음엔 셉의 목소리를 듣는 게 그저 좋았다. 그의 팔뚝에 난 금빛 솜털에 햇살이 투명하게 비치는 모습을 사랑했다. 난 생각했다. 우린 예쁜 아기를 갖게 될 거야. 그는 골격이 멋지고 매력적인 눈매에 뼈대 있는 가문 출신이잖아. 그는 잭이 아냐. 난 잭을 가질 수 없어.

셉은 결혼 전 피칸그로브를 구경시켜 주었다. 컨버터블을 몰고서 8백 에이커가 넘는 드넓은 초지를 자랑스레 구경시켜 주었다. 두 사람이 같이 살 집의 터도 보여주었다. 그와 함께 있으면 난 어느새 섹시한 여자로 변해 있었다. 사랑 비슷한 감정이 싹트는 것 같았다.

매일 잠에서 깨어 이 남자를 보는 게 어떤 기분인지 미처 몰랐다. 그는 내가 바라던 남자가 아니었다. 내가 온 마음을 다해 사랑한 남자가 아니었다.

간절히 아기를 갖고 싶었다. 직접 디자인하고 부아예뜨 씨가 재단한 멋들어진 임부복을 입고 방 안으로 당당히 걸어 들어오는 걸 무지하게 즐겼다.

이제 내 곁엔 찰거머리처럼 끈질기게 매달려 있는 네 생명체가 있다. 그 애들을 어디론가 보내버릴 수도 없다. 천식을 노상 달고 살기에 되물릴 수가 없다. 물론 이런 일을 예상치 못한 바는 아니다. 그저 키가 없는 돛단배처럼 엄마클럽에 억지로 떠밀려 들어갔던 것이다. 엄마가 된다는 것이 이처럼 지독한 냄새를 풍기는 것인 줄 미처 몰랐던 것이다.

엄마라는 자리가 잠이 부족해서 미칠 것만 같고, 책임감이란 무게로 인해 피부가 썩어 문드러지는 것인 줄 예전엔 몰랐다. 내가 잘하고 있는 걸까? 아이들이 원하는 걸 제대로 주고 있는 걸까? 충분히 잘 하고 있는 건가? 너무 넘치고 있는 건가? 말하고 행동하는 모든 것에서 애들보다 날 먼저 생각한다면 지옥불에 떨어지게 될까? 비비 애벗이 아닌 복되신 동정녀 마리아나 성모님이 돼야 하는 걸까?

어떤 진창길로 들어서고 있는지 진즉 알았다면 그때 단호하게 '노'라고 외쳤으리라. 아기란 말을 입에 올리는 것조차 막았으리라.

윌레타는 내가 체스테인에서 돌아오고 나서야 집을 나섰다. 늦은 시간에 와줘서 고맙다는 뜻으로 팁을 쥐어 주었다. 간곡히 부탁했음에도 불구하고 그녀는 밤새 머물러 있는 건 거절했다. 예상과 달리 이 흑인여자는 '노'라고 거절했다. 남편 채니가 와서 그녀를 데려갔다. 문가에 서있던 그는 아내가 나오자 다정스레 스웨터를 입혀주었다. 두 사람은 나란히 계단을 내려가 측면에 '피칸그로브'라고 적힌 픽업트럭으로 걸어갔다.

지난 4년 동안 5시간 이상 자본 적이 없었다. 10시간, 11시간 동안 잘 만큼 잠귀신이 들린 나였다. 내게 잠은 더할 나위 없이 달콤한 것이어서 그걸 맛으로 느낄 정도였다. 꿀맛 같은 낮잠에선 신선한 바게트 안에 베이컨과 양상추, 토마토를 집어넣은 샌드위치 맛이 났다.

내가 못내 그리워한 것은 잠뿐이 아니었다. 꿈 역시 그리웠다. 내 꿈이 그리웠다. 그것이 비록 악몽이라 할지라도. 잭이 나오는 꿈이라 할지라도. 꿈꿔 본 것이 아득히 먼일 같았다. 늘 젖병을 데우느라 정신없고, 졸린 눈을 비비며 응석부리는 애를 욕실로 데려가 씻기고, 다음 날 피곤함에 절어있을 생각에 심사가 잔뜩 뒤틀린 채 잠자리에 드는 것이다.

기분 좋게 잠들 때는, 폭포 아래 물웅덩이에서 숨을 안 쉬고 오래오래 잠수하다가 갑자기 물 위로 솟구쳐 하늘로 멀리 날아가는 꿈을 꾸었다. 깊은 단잠에 빠져 있을 때는 온 천지를 훨훨 날아다니는 꿈을 꾸었다. 그런 날 잠에서 깨어났을 때에는 입가에 행복한 미소가 번져 있었다.

아이들과 남편이 곁에 있으면 원하는 일을 할 수가 없었다. 이럴 때는 낯모르는 사람과 어디론가 멀리 도망치고만 싶었다. 큰 부자, 지폐로 밑을 닦을 만큼 엄청난 부자가 되고 싶었다. 어깨를 짓누르는 책임감에서 벗어나고만 싶었다. 물론 남편이 몹쓸 남자란 뜻은 아니다. 오히려 그 반대였다. 지금 드넓은 농장 부지에 새집을 짓고는 있지만, 그동안엔 추레하고 비좁은 임대주택에서 살아야 했다. 침실 두 개의 집에서 여섯 명이 복작대며 살다보니 숨이 턱턱 막힐 지경이었다.

어쩌다 단식경기에서 우승한 셜리 프라이를 싫어하게 됐을까? 늘 승자를 좋아하던 나였는데. 난 승자가 되는 데 익숙해져 있었다. 테니스 경기, 진짜 경기에 익숙해져 있었다. 난 과분할 정도로 강했다. 아랫배는 탄력 있고 편평하며, 다리는 보기 좋게 그을렸고, 머리칼은 아름다운 금발이었다.

독한 술을 한 잔 더 만들어 마셨다. 정규방송이 끝나고 애국가가 흘러나왔을 때는 아쉬운 외마디 탄성이 절로 나왔다. 이윽고 침대에 누워 담배를 입에 물었다. 책을 읽으려 했지만 마지막으로 마신 버번이 생각보다 독했던 모양이었다. 글자에 정신을 집중하기가 어려웠다.

결국 자리를 박차고 일어나 잠든 네 아이가 있는 방으로 갔다. 어찌나 귀엽고 사랑스러운지. 내 아이들은 완벽했으며, 상상 이상으로 귀엽고 예뻤다. 못생긴 아이를 내려주지 않은 신께 감사를. 예쁜 아기를 사랑하는 게 한결 쉬운 법이니까. 내 몸은 멋진 아기들을 만들어낸 것이다.

왕방울만한 눈이 예쁜 룰루는 제 아빠처럼 코를 골고 있었다. 체리처럼 붉은 입술을 가진 시다는 속눈썹은 물론이고 야야 시스터즈가 엄청나게 부러워할 만한 붉은 머리칼을 갖고 있었다. 리틀 셉은 매일 밤 장난감 트랙터를 안고 자겠다고 빠득빠득 우겼다. 활기가 지나쳐 무섭기까지 한 사내애였다.

베일러는 아기 침대에 조용히 잠들어 있었다. 아기의 삐죽 뻗친 머리칼과 입안에 쏙 집어넣은 고사리 같은 엄지손가락과, 깃털을 날려 버리는 것처럼 쌔근거리는 숨결을 가만히 내려다보았다.

밤새 은은하게 방을 비추는 야간등이 켜있지만 발뒤꿈치를 들고 살살 걸어가서 장에 부착된 전등을 마저 껐다. 아이들이 깼을 때 무서워 우는 게 싫었다. 내 아이들을 무서워 떨게 하고 싶지 않았다.

방으로 돌아온 뒤에는 눈을 감고 다시 한 번 잭의 얼굴을 떠올렸다. 그의 두툼한 목덜미를 생각했다. 그저 재미나서 버릇처럼 그러했던, 날 위로 번쩍 들어올리던 그의 모습을 떠올렸다. 둘 사이에 아기가 태어났다면 어떤 모습이었을까?

난 뭔가에 떠밀려 내려갔던 게 분명해. 누군가 기침을 해대는 소리에 번뜩 정신이 들었다. 잠시 기침이 멎길 기다렸다. 멜린다는 대체 어디 있는 거야? 왜 조용히 시키지 않는 거지?

몸뚱이가 천근만근이었다. 한 팔을 들어보려 했지만 맘대로 움직여지지 않았다. 어서 침대에서 일어나 가운을 입어야 하는데….

캭캭대는 소리가 점차 격렬해졌다. 시다가 목구멍에서 갈강거리는 가래를 뱉어낼 수가 없는 모양이었다. 즉각 몸을 일으켜야만 했다. 아기에게 가야만 했다.

순간 자리에서 일어섰다고 생각했다. 아빠가 가래 섞인 기침을 해대고 있었다. 난 콤튼 가 집의 벽난로 옆 의자에 앉아있는 아빠에게 뜨거운 레몬차를 갖다주었다. "아빠, 이거 드세요." 아빠는 그런 날

보고 있지 않았다.

그 순간 흠칫 놀라 잠에서 깨었다. 아빠는 이미 저 세상으로 떠나셨다. 시다가 갓난아기였을 때, 쌍둥이 하나를 잃고 나서 곧바로, 쥬느비에브 아줌마가 죽고 나서 얼마 안 돼 아빠는 죽음의 지름길로 달려가셨다.

눈을 뜨니 시다가 침대 가에 서있었다. 새벽차에서 내린 여자처럼 머리칼이 정신없이 엉클어져 있었다. 그 머리칼은 진짜 블론드가 아니었다. 그 애는 연방 캑캑거렸다. 몸속을 들여다보면 자그마한 갈비뼈가 으스러지려는 모습이 보일 것만 같았다. 침대에 일어나 앉은 난 그 애를 끌어당겨 갈비뼈 근처를 꼭 안아주었다.

"아가야, 잠깐 숨을 참아봐." 내가 살갑게 속삭여주었다.

이런 조치는 기침을 보다 격렬하게 만들 뿐이었다.

"아파요, 엄마." 그 애가 말했다.

난 테이블 위에 있던 잔을 집어들었다. "물 한번 꿀꺽 삼켜봐."

잔을 입에 갖다대자 그 애가 물을 꿀꺽꿀꺽 마셨다.

"그래, 잘 했어. 천천히 삼켜봐. 그래, 잘했어."

갑자기 그 애가 물을 확 뿜어내고 웩웩거리다가 더욱 격렬하게 기침을 해댔다. 얼른 그 애 손에 든 잔을 뺏어 냄새를 맡아보았다. 물이 아니었다. 버번이었다. 지금 내 손에 칼이 들려있다면 그걸로 내 심장을 도려냈으리라.

"미안해, 아가야. 이런 짓을 하다니."

"괜찮아요, 엄마. 룰루와 베일러가 아파요."

"뭐? 아파?"

"똥을 무지무지하게 쌌어요."

아이들 방으로 들어서자 역겨운 똥 냄새가 얼굴에 확 끼쳐왔다. 밖에는 비가 억수로 쏟아지고 있었다. 창문은 꼭꼭 잠겨 있고 바닥 난방로를 통해 열기가 훅 끼쳐 오르는 가운데 코를 싸쥘 만한 악취가 진동하고 있었다.

룰루는 침대에 일어나 앉아 훌쩍거리고 있었다. 가까이 다가갔을 때 설사가 난 걸 알 수 있었다. 기저귀에서 똑똑 떨어진 물똥이 룰루의 다리와 침대 커버를 온통 누렇게 칠해놓았다. 머리칼 속에도 똥덩이가 들어가 있었다.

난 애를 번쩍 안아 들었다. "아가야, 쉬이이…. 룰루, 괜찮아."

입고 있는 가운도 똥으로 범벅이 됐다. 베일러가 엄마 목소리를 듣고는 별안간 울음보를 터뜨렸다. 룰루를 안은 채 베일러의 침대로 가서 아기 기저귀를 만져보았다. 기저귀가 묵직했다. 온 세상이 응가로 그득했다. 응가 냄새가 내가 맡을 수 있는 것의 전부였다.

"베일러." 아기가 내 말을 알아듣기라도 하는 양 갓난아기에게 말했다. "이렇게 빈다. 제발 그만 싸."

애원에도 불구하고 아기는 악을 써가며 똥을 싸댔다.

그때 시다가 몸 안의 모든 걸 토해낼 듯 격렬하게 기침을 해댔다. 몸을 돌려 시다를 쳐다보려는 찰나 룰루가 내 몸에 웩하고 토악질을 해버렸다. 아기의 토사물로 가운이 흥건히 젖었다. 가슴께가 불쾌하게 축축했다. 온몸이 근질거리기 시작했다.

룰루를 안은 채 욕실로 급히 내달렸다. 머리 위를 비추는 전등이 잔인할 만큼 밝기만 했다. 몸을 숙여 아기를 변기 위에 올려놓을 때 언뜻 거울에 비친 모습은 형편없기 그지없었다.

젖은 수건을 손에 들었다. 뭐부터 닦지? 룰루 얼굴, 아님 엉덩이? 내

더러워진 몸은 언제 닦지?

잠옷 차림의 시다가 긴 붉은 머리를 어깨 위에 치렁거린 채 문가에 나타났다. 어깨를 바들바들 떨면서 온몸을 사정없이 뒤틀며 기침을 해댔다.

"넌 기침 밖에 못해? 당장 그쳐! 지금 정신없는 거 안 보여? 어서 침실로 가서 아기나 안아줘."

네 살배기 딸은 입을 한 손으로 틀어막은 채 날 물끄러미 쳐다보다가 이윽고 침실로 돌아갔다. 다시 욕실로 돌아왔을 때 한 손으로는 베일러를 안고, 다른 손은 리틀 셉의 고사리 같은 손을 잡고 있었다. 애들을 모두 죽이고만 싶었다.

남편이란 작자는 대체 어디에 있는 거야? 애들 아빠란 작자는. 엄마들만 똥냄새를 맡으란 법이 어딨어? 악다구니 속에 홀로 내동댕이친 남편이란 작자를 총으로 쏴 죽이고만 싶었다.

"시다, 아기 좀 닦아줘. 수건을 적셔서 닦아."

성모 마리아님, 당신의 더럽혀진 가운은 대체 어딨나요? 당신 아들이 온 사방에 똥칠을 하고, 말구유에선 동물 배설물이 뒤섞인 악취가 풍기진 않았나요? 왜 늘 그처럼 온화하고 침착한 표정만 짓고 있나요?

시다는 유모차 안에 베일러를 눕히고 서툰 손길로 기저귀를 갈아주었다. 그 애가 다시 콜록거리자 리틀 셉이 소리쳤다. "엄마가 기침하지 말랬잖아!"

드디어 룰루가 토악질을 멈추게 되자 욕실 창문을 활짝 열었다. 아직도 밖에는 빗줄기가 쏟아지고 있었다. 날이 추웠지만 지독한 악취를 더 이상 참아낼 수가 없었다. 토악질을 해대고, 똥을 내깔기고, 악악거리며 울어대고, 미친 듯이 기침을 해대고…. 서서히 신경이 날카로워지는 가운데 찬바람이 다섯 사람을 향해 세차게 몰아쳤다.

이윽고 모든 것이 깨끗해졌다. 웅가와 토악질, 누런 콧물이 뒤범벅된 시트, 기저귀와 속옷과 잠옷까지 모두 깔끔히 치웠다. 침실 창문을 활짝 열고 방 안 온도를 최고로 높였다.

밖에는 여전히 굵은 빗줄기가 쏟아지고 있었다.

룰루는 고개를 푹 꺾인 채 지쳐 쓰러져 자고 있었다. 잠잘 때 늘 그러하듯 포동포동한 한쪽 다리를 이불 밖으로 쏙 내밀고 있었다. 잠이 깨서 기운이 팔팔해진 리틀 셉에겐 동물 과자를 쥐어주었다. 그 애는 기린 머리를 베어먹으면서 침대에 앉아 트랙터 장난감을 갖고 신나라 놀았다.

갓난아기 베일러는 엎드린 채 끙끙 앓는 소리를 내고 있었다. 아기 등을 작게 원을 그리며 문질러주었다. "베이, 베이, 쉬이이! 제발 엄마를 봐서라도 자라."

시다의 기침이 미친 듯이 이어지는 바람에 그러긴 싫었지만 창문을 닫아야만 했다.

그 애의 침대로 다가가 가만히 내려다보았다. 왜 이렇게 얼굴이 삭았을까? 고작 어린애일 뿐인데. "시댈리, 기침약 언제 먹었어?"

"몰라요." 그 애는 대답과 함께 또다시 기침을 해댔다.

욕실 캐비닛에 들어있는 구급상자에서 기침약을 꺼내서 시다 곁으로 돌아왔다. "일어나 봐. 베개 괴어줄 테니."

숟가락에 호박색 액체를 부으며 말했다. "자, 천천히 삼키는 거야, 알았지?"

기침이 잠시 멈췄다. 기침약을 보면서 나도 한 스푼 마시기로 했다. 해가 되진 않으리라.

내 손은 심하게 떨리고 있었다. 시다의 흘러내린 머리칼을 얼굴에서 치워주고는 양손으로 볼을 가만히 감싸 쥐었다.
"기분 좋아요, 엄마."
"넌 큰딸이야. 동생들 돌보는 걸 도와줘야 해. 알았지?" 내가 가만히 속삭였다.
"네, 엄마." 시다가 눈을 스르르 감으면서 모기만한 소리로 대답했다.

침실로 돌아와 자리에 누웠지만 좀체 잠이 오지 않았다. 이내 심한 악취가 잠옷에서 진동한다는 걸 깨달았다. 옷을 갈아입지 않았던 것이다. 누운 상태 그대로 몸을 움직여 가운을 벗었다. 적나라하게 드러난 알몸을 내려다보면서 난 기도라도 올리고 싶었다.
결국 진동하는 악취를 도저히 참을 수가 없었다. 곧바로 자리에서 일어나 옷장으로 걸어갔다. 아버지가 돌아가시며 유산으로 남긴 돈으로 구입한 캐시미어 코트를 꺼냈다. 황갈색 롱코트는 값비싼 지방시 제품이었다. 나 자신을 위해 산 물건 중 최고로 비싸고 호화로운 것이었다. 코트에 이어 양말과 부츠를 챙겨 신고 현관으로 나갔다.
빗줄기가 쏟아지는 가운데 잿빛 동쪽 하늘이 뿌옇게 밝아오고 있었다. 날은 춥고 축축했지만 적어도 악취가 나지 않아 좋았다.
구세주의 어머니시여, 당신의 아름다운 가운에 아기 토악질 자국이 묻어있는 모습을 볼 수만 있다면, 당신 손바닥이 악악대는 구세주의 얼굴을 찰싹 때리고 싶어 근질대는 모습을 단 한 번이라도 볼 수만 있다면, 지금처럼 엿 같은 기분은 안 들 겁니다. 빌어먹을 동정녀여, 단 한순간이라도 그 얼굴에서 맥 빠진 미소를 지워내고 같은 처지의 사람으로서 날 바라봐 준다면, 더 이상 절망하진 않을 겁니다.

 난 자비로운 동정녀가 아니었다. 내 몸에선 지독한 악취가 진동했다. 손에선 아기 응가 냄새와 토악질 냄새, 담배 냄새가 코를 찌를 듯 진동했다. 호베트 향수로 목욕을 한다 해도 지워지지 않을 냄새였다. 살아 숨쉬는 그 악취를 몰아낼 방법은 어디에도 없었다. 그러다 아이들이 죽는 건 아닐까 더럭 겁이 났다. 우리 모두 죽어가고 있는 건 아닌가 겁났다.

 새벽 찬바람이 입김을 희뿌연 안개로 바꾸어 놓고 있었다. 안개가 내 몸 주위에서 둥둥 떠다니고 있었다. 어느새 가까이 있는 손조차 보이지 않을 지경이 됐다.

 꾹 참고 기다리다가 6시 30분이 되어서야 월레타에게 전화를 걸었다. 긴급상황이라고 전하자 꽁지가 빠져라 부리나케 달려왔다. 그녀가 아이들에게 아침을 먹이는 동안 립스틱을 바르고 머리에 빗질을 했다. 울지 않으려고 갖은 애를 썼다. 남편이 현금을 보관하고 있는 서랍을 열었지만, 고작 5달러짜리 두 장밖에 없었다. 더 많은 돈이 필요했다.

 "월레타, 돈 좀 있어요?"

 이런, 흑인 보모에게 돈을 빌리다니…!

 "차비밖에 없는데. 얼마나 필요한데요?"

 "아주 많이." 내가 말했다.

 "거지한테 백만 달러짜리 수표를 달라는 꼴이네요." 그녀는 장이 탈난 룰루에게 사이다를 약간 섞은 우유를 먹이면서 빈정거렸다.

 "리틀 셉에게 오트밀 먹이는 거 잊지 말아요. 안 그러면 한눈파는 새 과자에 달려들 테니까."

"알았어요." 그녀는 시다에게 줄 토스트에 버터를 바르면서 말했다. "비가 쏟아지는데 어딜 가려고요?"

"고해소에. 죄 사함을 받으러요."

"나이 든 노련한 신부님을 찾아요." 윌레타가 작은 소리로 웅얼댔다.

"한 시간 뒤에 올게요."

"늦지 마세요. 돌아오시는 대로 곧장 데이거 댁에 가야하니까. 저녁때 브리지(카드놀이) 파티가 있거든요."

나 같은 여자가 성 안토니오 성당에 들를 줄 미처 몰랐으리라. 그곳은 이태리인들 일색이었다. 성모성심 교회보다 오래되고 어두컴컴했으며, 생화보다는 조화를 좋아하는 모양이었다. 어려서 엄마가 친구 장례식에 데려갔을 때 빼고 한 번도 이런 성당에 와본 적이 없었다.

지방시 코트 속에는 브래지어와 팬티만 걸치고 있었다. 누가 알겠는가? 이건 죄악이 아니다. 머리에 베일도 썼는데.

"신부님, 제 죄를 사해주세요. 고해성사를 안 한 지 2주나 됐어요."

깊이 숨을 들이마시려 했지만 가슴께에 탁 걸리고 말았다. 심장이 쿵쾅거려서 숨을 쉴 수가 없었다.

이 신부는 생판 모르는 얼굴이었다. 다니던 성모성심 교회에선 고해성사를 할 수가 없었다. 고백해야 할 내용이 내 교구에서 감당할 수 없는 그런 것이었기에.

장막 맞은편에 앉아있는 신부에게서 향취가 풍겨왔다. 코를 박고 장막 너머의 냄새를 맡았다. 향 냄새와 가죽 장정을 두른 성가집 냄새가 났다. 기도할 때 무릎을 덮는 낡은 벨벳 천 때문에 무릎이 따끔거렸다. 여기선 어떤 위안도 얻을 수가 없었다. 온몸이 근질거렸다. 나 홀하고 반나절 동안 계속해서 몸이 근질거리고 있었다. 온몸이 미칠 듯이 가려웠다. 이대로 계속된다면 미쳐 돌아가실 거다. 벌써 칼라민 (피부염증 치료제) 로션을 두 병이나 썼는데, 옷만 망가뜨렸을 뿐 아무 효과도 없었다. 보 포쉐 박사님께 전화를 걸어 효과가 강한 것으로 처방해 달라고 부탁했다. 이젠 보들롱에서 처방전에 쓰인 약을 사기만 하면 된다. 고마운 보 박사님! 그는 신생아 전문의였지만 간혹 날 진찰해주기도 했다.

내 나이 올해로 29세. 거반 30대가 됐다. 가끔 호흡곤란 증세가 찾아오곤 했다. 내가 저지른 죄악들이 숨통을 죄이는 것이다. "신부님, 죄를 사해주세요. 마지막 고해성사를 한 지 2주나 지났습니다."

난 지방시 코트를 바짝 여몄다. "가족들에 대해 몹쓸 생각을 품고 있습니다."

"부도덕한 건가요?"

"아뇨."

"남편을 뼈 속 깊이 미워하나요?"

"예. 애들도요."

"사랑하는 사람들에게 자주 그런 증오심을 느끼십니까?"

"셀 수 없을 만큼 자주요."

"어떤 몹쓸 생각인가요?"

고백해야 한다는 걸 알고 있었다. 그는 신부이자 이 땅에서 신을 대리하는 사람이었기에. 마땅히 내 죄를 밝혀야만 했다. 그래야만 발 뻗고 편히 잘 수 있을 것이다.

불현듯 손바닥이 근질거렸다. 가려움은 살 속으로 금방 번져나갔다. 손톱을 세워 있는 힘을 다해 손바닥을 찔러보았다. 이 신부에게 내 은밀한 내면을 고백하고 싶지가 않았다. 이 삶아 뭉그러진 양배추 냄새를 도저히 신뢰할 수가 없었다.

그럼에도 내겐 죄 사함이 필요했다. 사랑스런 네 아이를 죽이지 않고, 그 볼품없는 집으로 날 무사히 인도할 그런 기도가 필요했다.

"애들을 갖다 버리고 싶어요. 남편을 죽이고만 싶어요. 어디론가 멀리 도망치고 싶어요. 사슬에서 풀려났으면 좋겠어요. 유명해지고 싶어요." 조그만 목소리고 고백했다.

"모든 걸 희생할 각오는 돼있나요?"

"네, 신부님."

"아내이자 어머니로서 의무를 충실히 수행할 체력과 능력을 갖추고 있나요?"

"네, 신부님."

"자," 신부는 의자에서 몸을 가볍게 움직이며 말했다. "결혼이란 울퉁불퉁한 자갈길과도 같습니다. 자매님은 혼인성사를 하면서 의무와 책임도 함께 받아들이신 겁니다. 인내와 체념이란 값진 교훈을 복되신 주님의 어머니이신 성모님의 비탄에 찬 삶을 통해 배우게 될 겁니다. 고통을 묵묵히 참아내는 법을 알려달라고 그분께 간절히 기도하십시오. 그리고 주님의 뜻에 복종하세요. 우린 고통받기 위해 태어났습니다. 고통을 통해 행복에 다다를 수 있으며, 모욕을 통해 영광을 얻을 수 있습니다. 자매님의 가장 중요한 의무는 사랑과 화합과 신뢰로써 남편과 함께하는 것이며, 교회의 믿음 안에서 자녀를 양육하는 겁니다. 그 몹쓸 생각을 깨끗이 씻어버리세요."

"신부님, 그 생각을 지우지 않으면 어떻게 되는 거죠?"

"그럼 불신의 죄를 짓게 되는 겁니다. 속죄하고 회개하세요. 성모마리아의 일곱 가지 슬픔을 천천히 음미하면서 주님과 성모마리아께 고하세요. 이제 내 안에 은혜 입은 주님의 전능하신 능력에 의해 성부와 성자와 성신의 이름으로 자매님의 죄를 사하는 바입니다."

성당을 나온 뒤에 곧바로 차에 올랐다. 차안에선 아기 냄새가 진동했다. 담배에 불을 붙이며 난 속으로 생각했다. 죄 사함을 받으려면 속죄를 해야겠지. 차안이 추워 덜덜 떨릴 지경이었다. 코트를 끌어다 몸에 덮고는 담배를 한 개비 더 피웠다.

지금 난 성인식 때 받은 반지가 담긴 벨벳 상자를 물끄러미 바라보고 있었다. 다행이 반지는 남편이 아닌 내 수중에 있었다. 그것은 아빠가 선물해준 것이었다. 남편이 주지 않는 한 돈을 손에 쥘 수가 없었다. 물론 원하는 만큼 쓸 순 있지만, 남편은 나만의 돈을 만들어줘야만 했다. 내겐 그 흔한 통장도 없었다. 반지 외에 내 수중엔 아무것도 없었다.

5백 달러. 럭키 전당포 주인이 방금 건네준 돈이었다. 그는 반지가 어디서 났는지 물으려 들지 않았다.

"자세한 얘긴 필요 없어요. 저당 잡힐 물건만 있으면 되지요." 그가 말했다.

지도에서 볼 때 멕시코만은 그리 멀어 보이지 않았다. 하지만 지난 몇 년간 차로 운전하며 다닌 거리보다는 훨씬 멀었다. 난 차를 빨리 모는 편이었다. 포드 자동차보다 더 빨리 몰았다.

둘째를 낳으면서 세단을 손에 넣게 됐다. 차를 선택하는 데 있어 난 아무런 관여도 하지 못했다. 차는 그저 셉의 메모가 꽂힌 채 앞마당에 떡하니 나타났다. 남편한테 감사인사를 건네면 그걸로 끝이었다. 내 지프를 벌써 잊어버린 건가? 내가 길 위의 여왕이란 걸 벌써 잊은 건 아니겠지? 맨발로 가속페달을 꾹꾹 밟으며, 계기반 눈금만큼이나 빨갛게 발톱을 칠한 채 야야들과 밤새 거리를 질주했다는 사실을?

이제 어느 누구도 내 행방을 알지 못할 것이다. 야야 시스터즈조차도. 멀리 달아나 아무도 날 알아보지 못하는 곳에서 새 삶을 시작할 것이다. 그 어떤 관계도 맺지 않을 것이다. 남편과 아이들과 엄마와 빌어먹을 신부와 친한 친구까지 뒤로 한 채 미련 없이 떠나리라. 과거 따윈 훌훌 벗어 던지고 맨몸뚱이로 누군가를 찾아 헤매리라. 실종된 비비 애벗을 반드시 찾아내고 말리라.

잠시도 차를 멈추지 않고 멕시코 만까지 내리 달렸다. 드디어 가닿게 된 태평양 북서쪽 땅끝 마을. 보이는 거라곤 멕시코 쪽으로 멀리 흘러가는 투명한 바닷물뿐. 바람에 실려 오는 공기가 상쾌했다. 난 루이지애나에 똥 기저귀를 버려둔 채 떠나왔다. 눈앞에서는 바닷물만이 거세게 출렁이고 있었다. 바람이 거세게 몰아치고 비가 부슬부슬 내리지만, 그래도 허리케인이 좋다. 허리케인을 사랑한다. 그 거친 폭풍은 내 기분을 달뜨게 만든다. 껍데기 위에 얹은 싱싱한 굴에 군침을 삼키도록, 더 없이 방탕한 여자가 되도록 날 들쑤신다.

거센 비바람을 맞으며 정처없이 걸어다녔다. 난 코트를 벗어 던지고 모든 걸 포기한 채 바닷물 속으로 걸어 들어가는 그런 충동적인 여자는 아니었다. 물론 그런 충동이 언뜻 일긴 했지만.

야야 시스터즈와 떠난 멋진 여행이 문득 떠올라 이곳 멕시코만까지 달려온 것이다. 그때가 42년이었나, 43년이었나? 당시 우린 보호자 없이 무일푼 신세로 여기까지 차를 몰고 왔다. 뒤이어 잭과 친구들이 따라왔다. 우린 캐로네 별장에 머물면서 아침에 일어나면 곧장 수영복으로 갈아입고 해변으로 쏜살같이 달려나갔다.

다행히도 해변은 그때 그 모습을 온전히 지키고 있었다. 파도가 노도처럼 부서지고 있었다. 바다 위엔 갈매기들이 끼룩끼룩 울어대고 있었다. 여기엔 아기 토악질도, 음식이 들어오길 기다리는 작은 주둥이들도 없었다.

그렇게 몇 시간을 걸어다니는 동안 단 한 번도 아이들 생각이 나지 않았다.

"최고로 좋은 방으로 줘요. 바다가 보이는 곳으로." 걸프코스트 호텔 프런트 직원에게 내가 말했다.

프런트 위의 작은 케이스 안에는 이런 글귀가 적힌 엽서들이 꽂혀 있었다. '미시시피 연안의 장대함과 아름다움 속에 조화롭게 자리한 호텔. 남국의 정취가 풍기는 해변.'

베베 디드릭슨이란 이름으로 숙박부에 서명을 했다. 직원은 가타부타 말없이 고개만 끄덕였다. 이런, 그레이스 켈리라고 적을 걸 그랬나?

"버번 한 잔 올려 보내 주세요. 더블로요. 최고 비싼 걸로 부탁해요."

맨 먼저 한 일은, 술잔을 들고 욕조 안으로 들어가 몸을 담그고 뜨거운 목욕을 즐긴 것이었다. 손가락에서 더 이상 응가 냄새가 나지 않게 되자 그제야 욕조 밖으로 나왔다. 뽀송뽀송한 타월로 몸을 닦아내고는 칼라민 로션을 꼼꼼히 발랐다. 이어 지방시 코트를 걸쳐 입고 립스틱을 바른 뒤에 아래층으로 내려갔다. 그동안 사람들 앞에서 몸을 긁적이지 않으려고 무진 애썼다.

호텔 식당에서는 바다가 훤히 내다보였다. 난 자리에 앉아 무릎 위에 냅킨을 펼쳤다.

주문한 버번이 나오자 단숨에 목안으로 넘겼다. 굳어 있던 어깨 근육이 편안하게 풀리는 느낌이었다.

벌써 버번을 세 잔이나 주문해서 마셨다. 잔을 모두 비우고 나자 이번엔 위장이 노곤하게 풀리는 느낌이었다. 그렇지만 가려운 것은 여전했다.

곧이어 굴을 주문해서 타바스코 소스가 첨가된 매콤한 칵테일소스에 찍어 먹었다. 지금의 난 누구의 엄마도 아니었다. 내가 다스리는 자치공화국의 여왕이었다.

그때 낯선 신사 하나가 테이블 가까이 다가왔다. 관자놀이가 희끗희끗하고, 못 봐줄 정도는 아니었지만 엄청나게 후진 신발을 신고 있었다. 진품을 모방한 싸구려였다.

"죄송하지만 홀로 앉아 계시는 모습에 절로 눈길이 가더군요." 사내가 기름진 목소리로 말을 걸었다.

난 공격적인 눈빛으로 그를 쏘아보며 영국식 악센트로 말했다. "《런던타임스》 기사 취재차 왔어요."

"《런던타임스》에서 이런 델 기사로 다루나요?" 상당히 호기심 어린 말투였다.

"죄송하지만 그건 일급비밀입니다."

"이런 결례가. 이렇게 아름다우신 분이…."

"여자가 얼굴 뜯어먹고 사나요."

그 말에 사내는 즉시 자리에서 사라졌다.

난 굴을 한 접시 싹싹 비운 뒤에 샐러드를 먹고 디저트로 브레드푸딩*을 주문했다.

"저희 호텔을 대표하는 요리죠." 웨이터가 말했다.

"좋아요. 그리고 잠자리용 브랜디도 한 잔 주세요."

방으로 올라온 뒤에는 숨쉬기가 답답해서 거실에 나와 앉았다. 허리를 죄는 건 모조리 풀어버렸다. 진작 이렇게 입었어야 하는데. 불룩 튀어나온 허리를 대패로 싹싹 밀어냈어야 하는데. 불룩한 똥배를 드러낸 채 어느새 난 꾸벅꾸벅 졸고 있었다.

흐느낌 소리에 불현듯 잠이 깼다.

바나나와 땅콩버터 맛이 입가에 느껴졌다. 그해 여름 바다여행에서 우리가 열광하던 간식이었다. 난 네시와 캐로와 틴지와 함께 해변에 앉아 땅콩버터를 바른 바나나를 먹고 있었다. 과육의 달콤하고 야들야들한 맛, 땅콩버터의 고소한 풍미, 바나나의 창백한 젖빛에 대조되는 캐러멜 색. 밖으로 드러난 살갗과 모래 속에 집어넣은 발가락에 와 닿는 햇빛, 까르르거리는 웃음소리. 잭의 도착. 옆으로 굴러 재주넘기, 그의 어깨에 올라타기, 바다 속으로 다이빙하기. 지칠 줄 모르는 내 원기 왕성한 몸. 배고프면 먹고 피곤하면 잠자기. 원할 때 키스를 받기. 뭔가 절대 구걸하지 않기.

---

브레드푸딩 빵으로 만든 푸딩 — 옮긴이

잠에서 깬 난 전등을 켜고 나서 담배에 불을 붙였다. 창문을 열어젖히자 파도 소리가 밀려들었다. 싸늘한 밤공기가 얼굴을 세차게 후려쳤다.

담배를 끄고 나서는 욕실로 들어갔다. 히터 온도를 최대한 높인 뒤에 거울 앞에 서서 벗은 알몸을 가만히 바라보았다. 저기 내 몸이 있었다. 울지 마. 가방 매단 것처럼 눈두덩이 불룩한 여자는 아무도 안 좋아해. 하지만 어느새 여자는 훌쩍거리고 있었다. 저 젖가슴은 다신 탱탱해지지 않을 거야.

아기에게 모유를 먹이진 않았다. 대신 흑인 보모들이 젖을 먹였다. 50년대에는 그랬다. 한때 쌍둥이들에게 젖을 먹이려고 했었다. 그 애들에게 직접 젖을 물리고 싶었다. 하지만 쌍둥이 하나가 죽고 나서 내 젖은 바짝 말라버렸다.

난 바짝 말라버렸어. 배고픈 주둥이들이 바글대는 그 집으로 돌아가기가 싫었다. 낯선 도시의 신문사에서 직장을 잡고 다시 시작하는 거야. 사람들은 늘 이런 식으로 했다. 그들은 늘 새로 시작했다.

양팔로 허리를 감싸 안았다. 열린 창문을 통해 들어오는 소금기 배인 공기를 들이마시는 데 온 정신을 집중했다. 하늘나라의 여왕이자 노래하는 천사들의 주인이시여, 제게 계시를 내려주소서. 안 그러면 돈 되는 대로 멀리 달아나서 낯선 도시에 정착해 뉴스를 보도하고 있을지도 모릅니다. 신성한 여신이시여, 제게 계시를 내려주소서.

꿈속에서 죽은 쌍둥이 아기가 곁으로 다가왔다. 내 아기, 잃어버린 내 아기, 육신이 머무를 만큼 강하진 못했던 아기. 멜린다가 아기를 품에 안고 있었다. 푸른 드레스를 입고 머리에 왕관을 쓴 모습이었다. 그녀는 날 발견하자 미소를 짓더니 아기를 가만히 내려놓았다. 놀랍게도 갓난아기는 제 힘으로 자리에서 벌떡 일어섰다.
　아기는 한번 심호흡을 하더니 내 눈을 똑바로 바라보면서 노래를 부르기 시작했다. 반주는 없지만, 박자를 완벽히 맞춘 청아한 목소리가 아기 입술을 통해 자장가로, 사랑노래로 아름답게 흘러나오고 있었다.

　　노을빛 석양이
　　고요한 정원 담장에 내려앉고,
　　별들이 하늘에서 반짝일 때면,
　　그대는 기억의 안개 속에서
　　날 찾아 헤맵니다,
　　한숨처럼 내 이름을 속삭이면서.

　　고요한 한밤에,
　　그대를 안아봅니다,
　　달빛이 비추면
　　사라지고 없지만 그 사랑은 영원할 거예요.
　　그대의 심장이 뛰는 한
　　그대여, 우린 영원히 하나입니다.
　　여기 노을빛 꿈속에서.

　아기는 아름다운 꿈의 노래를 부른 뒤에 두 팔을 활짝 벌린 채 앞으로 걸어왔다. 난 몸을 숙여 아기를 품에 꼭 안아주었다. 우리의 눈빛은 하나로 얽혀들었다. 잠시 아기를 가슴께에 안고 가만히 있었다. 다른 어떤 것도 필요치 않았다. 잠시 후 아기는 몸을 움직여 품에서 빠져나오더니 어디론가 사라지려 했다. 사라지기 직전에 아기는 몸을 돌리더니 단호한 목소리로 크게 소리쳤다. "어서 일어나요!"
 난 아기의 말에 그대로 따랐다.

 잠에서 깬 난 창가로 걸어갔다. 날이 훤히 새어 있었다. 몸이 노곤하고 갑자기 허기가 느껴졌다. 지긋지긋한 가려움증이 그친 지는 이미 오래됐다. 젖꼭지는 색을 밝히는 여자처럼 발그레한 연분홍빛을 띠고 있었다.
 수화기를 들고 룸서비스에게 또랑또랑한 목소리로 말했다. "좋은 아침이에요. 계란찜 두 개에 비스킷, 베이컨 한쪽 갖다주세요. 오렌지 주스 큰 거하고, 커피도요. 오…, 오늘 무슨 요일이죠?"
 "금요일입니다." 세상에나, 며칠 간이나 죽은 듯 잠을 잔 것이다.
 꿈속의 내 아기는 어서 일어나라고 재촉했었다.
 갑자기 난 바닥에 떨어진 코트를 집어들고 주머니를 뒤졌다. 카드에는 이렇게 적혀 있었다. '행운 전당포, 루이지애나 홀턴빌. 전화번호 32427.'
 난 수화기를 집어들었다. "프런트죠? 장거리 전화 연결해줘요. 고마워요."
 "비비 애벗이에요. 제 다이아몬드 반지 아직 있나요? 5백 달러에 팔았는데."
 "네, 아직 물건이 있습니다." 전당포 주인이 말했다.
 "그건 물건이 아녜요. 변호사인 내 아버지 테일러 애벗이 선물해준 24캐럿 다이아몬드 반지라고요."

"이봐요, 물건이 어디서 났는지 따윈 알고 싶지 않아요."

"오, 닥쳐요. 내 말 잘 들어요. 그 반지 팔지 말아요. 당장 가지러 갈 테니까."

"이제 그 물건은 제 겁니다. 적당한 액수를 주겠다는 작자가 나서 안 되겠는데요." 그 얼간이가 말했다.

"내 말 똑똑히 들어. 그 반지 팔면 나한테서 훔친 게 되는 거라고. 그랬다간 그 엉덩이를 차서 당장 법정으로 끌고 갈 테니까 알아서 해. 내 말 알아들어?"

이윽고 얼간이가 대답했다. "말썽은 원치 않습니다. 난 깨끗한 거래만 합니다. 언제 찾아갈 건가요?"

"내일이요. 아니, 모레. 갈 때까지 잘 보관하고 있어요."

"보관은 오늘까지입니다. 더 이상 말 않겠습니다. 내 시간 빼앗지 말라고요. 나도 장사해야 하니까." 그 말과 함께 사내는 전화를 뚝 끊었다.

난 31살이다. 아직 팔팔하게 살아있다. 이 몸뚱이를 지하저장고에 보관해두리라. 내 아이들이 자라면 그때 꺼내리라. 죽은 쌍둥이 형제가 내게 그런 계시를 보냈다.

인생은 짧지만 넓기도 하다. 쥬느비에브가 해준 말이다.

집에 돌아가면 지방시 코트를 월레타에게 선물해주리라. 그동안 충분히 요긴하게 써먹지 않았는가. 월레타는 화사한 크림색 스웨터를 받을 자격이 충분히 있어. 밍크코트를 입을 자격이 충분하지. 집에 돌아가면 아이들 앞에서 탭댄스를 춰주고, 맛 좋은 땅콩버터와 바나나를 먹이리라. 함께 여름 추억을 얘기하리라. 그래, 스프링 크릭 얘기도 해주자. 내리쬐는 햇살이 너무나 강렬해 잎을 밟으면 톡 쏘는 향기가 코끝에 풍겨와 절로 옷 속에 품고 다니고 싶은 맘이 들었지. 그저 몸 가까이에서 솔향기를 맡고 싶어서. 아이들과 깨끗한 양탄자 위에 누워 간질간질 놀이를 하리라. 직접 만든 배를 타고 거친 폭풍우를 뚫고 항해했던 얘기도 들려주자. 함께 콜럼버스 놀이를 하면서 미지의 세계로 여행을 떠나는 거야. 집에 돌아가면 그 빌어먹을 세단을 내버리고 기필코 썬더버드를 한 대 장만하리라. 집에 돌아가면 금쪽같은 네 아이를 힘껏 안아주리라. 나와 결혼한 남자를 꼭 안아줄 거야. 최선을 다해 감사를 표시할 테야. 서툴지만 공들여 예쁘게 포장한 선물들을 안겨줘서 고맙다고.

26

　세 명의 야야들이 암회색 크라이슬러 베라론 컨버터블을 타고 퀴놀트 호숫가의 통나무집으로 들어오고 있었다. 이 모습을 발견했을 때 시다가 느낀 감정은 놀라움 그 이상이었다. 방금 뉴욕에 있는 심리분석가와 전화통화를 끝내고 별장촌을 막 나서려던 참이었다. 최근 꾼 미스터리한 꿈들을 곱씹어 보고, 결혼과 엄마에 대해 느끼는 감정과 해답 없는 것을 찾는 데서 오는 좌절감을 분석하느라 야야들의 얼굴과 목소리와 향취를 맞닥뜨릴 준비가 채 돼있지 않은 상태였다.
　세 여자 모두 멋들어진 선글라스를 끼고 있었다. 네시와 틴지는 챙 달린 모자를 쓰고 있었고, 캐로의 짧은 은발 위에는 뉴올리언스 세인츠의 야구모자가 얹혀 있었다. 틴지는 새하얀 면 블라우스에 검은색 면 바지를 입고 있었다. 발에는 로베르 끌레르주리 샌들을 신고 있었는데, 루이지애나행 비행기표보다 더 비쌀 성싶었다. 하늘색 줄무늬 스커트와 블라우스를 입은 네시는 탈벗(Talbot's) 광고의 이미지를 쏙 빼닮아 있었다. 캐로는 카키 바지와 하얀 셔츠를 입고 있었다. 방금 캐주

얼한 갭 광고(Gap ad)에서 빠져나온 모습이었다.

뒷좌석에는 짐 가방들이 잔뜩 실려 있었다. 서부 지역 국립공원 통나무집에서 흔히 볼 수 있는 그런 것은 아니었다. 도어맨과 포터를 먹여 살리는 것을 본인의 의무라 믿는, 옷에 어울리는 신발을 갖추지 않고선 어디에도 갈 수 없다고 철석같이 믿는 그런 짐가방들이었다.

시다는 멍한 표정으로 서서 야야들의 모습을 빤히 지켜보았다. 사이클을 타던 젊은 남자 둘이 틴지 앞에 멈춰 서서는 서로 가방을 들어주겠다며 '생쇼'를 벌이고 있었다. 네시는 포대기 안에 갓난아기를 안고 있는 젊은 엄마와 질펀하게 수다를 떨고 있었다. 캐로는 토템폴\* 안에 만들어놓은 강우 측량계를 흥미롭게 관찰하고 있었다. 시다는 나이 든 여성들이 낯선 이들과 자연스럽게 교류하는 모습에 놀라워하며 그들을 향해 손을 흔들어댔다. 나중에 야야들은 이때 만난 사람들을 로비에서 우연히 만나게 됐을 때 친한 친구라도 되는 양 반갑게 인사를 건넸다.

시다는 선글라스를 쓰면서 차가 있는 곳으로 걸어갔다.

"낯익은 얼굴들이신데…?" 그녀가 말했다.

"몽 듀!(이런 세상에!)" 틴지는 놀라 소리치면서 젊은 두 남자를 급히 물리쳤다. "미안해요, 만나려던 사람이 왔네요."

틴지는 시다를 와락 부둥켜안았다가 곧바로 네시의 품으로 인도했다. 네시는 오래도록 따뜻하게 안아주었다. 캐로는 양손을 시다의 어깨에 올린 채 눈을 뚫어져라 쳐다보더니 이내 부드럽게 포옹해주었다.

"시다는 언제 봐도 예뻐." 틴지가 말했다.

"너무 말랐지." 네시가 곁에서 한마디했다.

---

**토템폴** 북아메리카 원주민 집 앞에 세워진 조각 기둥 — 옮긴이

"중년 나이치곤 꽤 매력적인 거라고." 캐로가 말했다.

시다는 잠시 숨을 고른 뒤에 말했다. "다들 친한 사이 아니신가요?"

"이그작뜨멍!(맞아!) 밖에서만 친한 척 하는 거지…." 틴지가 유쾌하게 농을 했다.

"서운하게 들릴지 모르지만 여긴 어쩐 일이세요?" 시다가 물었다.

네시가 뒷좌석에 있는 아이스박스를 꺼내며 대답했다. "야야 원칙에 따라."

"지금 오후 4시예요. 엄마가 여기 오신 거 알아요?" 시다가 물었다.

"뭐 대충." 틴지가 대답했다.

"너희 엄마는 뭐든 꿰뚫고 있어." 캐로가 말했다.

체크인을 한 후에 야야 시스터즈는 그들이 묵을 방을 찾아 쾌적한 20년대식 통나무집의 복도를 따라 걸어갔다. 그들 뒤에는 십대 종업원이 산더미 같은 짐을 들고 허우적거리며 따라오고 있었다. 캐로는 만일의 경우를 대비해서 산소탱크까지 가져왔다. 야야들이 짐을 풀고 기력을 추스르는 동안 시다는 부탁한 술을 사기 위해 아래층 바로 내려갔다.

그녀는 여자 바텐더에게 틴지가 부탁한 진 리스께와, 네시가 부탁한 베티 무어 위스키 칵테일 제조법을 차분히 설명해주었다. 소다수를 첨가하는 캐로의 '글렌리벗'은 설명하기가 한결 쉬웠다.

"여기선 일일이 주문사항을 접수할 순 없어요." 바텐더가 뻐딱하게 대꾸했다. "혹 이 칵테일을 컨버터블에 탄 멋쟁이 할머니들이 마실 건가요?"

"왜 그렇게 생각허죠?"

"그분들 원로 영화배우 아네요?"
"아니에요. 야야 시스터즈예요."
"네?"
"제 대모들이세요."
"오, 나도 대모가 되고 싶었는데." 바텐더가 말했다.

부탁한 술을 들고 방에 돌아오자 네시와 틴지는 베개에 발을 떡하니 올려놓은 채 침대에 누워있었다. 캐로는 창가에 서서 호숫가 쪽으로 가파르게 비탈진 잔디밭을 내려다보고 있었다.
"한 시간 반 후에 저녁 먹자꾸나." 틴지가 말했다.
"맛있는 전채요리를 서빙할게." 네시가 말을 받았다.
"피곤하지 않으세요?" 시다가 물었다.
"잠깐 낮잠 자서 괜찮아." 틴지가 말했다.
시다가 그 말에 빙긋 웃었다. "팔팔하시다니 정말 대단해요. 장거리 비행을 하면 늘 피곤하던데."
"오, 장거리 비행을 한 게 아냐! 어제 시애틀에 도착했거든. 캐로가 마켓 호텔로 데려갔어. 우린 캄파뉴에서 세상에서 최고로 멋진 식사를 했단다." 네시가 말했다.
"야외에서 말이야. 맛좋은 푸아그라(거위간 요리)를 먹었지." 틴지가 덧붙였다.
"늦게까지 잤어. 여기 올림픽 반도*까지 오는 길에 두 번이나 쉬었고. 네시를 그냥 놔뒀더라면 네 번쯤 쉬었을걸. 차가 안락했어." 캐로

---

올림픽 반도 강우량이 많은 열대우림 지역. 생태계 보고로 알려짐. 《The Olympic Rain Forest: An Ecological Web》이란 책이 있다 — 옮긴이

가 말했다.

"편히 운전할만한 차는 아니었지." 틴지가 술을 한 모금 급히 들이 켜며 말했다. "그래도 렌터카치곤 제법 쓸 만했어."

"칵테일은 어때요?" 시다가 물었다.

"내 진 리스께는 열대우림(Rain Forest)이야." 틴지는 숲을 깨우려는 듯한 몸짓으로 창가 쪽을 가리키며 연극조로 말했다.

"내 스카치는 생태계 그물(Ecological Web)이야." 캐로가 덧붙였다.

시다는 웃음보를 와락 터뜨렸다. 야야 시스터즈의 비밀 가운데 가장 신성한 것이 유머란 사실을 잠시 깜빡 잊고 있었다.

시다가 통나무집으로 돌아오자 어느 정도 휴식을 취한 야야 시스터즈는 컨버터블을 몰고 어디론가 나갔다가 요란스럽게 등장했다. 그들의 도착은 한눈에 알 수 있었다. 세상 누구도 그처럼 요란하게 경적을 울려댈 순 없으므로. 차에서 내린 세 여자의 손에는 로비에서 구입한 와인 두 병과 시다가 전에 눈여겨보았던 아이스박스가 들려 있었다.

"오븐에서 데우기만 하면 돼." 네시가 아이스박스에서 냄비를 꺼내면서 말했다.

"뭐예요?" 시다가 물었다.

"네 엄마가 만든 가재찜. 네 아빠가 양식한 가재로 요리한 거야. 직접 농사지은 옥수수로 만든 서커태쉬*도 있어." 네시가 줄줄이 설명했다.

---

서커태쉬 강낭콩과 옥수수를 넣고 끓인 콩 요리 — 옮긴이

"엄마가 보냈어요?" 시다가 물었다.

"뭐… 갖다주라고 정확히 얘기하진 않았어. 하지만 비행기 타던 날 아침에 이걸 갖고 왔더라. '시애틀'이라고 적힌 메모하고 같이." 틴지가 말했다.

가재찜을 한 입 베어 물자 고향집 부엌에 서있는 엄마 모습이 눈앞에 그려졌다. 커다란 무쇠팬 안에 버터를 넣어 녹인 다음 밀가루를 부으며 보기 좋은 갈색으로 변할 때까지 젓는 엄마의 모습이 떠올랐다. 엄마는 양파와 셀러리와 피망의 향을 일일이 맡으면서 그것을 차례로 루* 안에 집어넣었다. 요리의 색이 변하는 것을 지켜보면서 가재 꼬리와 신선한 파슬리, 고춧가루를 집어넣고, 타바스코 병을 기운차게 흔들어 소스를 듬뿍 쳤다. 한 입 한 입 베어 물 때마다 고향의 정취와 엄마의 사랑을 새록새록 느낄 수 있었다.

시다는 잠시 먹던 손길을 멈추고 눈가의 눈물을 훔쳐냈다. "너무 맛있어서 눈물이 다 나잖아요."

"그럴 거야." 틴지가 맞장구를 쳤다.

"타바스코 소스와 고춧가루 때문일 수 있어." 네시가 말했다.

저녁을 먹은 뒤 네 여자는 잠시 바위 틈새로 난 길을 따라 호숫가를 산책했다. 빨간 월귤 열매가 길가 수풀에 크리스마스트리 종처럼 앙증맞게 매달려 있었고, 바위를 온통 뒤덮은 덩굴은 오렌지빛으로 옷을 갈아입고 있었다. 검붉은 석양의 자투리 빛이 호수 표면에 반사되는 동안 옅은 푸른빛 하늘가에서 달님이 뽀얀 크림색을 자랑하며 두둥실 떠오르고 있었다. 네 여자는 잠시 걸음을 멈추고 대자연의 장관을 감상했다.

---

루 소스나 수프를 걸쭉하게 만들기 위해 넣는 버터에 볶은 밀가루 — 옮긴이

"난생처음 봐. 해가 지면서 달이 뜨는 거. 분명 특별한 의미가 있을 거야." 캐로가 실바람처럼 속삭였다.

북서 태평양의 황혼 빛이 장관을 펼치는 가운데 통나무집으로 돌아온 네시는 가방에서 프렌치 로스트 커피*를 꺼냈다.

"데미타스* 마실 사람?" 그녀는 물주전자를 올려놓기 위해 부엌으로 가면서 소리쳤다.

루이지애나 커피만으로는 성에 차지 않는 듯 다시 나타난 네시의 손에는 호두파이 접시가 들려 있었다. "호두파이 먹을래?" 시다에게 접시를 내밀면서 물었다.

"이건 또 어디서 났어요?" 시다가 물었다.

"가방에 넣어 왔어."

"엄마가 만들어 준 거예요?"

"오, 아냐. 내가 만들었어. 네 엄마는 단 건 싫어하잖니. 그 덕에 아직도 사이즈 8짜리를 입잖아. 난 안타깝게도 12로 가고 있지만."

시다를 뒤적이던 캐로가 오스카 페터슨과 함께 40년대 스탠더드 곡을 연주한 이자크 펄먼의 시디를 틀었다.

틴지와 네시는 소파에 편안한 자세로 앉았고, 캐로는 안락의자에 자리를 잡았다. 휴일린은 틴지의 무릎 위로 기어올라가 흡족해하는 눈빛으로 시다를 빤히 쳐다보았다. 그 응석받이의 눈빛은 이렇게 말하는 것 같았다. '더 자주 같이 있어야 해.' 시다는 세 여자의 얼굴이 모두 보이는 위치로 의자를 끌어다 놓고 앉았다.

---

프렌치 로스트 커피 원두를 세 번 볶아 가장 진한 맛을 내는 커피 — 옮긴이
데미타스 식후에 마시는 진한 블랙커피 — 옮긴이

진한 블랙커피와 콘 시럽, 호두와 설탕가루가 환상적으로 조합된 죄악처럼 달콤한 호두파이가 몸속에서 행복한 감탄사를 자아냈다.
"정말 맛있어요. 하지만 조금만 먹을래요. 안 그럼 밤새 잠 못들 거예요."
"헌데, '신성한 비밀' 은 어딨어?" 틴지가 가볍게 지나는 말로 물었다.
"예?" 시다가 되물었다.
"신성한 비밀. 같이 보자꾸나."

시다가 엄마의 스크랩북을 들고 침실로 돌아오자 세 명의 야야들이 별안간 나누던 대화를 뚝 그쳤다. 시다는 스크랩북을 넘겨주면서 그네들의 반응을 꼼꼼히 살폈다.
세 여자는 스크랩북을 펼쳐들고 이리저리 훑어보았다. 잠시 후 틴지가 입을 열었다. "이 책 안엔 많은 게 담겨 있어."
"없는 것도 많지." 캐로가 말했다.
시다는 스크랩북을 덮고서 그들 가운데 놓인 커피 테이블에 올려놓았다.
"시다, 캐로 말이 물어볼 게 있다던데." 네시가 말했다.
"예스, 맴(Yes, Ma' am)." 시다는 어린 시절 쓰던, 지극히 공손한 말투가 절로 튀어나왔다.
"그 '예스 맴' 한 번만 더하면 백만 번이야. 그만 해. 그건 우리와 전혀 다른 물에서 나온 거라고." 캐로가 말했다.
"어디서 나왔는지는 몰라요." 시다가 잔뜩 경직된 미소를 지으며 말했다.
틴지는 캐로와 네시를 번갈아 쳐다보다가 이윽고 노란색 밀짚 가방을 집어들었다.

"고향 음식은 이만 사절이에요!" 시다가 황급히 외쳤다.

"으음." 틴지는 가방에서 커다란 봉투를 꺼냈다. "뭐 그 비슷한 거야."

"캐로 말이 엄마가 언제 병에 걸려 입원했는지 궁금해한다던데." 틴지가 말했다.

시다는 돌연 목구멍이 콱 막히는 기분이 들었다.

"옛날에 네가 보낸 편지야. 아주 어렸을 적에 보냈지. 엄마한테 갖다주라고 부탁했었잖아." 틴지는 잠시 말을 멈추고 깊이 심호흡을 했다. "그런데 그러질 못했어."

틴지는 시다에게 봉투를 건넸다. "네 엄마가 쓴 편지도 있어…. 내가…, 우리가 갖고 있었어."

"우편으로 보낼까 생각했지만 이게 도리일 거 같아서. 아직도 성인들한테 기도하니? 난 성 프란시스 파트리지께 기도했어…." 네시가 말했다.

"성 프란시스 파트리지." 캐로가 불쑥 끼어들었다. "아시시의 성 프란시스가 아니라."

"그분은 화해의 성인이야. 아무튼, 편지 읽을 때 같이 있고 싶었어." 네시가 말했다.

시다는 봉투를 물끄러미 내려다보다가 이내 세 여자에게 시선을 돌렸다. "고마워요. 나중에 읽을게요."

"지금 읽어라." 캐로가 일어선 자세에서 말했다. "우리가 부엌을 정리하는 동안 읽어."

"오, 안 돼요. 그럴 순 없어요. 가고 나면 제가 치울게요. 음식도 준비해오셨잖아요."

"설거지까지 해줘야 좋은 손님이지. 그게 우리 철칙이야." 네시가 말했다.

"피곤하시잖아요." 시다가 말했다.

"팔팔해." 네시가 대답했다.

"이하동문. 게다가 집에서보다 여기가 두 시간 빠르잖아." 틴지가 말했다.

"난 이 시간이 초저녁이야. 천천히 읽어. 어디 안 갈 테니까." 캐로가 곁에서 거들었다.

야야 시스터즈가 부산하게 설거지하는 동안 시다는 깃털 베개를 베고 소파에 편히 누웠다. 편지는 두 묶음으로 나뉘어 있었다. 첫 번째 묶음은 어린아이 필체로 쓰인, 발송되지 않은 편지들이었다. 시다는 그게 자신의 필체란 걸 이내 깨달았다. 그녀는 첫 번째 봉투 안에 들어있는 구멍테가 난 편지지를 물끄러미 쳐다보았다. '셉 워커 부인' 앞으로 보냈지만, 주소는 적혀 있지 않았다. 수신인 이름은 봉투 중앙을 벗어난 잘못된 자리에서, 닻을 내릴 좌표를 발견하지 못한 듯 공중에서 둥둥 떠다니고 있었다. 주소가 적혀있어야 할 텅 빈 여백을 물끄러미 응시하면서 긴장으로 명치가 바짝 죄어왔다. 그녀는 무심결에 양 무릎을 몸에 바짝 끌어다 붙여 몸을 둥글게 말았다.

첫 번째 편지는 이렇게 시작됐다.

1963년 4월 2일

사랑하는 엄마에게,

아무도 엄마 주소를 알려주지 않아요. 틴지 아줌마 말이 편지를 주면 엄마한테 전해주신대요. 부디 그러길 바라요. 엄마, 엄마를 화나게 해서 미안해요. 할머니 말이 우리가 엄마를 힘들게 한대요. 그냥 빨리 나으라는 편지만 쓰래요. 제발 빨리 나으세요.

엄마를 화나게 해서 미안해요.

동생들은 잘 돌보고 있어요.

일요일 밤에 할머니 댁에서 잤어요. 다음 날 네시 아줌마가 와서 나와 룰루를 데려갔어요. 리틀 셉과 베일러는 캐로 아줌마네 집에 갔어요. 아빠는 못 봤어요. 어디 갔는지 몰라요. 틴지 아줌마네서 지내면서 풀장에서 실컷 수영했으면 좋겠어요.

네시 아줌마한테 엄마가 어딨느냐고 물었더니 시내 밖에서 잘 지내신대요. 병원에 있는 거예요, 엄마? 친구 집에 간 거예요?《리틀 래스컬즈》하고《수퍼맨》을 보고, 룰루랑 말리스랑 애니랑 바비인형 놀이를 했어요. 네시 아줌마네 다락에서 잤어요. 미안해요. 금방 편지 쓸게요. 제발 답장해주고, 어서 집으로 돌아오세요.

― 착한 딸 시다가

시다는 눈을 꼭 감았다. 겨울날 일요일 저녁이었다. 3학년인가, 4학년 때였다. 엄마 비비는 손에 아빠의 가죽벨트를 쥐고 있었다. 은 버클이 살 속에 파고드는 듯한 아픔. 동생들을 보호하려고 기를 쓰고 있는 자신. 허벅지와 등을 사정없이 내리치는 가죽 벨트. 미친 광기. 엄마의 매섭고 독한 말. 오줌을 지린 창피함. 울부짖음으로 쉬어버린 목소리. 무엇보다 이 모든 걸 막을 수 있다는 믿음.

이런 이미지들은 시다에겐 무척이나 낯익은 것이있다. 그녀의 몸이 너무 잘 알고 있었다. 그 어떤 것도 — 멀리 떨어져 있어도, 좋은 직업을 가져도, 약혼자 코너도, 비비가 영적으로 쇠약해져 있다는 마사지사의 말도 — 그날 체벌의 원인이 자신이란 생각을 완전히 떨쳐버리게 하진 못했다.

어지럽게 뒤엉킨 이미지에 빠져든 시다는 두려움에 떨며 몸을 움찔했다. 그때 네시가 몸을 숙여 그녀의 몸에 담요를 가만히 덮어주었다. 눈을 뜨자 측은해하는 눈빛이 그녀를 내려다보고 있었다. 시다는 말없이 편지를 읽어 내려가기 시작했다.

1963년 4월 12일
화창한 금요일

사랑하는 엄마에게,

윌레타가 오늘 보러왔어요. 왜인지 한번 맞춰보세요. 집에서 혼자 지내던 햄스터 럭키를 데려왔지 뭐예요. 걔가 무척 외로워했대요. 매일 먹이를 줬는데도 우리만 찾더래요!!! 지금 우리가 있는 틴지 아줌마 집에서 같이 살아요!! 신나서 쳇바퀴를 굴려대요. 한번 봐야 하는데. 럭키도 엄마를 보고 싶어해요.

엄마 편지를 기다리고 있어요. 틴지 아줌마 말이 곧 받을 수 있대요. 틴지 아줌마가 헤일리 밀스* 영화를 보여줬어요. 다른 애들은 빼고 둘만 갔어요.

십자가의 길 기도소에서 엄마를 위해 기도했어요. 사순절은 너무 길어요. 40일밖에 안 됐다는 게 믿기지 않아요. 부활절이 하루 남았어요. 또 사탕을 먹겠죠. 부활절 때문에 초콜릿도 꾹 참았어요. 제발 일

---

*헤일리 밀스 《폴리아나》에 출연한 영화배우 — 옮긴이

요일엔 돌아오세요. 알았죠?

틴지 아줌마가 나랑 룰루한테 부활절 드레스를 사줬어요. 칙 아저씨는 진짜 재미나요. 부활절 달걀찾기를 할 거예요. 엄마도 꼭 오세요. 셜리하고 달걀을 8만 4천 개나 그렸어요. 어제 윌레타하고 통화했는데 집은 괜찮대요. 왜 집에서 아빠랑 지낼 수 없는 거죠? 그런데 괜찮지 않아요. 엄마가 없으니까요.

일요일에 볼 수 있는 거죠? 그렇죠?

— 사랑하는 시다가

1963년 4월 14일
부활절 일요일

사랑하는 엄마에게,

옷을 빼입고 10시 30분 미사에 갔다가 틴지 아줌마 집에 왔어요. 네시와 캐로 아줌마가 와서 같이 밥을 먹었어요. 윌레타와 채니, 루비, 펄이 와서 부활절 케이크를 갖다줬어요. 윌레타는 꽃 달린 커다란 노란 모자를 썼어요. 아빠도 와서 날 번쩍 안아줬어요.

계속 엄마 얘기를 물으니까 아빠는 조용히 하라면서 다른 애들하고 놀아줬어요. 칙 아저씨는 부활절 토끼 분장을 했어요. 우린 잔디밭에서, 풀섶에서, 화단가에서, 풀장 화분 속에서 달걀을 찾았어요. 베일러가 황금달걀을 찾아내서 커다란 토끼인형을 차지했어요. 나머지 애들도 상을 탔고요.

어른들은 풀장에서 술을 마셨는데 아빠가 가려고 하니까 룰루가 다리를 꽉 깨물었어요. 아빠가 불같이 화냈어요. "저리 꺼져!" 막 고함을 질러댔어요.

아빠가 그냥 남아서 같이 돼지고기 샌드위치를 먹고 에드 설리반 쇼를 봤어요. 그러고 나서 갔어요. 어디 갔는지는 모르겠어요.

엄마가 언제 집에 돌아올지 말해주지 않았어요. 막 화가 났어요. 캐로 아줌마 무릎에 앉아 에드 설리반에 나오는 사람들 얘길 꾸며서 해줬어요. 거기 나오는 사람들 얘긴 하고 싶지 않아요. 에드 설리반이 싫어요. 모두 미워요.

— 시댈리 워커

1963년 5월 23일

사랑하는 엄마에게,

우린 네시 아줌마네 집에서 지내요. 제발 돌아와서 우릴 데려가요. 여긴 너무 시끄러워요. 꼬맹이들이 11명이라 내 방도 없어요. 숙제도 제대로 하기 힘들어요.

꼭 돌아와야 해요, 알았죠? 룰루가 머리칼을 씹어대요. 막을 수가 없어요. 애들이 엄마를 무지하게 보고 싶어해요. 리틀 셉은 싸우고 다녀요. 제프 르모인 코피를 터트려서 수녀님들이 벌줬어요. 캐로 아줌마가 학교에 와서 데려갔어요. 룰루는 교복을 입지 않으려 해요. 네시 아줌마도 두 손 들었어요. 베일러는 아기 짓을 해요. 웅얼거리고 침을 푸푸 뱉어대요. 이제 왜 집에 돌아와야 하는지 알겠죠? 모두 엄마를 보고 싶어해요. 나 무지 착해졌어요. 못 알아보실 걸요. 엄마, 돌아오세요. 우리가 얼마나 착해졌는지 놀랄 거예요. 화나게 해서, 아프게 해서 미안해요. 우리 없이 엄만 행복하죠? 하지만 우린 엄마 없이 재미없어요. 돌아오면 우리가 얼마나 변했는지 알게 될 거예요. 정말이에요! 아빠하고 야야들한테 물어보세요. 제발 돌아오세요, 엄마.

사랑하는 큰딸
— 시댈리 워커가

추신. 부활절 휴가 전에 성적표를 받았는데 올 A를 맞았어요.(품행 과목만 빼고요) 무지 잘한 거예요!

1963년 6월 6일

사랑하는 엄마에게,

답장을 안 해줬네요. 해줄 거라고 생각했는데. 우리 곁을 떠나서 편지 한 장 없는 건 나쁜 일이에요. 엄마한테 다신 편지 안 쓸 거예요. 학교는 쉬는데 엄마는 집에 없어요. 엄마가 미워요.

— 시다가

1963년 6월 7일

사랑하는 엄마에게,

지난번 편지 미안해요. 전부 미안해요. 모두 엄마를 그리워하고 엄마가 돌아오길 기다리고 있어요. 난 몰라볼 정도로 달라졌어요. 아주 착해졌어요. 제발 돌아오세요. 알았죠? 네시 아줌마가 스프링 강으로 데려간다고 하는데 엄마 없이 가고 싶진 않아요. 전의 편지는 잊어주세요, 알았죠?

사랑해요.

사랑하는 딸
— 시댈리

시다는 마지막 편지를 접어 봉투 안에 집어넣었다. 후텁지근하고 어질어질한 기분이 들었다. 동시에 아픈 과거를 생생하게 떠올려주는 물건을 보여준 야야들에게 왠지 모를 화가 치밀어올랐다.

'뭘 그래, 내가 부탁한 거잖아.'

그녀는 자리에 일어나 앉아 소파 위쪽으로 고개를 비쭉 내밀고 뒤를 쳐다보았다. 야야 시스터즈는 테이블 주위에 앉아있었다. 그 수다쟁이들이 재잘재잘 수다 떨지 않고 가만히 입 다물고 있는 건 처음이었다. 네시는 레이스를 뜨고 있었고, 틴지는 솔리테르*를 즐기고 있었다. 캐로는 직소퍼즐*에 푹 빠져 있었다.

날 감시하고 있네.

틴지가 고개를 들어 시다를 쳐다보았다. "기분이 괜찮아, 시다?"

시다는 고개를 끄덕였다.

"필요한 게 있으면 불러." 틴지가 말했다.

"호두파이 더 줄까?" 네시가 물었다.

"아니, 고마워요." 시다가 대답했다.

직소퍼즐 판에서 고개를 들고 캐로가 말했다. "안경을 벗고 초점을 흐리면 퍼즐조각을 더 잘 맞출 수 있어."

시다는 이들이 곁에 있다는 생각에 안도감이 들었다. 그동안 얼마나 외롭게 지냈는지 새삼 깨닫게 되었다. 그녀는 두 번째 편지 다발을 집어들었다.

봉투 세 개가 들어있었는데, 비비가 야야 시스터즈 각자에게 보낸 편지였다. 엄마가 전용으로 쓰던 봉투와 편지지에서는 30년이 흐른 지금에도 매끄러운 플러시 천의 느낌이 그대로 살아있었다. 첫 번째

---

솔리테르 혼자서 하는 카드놀이 — 옮긴이
직소퍼즐 조각그림 맞추기 퍼즐 — 옮긴이

봉투를 열자 엄마가 쓰던 편지지가 아닌 타이핑 종이가 나타났다. 편지는 테두리와 접힌 부분이 누렇게 변색했지만 글자는 확실하고 또렷했다. 편지를 읽는 동안 또다시 손바닥이 근질거리기 시작했다.

1963년 7월 11일 새벽 2시 반<br>집으로 돌아온 지 아흐레째 되는 날

사랑스런 친구 틴지에게,

아무도 병원이라 부르지 않는 병원에서, 내 남은 유일한 영혼은 속마음을 글로 적어보는 게 좋을 거라고 부추겼어. 누군가와 대화 나누기가 힘든 건 난생처음이야. 셉이 엄마네 집 다락방에서 갖다준 올리베티가 그나마 위로가 되고 있어.

틴지야, 애들 이불을 덮어주고 싶어 미치겠어. 애들을 꼭 안아주고 싶어. 애들이 이 닦는 모습을 보고 싶어 죽겠어. 감히 애들 가까이 다가갈 수가 없어. 잠잘 때만 빼고.

모든 게 잠잠해지기만 기다려. 그때가 되면 살금살금 애들 방으로 들어가지. 먼저 사내애들 방으로 가. 개구쟁이 사내애들 특유의 냄새와 침대기둥에 걸려있는 야구장갑 냄새를 맡을 수 있어. 리틀 셉 침대로 가서 몸을 숙이고 봐. 개구쟁이 꼬마 병정. 또래 애들처럼 무척이나 험하게 자지. 험하게 놀고, 험하게 자고, 매사 온 힘을 다 쏟지. 다음엔 내 아기 베일러를 봐. 오, 틴지, 그 애는 작은 공처럼 몸을 둥글게 말고 자.

이어 여자애들 방으로 건너가. 안에 들어서는 순간 파우더와 크레파스와 바닐라 향이 풍겨 여자애 방인 걸 금방 알게 돼. 룰루가 이불

을 걷어찬 채 자고 있어. 귀엽고 통통한 몸뚱이가 누워 있어. 노란 장미와 같이 사준 예쁘장한 잠옷을 입고 엎드려 자고 있지. 그 잠옷을 무지 좋아해. 윌레타가 빨려고 들면 뺏기지 않으려고 한참 실랑이를 벌이곤 해.

그리고 내 맏딸. 악몽으로 헐떡거리며 깨어난 적이 없이 얌전히 자. 턱 아래까지 이불을 끌어다 덮고 품에 베개를 꼭 끌어안은 채 오른 팔을 머리 위로 척 올려놓고 자지. 네가 선물해준 흰 잠옷을 입고 말이야. 그렇게 예쁜 잠옷을 어디서 산 거니? 그걸 입으면 꼭 작은 시인 같아. 잠옷 아래 어깨엔 내가 만들어준 상처가 있어. 오, 그 애가 가장 심하게 맞았지. 동생들을 아주 잘 돌봐줘. 꼭 꼬맹이 엄마 같아. 병원 간호사 말이 울음이 터져도 글을 쓰라더라. 계속 쓰라고. 네시 말이 시다를 학교까지 태워다주고 일주일에 한 번씩 극장에 데려간다던데. 너희 둘만 간다며? 또 콜라를 마시며 헤일리 밀즈 영화를 보고 로비에 가서 동생들이 괜찮은지 전화로 확인해도 된다고 했다며? 오, 무엇보다 시다 잠옷 정말 고마워. 그걸 보면 그 애가 아직 어린애란 걸 깨닫게 돼.

난 아주 많이 조심해야 돼, 틴지.

메르시 비엥, 메르시 보꾸, 밀 메르시, 따따.(너무 너무 고마워)

— 비비가

시다는 읽던 편지를 내려놓고 손바닥으로 가슴께를 꾹 누르면서 가빠오는 호흡을 애써 진정시키려 했다.

'무엇보다 시다의 잠옷 정말 고마워. 그걸 보면 그 애가 아직 어린애란 걸 깨닫게 돼.'

시다는 어디론가 숨고만 싶었다. 자리에서 벌떡 일어선 그녀는 스트레칭을 하는 척했다. "소파가 불편하네요. 침실로 갈게요."

"혼자 있고 싶니?" 틴지가 우아한 저음으로 물었다.

"예."

"같이 침실로 갈게." 캐로가 말했다.

"걱정하지 마. 우리가 같이 있어줄게." 네시가 말했다.

그때 바닥에 납작 엎드려있던 휴일린이 시다를 올려다보며 탁탁 소리가 나도록 마룻바닥에 꼬리를 쳐댔다. 시다는 갑자기 답답한 기분이 들었다. 고통과 마주할 땐 늘 홀로 동굴 안에 숨어들곤 했는데….

"넌 여기 오래 있었잖니. 우린 방금 도착했고. 손님대접을 이렇게 할 거야? 우리더러 그냥 가라고?" 틴지가 말했다.

'시다, 제발 매너 있게 굴어.'

"그런 거 아녜요. 혼자 욕실에 가도 되죠?" 시다가 물었다.

"안 돼, 절대 안 돼." 틴지가 싱긋 웃으며 테이블 위에 카드를 내려놓더니 시다 옆에 껌처럼 찰싹 달라붙었다. 시다는 그에 개의치 않고 성큼성큼 욕실로 걸어갔다. 조금 가다 틴지를 뒤돌아보았더니 그녀가 득달같이 달려들어 안았다.

"야야 시스터즈한테서 숨을 곳은 아무 데도 없다." 캐로가 큰 소리로 외쳤다.

시다는 제 풀에 꺾여 피식 웃으며 틴지 볼에 키스해주었다.

이윽고 욕실에서 돌아왔을 때 세 여인네는 각자 하던 일에 빠져 고개도 들지 않았다. 시다는 다시 모포 속으로 기어 들어가 편지를 집어 들었다. 본격적으로 편지를 읽기 전에 잠시 방 안에, 주위의 광경과 소리에 온 신경을 집중해보았다. 원목 테이블에 카드를 가볍게 내리치는 소리, 여자들의 밭은 숨소리, 휴일린이 나지막하게 코 고는 소리, 호숫가 어딘가에서 처량맞게 우짖는 물새 소리. 시다는 이 모든 소리를 안으로 빨아들인 후, 이내 부활절까지 지루하게 이어지는 사순 시기에 빠져들었다.

1963년 7월 14일

캐로에게,

사랑하는 친구야, 너희가 나와 내 아이들에게 해준 일에 대해 뭐라 감사해야 할지 모르겠구나. 꼬박 세 달 동안 애들 돌봐준 거(내겐 덧없는 그 시간 동안). 셉에게 식사 대접한 거. 너희는 남편이 허심탄회하게 얘기 나눌 수 있는 몇 안 되는 사람들이야. 내가 집에 오니까 남편이 그러더라. "캐로 말이야, 생각만큼 막돼먹진 않았더군." 이건 1947년 이래 칭찬이랑 담 쌓은 남자 입에서 나온 최고의 칭찬이었어.

친구야, 나 지금 너무 우울해. 아무도 병원이라 부르지 않는 병원 복도에서 내 곁을 지켜주던 네가 생각나. 내 손을 꼭 잡아주던 모습이. 셉 말이 나한테 가장 먼저 달려온 사람이 너라더라. 내가 못된 짓거리를 하고 나서, 내 스스로 용서할 수 없는 짓을 저지르고 나서. 떨어뜨린 바구니를 다시 주어들 수 없게 되고 나서.

어제 저녁에는 월레타가 딸애들을 데려와 잠자리 키스를 하게 해줬어. 그 애들이 떠나고 나서 신께 기도했어. 그 애들한테도 너 같은 친구가 생기게 해 달라고. 어떤 여자들은 딸이 좋은 남편 만나게 해 달라고 기도하지. 난 시댈리와 룰루가 야야 시스터즈처럼 진실한 친구를 만날 수 있게 해 달라고 기도했어.

잠자리에 들 때면 네 생각을 하곤 해. 집에 돌아간 그날 밤, 네가 해준 것처럼 양팔로 어깨를 감싸 안고 몸을 흔들흔들하면서 널 생각해. 퉁명스럽긴 하지만 남편은 집에 온 뒤로 많이 달라졌어. 그날 밤 너한테 내 곁을 지켜달라고 부탁하는 소리 들었지? 자신이 야야들만큼 내게 중요한 존재가 될 수 없다는 걸 깨달은 거야. 이런 남자들은 어딘가 가둬둬야 해. 안 그럼 세상이 온통 산산조각날 거야. 나한테 부탁하기만 해. 난 쪼가리 내는 데 선수잖아. 넌 도로 끼워 맞추는 선수이고.

사랑해, 캐로. 사랑한다, 비상하는 매 공작부인.

— 너의 비비가

마지막 편지는 친구 네시에게 보낸 것이었다.

1963년 7월 23일

사랑하고 사랑하는 네시에게,

노래하는 구름 백작부인, 어쩌다 그렇게 된 거니? 비관적이었다 낙관적이었다, 허둥대는 네 모습에 모두 재밌어하고 있어. 넌 우리 중 최고로 빈틈없는 애잖니. 그게 네 스타일이잖아.

무슨 일이 일어났는지 자세히 밝힐 수 없어. 내 인생 바구니를 떨어뜨렸다는 말밖엔.

넌 내가 없는 동안 내 삶이 계속해서 굴러갈 수 있게 도와줬지. 어떻게 그 일을 해낼 수 있었니? 1만 번이 넘는 농구시합과 성당에서의 복사 역할 연습, 걸스카우트 활동, 치과방문 그리고 신만이 아는 그 많은 일을. 두 집 애들을 돌보느라 늘 차안에서 지냈을 게 뻔해.

집안일로도 허리가 휘청기릴 텐데 우리 애들까지 받아줘서 고마워.

커다란 창문과 레이스 차양이 드리워진 침대가 있는 이층 방에서 그 애들이 지낼 수 있게 해줬지. 먹을 걸 챙겨주고, 룰루가 머리칼을 잘 근잘근 씹지 못하게 막아줬지. 밤낮없이 딩동대는 시다의 피아노 소리도 묵묵히 참아주고. 엄마를 도와 애들을 '조용히 시킨' 거, 날 위해 9일 기도와 묵주기도 해준 거 모두 고마워.

그리고 남편. 언젠가 그이가 아이들이 잠든 밤중에 스테이크를 만들어줬어. 칵테일을 만들어주고는 — 작은 잔에 — 네가 해준 일에 대해 얘기하더라. 아무도 병원이라 부르지 않는 병원에 날 데려다 놓은 뒤에 자신이 한 행동을 많이 부끄러워했어. 술 마신 거 말이야. 오리 사냥 캠프로 네가 찾아온 얘기도 해줬어. 술 깨워서 집까지 데려왔다며? 맑은 정신으로 부활 달걀찾기를 할 수 있게 해줬다더라.

사랑하는 친구야, 남편이 널 많이 칭찬해. 서툴게 감사를 표하더라도 잘 봐줘. 우린 그것밖에 할 수가 없어. 서툴게 감사를 표하는 거.

서툰 맘으로 고마움을 전한다. 넌 내게 최고로 진실한 친구야.

— 널 무지하게 고마워하는 비비가

시다는 잠시 넋 놓고 그대로 누워 있었다. 이어 조심스럽게 편지를 그러모아 봉투 안에 집어넣은 뒤에 테이블에 올려놓았다. 다시 엎드린 자세로 돌아와서는 소파 팔걸이에 고개를 올려놓고 야야들을 바라보았다.

"여러분!" 그녀가 가만히 여자들을 불렀다.

세 여자가 동시에 고개를 들어 시다를 쳐다보았다.

그때 시다의 눈가에서 눈물이 비 오듯 줄줄 쏟아지기 시작했다.

시다는 코를 훌쩍이면서 한 손에 베개를 든 채 여자들이 있는 곳으로 다가갔다. 머리를 바닥에 문질러대고 있었기에 머리칼이 어지럽게 뒤엉켜 있었다. 반쯤 정신 나간 몰골이었다.

"맘이 바뀌었어요. 저 커피하고 호두파이 먹어도 돼요?" 시다는 울먹이는 목소리로 간신히 말했다.

"물론이지. 8만 4천 개나 가져왔거든." 네시가 부엌으로 걸어가며 시원스럽게 대답했다.

틴지는 게임판을 접으면서 시다를 올려다보았다. "마 쁘띠 슈(귀여운 아이), 어서 앉아. 베개 갖고 이리 오렴."

"이봐 친구, 상태는 어때? 원조 어른들하고 밤 샐 준비는 된 건가?" 캐로가 물었다.

"진실을 알고 싶어요." 시다가 말했다.

"그건 우리도 몰라. 몇 가지 사실만 알 뿐이지. 그걸로도 괜찮겠어?" 캐로가 물었다.

"괜찮아요. 또 그래야 하고요." 시다는 대답과 함께 네시가 건네준 파이를 한 입 베어 물었다.

27

캐로는 몸속의 기를 끌어 모으려는 듯 잠시 눈을 꼭 감았다. 이윽고 눈을 번쩍 뜨고는 얘기를 풀어나갔다.

그 일은 마르디그라* 직전에 시작됐어. 우리 넷은 사순절 동안에 술을 마시지 않을 결심을 했지. 네시는 이 결심을 아주 진지하게 받아들였어. 난 내 의지를 시험하는 계기로 삼았고. 틴지는 주일에는 금주약속을 적용시키지 않는 걸로 완화했어. 곧이어 너희 엄마가 다시 정정했어. 교구 밖을 벗어났을 때는 예외라고.

우린 틴지의 벤틀리를 엄청나게 혹사시켰어. 술 한 잔 마시려고 라파에트, 바통 루즈, 심지어 티오가까지 차를 몰고 나갔어. 교구 밖을 넘어선 거지. 언젠가 주말에 너희 엄마와 틴지가 마크스빌에 가자고 하더라. 나도 가고 싶었지만 애가 인후염을 앓아서 못 갔어. 두 여자는 토요일 일찍 출발했어. 오전 9시에 문을 여는 케이준 댄스홀을 몇

---
마르디그라 사육제 마지막 날 — 옮긴이

군데 돌고 저녁까지 내내 돌아다녔어. 근데 돌아오는 길에 그만 차를 도랑에 처박고 말았지. 다행히 다친 데는 없었어. 차가 도랑에 빠지고 두 여자가 인사불성으로 취했다는 거밖엔. 두 여자는 네시한테 전화를 걸어 데리러 와달라고 했어. 남편들한테는 무서워 걸 수가 없었거든. 나도 애가 아프다는 걸 알고 있었고.

네시가 갔더니 두 여자가 뒤뻬 식당에서 부댕 볼*을 안주 삼아 진 토닉을 홀짝거리고 있더래. 그때가 사순절 둘째 주였어. 셋째 주던가? 잘 기억이 안 나네. 사순절은 길잖아. 끝이 안 보이는 사막처럼.

네시는 견인차를 부르고 나서 두 여자를 집으로 데려왔어.

그 다음에 알기로는 네 엄마가 새로 부임한 신부한테 갔대. 신부 이름은 밝히지 않을래. 아무튼, 신부는 네 엄마를 곧바로 로웰 박사한테 보냈어. 신부들이 콜럼버스 기사단* 소속인 그 의사한테 환자를 보낸다더라. 난 비비의 처방전을 보고서야 그 놈의 정체를 알게 됐어. 덱사밀. 그 이름, 죽을 때까지 못 잊을 거야. 덱사드린(각성제)과 밀타운(진정제)의 혼혈아. 독한 주사로 사람을 폐인으로 만드는 요망한 잡놈. 거기선 네 엄마를 알코올 중독에서 빠져나오게 하면서 독실한 신자로 만들 요량이었지.

비비는 그 약을 좋아했어. 입에 침이 마르도록 칭찬해댔지. 활력을 주고 술의 유혹을 막아준다나. 밥맛도 떨어지게 한대. 네 시간이나 잘 수 있게 하고. 훨훨 나는 기분이래. 아주 높이.

부활절 2주 전에 비비는 그 신부와 아칸소 어디로 나흘간 요양을 떠났어. 버번도 없이 차갑게 식은 칠면조 요리를 먹고, 내내 약에 취한

---

부댕 볼  땅콩가루, 양파 등을 넣은 과자 같은 음식 — 옮긴이
콜럼버스 기사단  1980년에 창설된 기독교 윤리를 수호하기 위해 만들어진 모임 — 옮긴이

채 참회를 했지. 당시 비비가 바위 덩어리로 몸을 날리는 걸 막지 못한 걸 생각하면, 정말 죽고만 싶어. 친구란 게 뭐야? 그건 항구의 배 같은 거야. 진로를 벗어나면 서로 일깨워주는 거. 하지만 그게 늘 가능하진 않지.

그때 요양소에서 무슨 일이 있었는지는 여전히 의문이야. 눈곱만큼만 얘기해줬거든. 빌어먹을, 영혼을 알긴 뭘 알어. 가톨릭이란 게 여자들을 ― 수녀는 빼고 ― 기만했던 거야. 거기는 결핵환자 수용소였어. 상상이 가니? 네 엄마는 몰래 숨긴 덱사밀과 기도서와 묵주와 갈아입을 옷과 립스틱을 서둘러 챙겨서 거길 갔던 거야. 안 봐도 뻔해. 온종일 계속되는 설교와 기도, 단식, 영성체, 고해성사…. '예수 상처에 손을 찔러 넣어! 그럼 영혼이 순수하게 정화될 거야.' 뭐 이따위겠지.

난 심리학자는 아냐. 어떤 신경이 팽팽하게 당겨졌는지 따윈 모른다고. 모두 젠장 맞을 덱사밀 때문이야. 당시엔 그 약이 얼마나 해악한지 몰랐어. 술보다 백배 천배는 나쁘다는 걸.

캐로는 자리에서 일어나 유리로 된 미닫이문을 열고 나가서는 잔잔한 호수를 한동안 바라보았다. 양손을 올려 짧게 자른 머리를 한번 쓱 쓸어 넘겨보았다. 갑자기 목에서 잔기침이 튀어나왔다.

시다는 자못 걱정스러웠다. 기침 소리가 예사롭지 않았던 것이다.

"괜찮아요? 물 좀 드릴까요?"

"남은 얘기 마저 해야지. 내 사랑하는 라모스 휘즈(칵테일)에 대고 얘기할 순 없잖아." 캐로가 말했다.

시다는 캐로에게 다가가 양팔로 허리를 감싸 안아주었다. "얘기하기 힘들죠?"

"그래." 침울한 목소리였다.

시다는 틴지와 네시를 번갈아 쳐다보았다. "왜 오신 거예요? 응…, 단순한 피크닉이 아니죠?"

"네 엄마가 보고 싶어 해." 틴지가 자리에서 일어서 소파 근처로 다가오며 말했다. 소파 주위에는 시다의 신발이 어지럽게 널브러져 있었다.

"우린 일종의 사절이지. 내 말 뜻 알지?" 네시가 주저하며 말했다.

"엄마가 보내서 왔다고요?" 시다가 재차 되물었다.

"직접 말로 한 건 아냐." 틴지가 대답했다.

"그럼 왜? 왜 직접 오지 않죠? 왜 이런 얘길 직접 들려주지 않는 거죠?"

"그럴 이유가 있어. 이유가." 캐로가 대답했다.

시다는 캐로가 부엌으로 들어가 물 잔을 들고 나오는 모습을 묵묵히 지켜보았다. 안락의자로 걸어간 그녀는 자리에 털썩 주저앉았다. 성냥을 꺼내들었을 때 시다는 담배를 피우려는 줄 알고 적잖이 놀랐다. 예상과 달리 캐로는 의자 옆의 테이블에 놓인 초에 성냥불을 가져갔다. 초를 켠 후에는 주머니 속에서 담배를 꺼내 입에 물었다. 물론 얘기하는 내내 담배 피는 시늉만 냈을 뿐이다.

요양소에서 피칸그로브 농장으로 다시 돌아온 비비는 이렇게 생각했어. 아니, 이런 식으로 생각을 짜 맞췄지. 아이 넷이 악귀에 들렸다고.

캐로는 문득 말을 끊고 유리문 근처에 서있는 시다를 쳐다보았다. "이봐 친구, 편한 자세로 듣지 않겠어? 내 옆이 허전하기도 하고 말이야."

시다는 안락의자로 가서 큼지막한 소파를 몇 개 들고 캐로 옆의 바닥에 털썩 주저앉았다. 네시와 틴지는 서로 반대 방향으로 머리를 둔 채 소파 위에 드러누웠다. 캐로는 말없이 자리에서 일어나 시다의 깃털 베개가 놓인 테이블 쪽으로 걸어갔다.

"이거 받아, 꼬마 병정님! 다음 장면은 기억날 거야." 캐로는 깃털 베개를 시다에게 건네주고 나서 의자에 앉으며 말했다.

너희 넷을 무지막지하게 때렸지. 홀랑 벗겨놓고서 벨트로. 내가 갔을 때는 윌레타가 너희를 깨끗이 씻겨주고 난 후였어. 매 자국을 봤는데 정말 끔찍하더라. 너희 넷은 그때까지 겁에 질려 울어대고 있었어. 사정은 이러했어. 뜰에 있던 윌레타와 채니가 매질하는 걸 보고 부리나케 집안으로 달려가 비비를 막아 세웠어. 너희는 자기 집으로 데려가고. 윌레타가 너희 할머니한테 전화를 걸었고 너희 할머니는 나한테 전화했어. 윌레타네 집에 가보라고.

불현듯 캐로가 말을 멈추었다.
"캐로? 괜찮아? 무리하는 거 아냐?" 틴지가 자리에서 일어서며 말했다.
캐로는 불붙이지 않은 담배를 내려놓고는 산소탱크를 끌어 당겨 신속하게 탱크와 연결된 흡입관을 코에 갖다댔다.
"도와드려요? 물 갖다드릴게요."
시다는 펄떡거리는 심장을 진정시키려 애쓰면서 부엌으로 가서 캐로에게 줄 물을 잔에 따랐다. 어두컴컴한 부엌 스토브 쪽에서 진한 커피 향이 풍겨왔다. 그녀는 뺨을 차가운 탁자에 대고 깊이 심호흡을 했다.
 진정해. 그동안 잘 견뎠잖아.
 캐로는 시다가 건네준 물을 한 모금 들이켠 뒤에 진한 커피를 마시고는 말을 이어갔다.

 나중에 할머니가 너희를 데려가셨어. 너희 집으로 갔는데…. 가니까 비비가 부엌 바닥에 알몸으로 쓰러져 있더라. 잘 설득할 수 있을 거 같더라. 나락에서 빠져나오게 도와줄 수 있겠더라고. 내 실수였지. 난 네 엄마를 친자매처럼 아끼고 사랑해. 내 아이들만큼이나 사랑하지. 아마 남편보다 더 사랑할지도 몰라. 1933년 아빠 극장 매점에서 처음 만난 날부터 쭉 그래 왔어. 그때 주머니에 붉은 튤립이 수놓인 노란 드레스를 입고 오렌지 크러시를 사고 있었어. 난 특별대우를 해주는 양 네 엄마한테 영화를 보여줬지.

 캐로는 피곤한 듯 눈가를 몇 번 문지르더니 이내 얘기를 계속 이어나갔다.

 비비를 욕실로 데려가 변기 위에 앉혔어. 비비는 뭘 어찌해야 할지 모르고 있었어.
 내가 말했지. 이봐 친구, 긴장 풀고 오줌 누라고.
 어찌나 몸이 긴장돼 있는지 얼굴의 실핏줄이 튀어나올 정도였어. 난 너희 주치의인 보 포쉐 박사한테 전화를 걸었어. 그분 알지? 네 아빠는 어딨는지 보이지 않았어. 도통 집에 없으니까. 그래서 소아과 의사인 그분께 전화한 거야. 그분은 오랫동안 우리와 알고 지낸 사이야.

우리가 고등학생이었을 때 밴드에서 트럼펫을 연주했지. 애들을 낳았을 땐 자주 봐줬고. 정신과 의사랍네 하는, 마망의 목숨을 앗아간 그 빌어먹을 놈들한테는 추호도 전화 걸 맘이 없었어.

삼십 분이 지나서 보 박사가 도착했어. 비비는 거실 바닥에 누워있었어. 내가 덮어준 가운 외엔 실오라기 하나 걸치지 않은 채. 올해가 몇 년이냐고 물으니까 대답을 못하더라. 자기 이름조차 모르더라고. 그분이 주사를 놔줬어. 일종의 진정제지. 군말 없이 맞더라. 그때 트럭 한 대가 안마당 앞에 와서 섰어. 내가 나가보겠다고 했지.

밖은 어두컴컴했어. 트럭에서 내린 사람은 네 아빠였어. 내가 말했어. "셉, 비비가 아파요. 반쯤 혼이 나갔어요."

"애들은요? 다들 괜찮나요?" 뿌루퉁한 목소리였어.

"할머니네 집에 있어요."

그는 그대로 몸을 돌려 트럭에 발을 올려놓더라.

"거기 탈 생각일랑 아예 말아요."

네 아빠는 피곤한지 양손으로 눈을 덮더라.

"아내는요?"

"안에 보 박사님하고 있어요."

"내 집에 그 남자를 끌어들였다고요?"

"그래요. 거기에 대해선 암말 맙시다."

"아내는 연기하는 겁니다. 얼마나 능수능란한지 알잖아요."

집안으로 들어간 네 아빠는 보 박사를 본 척도 않더라. 비비한테만 말을 걸었지.

"먹을 게 필요한 거 같은데. 뭐 만들어줄까?"

네 아빠는 베이컨을 구우러 부엌으로 들어갔어. 네 엄마가 뒤따라

가더라. 비비는 스토브 옆의 바닥에 앉아 남편 발을 물끄러미 쳐다보기만 했어. 나도 옆에 서서 네 아빠가 베이컨을 굽고 토마토를 자르고 양상추를 찢고 빵을 굽는 모습을 지켜봤지. 네 아빠가 바닥에 주저앉은 네 엄마 곁에서 샌드위치를 한 입이라도 먹이려고 애쓰는 모습을 가만 바라봤지. 비비는 씹는 법도 잊어버렸나 봐. 음식이 줄줄 흘러내렸거든.

셉은 등나무 의자에 앉아있는 우릴 쳐다봤어. "아내가 샌드위치를 먹게 어떻게 좀 해봐요." 셉의 볼에 눈물이 쉴 새 없이 흐르고 있었어.

"안타깝게도 저희로서도 어쩔 수 없군요." 보 박사가 대답했어.

네 아빠는 무릎에 떨어진 베이컨을 떼어내 주고 얼굴에 잔뜩 묻은 마요네즈를 닦아줬어.

그때가 사순절 넷째 주일이었어.

다음 날 칙이 틴지와 네 엄마, 아빠 그리고 날 태우고 뉴올리언스 외곽에 위치한 사설병원으로 갔어. 그동안 네시가 너희를 돌봐줬지. 정말 길고 긴 하루였어. 병원에서는 비비더러 직접 사인하라고 했어. 네 아빠 생각이었지. 엄마가 소외되는 게 싫었나봐.

병원직원이 네 엄마한테 이름을 물으니까 뭐라고 한 줄 아니? '춤추는 강의 여왕.'

그 남자가 어이없어 하며 네 아빠 얼굴을 쳐다보더라.

"다시 물어봐요." 셉이 말했어.

그 남자가 다시 한 번 이름을 물었어.

"리타 애벗 헤이워스. H.G. 웰즈와 사라 베른하르트의 사랑스런 아이." 네 엄마가 책상에 놓인 문진을 집어던지면서 소리질렀어. 하마터면 그 남자 머리를 박살낼 뻔했어. 던지면서 그 말을 하지 않았다면 난 재미나라 웃어댔을지도 몰라. 칙이 비비를 양팔로 감싼 채 막았어. 다음엔 어떤 엉뚱한 행동을 할지 몰랐거든.

"아내 분은 안 되겠군요. 다른 분이 사인해주시죠." 사내가 말했어.

그랬더니 네 아빠가 남자한테 다가서더니 으름장을 놓더라. "내 말 잘 들어, 이 비계 덩어리야. 난 이 엿 같은 병원에 돈을 낼 거야. 아내가 대통령 이름으로 사인하고 싶다면 그렇게 하는 거야. 내 말 알아들었어? 아내 이름은 리타 애벗 헤이워스야. 아내는 원하는 이름으로 사인할 거야. 당신은 잘 돌봐주기나 해. 아주 귀하신 몸이니까. 알아들었어?"

그 남자는 아주 잘 알아들었어.

네 아빠는 비비 이마에 살짝 키스해주고는 자리를 떠났어. 몬텔레온 호텔까지 가는 내내 울더라. 조용히 술을 홀짝거리더니 저녁식사를 주문하기도 전에 벌써 필름이 끊겼어.

비비가 세 달간 정신병원에 입원했던 기록은 전혀 남아있지 않아. 우리밖에 아무도 이 사실을 모르지. 세 달 후 집에 돌아왔을 때 그 애는 이 사실을 비밀로 해 달라고 못 박았어.

집에 오고 나선 환각증세가 멈췄어. 제정신으로 돌아왔지. 몸무게도 많이 줄고. 처음에는 복숭아만 먹더라.

우린 네 엄마가 겪는 고통에 대해 듣고 싶었지만 조가비처럼 입을 꾹 다물었어. 고작 한다는 말이 '바구니를 떨어뜨렸다'는 거였지. 그건 모든 걸 한마디로 요약하기 위해 만들어낸 말이었어.

몇 년 후 스프링 강에 놀러가서 한밤중에 단둘이 있게 됐을 때 딱 한 번 그 얘길 하더라. 우린 흥에 겨워 술을 마시고 있었지. 비비는 문제의 그날 내가 어떻게 알고 찾아왔는지 묻더라. 모든 얘길 꾸밈없이

해 달라고 했어. 너희 몸에 난 상처자국까지도. 내가 자신을 어떻게 판단 내릴지 잔뜩 긴장한 채 기다렸어. 내 얼굴 표정과 눈동자 움직임까지 자세히 살피면서. 난 어떤 판단도 내리지 않았어. 앞으로도 그럴 거고.

가장 후회되는 건 우리 누구도 너하고 대화를 나누지 않았다는 거야. 리틀 셉이나 룰루, 베일러도 마찬가지고. 다른 집안 일엔 간섭하지 않는다는 케케묵은 생각 때문이었지.

캐로는 시다의 얼굴을 묵묵히 바라보았다. "너한테 얘기하고 싶은 건 이거야. 네 잘못은 조금도 없어. 뭔가 비비 안에 비집고 들어왔던 것뿐이야. 사람은 땅을 많이 닮아 있어. 단층선이 있어 조금만 압력이 가해지면 금방 쩍하고 갈라지지. 네 엄마는 알코올에 중독돼 있었어. 지금도 그렇고. 그래, 너로선 견디기 힘들었을 거야. 그걸 부정할 맘은 없어. 앞으로 불완전한 영혼들을 많이 만나게 되겠지만, 내 친구 비비는 그중 가장 아름다운 영혼으로 기억될 거야. 그 애가 죽으면 우린 우리 몸의 일부가 떨어져 나간 듯 큰 슬픔에 잠기게 될 거야."

캐로는 틴지와 네시를 쳐다보면서 작게 킬킬거렸다. "우린 비밀부족의 생존자들이거든." 이어 시다를 뚫어지게 쳐다보면서 말했다. "좋든 싫든 너한테는 야야의 피가 흐르고 있어, 시댈리. 피가 혼탁해지긴 했지. 하지만 세상일이 다 그렇지 뭐."

캐로는 안락의자에 편안히 기댄 채 가볍게 한숨을 내쉬었다. 모두 입을 꾹 다물고 있었다. 시다는 몸을 일으켜 세우고 유리문 쪽으로 걸어가 테라스로 나갔다. 한낮의 열기는 어느덧 서늘한 밤공기로 바뀌어 있었다. 호수 너머를 지그시 바라보는 그녀의 머릿속에 불현듯 떠오르는 생각이 있었다. 저 계단을 내려가 호숫가 오솔길로 접어들어 밤의 장막 속으로 영원히 사라졌으면….

몸을 돌려 세 여자가 닮음 꼴 자세로 누워있는 통나무집을 바라보았다. 집안에서는 촛불이 너울대며 타오르고 있었다. 휴일린은 고개를 한쪽으로 기울인 채 적으로부터 주인을 지키려는 듯 문가에 떡 버티고 앉아 있었다.

세 여자가 동시에 조용히 몸을 일으켜 그녀가 있는 테라스로 나오고 있었다. 캐로는 네시의 팔에 가만히 고개를 얹고 있었다. 그 모습을 보면서 시다는 자신이 어린애이면서 동시에 노인이 된 듯한 착각이 들었다. 세 여자가 시다에게 다가와 따뜻하게 안아주었다. 그동안 시다는 꼼짝도 않고 서있었다. 야야들의 향취와 호숫가에서 불어오는 밤바람, 하늘을 찌를 듯이 우뚝 선 아름드리 거목의 향취를 몸 속 깊숙이 빨아들였다. 한없이 어둡고 고통스러우면서도 맑디맑은 사랑의 세계를 가슴 가득 받아들이는 동안 연민이란 놈이 스멀스멀 기어들기 시작했다. 달님이 호수 맞은편에 무리지어 서있는 나무들 너머로 아름아름 잠겨 들고 있었다. 그때 시다의 시선을 사로잡는 것이 있었다. 창틀에 걸려있는 자그마한 열쇠였다. 그것은 이지러지는 달빛 속에서 보석처럼 영롱히 반짝이고 있었다.

## 28

 이른 오후 소파에 누워 자던 시다는 곤한 잠에서 서서히 깨어나고 있었다. 간밤에는 야야 시스터즈에게 침실을 내주고 소파에 쓰러져 잤었다. 어디선가 《피노키오》의 주제가 '별에 대고 소원을 빌 때'를 부르는 감미로운 휘파람 소리가 들려왔을 때는 그저 꿈을 꾸는 줄로만 알았다. 그녀는 몸을 꿈틀거리며 이불 속으로 파고들었다. 삼나무와 백합 향이 따스한 바람결에 실려 열린 테라스 문으로 흘러들고 있었다. 감미로운 선율이 어지러이 꿈결과 현실을 오가는 동안, 그녀는 디즈니 영화의 느낌을 살려 멋들어지게 휘파람을 불 수 있는 이는 오직 한 사람뿐임을 깨닫게 됐다.
 시다가 눈으로 직접 보기 전에 휴일린이 냄새로 알고 먼저 반겼다. 그 애교 덩어리는 테라스 문으로 번개처럼 달려가서는 몇 번 컹컹 짖다가 곧바로 칭얼대듯 낑낑거렸다. 시다는 이불을 휙 젖히고 자리에서 일어났다.
 테라스에서 휴일린의 아랫배를 살살 문질러주면서 코너의 모습을 발견하고 시다는 갑자기 심장이 울렁거렸다. 뛰는 심장을 진정시키기 위해 한 손으로 가슴께를 지그시 눌러야 할 지경이었다. 심장이 어찌나 미친 듯이 펄떡거리는지 심장마비에 걸리지나 않을까 심히 염려될 정도였다. 사춘기 소녀시절 상사병에 걸렸을 때 느끼던 그런 기분이었다. 마흔을 갓 넘긴 육신은 거칠게 뛰는 심장을 견뎌내지 못하고 당장 기절해서 쓰러질 것만 같았다. 그녀는 먼저 깊이 심호흡을 한번 했다. 곧이어 헐렁한 티셔츠만 걸친 채 문가로 돌진해서 테라스로 나갔다. 코너에게 와락 달려들어서는 맨다리로는 허리를 그리고 양손으로는 목덜미를 감싸 안았다. 코너는 그녀의 드러난 엉덩이를 양손으로 받쳐들어 안고 빙빙 돌리며 불같은 키스를 퍼부었다.

지난 2주 동안 내내 머릿속은 그녀 생각뿐이었다. 하지만 이 자그마한 체구에서 느껴지는 가벼움과 격렬한 육체의 반응과 잠에서 갓 깨어난 뒤에 풍기는 달콤한 냄새를 잠시 잊고 있었다.

휴일린은 그들 주위에서 펄쩍펄쩍 뛰어오르며 행복의 춤을 추면서, 관심을 끌려는 듯 쉴 새 없이 짖어댔다.

"휴일린, 휴일린! 그리고 섹시한 나의 안주인!" 코너는 시다의 입술과 목덜미와 눈두덩, 귓불에 키스세례를 퍼부으면서 소리쳤다.

"아, 너무 행복해!" 시다가 외쳤다.

코너는 시다를 테라스 난간 위에 사뿐히 내려놓았다. "자긴 마흔치곤 정말 섹시해."

"노(老)치어리더는 죽지 않는다. 다만 머리염색을 할 뿐이다!"

두 사람은 서로 마주본 채 파안대소했다.

"이봐, 시다!"

"이봐, 코너!"

"이봐, 거기 두 사람!" 캐로가 테라스 문가에서 소리쳤다. "이 늙은 이에게도 즐거움을 나눠주게."

"좋은 아침이에요!" 시다가 말했다.

"좋은 오후가 맞는 말이겠지." 캐로가 테라스 밖으로 나오며 대꾸했다.

"식료품 배달 왔나?" 그녀는 테라스 한쪽에 놓인, 파이크플레이스 마켓 표기가 적힌 커다란 봉투 두 개를 흘낏 쳐다보며 물었다.

시다는 티셔츠를 아래로 약간 끌어내리면서 코너에게 생긋 웃어주었다. "맞아요. 전용 배달부가 설탕을 싣고 시애틀에서 여기까지 달려왔어요."

"기사도 정신이 죽은 건 아니구먼." 캐로가 말했다.

"여긴 캐로 베넷 브루어. 여긴 코너 맥길." 시다가 둘을 소개했다.

"휘파람은 어디서 배웠수? 실력이 꽤 괜찮던데." 캐로가 악수를 청하며 물었다.

코너는 악수를 하며 호탕하게 웃었다. "어머니요. 어머니를 대신해 칭찬을 달게 받겠습니다. 만나 뵙게 돼 영광입니다."

"이런, 세상에나!" 네시가 틴지와 함께 문가에 서서 소리쳤다. "남자가 있단 말 왜 안 했어? 칫솔질도 안 했는데!" 그 소리와 함께 네시는 쏜살같이 안으로 들어갔다. 그 바람에 틴지 혼자 문가에 덜렁 서있게 됐다.

코너가 앞으로 한 걸음 나아가며 말했다. "틴지 아주머니죠? 시다가 얘길 해서 금방 알아봤습니다."

틴지는 바짝 굳은 채 잠시 그대로 서있었다. 저런, 코너 말을 못 알아들은 건가?

"틴지, 평소 매너는 어디 간 거야?" 캐로가 틴지의 어깨를 툭 쳤다.

"엑스뀌제 무아!(미안해요!) 난… 어… 아는 얼굴 같아서. 혹 코너 맥길 씨 맞나요? 시다 약혼자."

"맞습니다. 적어도 전 그렇게 생각합니다." 코너는 밝은 낯빛으로 대답했다.

"암, 그래야지. 이렇게 근사한데." 틴지가 코너에게 다가가 뺨에 키스해주었다.

"도저히 못 참겠네. 이 크로와상은 정말 완벽해. 온몸에 빵가루를 듬뿍 묻히고 있잖아. 어디서 샀다고 했죠, 코너 씨?" 네시가 물었다.

세 야야들은 테라스에서 오붓하게 쁘띠 데쥬네(가벼운 오찬)를 즐기는 동안 코너가 사온 음식을 칭찬하느라 여념이 없었다.

코너가 대답하려는 찰나 네시가 냉큼 가로채서 말했다. "코너 씨, 루이지애나에 한번 들러요. 맛의 진수를 보여줄 테니까."

코너는 커피잔을 내려놓으며 상냥하게 미소를 지었다. "그런 제안을 어찌 거절하겠습니까."

"약속해요." 네시가 재촉했다.

이런, 영락없이 함정에 빠져버렸어. 시다는 속으로 생각했다.

식사를 마친 뒤에 야야 시스터즈는 급히 방으로 달려가 수영복으로 갈아입고 갈아입을 옷가지를 들고 나왔다. 다섯 사람은 오후 내내 호수에서 즐거운 한 때를 보냈다. 수영을 하다가 지치면 테라스에 누워 선탠을 했다. 아직 수영하기에 적당한 수온은 아니었지만 퀴놀트 호수는 나름의 독특한 매력을 지니고 있었다. 오후 늦게 코너는 시내에서 사온 넙치로 스테이크를 요리해주었다. 캐로는 바비큐를 구웠고,

네시는 코너가 요리하는 옆에 서서 눈썰미 있게 일손을 거들었다. 틴지가 메를로(레드 와인)를 잔에 채우는 일을 맡았고, 시다는 디저트를 담당했다. 신선한 블루베리 위에 꾸르브와지에(꼬냑)을 약간 끼얹은 블루베리 디저트였다.

저녁 8시가 되지 않은 시각에 야야들은 일찌감치 잠자리에 들었다. 한 사람씩 차례로 시다를 껴안아주면서 잠자리 키스를 해주었다. 모두 한마디씩 귓전에서 속삭였다.

"코너, 페르 땅드르(참 자상하구나)." 틴지가 속삭였다.

"요리 잘하는 남자랑 결혼해!" 네시가 속삭였다.

"네 엄마 걱정은 마. 한 번에 한 걸음씩. 그게 유일한 방법이야." 캐로가 속삭였다.

드디어 둘만 남게 되자 시다와 코너는 몇 주 동안 그리도 하고 싶던 일을 했다. 알몸 상태가 된 두 사람은 서로의 몸에서 한시도 눈을 떼지 못했다. 코너는 침대에 누워 시다의 아랫입술을 지그시 입술로 누르면서 본격적인 키스에 돌입하기 전에 잠시 뜸을 들였다. 안달이 난 그녀는 절로 몸을 부르르 떨었다. 곧이어 두 사람의 몸은 상상이 이끌어가는 그곳으로 두둥실 실려 내려갔다.

서로 애무하고 희롱하면서, 서로의 안으로 깊숙이 들어가면서 시다는 자신의 몸을 새롭게 알아가는 기분이 들었다. 각 단계로 나아가면서 뭔가가 그녀의 몸을 활짝 열어 감각적인 쾌락으로, 뼈와 근육 속에 촘촘히 스미든 깊은 슬픔 속으로 인도해갔다. 코너가 절정의 외마디를 지르는 동시에 그녀 입에서 환희에 찬 비명이 터져 나왔다. 해방감으로 몸을 전율하던 그녀는 갑자기 어린애처럼 훌쩍이기 시작했다.

사슬에서 풀려나고 문이 활짝 열린 기분이었다. 안으로 들어갈 수 있도록 눈앞에 서있던 장벽이 하나씩 와르르 무너져 내리는 느낌이었다. 사랑과 욕망에 버려짐과 슬픔이 뒤섞인 묘한 감정이 솟아났다. 원초적인 모습 그대로 세상에 활짝 드러냈다.

"미안해, 미안해. 나도 어쩔 수가 없어." 그녀는 코너에게 작게 중얼거렸다.

"아무렴 어때, 괜찮아." 그가 부드럽게 속삭여주었다.

시다는 웃으려 애썼지만 도통 먹혀들지 않았다.

"자기, 왜 그래?"

시다는 그의 품에서 빠져나와 침대에 일어나 앉았다. 코너에게 간밤에 캐로에게서 들은 사순절 얘기를 간략하게 들려주었다. 코너는 집중해서 듣다가 드디어 얘기가 끝나자 그녀를 품에 안아주려 했다. 그녀는 다가오는 손길을 물리쳤다. 그에게 크립토나이트* 한 조각을 건네준 듯한 기분이 들었다.

"엄마가 직접 들려줬어야 했어." 시다가 말했다.

코너는 손으로 그녀의 머리칼을 가만히 매만졌다. "밀사들을 파견한 거로군?"

"이 걸로는 충분치 않아." 시다는 감정이 북받쳐 목이 메었다.

그녀는 침대에서 빠져나가며 말했다. "미안, 이런 꼴을 보여서. 난 패잔병이야."

쾌락의 여파로 발그레 상기돼 있는 알몸을 바라보는 코너를 등뒤로 한 채 그녀는 침실을 나갔다. 홀로 남은 코너는 침대에 누워 방 안을 호기심 어린 눈길로 둘러봤다. 시다가 보는 책들, 문고리에 걸린 그녀

---

* 크립토나이트 슈퍼맨의 힘을 약하게 만든 물질 — 옮긴이

의 가운, 침대 옆 테이블 위의 라벤더와 파란 수국이 꽂힌 꽃병, 극작가 메이 소렌슨의 '여인들, 뮤지컬' 각본이 눈에 들어왔다. 시다의 향기가 묻은 일상의 흔적이 더 없이 좋았다. 그녀의 마흔의 육체와 종잡을 수 없이 튀는 정신세계가 좋았다. 그는 집 밖에서 들려오는 개똥지빠귀 소리가 멈출 때까지 시다 곁에 가지 않겠노라고 다짐했다. 대신 침대에 누워 멀리서 들려오는 갖가지 새들의 이름을 추측해내는 데 골몰했다.

시다는 널따란 방 안의 둥근 떡갈나무 테이블 주위에 서서 스크랩북을 펼쳐들었다. 밤이라지만 후텁지근한 열기는 여전했고, 테라스 문에 나방이 탁탁 부딪히는 소리가 귓전을 울리고 있었다.

그녀는 피크닉 담요 위에 누워있는, 20대의 비비 모습이 담긴 사진을 발견했다. 비비는 얼굴을 양손으로 괸 채 어린 아기를 쳐다보고 있었다. 인형 같은 아기 모자 아래에 붉은 기가 도는 금발이 몇 올 살짝 드러나 있었다. 두 사람은 눈을 맞춘 채 서로에게 열중해 있었다. 두 사람이 공유하고 있는 세상은 아주 내밀하고 완벽해 보였다.

사진을 뒤집어 보니 뒷면에 뭔가 적혀 있었다. '맏이 공주님과 춤추는 강의 여왕.' 그녀는 사진을 얼른 뒤집었다. 어느새 눈가에 눈물이 그득 괴었다. 기껏 이 인공품들을 보려고 연인의 따스한 품을 떠났단 말인가?

그녀는 사진을 내려놓고 비비가 야야 시스터즈에게 보낸 감사편지가 들어있는 꾸러미를 집어들었다. 편지를 읽어 내려가면서 단어 하나하나에 사랑의 감정이 담뿍 배어있음을 감지할 수 있었다. 문득 어딘가에서 읽은 구절이 하나 떠올랐다. '말은 행동으로 이어진다. 말은 영혼을 준비시키며, 애정 어린 마음을 갖도록 이끈다.' 성 데레사의 말이었나?

시다는 고대하던 엄마 비비가 집으로 돌아왔을 때 엄마를 보고 미칠 듯이 기뻐했던 마음이 떠올랐다. 영원할 것만 같은, 예고 없는 이별을 겪은 뒤에 다시 엄마의 향기를 맡을 수 있게 됐다는 기쁨이었다. 엄마의 가운. 잠자리 인사를 위해 문가에 서있을 때 불빛에 드러난 깡마른 몸매의 윤곽. 엄마가 침대 속으로 들어와 꼭 안아주길, 다시는 떠나지 않겠다고 약속해주길 간절히 바라던 마음. 멀어져가는 엄마의 발걸음 소리. 엄마가 떠났을 때 느꼈던 분노를 뛰어 넘는 엄마를 향한 간절한 그리움.

코너가 방 안에 들어온 줄은 미처 몰랐다. 그가 가까이 다가와 어깨를 살짝 건드렸을 때 시다는 펄쩍 뛸 듯 놀랐다. 당황한 그녀는 그에게서 몸을 떼고 소파에 놓인 모포를 급히 집어들었다.

구석에 있는 스탠드 불빛이 그들 주위를 은은하게 비추고 있었다. 시다는 벗은 몸을 모포로 한껏 감싸면서 테이블이 있는 쪽으로 주춤주춤 물러섰다. 알몸의 코너는 두 손을 옆으로 축 내려뜨린 채 엉거주춤하게 서있었다.

"성스런 비밀이 담긴 이걸 보고 있었어." 시다가 말했다.

코너는 스크랩북을 받아들더니 훌훌 넘겨보았다. "야야 임산부들." 그는 사진 한 장에 시선을 고정하면서 말했다.

시다는 곁에서 사진을 흘낏 쳐다보았다. 이전에 건성으로 한번 보긴 했지만 자세히 본 것은 처음이었다. '1952년의 대표미인들'이라고 적힌 사진에는 임신 9개월째인 20대 초반의 야야들이 주방 테이블 주위에 앉아 있었다. 캐로는 발을 테이블에 턱 걸쳐놓은 채 한 팔은 비비가 앉은 의자 뒤에 올려놓고 있었다. 네시는 고개를 약간 숙이고 있었는데 웃느라 실눈이 돼 있었다. 틴지는 뭔가 굉장한 얘기를 들려주는 듯 양손을 공중에서 흔들어대고 있었다. 캐로와 마찬가지로 테이블 위에 발을 올려놓고 있었다. 비비는 고개를 뒤로 젖힌 채 치아가 환히 드러날 정도로 활짝 웃고 있었다. 모두들 임부복 차림이었다. 한 손에는 술잔을 그리고 다른 손에는 담배를 들고 있었다. 담배를 피우지 않는 네시만 빼고.

"태아 학대장면이 딱 걸렸네." 시다가 말했다.

코너는 양손을 테이블에 짚고 고개를 아래로 숙인 채 사진을 자세히 보려 했다. "1952년이면 당신을 임신하고 있을 때네."

그는 비비의 불룩 나온 배를 손으로 가리켰다. "엄청나게 재미있나 보네. 쌍둥이하고 저 뱃속에 들어있었지?"

"술과 담배연기에 절어 있었지." 시다가 말했다.

"모두 술과 담배를 즐기고 있네. 이것 좀 봐."

그는 스크랩북을 들어 시다 얼굴 가까이 갖다댔다. "이들 표정을 봐. 사적인 감정은 배제하고 배우 자체로서만 보라고."

"그만 둬, 코너."

"아니, 계속할 거야."

시다는 코너 탓에 억지로라도 그 사진을 보게 됐다. 여자들의 눈빛에 어린 유쾌한 기운, 고개를 삐딱하게 기울인 자세, 여유작작한 표정과 몸짓. 사진을 보면서 여배우들을 볼 때 그러하듯 여자들 몸에서 강한 활력이 뿜어져 나오는 걸 느낄 수 있었다.

"뭐가 보여?" 코너가 물었다.

시다는 테이블 모서리에 몸을 의지했다. "여유로움." 모기만한 목소리였다. "활기와 여유가 보여. 엄마 눈에 어린 고통이 보여. 우정도 느껴지고. 유쾌한 웃음. 진한 우정."

코너는 그녀를 쳐다보면서 유심히 귀를 기울였다.

"하지만…." 시다는 말을 하다가 갑자기 멈췄다.

"하지만 뭐?" 코너가 채근했다.

시다는 몸을 일으켜 부엌으로 가려 했다. 코너는 그녀의 팔을 낚아채고 재차 질문했다.

"하지만 뭐냐고?"

"엄마는 날 사랑하는 법을 몰랐어. 나 또한 마찬가지였고."

코너는 그녀의 등을 가슴 쪽으로 바짝 끌어당겼다. "아니, 이러면 안 돼." 그는 사진을 손가락으로 가리키며 말했다. "여길 보라고. 난 이 여자들을 만나봤어. 칠순에도 활기와 여유가 넘치지. 모두 당신을 사랑하고 있어. 당신이 행복하길 바라지. 당신 엄마를 아직 만나보진 못했지만 분명 비슷한 마음일 거야. 이들의 웃는 모습에서 뭔가 느껴지지 않아? 끈끈한 자매애와 환한 웃음, 하나 된 마음을 보면 뭔가 안 느껴져? 당신은 태반을 통해 이 모든 걸 흡수했을 거야."

시다는 몸을 돌리려 했지만 코너가 얼굴을 양손으로 잡고 억지로 자신을 쳐다보게 했다. "시다, 난 당신 엄마가 아냐. 당신 아빠도 아니고. 그저 당신을 좀더 알고 싶어."

시다는 침묵을 지키다가 어렵사리 입을 열었다. "살면서 무서운 악어와 대적하게 되는 사람들이 있어."

일순 코너의 눈가가 촉촉이 젖으면서 호흡은 거칠어졌다. "난 악어보다 강해. 훨씬 똑똑하고."

흐느끼는 시다의 몸이 세차게 들썩이고 있었다. "날 위해 그럴 필요 없어, 코너. 난…."

"제길, 당신을 위해 뭘 하겠다는 게 아냐!" 그는 몸을 거칠게 떼고 테라스 문으로 성큼성큼 걸어갔다. 문 앞에 알몸으로 선 채 권투선수처럼 발을 재게 놀려 몸의 무게 중심을 옮겼다. 맨발이 마룻바닥을 탁 치는 소리가 들렸다. 45세의 날렵한 근육질 몸매는 힘과 탄력을 당당히 뽐내고 있었다.

"뭔가 하고 싶진 않아. 그저 당신을 사랑할 뿐이라고." 그는 그녀의 눈길을 사로잡은 채 소리쳤다.

그녀는 거기에 뭐라 반응할 수가 없었다.

"난 당신보다 다섯 살 위야. 처음으로 결혼 생각을 하게 됐고. 지금 난 잘 참고 기다리고 있어. 당신이 식을 연기한 후 내 맘이 편했을 거 같아? 어두운 운명의 계곡에 대롱대롱 매달려 있는 기분이었다고. 림보*는 내 자리가 아냐, 시다."

말을 마친 후 코너는 미닫이문을 열고 테라스로 나갔다.

그때 시다에게 교리문답에 나오는 끔찍한 구절이 하나 떠올랐다. '신의 얼굴을 알아보지 못하는 아기 영혼은 림보에서 고통을 겪는다.'

테라스로 나가니 두툼한 구름층이 달님의 얼굴 한쪽을 심술궂게 가려놓고 있었다. 시다는 양손을 난간에 짚은 채 호수를 지그시 내려다보고 있는 코너에게 다가갔다. 모포가 몸에서 떨어지도록 놔둔 채 다가가 그의 등에 살포시 몸을 기댔다.

"난 당신한테 골칫거리일 뿐이지?" 그녀가 나지막하게 속삭였다.

코너는 꼼짝도 않고 서서 어둠에 잠긴 호수를 응시할 뿐이었다. 그

---

* 림보 지옥과 천국 사이에 있으며 세례를 받지 못한 아이의 영혼이 머무는 곳 — 옮긴이

러다가 고개를 들어 구름이 달의 얼굴을 가리는 모습을 올려다보았다. 구름이 지나기 전에 아주 잠깐 달빛을 흐려놓는 모습을 그리고 다시금 달이 환한 빛줄기를 쏟아내는 모습을 올려다보며 조심스럽게 대답했다. "아니, 그렇지 않아. 천생연분일 뿐이지."

시다는 그런 그를 힘주어 안아주었다. 그를 안으면서 그가 던진 말의 의미를 가만히 음미해보았다. 사랑하는 연인이 그렇게 오래도록 괴괴한 달빛 아래 서있는 동안 휴일린이 발치에서 인내심 있게 기다렸다.

그때 시다가 엉뚱하게 말했다. "달빛 아래 수영, 어때?"

그들은 경사진 계단을 내려가 호숫가로 가서 서늘한 북서 태평양 물속에 벌거벗은 몸을 담갔다. 등을 뒤집고 달을 올려다보며, 세찬 발차기로 공기 중에 작은 물기둥을 만들며 달빛 수영을 한껏 즐겼다.

통나무집으로 돌아왔을 때 이미 잠은 저만치 달아나 있었다. 두 사람은 테라스에서 서로의 젖은 몸을 말려주었다. 그때 코너가 창문에 걸려있는 작은 열쇠를 발견하곤 물었다.

"저 열쇠는 뭐야?"

시다는 머리를 세차게 털어 말리다가 고개를 번쩍 들었다. 열쇠를 발견한 순간 온몸이 돌처럼 바짝 굳었다. 고개는 한쪽으로 약간 기울어져 있고 몸은 앞으로 살짝 숙여져 있었다. 마치 아주 멀리에서 간절히 와 닿고자 하는 희미한 부름을 듣고 있는 듯한 자세였다.

문득 혼미 상태에서 깨어난 그녀는 집안으로 들어가 까치발을 하고는 열쇠를 잡아떼었다. 얼굴 가득 환한 미소가 서서히 번져가고 있었다. 숨겨진 귀한 보물을 찾아낸 아이와도 같은 표정이었다. 그녀는 반사적으로 손으로 입을 꽉 틀어막았다.

"얼마 전에 냉장고 안에 홀연히 나타난 모엣, 같이 나눠 마실래요?" 들뜬 웃음이 잔뜩 섞인 목소리였다.

"'별을 마시자' 라고 한들 못 따르리까."

코너가 샴페인 병을 들고 나타났을 때, 시다는 쏟아지는 달빛 아래 앉아 한 손으로는 휴일린을 쓰다듬고, 다른 손으로는 열쇠를 매만지고 있었다. 그는 병마개를 따서 잔 두 개에 샴페인을 부은 뒤에 얼음을 가득 채운 양철 올리브오일 통에 집어넣었다.

"누굴 위해 건배할까?" 그가 물었다.

"라완다." 시다는 열쇠에 가볍게 쪽하고 키스한 후에 코너의 눈앞에 갖다댔다. "이게 그와 관련된 열쇠야."

"라완다? 뭔가 말 못할 비밀이라도 있는 거야?"

"우습네. 질투해?"

"밤새 시간은 많아. 어서 자백해."

"알았어. 아, 이작 디네센* 작품에 나온 기분이야."

"그럼 워커 양, 날 달님께 데려다 주시죠."

코너는 그녀의 양발을 자신의 무릎 위로 끌어다놓고 발가락을 살살 애무하기 시작했다.

시다는 숨겨진 비밀 얘기를 주문으로 불러내려는 듯 잠시 눈을 감고 잔을 천천히 입가로 가져갔다. 이윽고 눈을 뜬 그녀는 손에 쥔 열쇠를 흘낏 내려다보았다. 그녀 입에서는 어느새 비밀스런 얘기가 술술 흘러나오고 있었다.

---

*이작 디네센 덴마크 출신 여류작가로《일곱 가지 고딕 전설》,《겨울 동화》등을 지음 — 옮긴이

29

라완다는 덩치가 산만한 암코끼리야. 1961년 2학년을 마칠 무렵 손튼에 왔어.

개발업자들이 루이지애나 중부 최초의 대형 쇼핑센터를 건립하겠다고 드넓은 농장부지에 길을 낸 후였지. 손튼은 1만 명의 주민이 사는 작은 도시야. 사우스게이트 쇼핑센터 말고도 뭔가 새로운 일이 벌어지면 큰 뉴스거리가 되곤 하지.

당시 모두 시내 중심가로 나가서 쇼핑을 했어. '어서 오세요. 안은 시원합니다'라고 쓰인 문구와 함께 펭귄 그림이 그려진 상점들 안으로 희희낙락하며 들어갔지. 노인들은 리버스트릿 까페 앞에 자리를 페차고 앉아 얼 롱*에 대해 재미나라 떠들어댔고. 매장 뒤쪽에는 총천연색 분수대가 설치돼 있었는데 일부에서 작동 못 하게 했어. 운이 좋거나 돈 많은 사람만이 집에 에어컨을 들여놓던 그런 시절이었지. 우리 집엔 두 대나 있었는데 워낙 루이지애나 무더위에 익숙해 있어

---

얼 롱 루이지애나 주지사로 스트립 댄서와 사랑에 빠져 스캔들을 일으킴 ― 옮긴이

서…. 거긴 온도 36도, 습도 98퍼센트 이하를 쾌적한 날씨라고 생각해.

쇼핑센터 오픈을 앞두고 대대적으로 광고를 때려댔어. 옥외 광고판과 라디오 광고는 물론이고 텔레비전에선 몇 주 동안 '센라, 20세기로 진입하다!' 라고 떠들어댔어. 물론 그 밑에는 인종통합 문제가 개입돼 있었지. '흑인들이 월그린 가게의 우리 자리를 넘보고 있다. 우리 도시를 망치려 든다. 모두 나와 쇼핑센터로 가자. 아직 더럽혀지지 않은 그곳으로!'

오픈행사론 교구 내 모든 백인 아이들에게 공짜로 코끼리를 태워주는 행사가 마련됐어. '아프리카 오지에서 공수해온 코끼리 라완다' 란 글귀가 붙은 코끼리 사진이 시내 곳곳에 나붙었지. 난 그동안 내내 코끼리만 생각하고 코끼리 꿈을 꾸고 코끼리 책을 읽고 코끼리와 얘길 나눴어. 오픈행사가 있던 날엔 흥분해서 까무러칠 정도였어.

야야들은 열여섯 명의 아이를 이끌고 일찌감치 쇼핑센터에 도착해서는 주차장에서 조촐한 파티를 열었어. 콜라와 각테일, 과자를 먹으면서 말이야. 난생처음 보는 무지하게 큰 주차장이었어. 눈을 몇 번이고 비비고 깜빡거릴 정도였다니까. 평생 목화만 그득하던 땅에 번쩍번쩍한 상점과 도로가 났으니 넋이 나갈 수밖에. 그때 처음으로 목화밭이 사라진 걸 깨닫게 됐어. 감히 상상도 못했던 일이야. 끝간데 없이 넓기만 한 들판이 영원할 거라 생각했거든. 그 나이엔 모든 게 영원할 거라 믿잖아.

매장에 도착하니까 손튼 고등학교 밴드부가 연주를 하고, 월그린 상점 앞에 설치된 무대 위에선 십대 소녀들이 탭댄스를 추고 있었어. 근처 테이블에선 게임 쇼 프로그램에서 빠져나온 듯한 화려한 여자가 지금 내 손에 쥐고 있는 이런 열쇠를 나눠주고 있었어.

시다는 열쇠를 위로 높이 치켜들어 코너가 자세히 볼 수 있게 했다.

"코끼리 열쇠고리에 내내 매달고 다녔어. 코끼리 몸엔 숫자가 찍혀 있는데 당시 줄서 있던 순번이야."

"엄마가 보내준 거야?" 코너가 물었다.

"응."

그녀는 샴페인을 한 모금 마시고는 의자에 몸을 깊숙이 묻었다. 코너가 자상하게 귀 기울여 듣는다는 것을 여실히 느낄 수 있었다.

라완다를 처음 만난 순간은 절대 잊지 못할 거야. 어마어마하게 큰 코끼리였어. 덩치와 높이가 완벽하게 조화를 이루고 있었지. 구석구석이 우아하기 이를 데 없었어. 농구공만한 발, 위엄 있게 돌출된 이마, 기다란 속눈썹이 달린 왕방울만한 눈, 탁자만한 귀, 접시처럼 큼지막한 발톱. 귀를 펄럭거리면 쉭쉭 하는 소리가 났어. 실제 크기가 얼마인진 몰라. 그저 일곱 살배기 눈엔 엄청나게 커 보였어.

엄마와 야야들은 언제나처럼 애들하고 같이 코끼리 등에 타겠다고 막무가내로 고집을 부렸어. 자식들 안전 따윈 관심 밖이었어. 오로지 코끼리 등에 탈 기회만 노리고 있었어.

드디어 차례가 됐을 때 우린 어린애들이 코끼리 등에 쉽게 올라탈 수 있도록 만들어놓은 나무계단을 밟고 올라갔어. 엄마는 베일러 손을 꼭 잡고 내 옆에 서있었어. 그때 베일러가 네 살 쯤 됐을 거야. 엄마가 그 애한테 빨간 체크 셔츠를 입히고 밀짚모자를 씌웠던 게 생각나. 물론 우리 모두 코끼리 등에 타기 편한 복장이었어.

"시다, 네 차례야. 어서 타." 엄마가 말했어.

난 룰루와 리틀 셉, 베일러를 태우고 있는 거대한 코끼리를 물끄러미 올려다봤어. 맘과 달리 저절로 몸이 바짝 얼어붙는 거 있지.

"어서 타." 엄마가 조용히 채근했어.

조련사 보조가 날 태우려고 손을 내밀었어. 하지만 난 겁에 잔뜩 질려있었어.

"시다, 분위기 깨지 말고 어서 코끼리 등에 올라타." 엄마가 말했어.

시다는 술잔을 들어 한 모금 꿀꺽 마셨다. "참, 분위기 깨는 건 엄마 교회에선 중대한 죄악이야. 모세가 깜빡 잊고 산에서 갖고 내려오지 않은 열한 번째 율법이야. 제11조, 분위기 깨는 자가 되지 말지어다."

시다는 휴일린의 앞머리를 톡톡 두드려주면서 말을 이었다.

"못 타겠어요. 무서워요." 내가 기어 들어가는 소리로 말했어.

"나중에 딴소리하지 마!"

"예." 나는 남부끄러워 고개를 잔뜩 숙인 채 웅얼거렸어.

"됐어, 그럼." 엄마는 그 말과 함께 세 동생을 데리고 코끼리 등에 번쩍 올라탔어.

라완다가 그 거대한 발을 한 발씩 내디딜 때마다 내 안의 공포는 점점 커져 갔어. 모두 죽게 될 거야. 라완다가 등에서 떨어뜨려 짓밟을 거라고. 개미처럼 짓밟아서 포장한 아스팔트 위에 뭉개진 케첩처럼 몸뚱이를 짓이길 거라고.

계단을 내려와 사람들 있는 곳으로 왔지만 야야들은 어디에도 보이지 않았어. 사람들이 너무 많았어. 고개를 돌리면 모두 낯선 얼굴이었어. 모두 나보다 컸고. 이렇게 많은 사람 틈에서 아는 얼굴을 하나도 찾을 수 없다니, 조그만 도시에 살면서 난생처음이었어.

사람들 사이를 뚫고 밖으로 나가서 뒤돌아봤어. 아무리 까치발을 하고 봐도 라완다도, 가족들도 전혀 보이지 않았어. 말할 수 없이 더 웠어. 아스팔트가 깔린 주차장은 열기로 부글부글 끓는 거 같았어.

손바닥에 놓인 코끼리 열쇠고리를 힘주어 잡고 엄마의 썬더버드를 찾으러 돌아다녔어. 같이 탈 걸 그랬나봐, 후회막심이었어. 엄마 없이 땅에 안전하게 있느니 차라리 같이 죽고 싶었어. 베일러와 리틀 셉, 룰루가 죽으면 얼마나 슬플까, 엄마가 죽으면 나도 따라 죽을 거야 이런 생각을 했어.

끝도 없이 늘어선 차들을 뚫고 엄마 차의 안테나에 매인 붉은 스카프를 찾아다녔어. "성 안토니우스시여, 성 안토니우스시여, 제발 도와주세요. 뭔가 잃어버렸는데 꼭 찾아야 해요." 난 썬더버드가 눈에 들어올 때까지 계속 기도했어.

차문 손잡이가 손을 데일 정도로 뜨겁게 달궈져서 문 열기가 힘들었어. 창문을 모두 내려도 차안이 워낙 찜통이라 졸도 직전이었고. 차안에 있는 비치타월을 접어서 깔고 운전석에 앉았어. 운전대를 이리저리 돌리며 엄마 시늉을 냈지. 경적을 빵빵 울려보기도 하고 라디오를 켜보기도 했어. 담배에 불붙이는 흉내도 냈지. 브레이크를 꾹 밟으면서 막 소리를 질렀어. "제길, 다들 저리 꺼져!"

그 와중에도 소름 끼치는 상상을 멈출 수가 없었어. 엄마가 죽으면 어떡하지? 아빠를 어디서 찾지? 야야들이 날 친딸로 입양해줄까?

난 눈을 꼭 감고 라완다에게 무언의 메시지를 보냈어. 그러지 마, 라완다. 제발, 엄마를 죽이지 마.

엄마를 눈으로 보기 전에 먼저 냄새로 알아냈어. 운전석에 앉아 깜박 졸고 있는데 엄마 향취가 날 깨우는 거야. 곧바로 알아챘어. 엄마만의 독특한 코퍼톤(자외선 차단제) 냄새, 엄마 살갗에 닿은 햇살 냄새,

그 아래에 배인 저겐 로션과 호베트 향수 냄새. 눈을 번쩍하고 떴어. 엄마 손이 어깨에 올려져 있더라고. 엄마는 차문 밖에 서 있었어.

난 차에서 펄쩍 뛰어내려 엄마 허벅지에 고개를 파묻었어. "엄마, 살아있었네! 살아있어!"

엄마는 내 얼굴을 들어올리고는 목덜미 뒤쪽에 입김을 훅하고 내뿜었어.

"내가 죽었다고 또 루머를 퍼뜨렸구나." 재미나라 웃으셨어. 그리곤 아이스박스에서 맥주와 콜라를 꺼내셨어.

시원한 콜라병을 내 목덜미 뒤에 가만히 대주시면서 이러더라. "넌 최고로 근사한 기회를 놓친 거야!"

야야들이 사막의 대상들처럼 뒤를 바짝 뒤따르는 가운데 우린 집으로 향했어. 그때 엄마가 말했어. "삭스 피프스 애비뉴*가 들어선다 해도 관심없어. 라완다만 있으면 돼! 이런 행사가 매일 열리면 얼마나 좋을까! 우스꽝스런 4H 클럽 봉제센터 말고."

"라완다는 금방 갈 거야. 오늘만 온 거라고." 리틀 셉이 말했어.

"라완다는 아주 바쁜 코끼리란다." 엄마가 대답했어.

"다시 만나면 날 알아볼까?" 룰루가 걱정스럽게 물었어.

엄마는 잠시 곰곰 생각하다 대답했어. "이렇게 물어야지, 룰루. 내가 라완다를 알아볼 수 있을까?"

베일러를 무릎에 얹고 조수석에 앉아 있던 난 갑자기 놓친 떡이 엄청나게 커 보였어. 그 부리부리한 눈을 쳐다봤을 때 코끼리는 내 시선을 피하지 않았어. 코끼리한테 엄마를 죽이지 말라는 메시지를 보냈는데 그걸 들어준 거였어. 그 널찍한 등판에 오를 기회를 줬는데 내가

---

*삭스 피프스 애비뉴 뉴욕의 최고급 백화점 — 옮긴이

481

그걸 거부했던 거야.

난 갑자기 으앙하고 울음을 터뜨렸어.

"시다, 왜 울어?" 엄마가 물었어.

"아파요."

난 왜 우는지 솔직히 말하고 싶지 않았어. 동생들 앞에서 정말 그러기 싫었어. 겁쟁이라고 놀릴지 모르니까.

엄마는 핸드백에서 티슈를 꺼내 건네주곤 내 이마를 한번 짚어봤어. "열은 없는데."

난 베일러를 밀쳐내며 미친 듯이 울어댔어. 아기가 놀라 동생들이 있는 뒷좌석으로 기어갔어.

집에 도착하자 다른 애들은 코끼리의 우렁찬 함성을 내지르면서 차에서 우르르 내렸어. 엄마가 뒤이어 내렸지만 난 자리에 꼼짝도 않고 있었어. 옷자락으로 얼굴을 뒤집어 쓴 채 말이야. 눈물방울이 더위로 뜨끈해진 배 위로 뚝뚝 떨어지고 있었지.

"나 열 받게 하지 마. 왜 그러는지 말하지 않을 거면 당장 그쳐."

"코끼리 타고 싶단 말이야." 난 옷 속에서 우물거렸어.

엄마는 가까이 몸을 숙이고 말했어. "머리 꺼내고 말해. 그렇게 웅얼거리면 암 것도 안 해줘."

고개를 들어 엄마를 쳐다봤더니 엄마 선글라스에 내 얼굴이 비치고 있었어.

"라완다를 못 타면 죽어버릴 거야."

"차례가 왔을 때 왜 안 탔어?"

"몰라요. 그냥 겁났어요."

"뭐가 무서웠어?" 엄마가 차도 옆의 잔디밭에 주저앉으며 물었어.

"코끼리를 보니까 겁났어요. 밟혀 죽을 거 같았어요."

"악어한테 잡혀 먹힐 수도 있어. 가장 나쁜 건 겁을 집어먹는 거야. 내 말 알았어?"

"예."

"라완다를 꼭 타야겠구나. 맞지?"

난 고개를 끄덕였어.

"못 타면 죽겠다는 거지? 그렇지?"

"예." 엄마가 내 마음을 읽었다는 사실에 크게 안도감이 들었어. 그제야 울음이 멎었어.

"알았어. 작전 27-B를 시행할 시간이군." 엄마는 차에 올라타 경적을 크게 빵빵 울렸어.

야야들과 집안에 들어갔던 캐로가 문 밖으로 고개를 빼꼼히 내밀었어. "무슨 일이야?"

"코-끼-리 때문에 가볼 데가 있어." 엄마가 소리쳐 답했어. "곧 올게. 새우요리는 냉장실에, 보드카는 냉동고에 있어. 과자단지에 오레오 과자도 있고. 알아서 찾아 먹어."

내가 엄마 옆자리로 올라타자 엄마는 차를 쌩쌩 달려 라완다가 있는 곳으로 갔어.

사람들이 떠난 주차장은 한산했어. 코끼리 조련사가 라완다 다리를 물로 씻어주고 있더라. 보조는 옆에서 건초더미를 던져주고 있고. 난 라완다가 육중한 코로 건초를 둘둘 말아 입안에 쑥 집어넣는 모습을 넋 놓고 쳐다봤어.

"이봐요! 힘들고 지쳐있단 거 알아요. 그래도 내 어린 딸을 코끼리 등에 한번 태워주면 안 될까요?" 엄마가 부탁했어.

"안 돼요." 남자는 코끼리의 거대한 발을 이리저리 살피며 대답했어.

엄마는 좀더 가까이 남자에게 접근했어. "부탁해요. 애가 겁을 집어먹어서 못 탔어요. 그런데 지금 타겠다고 난리네요."

"안됐군요."

난 라완다의 발을 쳐다봤어. 발가락 새에 아스팔트 조각이 촘촘히 박혀 있었어.

"한번 타면 안 돼요? 돈은 드릴게요. 잠깐 기다려요. 곧 돌아올 테니."

엄마는 차로 냉큼 달려가더니 핸드백을 들고 돌아왔어. 잠시 핸드백 안을 정신없이 뒤지더니 지갑을 꺼내들었어.

"여기요. 2달러 72센트 드릴게요."

"택도 없어요. 더 내셔야 합니다. 이 꼬맹이가 무척 지쳐있거든요. 게다가 오늘밤 아칸소 핫스프링스까지 멀리 가야해요."

라완다더러 꼬맹이라고?

엄마는 지갑을 뒤져 돈을 더 찾으려 했지만 가진 거라곤 아빠의 직불카드뿐이었어. 엄마는 한번도 본인 명의의 통장을 가진 적이 없었어. 대부분 아빠가 카드로 지불했고, 현금은 아빠가 쥐어주고 싶은 만큼만 줬거든. 완전 날탕이었지.

"나중에 남편한테 따로 지불을 요청하긴 싫겠죠? 1달러짜리 기념지폐는 어때요?" 다급해진 엄마는 실없는 농담까지 했어.

"이래봬도 바쁜 몸입니다."

난 애 닳아 죽을 지경이었어.

"돈 가져올 동안 기다려줘요." 엄마가 마지막으로 부탁했어.

"얼마 걸리느냐에 달려있죠."

"5분이면 돼요."

우린 다시 차에 올라 전속력으로 쇼핑센터 모퉁이에 자리한 존슨 주유소로 갔어. 늘 우리가 주유하던 데였어. 엄마가 '셉 앞으로 달아놔요.'라고 말하던 수많은 장소 중 하나였고.

엄마는 주유소 사무실 옆에 차를 세웠어. 라일 존슨 씨가 책상에 앉아 있더라고. 머리 위쪽에는 반쯤 벌거벗은 여자들이 등장하는 달력이 걸려 있고.

"돈이 급해요, 라일 씨. 셉 계좌로 달아놓고 5달러만 주세요."

라일 씨는 책상에서 와이퍼를 분해하는 데만 골몰했어. 엄마 얼굴은 쳐다보지도 않았어.

"미안하지만 그럴 수가 없겠습니다."

"왜요? 전엔 많이 그랬잖아요."

"셉이 이틀 전 와서 당부했거든요. 부인께 기름은 넣어주지만 현찰은 주지 말라고."

잠깐 동안이지만 엄마가 남자를 한대 패는 줄 알았어. 하지만 엄마는 아랫입술을 지그시 깨물고 창 밖만 내다봤어.

이윽고 라일 씨에게 고개를 돌리고선 마치 그가 배우 폴 뉴먼임을 그제야 알아챈 듯 아부를 떨었어.

"오, 라일 씨, 사정 좀 봐주세요. 고마움은 잊지 않을게요."

"죄송합니다. 기름말고는 안 된다고 했습니다."

엄마는 자리를 뜨려고 했어. 얼굴이 벌게서 곧 울음보를 터뜨릴 것만 같았지. 한데 울지 않았어. 몸을 돌려선 내가 들어본 중 최고로 깊은 저음으로 말했어. "내 말 잘 들어요, 라일 씨. 지금 당장 빌어먹을 5달러가 필요해요. 내 딸을 위해 필요하다고요."

"미안합니다. 전 셉의 지시를 따를 뿐입니다. 그분이 돈을 지불하니까요."

 엄마가 느끼는 모욕감이 내 자신의 당혹감과 실망감과 한데 뒤섞였어. 라일 존슨이 엄마한테 대하는 태도에 화가나 발로 뻥 차주고 싶었어. 왜 아빠처럼 주머니에 돈을 넣어가지고 다니지 않으냐고 엄마한테 소리를 버럭 지르고 싶었어.

 우린 주유소 사무실을 나와 차 옆에 우두커니 서있었어.

 "안 될 거 같아요." 내가 힘없이 말했어.

 엄마는 그런 날 쳐다보다가 주유소 입구로 들어오는 흰색 세단을 발견하고는 소리쳤어. "다신 그런 소리 마."

 엄마는 내 손을 잡고 차가 있는 곳으로 성큼성큼 걸어갔어.

 "안녕하세요!" 엄마가 차안의 여자에게 인사했어.

 "안녕하세요!" 여자가 대답했어.

 여자는 덩치가 아주 커다랬어. 소매가 잘려나간 자리가 가닥가닥해진 남방셔츠를 입고 있었고. 계기반엔 종이성냥과 파리채와 사탕봉지가 쑤셔 넣어져 있었어.

 "제안 하나 할게요."

 여자는 엄마를 흘낏 쳐다봤어. "제정신이죠?"

 "그래요!" 엄마가 웃으며 대답했어. "현금으로 지불할 거죠?"

 "그런데요?"

 "얼마치 넣을 거예요?"

 "4달러요." 여자는 셔츠 주머니에 손을 넣으며 대답했어.

 "이거 어때요? 제 남편이 지불하는 걸로 해서 당신 차에 5달러어치 넣을게요. 대신 그 돈을 저한테 줘요."

 여자는 우리를 한참 쳐다보더니 이윽고 대답했어. "별로 손해는 아닌 거 같네요."

"천사가 따로 없네요."

"그딴 건 몰라요."

엄마는 라일 존슨 씨에게 기름을 넣어달라고 하고는 기름값을 사인하면서 말했어. "라일 씨, 언젠가 나한테 부탁할 날이 올 거예요."

엄마가 내게 윙크를 했어. 나도 찡긋 눈을 깜빡였지. 우린 현금을 움켜쥐고 썬더버드에 올라 라완다가 있는 곳으로 쏜살같이 달려갔어.

"조련사 양반! 우리가 왔어요! 현금 여기 있어요!" 엄마가 신나 소리쳤어.

남자가 기분 좋게 웃어댔어. "얼마나 있어요?"

"4달러요." 엄마는 흥정한다는 사실을 알려주려는 듯 내 손을 힘주어 쥐었어.

"그만 둡시다."

"4달러 50센트."

"4달러 50센트." 내가 재차 말했어.

남자는 엄마에게 싱긋 미소를 지었어. 엄마도 남자에게 웃어줬고.

"6달러." 남자가 말했다.

"날강도 같으니라고!" 엄마는 화가 나 그 자리를 뜨려고 했어.

"아, 알았어요. 5달러 50센트." 사내가 말했어.

"이걸로 거래 끝!"

엄마와 나는 라완다의 거대한 등짝에 올라타고 코끼리에게 인사를 건넸어. "안녕, 이쁜아, 더 멋져 졌구나." 엄마가 곰살갑게 속삭였어.

"안녕, 코끼리야! 예쁜 코끼리야, 기다려줘서 고마워." 나도 코끼리에게 속삭였어.

난 양팔로 엄마 허리를 꼭 부둥켜안았어. 곧이어 우린 선홍빛 석양을 받으며 주차장 쪽으로 갔어. 옆에선 조련사가 한 손에 막대기를 든 채 따라왔고. 은은한 저녁 햇살이 엄마의 주근깨 박힌 살갗과, 주름이 자글자글한 코끼리의 회색 살가죽에 내려앉고 있었어. 라완다가 느린 걸음걸이로 쿵쿵거리며 걷는데 발밑에 쿠션이 깔려 있는 듯 발걸음이 너무나 조용하고 부드러웠어. 그처럼 거대한 동물이 우아하게 걷다니 믿기지가 않았어. 코를 한번 휘두르는 것만으로 상대를 나가떨어지게 만들 괴력을 지녔는데 말이야. 코끼리는 그 지친 등에 우리가 올라탈 수 있도록 군말 없이 허락했던 거야.

"시댈리, 잠깐 눈 감아봐." 엄마는 신전 여사제나 집시 점쟁이 같은 목소리로 외치기 시작했어.

"라완다, 오 거룩한 존재여, 시댈리와 비비 워커를 이 뜨거운 아스팔트 주차장에서 감쪽같이 채가소서! 오염되지 않은 순수 자연으로 데려가소서!

"준비됐니? 각오는 된 거지?" 엄마가 물었어.

"준비됐어요. 각오했어요!"

"이제 눈 떠보렴! 눈을 뜨고 라완다 등에 올라타 위대한 탈주를 시도하는 야야 시스터즈 비비와 시다를 보렴!"

"이걸 봐! 라완다가 도랑을 뛰어 넘었어! 주차장을 빠져나가고 있어! 오, 세상에! 믿을 수가 없어! 고속도로로 가고 있어. 시다, 저들을 봐. 차에서 뛰쳐나와 우릴 쳐다보고 있어! 야야 왕족을 태우고 세상을 활보하는 코끼리는 처음 봤을 거야!"

"저들에게 손을 흔들어줘. 여왕과 공주처럼 흔들어주자. 별들이 하늘을 가득 채우고 있어. 큰곰자리, 작은곰자리가 있네. 페가수스도 보인다! 손을 뻗어 별들을 손에 가득 담아봐! 라완다 등에 올라타니 천국이 손에 닿을 거 같아!"

"붉은 물살이 넘실대는 가넷 강에 들어가네. 라완다는 세계 최고의 수영선수야! 아래로 잠수해서 튜브 같은 코로 식식대며 숨쉬는 게 느껴져! 악어들도 피하는 게 상책이란 걸 알지! 더 오래 잠수할 수도 있지만 우리가 숨쉬도록 밖에 나왔어."

"오, 안돼! 저기 강둑을 봐! 질투에 찬 잡것들이 우릴 향해 총을 겨누고 있어. 단검과 총을 들고 있네! 우리의 상아색 코를 뺏어가지 못할 거야! 우리의 상심한 마음을 가져가지 못한다고! 우린 보석상자 안에 들어갈 시시한 장신구가 아냐! 오, 저자들은 손자들에게 우리 얘길 할 거야! 어디론가 사라져버린 모녀 얘기를!"

"착하고 강한 라완다야, 넌 해낼 수 있어! 안전한 맞은편 강둑으로 갈 수 있어. 몇 발짝만 더 가면 돼. 그래, 그래. 드디어 해냈어. 이제 편히 쉴 수 있어. 이제 쉬는 거야, 착한 코끼리야. 쉬면서 양껏 먹어."

"사랑하는 딸아, 드디어 도착했어! 초록이 우거진 정글에 우리 집이 있어. 이끼 향기가 느껴지니? 살갗에 와 닿는 게 느껴져? 바나나와 고목에서 나는 냄새는? 희귀 새들과 원숭이 무리의 울음소리가 들리니? 이 나무에서 저 나무로 옮겨다니는 모습이 보이니? 여긴 진짜 집이야. 에어컨도 현금도 필요 없는, 사철 맨발로 다닐 수 있는 곳. 나무와 짐승들은 우리 이름을 알고 있어. 우리도 그들 이름을 알고 있고. 좋았어어어! 따라해봐, 시다! 따라해봐! 좋았어어어! 두려워할 건 없단다! 라완다의 사랑을 받는 한 두려울 게 없어!"

시다는 잠시 얘기를 멈추고 손바닥에 올려져 있는 열쇠를 가만히 내려다보았다.

우린 쇼핑센터 주차장 안을 빙빙 돈 거였어. 하지만 코끼리 등에서 내렸을 때 난 완전히 다른 사람이 돼 있었어.

우린 썬더버드를 타고 초저녁 땅거미를 헤치면서 제퍼슨가를 신나게 내달렸어. 엄마는 맨발로 콧노래를 흥얼거리고 있었어. 시선을 도로에 고정한 채 가만히 내 손을 잡아줬어. 어찌나 시원하고 부드러운지. 우린 매일 만나는 익숙한 풍경들을 지나갔어. 그때 차창 밖의 세상은 온갖 미스터리로 가득 차 있었어. 새롭고 낯선 미스터리로.

시다는 다시 한 번 열쇠를 쳐다보았다. '인생이란 그런 거야, 시다. 넌 방금 코끼리 등에 올라탄 거라고.'

그녀는 코너에게 다가가 샴페인 잔을 손에서 뺏어들고는 무릎에 앉아 얼굴을 마주보았다. 그의 몸 구석구석에 키스를 퍼부으면서 수영하고 나서 걸쳐 입은 점퍼를 훌훌 벗었다.

시다가 코너의 몸 위에 걸터앉은 자세로 두 사람은 감미로운 사랑을 나누기 시작했다. 이어 침실로 장소를 옮겼다. 눈을 감았을 때 그녀는 두 사람이 넓디넓은 우주공간을 유영하는 우주선 같다는 생각을 했다. 두렵지 않았다. 난생처음으로 이 남자에게, 자기 자신에게 그리고 그녀가 통제할 수 없는 광대한 우주를 향해 문을 활짝 여는 것이 두렵지 않았다. 두 사람의 쾌락이 하나로 합쳐지는 순간 이번만은 울지 않았다. 어린아이가 완벽한 기쁨을 느꼈을 때 마냥 깔깔거리며 웃어댔다.

코너가 곯아떨어지자 시다는 살그머니 침대 밖으로 기어 나왔다.

큰방으로 가서는 카세트 테이프를 고른 후에 휴대용 카세트를 들고 테라스로 나갔다. 남은 샴페인을 잔에 채운 뒤에 '아베마리아'가 담긴 아론 네빌의 테이프를 카세트에 집어넣었다. 그녀는 잠시 달빛 아래 알몸으로 서있었다.

시다는 생각했다. '엄마와 난 코끼리와도 같아. 어두운 밤의 정적 속에서, 머나먼 황무지 밖에서 엄마는 내게 메시지를 보내주었지. 내가 힘들 때, 사랑 앞에 두려워 떨고 있을 때 엄마는 날 저버리지 않았지. 엄마는 혼란스러운 영혼을 지닌 사람이야. 난 그런 엄마에게서 완벽한 사랑을 달라고 떼를 쓰진 않아. 상처 나고 헤진 우리 둘은 그저 서로에게 위안을 찾고 있어. 과거에도 그랬고 지금도 그래. 엄마는 두려움이 영혼을 잠식하고 술이 의식을 몽롱하게 만드는 그런 불모의 땅에서 벗어나려고 몸부림쳐왔어. 지금도 나와 함께 코끼리 등에 올라타 야생이 살아 숨쉬는 정글로 돌아가길 열망하고 있어.'

시다는 샴페인 잔을 높이 치켜들고 달빛에 비춰보았다. '엄마는 성모마리아가 아냐. 엄마의 사랑은 완벽할 순 없어. 그 정도면 괜찮았어. 충분해. 나도 괜찮은 아이였는지 몰라.'

20여 분이 지났을까 갑자기 하늘에서 별똥별 하나가 포물선을 그리며 땅으로 떨어졌다. 곧이어 하늘 가득 혜성들이 소나기처럼 우수수 쏟아지기 시작했다. 시다는 멍하니 서서 그 모습을 눈으로 지켜보고 귀로 들었다. 그때 휴일린이 밖으로 나와 그녀 발치에 앉았다. 하늘은 그지없이 청명했으며, 달빛은 은은하고 따사로웠다. 그 빛을 방해할 도시의 불빛 따윈 없었다. 저 멀리에서 날아오는 별똥별 불빛은 그녀가 상상할 수 있는 것보다 훨씬 오래된 것이었다. 거기엔 계산이나 이

해가 끼어들 틈이 없었다. 그저 시다의 쿵쿵 뛰는 심장소리 뿐. 지구의 쿵쿵 뛰는 심장 소리뿐. 거기엔 충분한 시간이 있었다. 그녀는 이제 아무것도 두렵지 않았다.

30

 코너와 시다는 정오까지 늘어지게 자고 나서 반바지와 티셔츠 차림으로 테라스에 나와 앉았다. 시디플레이어에서는 밴 모리슨의 감미로운 목소리가 흘러나오고 있었다. 휴일린은 코너가 던져준 베이컨 조각을 좋아라 받아먹으면서 행복에 겨운 나머지 울먹이듯 낑낑거렸다. 그는 시다가 제일 좋아하는 아침식사를 차려주었다. 사과 시럽을 끼얹은 프렌치토스트를.
 그림 같은 호수를 배경으로 사랑하는 연인 곁에 앉아 휴일린과 산과 나무를 바라보는 동안 행복감이 온몸으로 스며들었다. "고마워, 코너. 내 말 들어줘서. 날 사랑해줘서."
 그는 여유로운 미소를 지으며 입안에 멜론을 한 조각 집어넣었다. "자매애 가득한 생일파티는 언제 해?"
 "자매애?" 시다가 상큼한 미소를 보내며 물었다.
 "야야 시스터즈 말이야. 당신과 당신 엄마가 코끼리라면 다른 야야들도 마찬가지겠지. 뒤따라 다니면서 새끼 가진 어미를 돕잖아."

"어떻게 알았어?"

"이봐, 나도 텔레비전 본다고. 엄마 생일 언제야?"

"원래는 12월이야. 올해는 날 좋은 날 야외파티를 열자고 해서 10월 말에 지낼 거야."

"직접 스크랩북 갖다드리는 게 어때?"

시다는 포크를 내려놓고 코너를 살짝 흘겨봤다.

"제정신이야? 《뉴욕타임스》 기사 때문에 아직 화가 덜 풀렸는데. 보면 요절 내려들 걸."

"당신이 연출한 거 별로 신경 안 쓸 거야."

"내가 오버하는 것 같아? 무아?(내가?) 절대 아냐." 시다는 웃으면서 말했다.

"물론 아니지."

"그럼."

"아버지 얘긴 별로 않던데. 용기가 대단하신 거 같아." 코너가 라떼 잔에 손을 뻗으며 말했다.

"무슨 말이야?"

"당신 엄마처럼 대찬 여자하고 결혼했잖아. 여자들 무리 속에서 용케 살아남았잖아. 자매애를 불어로 뭐라고 하지? 아, 꼬뮈노떼 데 쇠르."

시다는 메론 조각을 집어먹었다. 그러면서 자신이 아빠를 얼마나 그리워했던지 잠시 반추해보았다. "아빠는 곁에 별로 없었어. 엄마한테 집착해서 아빠한테 관심도 두지 않았고."

"관심 갖고 싶었을지 모르지. 틴지 말이 아빠 속눈썹을 닮았다던데."

"그런 말을 했어?"

"그래. 당신 엄마는 '수영하다 속눈썹이 쓸려 내려갔다던데'. 호수에서 수영할 때 얘기해줬어."

시다는 고개를 절레절레 저었다. "나 없을 때 또 무슨 얘길 했을까 겁나네."

"당신은 절대 모를 걸."

시다는 더 이상 유혹을 뿌리치지 못하고 손가락을 사과시럽 안에 푹 담갔다. 그러고 나서 손가락을 꺼내 코너의 입속에 넣고는 빨아먹도록 했다.

"남부 시월은 내가 제일 좋아하는 때야. 루이지애나 그렛 스텟의 핼러윈 행사는 끝내줘."

"네시 아줌마가 맛있는 음식을 요리해주신다고 했어. 틴지는 케이준 음악을 소개하고 싶어 안달이고. 캐로는 휘파람 불기 대회에 내 이름을 신청해놨어. 아! 루이지애나가 날 부르는구나!"

"시월이면…. 농작물 수확기야. 너무 덥지도 않고 완벽한 날씨지. 공연도 마감될 거고. 《아메리칸 플레이하우스》*도 어느 정도 틀이 잡힐 거야."

코너는 시다에게 살짝 윙크를 해주었다. 그녀는 윙크를 돌려주면서 휴일린에게 마지막 남은 베이컨 조각을 던져주었다. 자리에서 일어난 그녀는 퀴놀트 호수가 내려다보이는 테라스 난간으로 걸어가 양팔을 공중에 높이 치켜들었다.

"듣고 계세요, 성모님? 신들과 여신들, 수호천사들? 코너와 절 같은 종족으로 만들어줘서 고마워요. 그의 키스가 아론 네빌의 미성만큼이

---

《아메리칸 플레이하우스》 PBS 시리즈물 — 옮긴이

나 달콤한 거 정말 고마워요! 아무것도 모른 채 운명 속에 풍덩 뛰어들어서 감사해요!"
 "같이 루이지애나로 간다는 뜻으로 받아들일게." 코너가 말했다.
 "예방주사하고 여권은?"
 "난 무모한 삶을 즐기는 사내라고." 그가 말했다.

31

1993년 9월 8일

사랑하는 엄마에게,

생각해보니 제대로 감사인사를 드린 적이 없네요. 라완다 등에 태워준 거. 야생의 정글로 데려다 준 거, 용감무쌍하게 나섰던 거, 쇼핑센터의 지글지글 끓는 아스팔트 위에서 솔직한 모습 보여준 거요. 미처 감사드리지 못한 게 너무 많아요.

야야 시스터즈가 10월에 있을 생일 파티 얘길 해줬어요. 혹 집 떠난 딸과 애인이 거기 간다면 환영받을 수 있을까요?

엄마가 보내준 가재요리 정말 고마워요. 엄마 요리 속엔 루이지애나의 혼이 담겼어요. 감동 받아서 그만 눈물을 쏟았지 뭐예요.

사랑해요.

— 시다가

1993년 9월 16일

시다 달린에게,

암, 난 인사 받을 자격이 충분해. 우리 모두의 어머니인 라완다 역시 그럴 자격이 충분하지. 인생이 변화된 그 시점을 기억하고 있다니 참으로 다행이구나.

내 생일 말인데, 주어진 기회는 잡는 게 좋겠다. 허나 딸내미를 환영할 기분인지는 아직 모르겠구나. 그건 나만의 생일이야. 언론에서 시끄럽게 떠들어대는 건 싫다.

네 결혼 소식 어떻게 됐는지, 꼭 알려줘.

— 사랑하는 엄마가


1993년 9월 20일

사랑하는 엄마에게,

결혼식은 아직 미정이에요. 형편 따라 할 거예요. 뭐라 조언 좀 해주세요.

— 사랑하는 시다가


1993년 9월 26일

시다 달린에게,

인생이란 짧은 거란다. 식을 너무 오래 미루지는 마. 안 그럼 의지할 데를 잃게 될지 몰라.

10월 18일 집에서 생일파티를 열 작정이다. 저녁 7시에 시작될 거야. 난 모든 걸 즉흥적으로 결정하잖니.

— 사랑하는 엄마가

10월 17일, 시다와 코너가 루이지애나 행 비행기를 타기로 예정된 그날 밤에, 시다는 스크랩북에 들어있는 중요한 사진과 신문기사들을 조심스럽게 필름에 담았다. 그녀가 가장 애지중지하는 사진은 시애틀에 와서야 뒤늦게 발견한 사진이었다. 그 사진은 어두운 적갈색 눈동자를 가진 금발머리 여자가 적갈색 머리칼의 계집아이를 안고 현관 그네에 앉아 있는 모습이었다. 예쁘장한 핑크 드레스를 차려입은 두 사람 뒤로 햇살이 환히 비추고 있었다. 시다는 이 사진을 몇 번이고 반복해서 필름에 담았다. 사진을 한 컷 한 컷 찍어가면서 남부풍의 그네 위에 새겨진 아름다운 추억들이 새록새록 떠오르고 있었다. 드디어 앞면을 찍고 나서 그녀는 사진을 뒤집어 뒷면에 적힌 글씨를 찍었다. 엄마 필체로 쓰인 글씨는 이러했다. '1953년, 어느 화창한 날. 버기와 시다. 핑크 드레스. 버기 찍음.'

그녀는 필름을 여덟 롤이나 소비하고 나서야 비로소 스크랩북을 덮고 테이블에 올려놓았다. 스크랩북 옆에는 성소용 초를 두 개 올려놓았는데, 하나는 과달루페 성모 그리고 다른 하나는 성 주드의 초상화였다. 그녀는 초에 불을 붙인 다음에 전등을 모두 끄고 성모 마리아와 수호천사들에게 감사기도를 짤막하게 올렸다. 이어 '야야 시스터즈의 신성한 비밀'을 실크 베갯잇으로 조심스럽게 싸서 큼지막한 비닐백 안에 집어넣었다. 그 비닐 백은 예쁘게 포장된 선물과 함께 기내용 손가방 안에 넣어졌다.

루이지애나로 가는 길에 시다는 무려 네 번씩이나 손가방을 열고 스크랩북이 안전하게 있는지 확인했다. 확인이 끝난 후에야 다이어트 콜라를 마시고 의자에 편히 기댈 수 있었다.

"잘하는 짓인지 몰라. 아직 화가 덜 풀린 거 같은데. 도통 앞일을 종잡을 수가 없어."

"뭘 그리 겁내? 당신 엄마는 루이지애나의 여왕이 아냐."

"루이지애나 중부의 여왕이지. 그런 엄마도 이젠 늙어가고 있어. 영원히 사시는 것도 아니고. 어서 만나보고 싶어."

"이번 만남이 어땠으면 좋겠어?" 코너가 물었다.

"모든 상처와 고통을 치유했으면 해. 당신은?"

"당신 고향에서 결혼했으면 해."

시다는 먹던 땅콩이 목구멍에 걸려 급히 콜라를 들이켰다. 사레가 진정되자 그녀가 말했다. "지금 결혼 발표는 무리야. 알겠지?"

"알았어. 당장 발표하진 않을게. 공식석상에선."

비행기는 시월의 황금빛으로 촉촉이 물든 대지 위를 날아가고 있었다. 시다와 코너는 그동안 이태리 투스카니 여행에서부터 등 밀어주기, 두 사람만이 알고 있는 비밀스런 쾌락에 이르기까지 모든 걸 내기에 걸고 진 러미 게임*을 즐겼다. 보잉 707 기가 중간 기착지인 휴스턴에 착륙할 때까지 내내 게임에만 몰두했다. 휴스턴에 도착했을 때 날씨가 장난이 아니었다. 아프리카 연안에 진원지를 둔 심술궂은 태풍이 휴스턴을 송두리째 집어삼킨 것이다.

시다가 완벽하게 짜놓은 계획은 완전 물거품이 돼버렸다. 원래는 손튼에 일찌감치 도착해 숙소에서 여장을 푼 뒤에 샤워를 하고 옷을 갈아입고 파티가 시작될 때 짠하고 등장할 예정이었다. 그런데 발이 묶여 공항 까페에서 세 시간이나 맥없이 기다리는 신세가 된 것이다. 시다는 찌는 듯한 무더위와 폭풍우가 몰아치는 루이지애나에 가는 게

---

진 러미 게임 가지고 있던 패의 합이 10점 혹은 그 이하일 때 패를 보이는 카드게임 — 옮긴이

과연 잘하는 짓일까 심각하게 고민했다.

"허리케인 시즌인 걸 깜빡했어. 이런 때는 움직이는 게 아닌데." 그녀가 코너에게 말했다.

"마지막으로 고향 다녀온 것도 시월 아니었어?"

"맞아. 대녀 리의 세례식 때였어."

"그때도 허리케인 시즌이었지?"

"아니. 고질적인 정신적 태풍만이 불고 있었지."

"큰일이네. 이러다간 휴스턴에서 그냥 숙박해야 할지 몰라." 코너가 말했다.

"농담 마. 생일파티를 놓치라고? 안 돼, 안 돼, 안 돼! 비행기가 안 되면 차를 렌트하면 돼."

"내 생각도 그거였어."

"쳇, 잘난 체 하긴."

휴스턴을 출발해서 손튼에 도착하는 비행기가 날렵하게 활주로를 이륙하자 시다는 안도의 한숨을 푹 내쉬었다. 시야가 점차 또렷해지고 있었다. 엄마에게 죽임을 당하지 않을 거란 신호이기도 했다.

비행기가 아담한 손튼 공항에 착륙했을 때는 밤 10시가 거반 넘었다. 유일하게 렌트가 가능한 차는 고급스런 적포도주색 가죽의자가 깔린 은색 크라이슬러뿐이었다. 기진맥진해서 초주검이 돼있는 그들에겐 다른 대안이 없었다.

제퍼슨가로 향하는 1번 국도에 진입했을 때 시다는 초조한 마음에 담배를 한 개비 그슬리고 싶은 생각이 굴뚝같았다. "벌써 칵테일 아워*

---

* 칵테일 아워 손님이 도착해서 식사가 나올 때까지 한 시간 동안 칵테일을 대접하는 것 — 옮긴이

가 끝났어. 엄마 기분이 어떨지 모르겠네. 아빠도 그렇고."

"자긴 즉흥 연기가 특기잖아." 코너가 대답했다.

"그야 그렇지만. 대본이 손에 들려있음 더 좋을 텐데." 시다는 갑자기 욕지기가 치미는 걸 겨우 참았다.

드디어 부모님 집이 눈앞에 나타나자 시다는 서서히 차의 속도를 늦췄다. 강 언덕에 가로로 길게 누워있는 벽돌집은 기억 속에서의 모습과 많이 달라져 있었다. 소나무들은 더 우뚝해 보이고, 호두나무와 진달래는 더 노쇠해 보였다. 담쟁이덩굴이 침실 여섯 개짜리 벽돌집 뒷벽을 불그스레하게 뒤덮고 있었다. 모든 것이 기억 속에서보다 안정되고 평화로워 보였다.

들판 끄트머리에 자리한, 윌레타와 채니가 사는 아담한 통나무집이 눈에 들어왔다. 그 자그마한 집은 이정표처럼 그녀가 자라난 큰집 쪽으로 차를 몰아가도록 인도해주고 있었다.

"여기까지 잘 왔는데. 잠깐 들르는 게 낫겠지?" 시다는 집안으로 길게 이어진 차도를 느리게 운전해 가면서 말했다.

그녀는 서서히 차를 몰아서 여울목을 지나 현관 앞까지 다가갔다. 차의 시동을 껐을 때 가장 먼저 눈에 들어온 것은 부모님이었다. 그들은 아름드리 호두나무에 비끄러맨 그네에 오붓하게 앉아 있었다. 노부부는 크리스마스 꼬마전구로 장식된 그네 안에, 환한 불빛 속에 앉아 있었다. 비비는 황갈색 실크 바지를 입고 잿빛 금발머리를 깔끔한 단발로 자르고 있었다. 고개를 움직일 때마다 머리칼이 찰랑찰랑 흔들리고 있었다. 셉은 연회색 카키 바지 위에 청회색 체크 셔츠를 입고 있었다. 두 사람 모두 지난 2년 새에 부쩍 늙은 것 같았다.

비비는 양손을 기운차게 흔들어대며 얘기에 몰두해 있었다. 그네

맞은편 아디론댁족(북미 인디언) 의자에 앉아 있는 사람은 도무지 누군지 알 수가 없었다. 고향마을 사람 얼굴은 마땅히 알아봐야 하는데. 지난 20년 넘게 실제 이곳에 살진 않았지만 말이다. 주위에는 차가 별로 보이지 않았다. 손님 대부분이 이미 자리를 뜬 모양이었다.

부모님은 낯선 렌터카를 발견하고는 어리둥절해했다. 시다는 깊이 심호흡을 한번 하고 성모 마리아와 루이지애나 수호천사들에게 기도를 올린 후 경적을 울렸다.

"손 좀 잡아줘. 제발 내가 멀쩡하다고 말해줘." 시다가 코너에게 가만히 속삭였다.

"멀쩡해. 그리고 그런 당신을 사랑해."

시다는 엄마가 그네에서 일어나 차가 있는 곳으로 다가오는 모습을 지켜보면서 엄마가 기억 속에서보다 느리게 움직인다는 사실을 깨달았다. 몸집이 다소 줄어든 듯했지만 건강해 보였다. 엄마가 발걸음을 내디딜 때마다 시다의 심장은 점점 빠르게 뛰었다.

마침내 엄마가 차에 이르자 시다는 창문을 조심스럽게 내렸다. "저예요, 엄마." 자신조차 낯설게 들리는 목소리였다. 그녀는 다섯 살배기 어린애 같은 기분을 느끼지 않으려고 무진 애썼다. 적어도 열 한 살짜리같이 느끼려 애썼다.

엄마가 차안으로 고개를 쑥 들이미는 순간 엄마의 숨결에서 버번 향이 진하게 풍겼다. 고통스러울 정도로 익숙한 엄마만의 향취와 섞인 그 내음이.

"시다? 너니?" 비비가 놀라 재차 물었다.

시다는 목소리를 통해 엄마가 술에 잔뜩 취한 게 아니라 가볍게 취기를 느낀다는 사실을 깨닫고 내심 안도했다.

"네, 저예요."

비비는 한 순간 아무 반응도 보이지 않았다. 혹시 이대로 매몰차게 돌아서는 게 아닐까?

잠시 후 비비는 손가락을 입안에 집어넣어 예의 야야식 휘파람을 불었다. "대체 여기서 뭐하는 거야?"

"엄마 생일이라 왔어요. 기회를 잡으려고요."

"세상에나!" 비비는 외마디 비명을 지르며 셉과 손님 쪽으로 몸을 돌렸다. "보세요. 시댈리에요! 내 큰딸이 왔어요!"

시다는 차에서 내려 엄마 품속으로 와락 뛰어들었다. "생일 축하해요, 엄마." 두 사람은 비비가 몸을 뒤로 뺄 때까지 잠시 그대로 있었다.

"이럴 수가!" 흥분으로 들뜬 목소리였다. "미쳤구나! 올 거라곤 생각도 못했는데!" 비비는 시다를 그대로 남겨둔 채 조수석으로 가서 안을 힐끗 훔쳐보았다.

"누구신가?"

"코너 맥길이라고 합니다, 워커 부인." 그는 비비에게 여유로운 미소를 지어보였다.

코너가 미소를 보낸 순간 비비는 흠칫 놀라 차에서 한걸음 물러나더니 몸을 부르르 떨었다.

시다는 잔뜩 긴장한 채 숨죽였다.

차문으로 다시 다가온 비비가 말했다. "세상에! 여기서 뭐하는 거예요? 어서 나와서 얼굴 좀 보여줘요!"

코너는 긴 다리를 차 밖으로 내려 비비 옆에 섰다. 코너 옆에 선 비비는 상대적으로 무척 작아 보였다. 비비는 느긋하게 서있는 코너를 머리에서 발끝까지 훑어보았다. 한 손으로 앞가슴을 움켜쥔 채 그를 뚫어지게 쳐다보았다. 마치 심장이 제 속도로 뛰도록 만들려고 애쓰는 것 같았다. 시다는 엄마가 뭐라 말할지, 그리고 어떤 반응을 보일지 도무지 종잡을 수가 없었다.

"오." 비비의 입에서 처음으로 터져 나온 외침이었다. "오." 그녀는 어린애처럼 감탄사만 반복해서 질러댔다.

엄마가 입을 꾹 다문 채 양팔로 가슴을 감싸 안고 있는 동안 시다는 마치 지독한 고문을 받는 것만 같았다.

이윽고 비비가 양손을 내려 허리춤을 짚으며 말했다. "시다, 왜 코너 씨가 《스미스 씨, 워싱턴으로 가다》에 나오는 지미 스튜어트를 닮았단 얘기 안 했니?"

코너가 이 느닷없는 칭찬에 박장대소했다.

비비는 잘생긴 딸의 애인에게 악수를 청하며 말했다. "난 키 큰 남자가 좋더라."

놀랍게도 코너는 엄마가 내민 손을 거절했다. 대신 그 손에 키스를 했다. 비비의 손에 입술을 가져가 키스를 한 것이다. 시다는 졸도하기 일보직전이었다.

"드디어 만나 뵙게 됐군요. 영광입니다, 워커 부인."

"오, 그냥 비비라고 불러요. 노인네처럼 들리니까." 비비가 말했다.

"늙은 거 맞잖아, 여보." 셉 워커가 차가 있는 곳으로 오면서 말했다.

"입 다물어요." 비비가 환히 웃으며 말했다. "내 치부를 노출시키지 말라니까. 여보, 여긴 코너 맥길 씨. 코너, 내 첫 남편이에요." 그녀는 마치 남편을 몇 명 두고 있는 양 유쾌하게 농을 던졌다.

"셉 워커일세." 셉이 코너에게 한 손을 내밀며 말했다.

"코너 맥길입니다. 반갑습니다."

엄마가 두 남자를 서로 소개해주는 동안 시다는 잠시 한구석에서 멀뚱히 서있었다. 엄마가 선호하는 삼각관계 구도 속에서 남자를 홀리는 기술을 유감없이 발휘하는 모습을 가만히 지켜보기만 했다. 셉은 엄마가 이제 딸을 반갑게 맞아도 무방하다는 신호를 내려주길 기다리며 곁에 서있었다.

"악천후를 뚫고 무사히 왔구나." 아빠가 말을 건넸다.

"휴스턴의 비바람이 대단했습니다." 코너가 곁에서 거들었다.

"그래서 늦은 거예요." 시다가 말했다.

"태풍이 여기로 향하다 갑자기 진로를 바꿔 멕시코만으로 건너갔어. 천만다행이지 뭐야." 셉이 말했다.

비비가 코너의 팔짱을 끼면서 말했다. "멕시코만은 태풍의 요람이지. 멕시코만 알아요, 코너 씨?"

"잘 모릅니다. 시다가 잠깐 얘기해준 거 밖에는." 코너가 대답했다.

시다를 소외시킨 채 자기끼리만 얘기를 계속하는 걸 코너가 미묘하게 거절하자 비비는 그제야 남편 쪽으로 몸을 돌렸다. "여보, 시다 알죠? 언론에서 떠들어댔던 우리 딸이요."

시다와 아빠는 동시에 서로에게 한 걸음 다가섰다. 셉은 딸내미를 재빨리 힘 있게 안아주면서 귓전에서 속삭였다. "보고 싶었다, 애야. 정말 보고 싶었어."

시다는 엄마가 부녀상봉 장면을 예리하게 감시하고 있다는 걸 직감적으로 알아챘다. 조심해야 해. 엄마는 허리케인이야. 아름답지만 무시무시한 허리케인. 엄마가 어디를 강타할지 아무도 예측 못 해.

"정말 멋진 곳입니다, 워커 씨." 코너가 말했다.

"낮에 봐야 하는 데. 저 들판엔 근사한 게 많다우. 쌀도 있고, 가재도 있고.

"이런! 손님 있는 걸 깜빡했네! 벌써 노망이 났나. 매너도 없이." 비비가 놀라 소리쳤다. "이리 와요!" 그녀는 코너와 시다가 도착했을 당시 대화를 나누고 있던 사람을 소리쳐 불렀다.

칠순 가량의 자그마하지만 강단 있는 체구의 남자가 차 쪽으로 다가왔다. 말끔하게 재단된 셔츠에 체크 나비넥타이를 맨 남자는 경마 기수와 사립탐정을 묘하게 섞어놓은 모습이었다. "시다." 그는 주저 없이 따뜻한 포옹을 해주었다. "틴지 말이 맞구나. 넋이 나갈 만큼 아름다워."

"칙 아저씨, 반가워요." 시다가 반갑게 인사했다.

"코너 씨 맞죠?" 칙이 코너의 볼에 유럽식 키스를 해주면서 물었다. "난 틴지의 미천한 반쪽이라우. 마누라가 자네 칭찬을 어찌나 해대던지. 죄를 사랑하는 남부와 속죄에 굶주린 북부가 만나는 곳, 손튼에 온 걸 환영해요."

칙은 시다를 와락 끌어안으면서 얼굴을 찬찬히 쳐다보았다. "코가 근사하네."

"코요?" 코너가 물었다.

"다이빙하다가 예쁘장한 들창코가 망가졌었잖아. 원래대로 돌아오다니 다행이야."

칙 아저씨 품에 안겨 있으니 더 없이 행복했다. 담배 피우는 부활절 토끼. 불현듯 그와 틴지가 시다 가족을 하나로 엮어주기 위해 애썼던 부활절의 일이 떠올랐다.

"칙 아저씨, 틴지 아줌마는요? 야야 시스터즈는요?" 그녀가 물었다.

"틴지 여사는 미(美)를 위해 쉬러 갔단다. 네시와 캐로가 뒤따라갔고. 난 늘 끄트머리란다. 이전부터 그래 왔지. 이제 난 쌩하고 사라져 줘야 할 거 같다. 주책없이 오래 있었네."

"무슨 그런 말씀을. 잘 아시잖아요." 비비가 말했다.

칙은 시다에게서 떨어져 비비의 볼에 키스해주었다. "근사한 파티였어. 다시 한 번 생일 축하해, 비비. 벌써 39살이라니 믿을 수 없어. '영원'이란 단어를 다시 정의 내려야 하겠는걸."

비비는 밝게 소리 내 웃으며 그에게 키스를 했다.

"잘 가, 칙. 와줘서 고마워." 셉은 자신보다 작은 남자의 어깨에 팔을 두르면서 말했다.

"봉 수와(잘있어). 시다, 코너." 칙은 완벽하게 수리된 벤틀리로 걸어가면서 말했다. "시다, 내가 짝퉁 케이준*이란 거, 네 애인한테는 비밀이다. 아, 정통 케이준과 결혼하는 건데…."

칙이 차를 몰고 떠나자 셉이 말했다. "난 이만 자리에 들어야겠다. 열 시만 지나면 당최 맥을 못 추니."

"늦게까지 버티고 있어 놀라던 참이야." 비비가 말했다.

"작은 새가 와서 놀라운 일이 있을 거라고 살짝 귀띔해줬거든." 그는 시다에게 거의 눈에 띄지 않게 윙크하면서 말했다. "야야식 대화법 알지?"

시다는 아빠의 볼에 쪽하고 키스를 했다. "안녕히 주무세요, 아빠. 사랑해요."

"사랑해, 아가야. 널 무지하게 사랑한다."

집안으로 들어가는 동안 뒷마당 쪽에서 왁자지껄한 웃음소리가 터

---

케이준 여기서는 남부 프랑스계 미국인을 뜻함 — 옮긴이

져 나오고 있었다. "누구예요? 손님들 아직 안 갔어요?"

"이런 세상에, 깜박 했네. 테라스에 피트 삼촌하고 애들이 있어. 부레게임 중이거든. 에휴, 언제나 끝날 런지."

"부레?" 눈이 휘둥그레진 채 코너가 물었다.

"그래요." 비비가 놀라 눈을 치뜨면서 말했다. 그녀는 두 사람을 테라스 쪽으로 안내하며 물었다. "할 줄 알아요, 코너?"

"노우, 맴." 코너가 대답했다.

시다는 코너가 '노우, 맴'이라고 말하는 소리를 듣고 화들짝 놀랐다. 북부 양키의 입에서 남부식 말투가 튀어나올 줄이야!

"시다한테 들었습니다. 꼭 한번 해보고 싶었거든요." 코너가 말했다.

"코너는 포커실력이 수준급이에요. 뉴욕과 메인, 시애틀에서 밤마다 포커게임을 즐기니 말 다했죠. 새 작품에 들어갈 때마다 늘 게임친구들을 만들어요." 시다가 대답했다.

비비는 카드놀이를 잘 하는 사람이라면 사족을 못 썼다. 상대가 사기꾼이건 공금 횡령자건, 공화당원이건 상관없었다. 뛰어난 손놀림으로 카드 판을 평정한다면 만사 오케이였다.

"시다가 부레 얘길 했다고요? 한 번도 해본 적이 없는 애인데." 비비가 말했다.

"맞아요. 엄마 실력이 수준급이라고 얘기해줬어요."

"여기선 손꼽히는 실력이시라고요?" 코너가 곁에서 한마디 거들었다.

비비는 잠시 입을 다문 채 코너와 시다 얼굴을 번갈아 쳐다보았다. "지금 아첨하는 거지?" 이어 입이 귀에 걸리도록 활짝 웃으며 말했다. "맘이 태평양처럼 넓은 내가 참지."

시다는 엄마가 자그마한 칭찬에도 크게 기뻐하는 모습을 보고 갑자기 울고 싶어졌다.

"네가 카드놀이 하는 남자랑 사귀다니 놀랍다, 시댈리. 곧 힘들게 번 돈을 내가 딸 테니 각오하라고 전해." 비비는 테라스 쪽으로 걸어가면서 말했다.

비비는 코너와 시다를 이끌고 집 뒤켠의 강물 위로 길게 뻗어있는 테라스로 데려갔다. 오래된 테라스 마룻바닥에는 카드게임 테이블과 램프 두 개가 놓여 있었다. 램프에서 흘러나온 오렌지색 불빛이 시다가 옛날에 티파티를 열곤 했던 자그마한 놀이집이 있는 방향으로 흩어져가고 있었다. 램프 한가운데 놓인 접이식 의자 위에는 음식 접시가 올려져 있었다. 테이블 주위에는 베일러와 리틀 셉 그리고 삼촌 피트와 사촌 존 헨리 애벗이 앉아 있었다. 쿨러 옆에 놓인 소형 시디플레이어에서 어마 토머스의 잔잔한 블루스 곡이 흘러나오고 있었다. 강물 위로 가지를 친친 감은 소나무겨우살이가 머리 푼 미친 마녀처럼 고개를 척 늘어뜨리고 있었다.

시다는 속으로 생각했다. '난 루이지애나의 심장부에 와있어.' 그녀는 무대 위에서 극적인 장면을 연기하는 배우처럼 크게 소리 내 외치고 싶었다. '여긴 내가 태어난 곳이야.' 하지만 그건 연출로 가능한 장면이 아니었다. 그것은 열에 들뜬 즉흥연기를 통해서나 가능했다.

카드놀이에 빠져 있던 네 남자가 시다를 발견하곤 놀라 입을 딱 벌렸다. 무슨 생각을 하는지 안 봐도 훤했다. '자리에 그냥 앉아 있자. 비비와 시다가 같이 있어. 두 사람이 권총집을 차고 있다면 지금 총에 손이 올려져 있을 거야.'

모녀가 진창에서 나뒹굴 때 그네들이 목격해야 했던 추접스런 장면들이 순간 주마등처럼 지나갔다. 당시 비비는 딸을 상대로 소송을 제기했는데, 베일러는 엄마 편에 서길 단호히 거부했다. 가족 모두에게 내용증명으로 보낸 비비의 편지에는 맏딸과 의절하겠다는 뜻이 담겨 있었다. 나아가 비비는 시다를 유언장에서 제외시키는 걸 재고하라고 감히 조언했다는 이유로 오랫동안 워커 집안을 위해 일해온 변호사를 가차없이 해고했다. 불만을 제기하기 위해 한 달 넘게 《뉴욕타임스》 발행인 아서 설즈버거 주니어와 연락을 취하려고 기를 쓰기도 했다. 관내 도서관에도 압력을 가해 문제의 기사를 실은 《뉴욕타임스》를 — 그리고 마이크로 필름카드를 — 불태우려고 무지하게 노력했다. 도서관 측에서 이를 거부하자 비비는 도서관 카드를 아예 취소해 버렸다. 후일 가명으로 카드를 재신청했을 때 그것이 받아들여지자 무척이나 고소해했다. 베일러는 작은 소도시에서 일어난 이 드라마 같은 일에 대해 릴레이 하듯 알려주었다. 누나가 해프닝을 듣고 조금이나마 웃길 바라서였다. 하지만 시다는 허탈감만 깊어질 뿐이었다.

　시다는 네 남자가 다가와 인사를 건네기 전에 잠시 멈칫하는 것을 십분 이해할 수 있었다.

　어색한 정적을 가장 먼저 깬 사람은 동생 베일러였다. 그는 성호를 한번 긋고는 손에 든 카드를 테이블 위에 던져놓고 시다에게 냉큼 달려왔다. 가까이 다가와서는 누나를 번쩍 안아 올려 빙빙 돌리면서 당장에라도 물속에 던져 넣을 듯한 자세를 취했다.

　"어서 던져! 어서! 물 구경해본 지 오래됐을 거야! 그녀에겐 세례식이 필요하다구!" 부레 꾼들이 주위에서 소리를 질러댔다.

　"그랬다만 봐라!" 시다는 즐거운 괴성을 질렀다.

　갑자기 베일러가 동작을 멈추더니 시다를 바닥에 안전하게 내려주고는 힘 있게 안아주었다. "교활한 여자 같으니라고. 어찌된 거야? 이 무시무시한 문지기 몰래 어떻게 들어왔어? 여권을 압수당할 줄 알았는데."

"그 애는 꾀가 많거든." 비비가 곁에서 말했다.

시다는 테이블에 앉아 있는 리틀 셉에게 몸을 돌려서 피그 라틴어*로 말했다. "eyhay(이봐), epshay(리틀 셉)!"

"큰누나, 와서 안아줘. 다신 못 볼 줄 알았어." 거구의 리틀 셉은 시다를 숨이 막힐 정도로 꽉 안아 주었다.

"무지 예뻐졌네. 이 머리칼, 이 피부. 왜 이렇게 근사해 보이는 거야?" 그는 누나의 머리칼을 톡톡 건드리며 말했다.

"행운이랄까? 아니, 사랑인가? 근시를 가진 동생 때문인가?"

리틀 셉은 그 말에 와락 웃음을 터뜨렸다. "진심이야. 여기 여자들은 누나처럼 멋지게 나이 들지 않아."

"뭣이 어쨌다고?" 비비가 말했다.

"아니, 내 말은 누나 나이 또래 말이야." 리클 셉이 궁색하게 변명했다.

"그만 하는 게 좋겠다, 조카야." 피트 삼촌이 상황을 정리했다.

"어떻게 지냈어?" 시다가 물었다.

"손에 쥔 패에 대해 궁리하면서 지냈지. 답장 못해서 미안해. 사는 게 그렇잖아." 리틀 셉이 말했다.

"집에 돌아와 기쁘다. 오랜 만이지?" 피트 삼촌이 다가와 그녀를 따뜻하게 안아주었다.

그는 시다를 안았다가 곧바로 비비를 보호하듯 안아주었다.

---

* 피그 라틴어 어두의 자음을 맨 뒤로 돌리고 거기에 [ei]를 붙여 만드는 어린이말 — 옮긴이

"오늘의 주인공. 내 귀여운 스팅키는 어때?" 애정이 담뿍 담긴 목소리였다.

비비는 호탕하게 웃으면서 오빠의 한 손을 자신의 심장에 갖다댔다. "지금까진 최고의 생일파티가 될 거 같아. 모두 한자리에 모였으니까. 룰루만 빼고."

"룰루는 어딨어요?" 시다가 물었다. 여동생과 정기적으로 연락하는 편이 아닌 데다 《뉴욕타임스》 사건 이후엔 전혀 연락이 닿지 않았다.

"파리에 있다. 인테리어 사업을 그만두고 프랑스로 떠났지."

"프랑스 남자와 떠났다는 표현이 더 맞지." 베일러가 말했다.

"그 남자 가족이 양조장을 한대. 그나저나 이혼을 잘 마무리해야 할 텐데." 비비가 말했다.

시다는 가족이 재회하는 장면을 가만히 곁에서 지켜보고 있던 코너에게 말했다. "양키 애인 코너 맥길을 소개할게. 카드게임의 천재야."

코너는 끙 하고 된 신음소리를 냈다. "아니, 잘못 안 거예요. 다른 양키와 혼동했나 봅니다. 얼굴이 닮아서 그런가. 난 퀸과 듀스도 구별 못 하는데."

베일러가 손을 내밀어 코너에게 악수를 청하면서 말했다. "양키 남자들 얘긴 많이 들었어요. 성격이 거칠다고. 거긴 겨울도 엄청 길죠? 자리에 앉아 맥주 한잔 들어요. 빈털터리들에게, 아니 치열한 부레의 세계에 당신을 기꺼이 초대할 테니. 형과 난, 엄마가 버번을 탄 젖병을 물렸을 때 엄마 발치에서 이 게임을 배웠죠."

"이런 멍청하긴! 버번이 아니라 매운 타바스코 소스였지!" 비비가 유쾌하기 그지없는 목소리로 말했다.

코너는 호탕한 웃음을 터뜨렸다. "맥주 한잔 얻어 마시려면 어찌 하면 됩니까?"

"원껏 마시게나. 차가운 새우와 튀긴 개구리 뒷다리가 안주로 마련돼 있다네." 피트 삼촌이 대답했다.

"차라리 저기 물속의 상어들과 수영하겠습니다." 코너가 의자에 앉으면서 말했다.

모두가 그의 농담에 재미나라 웃어댔다. 모두 코너를 맘에 들어 했다. 시다 역시 코너가 좋았다. 명문대학 출신의 세트 디자이너가 '털털한 사내'의 모습을 진솔하게 드러내는 걸 지켜보면서 어느새 시다의 입가에 미소가 감돌고 있었다.

코너는 맥주를 맛나게 꿀꺽꿀꺽 마시더니 불쑥 자리를 털고 일어났다. 맥주잔을 테이블 위에 내려놓고는 시다에게 다가가 등뒤에서 그녀를 안아주었다. 이어 세례의식의 일환으로 그녀의 입술에 찐하게 키스를 해주었다.

비비가 두 사람을 밉지 않게 흘겨보는 동안 부레 꾼들이 일제히 환호성을 질러댔다. 시다는 세상을 다 가진 듯한 기분이 들었다.

비비는 시다를 집안으로 데려가며 말했다. "남은 음식이 별로 없긴 한데. 그대로 접시에 챙겨줄게."

비비가 부엌으로 들어간 사이 시다는 뜰로 나와 그네에 앉았다. 근처에는 케이준 요리에 사용되는 조리기구와 테이블 몇 개가 자리해 있었다. 레쎄 레 봉 땅 홀레(행복한 시간이 계속 되게 하라. 뉴올리언스 시의 비공식적 모토), 시다는 생각했다. 생일상에 오르는 가재찜.

시다는 엄마가 뜰로 나와 그네로 가까이 다가오는 모습을 가만히 바라보았다. '펄펄 뛰실 줄 알았는데.'

비비는 주저하듯 잠시 자리에 멈춰 섰다. 쑥스러움이 묻어있는, 아주 잠깐의 주저함이었다. 이윽고 그녀는 시다가 앉아 있는 그네 쪽으로 걸어왔다.

샴페인과 함께 건네준 접시에는 가재찜 외에 신선한 감자와 속대 위에 옥수수 알맹이를 얹은 요리와 버터 바른 바게트가 수북이 담겨 있었다.

"고마워요." 시다는 비로소 자신이 허기졌다는 걸 의식하게 됐다.

"아빠가 전부 요리했단다. 난 손 하나 까딱 안 했어. 남은 음식이 별로 없구나. 손님들이 싹쓸이를 했어."

"이걸로도 충분해요." 시다가 말했다.

"그네 위에서 먹을 수 있겠니? 테이블로 자리를 옮길까?"

"언제 어디서든 가재 발라먹는 데는 선수예요."

"여기 냅킨 받아." 비비는 허리춤에서 커다란 분홍색 냅킨을 꺼내 건네주었다.

냅킨을 턱받이처럼 깃 안에 집어넣은 뒤에 시다는 가재 껍데기를 벗기기 시작했다. "옆에 앉으세요." 시다는 옆자리를 가리키며 말했다.

"내 그네에 앉으라고 자리를 내주니 고맙구나." 비비는 애매한 말투로 대답했다.

비비는 자리에 앉았지만 두 사람의 몸이 맞닿을 만큼 가깝지는 않았다. 그녀는 한 손을 등뒤로 감춘 채 앞만 빤히 쳐다보았다. 엄마의 가느다란 숨결이 가까이서 느껴졌다. 그제야 이곳에 온 이후 엄마가 담배 피우는 모습을 한 번도 보지 못했다는 사실을 깨닫게 됐다.

시다는 엉뚱한 말이 튀어나올까 겁나 가만히 입 다물고 있었다. 그저 가재 껍데기를 까서 먹는 일에만 몰두했다. "맛있어요."

"루이지애나 남자들의 요리솜씨가 뛰어난 걸 감사해야지." 비비가 말했다.

"엄마 가재찜만큼 맛있지는 않아요."

"네시가 잘 챙겨줬니?"

"음식이 그렇게 맛있을 수 있다는 거 처음 알았어요."

"정말 맛있었니?"

"맛있냐고요? 야야들이 가져다준 가재찜은 폴 프뤼돔*도 울고 갈 정도였다고요. 엄마와 비교하면 그는 인스턴트 요리사에 불과해요."

"말이라도 고맙구나. 사실 난 그 방면의 전문가지. 옛날에 쥬느비에브 아줌마한테 배웠어."

"음식 보내줘서 고마워요."

"내가 유일하게 잘한 일은 너희를 배불리 먹인 거였어."

비비의 말투에 배인 뭔가가 시다를 못내 신경 쓰이게 했다. 엄마도 나만큼 긴장하고 있는 거야. 시다는 엄마 쪽으로 몸을 틀며 말했다. "잘한 일이 잘못한 일보다 많아요."

비비는 아무런 대답도 하지 않았다. 엄마도 딸도 다음에 어떤 말을 이어갈지 어색해하고 난감해하고 있었다.

"좋아 보여요. 정말 좋아 보여요."

"너도 멋지구나. 몸무게가 준 거 같은데."

시다는 행복한 미소를 지었다. 엄마가 할 수 있는 최고의 칭찬이었기에.

"난 몸이 불어나고 있어. 기구운동 하니까 그렇더라. 담배 끊으니까 초콜릿만 땡기고."

시다는 그 말에 밝게 웃었다. "기구운동해요? 난 맘만 앞서지 실제

---

폴 프뤼돔 루이지애나 유명 레스토랑 주방장 — 옮긴이

해본 적이 없어요."

"나 뚱뚱해 보이지?" 비비가 물었다.

엄마에게서 이런 질문을 어찌나 많이 받았는지 이루 헤아릴 수조차 없었다. 하지만 난생 처음으로 엄마가 진심으로 이 질문을 한다는 생각이 들었다.

"나 뚱뚱하지? 몸무게를 줄여야 할 거 같지?"

"아뇨. 적당해요. 너무 마르지도 않고, 찌지도 않고. 아주 보기 좋아요."

비비는 여전히 시선을 앞으로 향한 채였다. 어두운 들녘을 바라보는 그녀의 얼굴은 달빛에 의해서만 간신히 볼 수 있었다.

"네 아빠는 3백 에이커가 넘는 땅에 해바라기를 심었어. 이번이 두 번째 수확이야. 목화도, 콩도 아닌 해바라기를 심다니. 내일 날이 밝으면 한번 봐라. 새를 유인한다고 하지만 전혀 효과도 없는 걸…. 고작 새 몇 마리 잡겠다고 이 많은 해바라기를 심다니…. 노동절 비둘기 사냥 대회에서 아빠가 한 일이란 사진만 열심히 찍어댄 것뿐이었어."

비비는 깊이 한번 심호흡을 하고나서 말을 겨우 겨우 이어 나갔다. "반 고흐가 따로 없다. 쉰 해를 잘 살아온 남자가 갑자기 이런 짓을 하다니…. 그저 눈요기나 하려고…."

비비는 코를 크게 한번 훌쩍 들이마시는 것으로 흐느낌을 멈추었다. 그러고는 손가락 끝으로 눈 밑을 가볍게 톡톡 두드렸다. "아, 눈가 주름."

비비가 갑자기 몸을 트는 바람에 시다의 눈에 엄마의 어두운 적갈색 눈동자와 주근깨가 희미하게 박힌 희멀건 피부와 늘어진 턱이 또렷이 보였다. 비비는 까탈스런 어린애 같은 목소리로 말했다. "이건 내 파티야. 울고 싶으면 맘껏 울 테야."

비비는 그 말과 함께 미친 듯이 웃어댔다.

시다는 덩달아 웃어댔다. 오랜만에 같이 맘껏 웃어대니 기분 째지게 좋았다.

"왜 왔니? 왜 힘들게 여기까지 왔어?" 비비는 딸의 얼굴을 쳐다보며 물었다.

"라완다. 라완다 때문에 왔어요."

비비는 갑자기 몸을 휙 틀더니 입을 꾹 다문 채 가만히 있었다. "뭔가 버린 건 아니지? 뭘 잃어버린 건 아니겠지? 그 스크랩북은 아주 귀한 거야. 값어치를 매길 수 없을 만큼."

"'야야 시스터즈의 신성한 비밀'을 갖고 왔어요. 차에 있어요. 금방 가져올게요."

"됐어. 가지 마."

시다는 이미 차가 있는 곳으로 걸어가고 있었다.

차문을 열자 비비의 눈에 자동차 불빛에 비친 딸의 주름진 이마가 보였다. 너무나 아름답고 뭔가에 열정적으로 골몰하는 이마야. 어린 애였을 때도 그랬지.

시다는 스크랩북과 함께 자그마한 선물상자를 들고 그녀가 있는 곳으로 돌아왔다. 선물은 재킷 주머니 안에 남몰래 감춰져 있었다.

시다는 스크랩북을 건네주며 말했다. "비행기 타고 올 때 가방 안에 얌전히 넣어 갖고 왔어요. 문제가 생길까봐서요. 메모에 '스크랩북을 돌려받고 싶다' 라고 써놨잖아요."

비비는 무릎 위에 놓인 스크랩북을 한동안 쳐다보았다. 겉표지를 가만히 쓰다듬다가 이내 양손을 입가로 가져갔다. "내가 돌려받고 싶은 건 이게 아냐."

"메모에선 의절하겠다고…."

"내가 돌려받고 싶은 건 바로 너였어." 비비가 개미만한 소리로 속살댔다.

"오, 엄마." 시다는 놀라 말을 이을 수 없었다.

그녀는 엄마의 어깨 위에 가만히 한 손을 얹었다. 엄마의 향수 냄새가 풍겨왔다. 서양배와 바이올렛과 흰붓꽃과 베티버가 완벽하게 조화된 향이었다. 향기 밑에서는 엄마의 체취가 풍겼다. 그것은 엄마의 피부와 엄마의 몸을 구성하는 모든 세포에서 나오는 향이었다. 시다는 루이지애나 밤공기 속에서 그 옛날 호흡했던 향기를 또다시 맡게 되었다.

진입로 막다른 곳에 서있는 전신주에 부착된 가로등이 정겨운 시골빛을 발산하고 있었다. 그 불빛은 그네 주위에 매달린 크리스마스 장식등과 더불어 비비의 얼굴을 환히 비춰주고 있었다. 시다는 엄마의 늙어가는, 투명해서 속이 내비치는 피부에서 자글자글한 주름살들을 발견했다. 그것은 두려움을 안으로 삭여온 시간들이 골골이 이랑을 낸 것이었다. 그 속에는 엄마의 용기와 엄마의 고통이 올곧이 담겨있었다.

시다는 엄마와 나란히 앉아 어둠 속에 잠긴, 해바라기가 자라는 너른 들녘을 바라보면서 생각했다. '아빠나 코너 그리고 나 자신을 아는 것만큼 엄마를 완벽하게 이해하지는 못할 거야. 그동안 중요한 걸 간과해왔어. 중요한 건 누군가를 아는 게 아냐. 타인을 사랑하는 법을 배우는 것도 아니지. 중요한 건 이거야. 우리가 얼마나 배려하는 마음을 갖는가 하는 거. 얼마나 바람직한 태도로 스스로와 타인을 가슴 안

에 받아들일 수 있는가 하는 거.'

루이지애나의 심장부에 위치한, 아직 그해의 첫서리도 맞지 않은 피칸그로브 농장 뜰에 앉아 시댈리 워커는 뭔가를 버리게 됐다. 알고자 하는 욕심을 버렸으며, 이해하고자 하는 욕심을 버렸다. 그저 엄마 곁에 앉아서 서로가 가진 나약함만을 느낄 뿐이었다. 그녀는 따뜻한 환대를 받으며 집으로 돌아온 것이다.

시다는 엄마가 내미는 손을 조심스레 마주잡았다. 두 사람의 손이 그네 위에서 서로 포개어졌다. 가만히 손으로 시선을 내린 두 사람은 손등의 색깔이, 손가락 모양이 그리고 야야의 피를 몸속 곳곳에 옮겨주는 혈관이 서로 닮아있음을 깨닫게 됐다.

"이럴 수가!" 비비가 한숨처럼 속삭였다.

"이럴 수가!" 시다가 반복해서 말했다.

이 몇 마디로 엄마와 딸은 같은 호흡을 나누고 있는 듯한 기분을 느꼈다. 두 사람은 아무런 말없이 땅에 발을 굴러 그네가 가볍게 흔들리도록 했다. 그네는 간드랑간드랑 흔들거렸다. 마치 딸과 엄마를 태운 아늑한 요람과도 같았다. 늦가을 밤에 우주를 유영하는 두 개의 분리된, 그러나 서로 닮은 소행성과도 같았다.

"너한테 줄게 있어." 비비가 바지주머니에 손을 집어넣어 뭔가를 꺼내더니 딸의 손바닥 안에 슬쩍 쥐어주었다.

시다가 손가락을 펼치자 작은 벨벳상자가 놓여 있었다. 뚜껑을 열자 딱 소리를 내며 힘 있게 뒤로 젖혀졌다. 상자 안에는 비비의 아빠가 50년 전에 선물로 준 다이아몬드 반지가 오롯이 들어 있었다.

"열여섯 살 생일에 네 외할아버지가 선물해준 거야. 한번 잃어버릴 뻔했다가 도로 찾았어."

비비는 여사제처럼 성스러운 동작으로 상자 안에서 반지를 꺼내 딸의 손가락에 끼워주었다. 나이 들어 피부가 늘어지고 검버섯이 생긴 손이 바들바들 떨리고 있었다. 반지를 끼우고 나서 비비는 딸의 손을 들어 그 위에 키스했다. 연인의 손이 아닌 아가의 손에 하는 키스. 그 손이 발그스레하고 포동포동하기에, 그 손을 너무나 사랑하기에 하는 그런 키스였다.

손바닥에 엄마의 뜨거운 눈물이 느껴졌다. 시다는 엄마의 손을 입가로 가져가 키스해주고는 볼에 대고 힘주어 눌렀다. 어느새 두 사람은 뜨거운 눈물을 흘리고 있었다. 어깨를 들썩거리거나 딸꾹질을 하는 게 아닌, 그저 뜨거운 눈물이 조용히 볼을 타고 흘러내리는 울음이었다.

"신성한 비밀들, 고마워요."

"신성한 비밀?" 비비는 코를 훌쩍이면서 물었다. "오, 얘야! 스크랩북 얘기라면 그건 아무것도 아니란다! 그 안에 든 반도 기억 못하는 걸. 부치지 않은 편지들도 봐야 했는데. 거기에 진짜 비밀들이 숨어 있단다!"

'맞아, 이 분이 내 엄마야.'

비비는 뜨거운 눈물을 흘리면서 말했다. "완다 뷰티를 만들지 않은 건 큰 죄악이자 수치란다."

"우리 같은 죄인들에겐 아주 손쉬울 거예요. '아름다움의 규칙, 제5항'을 어기는 거요."

"내 사랑의 불빛은 지옥처럼 음침하고 흐릿할 거야."

"약물과 담배연기 속에선 흐릿한 게 당연하죠. 사랑 캠페인에서 십대만큼 핸디캡이 많은 사람이 또 있을까요."

"맞는 말이다."

"이제 제 차례에요." 시다는 재킷 주머니에 손을 넣어 예쁘게 포장한 선물상자를 꺼냈다. 일단 선물상자에 가볍게 키스를 하고나서 엄마의 손안에 가만히 밀어 넣었다.

비비는 분홍색 포장지를 뜯어내고 아주 조심스럽게 디기탈리스 꽃봉오리만큼이나 자그마한 유리병을 꺼내들었다. 순은을 입힌 뚜껑이 달린 유리병은 아주 오래돼 보였으며, 뚜껑 중앙에는 옥이 박혀 있었다. 비비는 조심스럽게 뚜껑을 열고 유리병을 코 아래 가져가 향기를 맡았다.

"향수가 아니네. 다른 용도로 쓰이는 거니?"

"예. 그래요."

비비는 고개를 기우뚱거리면서 잠시 생각에 잠겼다. "뭐니?"

"눈물단지에요. 눈물방울을 담는 단지죠. 옛날에 그건 누군가에게 주는 최고의 선물이었대요. 그건 당신이 상대를 사랑하는 것이며, 상대와 슬픔을 함께 나누려는 거래요."

"오, 시다. 오, 아가야."

"빅토리아 시대로 거슬러 올라갈 거예요. 몇 년 전 런던에서 후원자들한테 줄 선물을 사려고 골동품 가게를 돌아다니다가 발견했어요."

"이 안에 네 눈물이 담겨있니?" 비비는 눈물단지를 치켜들면서 물었다.

"예. 하지만 여유는 많아요."

비비는 시다를 쳐다보고는 눈을 찡긋했다. 적어도 시다 눈에는 윙크하는 것처럼 보였다. 아니, 눈물을 짜내려고 눈을 깜빡이는 것일 수도 있다. 오른쪽 눈 밑에 단지를 갖다대고 고개를 앞뒤로 흔들면서 단지 안에 눈물을 떨어뜨리려고 애썼으므로.

시다는 그런 엄마를 쳐다보면서 유쾌한 웃음을 터뜨렸다.

비비 역시 딸의 웃는 모습을 보며 미소를 지었다. "왜 웃어? 지금까지 이 선물을 기다리고 있었단 말이야."

"알아요, 알아." 시다는 정신 나간 사람처럼 울다가 웃다가 했다.

비비는 눈 밑에 단지를 갖다댄 채 그네에서 일어나 자리에서 폴짝폴짝 뛰기 시작했다. 처음에는 이쪽 발로 딛고, 다음에는 저쪽 발로 딛으면서.

엄마가 뭘 하려는지 알게 되자 시다는 그네에서 일어나 덩달아 뛰기 시작했다. 처음에는 오른 쪽 발로, 다음에는 왼쪽 발로 폴짝거렸다. 눈을 아래쪽으로 향하게 해서 눈물이 떨어질 수 있게 했다. 비비는 한 손에 눈물단지를 잡고, 시다는 한때 전당포에 잡혔다가 돌아온 반지를 손가락에 낀 채 깡총거리면서 소리 내 울었다. 자리에서 폴짝거리고, 소리 내 울고, 미친 듯이 웃어대면서 야생의 원시적인 고함소리를 질러댔다. 행여 누군가 이 모습을 봤다면 기묘한 종교의식 춤을 추는 거라고 오해했을지 모르겠다. 점점 소진되고 있지만, 여전히 강력한 힘을 지닌 신성한 야야 부족의 모녀가 추는 의식 춤. 다이아몬드와 눈물로 치르는 원시적 통과의례 의식. 다이아몬드와 눈물.

32

　시다와 코너가 캐인 강에 위치한 땅뜨 마리 호텔에 체크인한 것은 새벽 1시가 지나서였다.
　"와우, 근사하다!" 초기 크리올*과 그리스 양식의 혼합양식을 되살린 저택의 현관을 향해 걸어가면서 코너가 귓가에 속삭였다. 현관에는 우람한 기둥들이 길게 줄지어 있었고, 공기 중에는 달콤한 향기가 짙게 배어 있었다. 가늘게 흔들리는 가스등 불빛에 셔터문과 벽돌담 위에 드리워진 그림자들이 덩실덩실 춤을 추고 있었다. 마치 옛날로 되돌아간 듯한 기분이었다.
　주인은 토머스 르꽁뜨라고 본인의 이름을 소개했다. 그는 두 사람을 데리고 안뜰 정원을 지나 계단을 올라가 집 뒤편에 마련된 유서 깊은 노예숙소의 이층 객실로 올라갔다. 사실 토머스는 시다네 가족을 알지 못할 뿐 아니라, 두 집안이 서로 연관돼 있으리라곤 전혀 생각지 못했었다.

---

크리올 프랑스계 이민의 후손 — 옮긴이

그는 프랑스풍의 문을 통과해서 정원이 한눈에 내려다보이는 객실로 들어서며 말했다. "저기 동백나무는 '레이디 흄의 홍조 띤 볼'이라고 불리는데 그쪽 외할머님이 제 아버지께 주신 겁니다. 할머니 존함이 매리 캐서린 보우먼 애벗, 맞죠? 외할머님은 내로라하는 정원사셨죠. 제 아버지 역시 마찬가지였고요. 동백나무 사랑이 지극했습니다. 그분은 동백꽃이 지는 걸 처참하게 목이 떨어지는 걸로 표현하셨죠. 정원사가 당신 외할머니의 귀한 보석들을 아무렇지도 않게 쳐내는 걸 알면 날 죽이려 드실 겁니다."

시다와 코너는 토머스 옆에 서서 잠시 정원을 내려다보았다. 정원에는 베고니아와 봉선화가 함초롬히 꽃망울을 터트리고 있었다. 그 곁에는 넓적한 칼라디움 잎사귀들이 녹색의 푸르름을 한껏 자랑하고 있었다. 흰생강꽃은 어둠 속에서 새하얀 꽃잎을 환히 빛내면서 그 달콤한 향기로 보는 이를 유혹했다. 아름드리 떡갈나무 가지에 실타래처럼 엉켜 아래로 축 늘어져 있는 소나무겨우살이 덩굴이 정원을 에워싸고 있는 모습은 실로 장관이었다. 정원을 에두르고 있는 낡고 오래된 벽돌담 위에는 주홍빛 몬타나 장미꽃잎이 점점이 흩뿌려져 있었다. 정원 한구석에는 분수대가 자리해 있었는데, 한쪽에는 멀구슬 나무가 그리고 다른 한쪽에는 잎새가 황금빛과 붉은빛으로 물든 백일홍이 떡하니 버티고 있었다. 동백나무와 진달래, 깨꽃 외에 각양각색의 장미와 잎새 푸른 관엽 식물들이 정원을 가득 메우고 있어서 바닥에 깐 붉은 벽돌이 눈에 보이지 않을 지경이었다.

시다는 거대한 동백나무와 잎사귀, 도톰한 새싹들을 감탄 어린 눈길로 바라보았다. "버기가, 내 외할머니가 이처럼 멋진 정원사이신 줄 몰랐어요."

"진정한 정원사들만 아는 사실이죠." 토머스는 성호를 그으며 자그마한 소리로 중얼거렸다. "아버지, 부디 용서해주세요."

그때 진정한 정원사인 코너가 말했다. "이 동백나무들은 정말 귀한 거야, 시다. 저만한 크기의 '레이디 흄의 홍조 띤 볼'은 검은 진주에 맘먹는 가격이라고. 저런 걸 직접 보게 될 줄 몰랐어."

"이제 잠자리에 드셔야죠." 토머스가 말했다.

코너와 시다는 남자가 계단을 내려가는 모습을 가만히 지켜보았다.

"여기가 미국이라는 게 믿기지 않아." 코너가 말했다.

"정확히 말하면 루이지애나지. 우린 '남부 전원생활' 잡지에서 튀어나온 듯한 노예숙소에서 밤을 보내게 될 거고. 조금 미안하긴 해. 이 공간이 가진 불행한 과거사를 생각하면."

코너는 골동품과 양탄자, 오듀본 프린트*로 가득한 거실을 한번 빙 둘러보았다. "그래, 크나큰 불행이었지. 하지만 이곳에도 삶은 있었어. 부부가 사랑을 나누고, 아기가 세상에 태어나고. 울기도 하고 노래 부르기도 하고. 이 벽은 고통과 함께 기쁨도 목격했을 거야."

네 개의 거대한 침대가 놓인 방에 돌아오자 시다는 엄마와의 재회에 대해 짤막하게 요약해서 들려주었다. 이 얘기 저 얘기 주저리주저리 늘어놓고 싶지가 않았다. 이어 두 사람은 짧고도 강도 높은, 노골노골하면서 달콤한 사랑을 나누었다. 사랑을 나눈 뒤에 시다는 몸이 녹초가 되었음에도 곧바로 잠들지 못했다. 코너가 그녀의 등을 토닥거려주며 자장가를 불러주었다. 겨울에 땅속에서 움이 트는 귀여운 알뿌리에 관한 노래였다. 감미로운 목소리의 노래가 끊어질 듯 이어

---

오듀본 프린트 자연을 소재로 한 그림이나 사진 — 옮긴이

지더니 이내 그는 잠에 곯아떨어지고 말았다.
 신이 자비를 베푸신다면 이 남자와 백발이 될 때까지 함께 잠들게 될 거야.
 잠시 후 시다는 코너가 깨지 않도록 조심하면서 침대에서 빠져 나왔다. 알몸인 채로 삼나무 원목을 깐 너른 마루를 지나 정원으로 내려가서는 곧바로 훈훈한 밤공기 속으로 걸어 나갔다. 맨 먼저 발걸음을 멈춰 세운 곳은 할머니의 검은 진주, 동백나무 앞이었다. 동백나무에 이어 분수대로 걸어가서는 두 손 가득 물을 떠 담았다. 물방울을 뚝뚝 흘리는 손가락들이 곧바로 눈과 입술과 젖가슴을 찾았다. 그녀는 숨을 한번 길게 들이마셨다가 내쉬고는 스스로에게 자비와 용서란 선물을 선사했다. '그래, 잃어버린 보물을 되찾을 수도 있어.'

 다음 날 아침 시다는 코너를 살살 구슬려서 고향 근처에서는 한번도 해보지 못한 그런 일을 해보자고 제안했다. 그런 연후에 그의 귓가에 결정적인 말을 수줍게 속삭여주었다. 그녀의 프로포즈를 들은 코너는 아무 말 없이 그녀를 따뜻하게 안아주었다. 그리고 나서 이마와 눈가, 코, 입술 그리고 손가락 끝에 차례로 키스해주었다.
 "우유부단했던 거 미안해. 운명의 어두운 계곡에 매달아 놓았던 거 미안해."
 "오, 시다." 코너는 그녀를 바짝 끌어당겨 안고 눈 속 깊숙한 곳을 바라보았다. "우리 모두 운명의 계곡에 위태위태하게 매달려 있어. 우린 서로의 보호자라고."
 그의 애정 어린 눈빛과 자상한 목소리에 그녀는 자신이 과연 옳은 결정을 내린 것일까 하는 의구심을 말끔히 지우게 됐다.

두 사람은 정오까지 피칸그로브에 머물며 뒤뜰 테라스에서 비비와 셉과 함께 시원한 냉차를 마시며 화기애애한 시간을 보냈다. 윌레타도 자리에 동석해 일주일 후 집 앞 해바라기 밭에서 코너 맥길과 결혼식을 올리겠다는 결혼발표 소식의 증인이 돼주었다. 그로부터 삼십 분 후 자동차 세 대가 보무당당히 집 앞에 등장했다. 야야 시스터즈가 도착한 것이다.

쇼가 시작된 것이다.

33

 10월 25일 선선한 초저녁에 시댈리 워커는 아버지가 키운 해바라기 밭에서 그 옛날 엄마가 입던 웨딩드레스를 입고 코너 맥길에게 결혼을 서약했다.
 부모님을 비롯해서 형제들과 그 가족들, 여동생 룰루(파리에서 날아온), 야야 시스터즈, 2세 야야들과 그 가족들이 결혼식에 참석했다. 그 외에 윌레타와 그 가족, 친구 메이 소렌슨(터키에서 꼴찌로 도착했다), 코너 부모님, 조부모 한 분, 여 형제 두 명, 웨이드 쾨넨(휴일린을 데려오고, 웨딩드레스 앞섶을 깊게 파서 어깨선이 섹시하게 드러나도록 손봐주었다), 급히 결혼소식을 알렸음에도 열 일 젖혀두고 손튼까지 날아온 여러 친구들에게 둘러싸인 채 시댈리 워커는 감동적인 결혼서약을 했다. "내가 아는 최고의 방법으로 당신을 깊이 사랑하겠습니다."
 베일러가 낳은 일곱 살배기 쌍둥이 조카 케이틀린 워커가 핼러윈 의상을 입자 다른 애들(더불어 어른 몇몇도)도 너도나도 핼러윈 옷으로 치장했다. 식이 진행되는 도중에는 이보다 더 해괴하고 재미난 해프닝이 벌어져 남들 눈엔 사이비 교단의 부흥회 같은 분위기였다. 틴지 사촌이 '어메이징 그레이스'를 바이올린으로 연주하지만 않았다면 말이다.

식이 끝난 후 열린 파티에서 틴지의 사촌과 그의 밴드 '회색 악어'는 남부 루이지애나 컨트리클럽 순회공연에서 연주하는 40년대 스탠더드 곡들과 케이준*과 자이데코*를 짬뽕으로 섞어 연주했다. 베일러가 꼬마전구들로 화려하게 치장한 아름드리 고목 아래서 셉 워커는 그 유명한 꼬숑 드 래를 요리했다. 요리가 끝난 후에는 접시에 통돼지 바비큐와 맛좋은 쌀밥을 수북이 쌓아올려 뉴요커들의 입을 즐겁게 해주었다. 월레타의 남편 채니는 신선한 새우가 가득 담긴 커다란 무쇠솥 옆에 서서 새우요리를 했다. 곧 춤판이 벌어질 마당의 기다란 테이블 위에는 갓 구운 바게트와 신선한 샐러드를 비롯한 갖가지 남부 토속음식들이 상다리가 휘어질 만큼 푸짐하게 차려져 있었다.

곳곳에 네시가 장식한 해바라기와 백일초를 꽂은 꽃병들이 자리해 있었다. 리틀 셉이 불 피운 모닥불 주위에는 건초더미가 수북이 싸여 있었다. 약간 쌀쌀한 것 외에 날씨는 더 할 나위 없이 좋았다. 그 덕에 모두 땀 뻘뻘 흘리지 않고 흥겹게 춤출 수 있게 됐다. 사람들이 늘 보아왔던 그런 여유롭고 행복한 결혼 피로연이었다.

사람들이 식사를 마치자 갑자기 밴드 연주가 멎으면서 아코디언 연주자가 특별시간이 마련돼 있음을 알렸다. 남자는 옆으로 한 발짝 물러서서 야야 시스터즈를 소개했다.

비비는 마이크 앞으로 다가와 샴페인 잔을 높이 들어 올리면서 딸

---

케이준 여기서는 루이지애나 최 남부 산악지방의 음악을 뜻함 — 옮긴이
자이데코 프랑스풍 댄스곡에 카리브 음악이나 블루스 적인 요소를 가미한 루이지애나 대중음악 — 옮긴이

에게 윙크를 보냈다. "시델리, 널 위한 노래야."

샴페인을 한 모금 꿀꺽 마신 비비는 이내 사람들에게 신호를 보냈다. 바이올린과 아코디언, 콘트라베이스가 연주되는 가운데 야야 시스터즈가 화음을 맞춰 노래 부르기 시작했다. 목소리도 들쭉날쭉했고, 화음도 엉망이었다. 그러나 그들 입에서 흘러나온 것은 한 편의 아름다운 자장가이자, 사랑 노래이자, 축복의 기도였다.

> 너 떠난 후 밤이 너무 길어,
> 하루종일 네 생각만 해,
> 친구여, 친구여,
> 내 진실 된 친구여.
> 네 목소리, 네 손길 너무 그리워,
> 네 생각을 알고만 싶어,
> 친구여, 친구여,
> 더없이 그리운 친구여.

노래가 끝났을 때 시다는 쉴 새 없이 울어대서 결혼사진에 온통 마스카라 자국이 검게 번진 모습만 나올까 심히 걱정됐다. 그때 고맙게도 셉이 뒤에 와서 슬그머니 손수건을 건네주었다.

"야야들이 간밤에도 늦게까지 연습하더구나."

시다는 미소 띤 얼굴로 아빠를 쳐다보았다. "해바라기 잘 길러줘서 고마워요."

"올 들어 두 번째 수확이야. 무슨 바람이 불어 다 늦게 해바라기를 키우게 됐는지는 나도 모르겠다. 평생 돈벌이에 연연하다가 느닷없이 꽃을 기른다고 하니 놀림도 수태 받았지. 하지만 인생에서 전환점을 찾고 싶었어. 그동안 너희를 먹여 살리고 차를 사주고 대학에 보냈지. 이젠 다른 인생 목표를 갖게 됐어. 어쨌든 해바라기 밭을 요긴하게 써 먹으니 기쁘기 한량없다. 내 위신을 한껏 세워줬지. 솔직히 너희가 아는 아빠 이미지를 계속 지켜가자니 힘들었거든."

시다는 손을 내밀어 아빠의 뺨에 흘러내리는 눈물을 가만히 닦아주었다. "사랑해요, 아빠."

"행복하게 살거라, 아가야. 이제야 진짜 가족이 된 거 같네. 내 말뜻 알지?"

"네, 알아요." 시다는 아빠의 팔짱을 끼면서 말했다.

"부녀가 춤 한번 춰야지?" 비비가 곁으로 다가와 재촉했다. 그녀는 딸의 볼에 키스를 해주더니 남편 볼에도 쪽하고 입을 맞추었다. "가족끼리 춤 출 기회를 더 많이 가져야해."

시다는 엄마와 아빠의 얼굴을 흐뭇하게 쳐다보았다. "동감이에요. 그걸 국정에 반영시켜야 한다고요."

밴드가 다시 흥겨운 가락을 연주하자 비비는 딸의 얼굴에 볼을 바짝 붙이고 다정하게 키스해주었다. 시다의 손을 잡아 남편 손에 올려놓으면서 두 사람을 댄스 플로어 쪽으로 살짝 밀쳤다.

"어서 꼬리 깃털을 살랑살랑 흔들어봐. 지터벅을 밟아보라고." 비비가 신나 소리쳤다.

비비는 말이 끝나기가 무섭게 야야들을 찾아나섰다. 곧이어 네 여자가 드레스 자락을 휘날리며 눈을 반짝반짝 빛내면서 신나게 춤추는 모습이 보였다.

웨딩케이크(월레타가 굽고 그녀의 딸 펄이 핼러윈 색으로 화려하게 장식한)를 자르고 나서 한바탕 걸지게 춤판이 벌어졌다. 시간이 늦어 애들이 졸린 눈을 비벼대는 가운데에도 누구도 피칸그로브 농장을 떠나려 들지 않았다. 흥겨운 축하의 춤사위는 도무지 멈출 줄을 몰랐다. 그저 모두들 자리에 남아 신나게 몸을 흔들어댔다. 왈츠에, 저크(골반 돌리기)에, 케이준식 투스텝 댄스에, 매쉬드포테이토 댄스에, 지터벅에, 폭스 트로트에, 부기춤에 못 추는 춤이 없었다.

성모마리아는 초승달 위에 걸터앉아 아래를 널리 굽어보며 모자람이 많은 자식들에게 자애로운 미소를 보냈다. 곁에 있던 수호천사들은 잠시 만이라도 인간으로 변신하고 싶어 안달이 났다. 몸을 이리저리 흔들어대며 불완전한 세상에서 완벽한 밤을 보내고 있는 인간들의 크나큰 기쁨을 한번이라도 맛보고 싶었다. 시다와 비비가 그러했듯이, 아니 시다와 코너가 결혼식을 올린 그날 밤에 모든 이들이 그러했듯이 짭짤한 감동의 눈물 맛을 혀로 맛보고 싶었다.

사랑의 탯줄을 통해 땅과 하늘이, 하늘과 땅이 하나로 이어지는 때가 있다. 루이지애나에선 핼러윈 즈음에 종종 하늘과 땅 사이의 경계선이 살짝 갈라지면서 정령들이 사방에서 몰려들곤 한다. 시다의 쌍둥이 형제와 잭, 쥬느비에브의 정령도 그날 밤 축제에 함께 어울렸으리라. 찾아온 손님 각자의 상처받은 가슴에 숨어 있던 작은 정령들도 비로소 무거운 잠에서 깨어났으리라. 춤추던 이들은 곡이 연주되는 중간 중간에 행복에 겨운 목소리로 헐떡이면서 서로에게 참으로 멋진 밤이라고 속삭여주었다. 서로에게 마법에 걸린 기분이라고 속삭여주었다.

이 모습에 복되신 성모 마리아는 살짝 윙크를 던지며 이렇게 일갈

했다. '아는 자는 말하지 않고, 말하는 자는 알지 못하나니.'

비록 잠시뿐일지라도 시댈리 워커는 뭔가를 이해하고 싶은 마음이 사라져버렸다. 그녀에게 남은 것은 사랑과 경이로움뿐이었다.